B bene Büch

Torsten Weitze, Jahrgang 1976, ist in Krefeld geboren und aufgewachsen. Er lebt dort heute noch mit seiner Frau und zwei norwegischen Waldkatzen.

Entspannung findet er beim Jiu-Jitsu sowie beim Erlernen der Handhabung traditioneller japanischer Waffen.

Torsten Weitze entführt den Leser mit der Reihe *Der 13. Paladin* in die fantastische Welt Joraths. Ahrens gewaltige Aufgabe, die dreizehn Paladine zu vereinen, ist nach einer jahrelangen hindernisreichen Reise endlich beendet. Nun bleibt ihm und seinen Gefährten nur noch eins zu erledigen: die Streiter der Götter und die Armeen der freien Völker Joraths bei ihrem Sturm auf die Obsidianfeste anzuführen. Doch der Widersacher hat eigene Pläne, um seine Erzfeinde zu Fall zu bringen.

Band I:	Ahren
Band II:	Die Ernennung
Band III:	Die Eherne Stadt
Band IV:	Die Schlafende Mutter
Band V:	Die Inseln der Klingensee
Band VI:	Der Kampf um Hjalgar
Band VII:	Im Ewigen Reich
Band VIII:	Der Vater des Berges
Band IX:	Im Herzen des Wutwaldes
Band X:	Das Grüne Meer
Band XI:	Die Stadt der Schurken
Band XII:	Die Ewigkeit des Eises
Band XIII:	Der Widersacher

bene Bücher

Torsten Weitze

Der Widersacher

Der 13. Paladin

Finaler Band XIII

bene Bücher

Für alle, die es wagen, zu träumen

Und denkt daran:
Es gibt nichts Schöneres für eine Geschichte,
als zum ersten Mal erlebt zu werden …

Illustration: Petra Rudolf
Druck: Print Group Sp. z.o.o.
1. Auflage 2023
info@benebuecher.de
www.benebuecher.de
www.facebook.com/benebuecher
www.tweitze.de
www.facebook.com/t.weitze
ISBN: 978-3-947515-83-7

bene
Bücher

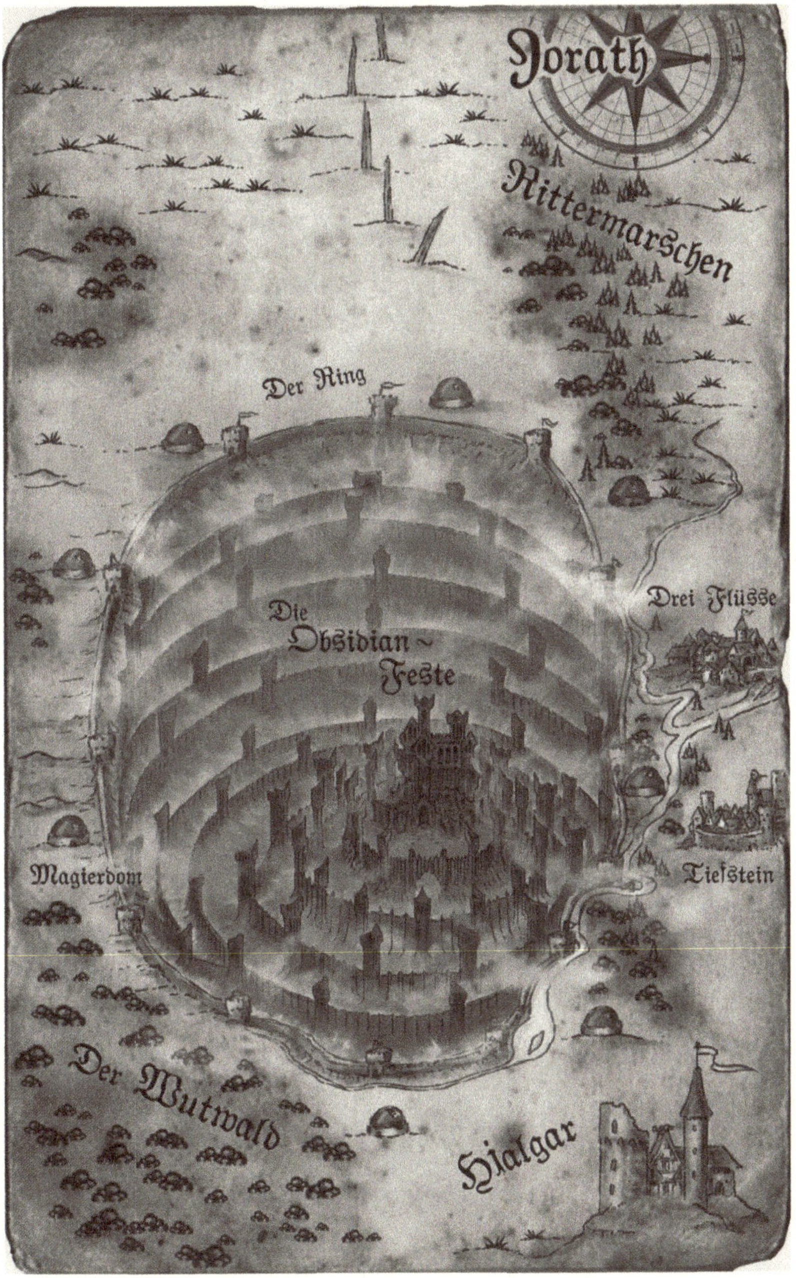
Jorath
Rittermarschen
Der Ring
Drei Flüsse
Die Obsidian-Feste
Magierdom
Tiefstein
Der Wutwald
Hialgar

Vorwort

Als ich vor sieben Jahren meinen Debütroman »Ahren« schrieb, konnte ich noch nicht ahnen, dass meine eigene Reise als Schriftsteller so sehr der des jungen Lehrlings ähneln würde, der sich mittlerweile in die Herzen Zehntausender Leser geschlichen hat. So wie Ahren heranwuchs und lernte, so entwickelte auch ich mich weiter. Ahren und ich meisterten unsere Dämonen, lernten treue Gefährten kennen, die uns mit Rat und Tat zur Seite standen, und waren doch bis zum Ende unserer Saga angewiesen auf jene Frauen, Männer und Kinder, die wir nie persönlich kennenlernten, die uns aber trotzdem unterstützten (ja, ich meine euch, meine treuen Leser).

Ein Epos wie den Dreizehnten Paladin zu erschaffen, war für mich, der noch nie zuvor eine Zeile geschrieben hatte, eine Herausforderung, die ich nur mittels jener Naivität in Angriff nehmen konnte, die wir alle an Ahren zu schätzen gelernt haben. Umso mehr erfüllt es mich mit Glück und Stolz, dass ich im Laufe der Jahre aus meiner Berufung meinen Beruf machen konnte.

Danke.

Danke euch allen, die ihr mir helft, diesen und weitere Träume niederzuschreiben, auf dass sie euch dabei helfen, eure eigenen Träume zu finden.

Euer Torsten

Prolog

Der Ring und die von ihm umschlossene Obsidianfeste lagen so still da, dass man hätte glauben können, die letzte Schlacht wäre bereits geschlagen und beide Seiten hätten gleichermaßen den Krieg und all ihre Soldaten verloren.

Schwerer Herbstnebel hüllte die Szenerie des grauenden Morgens ein und Quin-Wa wickelte sich enger in den dicken Wollmantel, der sie vor der Kälte schützte. Das rotgoldene Kleidungsstück spannte über ihrem kugelrunden Bauch, den ihre Hände gedankenverloren mit einer schützenden Geste umklammerten.

»Halte noch etwas durch«, flüsterte sie in die scheidene Nacht hinaus und meinte damit sowohl sich selbst als auch das Kind in ihrem Leib. »Deine Mutter muss diese Welt für dich erst in Ordnung bringen, bevor du sie begrüßen kannst.«

Sie wusste, dass diese Worte ein flüchtiger Wunschtraum waren, fast ebenso substanzlos wie jene Nebelschwaden, die ihr Atem in der kalten Luft erzeugte. Ihr Kind sollte das Licht der Welt erblicken, bevor sie selbst sich den Paladinen beim Sturm auf das Ungetüm aus schwarzen Mauern anschließen würde, um den ewigen Feind zu bezwingen, welcher im Inneren der Obsidianfeste lauerte. Der Kampf gegen den Widersacher würde schwer genug werden, auch ohne die Angst um ein unschuldiges Leben, das unter ihrem Herzen wuchs.

Quin-Wa blinzelte ungewollte Tränen fort, als sie daran dachte, wie sehr sie ihrem Kind ein gewöhnliches, unbeschwertes Leben wünschte, abseits der Bürden, die sie selbst, die anderen Paladine und ihre Vorgänger im Laufe der Jahrtausende zu tragen hatten.

Durch das Blinzeln verschwamm der Wahrnehmungszauber, der es ihr erlaubt hatte, bis zum Ring zu blicken. Quin-Wa atmete tief ein und lehnte sich gegen eine der kalten, massiven Zinnen der Burg Hochstein, auf deren Ostturm sie in Richtung Front starrte, die seit vielen Monden zugleich Hoffnung und Fluch der Völker Joraths geworden war. Hoffnung, weil seit Wochen kein Dunkelwesen den Ring durchbrochen hatte. Fluch, weil mit jedem vergehenden Tag die Obsidianfeste uneinnehmbarer erschien, wo doch mehr und mehr bewaffnete und gerüstete Niederfänge auf den Mauern des Verstecks gesichtet worden waren, welches der Dunkle Gott mittels der gestohlenen Magie der Bannsäule dort für sich und seine Armeen erschaffen hatte. Selbst jetzt loderte das unheilige Feuer der Schmieden innerhalb der Festung gen Himmel und verlieh ihm einen unwirklichen Schein. Jede neue Rüstung und jede neue Waffe, die der Gegner schuf, würde die Zahl der Opfer unter den Armeen der freien Völker Joraths erhöhen. Quin-Wa fröstelte erneut, als ihre Vorstellung von einer leblosen Szenerie in der morgendlichen Stille geradezu greifbar wurde. Der Dunkle Gott würde bereitwillig all seine Diener opfern, um die Verteidiger auf den Mauern des Rings auszulöschen. Er wollte einfach nur herrschen. Selbst wenn es eine tote Welt war, die er erbte, würde ihn das nicht kümmern.

Sie drehte den Kopf, als sich ein Schemen, einem lebendig werdenden Schatten gleich, neben ihr bewegte.

»Herrin, Ihr solltet Euch nicht draußen aufhalten. Die Kälte tut keinem von euch beiden gut.«

Quin-Was Lächeln war so dünn wie ein Blatt Papyrus. »Danke, Rokani, aber ich kenne meine Grenzen«, rügte sie die Nachtsoldatin.

»Mein Dienst ist mein Leben«, kam die erwartbare Antwort und die dunkel gekleidete Frau sank auf ein Knie hinab. »Wenn ich Euch erzürnen muss, um Euch zu schützen, nehme ich jedwede Strafe durch Eure Hand dankbar an.«

Quin-Wa seufzte und wandte ihren Blick wieder dem Ring zu. »Nur noch ein paar Augenblicke, dann gehe ich hinein …«, begann sie ihre Leibwächterin zu beruhigen, doch da wurden Quin-Was Augen groß und ihr Atem stockte.

Dort, auf einer der fernen Mauern der Obsidianfeste, regte sich etwas. Ein Umriss, der sich schon seit Jahrhunderten immer wieder in ihre ärgsten Träume stahl.

QUIN-WA. SPÄHST DU NOCH IMMER IN DUNKLEN ECKEN HERUM, IN DENEN DU NICHTS VERLOREN HAST?

Die Gestalt hob eine ihrer dürren Arme, und Quin-Wa spürte, wie sich der Wille des Dunklen Gottes sammelte. Sogleich bedeckte die

Ewige Kaiserin mit ihren Händen die Augen der überrascht aufkeuchenden Ro-kani und kniff die ihren fest zusammen. Sie spürte etwas Dunkles, Kaltes über sich hinweggleiten, das hungrig nach suchenden Augen tastete, um deren Licht auf ewig zu verschlingen.

»Hinab«, sagte Quin-Wa, die Augenlider noch immer geschlossen. »Schnell, bevor er einen weiteren Zauber schleudert.«

Dankbar klammerte sie sich an der Nachtsoldatin fest, die auch ohne Sicht behände und mühelos den Eingang zum Abstieg in die Burg fand. Noch während die beiden Frauen die Treppe hinabhasteten, zurück in das Licht und die Wärme der Festung, hörte Quin-Wa das hämische Lachen des Widersachers in ihrem Verstand verblassen.

Voller Zorn riss sie im Schutz des Gemäuers die Augen auf und erschuf mit jener Willenskraft, die eine ganze Nation geformt hatte, einen glimmenden Ball aus Licht in ihrer Hand. Die folgenden Worte ihrer magischen Nachricht würde sie nicht per elfischer Lyrik verschlüsseln müssen. Sie enthielten kein Geheimnis, das der Dunkle Gott nicht selbst gelüftet hätte.

»Der Widersacher: Er ist zurück!«

1. Kapitel

Geschafft.«

Dieses eine Wort, kaum mehr als ein Flüstern, hallte in Ahrens Inneren wider wie ein tosender Donnersturm. Zwei Silben, die, in die laue Abendluft des Eathinian hinausgehaucht, jene Vollendung einer gefahrvollen Reise verkündeten, die Ahren als Jüngling, ohne rechte Ahnung von der Welt, einst im verschlafenen Tiefstein begonnen hatte.

Die dreizehn Paladine waren gefunden. Und alle dreizehn standen vereint.

Zumindest hoffe ich das, dachte er sarkastisch, während er behutsam sein Körpergewicht verlagerte, damit sein Arm nicht unter dem Gewicht der schlafenden Khara taub wurde, die sich dicht an ihn schmiegte. *Wir waren viele Monde lang fort vom Kontinent. Wer weiß, was die anderen Paladine in der Zeit alles angestellt haben.*

Ein bitterliches Seufzen drang in seine Gedanken.

Kann ein hart arbeitender Eiswolf nicht mal einen *Abend für eigene Belange einfordern, ohne sich um seinen anstrengenden Paladin kümmern zu müssen?*

Ahren lächelte selig. *Du hast doch ohnehin nichts weiter zu tun, als Yoka anzuhimmeln, während sie schläft.*

Ist das nicht ein schöner Name?, fragte Culhen sicherlich zum achtzigsten Mal, seit Lyssin ihrer Wölfin einen Namen gegeben hatte. *Und ist sie nicht perfekt?*

Wo ist die Würde eines Alphas, wenn man sie braucht?, erwiderte Ahren schelmisch. *Du benimmst dich wie ein betörter Göttertagsschüler, dabei hast du noch nicht ein Wort mit ihr gewechselt, seit Yoka zum Vertrautentier erwählt wurde.*

Unruhe brandete in Culhens Geist auf wie eine Fontäne erhitzten Wassers, welche aus einem Geysir emporschoss.

Du … du glaubst doch, dass sie mich auch jetzt noch mögen wird, oder? Wo sie doch keine gewöhnliche Wölfin mehr ist.

Ahren unterdrückte den Ärger auf sich selbst, der ihn überkam, als er spürte, wie sehr er seinen Wolf verunsichert hatte. *Sie war in den Eisfeldern sehr von dir angetan*, sagte er voller Wärme. *Ich sehe keinen Grund, warum sich das geändert haben sollte.*

Du hast recht, ertönte Culhens Antwort im Geist des Paladins. *Ich bin perfekt. Wer könnte mich nicht lieben? Danke, dass du mich daran erinnert hast.*

Nun, wo Culhen beruhigt in seinen eigenen Gedanken schwelgte, hatte Ahren Zeit für seinen persönlichen Seelenfrieden. Er zog das leise Rauschen der sich im sanften Wind wiegenden Bäume des Eathinian in sich auf und beobachtete, wie die Sterne hier und da vorwitzig ihr Funkeln zwischen dem dichten Blätterdach des Elfenwaldes zu ihm hinab aufs weiche Moos sandten, auf dem er und seine Gefährten die Nacht verbrachten. In der vorherigen Nacht hatten sie noch Vierklaue in einem Labyrinth aus Dampf, Eis und Feuer bekämpft und nun lagen sie hier, wohlbehalten und sicher.

Und vereint, schoss es Ahren durch den Kopf und er musste wieder grinsen.

Die Reise auf den Schwingen der Göttin hatte ihn und seine Gefährten schwer erschüttert, bis ins Mark mit Ehrfurcht erfüllt und sie zugleich von allen körperlichen Gebrechen befreit.

Mirilan hatte noch immer die Reste jener unglaublichen Magie in sich getragen, die sie alle einmal längs über die gesamte bekannte Welt hatte reisen lassen, von den Eisfeldern im tiefsten Süden bis in den Norden jenseits des Eathinian.

Sie hatten nur das Nötigste gesprochen, als sie, beflügelt von Jelninolans neu erschaffener Sturmfiedel, binnen eines Tages in die lebensspendende Umarmung der nördlichsten Ausläufer des Eathinian geeilt waren.

Ahren drehte den Kopf und spähte nach der Elfe, konnte sie aber nirgendwo entdecken. Jelninolan und Trogadon waren am frühen Abend wortlos zwischen den Bäumen verschwunden, eine Hand fest mit der des anderen verschränkt. Die restlichen Gefährten lagen immer noch schlafend da, nachdem sie sich der intensiven reinigenden Erschöpfung des Immergrüns ergeben hatten, die seiner sanften Umarmung stets folgte. Selbst aus dem Baum über ihm drangen tiefe, wenn auch laute Schlafgeräusche. Schläft-im-Wipfel machte ihrem Namen alle Ehre, denn sie hatte sich in die Zweige einer Eiche zurückgezogen, wo sie nun auf einer Astgabel ruhte und mit ihrem derben Schnarchen die Eichhörnchen verstörte. Nur seiner Euphorie über den Erfolg, alle Paladine aufgespürt und zum Kampf gegen den Dunklen Gott vereint zu haben, hatte Ahren es zu verdanken, dass er noch immer klar denken konnte, obwohl er schon so lange wach war.

Alle dreizehn Paladine sind bereit. Jetzt bleibt nur noch eines zu tun: den Widersacher zu töten.

Allein diesen Gedanken flüchtig mit seinem Verstand zu berühren, wie man einen schmerzenden Zahn mit der Zunge prüfte, sandte Schauer durch seinen Körper und ließ sein Herz rasen wie nach einem schweißtreibenden Waldlauf. Plötzlich kam ihm die Reise der letzten Jahre wie ein erbaulicher Spaziergang vor. Nun aber schickten sie sich an, einen selbst ernannten Gott zu bezwingen. Etwas, das noch keinem Wesen der Schöpfung je zuvor gelungen war.

Hab keine Angst. Ich bin ja die ganze Zeit bei dir. Culhens reflexhaft vorgetragene und von jedwedem Zaudern verschonte Worte zertrümmerten die Woge des Zweifels, die sich in Ahrens Geist auftürmte.

Der Paladin starrte noch lange in den Himmel hinaus und flehte die DREI inständig an, ihm auch etwas von jenem überbordenden Selbstvertrauen zu schenken, das sie seinem Wolf zu Genüge hatten angedeihen lassen. Doch bevor sie ihn erhören konnten, war Ahren schließlich eingeschlafen.

Lautes Vogelgezwitscher, das Wispern der Blätter im Wind und der betörende Duft unzähliger Pflanzen ließ Ahren erwachen – ebenso wie die kleine feuchte Nase, die sich schnüffelnd in sein rechtes Ohr bohrte und nur einem gewissen vorwitzigen Fuchs gehören konnte.

»Aufstehen, Meister«, hörte Ahren die frohgemute Stimme seines Lehrlings, die die letzten Spinnweben des Schlafes zerriss. »Die Sonne steht bereits am Himmel und Uldini möchte, dass wir aufbrechen.«

»Es sei denn, ihr alle wollt, dass wir am Ring ankommen, nur um festzustellen, dass der Widersacher seine Feste längst verlassen und die Belagerung durchbrochen hat, weil wir hier vor uns hin getrödelt haben«, erklang die kindliche Stimme des Erzmagus, die trotz ihres Timbres jedwede vermeintliche Unschuld des Sprechers in Sarkasmus und Missmut ersäufte. »Der Erste, Schläft-im-Wipfel und Bergen sind bereits bei Sonnenaufgang losgezogen, um unser Kommen bei den Elfen anzukünden.

»Wir hatten lediglich eine Nacht voll Schlaf. Das kann man wohl kaum als Trödelei bezeichnen«, murmelte Khara neben Ahren, und der Paladin schlug blinzelnd die Augen auf, um sie anzusehen.

Seine Liebste wirkte ausgeschlafen, aber die Unordnung ihres schwarzen, seidigen Haares zeigte ihm, dass sie wohl ebenfalls erst kürzlich erwacht war. Ihre Augen zuckten zu Ahren hinüber und Wärme sowie Belustigung gleichermaßen sickerte in ihren Blick.

»Heb besser den Kopf, bevor Kamaluq dir ein Ohr abbeißt. Dein frecher Lehrling hat ein Stück Wurst unter deinem Hinterkopf versteckt und sein Fuchs versucht es zu erbeuten.«

Ahren richtete sich auf, und sofort war ein erfreutes Fiepen zu hören, gefolgt von einem kurzen, aber lauten Schmatzen.

»Und fort ist der Leckerbissen«, sagte Lanlion lachend, der auf dem Stamm eines riesigen umgestürzten Baumes saß und die Beine baumeln ließ. »Ich sehe, Culhen war ein guter Lehrmeister für den Kleinen.«

Ahren entging die ungewöhnliche Gelassenheit des blutleeren Paladins nicht, aber als er einen Blick mit Lanlion austauschte, schüttelte dieser auf Ahrens unausgesprochene Frage hin den Kopf. Details über die mysteriöse Reise Lanlions, die ihn offensichtlich zum Besseren verändert hatte, würden also noch warten müssen.

»Mein Wolf hat Kamaluq alles Unwichtige beigebracht«, sagte Ahren und stieg damit in die Frotzelei seines bleichen Freundes ein. »Nur hat er die wichtigen Dinge darüber vergessen.« Ahrens Augen hefteten sich auf den feixenden Hakanu und er ließ so viel Eis in seinen Blick fließen, wie es ihm möglich war. »Ebenso wie ich dies anscheinend bei meinem Lehrling versäumt habe.«

Verwirrung und deutliches Unbehagen verscheuchte die Heiterkeit aus der Miene Hakanus.

»Meister …?«, fragte er beunruhigt.

»Denk nur nicht, dass ich deinen kleinen Rückfall in die Untiefen sinnfreien Mutes vergessen habe«, grollte Ahren. »Hakanu … Drachentöter.«

Hätte der Lehrling eine schallende Ohrfeige erhalten, seine Reaktion hätte nicht schamvoller ausfallen können. Sein Kopf wurde puterrot und er scharrte mit den Füßen im weichen Moos des Immergrüns.

»Mein Speer hätte eigentlich treffen müssen…«, begann er sich zu entschuldigen, aber Ahren schnitt ihm mit einer herrischen Geste das Wort ab.

»Da du dich wie ein blutiger Anfänger verhalten hast, werde ich dich auch wie einen behandeln«, sagte er. »Das hier ist mein Kräuterbeutel«, fuhr er fort und knotete dabei das lederne Behältnis von seinem Gürtel. »Er ist leer. Bis wir den Eathinian verlassen haben, erwarte ich, dass du dir selbst einen eigenen Beutel fertigst und diesen sowie meinen mit allen heilkräftigen Pflanzen befüllst, an denen wir vorbeikommen.« Sein Blick bohrte sich regelrecht durch die Augen des jungen Mannes bis direkt in dessen Hirn. »Du wirst mir jeden Abend berichten, welche Pflanzen du wann in welcher Reihenfolge hinzugefügt hast und welche Heilkräfte ihnen innewohnen.«

»Aber …«, begehrte Hakanu auf.

»Ich will von dir am Tage nichts weiter hören als ›Ja, Meister‹, bis ich entscheide, dass du deine Lektion gelernt hast«, schnarrte Ahren. »Ist das klar?«

Hakanu schluckte. »Ja, Meister.«

»Gut«, brummte Ahren zufrieden. »Ich sehe acht Heilpflanzen auf dieser Lichtung. Warum sammelst du die nicht ein, während sich die Erwachsenen unterhalten?«

Hakanus Kiefer mahlten in stummem Protest, dann zog der Lehrling davon, den Beutel seines Meisters zwischen den geballten Fäusten haltend.

»Wenn mich mein Alter nicht eingeholt hat, sehe ich nur sechs nutzbringende Gewächse um ihn herum«, murmelte Falk, als Hakanu außer Hörweite war.

Ahren zuckte gleichmütig mit den Achseln. »Mein Lehrling darf ruhig ein bisschen schwitzen.«

»Ist das nicht zutiefst ungerecht?«, fragte Khara verschmitzt lächelnd. »Sein Speerwurf gegen Vierklaue war meisterlich. Der Drache war eben schneller. Diese Art Wagemut hätte auch von deinem jungen Selbst stammen können.«

Ahren nickte. »Und wenn ich dabei gescheitert wäre, hätte Falk mich dafür ebenfalls zur Rechenschaft gezogen.«

Der alte Paladin nickte geradezu enthusiastisch. »Und ob. Ahren wäre einen Mond lang den gemeinsten Bänderbaum hinauf- und hinuntergeklettert, den ich hätte ersinnen können.«

»Seid ihr fertig mit euren belanglosen Gesprächen?«, giftete Uldini dazwischen. »Können wir dann endlich losgehen?«

»Trogadon und Jelninolan sind nirgends zu sehen, ebenso wenig wie Lyssin, Schläft-im-Wipfel, der Erste und die beiden Eiswölfe. Auch Muai fehlt«, warf Lanlion von seinem Baumstamm her ein. »Ohne unsere Gefährten ziehen wir bestimmt nicht los. Warum also die Eile?«

Uldini deutete auf *Flammenstern*. Die Kristallkugel schwebte dicht über seiner rechten Hand und in ihrem Kern erkannte Ahren ein kaum wahrnehmbares Flackern. »Quin-Wa hat mich am frühen Morgen kontaktiert.« Der Blick des Magus wanderte zu Ahren hinüber. »Der Widersacher ward gesichtet.«

Der Mund des Paladins wurde trocken und das Schlucken fiel ihm plötzlich unendlich schwer. »Du meinst … der Dunkle Gott wurde leibhaftig gesehen?«

Uldini nickte grimmig. »Keine undeutliche Traumvision, kein Wolkengebilde am Himmel oder ein Schemen in der Nacht – der Widersacher zeigte sich offen auf einer der inneren Mauern seiner Festung.«

»Wann?«, fragte Falk tonlos. Die Haut des alten Paladins war totenbleich.

»Gestern. Als wir auf den Schwingen der Göttin gen Norden flogen.«

»Das ging schnell«, kommentierte Lanlion die Neuigkeit in ruhigem Ton. Die Gelassenheit des Blutleeren war Ahren ein willkommener Fels in der Brandung.

»Zu schnell«, sagte Uldini. »Wenn ER, DER ZWINGT, seinen Körper bereits manifestieren kann, dann hat er seine Macht zur Gänze zurückerlangt oder steht zumindest kurz davor.«

»Ist es denn so schlecht, dass er einen Körper besitzt?«, fragte Khara verblüfft. »Macht ihn das nicht verwundbarer für einen Angriff?«

Uldini rollte ungeduldig mit den Augen. »Du vergisst, dass wir hier nicht von einem sterblichen Wesen reden. Solange der Dunkle Gott nur ein flüchtiges Phantom aus Willenskraft und Magie war, musste er große Teile seiner Macht darauf verwenden, … sich beisammenzuhalten, könnte man sagen. Sein wiedererschaffener Körper hingegen ist wie ein Anker, in welchem sich sein Dasein mühelos manifestiert. Und der Widersacher hat jahrtausendelange Erfahrung darin, seine Hülle zu schützen, zu heilen oder neu zu erschaffen, wenn es sein muss.«

»Dieses Gespräch wird von Wort zu Wort unerfreulicher«, bemerkte Ahren angespannt. »Bitte sag mir, dass wir Paladine den Dunklen Gott durchbohren können, ohne dass er danach einfach in einem wiedererschaffenen Körper aufersteht und fröhlich pfeifend weiterzieht.«

»Eure Göttersegen sind wie Wasser, das die Feuer seines Lebens erlöschen lässt«, sagte Uldini, ohne Ahren anzusehen. »Zumindest, wenn dieses Wasser mächtiger als seine Glut ist.«

Ahren seufzte. Er konnte Uldinis Zweifel aus dessen Worten heraushören, ebenso wie den Wunsch des Alten, dies nicht hier und jetzt zu diskutieren.

»Also hast du Angst, dass der Widersacher flüchtet und ein Katz-und-Maus-Spiel mit den Paladinen treibt, wie er es schon während der Dunklen Tage getan hat?«

Uldini nickte stumm.

»Aber warum hat er seinen Körper nicht einfach auf … sagen wir, einer der Inseln der Klingensee manifestiert?«, hakte Ahren nach. »Irgendwo weit weg vom Ring.«

»Der Widersacher ist kein *echter* Gott«, sagte Falk mit harter Stimme. »Egal, was er anderen auch weismachen will, sein Körper konnte nur dort entstehen, wo er zu Boden gerungen wurde.«

»An dem Punkt, wo die Bannsäule entstand«, fügte Lanlion hinzu. »Im Herzen der Obsidianfeste.«

»Außerdem bleibt ER, DER ZWINGT, ein Feigling«, sagte Falk voller Verachtung. »Er versteckt sich lieber hinter seinen Armeen, solange er kann.«

»Oder er bricht in ihrem Schutz durch den Ring«, fügte Uldini hinzu. »Deswegen hätte ich lieber früher als später alle Paladine an einem Ort vereint, um endlich loszuschlagen.«

»Solch düstere Worte an einem hellen Morgen?«, ertönte die sanfte Stimme Jelninolans, noch bevor sie an der Seite Trogadons zwischen dem Unterholz in Sicht kam. »Das kann nur bedeuten, dass Uldini das Zepter unserer Gemeinschaft bereits wieder fest im Griff hat.«

Ahren erschauderte beim Klang ihrer Worte. Wenn die Elfe sprach, schwang seit der Reise auf den Schwingen der Göttin etwas unterschwellig Machtvolles in ihrer Stimme mit, als würde ein Hauch von IHR, DIE FÜHLT, jede Silbe der Priesterin umwehen.

»Ich erörterte nur die Fakten«, sagte Uldini spröde. »Und mahne dabei zur Eile.«

»Unser Kampf mit Vierklaue ist gerade einen Tag her«, sagte die Elfe in jenem warmen Ton, mit dem sie Verwundete zu trösten pflegte. »Lass uns Atem schöpfen. Der schwerste aller Kämpfe liegt vor uns. Sollten wir da nicht in der bestmöglichen Verfassung sein?«

Uldini kratzte sich am Kopf, und Ahren konnte erkennen, wie der Alte die bedächtig vorgetragenen Worte der Elfe in seinem scharfen Verstand drehte und wendete.

»Sechs Tage«, sagte er mit einem schroffen Nicken. »So lange benötige ich, um einen möglichst schnellen Transport zum Ring für uns zu arrangieren. Aber dann brechen wir auf.«

Ahren wunderte sich darüber, wie sehr er sich trotz aller gebotenen Eile über die Atempause freute, die Jelninolan Uldini abgerungen hatte. Es gab so viele Ereignisse, die ihnen in den Eisfeldern widerfahren waren, über die er nachdenken und mit den anderen reden wollte. Es würde ihm guttun, dieses Chaos in seinem Inneren zu ordnen, bevor er sich der monumentalen Aufgabe stellte, einen Gott zu töten.

Selbst ernannten Gott, korrigierte ihn Culhen, der zusammen mit Lyssin, Yoka und Muai auf die Lichtung trat. Die Mäuler der drei Tiere waren blutverschmiert und die junge Waldläuferin atmete schwer, die Augen weit aufgerissen.

»So viele Bäume«, sagte sie keuchend. »Vater hat mir mal ein Bild von einem Baum gemalt, als ich ihn fragte, was ein Wald ist«, sie lachte hilflos. »Ich bin wahrscheinlich die erste Waldläuferin, die den Namen ihrer Zunft anfangs nicht richtig verstanden hat.«

»Mein übermütiger Lehrling kommt in den Genuss einer vollständigen Auffrischung seiner Ausbildung«, sagte Ahren laut genug, dass der junge Krieger unter den scharf gesprochenen Worten zusammenzuckte. »Du, Lyssin, bist herzlich eingeladen zuzuhören, was ich ihm alles über den Wald zu sagen habe.«

Ah, bitte sag ja, bettelte Culhen die Waldläuferin an, ohne dass sie seine Worte hören konnte. Doch der Blick des Wolfes sprach ohnehin Bände, wie er sich auf allen vieren niederließ und Lyssin von unten herauf ansah. *Dann kann ich besonders viel Zeit mit Yoka verbringen, während ihr euren Menschenkram besprecht, und dann wird sie merken, was für ein toller Wolf ich bin.*

Muai grollte indes mit einem kurzen Kopfschütteln angesichts des Gebarens des Wolfes.

Ahren bemerkte aus den Augenwinkeln, wie Hakanu ebenfalls hoffnungsvoll zu Lyssin hinübersah, und ihm entging auch der treudoofe Blick in dessen Augen nicht, der Ahren regelrecht Angst machte.

Zwei liebestolle Idioten auf einen Schlag, dachte er stöhnend. *Das kann ja heiter werden.*

Der Teich war tief, klar und gerade kühl genug, um im ewig frühsommerlichen Klima des Eathinian noch erfrischend zu sein. Ahren und Khara waren allein, und der Paladin bewunderte das Gespür seiner Liebsten, die jedes noch so winzige Gewässer scheinbar mühelos aufzuspüren vermochte. Nach dem Gespräch mit Uldini und den anderen hatten sich die Gefährten weitläufig aufgeteilt, und so waren Ahren und Khara seit vielen Monden endlich das erste Mal wieder unter sich. Die Zeit verflog nur so und die Sonne stand bereits tief am Himmel, als Ahren sich träge im Wasser des Teiches treiben ließ, während Khara auf einem nahen Felsen lag und sich vom Licht des herrlichen Tages trocknen ließ.

»Was denkst du, ist mit jenen passiert, die wir in den Eisfeldern zurückgelassen haben?«, fragte die Schwertmeisterin verträumt.

Ahren spielte im Wasser toter Mann und sah ebenfalls zum Himmel empor. »Als uns Jelninolans Lied zurück in den Norden brachte, habe ich das Eis um uns herum schmelzen sehen«, sagte er. »Ich schätze, dass die Armee aus Dunkelwesen, die uns umzingelte, ertrunken ist und daher keine Gefahr mehr für Yollock und Caldria darstellt.«

Khara brummte zustimmend, ein Laut voller Zufriedenheit. »Und Vierklaue wird die paar Dunkelwesen, die übrig geblieben sind, zur Strecke bringen«, sagte sie zuversichtlich. Dann entrang sich ihren Lippen ein Seufzer. »Kannst du dir vorstellen, was passiert wäre, wenn er mit uns gekommen wäre? Der mächtigste aller Drachen kämpft plötzlich an unserer Seite gegen den Widersacher?« Noch ein Seufzen. »Das hätte ich gerne gesehen.«

Ahren antwortete nicht sofort, sondern genoss das Gefühl des Wassers, das ihn umgab. Ihn trug. Ihn sicher und geborgen hielt.

»Vierklaue hat in seinem Leben schon zu viel Leid gesehen und zu viele Kämpfe erlebt. Yollock wusste das. Nicht umsonst hat er ihn von der Welt abgeschirmt. Ich glaube, es ist richtig, dass er in den Eisfeldern geblieben ist.«

»Wer?«, fragte Khara neugierig. »Yollock oder Vierklaue.«

»Ja.«

»Verstehe.«

Ahren konnte Kharas breites Schmunzeln aus dem einen Wort heraushören. »Wenigstens ist Yollock nicht ganz allein in seiner Höhle zurückgeblieben«, sagte der Waldläufer und schwamm ans Ufer. »Der Gedanke, dass Caldria bei ihm ist und ihm Gesellschaft leistet, stimmt mich zuversichtlich.«

Khara legte den Kopf schief. »Ob sie je wieder reden wird?«

»Schwer zu sagen«, antwortete Ahren und zog sich aus dem Wasser. »Der Verlust ihrer Magie war ein schwerer Schock für sie.« Er rang sich ein schwaches Lächeln ab. »Aber selbst wenn sie stumm bleibt, wird es Yollock nicht stören. Wenn dieser Mann an einem normalen Tag zehn Wörter über die Lippen bringt, wird das für ihn noch immer viel sein.«

»Caldria musste auf diesem Flammenbauchschiff ständig schwitzen«, sagte Khara und sah Ahren lächelnd an. »Hoffentlich wird sie die Kälte des eisigen Südens zu schätzen wissen.«

Ahren ließ sich neben Khara nieder und strich ihr mit einer Hand das Haar aus der Stirn. »In den Nebelfeldern war es durchaus erträglich«, murmelte er. »Und ich denke, unsere ausgebrannte Feuermagierin wird dank ihres Wissens um kontrollierte Hitze schon bald mundane Mittel und Wege finden, einige der brodelnden Teiche dort nutzbar zu machen.«

»Zwei schweigende Menschen, die ihren Lebensabend in aller Abgeschiedenheit genießen«, sagte Khara träumerisch. »Das klingt himmlisch. Lass uns das auch ausprobieren.«

»Versprochen«, sagte Ahren lächelnd. Dann funkelte er Khara schelmisch an. »Hakanu ist noch bis zum Sonnenuntergang mit Kräutersammeln beschäftigt. Falls dir etwas einfällt, wie wir uns die Zeit vertreiben könnten, bin ich ganz Ohr.«

Die Schwertmeisterin antwortete ihm nicht, doch ihr Lächeln sprach Bände.

»... stillt dieses Kraut, wenn man es in Wasser auflöst, Blutungen im Magen«, hörte Ahren die eilfertige Stimme seines Lehrlings, noch bevor er ihn sah.

»Was für ein Überfluss«, sagte Lyssin staunend, als Ahren zwischen den Bäumen hindurch auf die vom Abendlicht geküsste Lichtung trat, wo die Gefährten ihr Lager aufgeschlagen hatten. »In den Eisfeldern gab es nur einige wenige Moose und Flechten, die bei Verletzungen hilfreich waren, an diesem Ort jedoch scheint es für jedwedes Gebrechen eine nutzbringende Pflanze zu geben.«

»Wenn du eine gegen Übermut findest, dann sag mir umgehend Bescheid«, erwiderte Ahren mit einem strengen Blick auf Hakanu.

Der Lehrling zog den Kopf ein und ordnete die Vielzahl präparierter Salben, Aufgüsse, Kräuter, Blüten und Stängel, die er vor sich auf dem Waldboden ausgebreitet hatte.

»Also ich fand seinen Angriff auf den Drachen ausgesprochen tapfer«, sagte Lyssin und zauste Hakanu dabei kräftig das Haar. »Fast hätte seine Taktik auch funktioniert.«

»Ein einzelner Speerwurf ist bestimmt keine Taktik«, sagte Ahren schmallippig. Doch da Hakanu die Waldläuferin mit hohlem Gesichtsausdruck anschmachtete, weil sie für ihn Partei ergriffen hatte, bekam der junge Krieger nach Ahrens Dafürhalten ohnehin nichts mit von dem, was sein Meister sagte. »Außerdem ist *fast* ein Wort, das häufig zwischen Sieg und Niederlage unterscheidet.«

»Sei nicht so streng mit ihm«, sagte Lyssin und wuschelte Hakanu ein weiteres Mal durch die Haare. »Er ist praktisch noch ein Kind.«

Wäre dem Lehrling ein äußerst schwerer Stein auf den Fuß gefallen, er hätte nicht schmerzerfüllter dreinschauen können. Mitleid durchfuhr Ahren und er deutete auf die Ausbeute Hakanus.

»Dann erkläre mir mal, was du Schönes gefunden hast«, sagte er versöhnlich. »Wenn du mich beeindruckst, können wir vielleicht über ein morgiges Speertraining reden.«

Ahren beobachtete, wie der junge Krieger seine Enttäuschung mit einem schweren Schlucken tief in dessen Innersten vergrub, bevor er anfing zu sprechen.

»Das ist Nebelwurz ...«, begann er, jedoch ohne jene Lebhaftigkeit, mit der er eben noch zu Lyssin gesprochen hatte.

Ahren seufzte leise. Offensichtlich ahnte sein Lehrling, dass es einige Kämpfe im Leben gab, die man nicht gewinnen konnte.

Als Hakanu seine Litanei pflichtschuldig heruntergebetet hatte, lobte ihn Ahren überschwänglich und schickte ihn dann für einige Runden auf einen nahegelegenen Baum, den der Lehrling hinauf- und hinunterklettern sollte.

»War ich zu direkt?«, fragte Lyssin, kaum dass Hakanu außer Hörweite war.

»Wenn man bedenkt, dass du all die Jahre mit niemandem als deinem Vater in einer Eiswüste gelebt hast, warst du sehr taktvoll«, sagte Ahren leise. »Ich wundere mich, dass du die Anzeichen seiner … Vernarrtheit überhaupt bemerkst.«

Lyssins Ohren nahmen die gleiche Farbe wie ihre Lockenpracht an. »Jelninolan und Khara haben mich gewarnt«, sagte sie und schüttelte dann den Kopf. »Das ist eigentlich das falsche Wort, aber so viele Nuancen kenne ich noch nicht. Vater war kein großer Redner, wie du weißt.«

Ahren nickte. »Besser, Hakanu wird dieser spezielle Zahn direkt gezogen, als dass er vor lauter Torheit etwas Dummes anstellt.«

Lyssin sah ihn befremdlich an. »Du willst Hakanu einen Zahn ziehen? Ist das eine Art Strafe bei euch auf dem Festland?«

»Nein«, sagte Ahren lachend und legte einen Arm um die junge Waldläuferin. »Aber ich merke schon, dass wir dir besser noch ein paar andere Dinge außer der Kunde über den Wald beibringen. Jorath kann ein furchtbar komplizierter Ort sein – vor allem für einen Paladin.«

Lyssin rümpfte die Nase. »Ich kann sehr gut auf mich selbst aufpassen«, sagte sie spröde.

»Mit dem Bogen und dem Kurzschwert, ja«, sagte Ahren schmunzelnd. »Aber wenn ich dir sage, dass es Städte gibt, in denen Worte wie Waffen geschwungen werden?«

Lyssins Augen blitzten voller Vorfreude auf. »Erzähl mir mehr!«, forderte sie.

Ahren lachte warmherzig auf und wackelte verneinend mit einem Finger. »Das überlasse ich anderen«, sagte er grinsend. »Es gibt da einen Zwerg, der es liebt, Geschichten über unsere Abenteuer zum Besten zu geben.«

»Da waren wir nun, gefangen in der Ehernen Stadt, die kurz davor stand, von Tausenden Dunkelwesen überrannt zu werden …«, proklamierte Trogadon mit unheilvoller Stimme, während er einen Stiefel ins Feuer stieß, damit die Funken aufloderten und in die tiefe Nacht davonflogen.

»Lass das!«, fauchte Jelninolan. »Die Wipfelläufer sind wegen der Flammen nervös genug.«

Ahren grinste vor sich hin, während er in der Umarmung der Nacht verschwand und seine Gefährten, die fröhlich am Lagerfeuer den übertriebenen Anekdoten Trogadons lauschten, hinter sich ließ. Sein Ziel war die einsame Gestalt auf jenem umgestürzten Baum, der wohl so etwas wie Lanlions bevorzugter Rückzugsort geworden war.

»Warum setzt du dich nicht zu uns?«, fragte er leise, als er bei dem blutleeren Paladin angekommen war.

»Ich finde es schön hier«, sagte Lanlion lakonisch und zuckte mit den Achseln, eine Geste, die Ahren in der Düsternis des Waldes mehr erahnte, als dass er sie sah. »Und du weißt, wie sehr Feuer mich blendet, wenn meine Augen die Geheimnisse der Nacht durchdringen.«

Ahren seufzte. »Lanlion, der ewig schwermütige Poet.«

Ein selbstironisches Kichern ertönte von dem Stamm hinab. »Wenn, dann ein sehr schlechter Poet.«

»Ich kenne einige der Bardenlieder, die über uns Paladine geschrieben wurden«, sagte Ahren trocken. »Solange du nicht Herz auf Schmerz reimst, bist du besser als die meisten Minnesänger, die den Kontinent unsicher machen.«

Lanlion kicherte erneut, diesmal klang der Laut viel gelöster. »Du bist ja heute in einer richtig leutseligen, wenn auch etwas raubeinigen Stimmung. Wie kommt das?«

Ahren schmunzelte. Eigentlich hatte er mit seinem Freund über dessen Erfahrungen auf seiner Pilgerreise reden wollen, aber nun kehrte der gewitzte Paladin den Spieß um. »Ein Teil von mir will nichts weiter tun, als sich im Erfolg unserer Suche nach den Paladinen zu suhlen«, sagte er schließlich. »Während der andere Teil mir panisch ins Ohr schreit, dass uns das Schwierigste noch bevorsteht.« Er deutete zum Lagerfeuer, wo Jelninolan liebevoll summend die Haare Trogadons flocht und ihn in regelmäßigen Abständen mit einem Ruck an dessen Mähne zur Räson brachte, wann immer die Übertreibungen in der Erzählung des Zwerges überhandnahmen. »Und zusätzlich gibt es jene unter uns, die ganz außerordentliche Erfahrungen gemacht haben und von denen ich nicht weiß, wie sie sie verkraftet haben.«

»So wie Jelninolan?«, fragte Lanlion neckend.

»Ja. So wie Jelninolan – und andere Anwesende.«

Der Blutleere schüttelte den Kopf. »Manchmal bist du so subtil wie ein betrunkener Trogadon. Also, was willst du wissen?«

»Alles?«

Lanlion schnaubte belustigt. »Kein Wesen auf dieser Welt kann alles wissen. Jedenfalls tröste ich mich mit diesem Gedanken, wann immer ich an die Grenzen meiner eigenen Bildung stoße.«

»Lanlion«, sagte Ahren streng. »Es ist wichtig, dass ich weiß, wie es um dich steht.«

»Um einen der Paladine, die gegen den Widersacher gebraucht werden, meinst du?«

»Um einen Freund«, sagte Ahren bestimmt.

»Also gut«, gab der Blutleere nach. »Aber ich mache es kurz.«

»Das wäre nach Trogadons epischen Ausschweifungen des heutigen Abends eine nette Abwechslung«, scherzte Ahren, als der Zwerg begann, lautstark den Finsterbären zu imitieren, der damals vor den Toren der Ehernen Stadt beinahe Ahrens Untergang bedeutet hätte. »Warum muss er immer mit meinen Fehlschlägen anfangen«, murrte der Waldläufer vor sich hin.

»Irrtümer und Fehler machen uns menschlich«, sagte Lanlion leise. »Es ist wichtig, sie nicht zu vergessen. Nur durch sie entwickeln wir uns wirklich weiter.«

»Jetzt reden wir also endlich über dich«, sagte Ahren zufrieden und kraxelte zu Lanlion auf den mehr als mannshohen Baumstamm hinauf. »Ich bin ganz Ohr.«

Der bleiche Paladin zuckte mit den Achseln. »Eigentlich war meine Reise kein großes Ereignis«, begann er nachdenklich. »Es war wie ein Ziehen in meiner Brust, das mich kreuz und quer durch Jorath lenkte.«

Ahren runzelte die Stirn. »Das klingt sehr willkürlich und so gar nicht nach einer von den Göttern auferlegten Pilgerreise.«

»Du vergisst immer wieder, dass sie sehr tief schlafen«, sagte Lanlion mit einer Spur Schärfe in der Stimme. »Vieles von dem, was sie tun, ist konfus.« Er stockte einen Moment. »Aber nach kurzer Zeit fand ich heraus, wohin sie mich leiteten: Ob nun Schlachtfelder, auf denen ich gekämpft und gesiegt, Männer und Frauen, die ich gerettet, oder simple, aber schöne Erinnerungen, die ich vergessen hatte – all das wurde mir nach und nach wieder bewusst, als mich das Ziehen in meiner Brust zu Nachfahren überlebender Soldaten leitete, die noch immer wussten, dass Lanlion, der Paladin, ihren Urahnen das Leben gerettet hatte. Oder zu geschäftigen kleinen Ortschaften, die dort erblüht waren, wo in den Dunklen Zeiten blutiges Chaos geherrscht hatte.« Lanlion atmete hörbar aus. »Die DREI zeigten mir, dass meine Taten Gewicht hatten. Dass das Leben weitergeht, selbst dort, wo vormals nur der Tod herrschte.« Seine Stimme sank auf ein Flüstern hinab. »Und dass die Art meiner Existenz nichts damit zu tun hat, ob ich für Jorath von Nutzen bin. Was kümmert es ein kleines Kind, von wem es vor einem Dunkelwesen gerettet wird – ob von einem Menschen oder einem …«

»Ja?«, bohrte Ahren nach.

»… ungewöhnlichen Paladin«, beendete Lanlion seinen Satz mit einem Grinsen. »Du hast gedacht, ich sage jetzt Monster, oder nicht?«

»Der alte Lanlion hätte dieses Wort verwendet.«

»Oh, ich bin noch immer der alte«, widersprach Lanlion. »Nur ein bisschen weiser und weniger fixiert auf einen Umstand, den ich nicht ändern kann. Das können nur die Götter. Vielleicht.«

Ahren legte dem bleichen Paladin eine Hand auf die Schulter. Das Metall seiner Rüstung fühlte sich so kalt an, als hätte es jahrelang in einer tiefen Gruft gelegen. »Wenn es eine Pilgerreise brauchte, damit du erkennst, was ich schon lange weiß, dann bin ich froh, dass du sie angetreten hast. Für mich bist du ein Paladin wie jeder andere auch.«

Lanlion grinste. »Nur, dass ich besser allein esse.«

Ahren zog eine Augenbraue hoch. »War das etwa ein Scherz über deinen Zustand als Blutleerer?«

»Ja.«

»Hm. Bleib lieber bei der Poesie.«

Voller Sehnsucht dachte Ahren an die feuchte Fuchsnase in seinem Ohr zurück, die ihn am Vortag geweckt hatte, jetzt, da zorniges Geschrei ihn aus dem Schlaf riss. Blinzelnd richtete Ahren sich auf und neben ihm fuhr auch Khara aus ihrer Decke hoch.

Die Nacht war bereits auf dem Rückzug, schon kündigte der Hauch einer Morgenröte den neuen Tag an. Uldini und der Erste lieferten sich mitten im Lager eine Art Brüllwettbewerb, bei dem es offensichtlich um die Tatsache ging, dass sie sich nicht vom Fleck bewegt hatten, sondern noch immer in diesem entlegenen Teil des Elfenwaldes verharrten.

»Ich habe die totale Mobilmachung des Eathinian angeordnet und euer baldiges Eintreffen angekündigt, dabei sitzt ihr hier herum und veranstaltet ein Picknick nach dem anderen!«, tobte der uralte Streiter der Götter. »Ich dachte, ihr seid mir dicht auf den Fersen, da Uldini, der weise und große Anführer der Alten schließlich weiß, was seit Lyssins Erscheinen auf dem Spiel steht. Aber da habe ich mich wohl gründlich getäuscht!«

»Der Transport nach Süden ist längst organisiert«, keifte Uldini zurück. »Eine Eskorte mit genug Titejunanwas, um uns alle tragen zu können, erscheint in wenigen Tagen, und dann holen wir die verlorene Zeit wieder auf, du rostkopfiger, schlachtenhungriger …«

Jelninolan strich einen Ton auf *Mirilan* an und das Geschrei verstummte. Ahren sah zwar noch, wie die beiden Streithähne sich gegenseitig angingen, aber ihre Worte drangen nicht mehr zu ihm vor.

»Sollen die zwei sich aneinander abreagieren«, sagte die Elfe resigniert. »Doch das ist kein Grund, warum wir darunter leiden müssen.«

»Diesen kleinen Trick hättest du schon vor Jahren auf Uldini anwenden sollen«, sagte Falk grinsend. »Permanent.«

Ahren lächelte seinen Meister an, der in seiner Waldläuferkluft dastand, eine Hand auf dem Nacken der zufrieden schnaufenden Selsena. »Ihr beide wart auf einem Ausritt?«

Falk nickte. »Ein früher Morgen allein mit meinem alten Mädchen reicht fürs Erste«, sagte er. »Ihre Freude, mich zu sehen, ist bereits der Befriedigung gewichen, alles, was ich sage, zu kritisieren.«

Das Titejunanwa schnaubte, und Ahren spürte die Mischung aus Missbilligung und Zuneigung, die von dem elfischen Streitross ausging. Falk rieb ihr liebevoll über die Nüstern.

»Du hast wenigstens etwas von deinem Vertrautentier«, sagte Khara schmallippig. »Muai ist die ganze Zeit mit Culhen und Yoka im Immergrün unterwegs. Ich denke, sie ist eifersüchtig auf all die Aufmerksamkeit, die Culhen der jungen Eiswölfin schenkt.«

»Yoka mag ihn sehr«, warf Lyssin wenig taktvoll ein, und Khara verzog gereizt das Gesicht. »Sie sagt, sie findet ihn drollig.«

»Drollig?«, echote Ahren und rieb sich die Stirn. »Das darf mein eitler Wolf niemals erfahren oder sein Ego fällt in sich zusammen wie Trogadons gute Vorsätze, einen Abend lang nüchtern zu bleiben.«

»Heh«, beschwerte sich der Zwerg. »Halte mich gefälligst da raus.«

Indessen hatte sowohl Uldini als auch der Erste anscheinend mitbekommen, dass keiner außer ihnen ein Wort von dem hörte, was sie besprachen, und beide sahen Jelninolan mit einem Blick an, der nur als mörderisch bezeichnet werden konnte.

»Ich glaube, die zwei wollen entzaubert werden«, sagte Ahren grinsend.

»Müssen wir sie wirklich schon erlösen?«, fragte Falk und legte sich eine Hand über den Mund, um so sein Lachen zu kaschieren.

»Warten wir damit bis nach dem Frühstück«, entschied Jelninolan. »So können wir sicher sein, dass sie sich in Ruhe die Seele aus dem Leib geschrien haben.«

2. Kapitel

Bis Jelninolan ihren Zauber schließlich aufhob, waren Uldini und der Erste in einen Zustand feindseligen Starrens übergegangen. Auch als die Elfe die beiden Streithähne mit einer Geste darüber informierte, dass sie wieder gehört wurden, schwiegen sie verbissen weiter.

»Wo sind eigentlich Schläft-im-Wipfel und Bergen?«, durchbrach Lanlion die Stille, während Ahren, Khara und Hakanu die Überreste ihres kalten Frühstücks in den Rucksäcken der Gruppe verstauten. »Sie waren doch gemeinsam mit dem Ersten aufgebrochen, um den Elfen Bescheid zu geben, dass wir wieder zurück sind.«

Die Köpfe der Gefährten drehten sich dem Veteranen zu, der mit eisiger Miene vor sich hin brütete.

»Willst du wirklich wie ein bockiger Dreijähriger schweigen, weil du keine Zuschauer für deinen Wutanfall hattest?«, fragte Ahren gereizt.

»Ihr wolltet nicht hören, was ich zu sagen habe«, kam die Antwort des Ersten zwischen zusammengebissenen Zähnen hervor. »Also halte ich einfach den Mund.« Nach einigen Herzschlägen fügte er hinzu: »Die beiden wollten bei den Elfen bleiben und dort auf euch warten.«

Ahren wusste, dass der Erste eine solche Behandlung nicht gewohnt war. Bis zum Konklave in Hjalgar war dem uralten Paladin mit einer Ehrfurcht begegnet worden, die beinahe an Anbetung gegrenzt hatte. Erst durch Ahrens Widerstand war der Erste regelrecht entthront worden, sodass er nun als einer der Dreizehn galt, statt als deren unangefochtener Anführer. Durch Jelninolans Zauber hatte diese Gleichbehandlung einen neuen Höhepunkt erreicht.

Und er schämt sich sicher auch dafür, wie er in den Eisfeldern seine geliebte Beherrschung verloren hat, warf Culhen ein, der sich dicht neben der an einem Knochen kauenden Yoka hielt – ein Knochen, den der Wolf ihr bereitwillig überlassen hatte.

Ahren sandte seinem Freund eine stumme Zustimmung. Der Erste musste momentan äußerst dünnhäutig sein. Alte Wunden waren beim

Zusammentreffen mit Vierklaue aufgerissen und der Kampf mit dem Drachen hatte eine völlig andere Wendung genommen, als der Veteran im Vorfeld hätte erwarten können. Und wieder war Ahren der Hauptgrund gewesen, warum der Erste seinen Willen nicht bekommen hatte. Vielleicht war es an der Zeit, ein paar jener Verletzungen zu heilen.

»Was denkst du, was wir tun sollten?«, fragte er daher in möglichst zugänglichem Ton und setzte sich dem Mann in der altertümlichen Panzerrüstung gegenüber.

»Das ist einfach«, sagte der Erste. »Wir müssen so schnell wie möglich zum Ring, bevor der Widersacher durchbricht und wir weitere tausend Jahre des Krieges benötigen, um ihn erneut einzukesseln.«

»Uldini arbeitet daran«, sagte Khara und setzte sich neben den uralten Paladin. »Während wir anderen versuchen, so gut es geht zu Kräften zu kommen.« Sie legte ihm eine Hand auf den gepanzerten Unterarm. »Es ist viel passiert im ewigen Eis des Südens.«

Halb erwartete Ahren, dass der Erste seinen Arm wegzog, aber zu seiner Überraschung nickte der Veteran nur. »Ich vermisse *Sie*«, sagte er, und Ahren wusste sofort, dass der Mann sein verstorbenes Vertrautentier meinte. »In Vierklaue war so viel von *Ihr* zu finden. *Ihr* Mut. *Ihr* Stolz. *Ihre* Sturheit.«

»Dann ist es doch gut, dass ein Teil von ihr noch immer lebt, oder nicht?«, fragte Falk, während Selsena eine Welle der Zuneigung aussandte und ihren Kopf von hinten an dem des Ersten rieb.

Hölzern mutete seine Bewegung an, als der uralte Paladin hinauflangte und das elfische Streitross mit jahrtausendelanger Erfahrung unter dem Kinn kraulte. »Meine Wut … mein Hass«, begann er stockend. »Beides gab mir Halt.« Er runzelte die Stirn. »Der Verlust eines Zieles für diese Art von Gefühlen ist schwer zu beschreiben.«

»Es gibt einen selbst ernannten Gott«, sagte Lanlion vom Rand der Lichtung, wo er an einem Baum lehnte. »Konzentriere deine Wut und deinen Hass auf ihn. Dann bleibt von beidem weniger für Uldini über.«

»Guter Gedanke«, sagte der Magus trocken. »Zumal ich wirklich Vorkehrungen getroffen habe, die bei der Reise Richtung Süden helfen werden. Wie schon gesagt, eine Eskorte aus Elfen wird uns in wenigen Tagen hier abholen.«

»Ich denke, wir brauchen alle ein wenig Ruhe«, sagte Trogadon mit einem Funkeln in den Augen.

»Was heckst du jetzt schon wieder aus, mein Lieber?«, fragte Jelninolan misstrauisch.

Der Zwerg grinste und fischte ein kleines Stahlfässchen aus einem der Rucksäcke, die Lanlion dank Haminul und Selsena in den Norden geschafft hatte. »Ich hätte hier ein wenig flüssige Abhilfe, mit derer sich aufgewühlte Gedanken beruhigen lassen – zumindest, wenn man dabei mit guten Freunden lacht und würfelt.«

Jelninolan sah streng und äußerst enttäuscht zu Lanlion hinüber. »Gehört ein Alkoholfass wirklich zu den Dingen, die du unbedingt mitbringen musstest?«

Der blutleere Paladin deutete auf Trogadon. »Schläft-im-Wipfel sagte, ich solle alles herschaffen, was Geist, Körper und Seele stärkt und kräftigt. Für unseren bärtigen Freund musste also ein Fass her.«

»Ach, du kennst mich ja so gut«, sagte der Schmied und leckte sich genussvoll die Lippen. »Dafür verzeihe ich dir glatt deine schwülstige Art.«

Während Jelninolan ergeben seufzte, sammelten sich die Gefährten um Trogadons Fund.

»Denkt aber daran, etwas für Bergen übrig zu lassen«, riet Ahren ihnen. »Wenn er leer ausgeht, wird er euch das nie verzeihen.«

Pflichtschuldiges Nicken war die Antwort und Ahren erkannte in den lebenshungrigen Augen seiner Freunde, dass dieses Fass nicht lange voll bleiben würde. Als Trogadon auch noch seine sorgsam polierten Würfel hervorkramte, wusste der Paladin, dass dieser Tag vollends dem Müßiggang anheimfallen würde.

»Hakanu, du bist für heute von deinen Pflichten entbunden«, sagte er unter den Hochrufen der anderen.

Danach versank seine Welt in einem Mahlstrom aus herzhaftem Lachen, gutem Schnaps und noch besseren Freunden.

Fröhlich summend taumelte Ahren durch den Immergrün, dem drängenden Ruf einer vollen Blase folgend. Die Bäume drehten sich beständig um ihn, während das Unterholz sich tückischerweise immer dort vor ihm auftat, wo er gerade seinen Fuß hinsetzen wollte.

»Blöder Wald«, nuschelte er und hielt sich mit einer Hand an einem mächtigen Stamm fest, während er mit der anderen an den Schnüren seiner Hose herumnestelte.

Ein kleiner Teil von ihm wusste, dass er sehr betrunken war – und der Rest seines Verstandes war darüber ausgesprochen froh. Die Bedrohung durch den Widersacher wirkte, dank seines Rausches, angenehm fern und das viele Lachen mit seinen Freunden hatte seiner Seele gutgetan.

»Wenigstens kann ich noch stehen«, brummte er und kämpfte weiter mit seinem Beinkleid. »Nicht so wie der Erste.« Ein unkontrollierbares Kichern brach sich in seiner Kehle Bahn.

Der Veteran hatte sehr schnell und grimmig getrunken, bis er wie ein gefällter Baum zu Boden gegangen war, um fortan zu schnarchen. Jelninolan hatte irgendetwas Kluges gesagt, dass der Veteran wohl hatte verhindern wollen, dass er in seiner Verletzlichkeit noch mehr von sich preisgab, aber Ahren hatte ihren Ausführungen nicht folgen können.

»Lag aber nich am Alkohol«, versicherte er sich selbst und schaffte es endlich, seine Hose zu öffnen. Eulenhaft blinzelnd starrte er ins Nichts, während ein leises Plätschern die Geräusche des Immergrüns untermalte. Seufzend legte der schwer betrunkene Paladin den Kopf in den Nacken – und erstarrte.

Über ihm, auf einem tiefhängenden Zweig, saß ein Streifenhörnchen mit silbernem Rückenfell, das ihn auf eine Art musterte, die Jelninolan oder Khara sich für Gelegenheiten aufhoben, bei denen sich jemand auf eine besonders dämliche Weise zum Narren machte.

»Hallo, mein Kleiner«, lallte Ahren und streckte die Hand nach der Stimme des Waldes aus. »Wolltest du mich im Immergrün willkommen heißen?«

Das Streifenhörnchen wich vor seinen Fingern zurück, und Ahren bewunderte benommen, wie indigniert das kleine Tierchen aussehen konnte. Jener Bereich seines Verstandes, der noch weiter als bis zum nächsten Becher Schnaps denken konnte, wisperte auf Ahren ein, dass er gerade das spirituelle Oberhaupt der Elfen mit heruntergelassener Hose hatte streicheln wollen.

»Wollen …«, begann Ahren und unterbrach sich mit einem Schluckauf. »Wollen wir vielleicht morgen reden?«, fragte er mit einem breiten Lächeln, von dem er hoffte, dass es angemessen freundlich wirkte und nicht wie von einem schnapsgetränkten Vollidioten.

Die Stimme des Waldes sah ihn einen Moment lang an und verschwand dann zwischen den Blättern des Baumes.

Ahren nickte schwerfällig. »Das hast du gut hinbekommen«, lobte er sich selbst. »Echt diplomo– … dilpomei– … taktvoll.« Er band die Schnüre seiner Hose wieder zu und torkelte in Richtung Gelächter zurück. Kaum war er wieder auf der Lichtung, auf der ihre kleine Feier in vollem Gange war, als er losgrölte: »Ihr glaubt nicht, wen ich gerade getroffen habe …!«

Die langsam ihrem Ende entgegenstrebende Nacht war still und angenehm, ganz im Gegensatz zu dem Chor aus Niederfängen, der in Ahrens Kopf eine zwergische Arie anstimmte, während zwei Dutzend Finsterbären über schlecht gestimmte Kriegstrommeln liefen.

»Was für ein tückisches Gebräu hat Lanlion da nur herangeschafft?«, stöhnte der Paladin, als er sich von seinem Lager erhob und zwischen den schnarchenden Gefährten hindurch zu der einzigen Gestalt hinüberschlurfte, die außer ihm noch wach war.

Jelninolan saß am heruntergebrannten Lagerfeuer und hielt Trogadons Kopf in ihrem Schoß. Sie streichelte dem schnarchenden Zwerg über den Nasenrücken, worauf dieser stets mit einem Zucken seines Gesichtes reagierte, ohne zu erwachen.

»Ich hatte einen abstrusen Traum«, sagte Ahren und setzte sich neben die Priesterin. »Ich war im Unterholz und traf die Stimme des Waldes, aber ich hatte keine Hose an und …« Er unterbrach sich, als Jelninolan den Kopf drehte und ihn ansah, als stände sie kurz vor einer Entfesselung. »Oje«, fügte er kleinlaut hinzu.

»Die Göttin hat ihren höchsten Diener ausgesandt, um dir zu deiner erfolgreichen Suche nach den übrigen Paladinen zu gratulieren«, sagte die Elfe, jede Silbe wie ein Hammerschlag, der Ahrens Schuldgefühle tiefer und tiefer, einem glühenden Nagel gleich, in sein gemartertes Hirn rammte. »Und du bist so betrunken, dass du die Stimme des Waldes beinahe vollp–«

Ahren hob eine Hand. »So weit ist es nicht gekommen.«

»Wie *schön*, dass du das sagst. Ich bin ja so *froh*, das zu hören.« Jelninolans Antwort triefte vor Eis, sie hätte damit einen ganzen Gletscher erschaffen können.

Ahren stöhnte erneut. »Wir haben gefeiert«, sagte er gequält. »Wenn heute ein König in unser Lager spaziert wäre, dann hätte ihn sicherlich auch kein zeremonieller Empfang erwartet.«

Jelninolan nickte spröde. »Schon gut«, sagte sie schließlich. »Ich weiß, dass der Besuch der Stimme überraschend für uns alle war. Aber das macht es nicht weniger peinlich, weder für dich noch für mich.«

»Gut, dass es nur ein Fässchen gab«, sagte Ahren und verbarg das Gesicht in seinen Händen. »Einen Tag wie heute sollte man so schnell nicht wiederholen.«

Trogadons lautes Schnarchen schien Ahren widersprechen zu wollen, und Jelninolan strich ihm wieder über den Nasenrücken.

»Er sieht so niedlich aus, wenn seine Nase zuckt«, sagte sie lächelnd.

Halb um sich von seinen Kopfschmerzen abzulenken, halb weil er diese Frage schon seit Tagen stellen wollte, wandte sich Ahren der Elfe zu und flüsterte: »Wie geht es dir?«

Jelninolan lächelte. »Gut.« Der Hall in ihrer Stimme war selbst bei diesem einen Wort nicht zu überhören.

Ahren zögerte kurz. »Mehr hast du nicht zu sagen?«, bohrte er vorsichtig nach.

Die Priesterin zuckte mit den Achseln. »Ich bin immer noch ich«, sagte sie leise. »Falls es das ist, was du fragen wolltest.«

Ahren knetete unruhig seine Hände. »Was wir auf unserer Reise von den Eisfeldern in den hohen Norden gesehen haben … Waren das wirklich die Erinnerungen der Göttin?«

Jetzt sah Jelninolan ihm direkt in die Augen und Ahren glaubte, ein kaum wahrnehmbares Schimmern in den fernsten Tiefen ihres Blickes zu erkennen. »Es war jener Teil ihrer Sinneseindrücke, den unser Verstand verarbeiten konnte«, sagte sie. »Ein Geschenk, das vor ungeheuer langer Zeit von der Göttin für jene Person hinterlegt wurde, die als Erstes ihre Reise nachempfinden würde.« Sie lächelte. »Ich bezweifle, dass SIE, DIE FÜHLT, dabei an eine bunte Kohorte aus Paladinen, Alten, Vertrautentieren, einem Zwerg und einer Prinzessin gedacht hat, aber wenn ich eines verstanden habe auf meiner langen Reise in den Fußspuren der Göttin, dann, dass die DREI zwar Pläne für die Lebewesen ihrer geliebten Schöpfung hatten, aber viele davon unerwartete Resultate hervorbrachten.«

»So wie der Wächter, der zum Widersacher wurde«, sagte Ahren ernst.

Jelninolan seufzte. »Ja. Und wie jene Elfe, die erst Jahrtausende nach der Entstehung Joraths als Erste aus ihrem Volk alle Teiche der

Göttin besucht hat.« Ihr Blick bekam einen gequälten Ausdruck. »Ich werde das Gefühl nicht los, dass schon vor langer Zeit ein Mitglied meines Volkes dieses spezielle Geheimnis hätte lüften sollen.« Sie hob eine Hand vors Gesicht und betrachtete sie, als würde sie sie das erste Mal sehen. »Man stelle sich vor, wie viel Gutes die Elfen in der Welt hätten bewirken können, wenn sie die Transformation durchlaufen hätten, die mir widerfahren ist.«

Der Gedanke ließ Ahren einen Schauer über den Rücken laufen. »Nicht jedem Elf, den ich kennenlernte, würde ich die gleiche Macht anvertrauen, die du in dir trägst«, sagte er eindringlich. »Ist dir der Gedanke gekommen, dass du als Erste die Teiche entdeckt hast, weil du ihrer Macht würdig bist?«

Jelninolan runzelte nachdenklich die Stirn. »Vielleicht, vielleicht auch nicht«, sagte sie unschlüssig. »Die Götter schlafen. Wer weiß schon, was genau sie sich für uns ausgemalt haben. Vielleicht sollten wir anerkennen, dass sie allmächtig, aber nicht allwissend sind.«

Ahren stellten sich die Nackenhaare auf. »Was meinst du?«

»Dass die DREI zwar die Werkzeuge ersannen, um die Schöpfung wieder ins Lot zu rücken, aber der Weg, wie diese eingesetzt werden, allein unserer Einschätzung obliegt.« Sie fuhr sich mit beiden Händen übers Haar, als ob sie aus einem tiefen Gewässer auftauchen und die Reste des kühlen Nasses von sich streichen wollte. »Vielleicht hörst du besser nicht auf mich«, sagte sie mit einem gequälten Lächeln. »Das Echo der Göttin lastet schwerer auf meinem Verstand, als ich zugeben möchte. Vielleicht sehe ich einen dichten Dschungel voller verschlungener Wege, wo es nichts weiter als einen einzigen geradlinigen Pfad gibt mit einem festen Anfang und einem unvermeidbaren Ende – wie auch immer das aussehen mag.«

Ahren war erleichtert, als drei Tage nach seinem nächtlichen Gespräch mit Jelninolan mehr als zwei Dutzend Elfen aus dem Dickicht des Immergrüns traten. Sie wurden begleitet von einer Herde in elegante Lederrüstungen gehüllte Titejunanwas sowie einer Vielzahl anderer ebenfalls gerüsteter Tiere des Waldes. Der ungewöhnliche Anblick und einsetzende Trubel des bevorstehenden Aufbruchs der Gefährten löschte zumindest kurzfristig jene nagenden Grübeleien aus, die Jelninolans Worte in ihm geweckt hatten. Konnte es etwa sein, dass die

Götter viel planloser waren, als ihnen allseits zugestanden wurde? Waren sie wie drei Erwachsene, die ihren Kindern komplizierte Werkzeuge in die Stube legten und hofften, dass ihre Zöglinge schon alleine dahinterkamen, wie man die Gerätschaften benutzte?

Ahren hatte sich mehrfach dabei ertappt, wie er gedanklich durchspielte, was passiert wäre, wenn die Elfen der altvorderen Zeit vor dem Beginn der Dunklen Tage auf ihren weiten Reisen durch die Welt die Eisfelder erreicht und das Geheimnis der Teiche der Göttin gelüftet hätten. Wären sie imstande gewesen, mit dem Echo dieser Macht den Hüter zu bezwingen, bevor er vollends zum Dunklen Gott hatte werden können? Hätten sie die Geheimnisse der Magie viel früher nach Jorath gebracht? Und wäre die Entstehung der Paladine vielleicht nie notwendig geworden?

Ahren konnte nicht umhin, sich und seine Brüder und Schwestern in einem neuen Licht zu sehen. Vielleicht waren sie nur ein Provisorium in einer Reihe von vielen, mit denen die Götter den Widersacher verzweifelt zu bezwingen versuchten.

Vielleicht sind wir nicht einmal das letzte, schoss es ihm durch den Kopf.

Papperlapapp. Culhens Widerspruch krachte in Ahrens Gedanken wie ein Felsbrocken durch eine dünne Eisschicht. *Ich bin sicherlich kein Provisorium, und dann kannst du auch keines sein. Und jetzt hilf mir lieber, diesen elfischen Wolfshund von Yoka fernzuhalten, der schon die ganze Zeit um sie herumscharwenzelt.*

Im Gegensatz zu dir?, fragte Ahren schmunzelnd.

Ich scharwenzele nicht, erwiderte Culhen hochmütig. *Ich bin nur höflich und zuvorkommend. Das ist ein großer Unterschied.*

Ahren folgte seinem Freund lachend und stürzte sich in all die kleinen Handreichungen rund um ihren bevorstehenden Aufbruch, wobei die Zweifel in seinem Inneren zumindest kurzfristig verstummten.

»Muss das wirklich sein?«, fragte Khara und nahm Ahren damit die Worte aus dem Mund.

Sie waren vier Tage gen Süden geritten und soeben hatte der Erste beim Abendmahl verkündet, dass sich die Gruppe aufteilen sollte.

»Es handelt sich lediglich um eine Vorsichtsmaßnahme«, erklärte Uldini anstelle des Veteranen. »Der Dunkle Gott weiß ganz genau, dass die Dreizehn zurück sind und gen Ring streben. Indem wir die

Paladine in möglichst kleine Gruppen aufteilen, verhindern wir, dass er in Versuchung gerät, mehrere von ihnen mit einem Schlag zu erledigen.«

»Und wenn er versucht, einen von uns umzubringen, gerade *weil* dieser den Schutz der anderen verlassen hat?«, fragte Ahren skeptisch.

»Sieben Paladine auf einem Haufen sind für den Dunklen Gott um ein Vielfaches leichter aufzuspüren als zwei oder höchstens drei«, sagte Lanlion. »Unsere Gruppe muss dem Widersacher wie ein Leuchtfeuer erscheinen. Sobald wir den Immergrün verlassen, sind wir eine willkommene Einladung für einen Durchbruch seiner Armeen in unsere Richtung.«

»Generell gilt ab jetzt: Je mehr Paladine beieinander sind, umso höher ist die Wahrscheinlichkeit eines Angriffs durch die stärksten Dunkelwesen, die der Dunkle Gott aufbieten kann«, sagte der Erste. »Wir kennen dieses Muster aus den letzten Wochen der Dunklen Tage.«

»Und sobald wir alle zusammentreffen«, sagte Falk düster, »wird es eine neue Nacht des Blutes geben.«

»Das wissen wir nicht genau«, warf Bergen in beinahe flehendem Ton ein. Der Paladin wirkte unruhig und fahrig. Ahren konnte sich denken, dass er zurück zu seiner Blauen Kohorte und vor allem zu seiner Seelenverwandten wollte, die in der Burg Hochstein vielleicht bereits ihr gemeinsames Kind geboren hatte.

»Es gibt kaum etwas, bei dem ich mir sicherer bin«, sagte Uldini in hartem Ton. »Der Widersacher war schon einmal erfolgreich damit, die Chance auf einen endgültigen Sieg in einer Nacht des Blutes um Jahrhunderte hinauszuzögern. Er wird diese Strategie also erneut anwenden.«

Der Erste zeigte auf sich, Bergen und Schläft-im-Wipfel. »Wir drei reisen mit einer Eskorte von zweihundert Elfen aus dem Nordwesten gen Ring. Lanlion und Lyssin kommen direkt von Norden, begleitet von der Hauptstreitmacht der Elfen. Ahren, Hakanu und Falk reisen von Nordosten an, ihr habt mit Jelninolan und Uldini genug magischen Schutz, dass ihr ohne reguläre Truppen auskommen könnt. Seid ihr damit einverstanden?«

»Unsere Gruppe wird klein genug sein, dass ich sie effektiv vor dem tastenden Geist des Widersachers verbergen kann«, erklärte Jelninolan selbstsicher.

»Ähm«, ließ Hakanu sich vernehmen. »Vielleicht können Lyssin, Meister Ahren und ich zusammen reisen? Wir könnten ihr helfen, sich auf dem Kontinent zurechtzufinden, und …«

»Mein Wissen über Jorath sollte ausreichen«, fuhr Lanlion schmunzelnd dazwischen, als sich die Miene des Ersten wie eine Gewitterwolke zusammenballte. »Ich denke, für die wenigen Wochen, die die Reise dauert, werde ich Lyssin wohl zu unterhalten wissen.« Er nickte ihr höflich zu, und sie grinste ihn daraufhin unbefangen an.

Aber … aber Yoka …, begann Culhen weinerlich.

Ahren seufzte. *Du siehst sie am Ring wieder. Bitte verhalte dich jetzt nicht genauso unreif wie Hakanu.*

Das darauffolgende Schmollen des Wolfes hallte im Schädel des Paladins wider wie ein Fanfarenstoß.

»Nachdem nun endlich geklärt ist, wer mit wem reisen darf, könnten wir uns ja vielleicht auf den Weg machen?«, fragte Uldini in jenem zuckersüßen Ton, der vor Ungeduld geradezu troff.

»Wir werden also die Route durch die Rittermarschen und Hjalgar nehmen?«, fragte Trogadon, der selbstverständlich an Jelninolans Seite bleiben würde, und strich sich über den Bart. »Das klingt nach einem gemütlichen Spaziergang.«

»Den letzten Berichten nach, die ich kürzlich noch erhalten habe, hat unser bärtiger Freund ausnahmsweise recht«, erläuterte Uldini. »In beiden Ländern gibt es kaum Sichtungen von Dunkelwesen diesseits des Rings, geschweige denn von Hoch- oder Niederfängen.«

»Das könnte sich ändern, sobald uns der Widersacher auf die Schliche kommt«, warnte Falk. »Wie du schon sagtest, sieben Streiter der Götter auf einem Haufen kann er womöglich spüren, indem er nur die Augen schließt und an Paladine denkt. Sobald er merkt, dass wir uns getrennt haben, wird er wissen, dass wir uns von verschiedenen Richtungen an den Ring heranpirschen wollen.«

Uldini zuckte mit den Achseln. »Was willst du von mir hören?«, grantelte er. »Alles, was wir von jetzt an tun, ist ein Hochseilakt. Der Widersacher scheint große Angst vor einem möglichen Hinterhalt der dreizehn Paladine zu haben. Die Götter wissen, wir haben diese Taktik in den Dunklen Tagen mehr als einmal recht erfolgreich angewandt. Aber gleichzeitig darf er nicht so sehr beunruhigt werden, dass er im Schutz seiner Truppen einen Ausbruch aus dem Ring wagt. Solange er glaubt, uns in der Wildnis mittels seiner versprengten Diener abpassen zu können, wird er sich nicht vom Fleck bewegen.«

»Bah, wie ich schon damals dieses blinde Abwägen verabscheut habe«, sagte Bergen in zutiefst frustriertem Ton. »Was haben wir uns abgemüht, um ihn einzukesseln, nur damit er …« Seine Stimme brach und Ahren spürte, dass im darauffolgenden Schweigen die Nacht des Blutes wie ein mutsaugender Geist zwischen ihnen schwebte.

»Diesmal wird es anders«, sagte Jelninolan mit einem aufmunternden Lächeln in die Runde, von dem Ahren sah, dass es nicht bis zu ihren Augen reichte. Stattdessen las er dort eine tiefe Sorge, die die seine noch verstärkte.

»Also gut«, sagte der Erste befehlsgewohnt. »Jeder kennt seine Reiseroute. Viel Glück. Wir sehen uns alle am Ring.« Dann flüsterte er dem Titejunanwa, das ihn trug, etwas auf Elfisch ins Ohr und es trottete schnaubend los.

»Bald sind alle Lieder gesungen, alle Pläne vollendet«, sagte Schläft-im-Wipfel, die dem Ersten nachritt. »Was bleibt, ist ein sich schließender Kreis aus Sieg und Niederlage.«

»Na, wenn *das* nicht hilfreich war«, murrte Bergen mit einem missmutigen Blick auf den Rücken der Alten. Er winkte den restlichen Gefährten zu und klopfte seinem Titejunanwa auf die Flanke. »Wir reiten besser ebenfalls los, mein Guter. Wir wollen doch nicht den Anschluss an die Herde verlieren.«

Das Tier schnaubte und setzte sich in Bewegung. Selsena wieherte einmal laut und ein leiser Abschiedsschmerz ging von ihr aus.

»Du hast dich wohl daran gewöhnt, die anderen wieder um dich zu haben, nicht wahr, altes Mädchen?«, fragte Falk gutmütig und strich sanft über ihre Nüstern. »Wenn das alles vorbei ist, bleibst du mit meiner Familie und mir einen schönen langen Winter über im Immergrün, versprochen.«

Selsenas nachfolgender Gefühlsimpuls war von Dankbarkeit durchzogen, wobei Ahren dennoch einen Hauch von Nervosität wahrnahm. Selbst Falks unerschütterliches Titejunanwa zeigte sich beunruhigt darüber, was – oder besser wer – sie am Ring erwarten würde.

Obwohl schon viele Elfen mit dem Ersten, Schläft-im-Wipfel und Bergen davongeritten waren, warten immer noch zweihundert weitere höflich in ihren Sätteln und sahen Lanlion und Lyssin erwartungsvoll an.

»Wollen wir losreiten, meine Liebe?«, fragte der Blutleere in seinem besten altmodischen Tonfall.

Die Waldläuferin lachte. »Jetzt klingst du so, wie Vater dich beschrieb«, sagte sie entzückt.

Ein flüchtiger Schatten huschte über seine Züge. »Oh, glaub mir, werte Schwester: Ich bin heute ein ganz anderer als früher.« Er warf Ahren noch einen freundschaftlichen Blick zu, dann ritten sie gemeinsam mit den restlichen Elfen los. Culhen winselte leise, als Yoka den beiden folgte.

»Schön tapfer bleiben«, flüsterte Ahren ihm zu und dann noch leiser: »Schau nur, sie hat dir noch einen Abschiedsblick über die Schulter zugeworfen.«

Toll, sagte Culhen todtraurig. Dann machte er eine Pause und fragte zaghaft: *Lanlion wird doch gut auf die beiden aufpassen?*

Er kann sie zur Not mit seiner Magie verbergen, beruhigte Ahren sowohl seinen Freund als auch sich selbst. Auch in ihm löste die Aufteilung der Paladine ein mulmiges Gefühl aus. Es kam ihm falsch vor, dass sie derart zersplittert zur Front reisen würden, egal wie überzeugend Uldini seine Gründe erklären mochte.

»Plötzlich ist unsere Gruppe wieder so klein«, sagte Trogadon und kratzte sich am Hals. »Das erinnert mich fast an die guten alten Zeiten.«

»Du meinst, als du noch anderen Röcken hinterhergestiegen bist?«, fragte Falk grinsend.

»Das war äußerst unpassend«, sagte der Zwerg hüstelnd, stieg von seinem Pony und stellte sich dicht neben Jelninolan. Keines der elfischen Streitrösser hatte sich bereit erklärt, einen Zwerg auf ihren Rücken zu dulden.

»Bist du sicher, dass du drei Paladine vor dem Widersacher abschirmen kannst?«, fragte Uldini Jelninolan mit einem Stirnrunzeln. »Oder sollen wir uns noch weiter aufteilen? Ich könnte mit Falk reisen und du mit Ahren und Hakanu.«

Die Elfe schüttelte den Kopf. »Die Macht der Göttin ist an meiner Seite«, sagte sie schlicht. »Solange unsere Gruppe klein genug bleibt und ich mich auf nichts anderes konzentrieren muss, kann ich unser Dasein verschleiern.«

»Ich wünschte nur, Jelninolans Zauber würde auch Pack- und zusätzliche Reittiere miteinschließen«, murmelte Trogadon leise. »Der

Weg ist so lang, dass selbst ich einen gemütlichen Pony-Rücken nicht ablehnen würde.«

»Vielleicht möchtest du unsere Gruppe vor dem suchenden Blick des Widersachers verbergen?«, fragte Jelninolan spitz. »Dann könntest du auch gerne die Reiseregeln festlegen.«

Der Zwerg zog den Kopf ein. »Schon gut.«

»Dann auf nach Osten«, verkündete Ahren und drehte sich im Sattel zu seinem Lehrling um, nachdem sich alle in Bewegung gesetzt hatten. »Hakanu?«

»Ja, Meister?«

»Deine Schonfrist ist vorbei. Die Ranke dort vorne sieht mir wie Lebe-Gern aus, oder nicht?«

Hakanu seufzte. »Ja, Meister.« Dann zog er sein Messer und ritt zu dem Baum hinüber, von dessen Ästen die grün-gelbe, dünne Pflanze hinabbaumelte.

»Hakanu muss die Konfrontation mit dem Widersacher unbedingt überleben«, sagte Ahren leise zu Khara.

Die blinzelte irritiert. »Natürlich muss er das. Das müssen wir alle.«

Ahren grinste. »Ich meinte das vollkommen egoistisch. Es macht mir einfach zu viel Freude, den Jungen herumzukommandieren.«

Er und Khara lachten verschwörerisch, und der wissende Blick Falks ließ Ahrens diebische Freude für eine lange Zeit wohltuend nachklingen.

Es war eine gute Woche vergangen, seitdem sich die Paladine getrennt hatten, und langsam näherten sich Ahren und seine Freunde im östlichen Teil des Immergrüns der Grenze zu den Rittermarschen, doch noch verließen sie den Schutz des Waldes nicht. Zwischen den Bäumen hindurch sah Ahren die ersten Anzeichen eines frühen Winters, mit von Raureif überzogenen Äckern und vereinzelten Flecken Schnees an jenen schattigen Stellen der Landschaft, die von der Sonne ungeküsst blieben.

»Ist das das Werk des Widersachers?«, fragte Ahren mit einem Kopfrucken in Richtung der in der Ferne sichtbaren Rittermarschen.

»Meinst du die Kälte?«, lautete Uldinis Gegenfrage und der Waldläufer nickte. »Das ist gut möglich«, gab der Alte zur Antwort. »Aber ich denke nicht, dass die Kälte ein wissentlich herbeigeführter Effekt ist. Es ist wahrscheinlicher, dass die Manifestation seines Körpers eine magische Schockwelle ausgelöst hat, die vorübergehend das Wetter beeinflusst.«

Ahren rang die Furcht in seinem Inneren nieder, als vor seinem geistigen Auge wieder die Vision der in schwarze Lumpen gewickelten Gestalt aufblitzte, die er vor Jahren während seiner Ernennung gesehen hatte. Schon damals war er dem Widersacher unterlegen gewesen und das, obwohl dieser nur eine Manifestation seines Willens in Ahrens Geist erschaffen hatte. Ohne das Opfer des Kobolds Tlik wäre die Reise des dreizehnten Paladins beendet gewesen, bevor sie begonnen hatte. Ahren fragte sich, was das kleine sardonische Wesen wohl dazu gesagt hätte, jetzt, da alle Paladine gefunden waren und der Vorabend der Schlacht näher rückte.

»Gibt es Neuigkeiten vom Ring?«, fragte Khara in Uldinis Richtung und riss Ahren damit aus seinen Grübeleien. Der Magus erhielt nur noch sporadisch magische Botschaften und die waren derart kryptisch gehalten, dass keiner der Gefährten mehr dem Kauderwelsch folgen konnte, das der Alte zu entziffern in der Lage war. Selbst Jelninolans Kenntnisse in altelfischer Lyrik halfen nur bedingt weiter, da die Alten nach und nach immer mehr Losungsworte und Kodierungen in ihre Berichte einbauten, damit der Widersacher sie nicht entziffern konnte. Leider bedeutete dies, dass Uldini den Großteil eines Tagesritts benötigte, um eine Nachricht von wenigen Zeilen zu entschlüsseln.

»Quin-Wa hat den Alten befohlen, die Magierdome wieder zu besetzen«, sagte Uldini mit düsterer Miene.

»Will sie etwa erneut den *Althunol* anzapfen?«, fragte Jelninolan entsetzt.

Uldini winkte ab. »Nein«, sagte er mürrisch. »Die Spiegel, die wir dafür eingesetzt haben, sind bei der Entstehung der Obsidianfeste unbrauchbar geworden und die Verbindung zum Teich im Wutwald wurde unterbrochen. Ich habe Akkad außerdem schon vor Monden angewiesen, meinen Spiegelzauber im *Althunol* aufzulösen.«

»Und was bereitet dir dann solche Sorgen?«, fragte Falk nach.

»Quin-Wa nutzt die Magierdome als Fokuspunkte, damit die Alten den Ring und die Obsidianfeste mit einem Zaubernetz belegen können, das die Magie des Widersachers dämpfen soll.«

»Klingt doch eigentlich sehr sinnvoll«, sagte Ahren. »Warum dann das lange Gesicht?«

Uldinis Mundwinkel wanderten noch weiter abwärts. »Weil es nicht meine Idee war«, gab er zu. »Ich werde mir Quin-Was Angeberei in dieser Sache noch jahrhundertelang anhören dürfen.«

Die Gefährten lachten auf, den brummelnden Uldini ignorierend. Ahren war froh über diesen Moment der Heiterkeit und wollte ihn in vollen Zügen genießen, als er plötzlich spürte, wie seine Finger und Zehen sich verkrampften.

»Was …?«, begann er, bevor auch seine Zunge nicht mehr seinen Befehlen folgte und er steif wie ein Brett von Culhens Rücken kippte.

AHREN!, hörte er die besorgte Stimme seines felligen Freundes und auch die anderen riefen beunruhigt seinen Namen. *Was ist mit dir?*

Jeder Muskel in meinem Körper verkrampft sich, sandte der Paladin mühsam über seine Verbindung an den Wolf. *Ich kann nicht atmen!*

Seltsamerweise verspürte er keine Schmerzen. Wenn überhaupt, dann war ihm, als bestünden sämtliche Fasern seines Körpers aus Eis, das in seinen Verstand eindrang und ihn mit Kälte betäubte.

»Jelninolan, tu etwas!«, hörte Ahren die drängende Stimme Kharas. Sehen konnte er nichts, da seine Pupillen in den Schädel gerollt waren.

Mit einer qualvollen Willensanstrengung schaffte es der Paladin, in den Verstand Culhens zu schlüpfen, wo die Taubheit und Steifheit seines Körpers ihn gedanklich nicht mehr lähmte. Er sah durch Culhens Augen, wie die Elfe über ihm kniete und mit einem Wispern die Platzwunde schloss, die Ahren sich bei seinem Sturz von Culhens Rücken zugezogen hatte. Dann schob sie eines seiner Augenlider hoch, tastete mehrere Stellen an seinem Hals ab und drückte ihm probeweise einen Finger in die weiche Stelle unterhalb seiner Ohrmuschel.

»Was passiert hier?«, fragte Khara drängend, ihre beiden Klingen gezückt. Ihre Augen suchten den Wald ab.

»Werden wir angegriffen?«, schob Trogadon hinterher, der sich mit erhobenem Hammer aufmerksam um die eigene Achse drehte und in das sie umgebende Unterholz spähte. Hakanu stellte sich indessen mit wurfbereitem Speer und blitzenden Augen über den Körper des am Boden liegenden Paladins. »Keine Angst, Meister! Ich werde Euch beschützen«, versprach er grimmig.

Ahrens Neugier besiegte für einen Moment sogar die in ihm aufsteigende Angst, als Jelninolan den Kopf schüttelte und einen wissenden Blick mit Falk und Uldini tauschte.

»Ist es der Stillstand?«, fragte der alte Paladin und Jelninolan nickte.

»Nicht das beste Zeichen angesichts unseres nahenden Kampfes mit dem Widersacher«, fügte Uldini hinzu.

»Was passiert mit ihm? Redet mit mir«, sagte Khara mit schneidender Stimme. »Jetzt!«

Jelninolan bedeutete ihr, Hakanu und Trogadon, die Waffen wegzustecken, und legte dann Ahren eine Hand auf die Brust, während es für den Waldläufer aussah, als würde sie auf etwas lauschen. »Es lässt bereits nach«, sagte sie an Falk und Uldini gewandt. Dann drehte sie ihren Kopf in Culhens Richtung. »Du legst dich besser auf die Seite. Gleich wird es dir genauso ergehen wie Ahren.«

Unruhe stieg in Culhen auf wie Fäulnisgase in einem Sumpf, während er der Aufforderung der Elfe nachkam. *Das klingt gar nicht gut.*

Jelninolan, Falk und Uldini wirken nicht übermäßig besorgt, beruhigte ihn Ahren trotz seiner eigenen Nervosität. *Auch wenn ich wünschte, sie würden endlich mit einer Erklärung aufwarten!*

Kaum lag Culhen auf der Seite, als Jelninolan sich entspannte und dann abwechselnd ihn und Ahren ansah. »Ihr durchlebt gerade das, was wir den Stillstand nennen.«

»Es ist der Punkt in eurem Leben gekommen, an dem ihr aufhört zu altern«, sagte Falk, dessen Augen vor Feuchtigkeit glitzerten. »Der Moment, in dem die Götter euch auf eine Ewigkeit des Kampfes vorbereiten.«

Uldini rollte mit den Augen. »Wir wollen hier jetzt nichts übermystifizieren«, brummte er. »Akkad und ich sind der Meinung, dass dieser Zeitpunkt lediglich den Moment markiert, da der Göttersegen sich vollends mit der Seele des Paladins vereint, in der er heimisch geworden ist.«

Falk warf ihm einen vernichtenden Blick zu. »Das ist schön für euch«, sagte er spröde. »Ich habe den Stillstand durchgemacht und ich sage dir, er ist mehr als das Nebenprodukt eines magischen Prozesses. Man fühlt sich hinterher – anders. Mehr von der Welt entrückt, könnte man sagen.«

Hakanu blickte den alten Paladin mit großen Augen an, und Ahren konnte nicht sagen, ob den Lehrling die Aussicht auf eine Ewigkeit des Kampfes beunruhigte oder begeisterte.

Oh, oh, sagte Culhen, und Ahren spürte, dass sein Wolf sich ebenfalls zu verkrampfen begann. *Es geht los. Das fühlte sich schon bei dir nicht gut an.*

Nicht panisch werden, sagte Ahren beruhigend. *Den Fehler habe ich gemacht. Es fühlt sich an, als könntest du nicht atmen, aber das hört nach wenigen Herzschlägen auf. Solange du flach Luft holst, fühlst du dich lediglich, als hättest du die Nacht unter einer Schneeschicht verbracht.*

Wenn es weiter nichts ist, kam die sarkastische Antwort.

Ahren konzentrierte sich darauf, den Fokus seines Verstandes wieder in seinen eigenen Körper zu lenken, der sich nur noch taub anfühlte. Seine Finger- und Zehenspitzen kribbelten und er brachte mit ihnen sogar ein leichtes Zucken zustande. Außerdem hatte er die Kontrolle über seine Augen zurückerlangt.

»Es dauert nicht lange«, tröstete Jelninolan indes sowohl Khara als auch Ahren und Culhen.

Die Schwermeisterin sah auf den steif daliegenden Waldläufer hinab und ihre Augen blickten so traurig, dass sich auch Ahrens Inneres verkrampfte. »Also werde ich von nun an weiteraltern, während er in der Blüte seiner Jahre verharrt?«, fragte sie leise.

»Es sei denn, wir töten den Widersacher«, warf Falk tröstend ein. »Dann gibt es keinen Grund mehr für die Alterslosigkeit der Paladine.«

»Das hoffen wir zumindest«, fügte Uldini hinzu.

»Angeblich so weise und weiß doch nicht, wann er den Mund zu halten hat«, grollte Trogadon in Richtung des Erzmagus.

Ahren wollte aufstehen und Khara in den Arm nehmen oder ihr zumindest zuflüstern, dass alles gut werden würde, aber sein kühler, tauber Körper ließ nichts davon zu. Also sandte er ihr all seine Liebe und sein Mitgefühl mittels seines Blickes zu. Der Gedanke, miterleben zu müssen, wie Khara alterte, um ihn dann irgendwann in dieser Welt allein zurückzulassen, war kaum zu ertragen, und er verbannte ihn in die tiefsten Tiefen seines Unterbewusstseins.

Wir werden den Widersacher zur Strecke bringen, schwor er sich. *Nicht nur für Jorath und die* DREI. *Sondern auch für Khara und mich.*

Die Schwertmeisterin kniete sich hinter Ahren und legte seinen Kopf in ihren Schoß. Dann streichelte sie sanft seine Haare und hielt seinen Blick mit dem ihren fest. Stumm gaben sie sich das Versprechen, auch dieses Hindernis gemeinsam zu meistern, und plötzlich war die Taubheit im Körper des Waldläufers nur noch halb so erschreckend. Etwa zwei Dutzend Herzschläge später konnte er bereits ihre Hand ergreifen und sich kurz danach aufrichten und umsehen. Culhen lag noch immer auf der Seite, den Prozess der Alterslosigkeit stoisch ertragend. Muai hatte sich neben den Wolf gesetzt und putzte ihm mit ihrer rauen Zunge die Ohren.

Sie weiß, dass ich das nicht mag, nörgelte er. *Und dass ich mich nicht wehren kann.*

Also für mich sehen ihre grünen Augen so aus, als würde sie mit dir fühlen, widersprach Ahren. *Und diesen Ausdruck sieht man sonst selten bei Muai.*

Das gehört alles zur Tarnung dieser zu groß geratenen Katze.

Eine Hand auf seiner Schulter ließ den Waldläufer den Kopf drehen. Falk kniete neben ihm. »Wie fühlst du dich?«, fragte er behutsam.

»Noch ein bisschen steif«, erwiderte Ahren und erhob sich probeweise. »Und alles um mich herum fühlt sich an, als wäre es einen halben Fingerbreit von mir entfernt, wenn du verstehst, was ich meine.«

Falk nickte grimmig. »Wenn du morgen früh aufwachst, wirst du diese Kluft nicht mehr bemerken. Man gewöhnt sich sehr schnell daran.«

Ahren nickte und gab Khara einen flüchtigen Kuss, um sich und ihr zu versichern, dass zwischen ihnen alles genauso blieb wie vor dem Stillstand. Zu seiner Erleichterung überwanden seine Gefühle für sie vollkommen mühelos diese unwirkliche winzige Kluft, die er zwischen sich und seiner Umgebung verspürte.

»Nur ein weiterer normaler Tag im Leben eines Paladins«, raunte er ihr mit einem zittrigen Lächeln zu.

»Wenigstens weiß ich jetzt, wer von uns im hohen Alter das Holz hacken übernehmen wird«, sagte Khara, ein gequältes Schmunzeln zur Schau stellend.

Ahren drückte liebevoll ihre Hand und blickte dann in die Runde. »Was für eine ausgesprochen unangenehme Erfahrung.«

»Und zudem äußerst gefährlich«, sagte Falk mit düsterem Blick. »In den Dunklen Tagen kam es dreimal dazu, dass der Stillstand die betreffenden Paladine mitten auf dem Schlachtfeld heimsuchte. Dutzende Leben gingen bei ihrer Rettung verloren. Einmal konnte nur noch der tödlich verletzte Körper eines Paladins geborgen werden, der dann zu seiner Nachfolgerin geschafft wurde, um den Segen auf sie übergehen zu lassen.«

Ahren kniff die Lippen zusammen. »Die Götter hätten sich bei einigen Dingen mehr Mühe geben können«, murrte er.

»Versuch du mal, im Tiefschlaf ein kompliziertes Mosaik aus Tausenden sich bewegenden Teilen sinnvoll zusammenzufügen«, sagte Jelninolan streng. »Danach kannst du die DREI gerne kritisieren.« Der Hall in ihrer Stimme erinnerte ihn daran, wie nahe sie ihrer Göttin war, und ließ Ahren eher verstummen als die Worte selbst. Offensichtlich hatte sie ihre Zweifel mittlerweile überwunden.

»Die Götter zu kritisieren, bringt uns nicht weiter«, sagte Trogadon und klopfte Ahren dabei freundschaftlich auf den Rücken. »Wie sagt ein zwergisches Sprichwort so schön: ›Man kann nicht mehr aus einer Mine herausholen, als der Berg zu geben bereit ist.‹ Was man nicht ändern kann, sollte man also nicht zu ändern versuchen.«

Uldini schnaubte. »Kein Wunder, dass Jorath noch nie von einem herausragenden Zwergenphilosophen gehört hat.«

Wie geht es dir, mein Großer?, fragte Ahren, als er sah, dass Culhens Pfoten bereits wieder zu zucken begannen.

Och, eigentlich gar nicht so schlecht, kam die überraschend launige Antwort. *Wenn Yoka und ich nicht mehr altern, hat das durchaus seine Vorteile.* Ein kurzer Stich der Scham durchfuhr den Wolf, der über ihre Verbindung deutlich zu spüren war. *Verzeih, das war vielleicht ein wenig unpassend.*

Ahren drückte Kharas Hand und sah dabei zum wolkenverhangenen Himmel empor, der über dem Blätterdach des Eathinian dahinzog. »Der Stillstand lässt sich nur rückgängig machen, indem man einen Nachfolger erwählt, richtig?«, fragte er verbissen.

»So ist es«, sagte Falk leise. »Und wann einen der Stillstand ergreift, kann man nie vorhersagen. Bei mir war es um die vierzig Winter herum so weit. Erst als ich meine Tochter erwählte, begann mein Körper wieder, dem Zahn der Zeit anheimzufallen. Dies endete erneut in …«

In der Nacht des Blutes. Jene unausgesprochenen Worte lasteten schwer auf den Gefährten, selbst dann noch, als Culhen sich wieder auf die Beine stellen konnte.

»Lasst uns weiterreiten«, sagte Uldini in die Stille hinein, und keiner der Gefährten widersprach.

Die nächsten Tage waren erfüllt von einer gedrückten Stimmung, die sogar der Immergrün nicht heben konnte. Eines frostigen Abends war es Ahren schließlich einfach zu viel.

»Wir müssen reden«, sagte er, als die Gefährten ihr Lager zum Schutz vor dem pfeifenden Wind in einem Wäldchen errichteten und einen Eintopf über einem kleinen Feuer zubereiteten.

»Was meinst du?«, fragte Falk unwirsch.

Ahren kniff die Augen zusammen. »Über die Dinge, die nicht diskutiert werden, obwohl dies nötig ist: Wie genau halten wir den Widersacher auf? Haben wir einen Plan? Reicht es, wenn alle Paladine auf ihn einstechen, und das war auch schon alles? Und wie verhindern wir, dass es zu einer zweiten Nacht des Blutes kommt, sobald wir dreizehn uns versammeln?«

Falks Gesicht erstarrte zu einer Grimasse des Schmerzes und Selsena wieherte schrill in die Nacht hinaus.

Mach langsam, riet Culhen ihm drängend, und Khara legte Ahren eine Hand auf den Unterarm und schüttelte sanft den Kopf.

»Stelle nicht alle Fragen auf einmal«, raunte sie ihm zu. »Vor allem, wenn die meisten davon alte Wunden aufreißen.«

Ahren nickte und sah Falk entschuldigend an. »Wir *müssen* darüber reden«, flehte er eindringlich. »Dieses ständige Schweigen tut keinem von uns gut.«

Falk nickte zögerlich, sagte aber nichts.

Uldini sah zu Jelninolan, die nur mit den Achseln zuckte. »Heute ist ein ebenso guter Abend wie jeder andere. Vielleicht ist es sinnvoll, wenn wir das weitere Vorgehen zuerst im engsten Kreis besprechen.«

Der Erzmagus machte ein Gesicht, als hätte er in eine Zitrone gebissen, aber stimmte schließlich mit einem schwachen Nicken zu. »Eigentlich wollten Jelninolan, Falk und ich bis zum Ring warten, bevor wir die Punkte besprechen, die Ahren soeben aufgezählt hat. Der Erste und die anderen Paladine sowie Alten haben bestimmt ihren Teil zu den Beratungen beizutragen.« Er sah Ahren tief in die Augen, sein Blick war erfüllt von etwas, das der Waldläufer nur als tiefe Unsicherheit bezeichnen konnte. Umgehend begann er zu frösteln und streckte eine Hand nach Khara aus, während er geistesabwesend Culhen streichelte. Hakanu nahm den unruhig fiependen Kamaluq auf den Arm und Trogadon stopfte sich erwartungsvoll ein Pfeifchen.

»Genau genommen gibt es zwei Hauptprobleme«, sagte Jelninolan in die Runde. »Wie *genau* können die dreizehn Paladine den Widersacher bezwingen? Und wie verhindern wir, dass der Dunkle Gott in seiner wachsenden Panik wieder zu einem vernichtenden Gegenschlag ausholt, der auf die Seelenverwandten und Nachkommen der Paladine abzielt?«

Falk stöhnte. »Wir waren so dumm und so selbstsüchtig«, sagte er mit vor Selbsthass belegter Stimme. »Erst entsagten wir jenen Seelenverwandten, die die Nacht des Blutes überlebt hatten und schließlich dem hohen Alter anheimfielen. Dann warteten wir jahrhundertelang auf den dreizehnten Paladin, nur um kurz vor der entscheidenden Schlacht schwach zu werden, weil die Götter uns erneut mit dem Lockruf der Liebe köderten.«

»Ich könnte ja sagen, ich habe euch gewarnt«, begann Uldini besserwisserisch, stockte jedoch, als er Ahrens finsteren Blick bemerkte. »Aber ich verzichte großmütig darauf«, fügte er schmallippig hinzu.

»Tatsache ist, wir befinden uns in einer ähnlichen strategischen Situation wie damals, als die Nacht des Blutes stattfand«, sagte Jelninolan.

»Die Götter wollen wohl sichergehen, dass es eine neue Generation Paladine gibt, falls der Angriff auf die Obsidianfeste scheitert oder einer oder mehrere Streiter der Götter fallen«, sagte Trogadon paffend. »Daher die vielen Seelenverwandten.«

»Wenn das ihr Plan sein soll, dann ist er ebenso löchrig, wie so viele andere auch«, sagte Ahren. »Hakanu, Lyssin und ich sind beispielsweise ohne Nachkommen auf dem Weg zum Ring. Sollten wir dort sterben …« Er sprach nicht weiter, als Khara seine Hand krampfhaft drückte.

Uldini entging die Geste nicht. »Dein Paladin hat diese Unterhaltung angestoßen«, sagte er zu der Schwertmeisterin. »Jetzt müssen wir auch über unschöne Eventualitäten reden.«

»Unter uns Paladinen wird es seit dem Zeitpunkt, von dem an es Seelenverwandte gibt, folgendermaßen gehalten:«, sagte Falk ruhig und sah Ahren an. »Wer einen Nachfolger erwählt hat, beschützt jene, die noch keinen besitzen. Wir, die wir Kinder haben, können unseren Segen im Falle einer tödlichen Verwundung weitergeben, indem ein Alter unseren Lebensfunken so lange aufrechterhält. Wir sind daher … entbehrlicher als ihr.«

»Solch ein Vorgehen ist nicht richtig«, protestierte Hakanu und drückte Kamaluq an sich. »Kein Paladin darf mehr wert sein als ein anderer.«

Endlich sah Ahren wieder jenen Hauch von Verantwortungsgefühl in Hakanus Gebaren, den er bei seinem Lehrling vermisst hatte, seit er von seiner Fuchsgarde getrennt worden war. Anscheinend konnte nur die Sorge um andere den brennenden Wunsch nach Heldentum löschen, der immer wieder im Kopf des jungen Kriegers aufloderte.

»Diese Strategie beugt sich der bitteren Realität«, sagte Uldini düster. »Sollten wir am Ring scheitern, müssen jene Paladine zwingend überleben, die ihren Segen nicht weitergeben können.«

»Jelninolan?«, fragte Ahren schwach, obwohl er die Antwort schon kannte. Rational betrachtet konnte es keine andere Lösung geben als die, die Falk geschildert hatte.

Die Elfe schluckte. »Wir diskutieren hier den Extremfall«, sagte sie. »Fällt nur ein einziger Paladin, bricht der ganze Angriff auf den Widersacher in sich zusammen. Dann gibt es keine dreizehn mehr, die sich ihm gegenüberstellen können.«

Ahren rieb sich über die Stirn. »Also gut«, sagte er stöhnend. »Alle dreizehn müssen dem Widersacher gegenüberstehen, oder wir brechen ab. Diejenigen mit Nachkommen schützen dabei jene, die noch ohne Kinder sind.« Er massierte sich mit den Fingerspitzen die Schläfen. »Nehmen wir an, wir gelangen vollzählig bis zum Dunklen Gott: Was passiert dann?«

»Ihr drescht so lange mit euren Waffen auf ihn ein, bis er stirbt?«, fragte Trogadon und wackelte vielsagend mit den buschigen Augenbrauen. »Meiner Erfahrung nach hat diese Taktik noch bei jedem Gegner funktioniert.«

Ahren schenkte dem Zwerg ein gutmütiges Lächeln und sah dann Uldini und Jelninolan erwartungsvoll an. »Stimmt das?«, fragte er. »Wird es so einfach sein?«

»Du kennst die Antwort«, sagte Uldini und schnaubte unwillig, als Ahren nicht darauf reagierte. »Wir wissen es einfach nicht.«

»WAS?«, fragte Hakanu ungläubig.

»Damals konnten wir zwölf den Widersacher mit unseren Waffen zwar verletzen, aber er stand immer wieder auf«, sagte Falk. »Über ein

Dutzend Male ging er zu Boden und doch starb er nicht. Erst, als die Alten die Bannsäule errichteten, während wir ihn mit unseren Waffen festnagelten, zerstob sein Körper und wurde von der Schwärze der Bannsäule verschlungen.«

»Seine Unstofflichkeit ist seit unserem Eintreffen aus den Eisfeldern ebenfalls Geschichte«, sagte Uldini mit verkniffenem Mund. »ER, DER ZWINGT, wandelt wieder auf Jorath.«

»Es ist lediglich eine Vermutung unsererseits, dass die vereinten dreizehn Paladine genug Macht besitzen, dass der Widersacher sich nach einer tödlichen Verwundung nicht mehr erheben wird«, erklärte Jelninolan leise.

»So geht das nicht«, sagte Ahren gequält. »Wir müssen doch irgendeinen Hinweis, irgendeinen Verdacht haben, wie genau wir unsere Göttersegen gegen den Dunklen Gott einsetzen können! Was sollen wir tun, wenn es nicht reicht, unsere Waffen einzusetzen? Wenn es stattdessen beispielsweise ein Ritual gibt, das wir vorher durchführen müssen? Oder ein Gebet, das dabei zu sprechen ist, oder …«

»Dann hätten uns die Götter dies schon vor langer Zeit verraten«, sagte Jelninolan. »Als sie die ersten Paladine sandten – oder spätestens in den Jahrhunderten, die folgten.«

»Deshalb gehen wir davon aus, dass unsere Waffen und unsere vereinten Göttersegen reichen werden«, sagte Falk. »Du hast es noch nicht erlebt, Ahren: Wenn alle dreizehn Paladine vereint sind, ist das ein Hochgefühl, das man nie wieder vergisst. Ich glaube fest daran, dass der Widersacher uns nicht besiegen wird, wenn wir alle gemeinsam vor ihm stehen.«

»Und damit sind wir bei unserer zweiten Frage: Wie verhindern wir, dass der Dunkle Gott eine zweite Nacht des Blutes befiehlt?«, fragte Khara angespannt.

»Das können wir nicht«, sagte Uldini schlicht, und Ahren sah, wie Falk bei diesen Worten zusammenzuckte. »Etwas anderes zu behaupten, wäre eine schamlose Lüge. Alles, was wir tun können, ist, uns so gut wie möglich auf den unvermeidlichen Gegenangriff vorzubereiten und ihn so weit hinauszuzögern, bis wir all unsere Kräfte an einem Punkt gebündelt haben.«

»Was die Nacht des Blutes unweigerlich auslösen wird«, sagte Trogadon und klopfte seinen erkalteten Tabak ins Feuer.

»Wie gesagt, wir werden sie nicht verhindern können«, gab Jelninolan Uldini recht.

»Unsere Ausgangslage ist dieses Mal jedoch viel besser«, sagte Uldini beruhigend in Richtung des nervös die Fäuste ballenden Falk. »Ahrens Freund Likis hat Tiefstein in eine Festung samt Burg verwandeln lassen. Die Blaue Kohorte, die Nachtsoldaten und mehrere Alte halten dort ebenso Wache wie mindestens drei Paladine.«

Muai fauchte.

»Und ihre Vertrautentiere«, übersetzte Khara lächelnd. »Dass der Dreizehnte damals starb, sehen viele von ihnen als persönliches Versagen, das sich nicht wiederholen darf.«

Ahren horchte auf. Er hatte nie darüber nachgedacht, dass die Tiere der alten Paladine ja ebenso die Nacht des Blutes erlebt hatten – mit all den schrecklichen Konsequenzen, die sich aus dem Tod seines Vorgängers ergeben hatten.

Arme Muai, sagte Culhen. Zuerst dachte Ahren, er hätte sich verhört, doch dann erhob sich der Wolf sogar, um die Katze hinter den Ohren zu putzen, was diese leise grollend über sich ergehen ließ.

»Jetzt will Kamaluq auch verwöhnt werden«, sagte Hakanu lächelnd und setzte den strampelnden Fuchs ab. Bald waren die drei Vertrautentiere ein sehr nasses Knäuel aus Fell, Pfoten und Zungen.

»So viele Narben entstanden damals in nur einer Nacht«, flüsterte Ahren erschüttert.

»Und Narben können verhindern, dass man sich richtig bewegen kann – sowohl körperlich wie gedanklich«, murmelte Khara mit einem eindringlichen Blick in Richtung des ins Feuer starrenden Falk.

Jelninolan schüttelte traurig den Kopf. »Wir Alten sind auch nicht ganz unschuldig am damaligen Tod des Dreizehnten. Wir sagten den Paladinen, sie seien sicher unter unseren Zauberbannen. Dass der Widersacher sie nicht aufspüren könnte.«

»Wir irrten uns«, fügte Uldini bitter hinzu.

Falk kniff bei diesen Worten die Lippen zusammen, regte sich sonst aber nicht.

Ahren erinnerte sich aus früheren Erzählungen an das, was folgte: ein letztes fatalistisches Aufbäumen der übrigen Paladine gegen den Widersacher, unterstützt von den Alten, die die Bannsäule erschufen und den Dunklen Gott regelrecht unter ihrer Magie begruben.

Und danach kam das große Zerwürfnis, dachte er. *Die Paladine verstreuten sich in alle Winde und die Alten leckten ihre Wunden in ihren Türmen, fremden Herrscherpalästen oder tiefen Wäldern.*

Unsere Aufgabe ist vielschichtig, sagte Culhen und hörte einen Moment lang auf, Muai zu trösten, um Ahren mit seinen goldenen Augen anzusehen. *Zuerst muss ein neuerliches Massaker, wie damals in der Nacht des Blutes, verhindert werden oder der Bund zwischen Paladinen und Göttern zerbricht womöglich endgültig. Kein Lebewesen könnte solche Gräuel ein zweites Mal bei klarem Verstand überleben. Es hat achthundert Jahre und dich gebraucht, um die Paladine wieder zusammenzufügen. Sie würden zerbrechen wie gefrorene Blätter.*

Ahren nickte und seine Augen wanderten über Falks stoisch verkniffene Gesichtszüge, die zum fernen Grauen in seinen Augen passten, und auch zu Uldinis sich gegenseitig knetenden Händen sowie Jelninolans zweifelnder Miene. Dann erblickte er Trogadon, der ihm wissend und gelassen zunickte, während er geschickt seine Pfeife mit frischem Tabak stopfte, und schließlich Khara, die ihn selbstbewusst anlächelte.

Wir, die wir frei sind von Erinnerungen an das Blutbad in jener fernen Nacht, werden die anderen beschützen müssen, fasste Ahren seine Erkenntnis für Culhen zusammen. *Wir müssen das Bollwerk sein, an dem die Schergen des Widersachers zerbrechen.*

Culhens Willenskraft gesellte sich zu seiner, bis Ahren glaubte, allein mit seinem Wunsch Berge versetzen zu können.

Und danach, erklang die Stimme des Wolfes mit der Würde eines Alphas, *danach werden wir Jorath vom Übel des Dunklen Gottes befreien, auf dass kein Lebewesen jemals wieder Angst haben muss und unbeschwert Pläne schmieden kann.*

3. Kapitel

Ahren hatte sich erhofft, dass das direkte Ansprechen ihrer dringendsten Sorgen die Stimmung in ihrer Gruppe bessern würde, und wurde daher bitter enttäuscht. Praktisch alle seine Gefährten brodelten seit Tagen im Saft ihrer eigenen Gedanken, und Ahren konnte regelrecht sehen, wie Uldini und Jelninolan Pläne ersannen und wieder verwarfen, ohne einen davon je ausgesprochen zu haben.

Mir kommt es so vor, als hätte der Widersacher bereits gewonnen, obwohl sämtliche Paladine aufgespürt und vereint sind, sagte Culhen frustriert und schüttelte sich, sodass Ahren im Sattel um Haltung rang.

Die ganze Zeit über haben sie sich auf die Suche nach den übrigen Streitern der Götter konzentriert und nun holen sie all jene Gedanken ein, die sie verdrängt haben, sagte Ahren. *Wie oft haben Uldini und Falk uns anderen eingebläut, dass wir auf unserer langen Reise einen Schritt nach dem anderen angehen sollen. Jetzt, da wir fast am Ziel sind, fällt es ihnen schwer, nicht über den Abgrund am Ende der Strecke nachzudenken, den es zu überwinden gilt.*

Lass uns rasten, schlug Culhen vor. *Ein gefüllter Magen wird allen guttun.*

Ahren schmunzelte. *Vor allem dir.*

Ich denke hier nur an unsere Freunde, antwortete der Wolf eingeschnappt.

»Halten wir kurz an und essen etwas«, rief Ahren in die Runde.

»Ein kleines Feuer und etwas Eintopf klingt nicht schlecht«, sagte Trogadon, dessen kluge Augen dem Waldläufer zuzwinkerten. »Zumal die Umarmung des Immergrüns bald schon hinter uns liegt.« Der Schmied deutete gen Süden auf die keine hundert Schritt vor ihnen beginnenden Rittermarschen, die unter einer beinahe greifbaren Kälte im fahlen Mondlicht dalagen. Sie waren im Eathinian so weit gen Osten gereist, wie es eben noch vertretbar war, doch nun würden sie die Reise außerhalb des gesegneten Waldes fortsetzen müssen.

»Gute Idee«, sagte Uldini. »Zögern wir das Unvermeidliche noch ein wenig hinraus.«

Ahren überging die Doppeldeutigkeit in den Worten des Erzmagus und machte mit geübten Bewegungen aus den herabgefallenen Ästen eines nahen Baumes ein kleines Feuer. »Wer von euch möchte eine Portion …?«, hob er an, als die Flammen plötzlich aufloderten und er fluchend zurücksprang.

»Uldini, wo verdammt nochmal steckt ihr?«, ertönte Quin-Was wütende Stimme aus dem brennenden Holz hervor. Muai hob beim Klang ihrer Herrin mit einem zufriedenen Knurren den Kopf. »Der Widersacher setzt dem Ring beständig zu mit seinen kleinen, hinterlistigen Flüchen, und die Alten haben alle Hände voll zu tun, aus den Magierdomen heraus seine Magie aufzulösen.«

»Dir ist klar, dass ER, DER ZWINGT, mithören kann?«, fragte Uldini wütend. »Und dass er uns über deinen Zauber aufspüren wird?«

Quin-Was Schnauben wurde durch das Knacken des Feuers noch verstärkt. »Ich bin keine Anfängerin«, sagte sie. »Diesen Zauber hier habe ich vier Tage lang vorbereitet und bestens an die Gefahrenlage angepasst. Achtet auf das Lagerfeuer. Sobald der erste Ast zu Asche zerfällt, müsst ihr die Flammen löschen. Bis dahin ist jedes gesprochene Wort sicher.«

Wortlos hob Ahren einen Trinkschlauch vom Boden und entkorkte ihn. Khara, Hakanu, Falk und Trogadon taten es ihm gleich und bildeten gemeinsam mit dem Waldläufer einen Halbkreis aus angespannten Wächtern, die das prasselnde Feuer in ihrer Mitte nicht aus den Augen ließen. Ahren erkannte, dass das Holz unnatürlich schnell von der Hitze verzehrt wurde.

»Ihr beeilt euch besser«, sagte er zu dem zögernden Uldini.

»Wir sind noch im Eathinian«, antwortete der Erzmagus schließlich. »Unsere Route wird uns durch die Rittermarschen und das östliche Hjalgar führen, bis wir bei Tiefstein zum Ring stoßen.«

»Entzückend«, sagte Quin-Wa schneidend. »Vielleicht möchtet ihr ja noch einen kleinen Umweg über die Königsinsel machen, wenn ihr schon dabei seid. Auch das Silberne Kliff soll um diese Jahreszeit einen Ausflug wert sein.«

»Wir mussten uns aufteilen«, verteidigte sich Uldini ungehalten. »Ich habe eine entsprechende Nachricht geschickt.«

»Hätten die Paladine je eine Länge Abstand zueinander gehalten, hätte das sicher auch gereicht«, fauchte Quin-Wa.

Ahren sah aus den Augenwinkeln, wie Uldinis Fäuste sich ballten. »Ich konnte kein Risiko eingehen. Oder willst du etwa verantworten, dass so kurz vor dem Ziel ein einziger geschickter Hinterhalt des Widersachers die Mühen von Jahrhunderten zunichtemacht?«

Das laute Knacken eines brennenden Astes ließ Ahren zusammenzucken. Trogadon holte bereits mit seinem Wasserschlauch Schwung, um ihn auf dem Feuer zu entleeren, aber der Paladin hielt ihn auf.

»Noch nicht«, flüsterte er und deutete auf die verkohlten, aber noch nicht zerfallenen Äste. »Ein paar Herzschläge haben wir noch.«

»Wie geht es allen?«, fragte Falk drängend dazwischen.

»Gut.«

Ahren konnte das gereizte Augenrollen Quin-Was regelrecht aus ihrer Antwort heraushören.

»Du kannst mir ruhig glauben. Schließlich verbringe ich meine Zeit inmitten schwangerer oder stillender Seelenverwandter und Paladinen. Die Hälfte des Tages kann ich mich bei dem Geschnatter nicht einmal denken hören.«

Falk atmete erleichtert aus.

»Schneller«, raunte Ahren Uldini zu und deutete auf einen brennenden Ast, der rot-weiß glomm und bald zerfallen würde. Es war, als versuche ein fremder Wille dem Feuer das Leben auszusaugen, und Ahren wusste haargenau, wessen Macht als einzige infrage kam, die da an den Flammen zerrte.

»Wir werden bestimmt noch sechs Wochen bis Hochstein benötigen«, sagte Uldini entschieden. »Es sei denn, du sagst mir, dass die Alten in den Magierdomen bis dahin mit dem Schutz des Rings vor feindlicher Magie überfordert sein werden.«

»Sechs Wochen«, erklang Quin-Was Stimme, in der Frustration und Resignation mitschwang. »Das wird knapp, aber ich werde dafür sorgen, dass die Alten irgendwie durchhalten. Achtet darauf …«

Was auch immer die Ewige Kaiserin noch hatte sagen wollen, ging im Zischen des ersterbenden Feuers unter, als ein Ast zu Asche zerfiel und Ahren, gemeinsam mit seinen Freunden, umgehend seinen Wasserschlauch benutzte, um die Flammen zu löschen. Die Dunkelheit der Nacht schien tiefer, geradezu greifbar zu werden, und Ahren hatte das Gefühl, etwas tastete mit unsichtbaren Krallen nach ihm.

Jelninolan wisperte einige Worte, die noch immer einen Hall der Macht in sich trugen, und die undurchdringliche Schwärze wich einem fröhlich glitzernden Sternenhimmel. »Das war riskant von Quin-Wa«, sagte sie ernst. »Ihre Sorge um die Alten muss groß sein.«

Uldini ließ *Flammenstern* aufglimmen, um das Lager zu erleuchten, und biss sich dabei nachdenklich auf die Unterlippe. »Jede unserer Entscheidungen könnte uns sowohl einem Sieg als auch einer Niederlage näherbringen«, ächzte er gereizt.

»Wenn es dir hilft: Ich denke, es war richtig, unsere Gruppe zu separieren«, sagte Jelninolan tröstend. »Dass der Dunkle Gott sich mit den Verteidigern auf dem Ring beschäftigt, ist ein gutes Zeichen. Anscheinend plant er, hinter seinen hohen Mauern auszuharren, bis seine Magie die Alten erschöpft und die Soldaten des Rings dezimiert hat, um dann mit seiner Armee durchzubrechen.«

Khara neigte nachdenklich den Kopf zur Seite. »Könnte er einen Hinterhalt vermuten?«, fragte sie. »Wenn er die vereinzelt reisenden Paladine wirklich nicht aufspüren kann, fürchtet er vielleicht, dass ihr nur darauf wartet, dass er die Obsidianfeste verlässt, um ihn dann einzukesseln, sobald er sich in einer angreifbaren Position befindet.«

»Möglich«, sagte Falk und lächelte dann dünn. »Mir gefällt der Gedanke, dass der Widersacher ebenso viel Angst vor uns hat wie wir vor ihm. Und dass er ebenso rätselt, was wir vorhaben, wie es umgekehrt der Fall ist.«

Ahren seufzte leise. »Dieses Stochern im Nebel bringt uns nicht weiter. Den größten Dienst, den wir den Männern und Frauen am Ring erweisen können, ist, wenn wir zügig und wohlbehalten dort eintreffen.«

Der Morgen würde nicht mehr lange auf sich warten lassen, als Ahren gedankenverloren am Rande des Immergrüns stand und über die vom Frost eingehüllten Rittermarschen blickte. Das Mondlicht ließ sämtliche Konturen des Landes glitzern, als lägen die weiten Felder, fernen Burgen und kleinen Gehöfte unter einem mächtigen Zauberbann.

»Hier steckst du also«, flüsterte Khara hinter ihm und Ahren drehte den Kopf. Seine Liebste kam aus Richtung des Nachtlagers auf ihn zu, eine Wolldecke über den Schultern, die sie fest um sich geschlungen hatte. »Der Immergrün hat wohl Schwierigkeiten, der Kälte der Rittermarschen standzuhalten«, witzelte sie und stellte sich neben den

Waldläufer, um sich dann an ihn zu lehnen. Als Ahren nicht antwortete, drückte sie seine Hand. »Was treibt dich um?«

Ahren deutete mit dem Kinn in Richtung der Rittermarschen. »Ich habe Culhen gebeten, dass er sich umsieht. Das ganze Gerede über Hinterhalte hat mich nervös gemacht, aber er konnte in der näheren Umgebung keinerlei Anzeichen irgendwelcher Dunkelwesen erkennen.«

»Das ist doch gut, oder nicht?«

Ahren runzelte die Stirn. »Er konnte aber auch sonst nicht viele Hinweise auf Leben entdecken. Ganze Dörfer scheinen verlassen zu sein.« Er blickte zu einem einsamen Wachturm an der Grenze zum Immergrün, der in der Ferne aufragte wie ein mahnend erhobener Finger. »Selbst eine Vielzahl an Befestigungsanlagen stehen dem Anschein nach leer.«

Khara drehte seinen Kopf sanft mit den Fingerspitzen ihrer freien Hand. »Weil du eine Allianz geschaffen hast, die den Namen verdient«, erinnerte sie ihn. »Warum sollten die Rittermarschen kostbare Soldaten auf Türmen stationieren, die nur Grenzen zu Verbündeten bewachen?«

»Und die leeren Dörfer?« Ahren hasste die Zweifel, die er in seiner Stimme hörte. Er fühlte sich, als lastete dieser Tage die gesamte Welt auf seinen Schultern und eine einzige falsche Bewegung könnte sie zum Einsturz bringen.

»Der Krieg«, sagte Khara schlicht. »Laut Uldini ist nach der Ernte jeder, der eine Waffe halten kann, zum Ring beordert worden. Die restliche Bevölkerung harrt mit den Kindern in den großen Städten und geräumigsten Burgen aus. Nur die Reiter des Grünen Meeres sorgen noch im Hinterland der an den Ring grenzenden Reiche für den Schutz der Zivilisten vor jenen Dunkelwesen, die nicht in der Obsidianfeste lauern.«

Ahren nickte. »Natürlich. Beide Seiten versammeln sich für den einen großen Schlag.«

Khara verlagerte ihr Gewicht unruhig von einem Fuß auf den anderen. »Es kommt nicht darauf an, wer den Angriff in einem Kampf beginnt. Das Einzige, das zählt, ist jene Attacke, welche die Konfrontation beendet.«

Ahren sah hinaus in die winterliche Nacht der Rittermarschen, die wie ausgestorben vor ihm lagen. »Du weißt so gut wie ich, dass manchmal jener erste Schlag alles ist, was es braucht, um den Sieg zu erringen.« Er drückte Khara eng an sich. »Und ich fürchte, wenn wir uns nicht beeilen, werden nicht wir es sein, die ihn vollführen werden.«

Ihr Ritt aus dem Immergrün hinaus gestaltete sich als genauso trostlos, wie Ahren befürchtet hatte. Jelninolan spielte eine leise, sich endlos wiederholende Weise, von der sie versichert hatte, dass sie die kleine Gruppe vor jeder Gefahr verbergen würde, die mit magischen Sinnen nach ihnen Ausschau hielt. Also ritten sie gen Süden, vorbei an verlassenen Gehöften, die leer und still unter dem Frost des Morgens dalagen, als wären sie Leichname auf einem riesigen Schlachtfeld. Die vereinzelt aufragenden Burgen, die sie passierten, waren hingegen vollgepackt mit Alten, Kindern und jenen unglücklichen Versehrten, die vom Ring zurück in ihre Heimat gekehrt waren, um dort sämtliche Hilfe zu leisten, die sie noch zu geben im Stande waren.

»Wir bleiben besser unter uns«, sagte Uldini, als Ahren zur Mittagszeit auf eines der grauen Bollwerke zuhielt. »Jelninolans Zauber schützt uns vor dem forschenden Auge des Widersachers, und ich will ausschließen, dass Gerüchte über unsere Anwesenheit ihn erreichen, sei es durch Spione oder lose Plappermäuler, die in Windeseile herumerzählen, dass sie drei Paladine getroffen hätten.«

»Ist das nicht etwas übertrieben?«, fragte Trogadon, der auf seinem Pony den Rücken durchstreckte.

Ahren sah dem geduldigen Tier an, dass es liebend gern dasselbe getan hätte.

»Unsere gesamte Reiseroute könnte eine weniger umsichtige Person als ich durchaus als übertrieben bezeichnen«, sagte der Magus energisch. »Da kommt es auf eine Sicherheitsmaßnahme mehr oder weniger auch nicht mehr an.«

Also rasteten sie auf einem der verlassenen Bauernhöfe und aßen dort schweigend ihr kaltes Mittagsmahl.

Ich vermisse den Eathinian jetzt schon, klagte Culhen, der an einem Kuhknochen herumnagte, den sie in einer der ansonsten leer gefegten Vorratsräume entdeckt hatten.

Es ist ja nicht für lange, tröstete Ahren den Wolf und streichelte ihn dabei zwischen den Ohren. *Ich bin sicher, in Tiefstein hat Likis eine ganze Rinderherde für dich reserviert.*

Culhen leckte sich über die sabbernden Lefzen. *Oh ja, das passt zu ihm. Hoffentlich sind wir bald da.*

Ahren genoss diese kleinen Geplänkel mit Culhen, die ihn von seinen Sorgen ablenkten, und wieder einmal hatte er den Verdacht, dass sein Wolf absichtlich versuchte, ihn auf andere, trivialere Gedanken zu bringen.

Auch seine übrigen Gefährten mühten sich um unverfängliche Gespräche, so als würde keiner von ihnen mehr den Mut finden, das vor ihnen Liegende anzusprechen, bis sie endlich Tiefstein und damit den Ring erreicht hatten.

Tag um Tag ritten sie weiter gen Süden und mit jeder verstreichenden Länge wurde Ahren der Tragweite des Krieges mehr und mehr gewahr. Die gesamten Rittermarschen hielten regelrecht den Atem an; in erwartungsvoller Spannung, dass die letzte Schlacht mit dem Widersacher beginnen würde. Es gab nur wenige fahrende Händler, denen sie weiträumig auswichen, und die einzigen Lebenszeichen, die sie sonst noch entdeckten, waren die von kleinen Räuberbanden, die ihrerseits die hochgerüstete Gruppe mieden und sich bei Blickkontakt hastig in den dichten Wäldern versteckten.

»Denen würde ich gerne eine Lektion erteilen«, brummte Ahren, als wieder einmal eine Handvoll abgemagerter Gestalten, mit Knüppeln und primitiven Bögen bewaffnet, hinter einem Hügel Deckung suchte, als sie bemerkten, dass Ahren und seine Gefährten keine leichte Beute waren.

»Damit bekämpfst du ein Symptom, aber nicht die Ursache«, ermahnte ihn Falk. »Der Ring verschlingt Unmengen an Nahrung und bindet alle Ritter des Reiches. Ist erst der Krieg gewonnen, kehrt beides von der Front zurück und die Wegelagerer werden, zusammen mit dem Hunger und der Schutzlosigkeit der Bevölkerung, wieder verschwinden.«

Ahren nickte schweigend und ritt grimmig weiter, ein Schritt nach dem anderen dem Ring entgegen.

Er stand auf einem kargen Feld. Um ihn herum nur Ruinen und verstreute Skelette in rostigen Rüstungen, die vor langer Zeit zerbrochenen Waffen noch immer dort in ihren leblosen Händen haltend, wo sie zu Boden gegangen waren. Es gab keine Sonne und keinen Himmel, nur eine alles einhüllende graue Masse aus brodelnden Wolken, die den ewigen Krieg zwischen Paladinen und dem Widersacher seit Jahrtausenden überschattete. Oder waren es Zehntausende? Ahren war sich dessen nach der langen Zeit des Konfliktes nicht mehr sicher.

Neben ihm focht der Erste mit mechanischen Bewegungen gegen einen Finsterbären, der immer wieder aufstand, sobald der Veteran ihn niederstreckte, und jedes Mal murmelte er: »Unsere Aufgabe ist noch nicht zu Ende.«

Ahren sah sich schaudernd um und erkannte einen greisen Mann in einer Tiefenstahlrüstung mit einem gleißenden Speer in der Hand, der in einem morbiden Tanz aus Finte und Angriff eine tote Sichelschrecke umkreiste, einen tiefsitzenden Wahn in seinen Augen.

»Ewig währt das Leben eines Streiters der Götter«, krächzte er, und Ahren erkannte voller Grauen, dass es Hakanu war, der da sprach.

Ahren wirbelte panisch um die eigene Achse, in dem Versuch, dem Anblick zu entfliehen, und erblickte Falk, wie er mit hängendem Kopf vor einer Reihe Grabsteinen kniete. Einer trug den Namen Onjas, ein anderer den von Khara. Darunter stand in schief hineingemeißelter Schrift: *Leb wohl meine Liebste – nur die Paladine leben und kämpfen auf ewig.*

Ahren krallte beide Hände in seine Haare und schrie, schrie aus Leibeskräften – bis plötzlich eine ferne und doch bekannte Stimme nach ihm rief.

»Wach auf!«

Ahren schreckte aus seinem Albtraum hoch. Sein Herz hämmerte wie wild in seiner Brust.

Er und seine Gefährten lagen im Stall eines halb verfallenen Gutshofes, der nur noch von einem blinden, freundlichen Verwalter und einer lahmen Magd betrieben wurde. Außer ihm war nur Culhen wach, der bereits am Eingangstor stand und durch die Ritzen zwischen den verzogenen Holzbalken in die nächtliche schneebedeckte Landschaft aus weiten Feldern und vereinzelten entlaubten Wäldchen hinausspähte.

Es ist sie, sagte der Wolf schlicht, und in Ahrens Gedanken blitzte das Bild einer geduldig im sanft zu Boden fallenden Schnee stehenden Frau auf, die auf einem reifüberzogenen Acker neben einem Hanta mit schwarzem Fell wartend gen Himmel blickte.

Ahrens rasendes Herz beruhigte sich ein wenig, als Nervosität und Hoffnung gleichermaßen in seiner Brust miteinander rangen. Die Frau in Schwarz erwartete ihn. Wann immer sie auftauchte, waren Wohl und Wehe eng miteinander verflochten.

Geh zu ihr, wies er Culhen an. *Begrüße Camentumar. Er wird sich freuen, ein bekanntes Gesicht zu sehen.*

Culhen schob mit seiner Nase so sanft wie möglich das Scheunentor auf und schlüpfte hinaus, während Ahren aufstand und seinen Umhang überzog. Uldini und Falk trauten der Frau in Schwarz nicht und sie hatte bisher nur zu Khara oder ihm gesprochen. Kurz überlegte er, ob er die Schwertmeisterin wecken sollte, entschied sich aber dagegen. Wenn ihre Träume ungestört geblieben waren, dann galt dieser nächtliche Besuch ihm allein. Er glitt durchs Tor und schob es hinter sich zu.

Sein Fell ist so schwarz geworden wie das Kleid der Frau, sagte Culhen überrascht, der einen würdevollen Blick mit dem Hanta austauschte.

Auf Ahren wirkten die beiden Vertrautentiere, als schätzten sie ab, ob sie einander im Kampf besiegen könnten. Camentumar schnaubte schließlich und senkte für einen Herzschlag lang den Kopf, wie zu einem höflichen Nicken. Culhen erwiderte die Geste einen Augenblick später.

Er fühlt sich wilder an, sagte der Wolf angespannt. *Gefährlicher.*

Ahren spürte den Widerwillen, der seinen Freund durchfuhr.

Mehr wie ein Dunkelwesen.

Ahrens Schritt verharrte in der Bewegung und er musterte die Frau in Schwarz und ihren Begleiter genauer. Der Rücken der Fremden war stocksteif durchgedrückt, ihre Schultern verkrampft. Beide Hände hielt sie vor dem Körper verschränkt, und Ahren konnte auf zehn Schritt Entfernung und trotz des schwachen Mondlichts die Anspannung sehen. Nachdem er Culhen als Bedrohung ausgeschlossen hatte, blickte Camentumar ständig nach links und rechts. Sein nunmehr schwarzes Fell war dort, wo die in Fetzen an ihm herabhängende Rüstung ihn nicht hatte schützen können, voll getrockneten Blutes.

Die beiden haben Angst, schoss es Ahren durch den Kopf, und diese Erkenntnis ließ seine eigene Nervosität in ungeahnte Höhen schnellen. Diese Frau hatte sich in Tausend Hallen, ohne mit der Wimper zu zucken, mit dem Jäger von einer Brücke geworfen. Wenn die Fremde Angst hatte, dann sollte Ahren dieses Gefühl besser teilen.

»Warum steht Ihr erst jetzt wieder vor mir?«, fragte er zur Begrüßung. »In den Eisfeldern hätte es Momente gegeben, in denen ich Eure Hilfe und Euren Rat hätte brauchen können.«

Die Fremde schüttelte den Kopf, eine Bewegung so sacht wie ein sich wiegendes Netz aus Spinnweben in einer lauen Sommerbrise. »Ich musste meine Kräfte sammeln«, sagte sie. »Meine Hilfe damals blieb … nicht unentdeckt.« Ein Schauder überlief ihren Körper, heftig genug, dass Ahren ihn deutlich sehen konnte. »Sobald …«, sie rang mit den Worten und ihre Angst wurde nahezu greifbar. »Sobald ich das nächste Mal eingreife, wird meine Rolle offenbar.«

»Ihr meint, dann weiß der Widersacher, auf welcher Seite Ihr steht«, sagte Ahren leise. Er hatte seine Vermutungen zu der Frau in Schwarz, aber bisher dazu geschwiegen. Doch die Zeit der Geheimnisse musste allmählich enden, so wie alles, was den Krieg gegen den Dunklen Gott anbelangte.

»Richtig.«

Ahren verharrte in Schweigen. Er hatte alles Mögliche erwartet: ein wildes Abstreiten, eine langatmige Erklärung, selbst ein empörtes Verschwinden der Fremden. Aber dass sie seinen Verdacht, mit den Widersacher im Bunde zu sein, einfach bestätigte, überraschte ihn. »Seid ihr ein Hochfang?«, fragte er.

Ein kurzes Zögern. »Nein.«

Also nur die halbe Wahrheit, dachte Ahren. *Ihr großes Geheimnis behält sie noch immer für sich.*

Ihre Anwesenheit ist gefährlich, drängte Culhen. *Falls der Widersacher sie aufspüren kann, dann durch sie vielleicht auch uns.*

Ahren sah flüchtig zurück zur Scheune. Uldini war sehr energisch in seinen Warnungen gewesen. So wie Jelninolan die Gruppe bei Tag mit ihrem Zauberlied verbarg, so spendete nachts ein von ihm errichteter Bannkreis den nötigen Schutz vor Entdeckung. Der Zauber beschränkte sich auf die Hütte und keine zwei Paladine durften ihn gleichzeitig verlassen oder sie liefen Gefahr, aufgespürt zu werden. Wenn diese Warnung sich auch auf einen Paladin in Gegenwart einer Dienerin des Widersachers anwenden ließ …

»Er kann mich nicht spüren«, sagte die Fremde, seine besorgte Miene richtig deutend. »Dafür habe ich gesorgt.« Ihr Blick schweifte gen Osten. »Bis die Sonne aufgeht, bin ich sicher.«

Ahren kniff die Lippen zusammen. »Kontrolliert Euch der Widersacher?«, fragte er.

»Manchmal.«

Ahrens harter Blick ob dieser kargen Antwort ließ sie weiterreden.

»Ich versuche jeden kleinen Dienst, den er mir aufträgt, in die Länge zu ziehen, damit er andere Diener für seine dunkleren Machenschaften einspannt. So schaffe ich mir … Freiräume, in denen er mich vergisst.« Sie lachte. Es war ein dunkler, freudloser Laut. »Was er wirklich häufig tut.«

Ahren, sie hat gerade zugegeben, dem Widersacher aktiv zu dienen, sagte Culhen alarmiert. *Wer kann schon sagen, wie viele Soldaten sie auf dem Gewissen hat?*

Ich weiß. Aber ich werde sie erst verurteilen, wenn ich Genaueres erfahren habe. Dafür hat sie uns zu oft das Leben gerettet.

Uldini wird toben, wenn er hiervon erfährt, warnte ihn Culhen. *Und auch von Falk solltest du besser kein Lob erwarten.*

Ahren griff nach Culhens Ohren und begann sie zu kraulen, was die Anspannung des Wolfes linderte und ihm ein behagliches Knurren entlockte.

Camentumar schüttelte seinen Kopf und die Frau in Schwarz sah das Hanta an.

»Jetzt?«, fragte sie. »Ist das dein Ernst?« Dann seufzte sie und liebkoste das Tier an seinem Hals.

Diese Geste schmolz Ahrens Vorbehalte wie ein Sonnenstrahl den ersten Frost auf einer im Winterschlaf erstarrten Wiese. »Warum seid Ihr hier?«, fragte er und das Mitgefühl, das in seiner Stimme mitschwang, überraschte ihn selbst. Trotz des düsteren Aussehens und der wilden Ausstrahlung Camentumars wirkte das Hanta weniger getrieben als nach dem Tod Feuer-im-Blicks. Allein dafür verdiente die Frau in Schwarz – trotz ihres Geständnisses – ein winziges Entgegenkommen.

Die Fremde wandte den Blick nicht vom sich gegen ihre Hände drückenden Camentumar ab. »Ihr dürft nicht zum Ring reisen«, sagte sie. »Noch nicht.«

Ahren riss erstaunt die Augen auf. »Und warum genau?«

»Es gibt etwas, das Ihr erfahren müsst.«

Ahren verschränkte die Arme vor der Brust. »Ich höre.«

Sie schüttelte den Kopf. »Nicht von mir. Von einem Geist.«

Sein innerer Widerstand wuchs trotz seiner guten Vorsätze. »Seid Ihr etwa eine Nekromantin und könnt mit den Toten in Verbindung treten?«

Sie warf ihm einen gequälten Seitenblick zu, der sich durch ihren Schleier bohrte und Ahrens Augen wie gefangen hielt. »Sagt Euch der Name Belsarius etwas?«

Ahren blinzelte vollkommen überrumpelt. »Ein Alter, der bereits lange verstorben ist«, sagte er schließlich, als er sich an das Wenige zu erinnern versuchte, das er über den Mann wusste, den Uldini über alle Maßen bewunderte. »Er galt als Genie unter den Alten.«

»Das war er wohl«, sagte die Frau wehmütig. »Ich habe noch nie erlebt, dass jemand schlecht über ihn sprach. Das ist keine kleine Leistung.«

»Ihr kanntet ihn?«, fragte Ahren.

»Nein. Aber ich wäre ihm gerne begegnet. Vielleicht wären einige Dinge dann … anders gekommen.«

Ahrens Kiefermuskeln mahlten, während sein Geduldsfaden dünner wurde. »Ich respektiere Euren Hang zum Mysteriösen so gut ich kann, aber der Weg unserer Gruppe wird uns schon im Morgengrauen nach Tiefstein führen, wenn Eure Worte nicht langsam beginnen, einen Sinn zu ergeben.«

Die Frau in Schwarz streichelte unverwandt Camentumar. Ahren war sich nicht sicher, wem von den beiden die Berührung mehr Frieden bringen sollte.

»Wie wollen die Paladine den Widersacher bezwingen?«, fragte sie. »Stecht ihr auf ihn ein, bis er sein Leben aushaucht?«

Ahren zuckte zusammen. Da war sie, die offene Wunde, die er schon eine Weile mit sich herumtrug. »Laut allem, was wir wissen, sollte das funktionieren«, sagte er bedächtig.

Vorsichtig, mahnte Culhen. *Du weißt nicht, ob der Widersacher Informationen aus ihrem Verstand pflücken kann, wann immer er will.*

Wenn er das könnte, würde sie nicht mehr leben, erwiderte der Paladin. *Dafür hat sie uns zu oft aus der Klemme geholfen.*

»Belsarius hat an dieser Frage geforscht«, sagte die Frau in Schwarz. »Lange vor der Nacht des Blutes, als die Welt noch Hoffnung auf ein reibungsloses Ende dieses ewigen Krieges hegte.« Bitterkeit troff aus jeder ihrer Silben.

Ahrens Skepsis wuchs. »Wieso solltet ausgerechnet Ihr von diesen Forschungen wissen, aber keiner der anderen Alten? Wo Ihr doch laut euren eigenen Worten Belsarius nicht einmal kanntet.«

Die Hände der Frau in Schwarz erstarrten in der kraulenden Bewegung, aber noch immer sah sie Camentumar an, so als wolle sie vermeiden, dass Ahren eine Gefühlsregung unter ihrem Schleier erahnen konnte. »Ich brauchte Jahrhunderte, um herauszufinden, dass Belsarius an einer Lösung zur Frage gearbeitet hat, wie die Paladine ihren Göttersegen nutzen können, um den Widersacher auszulöschen. Und weitere Jahrhunderte, um den Ort zu finden, an dem er dies tat.« Sie streichelte wieder das Hanta, ihre Körpersprache deutlich gefasster. »Mein Interesse galt nie Belsarius selbst. Aber er stellte dieselben Fragen, die auch mich umtrieben, und so wurde seine Jagd zu meiner.«

»Und was hat er herausgefunden?«, fragte Ahren.

Jetzt sanken die Hände der Fremden herab, kraftlos und wie von einer Willenlosigkeit erfasst, die aus tiefster Erschöpfung erwuchs. »Ich weiß es nicht«, flüsterte sie. »Sein Wissen befindet sich in seinem Sanktum. Außerhalb meiner Reichweite.«

Ahren kniff die Augen zusammen. »Er hat seine Erkenntnisse mit einem Zauberbann gesichert, nicht wahr? Einem, den die Diener des Widersachers nicht durchdringen können.«

Die Frau in Schwarz nickte. »Dieser Zauberkreis unterscheidet nicht zwischen Absicht und Zugehörigkeit«, gab sie gequält zu. »Er verurteilt genauso hartherzig wie der Rest der Welt.«

Für mich klingt das alles viel zu vage, warf Culhen ein. *Und fällt dir auf, dass sie uns mit der Geschichte von einem angeblichen Sanktum vom Ring fortlockt, und zwar mit Versprechungen von Wissen und Macht?* Der Wolf drückte seine Schnauze gegen Ahrens Wange. *Das ist genau das, was ein Diener des Widersachers tun würde, um uns abzulenken oder gar in eine Falle zu locken. Was, wenn sie gerade gar nicht sie selbst ist? Würden wir das überhaupt merken?*

Ahren konnte die Zweifel seines Freundes nicht von der Hand weisen. Konnte er es sich leisten, den Worten der Frau in Schwarz zu trauen? Und konnte er es sich leisten, es nicht zu tun?

»Wo befindet sich dieses Sanktum?«, fragte er unvermittelt.

Die Erleichterung war der Fremden mühelos anzusehen. »In Kelkor«, sagte sie. »In einem kleinen, geschützt gelegenen Tal, hineingetrieben in die Flanke eines Berges, zweihundert Längen nordwestlich des Silbernen Kliffs.«

Kelkor, dachte Ahren. *Das Land der Monster und Riesen.*

Und Kobolde und Feen, warf Culhen ein. *Vergiss nicht, dass wir dort Tlik auflasen.*

Ahren wurde das Herz schwer, als er an den garstigen Kobold und dessen großmütiges Opfer dachte. *Ein Land, das vor Freunden und Feinden nur so wimmelt*, dachte der Waldläufer. *In keinem anderen Landstrich Joraths tummeln sich mehr Dunkelwesen, wenn man von den südlichen Dschungeln und der Obsidianfeste absieht.*

Der perfekte Ort für einen Hinterhalt, fügte Culhen hinzu.

»Ich kann das nicht allein entscheiden«, sagte Ahren schließlich. »Kommt mit hinein und tragt Eure Bitte den anderen vor.«

Die Frau in Schwarz schüttelte heftig den Kopf. »Auf gar keinen Fall«, sagte sie. »Ich weiß um die Meinung, die viele eurer Gefährten über mich haben. Uldini könnte … impulsiv reagieren.«

Ahren zuckte mit den Achseln. »Dann werde ich vergessen, dass dieses Gespräch stattgefunden hat, und wir reisen weiter gen Ring.«

»So stur«, sagte die Fremde und schüttelte den Kopf. Dann schwang sie sich auf Camentumars Rücken und blickte von oben auf Ahren herab. »Ich habe gesagt, was ich sagen wollte«, verkündete sie in kaltem Ton. »Tatsächlich hatte ich bis zuletzt gehofft, Uldini würde von selbst darauf kommen, Antworten außerhalb seines eigenen Kopfes zu suchen. Also tu, was du für richtig erachtest.«

Ahren entging die plötzlich vertrauliche Anrede nicht.

»Ich bin weder für die Torheiten von Paladinen noch für jene der Alten verantwortlich.« Sie ließ Camentumar herumwirbeln und in einen Trab verfallen, dann sandte sie Ahren nach einigen Schritten einen letzten Schulterblick zu. »Falls du dich doch dazu entscheidest, Belsarius‹ Geheimnissen in Kelkor auf den Grund zu gehen, dann sorge besser dafür, dass Uldini glaubt, es wäre seine Idee gewesen. Er liebt es, wenn er glaubt, brillant zu sein.« Dann ritt sie in die Weite der weichenden Nacht hinaus und verschwand schließlich im trüben Nebel des heranbrechenden Morgens.

Camentumar hat keine Spuren hinterlassen, sagte Culhen griesgrämig und schnüffelte am unberührten Raureif auf dem kahlen Bauernfeld. *Warum hat dir diese komische Frau nicht erzählt, wie sie diesen speziellen Trick zustande bringt?* Das *wäre mal eine wirklich hilfreiche Information gewesen.*

Ahren blickte nachdenklich in die Richtung, in der die Fremde verschwunden war. *Wir entscheiden für uns selbst, ob das, was sie gesagt hat, hilfreich war oder nicht.*

Culhens Kopf ruckte aufwärts und seine goldenen Augen bohrten sich in die seines Paladins. *Du denkst doch nicht ernsthaft daran, uns auf eine wilde Jagd nach mysteriösen Informationen eines lange verstorbenen Alten zu schicken, oder?*

Ahren antwortete nicht, sondern stapfte zurück zur Scheune. Culhen murrte kurz, aber horchte dann in den Waldläufer hinein, was Ahren ungehindert zuließ. Die schlichte Wahrheit ließ den Wolf schneller verstummen als jede Diskussion: In Ahren rangen die Hoffnung auf Antworten und die Furcht vor einer List derart ausgewogen miteinander, dass er einfach nicht wusste, was er auf Culhens Frage antworten sollte.

»Ein Goldstück für deine Gedanken.«

Kharas lächelnd vorgetragener Kommentar am Morgen riss Ahren aus seinen Grübeleien. Uldini hatte mittels *Flammenstern* für eine angenehme Wärme im Stall gesorgt und Falk aus ihren rapide schwindenden Vorräten einen deftigen Eintopf mit Erbsen und Speck gezaubert, dessen Duft dem Waldläufer das Wasser im Munde zusammenlaufen ließ.

»Ich …«, begann er und brach dann ab, als die Notlüge, die ihm schon auf der Zunge gelegen hatte, nicht über seine Lippen kommen wollte. »Ich muss mit dir reden«, sagte er leise. »Allein.«

Die Schwertmeisterin riss überrascht die Augen auf, nickte aber nur. »Nach dem Frühstück«, sagte sie. »Wir können den Bauernhof nach Essen durchsuchen und dabei kannst du mir erzählen, was dir auf dem Herzen liegt.«

Ahren drückte verschwörerisch ihre Hand und bemerkte dann Culhens forschenden Blick.

Khara trägt einen klugen Kopf auf den Schultern, verteidigte der Paladin sein Vorhaben. *Ich will ihre Meinung dazu hören, da sie der Frau in Schwarz mehr vertraut als Uldini oder Falk.*

Da bin ich gespannt, sagte Culhen in bissigem Ton. *Zumal du Muais Meinung im selben Atemzug gratis dazu geschenkt bekommst.*

Das Fauchen der Tigerin ließ keinerlei Raum für Fehlinterpretationen, als Ahren seiner Liebsten von dem nächtlichen Treffen mit der Frau in Schwarz erzählte, kaum dass sie auf angeblicher Nahrungssuche alleine durch das Haupthaus des Bauernhofs streiften.

»Muai hält die Reise nach Kelkor für eine Falle«, sagte Khara lächelnd und deutete auf die Großkatze, deren Augen schmal waren und deren Schwanz wild hin und her schwang, als hätte sie gerade ein Dunkelwesen erspäht.

»Darauf wäre ich alleine nie gekommen«, erwiderte Ahren lächelnd. »Da ist sie sich ausnahmsweise mal mit Culhen einig.«

Moment mal, protestierte der Wolf umgehend. *Ich habe gesagt, es* könnte *sich bei den Worten der Frau in Schwarz um einen Hinterhalt handeln. Aber dass diese Flohherberge von einer Miezekatze derart vorverurteilend ist, dass sie umgehend eine Falle wittert, wundert mich natürlich nicht.*

Ahren ignorierte Culhens Gehabe und konzentrierte sich auf Kharas Mimik. »Was denkst du?«

»Die Frau in Schwarz hat mich im Grünen Meer vor einem Schicksal in tiefster Verzweiflung bewahrt«, sagte sie nach einigen Augenblicken, »und unsere gesamte Gruppe schon mehrfach vor dem Verderben. Ohne sie hätten wir Onja auf der Königsinsel niemals vor den Hungerleichen gerettet.« Khara verschränkte kategorisch die Arme vor der Brust. »Ich sehe in ihr eine Freundin, wenn auch eine arg verschrobene.«

»Sie hat sich als Feindin der Götter offenbart«, sagte Ahren eindringlich. »Und zugegeben, eine Dienerin des Widersachers zu sein.«

Khara zuckte mit den Achseln. »Einige unserer Verbündeten im Krieg gegen die Obsidianfeste sind Piraten und Halsabschneider. Selbst Gol-Konar steht auf der Liste der Orte, deren Hilfe du im Kampf gegen den Dunklen Gott nicht ablehnen würdest. Wenn die Frau in Schwarz dem Namen nach eine Dienerin des Widersachers, aber in Wirklichkeit unserer Sache treu ergeben ist, dann ist mir dieses Wissen genug.«

»Sie hat recht, weißt du?«, erklang eine tiefe, gutmütige Stimme und Ahren zuckte zusammen. Einen Moment später trat Trogadon in den Türrahmen, eine unangezündete Pfeife im Mundwinkel. »Ich wollte eigentlich nicht lauschen«, sagte er augenzwinkernd. »Nur bei der Suche nach Essbarem helfen.« Er nahm die Pfeife aus dem Mund und deutete mit deren Stiel auf Ahren. »Aber deine Geschichte war viel spannender als der verschrumpelte Weißkohl in der Holzkiste dort drüben.«

Ahren seufzte. »Du glaubst also auch, wir sollten den Ausgang des Krieges auf eine vage Information setzen, die uns vom Schlachtfeld wegführt?«

Zu Ahrens Überraschung schüttelte Trogadon den Kopf. »Wir müssen zuerst das kürzlich erhaltene Wissen von seiner Überbringerin trennen, um neutral urteilen zu können«, sagte er kryptisch.

»Was meinst du?«, fragte Khara nach und lehnte sich dabei an einen alten Ofen.

Trogadon zündete mit bedächtigen Bewegungen seine Pfeife an, und Ahren schätzte, dass sein konzentrierter Blick dabei nicht der Tätigkeit seiner Hände, sondern seinen nachfolgenden Worten galt. »Diese Frau in Schwarz hat euch aufgefordert, Uldini dazu zu bringen, über Belsarius und seine Forschungen nachzudenken, richtig?«

Ahren nickte stumm.

»Gut«, fuhr der Zwerg fort. »Dann tun wir genau das.«

»Aber …«, sprach Ahren dazwischen, doch der Zwerg hob mahnend einen Finger.

»Wir testen die Idee der Fremden«, sagte Trogadon. »Ohne dass die Identität der Überbringerin einen Schatten auf die eigentliche Information wirft.«

Ahren verstand und lachte erleichtert auf. »Wenn Uldini, Falk, Hakanu und Jelninolan der Gedanke gefällt, nach Belsarius‹ Sanktum zu suchen, dann wissen wir, dass der Vorschlag der Frau in Schwarz sinnvoll ist. Und sobald sie sich entschieden haben, können wir immer noch die Gefahr eines Hinterhalts offenbaren.«

»Genau«, sagte der Zwerg übertrieben großspurig. »Siehst du, wie einfach das Leben sein kann, wenn man die Last, die auf den eigenen Schultern liegt, aufteilt?« Sein neuerliches Augenzwinkern sprach Bände.

Während Ahren im Geiste Culhens Zustimmung einholte, sah der Waldläufer zu Khara hinüber. Als sie nickte, fiel ihm ein Stein vom Herzen. Sie waren sich einig.

»Dann lasst uns beratschlagen, wie wir Uldinis Gedanken in die richtige Richtung lenken können.«

Es dauerte zwei weitere Tagesritte durch die verlassen wirkenden Rittermarschen, bis sich endlich eine Gelegenheit bot, ihren Plan auf subtile Weise umzusetzen. Es war spät am Abend und sie alle saßen im Gasthaus einer bescheidenen Herberge vor einem grob gemauerten Kamin. Der schweigsame einarmige Wirt und seine Frau hatten sich bereits für die Nacht zurückgezogen und die Gefährten starrten, leise Gespräche austauschend, in die Flammen. Die Stimmung war ruhig und nachdenklich, sodass Ahren sich traute, seinen ersten Zug zu machen.

»Ist dir schon etwas eingefallen, wie wir den Göttersegen gegen den Widersacher zum Einsatz bringen können?«, fragte er Uldini flüsternd, indem er sich zu dem Magus hinüberbeugte. »Wir kommen dem Ring jeden Tag näher.« Mittlerweile vermutete Ahren, der Erzmagus hatte sie den weiten Bogen nach Osten schlagen lassen, um Zeit zum Nachdenken zu gewinnen.

»Nicht konkret«, brummte Uldini ungehalten. »Aber ich denke über einige Ansätze nach.« Er sah Ahren düster von der Seite an. »Zumindest, wenn man mich nicht mit den immer gleichen Fragen stört.«

Ahren bemühte sich um ein neutrales Gesicht, als er weitersprach. »Auf der *Königin der Wellen* hast du mir erzählt, dass auch Belsarius schon über dieses Thema nachgedacht hat. Hat er denn nie ein Wort darüber verloren, zu welcher Erkenntnis er gelangt war?«

Uldinis Augen trübten sich ein und er blickte wieder in die Flammen. »Wir hatten wenig Gelegenheit, darüber reden. Er starb bei einem Gefecht an der Grenze von Hjalgar zu Kelkor.« Der Magus schluckte schwer. »Der Hinterhalt bestand aus drei Hochfängen, einer Rotte Niederfänge und mehreren Riesen, die dem Widersacher anheimgefallen waren.«

Ahrens Puls beschleunigte sich. *Jetzt ganz behutsam vorgehen*, ermahnte er sich. »Was wollte er denn in Kelkor?«

Uldini zuckte mit den Achseln. »Wahrscheinlich eine seiner Erfindungen testen«, raunte er unwirsch. »Die Hälfte seiner Versuche endeten stets im Desaster, also suchte er sich, wann immer er einen neuen Zauber oder eine seltsame Apparatur ausprobieren wollte, irgendein unbewohntes Tal, wo er niemanden gefährden konnte.«

»Hat er denn keinerlei Aufzeichnungen hinterlassen?«, fragte Ahren.

Culhen hob neben dem Kaminfeuer liegend seinen Kopf und starrte seinen Paladin an. *Sehr subtil*, kommentierte er belustigt.

Uldini macht es mir auch nicht gerade leicht, beschwerte sich der Waldläufer.

»Doch, natürlich«, sagte Uldini, dessen Stimme einen gereizten Unterton annahm. »Auf der Königsinsel hatte er eine Kammer zum Bersten voll mit Notizen. Nach seinem Tod nahm ich sie an mich und studierte sie.« Er seufzte schwermütig. »Belsarius hatte so einen scharfen Verstand. Die Hälfte seiner Notizen kosteten mich Jahre, um sie zu verstehen. Schlussendlich musste mir Akkad bei den mechanischen Aspekten helfen.«

In Ahren keimte eine flüchtige Hoffnung, die er aussprach, bevor seine Vorsicht sie unterdrücken konnte. »Akkad eiferte Belsarius doch auch nach, und er kannte ihn länger als du«, preschte er vorwärts. »Vielleicht haben die beiden miteinander über den Widersacher und unseren Göttersegen gesprochen.«

Uldinis Gesicht glich plötzlich einer Gewitterwolke. »Das bezweifle ich. Und jetzt lass mich nachdenken.«

Ahren nickte und lehnte sich ein Stück zurück. *Das hätte besser laufen können.*

Uldini verehrt Belsarius, sagte Culhen und sah Ahren vorwurfsvoll an. *Anzudeuten, dass Akkad dem verstorbenen Alten vielleicht näherstand, war nicht besonders klug.*

Der Waldläufer schaute verstohlen in Richtung Uldini, der sich geistesabwesend das Kinn knetete und dabei ins Feuer starrte, als könnte es ihm alle Antworten geben, die er brauchte.

Warten wir es ab, sagte er. *Vielleicht hat mein kleiner Anstoß ja genügt, um jene Lawine ins Rollen zu bringen, die uns Klarheit über die Informationen der Frau in Schwarz verschaffen wird.*

»Unser Vorhaben gestaltet sich schwieriger, als ich dachte«, sagte Trogadon wenige Tage später, als er, Khara und Ahren wieder einmal auf *Nahrungssuche* im Gutshaus eines verlassenen Bauernhofes waren. »Ich habe versucht herauszubekommen, ob Jelninolan und Belsarius jemals über den finalen Kampf gegen den Widersacher gesprochen hatten, aber anscheinend kannten sie sich nicht gut genug. Meine geliebte Elfe hat mit dessen den leblosen Dingen zugewandter

Persönlichkeit wohl nicht so viel anfangen können.«

»Und Uldini steht sein Stolz im Weg«, erklärte Ahren und warf die Arme empor. »Er will die Möglichkeit nicht wahrhaben, dass Belsarius jemand anderen als ihn ins Vertrauen gezogen haben könnte.«

»Und wenn wir einfach bis Tiefstein warten, bevor wir versuchen, Licht ins Dunkel rund um Belsarius' Geheimnisse zu bringen?«, schlug Khara vor, die gerade mit enttäuschtem Blick ein paar schrumpelige Karotten aus einem brüchigen Weidenkorb barg. »Gut, dass wir bald in Hjalgar sind«, sagte sie kopfschüttelnd. »Dort ergeben sich hoffentlich mehr Gelegenheiten, unsere Vorräte aufzustocken. Die Rittermarschen sind geradezu leergefegt.«

Ahren trommelte unruhig mit seinen Fingern auf einem staubigen Tisch herum, der die Küche der Bauernkate dominierte. »Wenn wir erst bis zum Ring reisen, um dann wieder gen Kelkor aufzubrechen, verlieren wir Wochen, wenn nicht gar Monde. Mit jedem Tag, den wir den Sturm auf die Obsidianfeste hinauszögern, werden die Alten in den Magierdomen schwächer.«

Trogadon brummte zustimmend und schwieg eine Weile gemeinsam mit den anderen, jeder von ihnen in den eigenen Gedanken gefangen. Dann breitete sich ein schalkhaftes Grinsen in seinem Gesicht aus, das Ahren ganz und gar nicht gefiel.

»Zeit für unsere Wunderwaffe«, sagte der Schmied und rieb sich die Hände.

»Meister?«, fragte Hakanu mit seiner üblichen Begeisterung, während er und Ahren zwei Tage später im Hof eines verlassenen Gutshofs trainierten. »Kann es nicht sein, dass dieser Belsarius irgendwo Aufzeichnungen über den Widersacher versteckt hat? Ich meine, wenn sie doch so wichtig waren, wäre er sicher nicht das Risiko gegangen, dass ein Spion sie auf der Königsinsel in die Finger bekommt, oder?«

Trogadon, der im Türrahmen des Haupthauses stand und die winterliche Sonne auf seinem Gesicht genoss, konnte nur schwerlich seine zuckenden Mundwinkel unter Kontrolle halten und sah beiläufig zu Uldini hinüber, der am Westende des Gutshofs stand und die Schutzzauber für ihre Übernachtung in den Schnee malte. Ein deftiger Essensgeruch zog zu ihnen auf den Hof. Falk und Jelninolan waren am Werk, indem sie sämtliche Reste ihrer Vorräte zusammengerührt und allem Anschein nach kräftig gewürzt hatten. Muai, Culhen und Kamaluq waren ausgezogen, um in einem nahen Wäldchen mögliche Jagdbeute zu erlegen, und Ahrens Lehrling hatte ausgerechnet den jetzigen Moment auserkoren, um in seiner ungestümen, unschuldigen Art den Erzmagus aus der Reserve zu locken.

»Uldini sagt, dass er sämtliche Notizen durchgesehen hat, die Belsarius angefertigt hatte«, antwortete Ahren so sachlich wie möglich und ließ dabei einen Hagel aus Angriffen auf seinen Lehrling niedergehen, die dieser abwehrte oder gewandt auswich. Selbst als Ahren den jungen Krieger mit einer vermeintlichen Öffnung in seiner Deckung dazu provozierte, einen schnellen Sieg zu erringen, nutzte Hakanu die Möglichkeit lieber, um eine langfristig vorteilhaftere Position im Innenhof einzunehmen, indem er sich zwischen Ahren und der Hauswand fortbewegte. Ahren hoffte, dass Hakanus Scheitern gegen den Drachen genau die Form von Fehler gewesen war, die er gebraucht hatte, um endlich den Unterschied zwischen Mut und Wagemut zu verstehen.

»Dann hat er also nach einem möglichen Versteck seines Mentors gesucht?«, fragte Hakanu. »Das war sehr klug von ihm.«

Trogadon verzog im Eingang das Gesicht, als Ahrens Lehrling seine mangelnden Fähigkeiten als Ränkeschmied eindrucksvoll zur Schau stellte. Ahren, Khara und dem Zwerg war klargewesen, dass das undiplomatische und gesellschaftlich etwas tollpatschige Wesen Hakanus für ihre List nur bedingt von Vorteil sein würde, und sie alle waren sich des Risikos bewusst, was passieren könnte, wenn sie den Lehrling in ihren Plan einweihten. Ahren machte ein kurzes Zeichen mit seiner Hand, dass Hakanu nun schweigen sollte und beobachtete aus den Augenwinkeln die Tür zum Gutshof. Wenn Uldini ihren Dialog überhaupt vernommen hatte, so reagierte er zumindest nicht darauf.

»Es war einen Versuch wert«, flüsterte er Hakanu zu. »Aber wir warten besser, bis wir unseren Köder erneut auswerfen.«

Hakanu nickte und ging dann unvermittelt zum Angriff über, wobei er seinen Speer ebenso geschickt als Waffe einsetzte, wie die Umgebung und seinen Körper. Ahren sah das zufriedene Nicken Kharas, die den Zweikampf stumm beobachtet hatte, und fühlte Erleichterung in sich aufsteigen. Zumindest würde er beim Sturm auf die Obsidianfeste eine Sorge weniger haben.

Als Ahren, Hakanu und Khara am Abend nach einigen anstrengenden Übungskämpfen in die Stube des Gutshauses traten, erwartete sie eine echte Überraschung. Uldini befand sich inmitten eines komplexen, den halben Boden bedeckenden Bannkreises, *Flammenstern* auf Augenhöhe vor dem im Schneidersitz auf dem Boden ruhenden Magus, der leise murmelnd in die Tiefen seiner Kristallkugel starrte.

»Was geht hier vor?«, fragte Ahren, sich bewusst dumm stellend.

»Das weißt du ganz genau«, sagte Jelninolan mit einem Schmunzeln auf den Lippen. »Schließlich hast du mit deinem Lehrling den armen Uldini seit Tagen mit Fragen zu Belsarius und seinem angeblichen Unterschlupf traktiert.« Sie sah dem Waldläufer streng in die Augen. »Wo auch immer ihr diese Idee herhattet.«

»Spielt es eine Rolle, wenn sie gut ist?«, fragte Trogadon unschuldig und legte einen Arm um die Hüfte der Elfe. »Sie ist doch gut, oder?«, fragte er sie leise.

Jelninolan rührte im Eintopf herum, damit er nicht anbrannte, bevor sie Ahren den Holzlöffel reichte, der die Arbeit fortführte. »Wenn es kein Hirngespinst ist, dann ja. Die Idee, dass Belsarius mehr über den Widersacher wusste, als bekannt ist, hat durchaus ihren Reiz.«

»Lassen wir Uldini einfach gewähren«, sagte Falk, der Ahren einen enttäuschten Blick zuwarf. »Dann war diese kleine Farce wenigstens nicht völlig umsonst. Entweder er bestätigt, dass dieses Versteck wirklich existiert, oder wir alle vergessen, was euch eine bestimmte Person eingeflüstert hat.«

Ahren schob kampfeslustig das Kinn vor. »Ich will nur sichergehen, dass wir auf den letzten Schritt bis zum Sturm auf die Obsidanfeste keine Fehler machen. Wenn ich dazu Uldinis Stolz geschickt umgehen muss, dann sei es so.«

Falk schürzte die Lippen und zog die Augenbrauen hoch. »Dankt den Göttern, dass Selsena in dieser Sache auf eurer Seite ist. Aufgrund der Tatsache, dass sie an besagtem Tag unvermittelt eingeschlafen war, hat sie im Nachhinein vermutet, dass dies mit eurem nächtlichen Besuch zu tun gehabt haben muss. Zu eurem Glück hat sie beschlossen, mich erst jetzt einzuweihen.«

Ein beinahe entschuldigendes Schnauben des Titejunanwa ertönte von draußen herein.

»Unsere kleine Scharade ist ganz schön nach hinten losgegangen«, murmelte Khara in Ahrens Richtung. »Der Einzige, der noch nicht Bescheid weiß, scheint Uldini zu sein.«

Ahren zog sich einen Stuhl neben den blubbernden Eintopf und rührte pflichtschuldig weiter. In dieser Gruppe auf Dauer ein Geheimnis zu bewahren, war offenbar unmöglich, und irgendwie fand Ahren diesen Gedanken ausgesprochen beruhigend. »Also sind wir uns einig?«, fragte er leise in die Runde. »Wenn irgendwer die Existenz von Belsarius' Sanktum bestätigen kann, dann schauen wir auf dem Weg zum Ring dort vorbei?«

Falk verschränkte die Arme vor der Brust. »Wo liegt es denn – angeblich?«

»In Kelkor«, antwortete Khara für Ahren.

»Gerade nahe genug, um einen Versuch wert zu sein, und zugleich weit genug entfernt, um kostbare Zeit zu vergeuden«, warf Jelninolan besorgt ein.

Ahren zuckte entschuldigend die Achseln. »Deswegen unser Versuch, die Informationen von … ihr wisst schon, wen ich meine, auf anderem Wege zu bestätigen.«

»Pass du lieber auf den Eintopf auf«, grollte Falk. »Jelninolan und ich haben ein wahres Kunstwerk vollbracht mit dem, was wir noch zur Verfügung hatten.«

»In der nächsten größeren Siedlung oder Burg werden wir unsere Vorräte aufstocken müssen«, sagte Trogadon. »Und wenn nur einige von uns gehen und sich verkleiden, damit Uldinis Sorge vor einem Bekanntwerden unserer Reiseroute zerstreut wird.«

»Sollten wir wirklich nach Kelkor reisen, können wir uns auch ebenso gut in einer Stadt blicken lassen«, sagte Falk. »Der Widersacher wird niemals annehmen, dass wir von ihm fort-, statt auf ihn zulaufen.«

»Bist du dir sicher?«, fragte Uldini in diesem Moment laut in die Tiefen *Flammensterns* hinein. »Dann lass ihn gefälligst holen«, maulte er die Person an, die das Pech hatte, in der Ferne seinem Zauber lauschen zu müssen.

Ahren lauschte dem Magus und sah aus den Augenwinkeln mit großer Befriedigung, dass all seine Freunde ebenfalls ihre Aufmerksamkeit auf Uldini gerichtet hatten. Nur die bepelzte Fraktion der Vertrautentiere lag in einem Knäuel aus Fell und Pfoten in einer Ecke des Raumes und schlief den Schlaf der Gerechten. Einmal mehr war Ahren froh, dass Selsena wieder bei ihnen weilte, da sie die Gruppe mittels ihrer Empathie vor nahenden Gefahren warnen konnte.

»Halt die Klappe und hör mir zu«, brummte Uldini plötzlich und gestikulierte vor *Flammenstern*. »Akkad sagt, dass Belsarius häufig ein bestimmtes Tal in Kelkor aufsuchte. Weißt du, warum?« Was auch immer die Antwort war, die Adern an Uldinis Schläfen schwollen gefährlich an. »Und ob mich das etwas angeht!«, fuhr er sein unbekanntes Gegenüber an. »Uns alle geht es etwas an! Ist dir schon einmal der Gedanke gekommen, dass Belsarius in diesem Sanktum Dinge aufbewahrt hat, die nützlich sein könnten …« Uldini verstummte, offensichtlich unterbrochen von seinem Gesprächspartner. »Ich verstehe«, sagte er knapp. »Ja, wir sehen uns bald. Lebwohl.« Dann wedelte er mit einer Hand, und *Flammenstern* sank erloschen zu Boden.

»Der letzte Teil klang nicht gut«, sagte Hakanu überflüssigerweise, und Ahren warf seinem Lehrling einen langen, frostigen Blick zu.

Uldini erhob sich indessen und drehte sich zu den Gefährten um, nur um dann stutzig in der Bewegung zu verharren. »Was ist denn hier los? Seit wann ist meine Kommunikation per Kristallkugel so ein Spektakel?«

»Bei dem komplexen Bannkreis kann man schon mal neugierig werden«, sagte Khara leichthin und deutete auf die Zeichen am Boden.

»Vorsichtsmaßnahmen«, erwiderte Uldini. »Ich wollte ein ähnlich offenes Gespräch wie Quin-Wa vor einigen Tagen führen können, ohne ihren kruden Feuerzauber zu benutzen.«

Muai grollte halbherzig. Wenn sie nicht im Halbschlaf zwischen Fuchs und Wolf eingekeilt auf dem Rücken gelegen hätte, wäre der Laut sicher eindrucksvoller gewesen.

Ahren räusperte sich. »Wonach hast du gefragt?«

»Wonach wohl?«, giftete Uldini zurück. »Womit liegst du mir denn seit Tagen in den Ohren?«

»Und?«, fragte Jelninolan sanft.

Der Magus atmete müde aus, so als hätte er gerade einen Kampf verloren. »Belsarius hielt sich öfter an einem Ort auf, den er sein Sanktum nannte. Anscheinend hat er mit Akkad ein paar Mal flüchtig über diesen Zufluchtsort gesprochen, mit dem Ersten sogar häufiger.«

Aber nicht mit ihm, dachte Ahren. Das musste den Magus ungeheuer schmerzen.

Ich frage mich, welchen Grund Belsarius gehabt hat, Uldini nicht einzuweihen, sinnierte Culhen träge aus dem Halbschlaf heraus.

Ahren sah in den Augen des Erzmagus, dass dieser sich dieselbe Frage stellte. »Könnten wir dort Antworten finden?«, fragte er Uldini.

Zu seinem Entsetzen schüttelte die kindliche Gestalt den Kopf. »Der Erste war nach dem Tod von Belsarius in Kelkor, um das Sanktum zu durchsuchen. Er sagt, ein Erdrutsch hätte es verschüttet.«

Ahrens Augenbrauen zuckten empor. Dies war eine Information, die die Frau in Schwarz ihm vorenthalten hatte. Was verschwieg sie ihm noch? »Und er ist sich sicher, dass dort nichts von Wert den Einsturz überstanden haben könnte?«

Uldini strich sich nachdenklich mit einer Hand über seine Glatze. »Der Erste ist schnell damit zur Hand, etwas als verloren zu erklären, das nicht kriegsentscheidend ist. Und er hat Belsarius' Forschungen und Magie immer als zu friedfertig erachtet. Ich war stets der Meinung, dass mein Mentor nur so eng mit dem Ersten zusammenarbeitete, dass dieser ihn als Ersten der Alten duldete.«

»Hast du irgendeine Ahnung, warum Belsarius sein Sanktum dir gegenüber nie erwähnte?«, fragte Trogadon mit dem Einfühlungsvermögen eines Schmiedehammers.

»Unsere gemeinsame Zeit währte kürzer, als du denkst«, fauchte Uldini. »Nach meiner Zeit bei ›Tantchen‹ Jelninolan«, er sah die Elfe wohlwollend an, die über die selten gewordene Anrede lächelte, »begann dank der Führung von Belsarius mein kometenhafter Aufstieg unter den Alten.« Uldini drehte sich weg und blinzelte heftig. »Wir dachten, dass wir mehr gemeinsame Jahre vor uns haben würden. Vielleicht wollte er mir von dem Sanktum erzählen, sobald er die Antworten gefunden hatte, nach denen er suchte. Zum damaligen Zeitpunkt war ich nur auf Ergebnisse fixiert und wusste einen langwierigen Forschungsprozess nicht zu würdigen.«

»Im Gegensatz zu Akkad«, sagte Jelninolan. »Wahrscheinlich führte die gemeinsame Neigung der beiden Alten, akribische Experimente durchzuführen, zu der Tatsache, dass Akkad um das Sanktum wusste.«

»Klammern wir uns hier nicht an einen Strohhalm?«, fragte Falk in die Runde. »Wir reden immerhin von einem zerfallenen Ort, der anscheinend schon lange vor der Nacht des Blutes in Ruinen lag und den keiner, der von ihm wusste, vermisst hat oder zu durchsuchen bereit war. Und plötzlich soll er die Antworten auf all unsere Fragen bereithalten?«

Ahren schloss für einen Moment die Augen und fasste sich ein Herz. »Die Frau in Schwarz sagte, dort würde ein wichtiges Geheimnis gewahrt. Jetzt, wo wir wissen, dass es existiert, glaube ich ihr.«

Uldinis Augen wurden schmal, kalt und hart. »Also darum ging es«, schnarrte er. »Ich sollte für euch als unwissende Marionette die Informationen dieser mysteriösen Frau überprüfen.«

»Nicht wirklich unwissend«, sagte Khara reumütig. »Eher … unvoreingenommen.«

»Aha.« Mit dem einen Wort hätte Uldini einen Stein durchtrennen können.

Ahren hob entschuldigend die Hände. »Tatsache ist, dass wir nun wissen, dass dieses Sanktum existiert. Und wir vermuten, dass Belsarius dort wichtige Antworten versteckt haben könnte.«

»Die Frage ist: Können wir es uns erlauben, diese Informationen zu ignorieren?«, warf Jelninolan in den Raum.

Uldini begann lebhaft zu fluchen und Falk nickte stoisch, bevor er den Mund öffnete.

»Auf nach Kelkor.«

4. Kapitel

Das besorgte Schweigen, das die Gefährten während ihrer wochenlangen Reise durch die Rittermarschen ergriffen hatte, war mit dem Entschluss, nach dem Sanktum des Belsarius zu suchen, einer nervösen Aufbruchstimmung gewichen. Ahrens eigene Gefühle schwankten zwischen der Hoffnung, etwas Entscheidendes in den Ruinen zu finden, und der Furcht, dem Gespenst längst verblasster Mysterien hinterherzujagen.

Das Wetter wurde mit jedem verstreichenden Tag kälter, und als die ersten Berge des zerklüfteten Kelkor am Horizont auftauchten, hatten sich die Gefährten kurzerhand sechs Packpferde, passende Ausrüstung sowie Proviant in einer namenlosen Grenzstadt gekauft. Die heruntergekommene Ortschaft, auf dem Schnittpunkt zwischen den Rittermarschen, Hjalgar und Kelkor gelegen, schien ihr Überleben dank jener Glücksritter zu sichern, die nach einem leicht verdienten Vermögen in den wilden Landstrichen Kelkors suchten, ob nun als Goldgräber oder Trophäenjäger wilder Bestien. Da der Krieg den Nachschub wagemutiger Draufgänger arg ausgedünnt hatte, waren die hiesigen Händler überglücklich gewesen, dem erbittert feilschenden Trogadon die benötigten Waren zu einem angeblichen Freundschaftspreis zu verkaufen.

»Für diese Summe Goldmünzen hätten wir die ganze Stadt kaufen können«, beschwerte sich der Zwerg lautstark bei Falk, und das nicht zum ersten Mal. »Warum hast du mich aufgehalten, als ich ihre Forderung auf ein erträgliches Maß drücken wollte?«

»Du hast die verfallenen Häuser und hohlwangigen Einwohner gesehen«, sagte der alte Mann kategorisch. »Sieh unser Gold einfach als Spende an einen Ort, dem der Krieg alles genommen hat, ohne dass je ein Schwertstreich gegen ihn geführt wurde.«

Ahren kniff die Augen zusammen, als er in der Entfernung einen Schatten mit ledrigen Schwingen über den Himmel gleiten sah. Der bevorstehende Sonnenuntergang mit seinem dunstigen Schleier erschwerte die Sicht, sodass Ahren keine Details erkennen konnte.

»War das etwa ein Drache?«, kam umgehend die begeisterte Frage Hakanus.

»Und wenn es so wäre?«, fragte Ahren seinen Schüler.

Der schluckte hörbar. »Dann würde ich mich ihm aufmerksam und mit der gebotenen Rücksicht nähern, also … sollte es nötig sein.«

Ahren brummte nur.

»Das war eine Riesenfledermaus«, sagte Falk. »Unglaublich dumm, verdammt groß und doppelt so harmlos. Die Riesen, die hier leben, behaupten, die Viecher schmecken gut.« Der alte Mann verzog das Gesicht. »Ich kann das nicht bestätigen.«

»Jetzt kannst du endlich deine Erfahrung als betrunkener Trophäenjäger nutzbringend einsetzen«, sagte Uldini garstig.

Der Magus verhielt sich schon seit ihrem Aufbruch nach Kelkor äußerst kratzbürstig. Ob nun, weil er noch nicht verwunden hatte, dass die Existenz des Sanktums nun kein Geheimnis mehr war, oder weil er sich vor den Erinnerungen an seinen verstorbenen Mentor fürchtete, die dieser Ort zweifelsohne hervorbringen würde, konnte Ahren nicht sagen.

»Benutze lieber deine Kristallkugel, um uns warm zu halten«, ranzte Falk zurück.

Uldini schüttelte vehement den Kopf. »Oh nein, in diese Falle tappe ich seit den Eisfeldern kein zweites Mal. Solange hier niemand erfriert, werdet ihr mich nicht dazu kriegen, meine gesamte Magie für derlei Annehmlichkeiten zu verschwenden.«

»›Annehmlichkeiten‹ sagt er«, murrte Trogadon. »Viel fehlt nicht mehr, dass die hiesigen Temperaturen an einen warmen Tag in den Eisfeldern heranreichen.«

»Ausgehend von dem, was Akkad, der Erste und die Frau in Schwarz über die Lage des Sanktums preisgaben, muss es sich in einem Tal in der Nähe dieser Gipfel dort befinden«, sagte Falk und deutete auf eine Gruppe aus fünf schneebedeckten Bergen, die sich eng aneinanderschmiegten, so als fürchteten sie sich vor den Gräueln der restlichen Welt.

»Was denkt du?«, fragte Khara Ahren leise. »Zwei oder drei Wochen durch Schnee und Eis, bis wir da sind?«

Er nickte. »Nach unserer Zeit in den Eisfeldern wird das eine Kleinigkeit«, sagte er lächelnd und deutete auf die Packpferde. »Zumal wir diesmal sogar Ausrüstung dabeihaben.«

Sie waren bereits mehr als eine Woche in den verschneiten Vorgebirgen Kelkors unterwegs, als Ahren eines Tages neben den regelmäßigen Sichtungen exotischer Bestien und dem gelegentlichen Auftauchen einzelner Dunkelwesen fünf turmhohe Gestalten ausmachte. Die Wesen näherten sich mit wankenden Schritten durch den leichten Schneegraupel, der die Welt in ein weißgraues Tuch hüllte, in dem Konturen verschwammen und die Sichtweite auf wenige Dutzend Schritt zusammenschrumpfte. Ahren fasste dem erschrockenen Hakanu auf den Unterarm, als der seinen Speer hervorziehen wollte, und starrte dabei angestrengt auf die deutlicher werdenden Umrisse.

»Dies sind Freunde«, erklärte er leise und hob grüßend eine Hand in Richtung der großen Gestalten. In eine Vielzahl zusammengenähte Felle gehüllt und mit gewaltigen Zweihändern über der Schulter, die die Größe von Belagerungsleitern hatten, kamen die Riesen mit einem schwerfälligen Winken und einem Lächeln auf den grobknochigen Gesichtern auf sie zu.

»Höflich und langsam sprechen«, raunte Trogadon den anderen zu. »Schnelles Reden gilt als Beleidigung unter dem Großen Volk.«

»Übernimm du am besten die Begrüßung«, sagte Jelninolan zu dem Zwerg. »Von uns allen kennst du die Riesen Kelkors wohl am besten.«

Trogadon strich sich den Schnee aus dem Bart und sah abschätzend zu Falk hinüber, der jedoch abwinkte.

»Meine Erinnerungen an die Zeit in Kelkor liegen unter … einem Schleier«, sagte er hüstelnd. »Und meine damaligen Begegnungen mit den Riesen waren nicht immer harmonischer Natur.«

»Ist es nicht seltsam, an wie vielen Orten du bereits Ähnliches behauptet hast?«, fragte Khara zuckersüß.

Falk brummte etwas Unverständliches vor sich hin, während Selsena fröhlich wieherte und ihre Belustigung mit den anderen teilte.

Die Riesen vor ihnen blieben stehen und schlugen sich vor Heiterkeit auf die Schenkel, dass ihr Lachen von den Berghängen widerhallte.

»Riesen sind sehr empfänglich für Magie, die Gefühle beeinflusst«, fügte Jelninolan hinzu. »Selsena sollte sich also besser zurückhalten.«

Culhen bewegte sich unruhig unter Ahren hin und her, während die fünf Gestalten näher und näher kamen. *Da kann ja sogar ein ausgewachsener Prachtwolf wie ich neidisch werden*, sagte das Vertrautentier mit einer Spur Unsicherheit in der Stimme. *Womit werden Riesenkinder bloß gefüttert? Ganzen Kühen oder gar Drachen?*

Ahren dachte kurz an die gigantische Fledermaus, die er gesehen hatte, und Culhen schüttelte sich vor Unbehagen.

Danke, aber da bleibe ich lieber nur so groß wie ein Pferd, schloss das Tier.

»Die glorreichen Streiter der Götter und ihre unsterblichen Magierfreunde aus den Weiten Joraths grüßen die mutigen und wohlgewachsenen Krieger der Berge Kelkors«, rief Trogadon extrem laut und ebenso langsam zu den zum Stehen kommenden Riesen empor.

Ahren musste seinen Kopf weit in den Nacken legen, um den Fünfen in die Augen schauen zu können, die zu seiner Überraschung wie fein geschliffene Bergkristalle glänzten. Schmucknarben zogen sich auf den Wangen aller fünf Riesen entlang, dick wie ein Finger des Waldläufers und so lang wie sein Unterarm.

»Vor euch steht ein Spross des Silbernen Kliffs, benannt nach dem großen Trogadon, der zu seiner Zeit oft in Ehrfurcht unter dem Großen Volk wandelte und dessen Lieder und Gastfreundschaft zu schätzen wusste«, beendete Trogadon indes die pompös anmutende Begrüßung.

»Die Krieger vom Blauen Moosstein begrüßen den höflichen Zwerg und seine edle Begleitung«, rumpelte die vorderste Gestalt, deren dumpf dröhnende Stimme sie als Riesin offenbarte – ein Umstand, auf den Ahren sonst nie im Leben gekommen wäre. Die Sprecherin breitete die Arme aus und deutete auf ihre vier Mitstreiter. »Wir fünf sind der Tribut, den der Blaue Moosstein dem ewigen Krieg entrichtet, der die Bannsäule zerbrochen und sich im Mittigen Land ausgebreitet hat. Wir werden die schwarzen Mauern einreißen, hinter denen sich das Gezücht des Widersachers versteckt und unsere Schwerter werden Scharen von ihnen zum Schweigen bringen.«

»Und *ich* gelte als Angeber«, murmelte Hakanu leise vor sich hin.

Ahren verpasste seinem Lehrling einen unauffälligen Rippenstoß und lauschte weiter dem ungewöhnlichen Austausch von Worten.

»Eine große Aufgabe von unermesslicher Wichtigkeit erwartet uns in jenen Bergen, die wie Verschwörer beisammenstehen, um ein

Geheimnis zu hüten«, rief Trogadon zu der Riesin hinauf und deutete auf das nahe Felsmassiv. »Jede Erzählung, die ihr uns über diese Gipfel zutragen könnt, soll dauerhaft in unserem Gedächtnis widerhallen und auf ewig vom Großmut des Blauen Moossteins künden.«

»Plötzlich sind Zwerge nicht mehr die kompliziertesten Wesen, die ich kenne«, wisperte Khara schalkhaft in Ahrens Ohr.

Der grinste und wedelte dann mahnend mit einem Finger.

»Still«, zischte Falk hinter vorgehaltener Hand. »Riesen haben schlechte Ohren. In ihrer Gegenwart zu flüstern, empfinden sie daher als feindseligen Akt.«

Also, das kann ich verstehen, meldete sich Culhen zu Wort. *Ich habe es auch nicht gerne, wenn man über mich tuschelt.*

»Groß sind die Gefahren, die man in diesen Bergen findet, und ebenso die Anzahl derer, die dort umgekommen sind«, sagte die Riesin traurig, und Ahren verließ bei diesen Worten jedwede Gelassenheit. »Seit der Mond zweimal vollends vom Antlitz des Himmels verschwand, nistet ein Grauen in den Hängen jener Berge, das so manchen Riesen für immer hat verstummen lassen. All jene, die diese Gipfel ihre Heimat nannten, ruhen nun klag- und reglos auf kaltem Stein oder in schattiger Kluft.« Die vier Riesen hinter der Sprecherin verbargen einige Herzschläge lang in einer rituell anmutenden Geste die Augen hinter einer Hand, dann senkten sie sie wieder und die baumhohe Frau sprach weiter. »Wir wünschen euch das Glück der Götter auf euren Wegen, aber können euch auf jenen Pfaden, auf denen ihr wandeln müsst, nicht begleiten. Sie bieten uns Riesen nichts als den Tod.«

Trogadons Hände spielten nervös mit seinem Bart. »Sie werden gleich gehen«, murmelte er undeutlich, ohne den Mund zu bewegen, und dann wieder mit lauter Stimme: »So sagt uns doch, welche Monster haben das tapfere Volk der Riesen in ein solch großes Unglück gestürzt? Auf dass wir uns wappnen können gegen das Grauen, dem wir entgegenstreben.«

Uldini rollte mit den Augen. »Es ist, als würde man den schlechtesten Schaustellern der Welt bei ihrem schwülstigsten Stück lauschen.«

Jelninolan griff zu dem Magus hinüber und hielt ihm kurzerhand den Mund zu. Uldinis Blicke hätten töten können, aber an der Elfe prallten sie ohne sichtbare Wirkung ab.

»Fürchtet euch, denn nur *ein* Schrecken ist stark genug, das Große Volk für immer von einem Berghang zu verbannen, und das ist ein Wutschrat.«

Trogadon wurde bleich und Falk fluchte stumm vor sich hin.

»Doch nicht nur einer dieser fleischgewordenen Albträume findet sich in jenen Höhen, sondern derer gleich drei.« Die Riesin sah Trogadon aus überschatteten Augen an, bevor sie sich fortdrehte und mit ihren vier Begleitern gen Süden stampfte. »Wahrlich dunkel ist die Welt geworden«, raunte sie mit der Lautstärke eines fallenden Baumes vor sich hin. »Lang sind die Nächte und kurz die Sommer. Es wird Zeit, dass die Götter dieses Zeitalter enden lassen.«

»Natürlich müssen es Wutschrate sein«, schimpfte Uldini lautstark, nachdem die Riesen von dannen gezogen waren. »Es hätte ja auch nichts leicht zu Bezwingendes wie ein Berghang voller Niederfänge sein können.«

Hakanu wandte sich an Ahren. »Meister, was sind Wutschrate?«

»Keine Dunkelwesen«, sagte der Waldläufer. »Sonst wüsste ich wohl von ihnen.« Er sah seinerseits Falk an, der noch immer nicht aufgehört hatte zu fluchen.

»Wutschrate sind äußerst selten«, sagte der alte Paladin zwischen einer neuerlichen Flut von Verwünschungen. »Sie entstehen, wenn sich ein Wutwind in einem Riesen einnistet.«

»Was meinst du mit einnisten?«, fragte Ahren verdutzt.

»Erinnerst du dich, wie Trogadon in Kelkor den Trauerwind verschluckte, um ihn für eine Weile gefangen zu halten?«, fragte Jelninolan.

»Natürlich. Mit diesem Wagnis hat er uns damals das Leben gerettet.«

»Bei Wutschraten passiert etwas Ähnliches. Riesen sind empfänglich für emotionale Magie, und ein Wutwind, eines der Ersten Wesen, besteht regelrecht aus magischen Emotionen. Da sie dem berserkerhaften Zorn, den der Wutwind hervorruft, nicht standhalten können, bedeutet eine Heimsuchung durch einen Wutwind nichts Geringeres, als dass ein Stamm von Riesen dem Untergang geweiht ist, da er sie nacheinander in einen Blutrausch treibt.«

Falks Miene war unheilvoll wie eine heranrückende Sturmfront. »Es sei denn, einer der Riesen opfert sich und nimmt den Wutwind in sich auf, so wie Trogadon es damals getan hat.«

Ahren verstand nicht recht. »Aber wenn die Riesen der Magie nichts entgegenzusetzen haben …«, begann er zögerlich.

»Der Stamm tötet ihn«, sagte Uldini brüsk. »Der besessene Riese wird erschlagen, solange der Wutwind ihn ihm wohnt, damit beide umkommen.«

»Wie grausam«, sagte Khara mitfühlend.

Ein Mitglied opfert sich, um das Rudel zu beschützen. Culhens Worte erklangen in Ahrens Verstand voller Würde und Respekt. *Ich kann das voll und ganz verstehen.*

Ahren beugte sich im Sattel vor und tätschelte seinen Freund unterhalb des Helms, den Culhen in Kelkor fortwährend trug.

»Es ist die einzige Möglichkeit der Riesen, sich gegen diese Art von Magie zu wehren«, fuhr Trogadon traurig mit seiner Erläuterung fort. »Wir Zwerge glauben, dass es daran liegt, dass ER, DER FORMT, ihre Gestalten zu groß gemacht hat. Eine fehlende Balance zwischen SEINER Essenz und dem Segen der Göttin, der zu schwach in ihren Herzen schlägt.«

»Und warum leben diese drei Wutschrate dann noch?«, fragte Khara nach einem Moment gemeinsamen Schweigens.

»Weil der Stamm den Kampf gegen sie verlor«, antwortete Falk missmutig. »Das geschieht gelegentlich, wenn der Wutschrat besonders stark und der Stamm besonders klein ist.«

»Oder wenn es zwei und mehr Wutwinde sind, die gemeinsam durch die Berge streifen«, ergänzte Jelninolan und tauschte einen bedeutsamen Blick mit Uldini. »Was vielleicht einmal in fünfhundert Jahren vorkommt.«

Ahren nickte verstehend. »Du glaubst, diese Wutschrate sind absichtlich erschaffen worden?«

Uldinis finstere Miene ließ keinen Zweifel daran, dass er die Meinung der Elfe teilte. »Es kann kein Zufall sein, dass ausgerechnet dort, wo wir Belsarius' Sanktum vermuten, drei Wutschrate ihr Unwesen treiben. Ich wette, da hat der Widersacher seine Hände im Spiel.«

»Und er musste nicht einmal Dunkelwesen nutzen, um eine wirksame Verteidigung aufzustellen«, sagte Khara. »Sondern nur drei Wutwinde in die passende Richtung lenken.«

»Kann der Dunkle Gott denn Erste Wesen befehligen?«, fragte Hakanu mit großen Augen.

»Vielleicht. Jetzt, da der Widersacher erwacht ist, würde ich seine Macht nicht unterschätzen«, sagte Uldini.

»Zumal er die Wutwinde nur anlocken musste«, sagte Falk. »Sie haben kein echtes Bewusstsein, also brauchte er sie nicht zu steuern. Ein sanfter Magieimpuls sollte ausgereicht haben, um sie in jene Berge zu locken.«

»Wir müssen den Ring alarmieren«, sagte Ahren mit zusammengekniffenen Augen. »Wenn der Widersacher plötzlich alle Trauer- und Wutwinde aus Kelkor gen Obsidianfeste lockt, würden diese auf ihrem Weg über unsere Armeen herfallen.«

»Ich übernehme das«, sagte Jelninolan sofort und erschuf ein *Rillan*. Dann zitierte sie ein paar Zeilen altelfischer Lyrik und entließ die magische Nachricht gen Himmel. »Ich hoffe, ich war nicht zu kryptisch«, murmelte sie.

»Also müssen wir annehmen, dass der Widersacher von dem Sanktum weiß?«, fragte Trogadon in die Runde. »Steckt er vielleicht auch hinter dem damaligen Einsturz, der es unter Trümmern begrub?«

»Oder er hat die Information über den Ort von unserer schwarzgewandeten Freundin«, sagte Uldini grimmig. »Dieser kleine Ausflug stinkt mehr und mehr nach einem Hinterhalt.«

Ahren rieb sich mit einer Hand den Nacken. »Die Frau in Schwarz sagte, Diener des Widersachers können das Sanktum nicht betreten. Vielleicht hat ER, DER ZWINGT, deswegen den Umweg über die Wutschrate gewählt. Damit sie in ihrem Wahn nach und nach zerstören, was von dem Unterschlupf noch übrig ist.«

»Die gute Nachricht ist, dass der Dunkle Gott anscheinend so viel Angst hat vor dem, was wir dort herausfinden könnten, dass er diese Riesen in Wutschrate verwandelt hat«, sagte Hakanu dazwischen. »Bedeutet das nicht, dass wir auf der richtigen Spur sind?«

»Die Wutschrate sollen wahrscheinlich neugierige Blicke vom Sanktum fernhalten. Da hat Hakanu recht«, sagte Uldini und stutzte dann. »Letzteres zu sagen, fühlt sich grundlegend falsch an.«

Nervöses Gelächter erfasste die Gruppe und bedeutungsvolle Blicke wurden ausgetauscht.

»Also stellen wir uns diesen Wutschraten?«, fragte Falk schließlich in einem Ton größtmöglicher Resignation.

»Wir sind so weit gereist«, sagte Trogadon und wog seinen Hammer in den Händen. »Da kommt es auf den einen Kampf auch nicht mehr an.«

Vier weitere Tage zogen ins Land, bevor sie die Berge erreichten, zwischen denen sie das Sanktum des Belsarius vermuteten. Auch wenn der Winter Kelkor schon fest in seinem eisigen Griff hatte, konnte Ahren nicht umhin, ihre Reise durch die zerklüftete Region Joraths als angenehm zu empfinden – wenn man sie mit den unbarmherzigen Eisfeldern verglich, denen sie erst vor Kurzem entflohen waren.

Die schneebedeckten Nadelwälder waren voller jagdbarem Wild, es fanden sich genügend Höhlen, in denen die Gruppe zur einbrechenden Nacht Unterschlupf finden konnte, und außerdem waren die hier lebenden Bestien eine willkommene Herausforderung für Ahren, Falk und den andächtig seinem Meister lauschenden Hakanu.

Der Lehrling nutzte jede Gelegenheit, um seine Kenntnisse des Waldläufertums um jene Wesen zu erweitern, die zwar zur Schöpfung gehörten, den Völkern Joraths aber trotzdem gefährlich werden konnten. Ahren beobachtete Tag für Tag, wie der junge Krieger an seinem Scheitern in den Eisfeldern wuchs, und er begann, einen glühenden Stolz für seinen Lehrling zu empfinden.

»Schön ruhig hocken bleiben«, raunte Falk, während die drei Waldläufer gemeinsam unter einem dichten Busch lagen und einen übergroßen Braunbären beobachteten, der in einem eisverkrusteten Fluss nach einer seltsam gelbbauchigen Forellenart fischte. Die Kreatur war größer als ein Finsterbär und allein seine schiere Masse und gewaltige Präsenz war durchaus ehrfurchtgebietend. »Kelkorpelze sind recht gutmütig, wenn man sie nicht beim Fressen oder Schlafen stört«, fuhr der alte Mann leise fort.

»Klingt wie ein bestimmter Zwerg, den ich kenne«, wisperte Ahren grinsend und erntete dafür zwei Schmunzler.

»Warten wir, bis er weg ist, oder suchen wir uns einen Weg um ihn herum?«, erkundigte sich Hakanu leise, und Ahren hätte seinen Lehrling für diese Frage am liebsten aus vollem Herzen gedrückt. Der alte Hakanu hätte versucht, einen Kampf vom Zaun zu brechen, oder gar in blindem Heldenmut bereits seinen Speer geworfen.

Falk kratzte sich nachdenklich am Bart. »Ein Kelkorpelz ist sehr ausdauernd bei der Jagd und dieser hier sieht aus, als habe er vor lauter

Hunger seinen Winterschlaf unterbrochen. Es ist recht früh am Tag, also wird er noch ein Weilchen Forellen fangen.« Er sah zum Himmel empor, der mit seinen grauen, tiefhängenden Wolken bereits neuen Schnee ankündigte. »Ich würde ungern vom Wetter überrascht werden, während wir darauf warten, dass dieser große Bär satt wird.«

Ein lautes Platschen war zu hören, als das Tier seine Pranke in den Fluss hieb und einen zappelnden Fisch zum Vorschein brachte, der schnell zwischen den riesigen malmenden Kiefern verschwand.

»Dieser Bär scheint wirklich hungrig zu sein«, sagte Ahren leise. »Ich denke nicht, dass er vor uns haltmachen würde, sollte er uns entdecken.«

»Viele Tiere in Kelkor sind von IHM, DER IST, berührt worden und zäher als ihre Artgenossen«, antwortete Falk. »Sonst hätten sie bei der Vielzahl Erster Wesen, die sich hier tummeln, kaum überleben können.«

»Lass uns zu den anderen zurückgehen«, schlug Ahren vor. »Sagen wir ihnen, dass diese Furt über den Fluss schon belegt ist.«

Die drei Waldläufer zogen sich zurück und nach einem kurzen Fußmarsch gen Osten kamen sie bei Trogadon, Jelninolan und Uldini an. Von Culhen, Muai und Kamaluq fehlte mal wieder jede Spur. Ahren wusste, dass die drei satt und zufrieden wiederkehren würden, sobald ihre Jagd beendet war. Am Anfang hatte er sich noch Sorgen gemacht, dass die Vertrautentiere sich in Schwierigkeiten bringen würden, aber nachdem Culhen ihm begeistert erzählt hatte, wie der Schimmerfuchs mit einem Lichtblitz ein riesiges Wesen mit Stoßzähnen und einem langen, zotteligen Fell in die Flucht geschlagen hatte, war er deutlich gelassener, wenn es um die Ausflüge der drei Vertrautentiere ging.

»Vor uns jagt ein Bär«, sagte Ahren, als die Waldläufer ihre Gefährten erreichten, und gab Khara einen flüchtigen Kuss. »Wir suchen uns besser einen anderen Weg über den Fluss.«

Uldini beäugte das vielleicht sechs Schritt breite Band fröhlich sprudelnden Wassers, das das weitläufige Tal von Ost nach West durchschnitt und sie von ihrem Ziel jener eng beieinanderstehenden Berge im Norden trennte. Bewaldete Hänge zierten die Landschaft so weit das Auge reichte und gaben der Umgebung ein einsames, aber auch erhabenes Erscheinungsbild.

»Dann setzen Jelninolan und ich euch besser über«, sagte Uldini schließlich nach einigem Nachdenken. »Lieber ein wenig Magie opfern als noch mehr kostbare Zeit.«

»Irgendwelche Anzeichen, dass die Wutschrate in der Nähe sind?«, fragte Falk in Jelninolans und Selsenas Richtung.

Die Elfe und das Titejunanwa hielten mit ihren übernatürlichen Gaben Ausschau nach den von Wutwinden überwältigten Riesen. Schließlich wieherte das elfische Streitross leise und schüttelte dabei seine Mähne, und auch Jelninolan winkte verneinend ab.

»Wenn sie nicht gerade vor Erschöpfung schlafen, würden wir sie ohnehin hören, bevor Selsena oder ich sie spüren. Wutschrate sind alles andere als leise.«

»Es ist besser, übervorsichtig zu sein, als plötzlich über diese Riesen zu stolpern«, bekräftigte Uldini seinen Standpunkt. »Und jetzt lasst uns diesen Fluss in Angriff nehmen und dann weiterzieh–«

Ein ferner Schrei voller Zorn und Hass, ausgestoßen von einer Kehle, die definitiv zu groß für einen Menschen, Elfen oder Zwerg war, donnerte den nördlichen Berghang hinab und ließ Ahren regelrecht torkeln vor jäh in ihm hervorbrechender Angst. Alle bis auf Trogadon taumelten unter der Gewalt roher Wut, als hätte sie eine plötzliche Sturmbö erfasst.

»Kamaluq ist der Panik nahe«, sagte Hakanu mit weit aufgerissenen Augen. »Ich konnte ihn trotz der Entfernung deutlich spüren.«

Ahren fing indes vage eine Beunruhigung auf, die von Culhen ausging. »Es scheint, als hätten unsere Vertrautentiere die Riesen zuerst gefunden – oder umgekehrt.«

Falk fluchte. »Ich habe ihnen doch eingebläut, dass sie in den Regionen jagen sollen, die *hinter* uns liegen, damit genau das nicht passiert.«

»Wir schimpfen später mit ihnen«, sagte Khara und fingerte nervös an den Griffen ihrer Klingen herum. »Muai läuft gerade voller Furcht vor den Wutschraten in unsere Richtung und das ist etwas, das *mir* eine Riesenangst einjagt.«

»Eine *Riesen*angst?«, echote Trogadon. »Im Ernst?«

»Wie kämpfen wir am besten gegen diese Wutschrate?«, fragte Ahren Falk und zog dabei *Fisiniell*.

»Ähm.« Falk zuckte mit den Achseln. »Ich hatte noch nie das Vergnügen.«

»Das darf nicht wahr sein«, stöhnte Uldini. »Das hättest du auch früher sagen können.«

»Ich dachte, Trogadon wird uns schon alles Wichtige mitteilen.«

»Ich?«, fragte der Zwerg verdutzt. »Bloß, weil ich im Silbernen Kliff gelebt habe, muss ich alles über Kelkor wissen, oder wie? Weißt du eigentlich, wie selten Wutschrate sind? Ich bin noch keinem begegnet.«

Wir bringen drei Gäste mit, hörte Ahren Culhens Stimme, als sein Wolf sich weit genug genähert hatte, dass sie miteinander kommunizieren konnten. *Ich hoffe, ihr bereitet ihnen einen angemessenen Empfang.*

Das wird sich noch herausstellen, erwiderte Ahren sauertöpfisch. »Weiß hier irgendwer, wie man Wutschrate effektiv bekämpft?«, fragte er in die Runde.

Jelninolan hob entschuldigend die Hände.

»Wenn wir das hier überleben und bekannt wird, dass ein Haufen Paladine und Alte sich angesichts dreier Wutschrate ratlos angesehen haben wie frischgebackene Göttertagsschüler vor ihrem ersten Herbstfest …«, begann Ahren grollend und wandte sich dann an Hakanu. »Und du, höre gefälligst auf zu lachen.«

»Ja, Meister«, kam die unter Schnappatmung hervorgebrachte Antwort. Der Lehrling hatte vor Heiterkeit Mühe, seinen Speer festzuhalten.

Dann blitzte es grell zwischen den fernen Bäumen auf und ein neuerlicher, diesmal vielstimmiger Wutschrei ertönte. Hakanus Lachen verstummte von einem auf den anderen Moment.

»Jetzt hat Kamaluq sie so richtig zornig werden lassen«, berichtete er mulmig.

Diese Riesen brauchen keinen Grund, um wütend zu sein, meldete sich Culhen. *Also denkt euch gefälligst etwas Schlaues aus!*

Ungläubig sah Ahren, wie sich am nördlichen Berghang zwei Längen vor ihnen die großen Bäume Kelkors bewegten, als wären sie dürre Zweige an einem mickrigen Gebüsch. Die Wipfel wogten hin und her, und mitunter hörte Ahren ein lautes Krachen und Knirschen, gefolgt von dem Fall einer der Tannen, Fichten oder Kiefern, die auf dem sanft ansteigenden Hang vor ihnen wuchsen.

»Oh je«, sagte Khara, als einer der umgestürzten Bäume plötzlich wie ein improvisierter Speer zwischen den Wipfeln seiner Brüder entlangzischte, bevor er krachend aufschlug. Selbst auf die Entfernung konnte Ahren die Gewalt des Einschlags erahnen.

Die schmeißen ganze Bäume nach uns!, beschwerte sich Culhen schockiert. *Bäume!*

Ahren sperrte die Furcht seines Freundes aus, um klar denken zu können. »Ideen?«, fragte er in die Runde.

»Sie zu töten, wird sehr schwer und wäre eine echte Schande«, sagte Falk und strich sich über seinen Bart. »Es gibt nur noch ein paar Hundert Riesen. Drei weniger wäre ein herber Verlust für Jorath.«

»Jelninolan, kannst du die Wutwinde vielleicht aus den drei Unglücksraben herauslocken?«, fragte Khara und zog dabei nur zögerlich ihre Klingen.

Ahren konnte ihre Bedenken gut nachvollziehen. Angesichts der Größe eines Riesen hätte sie ebenso gut mit Nadeln bewaffnet sein können.

»Ich kann es versuchen«, sagte die Elfe skeptisch. »Aber selbst wenn es mir gelingt, dann wird dieser Zauber seine Zeit brauchen.«

»Dann fängst du am besten sofort an«, sagte Ahren nervös.

Jelninolan zog bedächtig, fast schon rituell, *Mirilan* hervor und begann eine leise, überaus komplexe Weise anzustimmen, die Bilder von klaren, stillen Gebirgsseen und frisch gefallenem Schnee auf makellosen Baumwipfeln hervorrief. »Ich werde versuchen, sie an das zu erinnern, was sie einst waren: würdevolle Wesen voller Ruhe und Gelassenheit.« Sie sah Uldini an. »Aber ich werde einen Zauberkreis brauchen, der mein Lied verstärkt, sobald es seine volle Macht erreicht hat.«

Uldini hob einen nahegelegenen Ast vom Boden auf und malte erste mystische Zeichen in den Schlamm des Flussufers. »Ich fange sofort an«, sagte er knapp.

Ahren nickte. »Wir anderen lenken die Wutschrate so lange ab.«

»Tolle Idee«, sagte Trogadon sarkastisch. »Und wie genau stellst du dir das vor? Selbst mein Hammer wird kaum Wirkung zeigen, geschweige denn eure Klingen.«

Ahren deutete auf *Fisiniell* und Hakanu. »Einige gut platzierte Tiefenstahlpfeile und ein präzise geworfener Speer sollten selbst einem Riesen zusetzen«, antwortete er zuversichtlich. »Und dir schlage ich vor, dass du deine Armbrust ziehst.«

Der Schmied schlug sich mit seiner flachen Hand gegen die Stirn und löste die schwere Waffe von seinem Rucksack.

Ahren deutete erst auf Hakanu und dann auf den wie in Trance zeichnenden Uldini. »Du gibst ihm Deckung und weichst nicht von seiner Seite«, befahl er seinem Lehrling. »Wenn ein Riese euch angreift, lauft davon. Trage Uldini notfalls.«

Der junge Krieger nickte zögerlich und nahm seinen Speer wurfbereit zur Hand.

Selsena wieherte und Falk schwang sich in ihren Sattel. »Mein altes Mädchen kann die Riesen hoffentlich mit ein paar gezielten Emotionswellen ablenken«, sagte er und zurrte dabei seinen Schild am Unterarm fest.

Ein weiterer Baum flog durch den Wald und zerbarst keine hundert Schritt entfernt an einer mächtigen Tanne. Die heranstürmenden Vertrautentiere waren drei auf sie zueilende Schemen im schneebedeckten Wald.

»Keine Zeit für meine Rüstung«, murrte Falk. »Ich werde diesen Wutschraten wohl halb als Ritter, halb als Waldläufer entgegentreten müssen.«

Bereit oder nicht, wir kommen jetzt!, verkündete Culhen und schon sprang er mit einem gewaltigen Satz über den Fluss, dass das Wasser bei seiner Landung nur so spritzte. *Brr*, machte er und schüttelte sich, sobald er bei Ahren angekommen war.

»Vielen Dank auch«, murrte Trogadon, der neben dem Dreizehnten stand und sich das Eiswasser aus dem Gesicht strich. Indes setzte Muai deutlich eleganter über, den fiependen Kamaluq an seinem Nackenfell im Maul tragend.

Die Riesen brüllten ihren Zorn in den Himmel hinaus und kamen unerbittlich näher. Ahren konnte erste flüchtige Eindrücke der Wutschrate erkennen, die ihm wie eine verwahrloste Version jener Riesen vorkamen, die den Gefährten auf ihrer Reise hierher begegnet waren, denn diese hier trugen wild zerzauste Haare, verdreckte Kleidung und wahnhaft verzerrte Gesichtszüge zur Schau.

»Sollen wir uns vielleicht in den Wald am südlichen Berghang zurückziehen?«, fragte er.

Falk schüttelte den Kopf. »Wir müssen am Flussufer bleiben. Nur hier haben wir die nötige Bewegungsfreiheit, um die Riesen ausmanövrieren zu können. Im Wald werden sie die Bäume als Waffen gegen uns einsetzen.«

Ahren duckte sich unwillkürlich, als eine schlanke Fichte mit rauschenden Ästen wie ein kruder Pfeil über ihre Köpfe hinwegflog, um hinter ihnen zwei weitere Bäume zu entwurzeln, bevor sie gestoppt wurde. »Klingt sinnvoll«, gab er Falk hastig recht.

»Ablenken ist das höchste Gebot«, schärfte Falk den Anwesenden ein. »Selsena kann ihnen davonlaufen, doch solltet ihr einem von ihnen im Weg stehen, denkt an Folgendes: Riesen sind gute Sprinter, aber lausig, wenn es um Drehbewegungen auf engstem Raum geht. Hoffen wir, dass dies alles auch für einen Wutschrat gilt. Denkt an den Waldhünen, dem wir am *Althunol* begegnet sind, dann habt ihr eine ungefähre Vorstellung davon, was ein Riese zu leisten vermag.«

Ahren schluckte bei diesen Worten. Jene gewaltsame Begegnung war keine seiner liebsten Erinnerungen. Dann brach der erste Wutschrat mit weit aufgerissenen Augen und verdreckten Speichelfäden in seinen Mundwinkeln aus dem Wald hervor und die Zeit der Vorbereitungen war vorbei.

Auf meinen Rücken, befahl Culhen, und der Waldläufer reagierte, ohne nachzudenken, und schwang sich in den Sattel.

»Komm her, du brüllender Haufen Muskeln«, rief Falk grimmig, und Selsena sandte eine Welle des Spottes aus, die selbst Ahren mit den Zähnen knirschen ließ.

Die kristallin anmutenden Augen des Riesen hefteten sich auf den davonreitenden Paladin und sein elfisches Streitross. Keinen Herzschlag später warf er mit einem donnernden Schrei einen Baum nach den beiden und sprang auf sie zu.

Falk hatte Selsena am Flussufer entlang gen Westen bereits von einem lockenden Trab in einen gestreckten Galopp übergehen lassen, und so landete das mehrere Tausend Stein schwere Geschoss harmlos am Flussufer. Der Wutschrat schluckte den Köder des noch immer rufenden Falks und folgte ihm mit einem wütenden Röhren und gierig ausgestreckten Händen.

»Keiner rührt sich«, murmelte Uldini abwesend, noch immer mit dem Stock Zeichen und Muster in den Schlamm malend. »Vielleicht folgen die beiden anderen Wutschrate ja ihrem erbosten Freund …«

Vor ihnen explodierte der Waldrand regelrecht, als die zwei übrigen Wutschrate die Bäume mit wilden Faustschlägen in Kleinholz verwandelten und mit einem einzigen Satz über den Fluss sprangen, um mitten zwischen den Gefährten zu landen, die Augen einzig und allein auf die musizierende Elfe gerichtet.

»Schnapp dir Jelninolan«, keuchte Khara in Ahrens Richtung, als sie sich mit einem beherzten Satz vor einem aufstampfenden Fuß in Sicherheit brachte. »Ihre Musik scheint die Wutschrate anzulocken.«

»Natürlich tut sie das«, brummte er mürrisch und hob die musizierende Elfe vor sich auf den Sattel. »Alles andere wäre viel zu einfach.«

Mein armer Rücken, jammerte Culhen augenblicklich, stürmte aber los in Richtung Osten, als sich beide Wutschrate auf den Wolf mit seiner wohlklingenden Last fokussierten. *Festhalten!*

Trogadon verschaffte Ahren, Culhen und Jelninolan Zeit, indem er mit einem Wutschrei seine Armbrust auf das Knie einer der beiden Riesen richtete und abdrückte. Das darauffolgende Knirschen, das ertönte, als das unterarmdicke Projektil in das Gelenk eindrang, erinnerte an zwei Felsbrocken, die während einer Lawine aneinanderrieben. Der Hüne knickte ein und stolperte dabei gegen seinen gierig nach der Elfe greifenden Kumpanen. Der grollte und rächte sich an dem lästigen Zwerg für das Störmanöver mit einem nachlässig anmutenden Rückhandhieb, der Trogadon in hohem Bogen in die südlich gelegene Baumgrenze schleuderte, wobei er sich schreiend überschlug.

»Trogadon«, keuchte Jelninolan, die noch immer ihren Zauber wob, und auch Ahren wurde bang ums Herz bei dem Gedanken an seinen gedrungenen Freund. Aber hier und jetzt konnte er nichts weiter tun, als die Zeit zu nutzen, die der Zwerg ihnen erkauft hatte, und so konzentrierte er sich vollends auf das Kunststück, die fiedelnde Jelninolan und sich selbst sicher auf Culhens Sattel zu halten, als sein Wolf begann, mittels wilder Haken den Flusslauf in östlicher Richtung entlangzusprinten. Ein mächtiger Luftzug und ein über ihn hinwegzuckender Schatten verriet Ahren, dass er nur knapp einem Baum entkommen war, den einer der Wutschrate nach ihnen geworfen hatte.

Das war knapp, dachte Ahren, als Culhen über einen Findling am Ufer hinwegsetzte und der Paladin die Uferstelle wiedererkannte, auf die sie zurasten. »Zurück«, rief er warnend, vollkommen in seinem Schreck gefangen. »Da vorne jagt ein …«

Die massige, zottelige Gestalt, die bis gerade noch friedlich im Fluss Fische gefangen hatte, richtete sich auf ihre Hinterbeine auf und brüllte dem heranrasenden Culhen ihren Protest entgegen.

»… Kelkorfell«, beendete Ahren seinen Satz lahm.

Das hätte dir ruhig früher einfallen können, ächzte Culhen. *Halte Jelninolan gut fest, das wird jetzt sehr ungemütlich werden.*

Der Wolf raste schnurstracks auf den bedrohlich dastehenden Bären zu, während hinter ihnen die Schritte des unverletzten Wutschrats beständig näher kamen, der seinen humpelnden Gefährten hinter sich gelassen hatte.

»Culhen …«, begann Ahren, als der Wolf nur noch fünf Schritt von dem vor ihnen aufragenden Kelkorfell entfernt war.

Ahrens Freund reagierte mit einem knappen: *Ich weiß, was ich tue.*

»Culhen!« Ahrens Stimme überschlug sich, als das Kelkorfell mit zum Zuschlagen bereiten Klauen den ihn anstürmenden Wolf und seine Reiter fixierte.

Vertrau mir. Die Gedanken seines Freundes waren voller Zuversicht, auch dann noch, als das Kelkorfell sich auf die drei stürzte.

»CULHEN«, brüllte Ahren panisch, dazu verdammt, sich und Jelninolan schwankend auf dem Rücken des Wolfes zu halten, der anscheinend plötzlich die schlechtesten Angewohnheiten Hakanus angenommen hatte. Schon senkten sich die Pranken des riesigen Bären auf Ahren und Jelninolan nieder, der wie eine zottelige Wand vor ihnen aufragte, in die Culhen offensichtlich ungebremst hineinzurasen gedachte.

Ducken, sagte der Wolf selbstzufrieden und folgte dabei seinem eigenen Befehl. Zähneknirschend beugte Ahren sich so weit über seinen Freund nach vorne, wie es ihm möglich war, und drückte dabei auch Jelninolan so tief nach unten, dass sie ihr Fiedelspiel trotzdem fortsetzen konnte.

Einen halben Herzschlag später versank Ahrens Welt im Chaos.

Eine der Pranken des Bären traf ihn an der rechten Schulter und gleichzeitig hörte er das schlagartig lauter werdende Rauschen eines vom Wind geplagten Nadelbaumes. Ahren wurde durch den Hieb des Kelkorfells in dem Moment aus dem Sattel gefegt, als die vom hinkenden Wutschrat geworfene, sechs Schritt lange Tanne knapp über Culhen hinwegrauschte und den gewaltigen Bären mitten auf die Brust traf.

Während Ahren hilflos durch die Luft flog und den Göttern für die Festigkeit seiner Tiefenstahlrüstung dankte, sah er, wie Culhen den

Moment der Desorientierung des Kelkorfells nutzte und dicht an ihm vorbeischlüpfte, sodass die haarige Bestie nun dem unverletzten Wutschrat im Wege stand. Beide Kontrahenten waren außer sich vor Zorn, als sie übereinander herfielen, der Bär gereizt durch den Baum, der ihn an der Brust erwischt hatte, der Riese durch den Wutwind, der in seinem Inneren tobte.

Ahren hätte dem gewalttätigen Spektakel der hünenhaften Gestalten sicher mehr Ehrfurcht entgegengebracht, hätte er nicht in diesem Moment besseres zu tun. Äste brachen unter der Gewalt seines Schwungs und spitze Nadeln drangen in jede einzelne Schwachstelle von Ahrens Panzerung, als der dreizehnte Paladin sich möglichst kompakten zusammenrollte, um Arme und Beine vor Brüchen zu bewahren und gleichzeitig sein Gesicht zu schützen.

Wenn ich Glück habe, halten mich die Äste auf, bevor ich …

Mit einem Krachen knallte Ahren mit dem Kopf gegen eine kleine Fichte, prallte von ihr ab wie ein schlecht gezielter Pfeil und kugelte ächzend durchs Unterholz, das von allen Seiten mit Ästen und Dornen an ihm zerrte, bis er schließlich, mit unzähligen Kratzwunden übersät, zur Ruhe kam.

»Eine Rüstung, die aus lauter einzelnen, verschiebbaren Platten besteht, hat auch Nachteile«, stöhnte er benommen und rappelte sich mühsam auf. Wo immer eine Lücke aufklaffte, waren Nadeln eingedrungen. Seine Ohren dröhnten, als würden die Signalhörner Tausend Hallens neben ihm ertönen, und eine leise Stimme schrie ihm in seinem Inneren zu, dass er dringend gebraucht wurde, doch er wusste nicht wo oder von wem.

Er sah an sich herab und entdeckte die vielen Blutstropfen, die hier und da unter seiner Rüstung hervorquollen. »Ich muss wohl vom Pferd gestürzt sein«, murmelte er blinzelnd. Irgendwie wollte die Welt nicht aufhören, vor seinen Augen zu tanzen.

Vom Wolf runtergeschlagen worden, trifft es eher, drang Culhens Gedanke in Ahrens benebelten Verstand ein und zerrte ihn mühsam aus seiner Trance, indem er ihn mittels ihrer Verbindung teilhaben ließ am dramatischen Rennen zwischen dem gepanzerten Tier mit Jelninolan auf dem Rücken und den beiden lädierten Wutschraten, die ein Dutzend Schritte hinter ihnen herliefen. *Ich soll dir von Jelninolan ausrichten, dass ihr Lied seinem Höhepunkt zustrebt und sie dann in Uldinis Bannkreis stehen sollte und die Riesen ebenfalls anwesend sein müssen, oder der Zauber wird diese armen Kreaturen nicht von den Wutwinden befreien. Und dann werden wir bis zum Tod mit ihnen kämpfen müssen.*

Ahren biss die Zähne zusammen, um seine Konzentration zu sammeln. *Du musst nach Westen umkehren*, sagte er in Gedanken an Culhen gewandt, stapfte auf den Waldrand zu und ignorierte den stechenden Schmerz Dutzender Tannennadeln in der Haut unter seiner Rüstung, so gut es eben ging. *Momentan fliehst du* flussabwärts *und Falk ist mit Selsena flussaufwärts unterwegs! Also lockt ihr die Riesen vom Bannkreis fort.*

Ahren war währenddessen in Sichtweite des Flusses angekommen. Er starrte auf die leblose Gestalt des Kelkorfells, dessen Genick offensichtlich gebrochen war, und schluckte schwer. Plötzlich kamen ihm die Nadeln und vielen Schürfwunden in seinem Fleisch wie ein Glücksfall vor. Zumindest, wenn man bedachte, was ein Wutschrat so alles mit seinem Gegner anstellen konnte.

Er sah den beiden Riesen hinterher, der eine mit einem Bolzen im Knie, der andere mit tiefen Wunden im Rücken. Ahren schauderte bei dem Gedanken, dass Letzterer in einer Bärenumarmung mit einem Kelkorfell gesteckt und trotzdem gewonnen hatte.

Mir geht die Puste aus, ließ Culhen sich vernehmen, und Ahren spürte die wachsende Erschöpfung des Wolfes. *Ich wäre über jede Form von Ablenkung dankbar.*

Ahren griff nach *Fisiniell* – doch seine Hand tastete ins Leere. Mit einem Brummen blickte der Paladin über seine Schulter und entdeckte den Bogen sicher verstaut genau dort, wo er hingehörte. Ahren tastete diesmal bewusst nach der Waffe und sah, dass seine Finger gut eine Handbreit neben dem Bogen ins Leere stießen. Sein Gehirn war anscheinend heftiger durchgerüttelt worden, als er angenommen hatte.

Er brauchte vier Versuche, um seinem lädierten Verstand die Position der Waffe einzubläuen und die nötige Hand-Auge-Koordination herzustellen, die es bedurfte, um den Bogen abzustreifen. Dass seine rechte Schulter dabei schmerzend protestierte, steigerte Ahrens Zuversicht auch nicht gerade.

Ich bin außer Gefecht, mein Junge, übermittelte Ahren dem Wolf mit großer Mühe, den Gedanken klar zu formulieren. Er knirschte frustriert mit den Zähnen. *Ich trabe besser zu den anderen zurück. Etwas stimmt nicht mit meinem Kopf.*

Alles muss man selbst machen. Culhen konnte seine Sorge nicht hinter seinen trotzigen Worten verbergen, und Ahren verfluchte sich selbst ob seiner Verletzungen. *Ich suche nach einer Gelegenheit, einen Bogen um die beiden Riesen zu schlagen, aber bis dahin heißt es, immer weiter nach Osten rennen!*

Fisiniell noch immer in der Hand, torkelte Ahren den Fluss hinauf, während er mit seinem ungewohnt schwerfälligen Verstand bruchstückhaft den Versuchen Culhens folgte, den Riesen auszuweichen, indem dieser mit waghalsigen Manövern knapp außerhalb der immer wieder aufschließenden Wutschrate blieb. So oft es ihm möglich war, wechselte das Tier die Uferseiten und zwang so die schwerfälligen Gegner zu plötzlichen Kursänderungen. Die ganze Zeit über hörte Ahren durch Culhens Ohren das komplexer und schneller werdende Lautenspiel Jelninolans, die währenddessen wie eine unzureichend festgebundene Puppe auf dem Rücken des Wolfes hin und her schwankte.

»Da haben wir uns aber in eine schöne Sackgasse manövriert«, redete Ahren vor sich hin, immer weniger Herr seiner Sinne. Jede Bewegung sandte an Dutzenden Stellen nadelfeine Stiche durch seinen Körper und seine in der Ferne winkenden Gefährten waren nur als verschwommene Schemen zu erkennen, während es ihm immer schwerer fiel, in vollständigen Sätzen zu denken. Ahren lief weiter auf seine Freunde zu und Khara stürmte ihm mit Hakanu an ihrer Seite entgegen.

»Was ist passiert?«, fragte die Schwertmeisterin, kaum dass sie in Hörweite war. »Wo sind Culhen und Jelninolan?«

»Die spielen Fangen mit zwei wütenden Riesen«, sagte Ahren kichernd. Der befremdliche Blick, den ihm seine Liebste und sein Lehrling zuwarfen, ließ ihn krampfhaft nach seiner flüchtigen Konzentration greifen. »Ein Kelkorfell hat mich erwischt und ich bin gegen einen Baum geprallt«, erklärte er und tippte an seinen Schädel. »Hiermit«, fügte er hinzu und fühlte sich ob seiner Schläue ungeheuer stolz.

»Sein Hirn muss ganz schön durchgeschüttelt worden sein«, sagte Khara alarmiert. »Hilf mir, ihn zu Uldini zu schaffen.«

Ahren sah Hakanu an, und ein aus den Tiefen seines Unterbewusstseins an die Oberfläche plätschernder Gedanke schaffte es, sich in seinem rapide schwindenden Verstand festzusetzen. »Uldini. Beschützen«, murmelte er und deutete auf seinen Lehrling.

»Es ist kein Wutschrat weit und breit zu sehen, Meister«, sagte Hakanu langsam, woraufhin Ahren verstehend nickte.

»Er blutet aus den Ohren«, hörte der dreizehnte Paladin die schöne Fremde an seiner Seite sagen, die bemerkenswert gut roch. »Das ist kein gutes Zeichen.«

»Uldini«, brüllte der junge Mann neben dem verletzten Waldläufer, doch dieser schüttelte ob des Lärms unwirsch den Kopf. »Ahren hat sich am Kopf verletzt. Es sieht übel aus.«

Ein kleiner, seltsam wichtig aussehender Junge mit viel zu ernstem Blick für sein Alter musterte Ahren eindringlich, während der Waldläufer von der Frau zu einem kompliziert anmutenden Kreis voller Schnörkel geführt wurde, der mehrere Schritt des schlammigen Flussufers bedeckte und in dem der mürrische Junge stand.

»Hübsch«, lallte Ahren und streckte einen zitternden Finger nach den Mustern auf dem Boden aus.

Der kleine Junge hieb ihm auf die Finger und Ahren sah ihn unwirsch an.

»Aua«, erwiderte er und reckte sein Kinn vor. »Böses Kind.«

»Die Götter sind ja so gut zu mir«, säuselte die kleine Gestalt in einem Tonfall, von dem Ahren unterbewusst überzeugt war, dass er nicht wirklich zu dem Gesagten passte. »Jetzt verwandelt sich auf dem letzten Abschnitt unserer Reise das Hirn des dreizehnten Paladins auch noch in Brei.« Der kleine Junge brummte gereizt und trat aus den nett anzusehenden Mustern heraus, die Ahren bei längerem Hinsehen Kopfschmerzen verursachten. Plötzlich flammte die Glaskugel in den Händen des Jungen auf, woraufhin er sie Ahren vors Gesicht hielt.

»Da reinschauen«, sagte der Junge langsam, jede Silbe überbetonend.

Ahrens Augen hefteten sich auf einen Mahlstrom wilder Farben und Muster, die in den flackernden Flammen im Inneren der Kugel tobten. »Was für ein netter Trick«, lachte er auf und spürte, wie seine Wahrnehmung mehr und mehr von den Farben und Flammen in der Kugel vereinnahmt wurde. Zufrieden summend ließ er es geschehen und gab sich ganz dem Gefühl der Geborgenheit hin, das die bunten Formen in ihm auslösten.

Tastende Hände fuhren indes über seinen Körper. »Er ist wundgeschlagen und hat überall kleinste Verletzungen«, hörte er den Jungen sagen. »Während *Flammenstern* seinen Verstand ordnet, flicke ich besser seinen Körper zusammen.«

Ahren hörte im Anschluss eine Vielzahl lustiger, aber auch böser Wörter von dem kleinen Mann und musste regelmäßig kichern.

»Hör auf zu fluchen und fang an zu heilen«, sagte die Frau.

Da ertönte ein Horn.

Falk, schoss es Ahren durch den langsam klarer werdenden Kopf.

»Das Zeichen des Rückzugs«, sagte Hakanu. »Ganz bestimmt will uns Falk darauf vorbereiten, dass er seinen Wutschrat hierher zurücklockt.«

»Dann wollen wir mal hoffen, dass Jelninolan mit den beiden Riesen im Schlepptau ebenfalls rechtzeitig hier eintrifft«, sagte Khara gepresst. »Ich würde ungern Falks Wutschrat so lange bei Laune halten müssen, bis alle Riesen in der Nähe des Zauberkreises versammelt sind. Zumal Ahren momentan sogar mit dem Schälen eines Apfels überfordert wäre.«

»Gar nicht … wahr«, erwiderte der Paladin tonlos, noch immer in *Flammenstern* hineinstarrend. Die Muster in der Kugel ergaben mit jedem Herzschlag mehr Sinn. Ahren war auf einer intuitiven Ebene überzeugt, dass der Zauber seinen Dienst an seinem Verstand vollendet haben würde, sobald er die Formen und Farben zur Gänze begriff. Dass Uldini gleichzeitig mit traditionellen Heilzaubern seinen geschundenen Körper zusammenflickte, nahm Ahren nur verschwommen als Fehlen von Schmerz wahr. »Da bekommt man mal einen Schlag auf den Kopf und schon fällt einem die Liebste in den Rücken«, fuhr er schließlich in halbwegs normalem Ton fort und versuchte sich an einem Schmunzeln.

»Das klingt doch fast schon wieder nach meinem Meister«, hörte er Hakanu freudig feststellen.

Ein naher wuterfüllter Schrei ertönte, gefolgt von Kharas Stimme. »Uldini, wie lange brauchst du noch, um Ahren zusammenzuflicken? Dieser Riese im Westen, der da hinter Falk und Selsena herstürmt, sieht selbst für einen Wutschrat ausgesprochen zornig aus.«

»Nicht hetzen«, knurrte Uldini. »Du willst deinen Paladin sicher vollkommen intakt wiederhaben. Nicht dass ich in der Hektik versehentlich dafür sorge, dass er seine Beine bewegt, obwohl er eigentlich seine Hände benutzen will.«

Immer schön in die Farben schauen, ermahnte sich Ahren, der nach dieser Warnung umso beharrlicher versuchte, seine Umgebung auszublenden und *Flammensterns* Muster zu verfolgen. *Die lustigen Farben und Formen sind deine Freunde.*

Der Zauber Uldinis, der in *Flammensterns* Tiefen loderte, drang weiter und weiter in Ahrens Hirn, ordnete, verknüpfte und glättete Dinge im Schädel des Paladins, für die dieser nicht einmal einen Namen hatte.

»Heda, was steht ihr dumm herum?«, hörte Ahren die ferne Stimme Falks, die durch seine Konzentrationsbemühungen schnitt wie die Rückenflosse eines sich heranpirschenden Haifischs durch die Oberfläche einer ruhigen See. »Ihr alle seht schon den Riesen, der auf euch zu poltert, oder?«

»Ahren hat sich am Kopf verletzt«, rief Khara zurück. »Uldini rückt seinen Verstand zurecht.«

Das nachfolgende Brummen Falks und das schwere Schnaufen Selsenas verriet Ahren, dass der alte Mann und sein Titejunanwa ganz nahe waren.

»Hakanu, Khara, zu mir!«, kommandierte Falk, und Ahren hörte das charakteristische Scharren der beiden Klingen Kharas, die ihre Scheiden verließen. »Verschaffen wir Uldini und Ahren die Zeit, die sie brauchen.«

Der Drang, sich von Uldinis Zauber loszureißen, war geradezu übermächtig, als die Nervosität ob des Kampfes und die Angst um seine Freunde gemeinsam mit Ahrens zurückkehrendem Verstand wuchs.

»Ich fühle mich wieder wie ich selbst«, rief Ahren über das rasch näherkommende Brüllen und die laut stampfenden Schritte des Wutschrats hinweg. »Kann ich …?«

»Nein«, fiel ihm Uldini energisch ins Wort. »Solange dir *Flammenstern* noch Bilder zeigt, schaust du sie gefälligst an. Es wäre schade, wenn du den Sturm auf die Obsidianfeste mit dem Intellekt einer Zimmerpflanze miterleben müsstest.«

Ahren schluckte und schwieg. Zur Untätigkeit verdammt zu sein und seine in Lebensgefahr schwebenden Freunde sich selbst zu überlassen, fiel ihm ungemein schwer.

»Braver Paladin«, lobte Uldini trocken.

Sogleich wurde Ahrens Willenskraft auf eine schwere Probe

gestellt, als ein Kampfschrei des Riesen unmittelbar über ihm zu erschallte und dann ein lautes, splitterndes Krachen direkt neben dem verwundeten Paladin ertönte.

»Weg da!«, rief Khara irgendwem zu und Ahren hörte Falk grunzen.

»Das war knapp«, grollte der alte Mann schnaufend. »Versuchen wir, den großen Kerl zu verwirren, damit er sich weiter auf uns drei konzentriert.«

Ahrens gesamter Körper kribbelte vor Anspannung, so als hätten alle seine Nerven Feuer gefangen. Khara, Falk und Hakanu riskierten keine fünf Schritt entfernt von ihm ihr Leben und er konnte nur *Flammenstern* beim Erlöschen zusehen … Er stutzte und betrachtete bewusst das Farbenschauspiel vor ihm. Es wurde tatsächlich weniger komplex und langsam dunkler. Der Zauber ebbte ab!

»Links von dir!«, rief Hakanu und erneut bebte der Boden, diesmal durch einen aufstampfenden Riesenfuß.

»Danke«, ertönte Kharas erleichterte Stimme. »Bei den Göttern, meine Klingen ritzen seine Haut kaum an.«

»Fertig«, sagte Uldini in träumerischem Ton rechts von Ahren, und der dreizehnte Paladin spürte flüchtig eine kleine Hand auf seinem Unterarm. »Alles geheilt.« Der Magus klang durch das Anwenden traditioneller Heilmagie, als wäre er mit dem Kopf in den Wolken. Gleichzeitig erloschen auch die letzten Muster in *Flammensterns* Tiefen und Ahren riss sich blinzelnd vom Anblick der Kristallkugel los.

Endlich durfte er seine Freunde unterstützen!

5. Kapitel

Alle Sinne kehrten schlagartig zurück.

Verdammt, Ahren, antworte endlich, hörte er Culhen in seinem Verstand toben, während der Waldläufer noch die gegenwärtige Lage um sich herum zu erfassen versuchte.

Ich war leider vollkommen weggetreten, sagte der Paladin und spannte vorsorglich *Fisiniell* vor seiner Brust. *Mein Kopf hat einen heftigen Schlag abbekommen.* Unmittelbar vor ihm ragte jener Wutschrat auf, den Falk und Selsena zuvor weggelockt hatten und der nun eine Art tödlichen Tanz mit Khara, Hakanu, Falk und Muai vollführte, die beständig zwischen den Beinen des großen Wesens herumsprangen und es mit schnellen, aber zugleich harmlosen Attacken reizten. Der brüllende Riese trat, stampfte und schlug wild um sich, ohne jedoch einen von ihnen zu treffen. Allein in den wenigen Herzschlägen, die Ahren benötigt hatte, um sich zu orientieren, hatte einer der Füße des Wutschrats Khara nur um Haaresbreite verfehlt und ein Hieb des Riesen Muai nur deswegen nicht getroffen, weil sich die Tigerin mit einem schnellen Satz ins eisige Wasser des Flusses gerettet hatte.

Jelninolans Lied wird immer hektischer. Ich denke, es ist bald vollendet, meldete sich Culhen. *Die beiden Riesen sind mir noch immer auf den Fersen, und sie im Wald weitläufig zu umrunden, hat mich all meine Ausdauer gekostet. Ich hoffe, ihr seid für einen großen Empfang bereit, denn wir kommen jetzt wieder zu euch.*

Auf der Suche nach einer geeigneten Stelle für seinen Pfeil suchte Ahren mit *Fisiniell* den Körper des wütenden Riesen ab, der sowohl Uldini als auch ihn vollkommen ignorierte. Ob es daran lag, dass die beiden das besessene Geschöpf nicht angriffen oder der Wutschrat mit seinen vier Angreifern überfordert war, konnte Ahren nicht sagen. Wichtig war nur, dass sie diesen Riesen so lange unter Kontrolle hielten, bis Jelninolan ihren Zauber sprechen konnte.

Der Blick des Paladins wanderte zu dem kunstvollen Kreis aus magischen Zeichen, der keine drei Schritt von dem um sich stampfenden

Wutschrat entfernt auf Jelninolans Erscheinen wartete. Wenn der Riese einen falschen Schritt tat …

Kurz entschlossen zielte Ahren auf das linke Knie des Wutschrats und ließ seinen Pfeil fliegen. Es ertönte ein hässliches Knirschen, als der Tiefenstahl in das Gelenk eindrang und der Wutschrat dadurch nach links einknickte, weg vom Zauberkreis.

»Hakanu!«, rief Ahren im Befehlston und sein Lehrling reagierte umgehend. Er holte mit seinem Speer aus und warf ihn auf das verletzte Knie des Riesen. Als Hakanu seinen Speer zurückrief wiederholte sich das Knirschen und das linke Bein des Wutschrats gab unter seinem Gewicht nach, woraufhin das große Geschöpf mit einem donnernden Aufprall zu Boden ging.

»Beschäftigt ihn«, rief Ahren Falk und Khara zu. »Er darf nicht wieder aufstehen.«

»Leichter gesagt als getan, zumal wir die armen Kerle nicht töten wollen«, keuchte Falk und begann, mit seinem Schwert vor dem Gesicht des Riesen herumzufuchteln, damit der Wutschrat in seinem Zorn nach dem alten Mann zu greifen versuchte, anstatt sich wieder aufzurichten.

Khara und die pitschnasse Muai sprangen Falk bei und imitierten seine Taktik, sodass der Riese nun unbeholfen nach den drei Angreifern schlug wie ein abgefüllter Trunkenbold.

»Hakanu, zu mir!«, rief Ahren und der junge Krieger eilte an die Seite seines Meisters. Ahren deutete den Fluss hinauf und kniff die Augen suchend zusammen. »Wir werden die Wutschrate, die Culhen und Jelninolan folgen, aufhalten müssen«, sagte er mit sorgenvoll zusammengekniffenem Mund.

Hakanu warf einen Blick auf den verletzten Riesen zehn Schritt hinter ihnen, der nur durch den unermüdlichen Einsatz von Muai, Falk, Khara und der erschöpften Selsena abgelenkt werden konnte. Das Titejunanwa stieß in unregelmäßigen Abständen schwache Wellen des Spotts aus, die den Wutschrat immer dann in Rage versetzten, wann immer er begann, sich halbwegs koordiniert zu bewegen. »Wie sollen wir zwei denn jemals die beiden anderen Wutschrate bändigen?«

Ahren sog scharf die Luft ein, als die Gestalt Culhens am Flussufer in Sicht kam. Noch war der Wolf kaum mehr als ein ferner Umriss, aber der Paladin wusste, dass es nur wenige Dutzend Herzschläge brauchen würde, bis Culhen mit seiner kostbaren Reiterin bei ihnen war – und damit auch die beiden Wutschrate, die soeben hinten dem Wolf aus dem Wald hervorbrachen und entwurzelte Bäume nach dem Tier warfen.

»Es reicht, wenn wir die Wutschrate verlangsamen«, sagte Ahren und zog *Fisiniell* bis zum Anschlag durch, woraufhin seine Armmuskeln unter der Anspannung zu brennen begannen. Der Waldläufer beäugte die fallenden Blätter am nahen Waldrand, um die Windrichtung und – stärke zu bestimmen, glitt ins Pelneng und hob den Bogen so weit, dass der Pfeil in einer flachen Parabel fliegen würde. Dann atmete er aus, korrigierte noch einmal und ließ los.

Der Tiefenstahlpfeil war ein glänzendes Geschoss, das von der Sonne in eine Aura glitzernden Lichts getaucht wurde. Er überwand die immense Distanz bis zu Culhen, Jelninolan und schließlich den Riesen, senkte sich dort langsam auf seiner Flugbahn ab … und traf einen der Wutschrate mitten in die Hüfte.

Du darfst gerne ein bisschen höher zielen, beschwerte sich Culhen. *So erschöpft, wie ich bin, kann ich keinem zu tief fliegenden Pfeil ausweichen.*

»Das … das ist unglaublich«, keuchte Hakanu und starrte Ahren mit großen Augen an. »Dieser Schuss muss mehr als eine Länge weit geflogen sein.«

Ahren schüttelte sacht den Kopf. »Ein Probeschuss, mehr nicht«, sagte er. »Auf diese Entfernung hatte der Pfeil nicht genug Wucht, um bei dem Riesen merklichen Schaden anzurichten. Zudem kann man es wohl kaum als großes Kunststück bezeichnen, ein zehn Schritt hohes und vier Schritt breites Ziel zu treffen.« Er runzelte die Stirn. »Aber nun weiß ich zumindest, dass die Wutschrate sich ablenken lassen. Sieh nur, wie der Blick des Riesen, den ich beschossen habe, ständig zwischen Jelninolan und mir hin und her schwankt. Wenn wir zwei die Wutschrate nur lange genug ärgern, können wir Jelninolan hoffentlich die Zeit erkaufen, die sie braucht, um ihr Lied in Uldinis Ring zum Abschluss zu bringen.« Er legte einen weiteren Pfeil auf und zielte sorgfältig. »Und bete zu den Göttern, dass ihre Magie wirkt.« Er ließ los und das Projektil flog davon. »Ansonsten müssen wir diese drei Unglücksraben umbringen, um unsere eigene Haut zu retten.«

Als der zweite Pfeil den Wutschrat traf und wie ein kleiner Eisensplitter aus dessen rechtem Oberarm ragte, was ihm nur ein gereiztes

Röhren entlockte, wurde ein weiteres Mal deutlich, wie gefährlich ein solcher Kampf auf Leben und Tod werden würde.

»Ich spicke den linken Riesen mit Pfeilen, du wirfst nach dem rechten.«

Ahren zog *Fisiniell* bereits durch, als ihm aus dem Augenwinkel auffiel, das Hakanu sich nicht rührte. Irritiert sah er seinen Lehrling an, eine Ermahnung auf den Lippen, und zögerte, als er etwas vollkommen Ungewohntes in den Augen des erstarrten jungen Kriegers sah. Zweifel.

»Was …« Hakanu unterbrach sich und schluckte. »Was, wenn ich Culhen treffe?«

»Du hast schon schwierigere Würfe hinbekommen«, sagte Ahren unwirsch. »Vierklaue war mindestens genauso weit entfernt, als du deinen Speer nach ihm geworfen hast, und damals hast du auf ein Auge gezielt statt auf den ganzen Körper.«

Hakanu nickte, die Unterlippe fest zwischen seinen Zähnen eingekeilt, und Ahren hätte sich am liebsten selbst geohrfeigt. Natürlich musste sein Lehrling an jenen verhängnisvollen Wurf denken, der ihn so vieles gekostet hatte: zum einen seine weitere Teilnahme am Kampf gegen den Drachen, als dieser ihn nach seinem misslungenen Versuch, den Kampf mit einem heroischen Angriff zu beenden, fortgeschleudert hatte, zum anderen das Vertrauen seines Meisters, der ihn fortan wieder wie einen blutigen Anfänger behandelt hatte. Ahren war so darauf fixiert gewesen, Hakanu eine gewissenhafte Vorsicht einzubläuen, dass er unbeabsichtigt damit begonnen hatte, das Selbstvertrauen seines Schützlings zu erodieren.

Dann sieh zu, dass Hakanu schleunigst seinen Mut wiederfindet, maulte Culhen. *Ich könnte hier drüben wirklich ein bisschen Ablenkung gebrauchen.*

Culhens Erschöpfung war durch ihre Verbindung deutlich zu spüren, und Ahren konnte beobachten, wie der Abstand zwischen dem Wolf und seinen Verfolgern schwand. Ihnen lief die Zeit davon!

Schnell schoss Ahren einen weiteren Pfeil ab, diesmal so hoch, dass er das Gesicht des linken Riesen treffen würde. Der wurde langsamer und hob brüllend einen Arm, um das Projektil abzufangen, welches sich dadurch in seinen Unterarm bohrte.

»Hakanu!«, rief Ahren und zog einen neuen Pfeil aus dem Köcher, seinem Lehrling dabei fest in die Augen blickend. »Ich bin fest davon überzeugt, dass dir dieser Wurf gelingen kann. Du hast schon so oft deine Fähigkeiten unter Beweis gestellt. Lass diese eine

Fehlentscheidung in den Eisfeldern nicht alles untergraben, was du erreicht hast.«

»Aber Ihr habt mir doch klargemacht, dass ich alles von vorne lernen muss«, sagte der junge Krieger verwirrt – und Ahren fehlten für einen Moment die Worte. War er damals zu hart mit Hakanu ins Gericht gegangen? Hatten ihn seine Sorgen um das nahende Zusammentreffen der Paladine mit dem Widersacher derart abgelenkt, dass er nicht erkannt hatte, wie es um das Seelenleben seines Lehrlings stand?

Das Heulen Culhens riss ihn aus seinen Gedanken, da der rechte Riese nach dem Wolf hieb und ihn nur verfehlte, weil das Tier einen stolpernden Haken schlug.

AHREN!, brüllte ihn Culhen in Gedanken an.

Der dreizehnte Paladin ließ einen Pfeil auf den rechten Riesen niedergehen, was diesen kurzfristig verlangsamte, aber dafür sorgte, dass der linke wieder zum erlahmenden Culhen aufschließen konnte.

»Hakanu, hör mir zu«, sagte er und feuerte indes, so schnell er konnte, mal auf den einen, mal auf den anderen Riesen. »Es ist richtig, dass ich enttäuscht war, wie du dich im Kampf gegen Vierklaue verhalten hast, doch das bedeutet, dass du plötzlich alles verlernt hast, was dir beigebracht wurde. Dieses Gefühl von Zweifel in deinem Inneren, das verspüren wir alle ständig. Die Kunst besteht darin, eine Balance zwischen Vorsicht und Mut zu finden und zu erkennen, wann die Waagschale in die eine oder andere Richtung ausschlagen muss. Und hier und jetzt braucht Culhen vor allem deinen Mut.«

Der erschöpfte Wolf hatte mittlerweile auf eine halbe Länge zu ihnen aufgeschlossen, aber Ahren war klar, dass er ohne Hilfe der beiden Waldläufer das ungleiche Rennen gegen die Riesen verlieren würde. Ein schneller Seitenblick zeigte Ahren, dass Hakanu noch immer mit sich haderte und unschlüssig auf seinen Speer hinabsah.

»Hakanu, ich vertraue dir«, sagte Ahren beschwörend. »Culhen vertraut dir. Beweise, dass du der Paladin bist, der du schon immer sein wolltest. Hilf mir, Culhen und Jelninolan zu retten.« Er sah Hakanu tief in die Augen. »Sei ein Held.«

Ein Ruck ging durch Hakanus Körper und das wohlbekannte Lodern trat in die Augen des Lehrlings. »Ja, Meister«, brach es aus dem jungen Krieger hervor und er wirbelte zu den Riesen herum. In einer geschmeidigen, kraftvollen Bewegung holte er aus, das Gesicht zu einer

Maske der Konzentration erstarrt. Der Handschuh, der die angeborene Magie des Lehrlings kanalisierte, glomm für einen halben Herzschlag auf und dann schleuderte Hakanu seinen Speer in einem blitzschnellen und ungemein flachen Bogen in Richtung der besessenen Riesen.

Ahren feuerte einen eigenen Pfeil ab und sah dabei, wie das Wurfgeschoss seines Lehrlings keine Handbreit über den Kopf der entrückten Jelninolan hinweg sauste und sich dann mit einem Knirschen, das man selbst über die große Distanz noch hören konnte, durch die Kniescheibe des rechten Riesen fraß.

Der Hüne brach zusammen, und selbst sein Kumpan verharrte in seiner geistlosen Raserei, um für einige kostbare Herzschläge ungläubig auf den gefällten Wutschrat zu starren. Culhen machte dadurch wertvollen Boden gut, und Ahren spickte den verdutzt dastehenden Riesen mit Pfeilen, sobald dieser seine Überraschung überwunden hatte.

»Sehr gut gemacht, Hakanu«, sagte Ahren mit Rührung in der Stimme und schoss immer weiter, ab jetzt die Knie des linken Riesen fokussierend, da *Fisiniells* Pfeile auf die schwindende Entfernung mit mehr und mehr Wucht einschlugen.

Als Culhen mit Jelninolan auf dem Rücken endlich bei Ahren und Hakanu ankam, stolperten und hinkten die beiden verletzten Wutschrate röhrend hinterdrein, die Augen weit aufgerissen, die Gesichter zu geistlosen Fratzen verzerrt. Ihre Gegner waren vielleicht verletzt und verlangsamt worden, aber Ahren wusste, ihr gesteigerter Blutrausch würde sie dafür im Nahkampf umso gefährlicher machen.

»Helft … mir runter«, ertönte Jelninolans zwischen krampfhaft zusammengebissenen Zähnen hervorgestoßener Befehl. Der Bogen und ihre Finger bewegten sich so schnell über die Saiten der Sturmfiedel, dass Ahren die Bewegungen nur schwerlich nachverfolgen konnte. Die Melodie, die sich *Mirilan* entrang, war von derart komplexer, geradezu drängender Natur, dass Ahren regelrecht spürte, dass die durch Jelninolan aufgebaute Magie kurz vor dem Bersten stand. Schnell packten er und Hakanu die Elfe an den Hüften und hoben sie vom abknienden Wolf.

»Zum Kreis«, sagte Ahren zu seinem Lehrling, und kurz entschlossen trugen die zwei die musizierende Elfe bis zum Rand des aus magischen Zeichen bestehenden Areals. Dort setzten sie Jelninolan ab und die Priesterin begann, einen vorsichtigen Schritt nach dem anderen in die Mitte des magischen Zirkels zu tun. Mit jeder Annäherung an das

Zentrum des Kreises wurde ihre Magie lauter und dominanter, hämmerte auf Ahrens Ohren und Verstand ein und ließ ihn keuchend auf die Knie fallen.

Ahren sah, wie Khara sich nur mit einem verkrampften Sprung außer Reichweite des noch immer nach ihr klaubenden Riesen retten konnte, bevor sie zusammenbrach. Hakanu stützte sich taumelnd auf seine Knie.

Irgendwann im Laufe des Kampfes war Muai erneut im Fluss gelandet, wo die Tigerin noch immer halb im Wasser lag, ihre mächtigen Flanken hoben und senkten sich schwer. Selsena tänzelte beschützend über dem bewusstlosen Falk, der von einem Hieb getroffen worden war.

Jelninolans Zauber scheint uns mehr zu beeinträchtigen als die Riesen, dachte Ahren besorgt und versuchte die überwältigende Musik der Elfe auszublenden. *Wir kriechen auf dem Zahnfleisch.*

Wem sagst du das?, blaffte Culhen, der heftig hechelnd neben ihm kauerte.

Indessen kamen die beiden verletzten Riesen torkelnd näher, die Hände zu gierigen Klauen ausgestreckt. Ahren mühte sich, *Fisiniell* zu heben, aber die drängende Musik Jelninolans machte jedwede Koordination zunichte. Ihm graute bei der Vorstellung, was der Zauber mit seinem Verstand angerichtet hätte, wäre es Uldini nicht gelungen, sein verletztes Hirn rechtzeitig zu richten. Bei dem Gedanken an den Erzmagus drehte Ahren mühsam den Kopf und sah die kleine Gestalt, wie sie abwesend summend ein paar Kieselsteine am Flussufer in simple, hübsch anzusehende Muster ordnete. Offensichtlich war er durch den Einsatz traditionellerMagie derart weggetreten, dass nicht einmal das Lied der Elfe zu ihm vordrang.

»Jelninolan«, rief Ahren. »Die beiden anderen Wutschrate sind gleich da!« Schon jetzt bebte der Boden unter ihren unregelmäßigen Schritten. »Und der dritte rappelt sich langsam auf.«

»Nur noch … ein paar … Herzschläge«, stieß die Elfe hervor.

Ahren schätzte die wenigen Schritte ab, die die Riesen noch vor sich hatten. »So lange haben wir nicht!«

Da reckte neben ihm der vor Anstrengung zitternde Hakanu seine Hand in Richtung der herantrottenden Riesen und ächzte, als wolle er mithilfe purer Willenskraft einen Berg bewegen. Der rechte Wutschrat schrie auf und plötzlich erkannte Ahren, was sein Lehrling da versuchte: Der noch immer im Knie des Wesens versenkte Speer antwortete auf den Ruf seines Meisters, in dessen Hand zurückzukehren, und bewegte sich in der Wunde des Wutschrats.

Die gepeinigte Kreatur stolperte, hielt sich an ihren Kameraden fest und zog sich an ihm auf die Beine, alles direkt vor den Nasen der mit Jelninolans Magie ringenden Paladine.

Dann hörte Ahren hinter sich ein »Endlich«, und mit einem einzigen klaren, lang gezogenen Ton endete Jelninolans Lied. Verdutzt sah er zu der Elfe hinüber. Die Stille marterte seine Ohren und seinen Verstand mehr, als es die komplexe Melodie zuvor getan hatte. Es war, als würde sein Geist erst jetzt, im Nachhall, zu verarbeiten versuchen, was er zuvor vernommen hatte. Die ganze Welt schien plötzlich unter Wasser geraten zu sein und alle Farben, Formen und Konturen verschwammen in der absoluten Stille, die ihn erfasste. Ahren blinzelte nur ein einziges Mal, was ihm so vorkam, als dauerte die Bewegung eine ganze Jahreszeit oder länger.

Kann … nicht … denken, ertönte Culhens Stimme gedehnt und verzerrt in seinem Kopf.

Dann war der Effekt vorbei, so als wäre ein Band zerrissen, das man über Gebühr gespannt hatte. Ahren war frei sich zu bewegen, und riss umgehend *Fisiniell* empor, um sich gegen die Wutschrate zu verteidigen. Doch die standen wie versteinert da, blinzelten in die Sonne und beachteten weder ihre Wunden noch die flimmernden Winde, die aus ihren Nasen und Mündern hervorbrachen.

»Sind das die Wutwinde?«, hauchte Hakanu neben Ahren.

»Ich denke schon«, antwortete der dreizehnte Paladin. »Aber offensichtlich wurden sie … gezähmt?«

»Gereinigt trifft es besser«, sagte Jelninolan mit vor Erschöpfung krächzender Stimme, in der nun keinerlei Hall mehr mitschwang. »Für den Moment spüren diese Wutwinde nur jene Ruhe, die sie kurz nach ihrer Erschaffung erfahren haben.« Traurigkeit mischte sich in ihre nächsten Worte. »Schon bald werden sie sich wieder mit negativen Emotionen vollgesogen haben und ihre ewige Jagd wird weitergehen.« Sie deutete auf die Riesen. »Die Wutwinde einfach nur aus ihren Körpern zu vertreiben, hätte nur dafür gesorgt, dass sich die magischen Wesen in einigen von uns festgesetzt hätten. Also musste eine Lösung her, die die Wutwinde zudem noch unter Kontrolle bringt.«

»Was geschieht jetzt mit den Riesen?«, fragte Hakanu, während die durchsichtigen Schemen, die die Hünen beherrscht hatten, sich träge vom Wind davontragen ließen.

Jelninolan strich ein einziges Mal mit ihrem Bogen über *Mirilans* Saiten und umgehend brachen die beiden stehenden Riesen in sich zusammen. Dann ertönte donnerndes Schnarchen aus drei gewaltigen Kehlen. Die Elfe blickte müde zum Himmel hinauf. »Es sind genug Wolken vorhanden«, sagte sie nachdenklich. »Meine Kraft sollte für einen letzten Zauber reichen, solange ich Uldinis Zirkel nicht verlasse. Danach muss ich mich ebenso ausruhen wie er.« Dabei deutete sie auf Uldini, der noch immer fröhlich summend Kieselsteine am Ufer sortierte. »Er muss sich wirklich schwer verausgabt haben.«

Ahren rappelte sich endlich auf, ein Akt, der ihn ein gehöriges Maß an Willenskraft kostete. Auch seine Freunde erhoben sich nur langsam, sofern sie überhaupt bei Sinnen waren. Jelninolans Zauber hatte sie ein Stück jener Antriebskraft gekostet, die allen lebenden Wesen innewohnte. Der Paladin hatte genug Zauber miterlebt, um zu wissen, dass es sich hierbei um einen Nebeneffekt des durchgestandenen Zauberlieds handeln musste.

»Sind alle wohlauf?«, fragte er in die Runde und dann fiel sein Blick auf seinen alten Meister. »Wie geht es Falk?«

Selsena wieherte und sandte eine Welle der Beruhigung aus, in der nur eine Spur Unsicherheit mitschwang.

»Eine Riesenfaust hat ihn gestreift«, sagte Khara, die leicht hin und her schwankte und deren Züge abgehärmt aussahen. »Und Muai hat sich derart verausgabt, dass sie kaum mehr stehen kann. Sie hat den Wutschrat mit wilden Sprüngen und akrobatischen Attacken verwirrt.« Der Hauch eines Lächelns stahl sich auf ihre Lippen. »Man hätte denken können, der Riese wäre ein gewaltiges Wollknäuel und Muai nur ein ausgelassen spielendes Kätzchen.«

Ein protestierendes Grollen ertönte vom Ufer, als sich die Tigerin zu den Gefährten herüberschleppte und neben Culhen stehen blieb. Dann stieß sie den Wolf mit ihrer Nase in die Seite, bis der sich hinlegte. Umgehend rollte sich die Großkatze an seinem Bauchfell zusammen und war keine drei Herzschläge später eingeschlafen.

Das kam unerwartet, sagte Culhen und betrachtete die ruhende Katze konsterniert. *Aber wo sie recht hat, hat sie recht. Gute Nacht.* Dann legte er seinen Kopf in Muais Nackenfell und schloss die Augen.

»Du erwähntest einen Zauber?«, fragte Khara in Richtung Jelninolan.

Die Elfe nickte. »Sobald alle beisammen sind, werde ich Heilschnee aus dem Himmel herabrufen …« Sie stutzte. »Wo ist Trogadon?«, fragte sie. Mit jeder Silbe mischte sich größere Unruhe in ihre Stimme. »Er wurde doch von einem der ersten Hiebe der Riesen erwischt.«

Ahren zuckte schuldbewusst zusammen und sah sich suchend um. »Er wurde in Richtung des südlichen Berghangs geschleudert«, sagte er voller Scham. »Wir gehen ihn besser suchen.«

Khara machte ein betretenes Gesicht. »Ihm wird schon nichts passiert sein«, murmelte sie beschwichtigend.

»Wirklich *jeder* von euch Hohlköpfen hat meinen Trogadon vergessen?«, zischte Jelninolan scharf und der Hall in ihrer Stimme nahm bedrohlich zu.

Da hob Hakanu die Hand. »Ich nicht«, sagte er freudestrahlend. »Ich habe Kamaluq ausgesandt, damit er Trogadon sucht. Anscheinend liegt unser Schmied bewusstlos im Wald. Also habe ich Kamaluq als Bewacher bei ihm gelassen. Er sollte mich warnen und Gefahr mit seinem Lichtblitz ablenken, falls Trogadon Hilfe benötigen würde.«

»Wenigstens *einer* hier, der mitdenkt«, grollte Jelninolan. »Worauf wartet ihr noch? Findet gefälligst meinen Zwerg, während ich den Heilschnee vorbereite.«

Ahren und Khara zuckten zusammen. »Bring uns zu ihm«, sagte der Paladin zu seinem Lehrling.

»Hier entlang«, sagte Hakanu eilfertig und rannte auf eine schmale Schneise im Waldrand zu, die augenscheinlich entstanden war, als etwas Hartes, Kompaktes durch die Baumkronen gerauscht war. Höchstwahrscheinlich ein Purer Zwerg.

»Wie hoch stehen die Chancen, dass Jelninolan Trogadon nicht von unserem kleinen Versäumnis berichtet?«, fragte Khara leise.

Ahren schüttelte nur resigniert den Kopf.

»Da vorne ist es«, sagte Hakanu, der bereits vorausgeeilt war. Sie waren mittlerweile gute zwanzig Schritt hinter der Baumlinie und die Schneise der Zerstörung, die der Zwerg bei seinem unfreiwilligen Flug angerichtet hatte, war beeindruckend. Ahren glaubte fest daran, dass ein normaler Zwerg oder gar ein Mensch von den vielen nunmehr zerbrochenen Ästen innerhalb der Flugbahn getötet worden wäre.

Ahren konnte von Glück reden, dass sein eigener Schädel an einem Stück geblieben war, als die Riesenfaust ihn von Culhens Rücken gefegt hatte. Wäre Uldinis Magie nicht gewesen, um seinen Verstand beisammenzuhalten …

»Braver Fuchs«, erscholl Hakanus Stimme, und dann sah Ahren den zufrieden fiependen Kamaluq, der die Streicheleinheiten seines Paladins sichtlich genoss. So klug das Wesen auch war, gab es sich doch häufig so harmlos und unschuldig wie ein tapsiger Welpe. Als Hakanu seinen Freund auf dem Arm nahm, kam Ahren der Gedanke, dass Kamaluq sich derart jungtierhaft verhielt, *weil* er so klug war. Immerhin hatte er auf diese Weise seinen Paladin vollkommen um den kleinen Finger – oder vielmehr die Vorderpfote – gewickelt.

»Es freut mich, dass Kamaluq wieder da ist, aber … wo ist Trogadon?«, fragte Khara und wandte den Kopf von links nach rechts. Auch Ahren suchte das nahe Unterholz ab, konnte seinen Freund aber nirgends erblicken.

»Dort.« Hakanu grinste und deutete mit einem Finger nach oben.

Ahrens Blick wanderte in die angezeigte Richtung und er staunte nicht schlecht, als er den Zwerg in der gespaltenen Krone einer alten Tanne erblickte, die sich unter der ungewöhnlichen Last gegen den Nachbarbaum lehnte. Trogadons Gesicht war zwar blutverschmiert, aber das ruhige, regelmäßige Heben und Senken seiner Brust ließ Ahren hoffen, dass sein dickschädeliger Freund sein luftiges Abenteuer halbwegs unversehrt überstanden hatte.

Khara kniff die Augen zusammen und starrte eine Weile schweigend nach oben. »Trogadon hat sich dort oben ganz schön verkeilt«, sagte sie. »Die Krone der Tanne steht unter Spannung und gleichzeitig wirkt es, als würde sie vollends kippen, wenn zusätzliche Personen in ihr herumklettern.« Sie sah Ahren ratlos an. »Wie sollen wir ihn nur von dort oben herunterbekommen?«

Der Waldläufer ließ sich genügend Zeit, um sämtliche Lösungsansätze zu durchdenken, und schüttelte dann den Kopf. »Ich bin gleich wieder da«, sagte er und stampfte los.

»Wo willst du hin?«, fragte Khara irritiert.

»Wir haben ohnehin Jelninolans Unwillen erregt. Da kann ich auch ebenso gut nach einer Axt in unserer Ausrüstung Ausschau halten …«

»Ihr habt *was* getan?«, schrie Jelninolan so laut, dass Ahren glaubte, die schneebedeckten Hänge ringsum könnten vor lauter Schreck ihre weiße Last verlieren.

»Sie haben mich gefällt«, sagte Trogadon glucksend.

Der Zwerg war aufgewacht, als Ahren und Khara zur Hälfte damit fertig gewesen waren, den Stamm zu bearbeiten, dessen Krone den Schmied in der Luft gefangen gehalten hatte.

»Den *Baum*«, korrigierte Ahren stöhnend. »Wir haben den Baum gefällt, in welchem du festhingst. Das ist ein Unterschied.«

»Ich hätte nicht übel Lust, dir klarzumachen, was ich von diesem Unterschied halte. Wenn ich nicht in diesem Zirkel festsitzen würde …«

»Der Sturz bis zum Waldboden war halb so wild«, beruhigte Trogadon die vor Wut kochende Elfe. »Verglichen mit der Faust eines Riesen war die Erfahrung, gefällt zu werden, nicht mehr als ein zaghaftes Stolpern über einen unebenen Pflasterstein.«

»Wir haben dich nicht gefällt«, sagte Ahren händeringend und mit einem Blick auf Jelninolan, deren Zorn nicht einmal annähernd verraucht war. »Bitte hör auf, das zu sagen.«

»Oh nein«, sagte die Elfe voller Kälte in der Stimme. »Ihr habt ihn erst vergessen und dann gefällt.«

Trogadon sah Ahren, Khara und Hakanu verdutzt an. »Ich wurde von euch vergessen?«, echote er ungläubig.

»Von mir nicht«, beeilte sich der Lehrling zu sagen und deutete auf seinen Meister und die Prinzessin. »Das waren diese beiden.«

Jetzt verschwand Trogadons gute Laune aus seinen Zügen wie die Sonne hinter einem rasch aufziehenden Gewitter, und Ahren seufzte schwer.

»Warum lässt Jelninolan nicht den Heilschnee niedergehen und währenddessen erzähle ich dir penibel, was sich nach deinem kleinen Ausflug in die Baumkronen des Waldes ereignet hat? Vielleicht verstehst du dann, warum wir einen kurzen Moment lang den Überblick verloren haben.«

Khara nickte beipflichtend und Trogadon verschränkte die Arme vor der Brust.

»Na, dann lasst mal hören«, murrte er, als bereits die ersten Schneeflocken vom Himmel fielen, um mit der ihnen innewohnenden

Heilmagie die Verletzungen der Gefährten und schlafenden Riesen gleichermaßen zu lindern.

Der Tag näherte sich bereits seinem Ende, als die Gruppe wieder halbwegs bei Kräften war. Falks Körper war mit Heilschnee abgerieben worden, was dieser mit lautem Fluchen und starkem Bibbern hatte über sich ergehen lassen, bis er kräftig genug gewesen war, selbst mit der notwendigen Tortur fortzufahren.

Trogadon hingegen hatte sich pudelwohl im Schnee gewälzt und einmal mehr unter Beweis gestellt, wie unverwüstlich Pure Zwerge waren. Zu Ahrens Erleichterung schien der Schmied ihm und Khara ihre Unachtsamkeit bereits vergeben zu haben.

Jelninolan befand sich zwar in einem Erschöpfungsschlaf auf ihrem Lager nahe dem Fluss, aber der Waldläufer erkannte deutlich, dass die unwirsche Miene der Elfe ihren Groll auf die beiden Gefährten widerspiegelte.

Uldini schlief neben ihr, und die erschöpften Vertrautentiere lagen im Kreis um die beiden Alten platziert und ruhten ebenfalls. Ahren und Khara hielten als selbstauferlegte Buße Wache, während Falk und Trogadon einige Schritt entfernt miteinander würfelten und dabei beinahe eindösten.

Im Gegensatz zu den beiden alten Haudegen versprühte Hakanu die Energie eines Heranwachsenden und übte an einigen nahen Bäumen das Speerwerfen und die Kunst, seine Waffe zu sich zurückzurufen. Der junge Krieger war wie ausgewechselt, nachdem ihm sein meisterlicher Wurf auf den fernen Wutschrat geglückt war, wodurch er Culhen und Jelninolan gerettet hatte. Das Selbstvertrauen des Lehrlings war zurück, als wäre es nie fort gewesen, und Ahren musste sich zwingen, der Besorgnis Einhalt zu gebieten, dass Hakanu in der nächsten gefährlichen Situation erneut dem Wagemut anheimfallen könnte. Es war Zeit, dass er seinem Schützling vertraute, auch wenn der junge Krieger sich anders verhielt, als Ahren sich dies wünschte. Langsam erkannte er, dass dies wahrscheinlich die härteste Lektion war, die ein guter Meister begreifen musste, um wahrhaft für seine Schüler da sein zu können.

»Woran denkst du?«, fragte Khara von der anderen Seite des Lagerfeuers her und legte dabei den Kopf schief.

Ahren sah zu ihr und zuckte mit den Achseln. »Dass ich Hakanus

Mut wohl niemals vollkommen zähmen kann«, sagte er seufzend.

Die Schwertmeisterin nickte. »Vielleicht musst du das auch gar nicht. Du bringst ihm bei, was du weißt, und den Rest lernt er von selbst. Denk nur daran, wie schnell seine Tollkühnheit ersten Anzeichen von Umsicht gewichen ist, als er plötzlich für die Fuchsgarde verantwortlich war.« Sie sah lächelnd zu dem Lehrling hinüber, der gerade jubelnd seinen Speer zurückrief, nachdem ihm ein Wurf in die Krone einer Tanne auf eine Entfernung von einer halben Länge gelungen war. »Ich weiß, dass dir bei seiner Ausbildung die Zeit im Nacken sitzt. Aber du musst darauf vertrauen, dass Hakanu seinen eigenen Weg finden wird. Alles, was du tun kannst, ist, ihm die nötige Fackel mitzugeben, damit er ihn auch erkennen kann.«

»Wie philosophisch«, neckte Ahren seine Liebste. »Was ist aus dem unermüdlichen Drill geworden, mit dem du ihn und davor mich immer gequält hast, damit wir im Nahkampf besser werden?«

Kharas Blick glitt wissend zu ihrem Paladin herüber. Die ruhige Miene der Schwertmeisterin zeigte ihm, dass sie seinen Köder nicht schluckte, sondern ernst blieb. »Ich denke, wir müssen alle von lieb gewonnenen Angewohnheiten loslassen, jetzt, da das Ende des Krieges zum Greifen nahe ist. Ein paar Liegestütze oder Runden in einem Bänderbaum werden Hakanu nicht mehr grundlegend ändern. Aber vielleicht das Gefühl von Freiheit und echtem, aus den eigenen Fähigkeiten entspringendem Selbstvertrauen – sofern wir es ihm zutrauen und ihn machen lassen.«

Ahren sah seinem Lehrling noch eine ganze Weile zu, bis er ihn schließlich stumm heranwinkte. Der Waldläufer registrierte die defensiv hochgezogenen Schultern Hakanus, als dieser zu seinem Meister herübertrabte.

»Setz dich«, sagte Ahren mit unbewegtem Gesicht, und sofort sank sein Lehrling zu Boden und dabei in sich zusammen. Offensichtlich erwartete er eine Standpauke, und Ahren kniff vor lauter Wut über sich selbst die Lippen zusammen. Sofort senkte Hakanu den Kopf, die Regung in der Mimik seines Mentors missverstehend.

Was für ein Schlamassel, dachte Ahren bitter. Er tauschte einen Blick mit Khara, die ihm ermutigend zulächelte, und er räusperte sich.

»Hakanu«, begann er und merkte, wie rau seine Stimme war. »Hakanu«, wiederholte er sich, diesmal darauf achtend, mehr Wärme und Herzlichkeit in seine Worte zu legen. »Du hast heute Mittag Culhen und Jelninolan das Leben gerettet. Das weißt du, oder?«

Sein Lehrling sah ihn unsicher an. »Ja?«, fragte er leise. Offensichtlich traute er dem Braten nicht richtig.

Das hätte ich damals bei Falk auch nicht getan, dachte der Waldläufer und musste schmunzeln. Irgendwie war diese Quelle der Heiterkeit, die seinen Erinnerungen an die eigenen Lehrlingstage entsprang, genau der Impuls, den er brauchte, um weiterreden zu können.

»Dein Wurf war exzellent. Und dein Einfall, den Speer im richtigen Moment aus dem Bein des Riesen zurückzurufen, hat uns allen wahrscheinlich die Haut gerettet. Hätten die Wutschrate den Zauberkreis vor Beendigung des Liedes erreicht, dann wäre der Kampf sicherlich böse für uns ausgegangen.«

Hakanu sah Ahren nur mit großen Augen an, und so sprach dieser in freundlichem Ton weiter.

»Dass du in der Hitze des Gefechts an Trogadon gedacht hast, spricht ebenfalls für dein wachsendes Verantwortungsgefühl.« Er atmete tief durch. »Daher habe ich beschlossen, deinen Fehltritt im Kampf mit Vierklaue zu vergessen.«

Jetzt breitete sich ein Grinsen über Hakanus Gesicht aus und in seinen Augen zeigte sich jener berühmt-berüchtigte Ausdruck, der Ahren sagte, dass der junge Krieger bereits nicht mehr zuhörte, sondern sich in Visionen von zukünftigen Heldentagen erging.

»Danke, Meister«, freute sich der junge Krieger und umarmte Ahren impulsiv. Dann sprang er auf die Füße und lief zu dem schlafenden Kamaluq hinüber. »Wach auf, wach auf! Du wirst nie erraten, was gerade geschehen ist!«

»Und plötzlich wirkt er wieder so jung«, murmelte Ahren, während er dabei zusah, wie Hakanu lachend den schläfrigen Fuchs in seinen Armen barg und mit ihm am Fluss entlanglief.

»Du hast das Richtige getan«, sagte Khara. »Hakanu macht es einem leicht, ihn zu unterschätzen. Bloß, weil er sein Herz meist auf der Zunge trägt, bedeutet dies nicht, dass es den Rest der Zeit nicht am rechten Fleck sitzt.«

Ahren starrte ins Feuer und schwieg. Es war niemals Hakanus Herz gewesen, um das er sich Sorgen gemacht hatte, sondern um dessen Verstand, der seinem Mut gegenüber stets den Kürzeren zog.

»Wir müssen hier weg.«

Die Worte hatten Uldinis Lippen verlassen, noch bevor der Erzmagus nach seinem Erschöpfungsschlaf die Augen aufschlug.

Ahren schreckte auf und schüttelte die Benommenheit ab, die ihn während seiner Nachtwache heimgesucht hatte. Ihr Lagerfeuer war nur noch ein Haufen glimmender Asche und das Morgengrauen nicht mehr fern, doch ein Himmel voller Wolken verbarg den Mond, und die Landschaft ringsum lag noch immer dunkel und still da.

»Was meinst du?«, fragte Ahren leise, um die restlichen Gefährten nicht zu wecken. Er, Hakanu und Khara hatten sich über Nacht mit der Wache abgewechselt und so waren Ahren und Uldini momentan die Einzigen in dem kleinen improvisierten Lager, die wach waren.

»Der Widersacher«, sagte Uldini hektisch und stand mit wackeligen Beinen auf. »Er weiß vermutlich ganz genau, wo wir sind.. Wir müssen hier weg.«

»Woher …?«, begann Ahren und unterbrach sich dann selbst. »Die Magie«, sagte er mit einem wissenden Nicken. »Du und Jelninolan habt viel zu viel Magie eingesetzt, als dass diese unentdeckt bleiben konnte.«

Der Erzmagus nickte. »Unser schöner Plan mit den Wutschraten hat mehr Aufwand erfordert als gedacht. Der Verschleierungszauber hat der vielen Zauberei nicht standgehalten«, sagte Uldini und begann Jelninolan wachzurütteln. »Mit *Flammenstern* dein Hirn zu heilen, die Macht des Zauberkreises zu bewahren und deinen Körper zusammenzuflicken, waren für sich genommen bereits drei äußerst kraftvolle Zauber. Wir reden hier von einem regelrechten Leuchtfeuer an Magie.«

»Ach, deswegen hast du am Ufer mit Kieselsteinen gespielt«, sagte Trogadon, der sich den Bauch kratzte und schmatzend aufrichtete, bevor er sämtliche nachtaktiven Monster Kelkors mit einem lauten Gähnen verschreckte. »Gefällt zu werden, macht anscheinend müde.«

Ahren sah gequält zum Zwerg hinüber. »Bitte höre auf, das zu sagen. Wir haben einen *Baum* gefällt. In welchem du festsaßt.«

»Da wird man einmal ohnmächtig und verpasst die besten Geschichten«, ließ Falk sich vom anderen Ende des Lagers vernehmen. »Ich will alle Einzelheiten hören.«

Ahren rieb sich über das Gesicht. »Gerade eben war die Nacht noch so friedlich«, brummte er. Dann machte er sich daran, seine restlichen Freunde zu wecken, damit sie davoneilen konnten, bevor der Widersacher sie mit einer neuerlichen Überraschung vom Schlage dreier Wutschrate heimsuchte.

***

Quin-Wa konnte nicht schlafen, wie so oft in den letzten Wochen. Wenn ihre Gedanken nicht bei den Alten waren, die den unzähligen Zaubern des Dunklen Gottes Widerstand leisteten, dann bei ihrem geliebten Sonnenkaiser, der gerade sein Reich bereiste. Oder bei den Paladinen, die in Hochstein und am Ring auf die Ankunft Ahrens und der anderen Streiter der Götter warteten. Oder bei den Seelenverwandten, die in regelrechten Heerscharen in den Heimatort Ahrens gereist waren, weil es dort angeblich eine Burg gab, in der der Widersacher ihnen kein Leid antun könnte. Oder ...

Sie schnaubte. Die Liste ihrer Sorgen war unendlich und wuchs mit jedem Tag. Ausgerechnet aus Angst vor einer neuerlichen Nacht des Blutes wurden genau jene Umstände von Neuem kreiert, die schon einmal Tod und Leid über die Familien der Paladine gebracht hatten. Es war eine unmöglich aufzulösende Situation: Entweder die Seelenverwandten verstreuten sich und waren dadurch schwerer aufzuspüren, aber relativ schutzlos, falls der Dunkle Gott sie fand, oder sie versammelten sich auf einem Fleck hinter schützenden Mauern und hofften, dass der unweigerlich bevorstehende Schlag des Widersachers abgewehrt werden konnte.

Nervös ging die Ewige Kaiserin auf dem Ostturm Hochsteins auf und ab, ihrem stillen Refugium, das ihr allein vorbehalten war, seitdem sich herumgesprochen hatte, dass man sie besser nicht störte, wenn sie hier heraufkam.

»Diese Warterei ist das Schlimmste«, murmelte sie zu sich selbst und strich über ihren hochschwangeren Bauch. »Damals ahnten wir nicht, dass die Nacht des Blutes auf uns zukam, aber jetzt ...« Sie brachte es nicht über sich, den Gedanken auszusprechen. Jetzt trugen die Paladine furchtbare Erinnerungen an die Dunklen Tage in sich, die ihre Ängste nährten, sie befeuerten, und ihre Zuversicht in ungeahnte Tiefen riss. Sie konnte sie in den Augen der Veteranen der Nacht des Blutes sehen, diese fast schon urtümliche Angst, die mehr und mehr um sich griff und selbst jene Bewohner Hochsteins ansteckte, die die

Nacht des Blutes nur aus düsteren Geschichten kannten.

Es gab eine schlichte Wahrheit, tief verborgen im analytischen Verstand der Ewigen Kaiserin, die sie nie laut ausgesprochen hatte, selbst dann nicht, wenn sie allein war: Würde der Widersacher die menschliche Natur nur besser verstehen, hätte er unmittelbar nach dem Auftauchen der allerersten Seelenverwandten Jagd auf sie gemacht. Der Wille eines jeden Paladins wäre zersplittert wie Glas – vom Ersten vielleicht einmal abgesehen, aber Quin-Wa wüsste ohnehin nicht, was diesen Eisklotz von einem Mann erschüttern konnte.

Sie sah in Richtung der Obsidianfeste, die mit der Dunkelheit der Nacht verschmolz. »Aber das war schon immer dein Problem, nicht wahr?«, flüsterte sie ihrem Erzfeind zu, als stände er direkt vor ihr. »Du verstehst uns nicht und auch nicht jene, die dich erschaffen haben. Und damit fingen all unsere Sorgen an: Ein Hüter, der nicht begriff, was er beschützen sollte.«

Das Pfeifen des kühlen Windes zwischen den Burgzinnen und die unter seinem Ansturm blakenden Fackeln am Turmeingang waren die einzigen Antworten, die sie erhielt.

Quin-Wa schüttelte den Kopf. Die Zeit des Philosophierens war schon lange vorbei. Bald würden ein weiteres Mal Waffen und Magie über das Schicksal Joraths entscheiden.

Sie drehte sich um und ging mit langsamen Schritten auf den Treppenabstieg ins Innere der Burg zu, als sie ein Zupfen an ihrem Verstand wahrnahm und sich umdrehte. Ein Ball lila umrandeter Schwärze durchbrach die Nacht, ausgesandt aus dem Zentrum der Obsidianfeste. Er stieg in einem hohen Bogen in den Himmel auf, entkam mühelos den vielfarbigen Bannzaubern, die aus den Magierdomen rund um den Ring hervorschossen, um ihn zu neutralisieren, und flog direkt auf Quin-Wa zu.

Hinter ihr hörte sie die Nachtsoldatin sich regen, bereit, ihre Schutzbefohlene in die Sicherheit der Burg zu ziehen, aber die Ewige Kaiserin hielt die Frau mit einer erhobenen Hand auf.

Zuerst hatte Quin-Wa an einen Angriff geglaubt. Einen frühzeitigen Versuch des Widersachers, Burg Hochstein und alle, die darin hier lebten, auszulöschen. Aber sie hatte erkannt, dass der Winkel, in dem der Zauber seine unheilige Bahn über den Himmel zog, nicht zu ihrer ursprünglichen Annahme passte. Die Magie des Widersachers rauschte über fünfzig Längen nördlich an Tiefstein vorbei und mit abnehmender Geschwindigkeit weiter gen Osten. Quin-Wa runzelte die Stirn.

Dort gab es nichts, was eine solche Anstrengung des Dunklen Gottes rechtfertigte. Dort lag nur das götterverlassene Kelkor.

***

Die Sonne war vor geraumer Zeit aufgegangen, aber ein Stern war nicht vom klaren Winterhimmel verschwunden: jener schwarze Fleck mit lilafarbener Corona, der unbeirrt auf Ahren und seine Gefährten zuhielt. Entdeckt hatten sie ihn kurz nach ihrem Aufbruch und schnell war Jelninolan und Uldini klargeworden, dass ein machtvoller Zauber des Widersachers auf sie zuhielt. Also hatten sie alle die Beine in die Hand genommen und waren vom Ort ihres Kampfes mit den Wutschraten verschwunden, tief hinein in das Tal, das die besessenen Riesen heimgesucht hatten und in dem hoffentlich Belsarius' Sanktum zu finden war.

»Und du glaubst wirklich, dass wir in einem Turm, oder was auch immer Belsarius während seiner Forschungen bewohnt hat, Zuflucht vor diesem Ding am Himmel finden?«, fragte Trogadon zum bestimmt achten Mal seit Tagesanbruch und sprach damit Ahren und Culhen aus der Seele.

»Ja«, knurrte Uldini.

»Seine Zusicherung wäre viel beruhigender, wenn er nicht so einsilbig wäre, seit uns der Zauber auf den Fersen ist«, murmelte Khara, und Ahren nickte.

»Lasst ihn besser in Ruhe«, sagte Jelninolan matt. »Ihr solltet Uldini gut genug kennen, um zu wissen, dass er nicht leichtfertig vor feindlicher Magie davonläuft.«

Ahren sah die Elfe mit einer Mischung aus Überraschung und Besorgnis an. »Das Gleiche könnte man auch über dich sagen.«

Sie strich sich die Haare hinter die Ohren, wobei das Zittern ihrer Finger deutlich zu erkennen war. »Für uns beide war der gestrige Tag ausgesprochen anstrengend. Je mehr Zeit wir erkaufen können, bevor dieser schwarze Bannfluch des Widersachers uns erreicht, desto besser.«

»Und sagte deine verschleierte Freundin nicht etwas von Schutzbarrieren, die ihr ein Eindringen in Belsarius' Versteck unmöglich machten?«, grollte Uldini. »Meine Hoffnung ist, dass sie auch uns gegen das da«, er zeigte vage gen Himmel, »beschützen werden.«

»Sehr klug«, warf Falk anerkennend ein. »Wir nutzen Magie, die vor Jahrhunderten platziert wurde, um uns zu schützen.«

Uldini nickte knapp. »Sofern wir rechtzeitig an Belsarius' Sanktum ankommen.«

Kannst du die Alten nicht fragen, was das für ein Zauber ist, der uns hinterherjagt wie ein Bluthund?, fragte Culhen und blickte sich um. Dann schüttelte sich das große Tier, sodass Ahren auf dem Rücken des Wolfes die Zähne klapperten. *Weißt du was?*, fuhr Culhen fort. *Ich will es eigentlich gar nicht so genau wissen.*

»Warum ausgerechnet jetzt?«, sprach Hakanu eine Frage aus, die Ahren ebenfalls beschäftigte. »Warum hat der Widersacher uns nicht bereits früher einen solchen Fluch entgegengeschickt?«

Uldini schnaubte. »Ein derart hässliches Stück Magie wie das, was du da am Himmel siehst, raubt selbst dem Dunklen Gott kostbare Macht. Bis zu dem ausgearteten Kampf gegen die Wutschrate konnte Jelninolan unsere Präsenz verschleiern. Außerdem war ER, DER ZWINGT, mit unzähligen Attacken auf den Ring beschäftigt …« Seine Worte versiegten und der Erzmagus legte ein paar Herzschläge lang den Kopf schief. »Vielleicht ist dieser schwarze Zauber sogar ein gutes Zeichen. Anscheinend macht unsere Anwesenheit in Kelkor den Widersacher nervös. Und zwar so nervös, dass er seine Pläne abrupt ändert und sich mit diesem Zauber derart verausgabt, dass er sich über Tage oder gar Wochen erholen muss.«

Falk kratzte sich am Bart. »Wenn du recht hast, dann haben wir den Alten in den Magierdomen eine dringend benötigte Ruhepause verschafft.«

»Wollen wir hoffen, dass der Preis, den wir für diese Ablenkung zahlen müssen, nicht zu hoch ist«, sagte Khara mit einem angespannten Schulterblick in Richtung des Bannfluchs.

Niemand antwortete auf die Worte der Schwertmeisterin, aber nach wenigen Herzschlägen erhöhten Ahren und seine Freunde in stummer Eintracht ihr Tempo.

6. Kapitel

Die Mittagssonne schien beinahe senkrecht in das tiefe Tal, das von drei Bergen und deren steil aufragenden Flanken umrahmt wurde. Der einzige Zugang bestand aus jenem versteckten Pass, den die Gefährten soeben überquert hatten. Ahren war nur deshalb auf den schmalen, natürlichen Durchgang aufmerksam geworden, weil er für einen Augenblick ein schwarzes Hanta beobachtet hatte, das in einer scheinbar soliden Felswand verschwand. Offensichtlich wartete seine geheimnisvolle Verbündete in der Nähe des Sanktums auf sie und hatte Camentumar ausgesandt, um die Gefährten auf den richtigen Weg zu führen. Der dreizehnte Paladin hatte sich jedoch dazu entschieden, die Präsenz der beiden vorerst nicht zu erwähnen, zumal die Stimmung Uldinis nur mit viel Wohlwollen als gereizt bezeichnet werden konnte.

Der Zauber des Widersachers kam beständig näher und senkte sich dabei ganz allmählich aus dem Himmel herab, einer düsteren Sternschnuppe gleich, die in beklemmender Langsamkeit, aber unbeirrbar, auf die Gefährten zuhielt.

Ahren sah sich lange und ausgiebig um, als sie den Pass hinter sich gebracht hatten, der sie von Süden her in das Tal geführt hatte. »Da vorne!« rief er schließlich. »Das muss es sein!«

»Ich sehe, was du meinst«, pflichtete Falk seinem ehemaligen Lehrling bei und deutete auf denselben Schatten inmitten der zerklüfteten Felsen, der auch Ahren aufgefallen war. »Das da vorne könnte ein Torbogen gewesen sein.«

Hakanu reckte neugierig den Hals. »Also ich sehe da nur jede Menge Steine.«

Ahren schüttelte den Kopf. »Sieh genauer hin«, ermutigte er ihn. »Auch ich habe zuerst nur Fels, Moos und gezackte Schatten gesehen.« Er deutete auf das weitläufige Trümmerfeld, das aussah, als wäre die gesamte Flanke des nördlichsten der drei Berge, die das Tal umgaben, eines Tages in die Tiefe geglitten, um das kleine Tal mit Felsbrocken von der Größe eines Palastes zu verschütten. Das Ergebnis war ein Labyrinth aus grauem Gestein und wildem Pflanzenwuchs, was das Auge vortrefflich zu täuschen vermochte und jeden ihrer Schritte durch das Tal verlangsamen würde. »Siehst du dort hinten die zwei Felsen, die ineinander verkeilt sind? In deren langen Schlagschatten kann man schemenhaft einen Torbogen ausmachen.«

Hakanu kniff die Augen zusammen und runzelte die Stirn. »Seid Ihr sicher, dass da wirklich ein Durchgang ist?«, fragte er.

»Es wäre auf jeden Fall besser, wenn Ahren sich nicht irrt«, sagte Uldini und deutete vage auf den Himmel jenseits des Passes. »Denn während wir uns im Schneckentempo durch das Tal kämpfen, wird uns der Zauber des Widersachers gefährlich nahe kommen. Sollte dort drüben kein Sanktum auf uns warten, werden wir dem Bannfluch schutzlos ausgeliefert sein.«

»Welche Alternative haben wir?«, fragte Khara die beiden Alten. »Wäre es euch möglich, den nahenden Bannfluch aufzulösen, wenn wir hier rasten und ihr euch ausruhen könnt?«

»Ich würde unser Glück lieber in diesem Tal suchen«, sagte Jelninolan mit nervösem Blick. »Ich kann die dunkle Macht bereits spüren, wie sie vom Himmel aus nach uns greift. Ohne Beistand durch komplexe Schutzrunen wäre ein Ringen mit dieser Magie … herausfordernd.«

Uldini nickte daraufhin stumm.

»Kann Muai von hier aus erkennen, ob ich richtig liege?«, fragte Ahren und deutete auf den fernen Schatten, in dem er einen Eingang vermutete. »Sie hat von uns allen die besten Augen.«

Musst du unbedingt darauf herumreiten?, fragte Culhen spitz.

Das tue ich doch bereits auf dir, erwiderte Ahren mit einem schiefen Grinsen.

Culhen schnaubte. *Bleib lieber beim Töten von Dunkelwesen. Darin bist du viel besser, als im Witze reißen.*

Muai war indessen mit eleganten Sprüngen auf einen nahen, ausgesprochen hoch aufragenden Felsen geklettert und richtete ihre grünen Augen nach Norden. Dann grollte sie leise, woraufhin Khara erleichtert aufatmete.

»Sie sagt, dass dort tatsächlich ein Torbogen zu sehen ist.« Als die Schwertmeisterin zu Ahren hinüberblickte, erkannte er wachsende

Zweifel in ihrer Mimik. »Aber er ist durch den Erdrutsch stark beschädigt worden. Kein Wunder, dass der Erste das Sanktum damals verloren glaubte.«

Trogadon deutete auf den Berghang des nördlichen Steinmassivs. »Ich verwette einen Zopf meines Bartes, dass dieser Felsrutsch nicht natürlichen Ursprungs war. Nie und nimmer hätte sich ohne magischen Firlefanz eine komplette Bergflanke abgelöst. Dazu ist der Fels hier viel zu massiv.«

»Firlefanz?«, fragte Jelninolan mit hochgezogener Augenbraue.

»Du weißt, was ich meine, mein Herz«, brummte Trogadon in seinen Bart.

»Nein, weiß ich nicht«, sagte die Elfe spitz. »Aber ich könnte dich in Zukunft als Eisenklopper statt als Schmied vorstellen, sollten wir Fremden begegnen. Die wissen dann sicher auch, was ich meine.«

Trogadon hob die Hände. »Schon gut, schon gut. Bitte entschuldige.«

»Darf ich an den tödlichen Zauber erinnern, der mit jedem Herzschlag näher rückt?«, warf Falk bissig ein, und Selsena sandte eine Welle der Nervosität aus, die Ahren und seine Freunde bis in die Zehenspitzen elektrisierte. »Vielleicht sollten wir jegliche überflüssige Diskussion aufsparen, bis wir in Sicherheit sind.«

»Das Unterholz des Tals ist bisweilen furchtbar dicht und die Hälfte dieser Felsen sind mehr als mannshoch und kaum zu erklimmen. Culhen und ich reiten voraus und kundschaften den besten Weg aus. Ihr folgt uns«, sagte Ahren sofort und klopfte seinem Wolf liebevoll auf den Hals. »Er kann besser springen als Selsena, sodass wir beide uns in diesem Gewirr aus Felsen und Gestrüpp am leichtesten bewegen können.«

Sofort ertönte ein Knurren von Muai, die noch immer auf ihrem Felsen saß und träge mit dem Schwanz schlug.

»Ich soll euch ausrichten, dass meine Tigerin auch nach einem Weg für uns suchen wird.«

Na, da wollen wir doch mal sehen, wer von uns schneller ist, murrte Culhen kampfeslustig in Ahrens Verstand und sprang mitten hinein ins hüfthohe, schneebedeckte Gestrüpp aus knorrigen Ranken und dornigen Büschen. Dem Paladin blieb nur noch ein Schulterblick zu seinen Freunden und ein entschuldigendes Achselzucken, bevor sein Wolf vollends mit ihm durchging und sich ein holpriges und sehr ungleiches Rennen zwischen Culhen und Muai entspann, bei dem er und Ahren sich in einer Mischung aus brachialer Gewalt und weiten Sätzen einen Weg durch das Tal bahnten, während die Tigerin mit waghalsigen Sprüngen und kurzen Kletterpartien von zerklüfteten Felsbrocken zu Felsbrocken gelangte und nach dem besten Weg zum Torbogen für Ahren, seinen Wolf und die nachfolgende Gruppe Ausschau hielt.

Kurz überlegte Ahren, ob er dem Unsinn ein Ende bereiten sollte, aber der Wettstreit der beiden Vertrautentiere spornte sie zu Höchstleistungen an, sodass er Culhen gewähren ließ. Bald schon hatten sie ihre Gefährten weit hinter sich gelassen, sodass der Paladin dazu überging, mit *Sonne* sichtbare Kerben in die Felsen zu schlagen, zwischen denen der von Muai und Culhen ausgespähte Pfad entlangführte. Das Bauchfell des Wolfes war bereits voller Kletten, und mehr als ein Haarbüschel seiner weißen Pracht war an störrischen Brombeerbüschen hängen geblieben, aber Culhen hastete unbeirrt weiter, stets ein Auge auf den Weg voraus gerichtet und eines auf die über ihnen entlangspringende Großkatze.

»Hätte ein verrückter Verstand dieses Labyrinth entworfen, es hätte komplizierter nicht sein können«, sagte Ahren, als er und Culhen das halbe Tal überwunden, aber durch Umwege mehr als das Doppelte der reinen Wegstrecke hinter sich gebracht hatten.

Wenigstens schummeln wir beim Durchqueren dieses wahnwitzigen Irrgartens nicht, schmollte Culhen, als Muai mit einem langen Satz von einem Felsbrocken auf den nächsten sprang, während der Wolf sich mühsam einen Weg durch eine schneebehangene Rankenpflanze bahnte. *Und was für Gewächse sind das überhaupt, die einen solchen Winter überstehen?*

Kelkor ist ein Land voller urtümlicher Wunder, erinnerte ihn Ahren. *Sei einfach froh, dass sich hier keine Todesranke eingenistet hat. Wenn Trogadon recht hat, dass der Felsrutsch, der das Sanktum verschüttet hat, kein Naturereignis war, dann hatte dabei sicherlich der Widersacher oder einer seiner mächtigen Diener die Hand im Spiel. Bedenkt man dann noch die drei Wutschrate als unwissende Wächter des Tals, können wir von Glück reden, dass die hiesige Pflanzenwelt nicht auch der Kontrolle des Dunklen Gottes anheimgefallen ist.*

Culhen antwortete nicht, sondern riss sich stattdessen mit einem leisen Knurren von einem Dornbusch los, der verborgen unter verharschtem Schnee gelauert und sich um eines der Vorderbeine des

Wolfs gewickelt hatte. Von Muai war durch diesen erzwungenen Halt Culhens nichts mehr zu sehen und Ahren war mit seinem Freund allein.

»Ihr kommt spät.«

Ahrens Kopf ruckte zu der Stimme herum. Obwohl er bereits mit der Anwesenheit der Frau in Schwarz gerechnet hatte, überraschte ihn ihr abruptes Auftauchen auf einem Felsen direkt vor ihnen, auf dem vor einem Dutzend Herzschlägen noch Muai gestanden und herausfordernd auf den festhängenden Culhen hinabgeschaut hatte. Jetzt war der Anblick der Tigerin gegen den der lauernd dahockenden Fremden ausgetauscht worden, die ihrerseits Ahren mit angespannten Schultern durch ihre Schleier musterte und ein rätselhaftes Urteil über den dreizehnten Paladin zu fällen schien.

»Wir wurden von drei Riesen aufgehalten«, sagte Ahren mit gerunzelter Stirn. »Wutschrate, auf die Ihr mich im Vorfeld nicht hingewiesen hattet.«

»Sie waren der neueste Versuch des Widersachers, neugierige Blicke von diesem Tal fernzuhalten«, sagte die schwarz gekleidete Gestalt.

»Werdet Ihr endlich auch mit meinen Gefährten sprechen?«, fragte er herausfordernd. »Oder warum zeigt Ihr Euch ausgerechnet jetzt?«

Die Frau in Schwarz schüttelte kurz, aber energisch den Kopf. »Noch bleibe ich lieber im Schatten verborgen. So lange, bis Belsarius' Geheimnisse geborgen wurden.« Sie zögerte. »Danach … danach ist die Zeit für des Krieges Rat und Trommel gekommen und alle Schleier müssen fallen.«

Hinter Ahren ertönte das schwach von den Bergen widerhallende Echo des in der Ferne lachenden Trogadons und die Fremde sprang auf ihre Füße. »Belsarius hat sein Sanktum nicht nur mit Magie geschützt«, sagte sie drängend. »Achtet ebenso auf Fallen. Mehr habe ich momentan nicht zu sagen.« Dann zog sie sich von der Kante des Felsbrockens zurück, bis sie nicht mehr zu sehen war, und keine zehn Herzschläge später tauchte an derselben Stelle Muai erneut auf, die den Kopf witternd in die Luft reckte und ungewohnt verwirrt aussah.

»Wir hatten Besuch«, rief Ahren der Großkatze zu. »Aber die Frau in Schwarz ist bereits wieder verschwunden.«

Muai antwortete mit einem tiefen, missliebigen Grollen und tigerte unruhig auf dem Felsen hin und her.

Sie ist nicht nur irritiert wegen der Frau in Schwarz, sagte Culhen, in dem eine diffuse Beunruhigung emporstieg, die Ahren umgehend ansteckte. *Irgendetwas anderes macht sie nervös. Sonst wäre sie nicht zu uns zurückgekommen, sondern hätte unseren Wettstreit längst für sich entschieden.*

Ahren blickte sich sorgsam nach allen Seiten in dem sie umgebenden Labyrinth aus zerklüfteten Felsen, widerborstigem Unterholz und alles bedeckendem Schnee um – und plötzlich wurde ihm bewusst, wie weit sich von ihren restlichen Gefährten entfernt hatten.

Witterst du etwas?, fragte er Culhen und versenkte sich dabei in die Sinne des Wolfes.

Die Nase seines Vertrautentieres reckte sich gen Himmel. *Nichts, was fehl am Platz wäre*, lautete die wenig befriedigende Antwort.

Ahren hob die Hand und bedeutete Muai, zu verbleiben, wo sie war. »Kelkor ist das Land der Monstren und Dunkelwesen«, flüsterte er gerade laut genug, dass die scharfen Ohren der Tigerin seine Worte vernahmen. »Besser, wir warten hier auf die anderen.«

Muai reckte ihren Kopf gen Himmel, dann grollte sie warnend, woraufhin Ahren sich alarmiert umdrehte.

Wie eine zweite Sonne schob sich der Rand des wabernden schwarzen Bannfluches unendlich langsam über die südliche Bergkuppe. Die lilafarbene Corona leckte mit tentakelartigen Auswüchsen über den Hang und löschte mit jeder Berührung Bäume, Schnee und selbst jene bläulichen Flechten aus, die den Stein großflächig bedeckten, sodass nichts als blanker, toter Fels zurückblieb.

Ahren biss sich nervös auf die Lippen. »Besser wir beeilen uns und halten dabei so gut es geht die Augen nach jenen Fallen offen, von denen die Frau in Schwarz gesprochen hat.«

Muai grollte erneut und sprang auf einen nahen Felsen. Von dort sah sie zu Culhen herunter und änderte die Tonlage des Knurrens um eine kaum wahrnehmbare Nuance. Der Wolf wuffte, kämpfte sich durch das unter seinem Gewicht knackende Gestrüpp und erreichte nach wenigen Herzschlägen den Fuß des Felsens, auf dem Muai thronte. Dann sprang die Tigerin weiter und wiederholte ihre Aufforderung.

»Täusche ich mich, oder kommen wir besser voran?«, fragte Ahren, der dazu übergegangen war, mit *Sonne* auf besonders dichte Büsche einzuhacken, um seinen nachfolgenden Freunden den Weg zu erleichtern.

Muai und ich arbeiten jetzt zusammen, gab Culhen zögerlich zu. *Sie findet von den Felsen aus den am wenigsten bewachsenen Weg durch das Tal, und ich breche am Boden durch die Ranken.*

Trotz der Umstände musste Ahren lächeln. Selbst nach der langen Zeit, die Wolf und Großkatze bereits gemeinsam verbracht hatten, war ihre Freundschaft von rein instinktiver Natur. Er wollte Culhen gerade für seine Zusammenarbeit loben, als der Wolf plötzlich heftig zusammenzuckte und Ahren beinahe abgeworfen wurde.

»Was war das?«, fragte der Paladin in seiner Überraschung laut.

Irgendetwas hat mich gebissen, beschwerte sich Culhen und hob seinen rechten Vorderlauf. Zwei winzige rote Punkte glänzten auf dem weißen Fell des Tieres. *Es schmerzt, als ob mir ein Dutzend Ameisen durch die Adern laufen würden.*

Ein Schlangenbiss!, schoss es Ahren durch den Kopf. *Hier, mitten im Schnee?*

Culhen humpelte indessen weiter auf Muais neuen Standort zu, als er erneut zusammenzuckte. *Jetzt hat es mich am Bauch erwischt.*

Ahren starrte hinunter in den vom Schnee bedeckten Strauch, den Culhen gerade passierte, konnte aber außer dürren, biegsamen Zweigen und einigen Schlingpflanzen nichts sehen, bis …

»Da, eine Schlange«, rief er aus, als eine der fahlen Ranken sich plötzlich bewegte und einen äußerst schmalen Kopf mit zwei winzigen, bläulich schimmernden Augen offenbarte. Blitzschnell biss das Wesen nach Ahrens Bein, doch dessen Fangzähne glitten harmlos am Tiefenstahl seiner Rüstung ab.

Jetzt, da der Waldläufer einen direkten Blick auf die Bedrohung erhaschen konnte, erkannte er das Wesen sofort.

»Das sind Frostnattern. Eine der wenigen Schlangenarten, die die Götter so erschufen, dass sie in der Kälte überleben können. Sie verharren mondelang in einer Starre, die nur durch die Aussicht auf Beute oder eine unmittelbare Bedrohung aufgelöst wird.«

Au, machte Culhen, und Ahren spürte über ihre geistige Verbindung einen dritten Biss, diesmal am rechten Hinterlauf des Wolfes.

»Ein einzelner Biss ist für Menschen schmerzhaft, jedoch nicht tödlich«, erinnerte Ahren sich weiter. »Aber mehrere Bisse in Folge sind es sehr wohl, da mehr und mehr Gift in die Adern ihrer Opfer gelangt.«

Culhen verdoppelte seine Bemühungen, zu Muai aufzuschließen, die grollend auf einem Felsen saß, vor dem sich eine der seltenen Lichtungen des Tals eröffnete. Bevor der Wolf den Fleck erreichte, hatten zwei weitere Schlangen ihre Fänge in die ungeschützten Extremitäten seines Körpers geschlagen.

Tiersegen hin oder her, das fängt langsam an, richtig wehzutun, sagte der Wolf mit einem Winseln und sprang auf eine glatte Schneefläche bar jeden Felsens und Gestrüpps.

Voller Mitgefühl sprang Ahren ab und begann, um den Wolf herum seine Windklinge durch den verharschten Schnee zu ziehen. Frostnattern hielten sich meist im Unterholz auf, wo sie auf einen vorbeihuschenden Hasen oder ein anderes Beutetier warteten, aber manchmal verbargen sie sich auch unter einer dichten Schneedecke wie dieser.

»Hab ich dich«, brummte der Paladin zufrieden, als er eine Schlange aufscheuchte und mit der Klinge fortschob.

Du darfst das garstige Vieh ruhig entzweischneiden, maulte Culhen.

Es sind keine Dunkelwesen, erinnerte ihn Ahren. »Und wenn man sie verscheucht, greifen Frostnattern auch nicht an«, fügte er laut hinzu, damit Muai wusste, dass die Schlangen nicht zwangsläufig getötet werden mussten. Der darauffolgende Blick der Tigerin sprach jedoch Bände. Wenn eines der schlanken Wesen Muai zu nahe kam, würde die Großkatze der Frostnatter kurzerhand den Garaus machen. »Bitte warne die anderen«, fügte Ahren hinzu, was ihm einen neuerlichen abschätzigen Blick der Tigerin einhandelte. Offensichtlich hatte sie die Gefährten längst über die Schlangen informiert.

Der Paladin stocherte noch eine Weile im Schnee herum, um Culhen vor weiteren Angriffen zu bewahren, als der Wolf ihn mit der Schnauze anstupste.

Der Zauber kommt näher, mahnte sein Freund, und Ahren sprang fluchend in den Sattel. Mittlerweile hatte sich der machtvolle Fluch zur Gänze über den Berg geschoben und rollte jetzt wie ein unwirklich langsam herabfallender Stern fingerbreit um fingerbreit den Abhang hinab, hinter sich eine blanke Einöde bar jeden Lebens zurücklassend. Seine Sorge um Culhens Gesundheit hatte den Paladin ein weiteres Mal blind für die stumme Gefahr gemacht, die sich unaufhörlich näherte.

»Wie geht es dir?«, fragte Ahren den Wolf, als der sich anschickte, die schlangenfreie Fläche aus durchwühltem Schnee zu verlassen.

Mein ganzer Körper kribbelt, antwortete Culhen. *Aber die Bissstellen schmerzen nicht mehr.*

Also scheint dein Tiersegen dem Gift gut entgegenwirken zu können, dachte Ahren erleichtert. *Solange dich nicht zu viele Schlangen in zu kurzer Zeit beißen, sollte dessen Magie dich schützen können.*

Der Paladin spürte, wie Culhen zweimal direkt hintereinander zusammenzuckte. *Leichter gesagt als getan. Anscheinend nimmt die Dichte der Frostnattern zu, je mehr wir uns dem Eingang des Sanktums nähern. Was machen all diese Viecher nur hier?*

Vielleicht eine Schutzmaßnahme von Belsarius?, grübelte Ahren. Gleichzeitig schnitt er eine Frostnatter entzwei, die gerade nach dem Wolf beißen wollte. Seine Tierliebe ging nicht so weit, dass er Culhen dafür gefährdete. *Es würde zumindest zu dem passen, was ich von dem friedliebenden Alten hörte. Diese Schlangen sind ja nicht auf Anhieb tödlich, schrecken zufällige Besucher dieses Tals jedoch wirksam ab.*

Na toll, murrte Culhen. *Kein Wunder, dass wir auf ein Hindernis nach dem anderen stoßen, wenn sowohl dieser ach so geniale Belsarius als auch der Widersacher uns von dem Sanktum fernzuhalten versuchen.* Wieder wurde er gebissen und diesmal war der Krampf, der den Wolf schüttelte, so heftig, dass Ahren beinahe aus dem Sattel gefallen wäre.

»Culhen …«, begann er besorgt, als sich plötzlich eine sanfte, einschläfernde Melodie über dem Tal erhob, die Ahren von einem weichen Bett und einer warmen Decke träumen ließ.

Jelninolan, du liebe, gute Elfe!, jubelte Culhen und wuffte zufrieden. *Schau nur, Ahren, die Schlangen rollen sich ein und schließen ihre Augen.*

Ahren drehte sich um, in der schwachen Hoffnung, seine Freunde vielleicht irgendwo in dem Felslabyrinth erspähen zu können – und sein Atem stockte ihm in der Brust.

Wie ein vielarmiges Monster aus purer Schwärze rollte der Bannfluch des Widersachers den fernen Berghang hinab, nun jedoch mit der Geschwindigkeit einer zu Tal stürzenden Lawine! »Jelninolans Lied muss den Zauber anlocken«, stöhnte Ahren. »Muai, Culhen! Jetzt liegt es an euch. Wir müssen schnell einen Weg zum Sanktum finden!«

Die beiden Vertrautentiere verschwendeten keinen weiteren Herzschlag und begannen fieberhaft mit der Suche nach dem schnellsten Pfad in Richtung des im Schatten liegenden Torbogens. Die beiden monolithischen Steine, die sich in ewigwährender Pflicht aneinander lehnten und den mittlerweile mit bloßem Auge gut zu erkennenden Durchgang in ihren riesigen Schatten hüllten, wirkten wie zwei starre Wächter über das Sanktum. Ahren schätzte die Distanz bis zum Torbogen auf unter eine halbe Länge, aber aufgrund des Irrgartens aus hartnäckigem Pflanzenwuchs und mitunter scharfkantigen Felstrümmern konnten einige Dutzend Schritt mehr Zeit in Anspruch nehmen als ein längenweiter Sprint über eine freie Ebene.

Fieberhaft schlug Ahren auf das Unterholz ein, das Culhen mit purer Gewalt durchbrach, um Khara und den anderen ihren Weg zu erleichtern. Immer wieder sah Ahren sich nach seinen Freunden um, aber alles, was er sah, war das schwarze Ungetüm eines Bannfluchs mit seinen gierig züngelnden Tentakeln aus unheilvoll schimmerndem Purpur, die jegliches Leben vernichteten, das sie berührten. Ahren wusste, dass seine Freunde ohne die Schnelligkeit und Sprungkraft eines Riesenwolfes deutlich langsamer vorankamen, aber dass er noch immer keinen von ihnen sah, beunruhigte ihn sehr.

Sie waren nur noch gute drei Dutzend Schritt von dem verwitterten Torbogen entfernt, als Muai unmittelbar vor ihnen in einem Ton zu grollen begann, der geradezu frustriert anmutete. Als Culhen durch ein besonders hartnäckiges Gestrüpp brach und so die Tigerin erreichte, fasste er die vor ihnen liegende Situation für Ahrens Empfinden recht treffend zusammen: *Uff.*

Ahren ballte die Fäuste und knirschte mit den Zähnen, während er sich die gut dreißig Schritt breite Felsspalte besah, die sich quer durch den zerklüfteten Talboden zog. Die Kluft reichte von einem der beiden Monolithen bis zum anderen und schuf somit eine Art natürlichen Burggraben, der sie vom Torbogen des Sanktums abschnitt. Der Paladin versuchte sich vorzustellen, mit welcher Wucht der abrutschende Berghang im Tal aufgetroffen sein musste, um die Erde derart zu spalten.

»Wir müssten acht Schritt weit springen. Das schafft nicht mal Muai im Sturmlauf«, stöhnte er und drehte sich um. Der sich nähernde Bannfluch war ein alles verschlingendes Monstrum, das bereits das halbe Tal durchquert hatte, und noch immer waren Ahrens Freunde nirgends zu sehen. Er rang mit sich, ob er umdrehen und nach ihnen suchen sollte, zumal er und Culhen hier an der Felsspalte ohnehin nichts ausrichten konnten. In der kurzen Zeitspanne, die ihnen bis zum

Eintreffen des Bannfluchs blieb, konnte nur Magie die Lösung für das Überqueren der tiefen Kluft sein, die sie vom Sanktum des Belsarius fernhielt.

Gerade als Ahren sich dazu durchgerungen hatte, nach den anderen zu suchen, erhaschte er zwischen den umherliegenden Steinbrocken einen ersten Blick auf Khara, deren schwarze Haare im Sturmlauf wie ein Fächer aus Ebenholz wehten, von ihrer Meisternadel war ungewöhnlicherweise keine Spur zu sehen.

»Hier ist ein Graben!«, brüllte ihnen der Waldläufer aus vollem Hals entgegen.

»Wissen wir!«, rief Khara zurück. »Du kannst nicht als Einziger durch die Augen deines Vertrautentieres sehen.«

Muai schnurrte für ein paar Augenblicke selbstzufrieden und sprang von ihrem Felsen zu Ahren und Culhen hinunter. Der Paladin hingegen beobachtete angespannt den Bannfluch, der sich schneller und schneller der Gruppe mit der im Lauf fiedelnden Jelninolan näherte.

»Besser, du hörst auf zu spielen«, schrie Ahren ihr zu. »Vielleicht wird der Zauber dann wieder langsamer.«

»Keine gute Idee«, ertönte die raue Stimme Trogadons, der einen zuckenden Hakanu auf den Armen trug. »Ich denke nicht, dass dein Lehrling einen weiteren Schlangenbiss erträgt.«

»Was bei allen Göttern …?«, begann Ahren zu fluchen, als seine Freunde vollends zwischen den Felsen erkennbar wurden und das komplette Ausmaß ihrer angeschlagenen Verfassung zutage trat.

Falk humpelte, als würde er ein schlecht angepasstes Holzbein besitzen, Uldini trug schwebend den bewusstlosen Kamaluq auf den Armen, Kharas Hände waren stark angeschwollen und Jelninolan so bleich wie eine Wand. Einzig Selsena schien unverletzt, aber aus irgendeinem Grund trug sie ihren hinkenden Paladin nicht auf ihrem Rücken.

Ich hole Falk, sagte Culhen und setzte sich bereits in Richtung des alten Waldläufers in Bewegung. Ahren rannte den Gefährten ebenfalls entgegen, und kaum dass er sie erreicht hatte, nahm er Uldini den bewusstlosen Fuchs ab, dessen Brust sich so schnell hob und senkte, als würde das Tier, genau wie der Rest der Gruppe, einen Spurt um sein Leben absolvieren. Die vielen Bisswunden von Frostnattern an dem kleinen Geschöpf lieferten stumm die nötigen Anhaltspunkte, was dem pelzigen kleinen Kerl zugestoßen war.

»Schlangennest«, keuchte Khara, in deren Atem ein deutliches Rasseln zu hören war. »Muais Warnung kam leider zu spät. Anscheinend habt ihr es aufgeschreckt und wir sind mitten hineingetappt.«

»Später«, knurrte Uldini. »Sonst ereilt uns das gleiche Schicksal wie diesen vermaledeiten Schuppenviechern.«

Ahren rannte wieder nach Norden auf die gut zweihundert Schritt entfernte Felsspalte zu, als wären sämtliche Dunkelwesen der Obsidianfeste hinter ihm her, und als er einen Schulterblick riskierte, schalt er sich selbst für seine Torheit. Die rankenartigen Auswüchse des pechschwarzen Zaubers leckten bereits in Sichtweite mit ihrer lebensauslöschenden Gier an den Büschen, die unter der Berührung binnen eines Wimpernschlages zu Staub zerfielen, den der sanfte Wind des Wintertages hinforttrug. Die absolute Stille, in der sämtliches Leben verschlungen wurde, das hier im Laufe der Jahrhunderte trotz der kargen Bedingungen Kelkors gediehen war, machte den Anblick nur umso entsetzlicher.

»Schneller, schneller, schneller!«, brüllte er und ließ sich dazu hinreißen, den schwebenden Uldini mit seiner freien Hand anzuschieben.

»Lass das«, fauchte der Erzmagus. »Ich versuche mich an einem kleinen Trick, der uns wohlbehalten über den Abgrund bringt, ohne den Hunger des Bannfluchs weiter anzustacheln. Deine Drängelei lenkt mich ab.«

Ahren verkniff sich eine Antwort, sondern lenkte seine Schritte neben Trogadon, der sich aufgrund seiner kürzeren Beine sichtlich abmühte, Schritt zu halten. »Kann ich helfen?«, fragte der Paladin.

»Schnapp dir diesen götterverflucht sperrigen Speer des Jungen«, sagte der Zwerg, dem der Schweiß in Strömen über das Gesicht lief, während seine Füße mittels eines kräftezehrenden Stakkatos Schritt um Schritt die Entfernung bis zur Felsspalte auffraßen.

Ahren lagerte Kamaluq in seiner rechten Armbeuge und griff sich mit der freien Hand die Waffe seines Lehrlings, die sich quer vor Trogadons Brust verkeilt hatte.

Der Schmied atmete sichtlich erleichtert auf. »Endlich«, sagte er und warf sich Hakanu wie einen Mehlsack über die Schulter. »Das wollte ich schon die ganze Zeit tun.«

»Verdammt noch mal, wie kannst du dich auf diesem schaukelnden Ding nur zehn Schritt lang halten«, fluchte Falk indes, der auf dem Rücken Culhens schwankte wie ein Schilfrohr im Wind.

Du kannst dem alten Mann sagen, dass er gerne wieder selbst laufen kann …, begann der Wolf, als ein leises Wispern dicht hinter ihnen erklang und Ahren plötzlich feiner Staub in der Nase kitzelte: der Staub von ausgelöschten Büschen, Sträuchern und allem, was gerade eben noch wenige Schritt hinter ihnen gelebt hatte.

»Felsspalte voraus«, rief Falk und Culhen blieb unruhig am Rand der Kluft stehen, die ihnen den Zutritt ins Sanktum verwehrte. Ahren schätzte, dass er und die anderen weniger als zwei Dutzend Schritt von dem Hindernis entfernt waren.

»Uldini, es wird Zeit für ein Wunder«, stieß Jelninolan drängend hervor und ließ von ihrer Fiedel ab.

Ahren bezweifelte im Stillen, dass es überhaupt noch überlebende Frostnattern im Tal gab, die das beruhigende Lied der Elfe hätten hören können. Er widerstand dem Drang, sich umzusehen, und starrte stattdessen flehentlich in Richtung der vor sich hinmurmelnden kindlichen Gestalt, die dicht neben ihm schwebte. Drei Schritt trennten ihn noch von dem Graben, aber Ahren wagte es ebenso wenig, langsamer zu werden wie seine rennenden Freunde. Culhen machte sich zu einem Sprung bereit, Muai und Selsena an seiner Seite.

Ahren … begann der Wolf furchtsam. *Der Zauber ist direkt hinter euch!*

Zwei Schritt bis zum Graben.

»Uldini!«, rief Khara voller Wut. »Mach endlich.«

Ein Schritt.

Ahren geriet ins Stolpern, als plötzlich das Gewicht des Bündels auf seinem Rücken verschwand, ausgelöscht vom züngelnden Bannfluch.

»ULDINI!«, brüllte ein vielstimmiger Chor, als die Gefährten aus purer Verzweiflung im vollen Lauf vorwärts sprangen, hinein in den sicheren Tod … wo ihre Füße in schimmernde Luft traten, die sich zu einer kaum wahrnehmbaren Brücke über die Felsspalte spannte.

»Schneller, verdammt«, ächzte Uldini. »Diesen derart improvisierten Zauber kann ich nur wenige Herzschläge lang aufrechterhalten.«

Um die sperrige Waffe loszuwerden, schleuderte Ahren ...mit der linken Hand Hakanus Speer durch den keine fünf Schritt hinter dem Torbogen auf sie wartenden Eingang, drückte sich mit der rechten den armen Kamaluq an die Brust und holte sämtliche Energiereserven aus seinen bereits wie Feuer brennenden Beinen heraus. Er rannte so schnell wie noch nie in seinem Leben inmitten seiner ebenfalls panischen Freunde auf das steinerne Halbrund zu, in dessen Rahmen er die Runen komplizierter Bannzauber erblickte.

Hoffen wir, dass die Frau in Schwarz die Wahrheit gesagt hat, schoss es ihm durch den Kopf, dann stürmte die kleine Gruppe in den gut und gerne vier Schritt breiten und drei Schritt hohen Gang und damit hinein in die Dunkelheit eines unbeleuchteten Tunnels.

Plötzlich war da ein atonales Kreischen, das weder nach Lebewesen noch nach lebloser Materie klang, sondern irgendwie *falsch*, so als würden alle Gesetze der Schöpfung gleichzeitig aufschreien.

»Der Bannfluch dringt in den Tunnel ein! Die Schutzzauber versagen!«, keuchte Uldini entsetzt. »Jelninolan, wir müssen sie verstärken!«

Sofort wirbelten die beiden Alten in der Düsternis des Ganges herum und dann erleuchteten Jelninolans Aura ihrer Wahren Gestalt und Uldinis auflodernder *Flammenstern* den behauenen Stein um sie herum.

Stränge aus flüssigem Weiß und gleißendem Gelb züngelten von den beiden ächzend auf die Knie sinkenden Alten auf den Bannfluch zu, während sich von diesem tastende Ranken aus purpurfarben umrandetem Schwarz den Stein entlang in Richtung der Gefährten schlängelten. Die Welt jenseits des Tunnels war eine Wand von derartig dichter Dunkelheit, dass Ahren sie nur als das Fehlen vollständigen Lebens hätte beschreiben können.

»Zu … stark«, ächzte Uldini. »Lauft …«

Ahren sah den Erzmagus entsetzt an. Eine Magie, die zu stark für Uldini und Jelninolan war, konnte, nein, *durfte* einfach nicht existieren.

»Wir entfesseln uns«, knirschte Jelninolan zwischen den Zähnen hervor. »Bringt euch in Sicherheit.«

Mit jedem Atemzug drängte der Bannfluch des Widersachers die Magie der beiden Alten mehr und mehr zurück. Schon jetzt trennten sie nur noch fünf Schritt von dem tödlichen Zauber.

»Die beiden werden sich opfern«, hauchte Khara entgeistert. »Ahren, wir müssen etwas tun!«

»Nur … die Paladine zählen«, stieß Uldini hervor. »Ihr … müsst überleben. Und jetzt LAUFT!«

Es war nur eine minimale Verlagerung seines Körpergewichts, nicht mehr als die Vorbereitung für den ersten Schritt hinein in Belsarius' Sanktum, aber Ahren hasste sich dafür.

»Nein«, erklang da eine Stimme, so felsenfest vor Entschlossenheit, dass selbst der Berg zaghaft vor ihm zurückgewichen wäre, wenn er es gekonnt hätte. Trogadon trat neben Jelninolan und legte der ächzenden Elfe eine Hand auf die Schulter. »Diese Welt wird uns entweder im Bund vereint sehen oder gemeinsam als Asche im Wind.«

»Was … hast du vor?«, fragte Uldini, als der Zwerg einen Schritt vorwärts trat, auf die miteinander ringenden Energien zu.

»Trogadon«, hauchte Jelninolan indessen. »Bitte … rette dich.«

Der Zwerg sah die beiden Alten nicht an, sondern inspizierte schweigend den Tunnel und die keine Handbreit vor ihm züngelnde Magie des Widersachers. Erste Ranken griffen nach dem Zwerg, aber mit einem beinahe tierischen Knurren bändigte Jelninolan die Ausläufer, indem sie diese in weißem Feuer badete, das ihre Wahre Gestalt ausstrahlte wie eine kalte Sonne. Dann packte der Schmied seinen Hammer mit beiden Händen so fest, dass seine Knöchel totenweiß hervortraten, und holte aus.

»Das ist Magie«, rief Uldini gequält aus. »Die kannst du nicht zerschlagen, du tumber Tor.«

»Nein, das kann ich nicht«, sagte Trogadon seelenruhig. »Aber ich kann etwas Besseres tun als das: Ich kann meinen Kopf benutzen.« Dann hieb er seinen Hammer gegen die Decke und sprang im selben Moment zurück, als mit einem tosenden Krachen der Fels zu Boden stürzte. Der Bannfluch löste sich aus der Umklammerung der beiden Alten und zuckte auf sie zu – um schlussendlich von den Gesteinsmassen aufgehalten zu werden, die mit urtümlicher Wucht den Tunnel versiegelten, in den sich die Gefährten geflüchtet hatten.

Ahren hustete in all dem Staub und schützte seinen Kopf vor dem herabfallenden Gestein, während er und seine Freunde ihr Heil in der Flucht suchten, tiefer und tiefer in das Sanktum des Belsarius hinein.

Als das Krachen von herabfallendem Geröll schließlich abebbte und ihre Flucht ein Ende nahm, sahen Ahren und seine Freunde den zufrieden summenden Trogadon nur ungläubig an.

»Was?«, fragte der unschuldig, aber mit einem lebhaften Glitzern in den Augen. »Ihr habt doch auch gesehen, dass dieser Bannfluch in seinem blinden Hunger den puren Fels des Berges ignoriert hat.« Er deutete auf die Einsturzstelle hinter ihnen. »Jetzt liegt dieses Stück fiese Magie darunter begraben und schwebt nirgendwo mehr hin.«

»Das … das …«, stammelte Uldini.

»Das war wundervoll!«, rief Jelninolan aus und packte den Zwerg an seinen Bartzöpfen, um ihn überschwänglich zu küssen. »Mein kluger, sturer, wundervoller Trogadon.«

»Soll das etwa heißen, dass unser Zwerg einen tödlichen Zauber, den ihr beide nicht habt bannen können, mit einem Tunneleinsturz erschlagen hat?«, fragte Falk ungläubig blinzelnd.

Ahren sah erwartungsvoll zu Uldini hinüber, sein Kopf drehte sich unter den Eindrücken der letzten Augenblicke. Eben noch fürchtete er, zwei seiner engsten Freunde zu verlieren, und nun …

»Es ist schon etwas komplizierter als das«, antwortete Uldini spröde und wischte sich das Blut von der Nase, das tröpfchenweise daraus hervorquoll. »Tatsächlich wird der Zauber ausgehungert, da er unter dem Stein keine Nahrung mehr finden wird, um sich aufrechtzuerhalten, und somit vergehen …«

»Also *hat* Trogadon den Zauber erschlagen«, fiel ihm Falk mit einem Nicken ins Wort.

»Das habe ich nicht gesagt …«, empörte sich Uldini.

»Wartet nur, bis Hakanu hört, dass man Magie töten kann«, warf Khara grinsend ein. »Den nächstbesten Bannfluch wird er mit seinem Speer erstechen wollen.«

»Oh, bitte nicht«, stöhnte Ahren gequält auf. »Können wir ihm nicht einfach sagen, dass der Fluch selbst den Tunnel zum Einsturz gebracht hat und sich dabei auflöste? Um meines Seelenfriedens willen?«

Die Gefährten lachten eine Spur zu hysterisch, um echte Erleichterung in ihm auszulösen, und Ahren spürte, wie ihm ein Kloß im Hals emporstieg. Der Tod war ihnen so dicht auf den Fersen gewesen! Ohne Trogadons klugen Einfall wären Jelninolan und Uldini gestorben.

Er tauschte einen Blick mit dem Schmied, der ihm nur einmal knapp zunickte und dann wieder Jelninolans geflüsterte Zärtlichkeiten genoss. Die Hände der Elfe zitterten, und Ahren erkannte die Anzeichen von Überlastung sowohl bei ihr als auch bei Uldini, der noch immer mit seinem Nasenbluten kämpfte.

»Darf ich bei aller Freude darauf hinweisen, dass wir uns den Rückweg versperrt haben?«, warf Falk ein. »Ohne Trogadons Einfall schmälern zu wollen, aber Verhungern oder Verdursten ist auch kein schönerer Tod, als von einem Bannfluch aufgelöst zu werden.«

Selsena wieherte ungehalten und stupste den alten Paladin mit dem Kopf in den Rücken. Der von ihr ausgehende Tadel machte deutlich, was sie von der Taktlosigkeit ihres Paladins hielt.

Jelninolan warf Falk einen vernichtenden Blick zu. »Ich bin sicher, mein Trogadon hat an alles gedacht …«, begann sie, als der Zwerg ein drucksendes Hüsteln von sich gab, das sie verstummen ließ.

»Also, ehrlich gesagt hat Falk schon irgendwie recht«, sagte der Schmied kleinlaut. »Wir haben nicht das Werkzeug, um uns den Weg zurück ins Freie zu bahnen, und wenn Belsarius' Sanktum keinen Hinterausgang besitzt, dann stecken wir gehörig in der Klemme.«

»Dieser Tag wird besser und besser«, murmelte Khara und streichelte indes die leise grollende Muai.

Ahren?, jammerte Culhen. *Sitzen wir hier wirklich fest?* Das Knurren des Wolfmagens war in dem engen Tunnel nicht zu überhören. *Ich kann mir wirklich kaum etwas Schlimmeres ausmalen, als zu verhungern. Ich esse doch so furchtbar gerne!*

Der Paladin rieb sich müde über die Augen und deutete den Gang hinunter. »Da es nur eine Richtung gibt, in die wir gehen können, folgen wir besser dem Tunnel. Ich bin mir sicher, dass Belsarius nicht in einem dunklen Gang hauste und forschte. Finden wir seine Wirkungsstätte und hoffen, dass wir uns dort ausruhen und beratschlagen können.« Er hob Hakanu vom Boden auf und warf ihn sich über die Schulter, bevor er Kamaluq in die freie Hand nahm. »Und bitte haltet nach dem Speer meines Lehrlings Ausschau«, sagte er mit einem Seufzer. »Es reicht schon, wenn mir Culhen wegen seines fehlenden Mittagessens in den Ohren liegt. Da kann ich nicht auch noch einen Lehrling gebrauchen, der mir den Verlust seiner Waffe ankreidet.«

Bei aller Erleichterung über die Tatsache, dass seine Gefährten allesamt dem Bannfluch entkommen waren, hatte Ahren vollkommen ignoriert, wie sehr Einzelne seiner Freunde während der waghalsigen Flucht in Mitleidenschaft gezogen worden waren. Die kleine Prozession, die sich keuchend, hustend und humpelnd durch den Tunnel schleppte und dabei die ohnmächtigen Mitglieder ihrer eingeschworenen Gemeinschaft trug, hatte nichts mit jener Truppe gemein, die die Grenzen Kelkors vor einigen Wochen überschritten hatte.

Die beiden Alten waren schlussendlich von ihrer Überanstrengung eingeholt worden. Uldini schwebte stumm vorneweg und das unstet flackernde Licht *Flammensterns*, mit dem der Erzmagus den breiten Gang erleuchtete, welcher tiefer und tiefer in die Finsternis führte, legte beredtes Zeugnis darüber ab, wie nah die kindliche Gestalt dem Erschöpfungsschlaf sein musste.

Jelninolan trottete mit abwesendem Blick hinter Uldini her, behutsam geführt von Trogadon, der ihr den rechten Arm um die Hüfte gelegt hatte und mit der anderen ihre linke Hand hielt.

Selsenas Nervosität ob der sie umschließenden Felsmassen war deutlich zu spüren, und Hakanu lag als besinnungsloses Bündel quer über Culhens Rücken, während Falk schnaufend neben dem Wolf her humpelte. Ahren trug noch immer Kamaluq auf dem Arm, der im Schlaf ab und zu mit wild zuckenden Pfoten fiepte. Zumindest hatte sich die Atmung des Tieres beruhigt, nachdem Ahren dem Fuchs einige Kräuter aus seinem von Hakanu im Eathinian aufgefüllten Beutel unter die Zunge gelegt hatte, was der Waldläufer als gutes Zeichen wertete.

Die zerrupft aussehende Khara lief gemeinsam mit Muai neben dem Waldläufer, sodass er die Gelegenheit nutzte, ihr einen flüchtigen Kuss auf die Wange zu geben.

»Was ist mit euch passiert?«, fragte Ahren leise. »Ihr seht aus, als wärt ihr mit einem Hordenbullen zusammengestoßen.«

Khara verzog das Gesicht zu einer Maske der Gereiztheit. »Diese verfluchten Schlangen sind passiert«, sagte sie. »Muais Warnung erreichte uns erst, nachdem wir in ein Nest dieser Viecher geraten waren.« Sie deutete mit dem Kinn auf den schlafenden Kamaluq. »Den kleinen Kerl hat es am schlimmsten erwischt, da er mitten in die Schlangen hineintapste, als sie aus ihrer Starre erwachten. Kamaluq muss mindestens ein Dutzend Bisse erlitten haben, bevor wir reagieren konnten.«

Falk brummte ungehalten. »Dein Lehrling hat sich natürlich sofort auf die Biester gestürzt, um Kamaluq zu helfen, während wir ebenfalls auf die Schlangen einhackten. Aber da ein Speer eine denkbar ungünstige Waffe gegen winzige flinke Schlangen ist, blieb ihm nichts anderes übrig, als den Fuchs aufzuheben und wegzutragen.«

»Und die gesamte Zeit über wurde er von den gereizten Frostnattern gebissen«, fügte Khara hinzu. »Er kam keine fünf Schritt weit, bevor er zusammenbrach und ohnmächtig wurde.«

Ahren verspürte ein tiefes Verständnis für seinen Schützling. Wenn das eigene Vertrautentier in Lebensgefahr schwebte, dachte man nicht nach, sondern handelte augenblicklich. »Weshalb Uldini und Jelninolan am Ende ihrer Kräfte sind, ist offensichtlich«, sagte er. »Aber warum humpelt Falk und wieso lässt Selsena ihn nicht auf sich reiten?«

Sofort änderten sich die Gefühle, die das Titejunanwa projizierte. Die latente Nervosität wurde durch eine Mischung aus Verlegenheit und Gereiztheit ersetzt.

»Ist ja gut, mein altes Mädchen«, sagte Falk und strich ihr sanft über die Nüstern. »Du kannst ja nichts dafür.« Dann wandte er sich zu Ahren um. »Wir mussten durch ein Gestrüpp brechen, das voller Schlangen war. Dabei sind einige unter Selsenas Panzerung gekrochen und haben sie dort gebissen. Mein armes Titejunanwa wusste sich nicht anders zu helfen, als mich abzuwerfen und sich so lange auf dem Rücken zu rollen, bis die Frostnattern zerquetscht waren. Unter dem Sattel ist Selsena vollkommen wund gebissen. Ich habe mir bei meinem Sturz von ihrem Rücken den rechten Knöchel verstaucht.« Er lachte selbstironisch und schüttelte den Kopf. »Ein lahmer Ritter und ein Streitross, das nicht geritten werden kann. Wir sind wirklich ein tolles Paar.«

Das Titejunanwa sandte daraufhin ein Gefühl der Zuneigung und sanften Belustigung aus und rieb leise schnaufend ihre Wange an der des alten Paladins.

»Nachdem die Schlangen uns dermaßen zugesetzt hatten, beschloss Jelninolan, ihre Schlafmagie zu wirken, auch wenn sie befürchtete, der Bannfluch könnte durch den neuerlichen Magieeinsatz schneller angelockt werden.« Die Schwertmeisterin fuhr sich mit den Fingern müde durch ihr offenes Haar. »Wie sich herausstellte, waren ihre Sorgen durchaus berechtigt.«

Ahren sah seine Liebste von der Seite an. »Da klafft noch eine Lücke in deiner Geschichte. Verrätst du mir, wo deine Meisternadel abgeblieben ist?«

Khara funkelte Falk mürrisch von der Seite an. »Irgendjemand hat sie in seiner Panik dazu benutzt, um tote Schlangen unter Selsenas Panzerung hervorzukratzen.«

Ahren hatte Falk selten so verlegen gesehen wie in diesem Moment. »Ich sagte bereits, dass es mir leidtut«, entschuldigte er sich zerknirscht. »Außerdem wollte ich sichergehen, dass die Frostnattern allesamt tot sind, und durch das Geflecht von Selsenas Panzerung kam ich nur mit der Nadel.«

Khara zog aus ihrer Tunika das Zeichen ihrer Würde als Schwertmeisterin hervor, an dem Blut und andere Körperflüssigkeiten der Schlangen klebten. »So stecke ich mir die Nadel ganz bestimmt nicht ins Haar«, sagte sie durch zusammengepresste Lippen.

»Es tut sich etwas«, rief Uldini von der Spitze der Gruppe her, und sofort richtete sich alle Aufmerksamkeit auf den Erzmagus. »Ich glaube, der Tunnel endet in einer Wendeltreppe, die abwärtsführt.«

Ahren strich sich nachdenklich über die kurzen Haare. »Belsarius wollte offensichtlich kein Risiko eingehen. Wir sind bereits weit in den Berg eingedrungen und nun geht es auch noch abwärts? Woran auch immer er hier tüftelte, er hat es tief in den Gebeinen Joraths vergraben.«

Schweigend begannen die Gefährten den Abstieg auf der großzügig bemessenen Wendeltreppe, die aus dem Stein herausgehauen worden war und die Ahren wie der Übergang in eine längst vergangene Zeit anmutete, als Belsarius noch gelebt hatte und die Dunklen Tage in vollem Gange gewesen waren.

7. Kapitel

Gute hundert Herzschläge stiegen sie die Wendeltreppe hinab, dabei stets darauf achtend, Culhen und Selsena genug Platz zum Manövrieren zu lassen. Ahren vermutete, dass die geräumigen Maße des Tunnels sowie der Treppe den sperrigen Materialien geschuldet waren, die Belsarius für seine Forschungen hatte hier herunterschaffen müssen. Als Ahren mit den Fingern über die kunstvoll behauenen Wände strich, kam ihm ein Gedanke.

»Auch wenn Belsarius ein Alter war, so muss ihm seine Zeit doch kostbar gewesen sein. Er kann dieses Sanktum unmöglich allein erbaut haben. Ob er wohl Hilfe aus dem Silbernen Kliff angefordert hat?«

Trogadon stieß vor ihm ein zustimmendes Brummen aus, während er die weggetretene Jelninolan umsichtig Stufe um Stufe hinabführte. »Möglich ist es. Entweder er hat eine kompetente Truppe zwergischer Söldner gefunden oder mit einem Clan ein Abkommen getroffen. Wer auch immer ihm geholfen hat, der Alte muss sein Gewicht in Gold dafür gezahlt haben, dass seine Helfershelfer den Mund bezüglich dieses Ortes hielten.«

Khara runzelte die Stirn. »Vielleicht hat er ja nicht genug bezahlt und die Baumeister dieses Ortes gaben seine Existenz preis. Es gibt genug Beweise, dass der Widersacher irgendwann nach Fertigstellung des Sanktums von Belsarius' Nebenprojekt erfahren hat, ebenso wie die Frau in Schwarz.«

Trogadon blickte zu Khara und schob kampfeslustig das Kinn vor. »Zwerge sind keine Verräter.«

Falk schmunzelte. »Aber sie verplappern sich gerne. Woher weiß ich sonst, wie Jelninolan dich nennt, wenn ihr allein seid, du apfelsüßer …«

»Still!«, zischte der Schmied und lief knallrot an. »Das ist mir nach zu viel Elfenwein herausgerutscht und du hast geschworen, nie darüber zu reden!«

Falk hob in einer Geste übertriebener Unschuld die Hände und grinste breit.

»Die Wendeltreppe endet gleich«, sagte Uldini tonlos.

Dass der Erzmagus noch immer aus Nase und Ohren blutete, machte Ahren allmählich Sorgen, also reichte er ihm stumm eine blutstillende Salbe aus seinem Kräuterbeutel, die sich der Alte mit einem dankbaren Brummen in die entsprechenden Körperöffnungen schmierte.

»Ach«, machte Uldini, der stehen geblieben war und mit einer schwachen Handbewegung vorausdeutete. In der einen Silbe schwang unendliche Enttäuschung mit. »Was für eine furchtbare Verschwendung.«

Ahren zwängte sich vorwärts, bis er neben der kindlichen Gestalt stand, und erkannte im flackernden Licht *Flammensterns*, was Uldini so bedrückte. Trübes Wasser stand knöchelhoch in einer großen Kammer, die wohl einst der zentrale Bereich des Sanktums gewesen war. Neben einem weitläufigen mittig angelegten Arbeitsbereich, wo ein wissbegieriger Verstand nach Herzenslust Apparaturen oder Versuche hätte anordnen können, fanden sich an den Wänden eine Vielzahl hölzerner Regale, vollgestopft mit Schriftrollen – oder zumindest deren Überresten. Schimmel bedeckte jeden Fingerbreit Holz und Papyrus in dem großen Raum, der dadurch wie ein großer Friedhof für lange verlorenes Wissen wirkte.

Ahrens Herz wurde ihm schwer, als er die einzig logische Schlussfolgerung zog. »Hier werden wir keinen einzigen Hinweis auf die Geheimnisse finden, die Belsarius zutage gefördert hat.« Er wollte nicht so niedergeschlagen klingen, aber die gesamte Reise nach Kelkor war offensichtlich eine unglaubliche Zeitverschwendung gewesen – die sie außerdem beinahe das Leben gekostet hatte.

Zusätzlich müssen wir einen Weg aus dem Sanktum hinaus finden oder dieser Ort wird unser nasses Grab, fügte er in Gedanken hinzu.

Eine Jagd ist erst fehlgeschlagen, wenn die Fährte verloren ist, zitierte Culhen einen alten Spruch Falks, den Ahren schon immer gehasst hatte. *Sehen wir uns gründlich um, bevor wir unser Unterfangen als gescheitert erklären.*

»Am besten schwärmen wir aus«, sagte Ahren und zwang sich dabei zu einem aufmunternden Tonfall. »Jeder, der wach ist und seine Sinne beisammenhat, stöbert durch die Regale. Vielleicht ist ja eine Schriftrolle dem Schimmel entkommen.«

Falk hatte Hakanu indes von Culhens Sattel aus auf das unverwundete Hinterteil Selsenas bugsiert. »Ich suche gemeinsam mit Selsena nach einem trockenen Flecken für jene, die sich ausruhen müssen«, sagte er und deutete auf die gegenüberliegende Seite des Raumes. »Wenn mich meine Augen nicht täuschen, erkenne ich dort drüben einen weiteren Torbogen. Vielleicht steht ja nicht das gesamte Sanktum unter Wasser.«

»Jelninolan und ich kommen mit dir«, sagte Trogadon. »Dann kannst du dich im Licht ihrer Magie etwas orientieren.« Er wandte sich der Elfe zu. »Was meinst du, mein Herz? Suchen wir ein schönes, weiches Bett für dein müdes Haupt?«

Mechanisch nickend ging Jelninolan mit Falk, Selsena und dem Zwerg von dannen. Ahren deutete das schwache Glimmen, das die Priesterin umgab, als Reste der Aura ihrer Wahren Gestalt. Er sah zu Uldini hinüber. *Flammensterns* Licht glich dem einer flackernden Kerze im Wind.

»Die beiden müssen so kurz davor gestanden haben, sich zu entfesseln …«, flüsterte er und schauderte.

Schau nicht auf das, was hätte sein können, sagte Culhen, der stelzbeinig durch das abgestandene Wasser watete und äußerst unglücklich aussah. *Konzentriere dich lieber darauf, dafür zu sorgen, dass all die Mühe, hierher zu gelangen, nicht umsonst gewesen ist. Oh, und darauf, wie wir hier wieder rauskommen. Ich kriege langsam Hunger.*

Du bist ein solcher Quell der Weisheit, erwiderte Ahren bissig.

Ich weiß, sagte der Wolf in Seelenruhe. *Das liegt daran, dass ich dir von den Göttern gesandt wurde, um dich bei allem, was du tust, zu unterstützen.* Er trottete zurück zum Eingang und ließ sich dort auf dem trockenen Absatz der Wendeltreppe nieder.

Ahren setzte zu einer scharfen Erwiderung an, beließ es jedoch bei einem langen, mahnenden Blick in Richtung seines felligen Freundes. Zum einen spürte er die Schmerzen am Bauch des Wolfes von ihrer wilden Jagd durch das Unterholz des Tales, vermischt mit der unterschwelligen Nervosität Culhens, der in dieser Situation mal wieder zum Abwarten verdammt war. Zum anderen kannte der Paladin die Strategien seines Vertrautentieres mittlerweile in- und auswendig. Die Sticheleien des Wolfes hatten Ahren abgelenkt, bevor er ins Grübeln verfallen konnte. So gesehen war Culhen wirklich eine Hilfe.

Gern geschehen, folgte umgehend der selbstbewusste Kommentar des Tieres, das offensichtlich Ahrens Gedanken belauschte. *Wenn du weiteren Zuspruch brauchst, ich bewache die Wendeltreppe.*

»Hier ist nichts«, sagte Uldini frustriert und warf eine verschimmelte Schriftrolle ins Wasser, dass es nur so platschte. »Kein Buchstabe ist mehr lesbar!«

»Ich wäre dir verbunden, wenn du keine Wellen schlagen würdest«, sagte Khara kühl. »Im Gegensatz zu dir schweben wir nicht und das Wasser steht mir ohnehin schon bis zur Stiefelkante.«

»Wir stehen inmitten eines Berges von verlorenem Wissen und du machst dir Sorgen über nasse Füße«, grollte Uldini.

Ahren schritt entschlossen auf den Erzmagus zu, bevor dieser weiterreden konnte. »Du brauchst Ruhe und bist enttäuscht. Vielleicht brechen wir an dieser Stelle ab und legen uns alle eine Weile schlafen. Es war ein harter Tag.«

Uldini öffnete protestierend den Mund, aber ein Blick auf Ahrens unbeugsame Miene ließ ihn stumm bleiben.

»Wir gehen«, rief Ahren seinem Wolf zu, der es sich in der Zwischenzeit mit Muai und Kamaluq am Treppenabsatz gemütlich gemacht hatte, wo Wolf und Katze den sich erholenden Fuchs in einem Nest aus warmem Fell vor jedwedem Unheil beschützen würden.

»Ob Hakanu sich manchmal fragt, wessen Vertrautentier sein Fuchs eigentlich ist?«, fragte Khara, der Ahrens Blick nicht entgangen war.

Der Paladin grinste. »Ich weiß, wie die Antwort ausfällt, wenn du Muai oder Culhen fragst.«

»Kommt ihr nun oder bleibt ihr bei euren Viechern im Dunkeln?«, ätzte Uldini vom Torbogen her. »Wenn euch eine verschimmelte Bibliothek voller Sickerwasser so gut gefällt, könnt ihr gerne auf einem der Regale schlafen.«

»Als er matt und ausgezehrt war, gefiel er mir besser«, murrte Khara leise.

Ahren rieb sich über den Bart. »Uldini hat Belsarius aus tiefstem Herzen bewundert. Die Werke des Alten derart zerstört vorzufinden, muss ihn schwer treffen.«

Die Schwertmeisterin sah ihn von der Seite an. »Du bist seltsam ruhig, dafür dass allem Anschein nach sämtliche Hinweise auf Belsarius' Forschung zum Widersacher verloren sind.«

Ahren zuckte resigniert mit den Achseln. »Ich bin einfach nur froh, dass wir alle noch leben. Dieser Bannfluch war erschreckend.«

»Es war nur ein Vorgeschmack darauf, was uns erwartet, wenn wir dem Dunklen Gott entgegentreten«, sagte Uldini, der nun endgültig die Geduld verlor und durch den Torbogen schritt. Ahren und Khara folgten ihm hastig auf dem Fuße, als mit dem Magus auch das Licht verschwand.

Hinter dem Durchgang befand sich ein Korridor, der weniger breit und hoch war als jener, der zur Wendeltreppe geführt hatte.

»Anscheinend wurden die wirklich sperrigen Gegenstände nicht in diesen Teil des Sanktums geschafft«, murmelte Khara.

Ahren nickte und sah sich im unsteten Licht *Flammensterns* neugierig um.

»Sind das … Runen?«, fragte er und deutete auf zunächst unscheinbare Unregelmäßigkeiten in den Wänden, die der Paladin bei seiner ersten Betrachtung als die natürliche Maserung des bearbeiteten Steins abgetan hatte.

Uldini erstarrte, kaum dass der Waldläufer die letzte Silbe ausgesprochen hatte, und sah sich mit großen Augen um. »Ich muss erschöpfter sein, als ich dachte«, brummte er leise. »Was wir hier sehen, sind kunstvoll getarnte Bannkreise. Jeder Diener des Widersachers, der hier entlanggehen würde, bräche nach zwei Schritt tot zusammen.«

»Warum erst hier?«, fragte Ahren. »Warum erschuf er diese Art der Abwehr nicht schon am Eingang des Sanktums?«

Uldini runzelte die Stirn. »Ja. Warum?« Dann ging er ohne eine richtige Antwort weiter.

»Der erschöpfte Uldini ist genauso schwer zu ertragen wie der gereizte Uldini oder der glückliche Uldini«, beschwerte sich Khara.

Ahren lächelte dünn. »Du erkennst wirklich Unterschiede?«

Die beiden lachten miteinander, und für einen kurzen Moment waren ihre Probleme vergessen – zumindest, bis sie wieder im Dunkeln standen, da der Magus nicht einen halben Herzschlag lang auf sie gewartet hatte.

Fluchend rannten die zwei durch das knöcheltiefe Wasser den leicht ansteigenden Korridor entlang, um nicht von der Finsternis verschlungen zu werden.

»Also, das ist doch lauschig«, sagte Trogadon, als Ahren, Khara und Uldini schließlich dem gut fünfhundert Schritt langen Gang gefolgt waren, der schließlich in einem Raum gemündet hatte, den der Paladin als überraschend großzügig geschnittene Wohnhöhle bezeichnen konnte.

Der quadratische Grundriss der Kammer maß an jeder Seite gut und gerne acht Schritt. Darüber erstreckte sich eine im Halbdunkel liegende glattgearbeitete Steindecke, die ebenso wie der Boden einen komplexen Bannkreis aufwies – ein Anblick, der eine unbewusste Unruhe in Ahren auslöste.

Vertrauen schöpfte er durch das Verhalten seiner Freunde, die es sich und den Ohnmächtigen unter ihnen trotz der fremden Zauberzeichen im Raum bereits so bequem wie möglich gemacht hatten. Die halb verrotteten Möbel der Kammer waren Falks und Trogadons Hang zum Pragmatismus anheimgefallen und bildeten die Nahrung für ein kleines Lagerfeuer in der Mitte des Raumes, das nicht viel Licht, aber eine angenehme Wärme verbreitete. Da der Tunnel zu dieser Wohnhöhle eine kaum merkliche Steigung aufwies, der das Sickerwasser aus den Wänden ablaufen ließ, war es in diesem Raum viel trockener und der Boden glänzte nur hier und da durch kleine Rinnsale.

Rund um das Lagerfeuer hatten die Gefährten Decken und Bettrollen verteilt, auf denen sie saßen oder schliefen, während Selsena in einer Ecke der Kammer vor sich hin döste. Ahren wollte sein eigenes Bündel dazulegen, doch da fiel ihm ein, dass es dem Bannfluch anheimgefallen war. Er würde wohl von nun an mit einer der Reservedecken vorliebnehmen müssen, die Trogadon immer mitschleppte, und ein neues Rasiermesser würde Ahren ebenfalls benötigen, aber darüber konnte er sich später Gedanken machen, sobald sie heil aus dem Sanktum herausgekommen waren.

»So ist es richtig«, grollte Uldini mit den Händen in den Hüften, als er Falk und Trogadon erreichte und schwebend auf die beiden und das improvisierte Lagerfeuer herabblickte. »Zündet einfach alles an, was dem Zahn der Zeit widerstanden hat.«

»Es waren nur ein paar Stühle und ein Tisch«, sagte Falk unerwartet sanft. »Ich bezweifle, dass Belsarius seine Geheimnisse ins Holz geritzt hat wie ein verträumter Göttertagsschüler, der vor lauter Langeweile sein Pult verunstaltet. Und ich kann mir auch nicht vorstellen, dass er sehr an diesen Möbeln hing. Somit erweisen sie seinen Gästen einen letzten Dienst, indem sie uns wärmen.«

»Und einen Rauchabzug gibt es hier auch«, fügte Trogadon hinzu, der sich eine Pfeife ansteckte und dann mit deren Stiel auf die nordwestliche Ecke der Kammer deutete, wo ein paar rostige Töpfe umherlagen. »Der alte Knabe hatte sich hier eine Kochstelle eingerichtet. Für einen geistesabwesenden Magus war er in seinem Sanktum erstaunlich gut ausgestattet.«

»Belsarius liebte es, Dinge mit seinen eigenen Händen zu erledigen, wenn es irgend möglich war.« Uldinis Antwort war kaum zu verstehen, derart leise sprach er. »Er pflegte immer zu sagen: ›Wenn wir das Los jener Menschen verbessern wollen, die kein magisches Talent besitzen, müssen wir ihre Mühsal nachvollziehen können.‹«

Trogadon zog paffend an seiner Pfeife. »Das klingt wie jemand, der unendlich lange lebt und deswegen viel Zeit vergeuden kann. Ich persönlich bin dir und Jelninolan immer dankbar, wenn ihr uns unsere Reise erleichtert.«

Falk lachte kurz auf. »Und damit bist du wahrscheinlich der einzige Zwerg auf ganz Jorath, der Magie wohlwollend gegenübersteht.«

»Uldini, fühlst du dich stark genug, um dir die Verletzten zumindest anzusehen?«, fragte Ahren, als er sich mit Khara am Feuer niederließ. »Wenn wir einen Weg hier heraus finden wollen, wäre es hilfreich, wenn sich jeder von uns aus eigener Kraft bewegen kann.«

Uldini runzelte die Stirn und das Licht in *Flammenstern* erlosch. Dann sank er sanft zu Boden und ging zu Hakanu, zu Kamaluq, zu Jelninolan. Jedem von ihnen legte er dabei seine Hand auf die Stirn, die Augen für einen kurzen Moment geschlossen.

»Diese drei schlafen sich bereits gesund«, sagte der Magus und unterdrückte erfolglos ein Gähnen. »Etwas, das ich ebenfalls tun sollte.«

Kharas Blick war voller Skepsis. »Kannst du ihnen gar nicht helfen?«

Uldini schüttelte den Kopf. »Nicht, wenn ich Falks Knöchel heilen soll.«

Der alte Paladin schaute bei den Worten beschämt zur Seite, und Uldini zuckte entschuldigend mit den Achseln, als er sich wieder Khara zuwandte.

»Momentan zwingt mich sogar eine Verstauchung zu Umwegen.«

»Dann hilf lieber Selsena«, brummte Falk. »Der Rücken meines alten Mädchens ist völlig zerbissen.«

Das Titejunanwa schnaubte und schüttelte den Kopf. Ihre Ablehnung war erkennbar, auch ohne dass sie ihre Gabe benutzte.

»Dein Vertrautentier hat wie immer mehr Verstand als du«, grummelte Uldini. »Die Bissstellen sind winzig und heilen von selbst. Und was das Gift angeht, so wird ihr Tiersegen sich darum kümmern, so wie er dies auch bei Kamaluq tut. Für Hakanu und seinen Paladinsegen gilt das Gleiche und Jelninolan braucht einfach nur Ruhe. Du alter Knurrhahn bist der Einzige, der es geschafft hat, sich derart zu verletzen, dass er magische Hilfe braucht.«

Falk nickte zögerlich und Uldini bedeutete ihm, sich hinzulegen. Dann tippte er dem Paladin mit einem leisen Murmeln auf die Stirn und prompt war dieser eingeschlafen.

»Endlich etwas Ruhe«, murrte Uldini und setzte sich ebenfalls auf seine Bettrolle. Dann sah er zu Ahren, Khara und Trogadon hinüber. »Ich kann mich darauf verlassen, dass die drei Vertrautentiere am Eingang auf uns achtgeben?«, fragte er und gähnte. »Es wäre schade, wenn ich aufwache und feststellen muss, dass auch diese Höhle zum Einsturz gebracht wurde.«

Trogadon starrte den Magus finster an. »Als du mit dem Bannfluch gerungen hast, hat dich meine Hilfe nicht gestört. Also mach endlich die Augen zu.«

Uldini nickte müde. »Weckt uns nicht«, sagte er zu Ahren. Dann griff er im Liegen und mit geschlossenen Augen nach *Flammenstern*. Aus dem Innersten der Kugel stoben kleine Lichtfunken hervor, die sich für einen Moment wie ein künstlicher Sternenhimmel über dem improvisierten Lagerfeuer ausbreiteten, um dann auf die verletzten und erschöpften Gefährten niederzuregnen. Sofort entspannten sich deren Körper, als die Magie mit einem sanften Glimmen in ihre Haut eindrang.

Ahren drehte sich zu Khara, um mit ihr zu sprechen, als er sah, wie auch die Schwertmeisterin von einem der Funken berührt wurde und in sich zusammensackte.

»Geht weg«, brummte Trogadon und wedelte mit der Hand, um gleich drei der Funken zu verscheuchen, die auf ihn niedergingen, und noch während Ahren sah, wie dem Zwerg die Augen zufielen, spürte auch er eine federleichte Berührung im Nacken. Umgehend breitete sich eine tiefe Müdigkeit in ihm aus und er fiel wie ein Stein auf seine Bettrolle.

Ahren saß an einem runden Tisch. Das Licht ferner Kerzen tanzte auf den Schnitzereien des Möbelstücks und offenbarte vertraute Muster und Linien.

»Das ist der Kriegstisch vom Konklave auf der Königsinsel«, murmelte er desorientiert.

Das charakteristische Schnauben des Ersten durchbrach seine Gedanken. »Natürlich, du Grünschnabel. Worauf sollen wir sonst unseren Sturm auf die Obsidianfeste planen?«

Ahren sah sich benommen um und erkannte, dass ringsum alle Paladine beisammensaßen und ihn erwartungsvoll anstarrten. Zu seinem Entsetzen war jeder Einzelne der Streiter der Götter schwer verwundet. Sunju hielt sich eine blutende Seite. Fisker hatte eine Klappe über seinem rechten Auge. Dem Vater des Berges fehlte ein Ohr …

Schnell sah Ahren wieder hinab auf die Karte Joraths, um das Elend nicht wahrnehmen zu müssen, das sich ihm offenbarte.

Ein Traum, sagte er sich immer wieder. *Das hier muss ein Traum sein. Ich bin in Belsarius' Sanktum eingeschlossen!*

Die in Ahren ruhende Furcht ob der harten Realität, in einem Berg verschüttet worden zu sein, war nichts im Vergleich zu dem Grauen jener Schreckensvision, mit der ihn sein Unterbewusstsein in diesem Moment plagte.

»Wie lautet dein Plan?«, fragte der Erste drängend in Ahrens Richtung. »Alle Versuche, den Dunklen Gott zu besiegen, sind fehlgeschlagen. Zehntausende Soldaten haben ihr Leben gelassen, um unseren Rückzug auf die Königsinsel zu decken.«

Falk beugte sich vor, woraufhin sein blutiger Armstumpf im Licht der Kerzen sichtbar wurde. »Der Feind rückt näher. Wir brauchen einen Plan.«

»Wir haben alles versucht«, drängte Sunju. »Bitte lass dir etwas einfallen, Ahren.«

»Rette uns.«

»Rette Jorath.«

»Rette die Schöpfung.«

Flehentlich drängten alle Paladine in einem Durcheinander verzweifelter Bitten auf den Dreizehnten ein, der nur hilflos dasaß und nicht wusste, was er sagen sollte. Ohnmächtig sah er zu, wie sich die Karte Joraths von der Position der Obsidianfeste aus nach und nach schwarz färbte, so als wäre ein Tintenfass auf dem Tisch ausgelaufen. Die Dunkelheit kroch näher und näher an die winzige Zeichnung heran, die die Königsinsel darstellte, doch Ahren konnte nichts tun, als hilflos dabei zuzusehen, wie die Schwärze auch die letzten Konturen des Tisches verschluckte, sich weiter ausbreitete, die anderen Paladine erfasste und schließlich wie eine Welle des Nichts über ihm zusammenschlug.

Mit einem Ruck fuhr Ahren aus seinem Traum hoch und sah sich panisch und schwer keuchend um.

Die schlafenden Schemen seiner Freunde lagen reglos auf ihren Decken, hier und da untermalt von einem lauten Schnarchen oder leisen Seufzern. Das Feuer in der Kammer war in sich zusammengefallen und nur das sanfte Schwelen einzelner Holzscheite verbreitete noch ein rötliches Schimmern, welches die Höhle fast so unwirklich erscheinen ließ wie den Kriegstisch in Ahrens Albtraum.

»Harte Nacht?«, ertönte Trogadons leise Stimme einige Schritt entfernt. Der Paladin sah, dass die Augen des Zwerges offen standen und ihn von seinem Schlafplatz her musterten.

»Frag nicht«, brummte Ahren. Dann tippte er sich gegen die Stirn. »Zu viele Sorgen da drinnen.«

Das leise rumpelnde Lachen des Schmieds vertrieb Ahrens Schwermut in der schwach erleuchteten Kammer. »Der Tag, an dem du dir keine Sorgen machst, ist der, an dem die Welt untergeht – oder an dem wir sie vor dem Widersacher gerettet haben.«

Ahren verzog missmutig das Gesicht. »Unsere Reise nach Kelkor hat bislang mehr geschadet als genützt. Ich finde, verschüttet in einem Berg begraben zu liegen, während die Hälfte von uns vor lauter Erschöpfung nicht einmal die Augen aufhalten kann, ist ein hoher Preis für ein paar verschimmelte Schriftrollen.«

Der Zwerg richtete seinen Oberkörper halb auf, indem er sich auf seinen Ellenbogen stützte. »Verdammter Schlafzauber«, brummte er. »Mir fallen immer wieder die Augen zu, obwohl ich das nicht will.«

Ahren grinste. »Anscheinend zwingt Uldini uns zum Ausruhen.« Er streckte sich demonstrativ. »Und wie es aussieht, bin ich ausnahmsweise mal nicht derjenige, der die meisten Prügel einstecken musste.«

Trogadons Mundwinkel zuckten amüsiert. »Genieße den Moment, solange er anhält. Ich bin sicher, schon bald werde ich *deine* geschundenen Knochen wieder von irgendeinem Schlachtfeld schleifen.«

Ahrens Lächeln verblasste, und auch der Zwerg merkte, was er da gerade gesagt hatte.

»Ich finde keinen Schlaf mehr«, flüsterte der Paladin in gedämpftem Ton. »Aber ruhe du dich besser aus. Du bist schließlich unsere beste Chance aus dem diesem Berg wieder herauszukommen.«

»Immer bleibt die Arbeit am Zwerg hängen«, sagte sein Freund mit einem letzten Versuch, die Stimmung wieder zu retten. Dann schloss er die Augen und war wenige Herzschläge später eingeschlafen.

Ahren gab der inneren Unruhe nach, die sich in der nachfolgenden Stille in ihm aufbaute, und stand auf, um die Kammer genauer zu erkunden, in der Belsarius vor so vielen Jahren gehaust hatte, wann immer er in der Abgeschiedenheit des Sanktums seinen Forschungen nachgegangen war. Aufgrund des verfallenen Zustands der Möbel und der Tatsache, dass sie deren Reste verfeuert hatten, fiel es Ahren schwer, sich nur anhand der Wände und Decke ein Bild von der Zuflucht des Alten zu machen, auf den Uldini derart große Stücke hielt.

Gedankenverloren schlenderte er umher und blieb schließlich in einer Ecke der Kammer stehen, wo ihm eine Nische auffiel. Sie war zu schmal, als dass ein Mensch hineingepasst hätte, aber groß genug für Ahrens Arm, den er vorsichtig ausstreckte, bis er die Steinwand an der Rückseite der Vertiefung berührte. Er starrte zur Decke hinauf auf der Suche nach einem Luftschacht oder irgendeinem anderen Hinweis, wofür die merkwürdige Nische gedient haben mochte.

»Hast du etwas Interessantes gefunden?«

Ahren fuhr so heftig herum, dass er sich den Kopf an der Kante der Einbuchtung stieß. »Schleich dich bitte nicht so an«, bat er Khara mit einem gequälten Lächeln. »Meine Nerven sind in diesem unterirdischen Gefängnis nicht die besten.«

Khara hob entschuldigend die Hände. »Ich wollte die anderen nicht wecken.«

Ahren sah zu seinen schlafenden Freunden hinüber. Selbst Selsena schnarchte leise, ein Laut, den er selten genug bei dem Titejunanwa vernommen hatte. »Ich glaube, Uldinis Zauber lässt uns so lange schlafen, bis wir halbwegs geheilt und bei Kräften sind. Deswegen sind wir beide schon wieder wach. Wir sind heute noch einigermaßen glimpflich davongekommen.«

Die Schwertmeisterin nickte. »Und was genau machst du hier?«

Ahren zuckte unschlüssig mit den Achseln. »Mich umsehen?« Er lachte verlegen. »Ich weiß auch nicht. Diese ganze Reise kommt mir so sinnlos vor. Und das, obwohl die Frau in Schwarz davon überzeugt war, dass hier wertvolle Informationen auf uns warten.«

Khara legte ihm einen Arm um die Hüfte und drückte sanft zu. »Keiner konnte wissen, dass über die Jahre Sickerwasser in das Sanktum eingedrungen ist.«

Ahren brummte unleidig. »Was mir einfach nicht in den Kopf will, ist die Tatsache, dass anscheinend auch Belsarius nicht damit gerechnet hat, obwohl er doch so unglaublich klug gewesen sein soll.«

»Wir können Trogadon fragen, sobald er aufwacht, aber ich denke, das Sickerwasser ist eine Folge des Erdrutsches.« Khara machte eine vage Handbewegung in Richtung Decke. »Irgendwelche Spalten, die sich gebildet haben, als die Bergflanke ins Tal stürzte.«

Ahrens Schultern sackten herab. »Wahrscheinlich hast du recht. Ich bin wohl zu stur, um mir eine Niederlage eingestehen zu können.«

Khara schmunzelte. »Hast du schon irgendeine Idee, wie wir hier wieder herauskommen?«

Der Paladin wiegte nachdenklich den Kopf hin und her. »Unsere beste Chance ist Trogadons Wissen.«

»Getreu dem Motto: Wer uns im Berg eingeschlossen hat, muss uns auch wieder freibuddeln?«

Ahren musste grinsen. »So würde ich ihm das nie sagen. Aber sein Wissen um Berggestein ist unerreicht. Denk nur daran, welchen Schaden er vorhin mit einem einzigen Hammerschlag im Eingangstunnel angerichtet hat.«

»Aber nun reden wir über Felsmassen, die den Weg nach draußen blockieren. Ich denke, Jelninolan und Uldini werden ihre Magie einsetzen müssen, um uns zu befreien.«

Ahrens Blick schoss zu den beiden Alten hinüber. »So erschöpft wie die zwei sind, können wir von Glück reden, wenn sie in absehbarer Zeit aufwachen. Aber ob sie dann einen langen Tunnel von schwerem

Geröll befreien können …?« Er ließ den Satz ausklingen, und eine Weile standen der Paladin und die Schwertmeisterin schweigend beieinander, tief versunken in ihren Gedanken und der trostspendenden Gegenwart des anderen.

»Wie wäre es, wenn wir unsere Vorräte sichten?«, fragte Khara schließlich. »Damit wir eine ungefähre Vorstellung davon haben, wie lange wir hier unten durchhalten können, ohne zu verhungern?«

Ahren deutete auf das Sickerwasser, das auch in diesem Raum tröpfchenweise aus dem Fels hervorquoll. »Wasser haben wir zumindest genug, wenn ich bedenke, wie viel davon in der Forschungskammer aus der Decke austritt.«

Khara stutzte. »Sag mal, wo fließt das Sickerwasser eigentlich hin?«, fragte sie und kniete sich neben eines der fingerdicken Rinnsale, die sich von der Wohnhöhle aus in Richtung der größeren Kammer ihren Weg über den Boden bahnten. »Es verschwindet im Gang Richtung Forschungskammer und danach?«

Ahren kratzte sich nachdenklich am Bart. »Eigentlich müsste es sich nach all der Zeit so weit aufgestaut haben, dass das gesamte Sanktum unter Wasser steht. Also muss es einen Abfluss geben.«

Kharas Augen blitzten auf. »Und wo es einen Abfluss gibt, da ist vielleicht ein möglicher Ausgang nicht fern.«

»Ich weiß nicht.« Ahren hasste es, die Hoffnungen seiner Liebsten abzuwürgen. »Wir reden von einem Abfluss für das Sickerwasser, der nur so groß sein muss wie mein kleiner Finger.« Dann deutete er auf Selsena. »Bedenke bitte, dass wir einen Ausweg brauchen, der einem Titejunanwa und einem Reitwolf Platz bietet.«

Die Schwertmeisterin reckte kämpferisch das Kinn vor. »Einen Versuch ist es wert, oder hast du etwas Besseres zu tun?«

Ahren zögerte. »Erst die Vorräte, dann die Suche nach dem Abfluss. Finden wir heraus, wie nahe wir mit dem Rücken an der Wand stehen.«

»Das war sehr unbefriedigend.« Khara streifte sich mit einem Laut des Widerwillens den Schlamm von ihrem rechten Arm.

Besser, du weist sie nicht darauf hin, dass du die ganze Zeit recht hattest, beglückte Culhen Ahren mit einem überflüssigen Kommentar.

Wenn sein Zeitgefühl den Paladin nicht trog, dann war bereits ein Großteil der Nacht vergangen und der Morgen würde bald anbrechen.

Nachdem er und Khara festgestellt hatten, dass ihre Vorräte noch maximal drei Tage halten würden, hatten sich die beiden daran gemacht, der Spur des Wassers zu folgen. Währenddessen waren die drei Vertrautentiere, die an der Wendeltreppe gelegen hatten, erwacht und hatten das Treiben der zwei Menschen amüsiert beobachtet. Ahren hatte gute Miene zum bösen Spiel gemacht, denn Culhens Laune würde sich mit wachsender Nahrungsmittelknappheit noch früh genug drastisch verschlechtern.

»Was hast du ertasten können?«, fragte Ahren seine Liebste so taktvoll wie möglich.

Khara schüttelte den Kopf. »Einen kleinen Riss im Boden, vielleicht einen Schritt lang und einen halben Finger breit. Das Wasser kann durch ihn abfließen, aber für uns ist er wertlos.«

»Es wäre auch zu schön gewesen, wenn unsere Freiheit so einfach zu erringen gewesen wäre.«

Khara wusch sich den Arm in jenem Teil der Höhle sauber, in dem sich das Sickerwasser noch nicht mit den schlammigen Überresten von Holz und vermodertem Papier vermischt hatte. »Lass uns zu den anderen zurückgehen. Vielleicht ist einer von ihnen bereits aufgewacht und hat eine Idee.«

Muai, Kamaluq und ich bleiben hier, verkündete Culhen. *Schlammige Pfoten holen wir uns nur, wenn wir unbedingt müssen.*

Essen gibt es in der anderen Höhle, sagte Ahren ungerührt.

Bin schon unterwegs.

Amüsiert sah der Paladin, wie Culhen, ohne zu zaudern, ins Wasser sprang, sich dann umdrehte und Kamaluq behutsam an seinem Nackenfell emporhob. Der kleine Fuchs fiepte ungehalten, bis er begriff, dass der Wolf ihn trug, damit er nicht nass wurde. Muai sprang grollend hinter den beiden her und machte einen geradezu besorgten Eindruck.

Khara kicherte leise. »Sie schimpft, dass dein nutzloser Wolf den armen kleinen Kerl noch fallen lassen wird.«

Das habe ich gehört, kam die prompte Replik, und Ahren stöhnte.

»Ich erspare dir die Antwort meines Wolfes oder er und Muai gewöhnen sich noch an, durch unsere Köpfe und mittels unserer Stimmen ein Streitgespräch vom Zaun zu brechen.«

Oh, machte da Culhen begeistert. *Was für eine tolle Idee! Kannst du Muai von mir ausrichten, dass …*

Nein, Culhen!

Aber …

Nein habe ich gesagt.

Ein beleidigtes Schweigen war die Antwort, und Ahren brummte zufrieden.

»Deiner auch, hm?«, fragte Khara.

»Und wie!«

Händchen haltend und über ihre Vertrautentiere lachend gingen die beiden zu ihren Gefährten zurück, die Ängste und Nöte, die sie umtrieben, für einen kurzen, wohltuenden Moment in die hintersten Ecken ihres Bewusstseins verdrängt.

»Davon wird doch niemand satt«, mäkelte Trogadon und sah auf das kleine Stückchen Käse und das abgerissene Stück Brot hinab, das Jelninolan ihm in die Hand gedrückt hatte. »Da bekam ich ja als Säugling mehr zum Frühstück.«

Die Elfe sah ihn gelassen an. »Bring uns hier raus und ich bereite höchstpersönlich ein Festmahl für dich zu. Bis dahin wird rationiert.« Das schwache Zittern in ihrer hallenden Stimme verriet die Kraftlosigkeit der Elfe, die sich alle Mühe gab, so normal wie möglich zu wirken.

»Ich bin noch immer traurig, dass ich Trogadons heldenhaften Hammerschlag verpasst habe«, sagte Hakanu.

Zu Ahrens und Kharas Freude waren all ihre Freunde bereits erwacht, als sie zu ihnen zurückgekehrt waren, wenn auch noch immer keiner der Verwundeten in einer herausragenden Verfassung war. Falk rieb sich immer wieder seinen Knöchel, die Finger des außergewöhnlich stillen Hakanus zitterten, als er seinen Käse zum Mund führte, und Uldinis Gesicht glich einer dunkelgrauen Maske der Erschöpfung. Offensichtlich hatte Ahren den Zauber des Erzmagus überschätzt oder der Heilschlaf wirkte aufgrund von Uldinis Entkräftung deutlich vermindert.

Trogadon räusperte sich, mümmelte dann jedoch an seinem Brot herum und räusperte sich schließlich erneut.

»Was willst du sagen, mein Lieber?«, half ihm Jelninolan auf die Sprünge.

»So heldenhaft war mein Hieb mit dem Hammer gar nicht«, sagte Trogadon beschwichtigend. »Es gab eine Schwachstelle in der Decke, die ich ausgenutzt habe. Zwerge bauen diese gerne in Tunnel ein, welche eines Tages dauerhaft versiegelt werden sollen.«

Uldinis Kopf ruckte herum. Der bisher abwesend wirkende Erzmagus blickte den Zwerg mit geradezu lodernder Intensität an. »Und das sagst du erst jetzt?«

Trogadon nickte. »Das Fehlen von Stützbalken und die Tatsache, dass der Tunnel bewusst unter einer Sollbruchstelle hindurchlief, lässt keinen anderen Schluss zu. Er sollte im Notfall zum Einsturz gebracht werden können.«

Uldini schlug sich lachend auf die Oberschenkel, und als ihn Ahren und die anderen verdutzt anstarrten, hielt der Magus inne.

»Begreift ihr denn nicht?«, jubelte er mit neu belebter Stimme. »Belsarius plante, seinen Eingang zu verschütten, falls sein Sanktum vom Feind entdeckt werden würde.«

Falk trommelte ungeduldig mit den Fingern auf seiner Beinrüstung herum. »Und?«

»Belsarius würde sich doch niemals selbst lebendig begraben«, schloss Uldini und fixierte Trogadon mit seinem Blick. »Wenn ihr Zwerge solche Tunnelfallen einbaut, dann sicher nicht mit der Intention, euch selbst ein steinernes Grab zu schaffen, oder?«

Trogadon schüttelte den Kopf. »Es gibt immer«, er brach ab, stöhnte und schlug sich vor den Kopf, »einen Fluchtweg!«, rief er aus. »Natürlich! Es muss hier irgendwo noch einen geheimen Ausgang geben.«

Uldini sah aus, als würde das Leben für ihn auf einmal wieder Sinn ergeben, und blickte sich so triumphierend in der Gruppe um, als hätte er soeben im Alleingang den Widersacher zu Fall gebracht. »Ich wusste, Belsarius war nicht so dumm, sich in eine übergroße steinerne Sackgasse zurückzuziehen, während er an seinen geheimsten Ideen tüftelte.«

»Ich will nicht unken«, sagte Ahren leise. »Aber wir können nicht davon ausgehen, dass dieser Geheimausgang damals nicht von dem Erdrutsch verschüttet wurde.«

Schlagartig setzte Schweigen ein.

Manchmal kannst du ein echter Miesepeter sein, beklagte sich Culhen. *Und ich war angesichts unserer bevorstehenden Flucht aus dem Berg schon so voller Hoffnung, bald eine anständige Portion Essen zu bekommen!*

»Finden wir erst einmal diesen Ausgang«, sagte Falk schließlich. »Dann sehen wir ja, ob er noch intakt ist.«

Uldini deutete auf den unter der Decke schwebenden, sanft vor sich hin glühenden *Flammenstern*. »Lasst uns Raum für Raum vorgehen. Ich gebe es ungern zu, aber dieser winzige Lichtzauber strengt mich bereits über Gebühr an.«

»Wir müssen vielleicht gar nicht die gesamten Höhlen absuchen. Bedenkt die tödlichen Schutzzauber, die wir auf dem Weg von der Forschungskammer hierher an der Decke gesehen haben«, warf Ahren wie elektrisiert ein. »Wir haben uns doch gefragt, warum sie erst so tief im Sanktum angebracht wurden.«

Falk deutete auf die Decke und den Boden. »Und hier gibt es weitere.«

»Bollwerke wider den Feind«, sagte Trogadon. »Erst fester Stein, dann tödliche Magie.«

Khara blickte hinüber zum Tunnel und dann hinauf zum Bannkreis an der Decke. »Wenn ich Belsarius wäre und ein Rückzugsgefecht befürchten würde«, sie schritt zum Korridor und drehte ihm dann den Rücken zu, »dann würde ich dafür sorgen, dass sich zwischen mir und den einfallenden Dunkelwesen möglichst viele Zauber befinden, sodass ich möglicherweise eine Geheimtür öffnen kann.«

Ahren folgte ihrem Blick. Die Schutzzauber erstreckten sich beinahe über den gesamten Raum. Nur an der dem Korridor gegenüberliegenden Wand war ein schmaler Streifen frei von den verschlungenen Zeichen und Linien.

»Ich weiß, wo wir suchen müssen«, rief er und schritt zu jener Nische hinüber, die ihm zuvor schon aufgefallen war. »Hier muss der Ausgang sein.«

»Ähm«, machte Trogadon in einem Tonfall, der dem Paladin jeglichen Wind aus den Segeln raubte. »Eigentlich ist das eine klassische Nische für …« Die Stimme des Zwerges versank zu einem Murmeln.

»Raus damit«, drängte ihn Falk. »Selsena will endlich wieder Tageslicht sehen.«

Das Titejunanwa wieherte zustimmend.

»Na, für einen Zwergenabort«, fuhr Trogadon mit einem entschuldigenden Blick in Richtung Ahren fort. Dann streckte er sein Hinterteil demonstrativ in die Nische und ging in die Hocke. »Es fehlt nur der Eimer.«

»Ahren, der Schatzsucher«, spottete Falk gutmütig.

»Ich hätte schwören können, dass der Ausgang sich hier befindet«, murmelte der Paladin mit einer Mischung aus Verlegenheit und Trotz, während er mit den Fingern suchend über die Rückwand des ehemaligen Aborts fuhr.

»So vorsichtig wie Belsarius mir angesichts all dieser Sicherheitsvorkehrungen erscheint, hat er bestimmt eine subtilere Form der Flucht gewählt, als durch sein stilles Örtchen abzutauchen«, sagte Trogadon grinsend und hob dann seinen Hammer.

»Oh nein«, sagte Jelninolan und griff nach dem Stiel der Waffe. »Du haust nirgendwo drauf, ohne uns vorher darüber zu informieren, was du zu tun gedenkst.«

»Aber mein Herz«, sagte der Schmied mit übertrieben großen Augen und einem Schmollmund, der jede heranwachsende Hofdame neidisch lassen würde. »Vertraust du mir denn so wenig?«

Jelninolan musste kichern und zog die Hand vom Hammer fort. »Sei bloß vorsichtig«, ermahnte sie ihn.

Trogadon nickte. »Hört genau hin«, sagte er und schlug dann sanft mit seiner Waffe gegen die Rückwand. Ein dumpfer, voller Klang ertönte. »Jeder, der dazu in der Lage ist, klopft die Wände ab. Sobald ein hohles Geräusch erklingt, haben wir den Ausgang gefunden.«

Umgehend wurden Schwerter, Speere und Sonnenklingen gezogen, um deren Knäufe und Schäfte gegen den Stein zu schlagen, wobei die Gefährten die Rückwand der Höhle gleichmäßig unter sich aufteilten.

Wenn die Ursache für euer Verhalten nicht so ernst wäre, würde ich einmal mehr über die Seltsamkeiten von Zweibeinern spotten, sagte Culhen.

Und wenn ich nicht wüsste, dass ein großer, würdevoller Alpha über solche fiesen Tricks erhaben ist, würde ich zu dir sagen: Raus mit der Schnauze aus den Vorräten, Culhen!

Ich wollte nur sichergehen, dass noch alles da ist. Muai ist schließlich eine tückische Diebin und Kamaluq kann sich sogar tarnen.

Alles, was an Nahrung fehlt, ziehe ich von deiner nächsten Portion ab, drohte Ahren, ohne sich umzudrehen. Er hörte hinter sich das Geräusch von Krallen, die sich rasch von den Vorräten fortbewegten.

Frechheit, schmollte der Wolf. *Klopf du lieber deinen Abort ab, ob der vielleicht doch in die Freiheit führt.*

Ahren verkniff sich einen Kommentar, zumal ihm schmerzlich bewusst geworden war, dass seine Freunde ihm tatsächlich jenen Teil der

Wand überlassen hatten, in dem sich die nun nicht mehr so unerklärliche Nische befand.

»Ich habe was«, verkündete da Hakanu und sofort versammelte sich die gesamte Gruppe um den Lehrling. Er stieß mit dem stumpfen Ende des Speeres gegen die vor ihm liegende Wand, und tatsächlich konnte Ahren einen minimalen Unterschied im Klang des Aufeinandertreffens von Waffe auf Fels vernehmen.

»Also wirklich hohl klingt das nicht«, sagte Falk.

»Du musst es ja wissen«, stichelte Uldini. »Du hörst das Geräusch, wann immer du dir den Kopf stößt.«

»Haha.«

Trogadon hatte indes Hakanu beiseitetreten lassen und klopfte nun mit seinem Hammer großflächig die fragliche Stelle der Höhlenwand ab, wobei er mit einem Kohlestück aus dem Lagerfeuer jene Stellen markierte, wo das Geräusch von hell nach dumpf überging. Nach einer Weile hatte der Zwerg einen Bereich von gut zwei Schritt Breite und ebenso viel Schritt Höhe mit einem schwarzen Umriss versehen und trat mit einem zufriedenen Brummen von seinem Kunstwerk zurück.

»Dies hier sind die Maße der Tür. Was für eine kunstvolle Arbeit! Obwohl da ich nun weiß, wo ich suchen muss, kann ich keinen Spalt erkennen. Jetzt müssen wir sie nur noch aufbekommen. Nach dem, was ich durch den Klang des Echos herausgehört habe, muss der Fels, der den Ausgang versperrt, mindestens einen Schritt dick sein.« Ein schelmisches Funkeln trat in seine Augen. »Dieser Belsarius hat wirklich keine Möglichkeit ausgelassen, seinen Feinden Steine in den Weg zu legen.« Dann sah er sich augenbrauenwackelnd um, während Ahren und die anderen über den schlechten Wortwitz stöhnten.

»Dein Humor ist zwar steinerweichend, aber das hat der Tür offenbar wenig imponiert«, sagte Falk trocken.

»Nicht du auch noch«, knurrte Uldini den alten Paladin an. »Auch wenn ich mindestens so erleichtert bin wie ihr, dass wir einen möglichen Fluchtweg entdeckt haben, denke ich, dass wir unser Geplänkel für den Moment aufheben sollten, wo wir das Tageslicht wiedersehen.«

Trogadon hatte sich in der Zwischenzeit gegen die Felstür gestemmt und drückte derart stark, dass sein Kopf rot anlief. »Ihr dürft mir jederzeit helfen«, warf er zwischen zusammengepressten Zähnen ein.

Ahren, Falk und Culhen brachten umgehend ihre Körper – und vor allen Dingen Muskelmasse – zum Einsatz, aber die Tür blieb unverrückbar.

Der Zwerg wischte sich den Schweiß von der Stirn, als alle vier schnaufend aufgaben. »Entweder es gibt einen Mechanismus, der den Gang öffnet oder Belsarius hat den Stein mittels Magie bewegt.«

»Ich tippe auf Letzteres«, sagte Uldini mit einem kritischen Blick auf das unüberwindbar erscheinende Hindernis.

Falk sah den Erzmagus auffordernd an.

Der winkte ab. »Die Wahrscheinlichkeit, dass ich mich in meinem geschwächten Zustand aus Versehen entfessele, ist größer, als dass ich diesen Durchgang freilege.«

»Jelninolan?«, fragte Khara, doch die Elfe schüttelte den Kopf.

»Ich schaffe es nur mittels purer Willenskraft, mich auf den Beinen zu halten. Uldini und ich gehören für mindestens zwei Wochen ins Bett, bevor wir wieder an Magie dieser Größenordnung denken sollten.«

»Dann macht es euch mal gemütlich«, sagte Trogadon mit einem Seufzen und hob seinen Hammer. »Ich werde dieser Tür auf die altmodische Art und Weise zu Leibe rücken, damit sie den Weg frei gibt: einen Hammerschlag nach dem anderen.« Dann hieb er seine Waffe mit einem Ächzen gegen den Fels, der im gleichen Moment zu stöhnen und zu ächzen begann wie ein verwundetes Tier und Steinstaub und Splitter durch die Höhle flogen.

Die Decke und Wände knirschten und knarzten, das spärliche Sickerwasser schwoll zu einem erklecklichen Rinnsal an und der Boden bockte unter den Füßen Ahrens und seiner Freunde wie ein ausgehungerter Reitwolf.

Keiner der Gefährten wagte sich zu rühren, bis das Beben wenige Herzschläge später nachließ.

»Was war das?«, fragte Hakanu entgeistert in die Stille hinein.

»Magie«, schnarrte Uldini düster und deutete auf die Geheimtür. »Raffinierte Magie, wie Belsarius sie sich gerne ausgedacht hat. Wenn Dunkelwesen sich an diesem Fluchtweg zu schaffen machen sollten, welche Methode würden sie wohl nutzen?«

»Rohe Gewalt«, antwortete Khara.

Uldini nickte. »Ganz genau. Und ich verwette *Flammenstern* darauf, dass unter dieser Geheimtür ein Bannkreis angebracht ist, der jegliche

Krafteinwirkung um ein Vielfaches steigert und auf die Höhle zurückwirft.«

»Die Dunkelwesen würden sich mit ihren Versuchen, die Tür zu öffnen, selbst begraben«, flüsterte Hakanu bewundernd.

»Leider gilt das auch für uns«, warf Ahren ein. »Es sei denn, wir warten, bis unsere Alten die Steintür öffnen oder den darunter liegenden Zauber bannen können.«

»Was Wochen dauern kann«, warnte Jelninolan.

Trogadon schüttelte den Kopf. »So viel Zeit bleibt uns nicht. Culhen hat uns alle vor lauter Hunger aufgefressen, bevor auch nur eine Woche herum ist.«

Der Wolf winselte auf. *Das war gemein.*

Ein Grollen setzte ein, das von Muai ausging, und Khara musste schmunzeln. »Meine Tigerin lässt euch wissen, dass er bei seinem Festschmaus nicht allein wäre.«

»Es ist so schön, geschätzt zu werden«, sagte Falk trocken. »Und wenn es nur um des eigenen Fleisches willen ist. Plötzlich bin ich froh, dass Titejunanwas Pflanzenfresser sind.«

Selsena wieherte und sandte ihre Belustigung aus, die jene Anspannung fortspülte, die Ahrens Brust bisher umschlossen gehalten hatte.

»Welche Möglichkeiten haben wir?«, fragte er in die Runde.

»Mir fällt nur mein Hammer ein«, sagte Trogadon achselzuckend. »Und mit dem werde ich Dutzende Schläge benötigen, um die Tür zu zertrümmern.«

»Vielleicht kann mein Speer helfen?«, fragte Hakanu nachdenklich. »Wenn ich ihn mit genug Kraft werfe, könnte meine durch ihn hindurchgeleitete Magie vielleicht den Felsen spalten.«

Trogadon deutete auf die Geheimtür. »Diese Art Fels kann man nicht so einfach spalten. Er bröckelt eher, als das er entzweibricht.«

»Belsarius hat an alles gedacht«, murmelte Uldini und kaute dabei auf der Innenseite seiner Wange herum.

Ahren zermarterte sich das Hirn, auf welche Weise er seine Fähigkeiten einbringen könnte, aber weder sein Bogen noch seine Windklinge wäre hier von Nutzen. »Und wenn wir uns doch besser durch den verschütteten Vordereingang wühlen?«, fragte er in Richtung Trogadon.

Der Zwerg verzog sein Gesicht zu einer entschuldigenden Grimasse. »Das dauert mindestens genauso lange, wie auf die Genesung unserer beiden Alten zu warten.«

Zeit ist ein Luxus, den wir uns nicht mehr leisten können, meldete sich Culhen. *Euch in euren tollen Stiefeln ist es vielleicht noch nicht aufgefallen, aber durch das Beben, das Trogadons Schlag ausgelöst hat, haben sich die Risse in der Decke vergrößert. Es fließt jetzt so viel Wasser aus ihnen hervor, dass es langsam steigt.*

Ahren sah erschrocken zu Boden und erkannte mit einem Stöhnen, dass der Boden der Höhle auf seiner gesamten Fläche bereits einen halben Fingerbreit tief mit Sickerwasser bedeckt war.

»Verdammt«, sagte er nur.

Seine Freunde erfassten die Situation mit einem Blick.

»Soll ich nicht doch meinen Speerwurf versuchen?«, bot sich Hakanu an.

»Magie hin oder her, deine Waffe würde höchstens ein Loch hineinstanzen«, ranzte ihn Falk an. »Und wir haben keine Garantie, dass der Bannzauber die Höhle durch die Aufprallwucht nicht trotzdem einstürzen lässt …«

»Moment«, sagte da Jelninolan und hob um Ruhe bittend eine Hand. »Hakanu hat mich da auf eine Idee gebracht.« Dann zog sie *Mirilan* hervor.

»Du darfst nicht zaubern, Tantchen«, sagte Uldini flehentlich. »Ich spüre, wie nah du vor einer Entfesselung stehst …«

Jelninolan deutete auf die Decke und die steinerne Tür. »Irgendein Risiko müssen wir eingehen.« Sie legte sich ihre Sturmfiedel an die Schulter. »Ich werde ganz vorsichtig sein«, murmelte sie und schloss die Augen.

Ahren sah, wie die Elfe vor lauter Konzentration eine Zungenspitze in ihren Mundwinkel schob, und sein Herz begann schneller zu schlagen. Uldinis eindringliche Warnung wirkte regelrecht untertrieben, als die Alte den Bogen auf die Saiten *Mirilans* legte und allein diese simple Geste die volle Aura der Wahren Gestalt Jelninolans zum Vorschein brachte. Gleißendes Licht brannte in Ahrens Augen und er musste den Blick abwenden.

»Mein Herz …«, begann Trogadon besorgt. »Das ist kein sanftes Glühen, das du da ausstrahlst. Es wirkt mehr wie ein Waldbrand, der außer Kontrolle gerät.«

»Ich weiß«, stöhnte Jelninolan und ihre Stimme hallte dermaßen, als wäre sie soeben allen Teichen der Göttin hintereinander entstiegen. »Nur ein Ton«, murmelte sie beschwörend. »Ich brauche nur einen Ton …« Dann strich sie unendlich langsam über die Saiten der Sturmfiedel und eine tiefe, vibrierende Note entrang sich dem Inneren des Instrumentes. Die Corona der Elfe gleißte auf, Tentakel aus weißem Licht peitschten durch den Raum, und Ahren zuckte schmerzerfüllt zusammen, als die Magie ihn berührte und seine Haut selbst durch den Tiefenstahl hindurch verbrannte.

Jelninolan stand am Abgrund einer Entfesselung. Eine falsche Bewegung und er würde sie verschlingen – und ihre Gefährten mit ihr.

»Vielleicht solltest du besser aufhören«, sagte Ahren mit trockenem Mund.

Zu seiner Überraschung lächelte Jelninolan gequält. »Aber ich bin doch bereits fertig.«

Als der Paladin sie verwundert anblickte, zwinkerte sie ihm einmal zu und drehte sich dann zu Trogadon.

»Hakanus Magie und sein Speer mögen nicht die richtige Kombination sein, um dieser Steintür Herr zu werden, aber vielleicht genügen dein Hammer und dieser eine Ton.« Dann senkte sie *Mirilan* an die Waffe des Zwerges und wie Wasser, das aus einem Becher gegossen wird, floss der dumpfe, vibrierende Laut in den Kopf des mächtigen Schmiedehammers und ließ eine verstummte Sturmfiedel zurück. Jelninolan atmete erleichtert auf und ihre Aura erlosch, dafür sah Ahren, wie die Arme Trogadons zu zittern begannen.

»Als würde man ein wildes Pferd reiten«, sagte er zähneklappernd. »Und ihr wisst ja: Ich hasse Pferde.«

»Was immer du an Kraft in ihn hineinlegen kannst, wird die auf dem Hammer liegende Magie in Vibration umwandeln«, sagte Jelninolan zu dem Schmied. »Aber du hast nur einen einzigen Hieb, dann erlischt der Zauber.«

»Mehr Versuche stehen ihm ohnehin nicht zur Verfügung«, warnte Uldini. »Belsarius' Bannzauber wird die magisch verstärkte Kraft des Hammerschlags auf die Höhle übertragen. Entweder unser Vorhaben gelingt oder wir werden vom Berg zermalmt.«

»Ich habe all meine Kraft in den Zauber gelegt«, sagte Jelninolan, die mittlerweile wie Espenlaub zitterte, sodass Ahren sie stützen musste. »Jetzt liegt es an Trogadon.«

»Und wieder muss der Zwerg es allein richten.«

Ahren war davon überzeugt, dass das Zittern in der Stimme des Schmieds nicht nur von den Vibrationen des Zaubers in seiner Waffe herrührte.

»Dann schwinge ich mal besser meinen Hammer.« Trogadon begann weitausholende kreisende Bewegungen mit der Waffe zu vollführen, um so viel Schwung wie möglich in den Schlag aufzunehmen.

»Macht euch bereit«, rief Falk und winkte alle dicht beisammen, bis sie einen gedrungenen Halbkreis um Trogadon bildeten. »Sobald der Hammer auftrifft, bleiben uns womöglich nur wenige Wimpernschläge, um diese Höhle zu verlassen.«

Ein Fiepen ertönte, als Culhen kurzerhand Kamaluq im Nackenfell packte und hochhob.

»Gute Idee«, sagte Ahren und nahm die geschwächte Jelninolan auf den Arm. »Sind alle bereit?«, fragte er in die Runde, und die nervösen, aber entschlossenen Gesichter seiner Freunde wandten sich ihm zu und nickten. »Dann los«, sagte er zu Trogadon und spannte seinen ganzen Körper an, bereit loszusprinten, sobald die Waffe auf den Felsen traf.

Trogadons Muskeln spannten sich an, bis seine Arme und sein Hals aussahen, als würden dicke Taue unter der Haut entlangführen. Dann stieß er einen immer lauter werdenden Schrei aus, ließ seine Waffe währenddessen noch einige Male kreisen, bis er sie schließlich auf dem Höhepunkt seines Rufes gegen den grauen Fels schmetterte …

Ahren glaubte, die Welt würde untergehen.

Vor ihm verwandelte sich fester Stein unter dem dumpfen Dröhnen des Aufpralls in reinsten Staub und mit den Wänden um ihn herum und der Decke der Höhle geschah in Windeseile dasselbe. Seine ganze Wahrnehmung bestand aus dem Tosen von freigelassenem Wasser, dem Grollen berstenden Felses und einem grauen Schleier, den auch *Flammensterns* Licht nicht durchbrechen konnte.

»Raus hier!«, brüllte Falk, aber da war der Dreizehnte bereits losgesprintet, die hustende Jelninolan schützend gegen die Brust gedrückt, während er an Trogadons noch immer erhobenem Hammer vorbeihetzte und sich in die trübe Dunkelheit vor ihm stürzte, die sich als ein gerader, zwei Schritt breiter und ebenso hoher Tunnel entpuppte.

»Vorsicht!«, schrie Hakanu.

Das Rumpeln des Felsens hinter Ahren wurde zu einer ohrenbetäubenden Kaskade, die vom Zusammenbruch der Höhle kündete.

»Khara!«, ertönte Falks Stimme.

Jede Faser seines Wesens drängte Ahren dazu, sich umzusehen, aber er musste rennen, so schnell er nur konnte. Seine Freunde brauchten den Platz im Tunnel, um den einstürzenden Felsmassen zu entkommen.

Trogadon fluchte. »Ich hab sie.«

Schneller, Ahren, schneller!, trieb Culhen ihn an, und der Paladin jagte weiter durch den dunklen Gang, der so schwarz war, dass der Waldläufer nicht die Hand vor Augen hätte sehen können. Er betete zu allen Göttern, dass der Tunnel keine scharfe Biegung machte und er gegen eine Wand lief.

»Sind alle im Gang?«, brüllte Uldini, als aus dem Rumpeln von Gestein ein wahrer Donnerschlag knirschend auftreffender Felsmassen wurde und eine Druckwelle entstand, die selbst Ahren an der Spitze der Gruppe noch erfasste und vorwärts durch den Gang schleuderte. Dabei glitt ihm Jelninolan aus den Armen und er selbst rollte über den unebenen Fluchtweg, bis er in einer Wolke aus grauem Felsstaub hustend zur Ruhe kam und gegen das sanfte Licht anblinzelte, das plötzlich als diffuse Wolke vor ihm erstrahlte.

»Jelninolan?«, fragte er hustend und tastete nach der Elfe, voller Angst, seine nachfolgenden Freunde könnten in dem Chaos unbeabsichtigt über sie hinwegtrampeln. Vor sich erblickte er zwei Füße, die zu einer aufrecht stehenden Person gehörten. *Jelninolan!* Keuchend krabbelte er auf sie zu. »Den Göttern sei Dank«, röchelte er. »Ich hatte solche Angst …«

Dann bemerkte er, dass er auf zwei Männerfüße starrte, die in Sandalen steckten, wie sie im Süden Joraths gerne getragen wurden. Blinzelnd sah er durch den lichter werdenden Schleier zu dem Fremden auf, der über ihm stand und zu ihm herab lächelte.

»Willkommen, Paladin. Ich habe lange auf dich gewartet.«

8. Kapitel

»Also wirklich«, hörte Ahren Trogadon hinter sich schimpfen. »Wieso liegt Jelninolan hier auf dem Boden wie ein fortgeworfenes Holzscheit …«

Doch der Paladin hörte nicht richtig zu. Er rappelte sich auf und musterte verwundert die Gestalt, die seelenruhig und mit einem vertrauenerweckenden Lächeln vor ihm stand. Braune krause Haare hingen an einem breiten Kopf herab, und Ahren erkannte den unregelmäßigen Schnitt einer Frisur, die dadurch entstand, dass man beiläufig mit einem Messer jene Fransen abschnitt, die den Träger bei seinem Tagewerk störten. Kluge, grünbraune Augen, eine leicht schiefe, schmale Nase und ein fülliges Gesicht rundeten den ersten Eindruck des Fremden ab. Seine Daumen hatte er in einem Fellgürtel untergehakt, der einen recht üppigen Bauch im Zaum hielt, und obwohl der Mann vollkommen stillstand, strahlte er doch eine Unruhe aus, die auf erzwungenes Nichtstun hindeutete.

»Wer seid Ihr?«, fragte Ahren, der noch immer versuchte, sich zu sammeln. Sein Unterbewusstsein registrierte die Stimmen seiner Freunde im Hintergrund, die einander zuriefen, dass es ihnen gutging, und dann seinen Namen brüllten.

»Willkommen, Paladin«, sagte der Mann erneut, was Ahren ausgesprochen seltsam fand. »Ich bin … Belsarius – zumindest könnte man das so sagen.«

Ahren blinzelte langsam und hustete dabei, als seine Lungen den restlichen Staub loszuwerden gedachten. Dann blinzelte er erneut. Ahren fragte sich verwundert, ob er sich vielleicht den Kopf angeschlagen hatte und sich den Mann nur einbildete.

Nein, kam Culhens knappe Antwort, der links neben ihn trat und den protestierenden Kamaluq zu Boden ließ. *Vor dir steht wirklich ein seltsamer Zausel.* Der Wolf schnupperte in Richtung der Gestalt und nieste. *Also entweder macht mir der Steinstaub zu schaffen oder der Kerl riecht nach nichts. Sei besser vorsichtig, Ahren.*

Die Hand des Dreizehnten wanderte zum Griff seiner Waffe. »Laut allem, was die Welt über Belsarius weiß, ist der aber vor langer Zeit gestorben«, sagte er scharf.

»Tatsächlich?«, fragte der Fremde, ohne eine Miene zu verziehen. »Wie bedauerlich.«

Rechts von Ahren tauchte Khara in seinem Blickfeld auf wie ein weißgewandeter Geist, der aus einem Nebelschleier hervorbrach.

»Hier steckst du …«, begann sie vorwurfsvoll und unterbrach sich dann. »Oh.« Ihr Blick zuckte erst zu dem Fremden und dann zu Ahrens Hand an dessen Waffe. Einen Herzschlag später glitten ihre Klingen zischend aus ihren Hüllen.

»Dieser Mann behauptet, Belsarius zu sein«, sagte Ahren langsam, ohne seinen Blick von dem reglos dastehenden Mann zu nehmen.

»Uldini«, rief Khara über die Schulter in den sich langsam legenden Staub hinein. »Wir brauchen dich hier.«

»Wenn dieser nichtsnutzige Paladin sich schon wieder den Schädel aufgeschlagen hat …«, murrte der Erzmagus und trippelte eilig herbei. Dann verstummte auch er, und Ahren sah aus den Augenwinkeln, wie das Gesicht des Magus so fahl wurde, dass er beinahe als Nordmann hätte durchgehen können. »Belsarius«, keuchte er überrascht.

Ahren blies verwirrt seine Wangen auf. Also war die Person vor ihnen wirklich Belsarius – oder er sah nur so aus. »Culhen sagt, dass diese Person keinen Eigengeruch besitzt. Könnte es sich um einen Doppler handeln?« Seine Finger schlossen sich um die Windklinge, bereit, sie bei einem Nicken des Erzmagus umgehend zu ziehen.

»Hallo, Uldini Getobo, Sechster unter den Alten«, sagte der Fremde ungerührt in Richtung der kindlichen Gestalt. »Du hast dich nicht verändert.«

»Und werde es auch nie tun«, brummte Uldini in jenem mechanischen Tonfall, in dem Ahren das Rezitieren einer tausendmal ausgesprochenen Floskel erkannte. »So haben wir uns immer begrüßt, wenn wir unter uns waren«, fügte der Magus mit schmerzerfüllter Stimme hinzu. »Was auch immer dieser Mann ist, er ist kein Doppler. Nur Belsarius kannte diese Worte.«

Mittlerweile hatte sich der Staub so weit gelegt, dass Ahren sich flüchtig umsehen konnte. Sie standen in einem schmucklosen runden

Raum, dessen Boden, Wände und Decke über und über mit in den Stein hineingemeißelten Zauberzeichen versehen worden waren, die auch die Quelle des diffusen Lichtes waren, das die Kammer erhellte. Die Komplexität und Dichte der Zeichen erinnerte Ahren an die Flammenkammer der *Alinas Wut*, nur dass ihm die Kunstfertigkeit der hier angebrachten Runen um ein Vielfaches höher erschien, so als hätte ihr Erschaffer tagelang an jedem einzigen der unzähligen Zeichen gearbeitet.

»Ist das …?«, begann Falk, als die restlichen Gefährten die reglose Gestalt umrundeten.

Belsarius sah Falk an. »Willkommen, Paladin. Ich habe lange auf dich gewartet.«

»Ja, das ist er«, sagte Uldini mit flacher Stimme.

»Aber …«

»Ich weiß.«

Belsarius begrüßte Hakanu mit den gleichen Worten wie auch Falk und Ahren, reagierte ansonsten aber auf keine anderen Person mehr. Lediglich Uldini und die Paladine bedachte er abwechselnd mit seinem nonchalanten, entwaffnenden Lächeln, das so gar nicht zu der angespannten Situation passte.

»Dieser gesamte Raum strotzt nur so vor Magie«, sagte Jelninolan, die sich mit zitternden Beinen schwer auf Trogadons Schultern stützte. »Ich kann sie förmlich schmecken, ohne nach ihr suchen zu müssen.«

Uldini blinzelte und hob *Flammenstern*, um den Raum durch die Kristallkugel zu betrachten. »Sämtliche Zauberzeichen richten sich … auf ihn«, sagte er verdutzt und deutete auf die Gestalt, die behauptete, Belsarius zu sein.

»Das ist richtig, Uldini, Sechster der Alten«, sagte Belsarius.

»Wieso nennt er dich die ganze Zeit so?«, fragte Hakanu den Erzmagus neugierig.

»Weil ich nicht immer der Oberste der Alten war«, sagte Uldini nachdenklich. Dann richtete er seine Worte direkt an Belsarius. »Wenn du wirklich Belsarius bist – wie hast du dann den Hinterhalt durch die Dunkelwesen an der Grenze zu Hjalgar überlebt und wer war der Tote, der damals nach dem Gefecht gegen jene Diener des Widersachers geborgen wurde und deine Kleidung trug?«

Die Miene des dicklichen Alten blieb ungerührt. »Das kann ich nicht sagen.«

Ahren runzelte verwirrt die Stirn. »Irgendwas ist hier merkwürdig.«

»Ach was.« Falks Stimme troff nur so vor Spott.

»Ich meine, dass *er* sich merkwürdig verhält«, sagte Ahren und deutete auf die Gestalt direkt vor sich. »Fällt euch nicht auf, dass er nur seinen Kopf bewegt, der Rest seines Körpers jedoch vollkommen stillsteht? Oder dass sich seine Mimik nie ändert?«

»Was bist du?«, fragte Khara den Mann rundheraus, doch der ignorierte die Schwertmeisterin.

»Er scheint nur Uldini und uns Paladine wahrzunehmen«, fügte Hakanu hinzu. »Ich sage das ja nicht oft, aber ich bekomme langsam eine Gänsehaut.«

»Was bist du?«, wiederholte Ahren die Frage seiner Liebsten.

Belsarius sah ihm lächelnd in die Augen. »Ich bin ein Echo des Belsarius.«

Uldini schnappte entgeistert nach Luft. »Unmöglich!«

»Du meinst wohl widernatürlich«, sagte Jelninolan mit einem Naserümpfen.

»Könntet ihr uns aufklären?«, fragte Falk ungeduldig.

»Das Echo einer Person ist wie ein Splitter seiner Persönlichkeit, den man mittels Magie eingefangen hat und aufrechterhält«, sagte Uldini. »Ich weiß nur von zwei Gelegenheiten, bei denen ein solches Unterfangen versucht wurde. Beide Male wurden die betreffenden Magier durch die Prozedur wahnsinnig und das Ritual scheiterte.«

Ahren lief ein kalter Schauer über den Rücken. »Wieso das?«, fragte er leise.

»Weil ein Echo immer ein Stück der Seele dieser Person in sich verankert«, sagte Jelninolan streng. »Es ist, als würde man eine Facette seiner eigenen Persönlichkeit absplittern und in einem Bannkreis aufbewahren.«

»Warum sollte man so etwas tun?«, fragte Khara verständnislos.

Uldini zuckte mit den Achseln. »Neugier, ob es gelingt? Wegen des Ruhms, einen solch komplexen Zauber gemeistert zu haben? Oder weil man glaubt, dass zwei unvollständige Versionen von sich selbst besser sind als eine vollkommene.«

Jelninolan schnaubte. »Es wurde ebenso theoretisiert, dass man all seine schlechten Eigenschaften auslagern könne, um als perfektes Individuum weiterzuexistieren.«

»Also dieser Kerl hier sieht so aus, als hätte Belsarius sich lediglich von seinem unverbindlichsten Lächeln getrennt«, sagte Trogadon und pikte dem Echo vor sich in die Seite. Sein Finger verschwand im Umriss des Mannes und kleine Funken züngelten die Haut des Zwerges empor. »Das kitzelt«, gluckste er.

»Wenn du damit fertig bist, deine Wurstfinger in eines der größten Meisterwerke arkaner Kunst zu stecken, würde ich gerne herausfinden, was Belsarius mit diesem Echo bezwecken wollte«, ätzte Uldini in Richtung des Schmieds.

»Und das am besten, bevor auch diese Kammer hier mit Wasser vollläuft«, warf Hakanu ein und deutete auf eine sich schnell aus dem verschütteten Gang her ausbreitende Wasserlache.

»Nicht schon wieder«, stöhnte Falk. »Findet irgendwer einen Ausgang?«

Ahren sah sich in dem kreisrunden Raum mit seinen glatten, fugenlosen Wänden um. »Das darf nicht wahr sein«, grollte er. »Gefangen wie in einer Mausefalle. Als ob wir in einem schlechten Traum stecken würden.«

Falk schüttelte den Kopf. »Na schön. Uldini und Ahren reden mit diesem Echo, Belsarius wird es nicht ohne Grund hinterlassen haben, und wir suchen derweil einen Weg hinaus. Wenn wir der Logik folgen, dass Belsarius sich nicht selbst eingeschlossen hätte, muss es hier einen weiteren Ausgang geben.«

Die Freunde teilten sich wortlos auf und begannen die Wände abzuklopfen.

Ahren sah Uldini ratlos an, der mit einem Achselzucken antwortete. Der Paladin atmete tief durch und stellte die erste Frage, die ihm in den Sinn kam. »Warum wurdest du von Belsarius erschaffen?«

Das Echo sah ihn mit seinem immer gleichen Lächeln an, das Ahren schon nach wenigen Augenblicken zu hassen lernte. »Um Informationen für die Paladine zu bewahren und sie gleichzeitig vor dem Widersacher zu verbergen.«

Ein regelrechter Ruck durchfuhr Ahrens Körper, als die Bedeutung dieser Worte sich in seinem Verstand Bahn brachen. Alle Anwesenden hatten ihre Tätigkeit für den Moment unterbrochen und starrten das Echo unverwandt an.

»Dieser gerissene Tüftler«, hauchte Uldini ehrfürchtig. »Er hat sich nicht auf Schriftrollen verlassen, die zerstört werden oder in Feindeshände geraten könnten. Stattdessen erschuf er ein Echo, das der Feind nicht aushorchen kann, weil es nur auf Paladine und andere ausgewählte Personen reagiert.«

»Was für Informationen?«, fragte Falk ungeduldig, erneut mit dem Knauf seines Schwertes die Wand abklopfend. Ahren sah, wie sein ehemaliger Mentor einen besorgten Blick auf die Rinnsale warf, die aus dem verschütteten Fluchttunnel heraus in den Raum flossen.

Belsarius zuckte mit den Achseln. »Das kann ich nicht sagen.«

»Was soll das denn heißen?« Trogadons Stimme spiegelte die gleiche Verwirrung wider, die auch Ahren verspürte.

Culhen schnaubte verächtlich. *Dafür dass Belsarius so klug gewesen sein soll, wirkt sein Echo ausgesprochen dumm.*

»Uldini?«, fragte Ahren den Erzmagus leise. »Weißt du, was seine Antwort zu bedeuten hat?«

Der Angesprochene knetete nachdenklich seine Hände. »Dieses Echo ist sehr … begrenzt, wenn mich der erste Eindruck nicht täuscht«, sagte er und musterte den stumm dastehenden Belsarius. »Anscheinend hat sein Erschaffer nicht versucht, ganze Teile von sich abzuspalten. Deswegen bewegt sich das Echo nicht und schaut immer auf die gleiche Weise drein. Es ist nur ein Gefäß für bestimmte Informationen, vollkommen ohne jede Eigenständigkeit.«

»Das ist ja schön und gut«, knurrte Falk. »Aber warum gibt es diese Informationen dann nicht preis? Es hat selbst gesagt, dass es sie für uns aufbewahrt hat.«

»Dieses Trugbild ist simpel«, warf Jelninolan von der Wand her ein. »Zu simpel, um wie ein Mensch zu reagieren. Wahrscheinlich müssen wir unsere Fragen zielgerichteter stellen.«

»Diese Beschränktheit könnte auch ein weiterer Schutzwall sein«, sagte Hakanu, und Ahren nickte seinem Lehrling ob dessen Geistesblitzes lobend zu. Daraufhin deutete der junge Krieger entschuldigend auf Kamaluq, welcher das Echo des Belsarius nicht aus seinen kleinen Fuchsaugen ließ. »Es war seine Idee, nicht meine«, erklärte Hakanu. »Er vermutet, dass auf diese Weise ein Doppler abgewehrt werden soll, der in die Rolle eines Paladins schlüpft, um das Echo zu narren. Allerdings müsste dieser Doppler die richtigen Fragen stellen, um die passenden Antworten zu erhalten.«

»Litt dieser Belsarius zufällig unter Verfolgungswahn?«, fragte Trogadon. »Man kann es mit den Schutzwällen auch übertreiben.«

»Und das von einem Mitglied jenes Volkes, das ganze Labyrinthe in Berge baut, deren Ausgänge mit riesigen Armbrüsten bewacht werden, um ungebetene Besucher abzuschrecken«, warf Falk schmunzelnd ein.

Trogadon kniff seine Lippen zusammen. »Das ist etwas vollkommen anderes.«

Ahren wedelte mit seiner Hand vor dem Gesicht des Echos herum, um dessen Aufmerksamkeit zu erlangen. »Mein Name ist Ahren und ich bin der dreizehnte Paladin«, stellte er sich höflich vor. »Ich bin aus freien Stücken hier, ohne dass mich der Widersacher oder einer seiner Diener dazu gezwungen hätte, und in diesem Raum gibt es weder Hochfänge noch Doppler.«

Die Augen des Echos leuchteten für einen Herzschlag gelb auf, so als wäre ein Licht im Inneren des Schädels aufgeflammt. »Ich erkenne die Aufrichtigkeit in deinen Worten«, sagte Belsarius.

Uldini pfiff durch die Zähne. »Das war ein Wahrheitszauber, der in das Echo eingebettet war. Er wurde bei der Erwähnung der Doppler aktiviert.«

»Ich habe sie zuerst erwähnt«, murrte Hakanu leise, der lustlos mit seinem Speer auf die Wand eindrosch. Mittlerweile war jeder Fingerbreit der Kammer abgesucht worden und Ahrens Gefährten kehrten mit hängenden Schultern zu ihm und Uldini zurück.

»Anscheinend muss man das Echo direkt ansprechen, damit es reagiert«, sagte Khara. Sie wippte vielsagend auf den Zehen, was ein platschendes Geräusch auf dem nunmehr wasserbedeckten Boden hervorbrachte. »Ich schlage vor, ihr beeilt euch ein wenig mit der Fragerei.«

Uldini schnippte mit den Fingern, damit das Echo ihn ansah. »Besitzt du Informationen, die im Krieg gegen den Widersacher helfen?«

»Ja.«

Der Magus rollte mit den Augen. »Würdest du sie mit uns teilen?«

»Ja.«

Uldini ballte seine Fäuste, bis die Knöchel weiß hervortraten. »Dieses Echo ist *wirklich* dumm. Belsarius sollte sich was schämen.«

»Hat dein Erschaffer herausgefunden, wie man den Widersacher besiegen kann?«, drängte sich Falk in den Dialog hinein.

Das Echo sah ihn an. »Nein.«

Ahrens Mut sank, aber er versuchte es erneut. »Hat er einen Weg gefunden, den Paladinen zu helfen, den Widersacher zu besiegen?«

»Ja.«

Jelninolan stemmte die Hände in die Hüften. »Also das ist sogar für Belsarius recht kleinkariert, dass man die Fragen exakt so formulieren muss, dass er die Antwort findet.«

»Was hat er bloß entdeckt, das ihm solche Angst gemacht hat?«, fragte Uldini sich.

Ahren sah zu dem Echo hinüber, in der Hoffnung, das magische Konstrukt würde antworten, doch natürlich blieb es still.

Culhen sandte ihm das Bild eines wilden Bullen, dem sich von allen Seiten ein Rudel Wölfe näherte. *Versucht, die schlussendliche Wahrheit mit euren Fragen nach und nach einzukreisen.*

Ahren kraulte seinen Freund unter dem Kinn. »Kannst du uns die Erkenntnis deines Meisters mitteilen?«, versuchte er sein Glück.

»Ja.«

»So weit waren wir schon«, stöhnte Falk.

»Dieses Ratespiel wäre viel spaßiger, wenn das Wasser nicht unaufhaltsam steigen würde«, beschwerte sich Trogadon. »Ich möchte an dieser Stelle gerne noch einmal daran erinnern, dass Zwerge *nicht* schwimmen können.«

Das Plätschern des langsam, aber kontinuierlich steigenden Wassers war ein drohendes Mahnmal der ihnen davonlaufenden Zeit, das Ahren unerbittlich zur Eile drängte. Die aufkeimende Furcht in seinem Inneren spiegelte sich in den Augen seiner Freunde wider, die immer wieder nach einem Fluchtweg Ausschau hielten.

»Er kennt also einen Weg, den Paladinen dabei zu helfen, den Widersacher zu bezwingen«, wiederholte Falk hastig. »Wie könnte diese Hilfe aussehen?« Er schaute das Echo an. »Ist es eine Waffe?«

»Nein.«

»War ja klar, dass du an eine Klinge denkst«, fauchte Uldini.

Falk zuckte mit den Achseln. »Eine Lanze hätte ich durchaus schön gefunden.«

»Du holzköpfiger …«

»Die Idee von Falk ist gut«, ging Khara dazwischen. »Wir wissen nun, dass es keine Waffe ist. Was könnte uns noch gegen den Widersacher helfen?«

Uldinis Miene hellte sich auf. »Hat Belsarius einen Zauber gegen den Widersacher entdeckt?«

»Das kann ich nicht sagen.«

»Ihr Götter«, grollte Uldini. »Hat Belsarius einen Zauber entdeckt, der den Paladinen gegen den Widersacher helfen kann?«

»Nein.«

»Ist das umständlich«, stöhnte Trogadon und begann dann, übertrieben ausholende Bewegungen mit den Armen zu vollführen. »Ich habe euch beobachtet. So sieht es aus, wenn ihr schwimmt, richtig?«

»Ich hoffe nicht, mein Lieber«, antwortete Jelninolan schmunzelnd.

Ahren sah, wie Hakanu sich vor Kamaluq hinkniete und dem Fuchs tief in die Augen sah.

»Bist du sicher?«, flüsterte sein Lehrling. »Dann sah er zu Belsarius auf und formulierte etwas hölzern, so als würde er Wörter von einem Blatt Pergament ablesen: »Wir wissen nun, dass Belsarius etwas entdeckt hat, das den Paladinen dabei helfen soll, den Widersacher zu besiegen. Bitte nimm dies zur Kenntnis.«

Die Augen des Echos leuchteten auf. »Ich verstehe«, sagte es mit einem Hauch Zufriedenheit in der Stimme.

»Sehr schön«, sagte Falk in Richtung Kamaluq. »Braver Fuchs.«

Selsena warf ihrem Paladin einen tödlichen Blick zu und ihre Gereiztheit war für Ahren deutlich zu spüren. »Du willst Lob?«, blaffte der alte Mann in ihre Richtung. »Dann hilf mit.«

Das Titejunanwa trat unruhig mit den Hufen im Wasser, bevor sie stillstand und eine Welle der Beruhigung und geistigen Klarheit von ihr ausging, die Ahren erfrischt und fokussiert zurückließ.

»Viel besser«, sagte Falk und tätschelte ihr den Hals. »Das ist mein Mädchen.«

»Also kein Zauber und keine Waffe«, fasste Khara ihre Erkenntnisse zusammen. »Was könnte uns noch helfen?«

Ahren dachte an die Frau in Schwarz. »Ist es eine Person?«

»Nein.«

»Netter Versuch«, murmelte Uldini anerkennend. »Ist es ein bestimmter Ort?«

»Nein.«

»Ich beginne diesem Wort eine gewisse Abneigung entgegenzubringen, egal wie sehr Selsena mich auch beruhigt«, sagte Khara. »Und dass dieses Echo mich ignoriert, verbessert meine Laune keineswegs und hilft auch meiner Kreativität nicht auf die Sprünge.«

»Keine Waffe, kein Zauber, keine Person, kein Ort«, zählte Falk auf. »Was bleibt da noch?«

»Ist es ein Gebet?«, fragte Hakanu da plötzlich mit großen Augen.

»Nein.«

»Ach, Mist. Ich dachte, ich hätte das Rätsel gelöst.«

»Ein Gebet ist auch nur eine Art Zauber, da die Götter uns ja die Magie schenkten, die …«, begann Uldini, bis Falk ihn derart böse anstarrte, dass der Erzmagus verstummte.

»Vielleicht gehen wir jetzt zu spezifisch an die Frage heran«, sagte Ahren und wandte sich an das Echo. »Ist es ein Objekt?«

»Nein.«

Ahren atmete frustriert aus. »Dann ein bestimmter Umstand?«

»Ja.«

Falk klatschte zufrieden in die Hände. »Ein Fortschritt.«

Ahren nickte. »Bitte nimm zur Kenntnis, dass wir wissen, dass die Hilfe für die Paladine beim Bekämpfen des Widersachers aus einem bestimmten Umstand besteht.«

Wieder ein Augenleuchten. »Ich verstehe.«

»Ein Umstand, ein Umstand«, murrte Uldini indes nachdenklich.

»Dass die dreizehn Paladine vereint sein müssen, ist auch ein bestimmter Umstand«, warf Jelninolan ein. »Vielleicht gibt es einen weiteren, von dem wir nichts wissen?«

Ahren wurde mulmig zumute, als ihm ein Gedanke kam. »Müssen die Götter erwacht sein?«

Jelninolans Kopf ruckte herum. »Oh, bitte nicht …«

»Nein«, sagte das Echo.

Alle Anwesenden atmeten auf. »Das wäre ein sehr laaanger Krieg geworden«, sprach Trogadon aus, was Ahren und wahrscheinlich jeder hier im Raum dachte.

»Wir sollten nur noch Fragen stellen, deren Antworten wir auch hören wollen«, schlug Khara scherzhaft vor. Dann zuckte sie zusammen, als kaltes Wasser in ihren Stiefel lief.

Hakanu hob Kamaluq auf, da der Fuchs bereits zu schwimmen begonnen hatte. Das kleine Tier rieb dankbar seinen Kopf an dem des jungen Paladins und fiepte leise. »Handelt es sich um eine bestimmte

Zeit?«, übersetzte Ahrens Schützling die Gedanken des Tieres.

»Ja.«

Totenstille senkte sich über den Raum. Ahren wagte kaum zu atmen, als ihm die Konsequenzen dieser Offenbarung durch den Kopf gingen.

»Keine voreiligen Schlüsse«, sagte Uldini schließlich nervös. »Welchen Zeitpunkt kann Belsarius gemeint haben?«

Ahren hob mahnend eine Hand. »Bitte nimm zur Kenntnis, dass wir wissen, dass die Hilfe für die Paladine beim Bekämpfen des Widersachers aus einem bestimmten Zeitpunkt besteht«, leierte er herunter.

»Ich verstehe.«

Falk rieb sich mit einer Hand übers Gesicht. »Dann wollen wir mal. Muss der Widersacher bei Sonnenlicht getötet werden?«

»Nein.«

»Dann bei Mondlicht?«, fragte Hakanu.

»Nein.«

»Eine Jahreszeit«, schob Ahren hoffnungsvoll hinterher.

Wehe, er sagt jetzt im Herbst, murrte Culhen.

»Nein.«

Falks Gesicht hellte sich unter einem Einfall auf. »Ein bestimmter Mond?«

»Nein.«

»Verdammt!«

»Eine Mondphase?«, versuchte Uldini sein Glück.

»Nein.«

Trogadon schlug demonstrativ auf das immer höher steigende Wasser ein, das dem Zwerg bereits bis zu den Oberschenkeln reichte. »Dieser Belsarius kann froh sein, dass er bereits tot ist, denn ich hätte ihn für dieses miese kleine Ratespiel in diesem elenden Sickerwasser ersäuft.«

Ahren traute sich kaum, die nächste Frage zu stellen. »Muss es ein bestimmter Tag sein?«

Seine Gefährten sahen das Echo beinahe flehentlich an. Der Paladin schätzte, sie hofften ebenso wie er auf ein Nein.

»Ja.«

»War ja klar«, schmollte Trogadon. »Wieso sollten die Götter unsere Aufgabe auch leichter gestalten, wenn sie uns stattdessen mit Ketten an Händen und Füßen durch einen Sumpf voller Hindernisse waten lassen können.«

»Die Götter können nichts dafür«, warf Jelninolan tadelnd ein. »Sie wissen um den Fehler, den sie mit der Erschaffung des Hüters machten. Sie helfen seitdem, so gut sie nur können.«

»Fühlt sich leider nicht immer so an«, murmelte Falk leise.

Uldini wandte sich an das Echo. »Bitte nimm zur Kenntnis, dass wir wissen, dass die Hilfe für die Paladine beim Bekämpfen des Widersachers aus dem Wissen um einen bestimmten Tag besteht.«

Die Augen des Echos glühten. »Ich verstehe.«

Ahren stutzte. »Bilde ich mir das nur ein oder war das Leuchten gerade etwas intensiver?«

Jelninolan nickte. »Vielleicht ein Hinweis, dass wir uns der richtigen Antwort nähern«, mutmaßte sie.

Oh ja, bitte, meldete sich Culhen. *Das Wasser ist kalt und es gibt kaum etwas Würdeloseres als einen Eiswolf mit Schnupfen.* Dann nieste er theatralisch.

Ahren ignorierte sowohl seinen befellten Freund als auch die Kühle, die mit dem steigenden Pegel des Sickerwassers an seinen Beinen emporstieg. Die Zauberzeichen, die bereits unter Wasser lagen, glommen weiterhin in ihrem diffusen Licht und gaben der klaren Flüssigkeit eine unwirkliche Erscheinung. Ahrens Angst, in dieser entlegenen Kammer kurz vor Erreichen ihres Ziels zu ertrinken, wurde hingegen stetig realer und greifbarer.

»Sollen wir jetzt ernsthaft alle Tage im Jahr durchgehen?«, fragte Falk drängend.

Uldini schüttelte den Kopf. »Beginnen wir mit den sinnvollsten Kandidaten. Ist es die Tag- und Nachtgleiche?«

»Nein.«

Uldini runzelte irritiert die Stirn. »Eine der Sonnenwenden?«

»Nein.«

»Ist es ein bestimmter Tag des Jahres?«, fragte Hakanu.

»Nein.«

»Guter Einfall«, lobte Khara. »Auch wenn mir die Antwort nicht gefällt.«

»Also die Neigung des Echos zur Geheimniskrämerei funktioniert jedenfalls bestens«, grollte Uldini. »Ich stehe selbst kurz davor, die Runen in den Wänden zum Schmelzen zu bringen, und bin mir daher sicher, jeder Diener des Widersachers hätte dieses *dumme* Echo längst zum Schweigen gebracht.«

»Das hilft nicht«, ermahnte ihn Jelninolan.

»Doch«, fauchte Uldini zurück. »Mir schon.«

Ahren fühlte sich ratlos und elend. Mit jeder Frage wurde offensichtlicher, wie schwer es werden würde, jene mysteriöse Information zu erhalten, die Belsarius entdeckt und sicher in seinem Echo verwahrt hatte.

»Also ich weiß nicht, was wir noch fragen könnten«, verkündete er resigniert.

»Wenn es kein Jahrestag ist, so kann es nur ein Zeitpunkt sein, der nicht alljährlich wiederkehrt«, dachte Uldini laut.

Jelninolan deutete mit den Fingern aufwärts. »Es gibt andere machtvolle Zeitpunkte. Bisher dachten wir vor allem an den Mond. Vielleicht geht es stattdessen um eine Sternenkonstellation.«

Uldini strahlte sie dankbar an. »Natürlich! Du bist die beste, Tantchen. Belsarius, handelt es sich bei dem fraglichen Tag um einen Zeitpunkt, an dem die Sterne in einem bestimmten Muster am Himmel stehen müssen?«

»Ja.«

»Oh gut«, sagte Trogadon trocken. »Jetzt müsst ihr nur noch die Sternbilder durchgehen.« Dann ging er in die Knie, sodass sein Kopf kaum noch aus dem Wasser herausragte. »Blubb, blubb, blubb.«

»Du wirst dich wundern«, sagte Uldini kämpferisch, und dann begann er in rasender Geschwindigkeit Sternbilder aufzuzählen. Bei jedem fragte er, ob es am fraglichen Tag von Bedeutung sein würde, und wenn ja, ob es am Nordhimmel zu sehen war oder nicht. Zu Ahrens Erstaunen gab sich der Magus nicht mit dem erstbesten Ja zufrieden, sondern fragte weiter und weiter, bis er schließlich verstummte.

»Ich bin beeindruckt«, sagte Falk widerwillig, der die Kälte des unerbittlich steigenden Wassers im Gegensatz zu Ahren kaum zu bemerken schien. »Da waren Sternbilder dabei, die nicht einmal ich kannte.«

Uldini reagierte nicht, sondern schloss die Augen. »Der Bogenschütze reitet in jedem fünfhundertsten Winter den Großen Wallach«, sinnierte er vor sich hin. »Aber nur jedes zweite Mal ist während dieser Konstellation auch der Mahlstrom zu sehen und noch seltener schließt er die beiden genannten Sternbilder ein. Wenn man dann noch das Zeichen der DREI hinzurechnet, das ebenfalls am Himmel stehen soll, dann reden wir von einem Tag, der alle … knapp dreizehnhundert Jahre wiederkehrt.«

»Na toll«, machte Falk angewidert. »Da wäre mir ja die Variante lieber, bei der wir auf das Erwachen der Götter warten müssten. Das geschieht sicherlich schneller.«

»Kannst du uns sagen, wann diese Konstellation das nächste Mal eintritt?«, fragte Ahren mulmig, der nur noch mühsam ein Zähneklappern unterdrücken konnte, aber Uldini schüttelte den Kopf.

»Dazu brauche ich Aufzeichnungen über die Bewegungen der Sterne, die ich nicht besitze. Wir sollten Akkad oder Quin-Wa dazu befragen, sobald wir nach Hochstein gelangen.«

Ahren nickte angespannt und hob demonstrativ die Hände aus dem Wasser. »Ein Grund mehr, so schnell wie möglich dort anzukommen. Belsarius, bitte nimm zur Kenntnis, dass wir wissen, dass die Hilfe für die Paladine beim Bekämpfen des Widersachers darin besteht, dass wir auf den Tag warten müssen, an dem der Bogenschütze, der Große Wallach, der Mahlstrom und das Zeichen der DREI gleichzeitig am Nordhimmel zu sehen sind.«

Die Augen des Echos glühten so hell auf, dass Ahren fortsehen musste, um nicht geblendet zu werden.

»Na endlich«, sagte es mit einer völlig anderen Stimme, in der ein Hauch authentischen Lebens mitschwang. »Jetzt fehlt nur noch eine Frage«, fuhr das Konstrukt fort. »Die kostbarste von allen.«

Ahren blinzelte gegen die Sterne vor seinen Augen an und erkannte verschwommen, dass der mittlerweile schwimmende Uldini verträumt in das Antlitz des vor langer Zeit verlorenen Alten sah.

»Warum?«, hauchte die kindliche Gestalt, und das Echo lachte.

»Sehr gut«, verkündete Belsarius voller Wärme. »Die Königin aller Fragen. Mit ihr lassen sich alle Rätsel der Schöpfung lösen, wenn man sie nur oft genug stellt.«

»Ich freue mich so sehr, dass ihr euren kleinen Moment unter Magiern genießt«, sagte Trogadon voller Sarkasmus, der sich an Culhens Sattelknauf festklammerte, um nicht unterzugehen. »Aber vielleicht kommt ihr *endlich* mal zu einem Ende? Vorzugsweise eines, bei dem sich ein Fluchtweg öffnet?«

So viel Leben auch plötzlich in dem Echo zu stecken schien, reagierte es noch immer nicht auf die Worte des Zwerges. Stattdessen sah es Uldini an, so wie ein Meister seinen Lieblingsschüler anblicken würde. »Alles in der Schöpfung folgt einem Muster«, begann er. »Der Frühling folgt auf den Winter, der Herbst auf den Sommer. Der Tag folgt auf die Nacht und umgekehrt. Erst folgt die Ebbe, dann die Flut.«

»Oh gut«, warf Trogadon bissig ein. »Ich hatte schon Angst, er würde bei seiner Erklärung weit ausholen.«

Ich weiß echt nicht, wie ich mit Trogadon auf dem Rücken schwimmen soll, stellte Culhen verunsichert fest.

»Kannst du etwas gegen das ansteigende Wasser tun?«, bedrängte Ahren das Echo.

»Es tut mir leid«, sagte Belsarius mit einer Miene echten Bedauerns, während er selbst nur noch mit Brust und Kopf aus dem Wasser ragte, das einfach durch ihn hindurchfloss. »Ich weiß nichts von irgendwelchem Wasser.«

»Es bleibt ein magisches Konstrukt«, warf Uldini ein. »Es hat keinerlei Verständnis für irgendetwas außerhalb der Dinge, die ihm eingegeben wurden.«

»Dann sorg dafür, dass dieses Echo seine Nachricht loswird«, drängte Falk den Erzmagus. »Vielleicht kann es danach ja *wahrhaftig* nützlich sein.«

Ahren sah, wie Hakanu Kamaluq auf dem Rücken der wassertretenden Muai absetzte. Die knurrende Tigerin sah genauso begeistert aus, wie man dies von einer nassen Großkatze erwarten durfte.

»Alles folgt einem Muster«, soufflierte Ahren dem Echo hastig, welches diese Worte bereitwillig aufgriff.

»Genau. Und dieses Muster lässt sich auch erkennen, wenn man es auf den Widersacher anwendet.« Die Erscheinung hob eine Hand und plötzlich glühte ein Haufen magischer Lichtpunkte unterhalb der Decke auf. »Dies ist die Konstellation der Sterne an jenem Tag, als der Hüter von den DREIEN erschaffen wurde.«

Uldini starrte derart gebannt auf das magische Trugbild über ihnen, dass er für einen Moment das Schwimmen vergaß und unterging. Ahren griff nach der Robe seines Freundes und zog ihn an die Oberfläche.

»Und während dieser Konstellation kann der Hüter auch wieder getötet werden«, hauchte Uldini mit einem breiten Lächeln auf den Lippen.

»Falsch«, korrigierte Belsarius sanft. »An diesem einen Tag kann er *am leichtesten* getötet werden. So wie es eine Zeit für die Aussaat gibt, so auch eine für die Ernte. Durchbricht man die Harmonie des Zirkels, der alles Sein durchdringt, muss man nicht nur gegen seinen Gegner, sondern auch gegen die Kraft des Zirkels selbst ankämpfen.«

Falk stöhnte, während er mit den Händen erste Schwimmbewegungen vollführte. »Soll das heißen, die Paladine hatten jahrtausendelang deswegen so großes Pech gehabt, den Widersacher zu stellen, weil sie stets zur falschen Zeit zuschlugen?«

Belsarius nickte. »Jedes Wirken hat seine Zeit. Den Grund eines Sees erreicht man besser im Hochsommer statt im tiefsten Winter, wenn er zugefroren ist und das Wasser tödliche Kälte verströmt.«

»Wie?«, fragte Uldini entgeistert. »Wie bist du darauf gekommen?«

»Na klar«, maulte Trogadon. »Diese Frage ist auch viel wichtiger, als unsere Leben zu retten.«

Belsarius sah selbstzufrieden aus, als er erneut zur Decke deutete, nun jedoch aus einer vollkommen anderen Intention heraus. »Ich fand Malereien in Höhlen aus der Zeit, als die ersten Menschen, Zwerge und Elfen von den Göttern in die Weiten Joraths entlassen wurden. Diese primitiven Zeichnungen bildeten erst drei übergroße Wesen ab – und dann irgendwann ein viertes. Und bei jedem Volk tauchte auf die eine oder andere Weise diese Sternenkonstellation in ihren Malereien auf.«

»Die Erschaffung des Hüters muss überall auf Jorath zu sehen gewesen sein«, sagte Jelninolan ehrfurchtsvoll, die ebenso wie Uldini in der Offenbarung des Wissens gefangen war, und geistesabwesend auf der Stelle schwamm. »Damals müssen die jungen Völker geglaubt haben, dass ein vierter Gott geboren worden war, der von nun an auf sie Acht geben würde.«

»Das war ja auch gewissermaßen der Plan«, keuchte Khara, die Trogadon dabei half, über Wasser zu bleiben. »Bis der Widersacher uns und die Götter aus Herrschsucht und Eitelkeit verriet.«

»Bitte lasst das nette Echo ausreden, damit wir vielleicht lebend hier rauskommen, ja?«, fragte Trogadon zuckersüß, der mittlerweile dank Kharas Hilfe auf Culhens Rücken saß. Der Wolf musste seinen Kopf in den Nacken legen, um kein Wasser zu schlucken, und Ahrens Unruhe wuchs.

»Aber ich habe noch so viele Fragen!« Uldinis Ausruf war durchsetzt von einer Qual, die Ahren wie ein Dolchstoß ins Herz traf.

Ahren!, rief Culhen und strampelte sich mühsam ab, um sich und den Zwerg über Wasser zu halten. *Es ist keine Zeit mehr!*

»Bitte nimm zur Kenntnis, dass wir nun wissen, dass der Widersacher am besten zur gleichen Sternenkonstellation bekämpft werden kann, zu der er auch erschaffen wurde«, rief der Paladin, der mit seinen Fingerspitzen bereits die Decke der Kammer berühren konnte.

»Nein«, stöhnte Uldini gequält auf, aber da leuchteten die Augen des Echos erneut.

»Oh«, machte es und seine Miene wirkte mit einem Mal gütig, etwas konfus und derart bodenständig, dass Ahren umgehend eine tiefe Sympathie für sein Gegenüber empfand. Das Echo wedelte mit einer Hand. »Hier ist es aber feucht. Das muss für euch sehr ungemütlich sein.« Es sah Uldini an. »Unser Schwätzchen wird noch etwas warten müssen – wenn die Götter uns gnädig sind.«

Uldini nickte traurig. »Lebewohl, alter Freund.«

Belsarius lächelte. »Lebewohl. Und führe die Alten gut und weise.« Dann löste sich das Echo auf und mit ihm das Lichterspiel an der Decke. Einen Moment später folgten die Runen in den Wänden und mit ihnen das Licht, das die Kammer erhellt hatte.

Schlagartig war es stockdunkel und nur das schwere Atmen der Gefährten und das Plätschern des Wassers, ob ihrer hektisch werdenden Schwimmzüge, war zu vernehmen.

»Das war es?«, prustete Falk wütend. »Er gibt uns einen Haufen Instruktionen, mit denen er uns ersaufen lässt?«

Ahrens Kopf stieß gegen die Decke. Er zuckte überrascht zusammen und atmete metallisch schmeckendes Sickerwasser ein, dessen Kälte ihm in den Lungen brannte. Er hustete und hörte Trogadon fluchen.

»Das kann nicht sein«, wisperte Uldini fassungslos in die Finsternis hinein. »Belsarius würde nie …« Seine Stimme verlor sich und *Flammenstern* erwachte zu glimmendem Leben, eine bis auf eine Handbreit mit Wasser gefüllte Kammer offenbarend.

Kharas Hand griff tastend nach Ahrens und seine Gedanken wurden panisch, als Culhen winselnd Wasser in die hochgereckte Nase bekam.

Ahren …

Bevor Culhen weiterreden konnte, glitt ein Rumpeln durch den Raum, das von überall zugleich zu kommen schien. Die Runen im Raum glommen ein weiteres Mal auf, doch diesmal eingehüllt in eine feurige Corona, so als würden sie unter Wasser brennen. Dann erlosch ihr Licht – und mit ihm die gesamte Westwand der Kammer, und zwar derart abrupt, als hätte sie nie existiert.

Ahren und seine Freunde wurden ganz unzeremoniell aus dem überfluteten Raum in einen Gang gespült, an dessen Ende eine Wendeltreppe gleich jener, über die sie das Sanktum vom Tal aus betreten hatten, zu einem rettenden Aufstieg einlud.

Wie ein Kübel Fische, den man nach erfolgreichem Fang auf dem Dock entleerte, schwappten die Gefährten gegen die Stufen. Prustend und vor Kälte schlotternd ordneten sie ihre Gliedmaßen, bevor sie sich nach und nach mit wackeligen Beinen aufrappelten. Die Blicke, die Ahren mit seinen Freunden tauschte, spiegelten den Nachhall der Angst wider, hier in diesem geheimen Gewölbe am Ende der Welt jämmerlich zu ertrinken und die Zukunft Joraths mit in ihr wässriges Grab nehmen zu müssen.

Da schlug Uldini, der noch im Gang stand, wie ein wütender Vierjähriger auf das Wasser ein, das ihm auch hier noch immer bis zur Hüfte stand. »Hätten wir nicht noch Zeit für ein paar Fragen gehabt?«, schluchzte er verzweifelt. »Das ganz am Ende, das war Belsarius in seiner Vollkommenheit, nicht nur der Teil, der die Informationen für uns hütete.« Seine Stimme erstarb zu einem Flüstern. »Das war der *echte* Belsarius.«

»Zumindest fühlte er sich für dich so an«, sagte Jelninolan sanft. »Aber Belsarius ist vor langer Zeit gestorben. Und wir können uns nun auch denken, warum.«

»Der Widersacher hat ihn getötet, damit sein Wissen mit ihm stirbt«, mutmaßte Ahren und die Elfe nickte ihm zu. »Wissen, das er zuvor in seinem Echo sicher verwahrt hatte.«

»Er wusste es«, sagte Uldini tränenüberströmt. »Er wusste bereits, dass der Widersacher ihn töten würde, als er diesen Zauber sprach.«

»Wahrscheinlich hat er gemerkt, dass ihm die Diener des Widersachers auf den Fersen waren«, sagte Falk schwermütig. »Bestimmt erschuf er daher das Echo und lockte sie fort, damit sie sein Sanktum nicht finden würden.«

»Was sie trotzdem taten«, sagte Uldini in einem Ton, als wäre jede Silbe ein Haufen Asche, den er ausspie.

»Aber sein Echo fanden sie nicht«, tröstete Khara die kindliche Gestalt. »Sein Wissen überlebte, um nun in unsere Hände zu gelangen.«

»Können wir bitte diese Wendeltreppe hinaufsteigen?«, bat Trogadon kleinlaut. »Das Wasser füllt auch diesen Gang und für heute habe ich genug von der Angst zu ertrinken.«

Wortlos setzte sich die Gruppe bibbernd in Bewegung. Ahren hing indes seinen umherwirbelnden Gedanken nach, das soeben Offenbarte im Kopf wendend. *Jedes Wirken hat seine Zeit*, hatte Belsarius gesagt. Konnte es wirklich sein, dass die jahrtausendealte Aufgabe der Paladine bisher an jener einen Information gescheitert war, die Belsarius schließlich entdeckt hatte? Aber wenn es stimmte, was ihnen vom Echo anvertraut worden war, wieso hatte noch keiner der Alten jemals eine Verbindung zwischen Erschaffung und Vernichtung jenes Hüters gezogen, der nun als ER, DER ZWINGT, bekannt und gefürchtet war?

Vergiss nicht, dass dieser Belsarius laut Uldini einen außergewöhnlichen Geist besaß, ließ sich Culhen vernehmen, der sich mühsam die Wendeltreppe hinaufschob. *Ihm war nicht nur die Magie sehr wichtig, sondern ebenso das Weltliche und die Historie Joraths. Welcher Alte, den du kennst, verfügte über solch vielseitige Interessen und Begabungen?*

»Wir sind da«, verkündete Trogadon triumphierend. »Das Ende der Wendeltreppe ist«, seine Schultern sackten herab, »nicht erreicht. Natürlich ist der Ausgang verschüttet.«

»Das ist nicht dein Ernst«, stöhnte Falk und starrte zu dem Zwerg hinauf.

Muai grollte.

»Sie riecht frische Luft«, sagte Khara erleichtert. »Der Einsturz kann also nicht allzu tief sein.«

»Endlich gute Nachrichten«, seufzte Hakanu erleichtert. Dann reckte er den Hals, um ebenfalls um die Wendelung in Richtung Trogadon zu spähen. »Soll ich zu dir kommen und meinen Speer werfen?«

Die Gefährten stöhnten auf und Ahren ließ seine Hand schwer auf die Schulter seines Lehrlings fallen.

»Wir beide sollten uns mal darüber unterhalten, dass man nicht jedes Problem mit einem Speerwurf lösen kann …«

Endlich erfüllte das erlösende Krachen zu Boden polternden Gerölls die Enge des Treppenaufgangs, gefolgt von einem herrlichen Windstoß frischer Luft und einem Schimmer indirekten Sonnenlichts, der bis zu Ahrens Position reichte. Unter ihm gluckerte das Sickerwasser wenige Schritt entfernt vor sich hin, ganz so, als wären die beständig ansteigenden Fluten enttäuscht, dass Ahren und die anderen schlussendlich ihrer nassen Umarmung entkommen waren.

»Raus hier«, fasste Khara seine Gedanken treffend zusammen, und Ahren konnte nicht verhindern, dass er ein wenig drängelte, um endlich dem Sanktum des Belsarius zu entsteigen. Als er hinter Culhen und neben Khara aus dem freigegrabenen Ausgang stolperte und die frische Bergluft tief in seine Lungen saugte, riss er lächelnd die Augen auf und sah sich beeindruckt um.

»Das ist mal ein fantastischer Anblick«, rief Falk mit ausgebreiteten Armen und drehte sich um die eigene Achse.

Sie standen auf einem Bergsattel, der von dem Erdrutsch, der gut eine halbe Länge unter ihnen das Tal verwüstet hatte, verschont worden war. Die Sonne stand bereits tief am Himmel und beleuchtete den verharschten Schnee ringsum, der funkelte und glitzerte, als würden die Gefährten auf einem Haufen Diamanten stehen. Die Luft war kalt, aber nicht schneidend, da der dicht neben ihnen aufragende Berg die kleine Gruppe weitestgehend vor dem Wind abschirmte, und nirgends war ein anderes Lebewesen zu sehen, ein Umstand, der in Kelkor, dem Land der Monster und Dunkelwesen, kostbare Sicherheit bedeutete.

»Schöner wäre es ohne Schnee«, murmelte Hakanu und grinste dann schief. »Seit den Eisfeldern sehne ich mich nach der brütenden Hitze des Sommers.«

»Wir leben und sind außerdem ein ganzes Stück schlauer, als wir es am gestrigen Tag waren«, sagte Ahren achselzuckend. »Im Leben eines Paladins gilt das als Riesenerfolg.«

Hakanus Grinsen wurde breiter. »Da habt Ihr recht, Meister.«

Falk tätschelte der tänzelnden Selsena liebevoll den Hals. »Hör dir an, wie die Jungspunde ob ihrer Aufgabe stöhnen.« Dann legte er den Kopf schief und runzelte die Stirn. »Was soll das heißen, ich habe die ersten hundert Jahre genauso geklungen?«

»Auch wenn ich wieder die Rolle des Spielverderbers einnehmen muss«, sagte Uldini schneidend, »aber unsere Ausrüstung ist vollkommen von Eiswasser durchnässt – und damit auch unsere Bettrollen – und es ist in diesen Bergen zu kalt, um schutzlos die Nacht im Freien zu verbringen. Und bevor jemand fragt: Ich würde ungern eine Entfesselung riskieren, um ein paar Wolldecken zu trocknen.«

»Wenigstens hat Trogadon mit dem Freilegen des Ausgangs so lange gebraucht, dass unsere Kleidung halbwegs trocknen konnte«, sagte Falk und sah sich suchend um, während er gegen die Kälte die Arme um den Leib schlang. »Aber Uldini hat recht, wir müssen dringend einen Unterschlupf finden.«

»Und wenn wir zurück in den Tunnel gehen und dort übernachten?«, begann Hakanu, doch Khara packte sein Kinn mit einer Hand und drehte seinen Kopf sacht in Richtung der Öffnung, durch die sie entstiegen waren. Erste Rinnsale quollen daraus hervor und gefroren in der Bergluft zu kleinen Eispfützen. »Oh«, machte Ahrens Lehrling nur.

»Bis zum nächsten Sonnenaufgang wird das Sanktum bereits vollgelaufen sein«, sagte Uldini betrübt. »Es hat seine Aufgabe erfüllt. Übrig bleiben nur mit Geröll und mit Wasser angefüllte Kammern in einem verlassenen Berg.«

Jelninolan legte dem Erzmagus eine Hand auf die Schulter und der drückte sich in einer untypischen Geste der Verletzlichkeit an die Hüfte der Elfe.

»Ahren, Trogadon und ich suchen uns einen Weg von diesem Bergsattel hinab«, sagte Falk und nahm dabei seinen Bogen von Selsenas Rücken. »Mit etwas Glück finden wir eine unbewohnte Höhle, in der wir übernachten und unsere Ausrüstung trocknen können. Morgen machen wir uns auf den Rückweg. Unterwegs können wir Waldläufer jagen gehen, bis wir wieder in zivilisiertem Gebiet sind. Von da an ist die Reise bis nach Tiefstein hoffentlich weniger ereignisreich als bisher …« Der Paladin runzelte verärgert die Stirn. »Hört mir hier überhaupt jemand zu?«

Ahren grinste und deutete gen Süden auf einen rasch größer werdenden Fleck am Himmel. »Wenn du nicht so sehr mit deinen eigenen Gedanken beschäftigt gewesen wärst, hätte dich Selsena sicherlich eingeweiht«, sagte er verschmitzt. Dann kraulte er Culhen, der ein freudiges Heulen ausstieß.

Sonnenschimmer kommt! Sonnenschimmer wird uns alle retten!

9. Kapitel

Wie immer war der Anflug des Rukhs ein großartiger Anblick, aber als der riesige Vogel auf dem Bergkamm zur Landung ansetzte, erkannte Ahren erst, wie riesig Sonnenschimmer im Laufe der wenigen Jahre geworden war, die seit ihrem Schlüpfen vergangen waren. Das Kettengeflecht auf ihrer Brust war massiv erweitert worden und schimmerte an den Rändern im verräterischen Glanz von Zwergenstahl. Nur in ihrem Zentrum, direkt über Herz und Lunge des gewaltigen Vogels, bestand die Rüstung noch aus Tiefenstahl.

Doch noch beeindruckender als die Größe des Vertrautentieres, von dessen Nacken ihnen Sunju zuwinkte, war der hölzerne Kasten, der wie ein überdimensionierter Karren ohne Räder mit mannsbreiten Lederriemen auf den Rücken des Rukhs geschnallt worden war. Ahren war sich ziemlich sicher, wozu dieser Aufbau diente, und ebenso war er davon überzeugt, dass ihm und seinen Gefährten gleich ein paar lebhafte Diskussionen mit ihren Vertrautentieren bevorstehen würden. Dann erhob sich ein dunkler, verrunzelter Kopf aus dem Holzgestell, der von weißem Haar gesäumt wurde.

»Verschollen, aber aufgespürt, wo ein treuer Freund einen zweiten Tod fand«, rief Schläft-im-Wipfel und sah dann Uldini mit einer Mischung aus Häme und Mitgefühl an. »Wenn dein Herz nicht bluten würde, müsste ich dir sagen, dass es ermüdend ist, dich ständig wie ein äußerst dummes Faultier aufklauben zu müssen, damit du den Weg nach Hause findest.«

»Geh und leck an einem Fahlfrosch«, knurrte Uldini.

Schläft-im-Wipfel lächelte dünn und befeuchtete ihre Lippen. »Verlockend. Aber nicht jetzt.«

»Quin-Wa hat uns geschickt«, verkündete Sunju, während Sonnenschimmer ihre Schwingen einfaltete und sich so platt es ihr möglich war in den Schnee drückte. »Wir sollten der magischen Spur folgen, die der Bannfluch des Widersachers hinterlassen hat. Sie vermutete – oder besser, befürchtete –, dass er euch galt, nachdem ihr wider Erwarten nicht in Tiefstein aufgetaucht seid.«

Ahren legte fragend den Kopf schief. »Warum hast du uns mit Sonnenschimmer nicht schon vor Wochen im Eathinian abgeholt?«

Sunju schüttelte bedauernd den Kopf. »Langes Reisen durch die Luft ist gefährlich geworden«, sagte die bleiche Frau. »Diener des Widersachers und von ihm ausgesandte Zauber sind Sonnenschimmer ständig auf den Fersen. Hätte der Dunkle Gott sich nicht verausgabt, als er euch seinen Bannfluch hinterherschleuderte, hätte ich es nicht einmal unter dem Schutz von Schläft-im-Wipfel gewagt, euch hier zu suchen.«

»Unzählige Schwingen, teils schwarz, teils weiß«, orakelte die Alte kopfschüttelnd. »Und alle richten ihre Schnäbel auf die arme Sonnenschimmer.«

»Ihr werdet sehen, was wir meinen, wenn wir uns auf den Rückweg begeben«, sagte Sunju mit einem Schulterblick auf die Alte. »Wenigstens sind jetzt Jelninolan und Uldini dabei, um die Dunkelwesen fernzuhalten, die uns am Himmel jagen.«

Uldini hüstelte. »Äh, was das angeht …«

»Rechnet nicht mit uns«, beendete Jelninolan entschuldigend den Satz des Erzmagus.

»Höre lieber auf das, was sie sagen«, knurrte Falk in Richtung der schamanischen Alten. »Ihr wollt nicht, dass Jelninolan und Uldini sich entfesseln, während wir in dieser Nussschale auf dem Rücken eines Rukhs sitzen.«

Das reicht, sagte Culhen trocken. *Ich laufe zurück.*

Ahren freute sich auch nicht darauf, sein Leben ein paar hölzernen Brettern anzuvertrauen. Aber die Weigerung des Wolfes löste in ihm eine gewisse Sturheit aus.

Rein da!, kommandierte er.

Auf keinen Fall. Erinnerst du dich an die Gondeln in Tausend Hallen? Mit einer von denen sind wir abgestürzt! Und die war wenigstens aus Metall. Und geschlossen! Diese Konstruktion hier ist aus Holz und reicht mir nicht mal bis zum Kinn. Ich bin doch nicht wahnsinnig!

»Steigt über die Schwanzfedern ein«, sagte Sunju und deutete auf die Rampe, die Sonnenschimmer mittels besagter Federn gebildet hatte. »Aber passt auf, dass ihr sie nicht beschädigt. Sie sind zwar mittlerweile so hart wie Eichenholz, aber das bedeutet nicht, dass sie unverwüstlich sind.« Dabei sah sie tadelnd Trogadon an, der in seiner Hast, den Rücken des Rukhs zu besteigen, wild über das Federkleid stapfte.

Der Zwerg zog beschämt den Kopf ein, aber das kindliche Glitzern der Vorfreude in seinen Augen verschwand dadurch nicht.

»Khara, könntest du Muai bitte zum Einsteigen bewegen?«, fragte Ahren die Schwertmeisterin mit besonders lauter Betonung. »Damit mein feiger Wolf sieht, dass es dort oben sicher ist.«

Die Tigerin grollte und schlug mit dem Schwanz, während sie Ahren aus zusammengekniffenen Augen anfunkelte.

»Äh, da gibt es ein Problem«, flüsterte Khara. »Sie weigert sich ebenfalls, diese – wie sie es nennt – Todesfalle zu betreten.«

Ahren rollte mit den Augen. »Das darf doch nicht wahr sein …«

Siehst du, krähte Culhen triumphierend. *Selbst eine dumme Katze erkennt, wie schlecht die Idee ist, sich in einen Lastenkarren zu setzen, der über den Himmel getragen wird.*

Mittlerweile waren alle bis auf Ahren, Khara und ihre beiden Vertrautentiere auf den Rücken des Rukhs geklettert. Selbst Selsena hockte mit stocksteif aufgerichtetem Kopf in dem übergroßen Holzkarren, während Falk neben ihr nicht weniger verkrampft dreinblickte. Uldini und Jelninolan wirkten hingegen äußerst entspannt, aber das konnte auch ihrer Entkräftung geschuldet sein, die aus Ahrens eigener Erfahrung jegliche Gefühle dämpfte, wenn sie nur groß genug war.

Hakanu saß ganz vorne in dem Karren, ein breites Lächeln auf den Lippen, das er sonst für seine typischen Tagträume von großen Heldentaten aufhob. Er streichelte gedankenverloren den zitternden Kamaluq. Zweifelsohne erinnerte sich das kluge Tier daran, dass es keine einzige Sage oder Legende über einen fliegenden Fuchs gab, aber sehr wohl solche über törichte Lebewesen aller Art, die aus großen Höhen zu Tode gestürzt waren.

»Gibt es ein Problem bei euch?«, fragte Sunju. »Sonnenschimmer würde gerne losfliegen. Der Schnee an ihrem Bauch kühlt sie aus.«

»Unsere tapferen Vertrautentiere haben Angst«, rief Ahren zu ihr hinüber. Dann fügte er mit einem gemeinen Grinsen hinzu: »Sie trauen Sonnenschimmer wohl nicht zu, dass sie uns alle sicher nach Tiefstein bringt.«

Der Kopf des Rukhs drehte sich daraufhin in Richtung der beiden zögernden Tiere und die Augen des gewaltigen Wesens hefteten sich auf Culhen und Muai.

Das war gemein, beschwerte sich der Wolf, der wie ein zahmer Welpe mit wenigen Sätzen in den Holzkasten sprang, als wäre dieser das bequemste Körbchen auf ganz Jorath. Muai folgte grollend keine drei Herzschläge später.

Khara gab Ahren lachend einen Kuss auf die Wange, bevor sie mit einem gestelzten Hofknicks in Richtung Schwanzfedern deutete. »Wollen wir, mein geliebter Paladin?«, fügte sie in höfischem Ton hinzu. »Unsere Luftkutsche wartet auf uns.«

»Selbstverständlich, mein Augenstern«, erwiderte er pompös und schritt los.

Khara beobachtete ihn mit glitzernden Augen, und der Waldläufer war sehr stolz auf sich, dass seine Beine und Hände beim Erklettern des Rukhs nur minimal zitterten.

Wenn man den eisigen Wind außen vor ließ, der beständig um den riesigen Rukh herumpfiff und Ahren sowie die anderen Reisenden auf dem Rücken Sonnenschimmers auskühlte, war der Flug über das nächtliche Jorath eine der bemerkenswertesten Erfahrungen, die der Paladin je gemacht hatte.

Die kurzen Flüge im Gebirge von Tausend Hallen waren kein Vergleich mit der Wegstrecke, die Sunjus Vertrautentier in einer langen Nacht zurücklegte. Mit erstaunlich trägen Flügelschlägen glitt der Rukh durch die Lüfte und ließ Länge um Länge hinter sich zurück, während Ahren staunend die im hellen Mondlicht unter ihm liegende Schneelandschaft betrachtete. Zuerst waren da die schneebedeckten, zerklüfteten Berge Kelkors gewesen, welche nach der Hälfte der Nacht von den kultivierten Feldern und üppigen Wäldern Hjalgars abgelöst worden waren. Ganze Städte und Dörfer hatte der Paladin vom Rücken des Rukhs aus sehen können, wie sie friedlich und mit rauchenden Schornsteinen dalagen, klein genug, um an filigranes Holzspielzeug zu erinnern, wie es von kunstfertigen Schnitzern an Adlige verkauft wurden, die damit ihre Kinder an einem Herbstfest beglückten.

»Atemberaubend, nicht wahr?«, fragte Khara gewiss zum achten Mal und kuschelte sich mit unter Ahrens Umhang.

Der Waldläufer lächelte. »Ohne das Stöhnen Culhens in meinem Kopf wäre dieser Flug noch viel überwältigender.«

Oh, welch grausames Los, an einen Paladin gebunden zu sein, der seinen treuen Freund in den Tod stürzen lässt, klagte das Tier.

Er und Muai lagen aneinander gekauert und mit platt auf den Holzboden gedrückten Schnauzen in der Mitte des karrenähnlichen Gebildes, das links und rechts am Rand schmale Holzbänke mit Lederriemen für seine zweibeinigen Gäste besaß.

Du weißt schon, dass Sonnenschimmer dich hören kann?, spottete Ahren kopfschüttelnd.

Culhen hatte sich Legionen von Dunkelwesen mutig entgegengeworfen, aber der Gedanke, auf die Flugkünste des Rukhs angewiesen zu sein, ängstigte den Wolf zu Tode.

Ist mir egal, kam die trotzige Antwort. *Ich werde mich gerne bei ihr entschuldigen, wenn wir diesen Albtraum überleben!*

»Dieser Wolf«, murmelte Ahren.

Khara schnaubte. »Frag mich mal. Muai hat bereits mehrfach verkündet, dass sie keinen weiteren Tag an meiner Seite verbringen wird, wenn ich Sonnenschimmer nicht umgehend zur Landung zwinge.«

Die Tigerin stieß daraufhin ein Knurren aus, das in einem kläglichen Maunzen endete.

Khara sah hinauf zum nah wirkenden Firmament und ihre Miene nahm einen Ausdruck tiefer Nachdenklichkeit an. »Sind das da vorne nicht jene Sternbilder, die wir im Sanktum gesehen haben?«, fragte sie leise.

Ahren war wie elektrisiert. Wenn ausgerechnet jetzt der Moment verstrich, in dem sie dem Widersacher am besten an den Kragen gehen konnten …

Ein flüchtiger Blick genügte und er atmete erleichtert aus. »Sie stehen nicht in der richtigen Position«, sagte er und deutete auf eine Gruppe aus fünf Sternen, die in einem simplen Muster beieinanderstanden. »Das ist der Bogenschütze. Er ist um diese Jahreszeit immer über Hjalgar zu sehen.« Sein Finger wanderte nach rechts auf eine Gruppe aus sechs Sternen, die beinahe nebeneinander angeordnet waren. »Das ist der Große Wallach, der im gestreckten Galopp über den Himmel zieht. Du kannst ihm mühelos beim Wandern zusehen, so schnell streifen seine Sterne über das Firmament. Es heißt, der Große

Wallach sei das unbeständigste Sternbild am Himmel, jeden Abend zieht er eine andere Bahn. Zu diesem Zeitpunkt steht er noch viel zu weit entfernt vom Bogenschützen, um Teil der Konstellation zu sein.«

Khara runzelte die Stirn. »Aber die acht Sterne, die die beiden umgeben, bilden doch den Mahlstrom, oder nicht?«

Ahren nickte. »Ja, aber wenn ich Uldini richtig verstanden habe, müssen alle Abstände der Sternbilder zueinander stimmen. Noch reitet der Bogenschütze nicht den Großen Wallach.« Er lächelte schwach. »Es sieht eher so aus, als würde er dem armen Tier hinterherlaufen.«

Khara kicherte, eine Spur echter Erleichterung in der Stimme. »Für einen Moment hatte ich Sorge …« Sie brach mitten im Satz ab.

»Ich weiß.« Ahren kniff die Augen zusammen. »Es fehlt auch noch das Zeichen der DREI. Ein perfektes Dreieck aus Sternen, das in dieser Nacht schon wieder untergegangen ist.«

Khara drückte sich fröstelnd an ihn. »Es ist trotzdem ein mulmiges Gefühl, wenn man einen Großteil jener Konstellation am Himmel über sich sehen kann, von der Belsarius sprach.«

Ahren nickte und starrte die funkelnden Lichter an, die auf einmal einen solch hohen Stellenwert für die Zukunft Joraths besaßen. »Ich bin kein Experte der Sternenkunde, daher kann ich nicht sagen, wann die Sternbilder sich in die richtigen Positionen begeben werden. Bei vier Sternbildern, die perfekt zueinander ausgerichtet sein müssen, braucht es schon einen gehörigen Aufwand, um den Zeitpunkt zu bestimmen, an dem die Konstellation erneut erscheinen wird.« Er drückte Khara an sich und sagte ebenso zu ihr wie zu sich selbst: »Glücklicherweise fliegen wir zu einem Ort voller weiser Alter, von denen uns hoffentlich einer die passende Antwort geben kann.«

Khara nickte und wandte ihre Augen von den Sternen ab.

»Wenigstens ist Trogadon glücklich«, raunte Ahren verschwörerisch, in der Hoffnung, sich von weiteren Grübeleien ablenken zu können, und deutete mit dem Kinn in Richtung des Schmiedes. Er und Jelninolan hatten einander die Arme über die Schultern gelegt und wirkten mit sich und der Welt zufrieden. Während die Elfe mit halbgeschlossenen Augen vor sich hin döste und den Moment zu genießen schien, grinste der Zwerg so breit und mit derart weit aufgerissenen Augen, dass Ahren an die wahnsinnigen Fratzen der drei Wutschrate denken musste, die irgendwo weit unter ihnen wahrscheinlich noch immer im Heilschlaf lagen. Ahren hegte die schwache Hoffnung, dass die Riesen irgendwann wieder erwachen würden, an Körper und Geist vollkommen genesen.

»Dein Lehrling amüsiert sich ebenfalls«, sagte Khara schmunzelnd mit einem vielsagenden Seitenblick.

Ahren fluchte. »Hakanu! Die Arme bleiben innerhalb des Karrens«, zischte er.

Sein Schützling setzte sich wieder brav auf der Bank zurecht und zog die Hände zurück, mit denen er durch die Wolken hatte streichen wollen, die sie soeben passiert hatten. »Aber Meister! Wir sind doch festgebunden.«

»Ist mir egal«, sagte Ahren kategorisch, der ein weiteres Mal überprüfte, ob er seinen Ledergurt auch gut verzurrt hatte. »Was, wenn uns irgendetwas aus diesen Wolken heraus angreift und Sonnenschimmer ausweichen muss?«, fragte er. »Sei wachsam und dazu bereit, dich festzuhalten.«

Du bist so grausam, jammerte da Culhen. *Wie soll ich es bei diesen Horrorvisionen auch nur einen Herzschlag länger hier oben aushalten? UND WIE SOLL ICH MICH BITTE FESTHALTEN?*

»Danke, dass du mein Titejunanwa verrückt machst«, ertönte Falks bissige Stimme aus dem hinteren Teil des Karrens. »Sie hatte sich gerade der ungewöhnlichen Situation gefügt.«

»Ihr müsst keine Angst haben«, rief Sunju vom Nacken des riesigen Vogels zu ihnen herüber. »Sonnenschimmer fliegt einen nördlichen Bogen um Kelkor herum, um allen Wesen auszuweichen, die in den Bergen wohnen und uns hier oben angreifen könnten. Ich bin jedenfalls nicht darauf aus, den Weg der drei Wutwinde zu kreuzen, von denen ihr die Riesen befreit habt. Zusätzlich verbirgt uns Schläft-im-Wipfel mit ihrer Magie, so gut es geht. Bis wir die Gebiete um Tiefstein erreichen, sind wir in Sicherheit.«

Ahren runzelte die Stirn, ob der Wortwahl des weiblichen Paladins. »Und was passiert, sobald wir uns der Stadt nähern?«, fragte er.

Sunju schenkte ihm einen warnenden Schulterblick und schüttelte ganz leicht den Kopf. Der Paladin schluckte.

»Anscheinend wird diese Reise noch turbulenter werden, als ich gedacht habe«, flüsterte Khara ihm zu, die Sunjus Blick auch gesehen haben musste.

»Gut, dass Culhen von seiner Angst so abgelenkt ist«, erwiderte der Waldläufer. »Sonst würde er wahrscheinlich durchdrehen.«

Redest du über mich?, erklang da Culhens panische Stimme.

Nur Gutes, flunkerte Ahren und versenkte sich in den Verstand seines Freundes, um ihn zu trösten.

Den Rest der Nacht rief er im Geist des Wolfes dessen frühere Triumphe wach, auch um sich selbst zu beschäftigen, damit er nicht zu genau darüber nachdachte, welche Gefahren ihnen in dieser luftigen Höhe auflauern mochten.

Die schmale Sonnensichel flutete den Horizont im Osten mit ihrem goldenen Licht, welches die Landschaft in ein Meer aus blendendem Weiß und tiefen Schatten teilte, dort, wo die Sonnenstrahlen durch Hügel und Täler für den Moment noch vom Erreichen des Bodens ferngehalten wurden.

Ahren döste schon eine Weile vor sich hin, währnd Culhen kurz vor Morgengrauen endlich in einen Erschöpfungsschlaf gefallen war.

Dann erscholl der Ruf: »Wir haben kein Glück!«

Aufgeschreckt durch Sunjus Warnung, ruckte der Paladin aus seiner zusammengesackten Position in die Höhe und wurde nur von dem Lederriemen um seine Hüfte am Aufstehen gehindert. Desorientiert schaute er sich für einen Moment. Ringsum regten sich auch seine Gefährten, und als Culhen alarmiert die Augen aufriss, flutete die Angst des Wolfes umgehend Ahrens Verstand.

Was ist passiert?

Der Gedanke des Tieres war derart von Panik erfüllt, dass der Paladin in die Leere glitt, in dem Versuch, Culhen mit in jene emotionslose Trance hineinzuziehen. Doch nur wenige Herzschläge später lag die Leere in geistigen Trümmern da, zerfetzt vom sich immer unruhiger gebärdenden Culhen.

Was ist passiert, was ist passiert?, stammelte er ohne Unterlass.

»Wir bekommen Gesellschaft«, rief Sunju.

»Das ist eine Untertreibung«, rief Trogadon.

Ahren erkannte das Flackern ernster Beunruhigung in den Augen seines Freundes. Die stämmige Gestalt deutete nach rechts unten.

»Das sind wirklich verdammt viele Schwarmkrallen«, brummte der Zwerg.

Ahren reckte den Hals, doch erst als sich die Schwingen Sonnenschimmers nach ihrem nächsten Schlag senkten, hatte er freie Sicht auf das, was Sunju und Trogadon mit ihren Kommentaren gemeint hatten: Eine riesige Wolke aus Schwarmkrallen erhob sich aus dem gigantischen schwarzen Bollwerk der Obsidianfeste, jenem steingewordenen Beweis für die Macht des Dunklen Gottes, die sich nur wenige Längen rechter Hand von ihnen erstreckte. Fast schien es Ahren, als würde sich ein Teil des pechschwarzen Gebildes unter ihnen auflösen und in der Gestalt Tausender flügelschlagender Bruchstücke auf sie zueilen, als sich jede Einzelne der Schwarmkrallen, die auf den weitläufigen Mauern, Zinnen und Türmen der Obsidianfeste lauerten, krächzend und flatternd auf den Weg in Richtung des einsam am Himmel entlanggleitenden Rukhs machte, um ihn auf seinem Weg nach Tiefstein abzufangen.

»Die werden uns bald angreifen«, rief Sunju verbissen. »Ich hatte bereits befürchtet, dass unser hastiger Abflug am gestrigen Tag nicht unbemerkt geblieben ist. Unsere Rückkehr wurde offensichtlich vom Feind erwartet.«

»Was sollen wir nur tun?«, fragte Khara ratlos, die Hände an ihren Klingen, die angesichts der aufsteigenden Übermacht ebenso nutzlos erschienen wie Ahrens Bogen, Trogadons Axt oder Falks Breitschwert.

Ahren sah hilfesuchend zu Jelninolan hinüber, aber die dämmerte noch immer mit halbgeschlossenen Augen erschöpft vor sich hin, während Uldini laut schnarchend und mit zwei Lederriemen festgezurrt auf einer der Bänke des Flugkarrens lag. Von diesen beiden Alten würde keine Hilfe zu erwarten sein, also richtete Ahren seinen Blick auf Schläft-im-Wipfel, die bereits mit einem knorrigen Finger auf die den Himmel deutete.

»Federweich, voll schwerer Last. Erinnert euch des Regens Kraft.«

»Das sind Schäfchenwolken«, murmelte Khara irritiert. »Was hat Schläft-im-Wipfel nur vor?«

Ahren zuckte zur Antwort mit den Achseln und beobachtete, wie sich die einzelnen nebelartigen Gebilde am Himmel um sie herum zu einer großen watteartigen Wolke zusammenschlossen.

»Hinauf und in Sicherheit«, gab die Alte eine kryptische Anweisung an Sunju, die jedoch zögerte.

»Das bringt uns über die Obsidianfeste. Also dorthin, wo wir gerade *nicht* hinwollen.«

Ahren hörte Zweifel in ihrer Stimme.

»Ich könnte nach Süden ausweichen und versuchen, ihnen davonzufliegen. Andererseits wird Sonnenschimmer durch die längere Flugstrecke ermüden und die Schwarmkrallen könnten uns einholen …«

»Mutige List oder blutige Flucht«, sagte Schläft-im-Wipfel unbeeindruckt. »Was soll Sonnenschimmer gleich durchleben?«

Sunju fluchte. Einen Herzschlag später begann Sonnenschimmer einen rasanten Aufstieg, wobei der Vogel sich weit in eine Rechtskurve legte, um über die einzelne dichte Wolke zu gelangen, die nun allein am Himmel prangte. Mit über das Holz kratzenden Krallen versuchten sich Culhen und Muai in dem Karren festzuhalten, die bei dem Manöver jedoch den Halt verloren und durch das Innere des Flugkarrens rutschten. Selsena löste das Dilemma auf ihre ganz eigene Art, indem sie auf dem Bauch liegend ihr gewundenes Horn tief in das Holz der Außenwand bohrte und dort verkeilte.

Ahren!, rief Culhen panisch, dessen Krallen viel weniger Griff auf dem Holz fanden, als die mit angelegten Ohren platt auf dem Boden liegende Muai.

Als der Wolf ernsthaft ins Schlittern geriet, wollte Ahren sich bereits losschneiden, um seinem Freund zu helfen, aber Trogadon war schneller. Er packte mit beiden Händen tief in Culhens Fell und hielt ihn stöhnend fest, bis Sonnenschimmer ihre Kurve beendet hatte und schließlich wieder waagerecht durch die Luft glitt.

Puh, machte Culhen und sah Ahren aus großen Wolfsaugen an. *Bitte, sag ihm, er soll erst wieder loslassen, wenn wir gelandet sind.*

Der Paladin nickte Trogadon dankbar zu und der Zwerg beließ seine Antwort bei einem Augenzwinkern. Dann zog er den stocksteif dahockenden Wolf ein Stück näher an sich heran und tätschelte ihn gutmütig.

»Onkel Trogadon lässt dich schon nicht fallen«, brummte er.

Dass Culhen vollkommen stumm blieb, zeigte Ahren mehr als alles andere, wie verschreckt sein Freund wirklich war. Dieser Flug würde später definitiv nicht zu den Lieblingsgeschichten des Wolfes gehören.

Sonnenschimmer glitt indes über den weit unter ihnen liegenden Ring hinweg und passierte dann die äußeren Mauern der Obsidianfeste.

Wie eine fette Spinne ragte der finstere Palast im Feindesland auf, umgeben von Dutzenden ellipsenförmig angeordneten Wällen mit schweren Toren im Norden, Osten, Süden und Westen.

»Meister, seht nur«, sagte Hakanu mit jener Begeisterung, die er auch einer monumentalen Steinlawine entgegengebracht hätte, kurz bevor er bemerkt hätte, dass sie seinen Weg kreuzen würde.

Ahren reckte erneut den Hals und erkannte, dass die Wolke unter ihnen schrumpfte und dabei dichter, dunkler wurde.

»So ist es gut«, hörte er Schläft-im-Wipfel zufrieden murmeln, die klang, als würde sie einen braven Hütehund loben. »Und nun: lass los.«

Kaum hatte sie zu Ende gesprochen, als sich die Wolke unter ihnen von einem Herzschlag auf den anderen aufzulösen begann. Gleichzeitig setzte ein lautes Tosen ein, das Ahren einen Moment später als prasselnden Regen wiedererkannte. Er riskierte einen Blick an der Flanke Sonnenschimmers hinab und staunte nicht schlecht, als er sah, wie die Wolke eine regelrechte Wand aus Regen gen Boden stürzen ließ – mitten hinein in den sich zu ihnen hinaufschwingenden Schwarm aus Dunkelwesen. Das Krächzen der Biester war ohrenbetäubend und ihre Bewegungen wurden durch den schwallartigen Regenguss deutlich verlangsamt.

»Los«, hörte er Sunju rufen.

Von einem Moment auf den anderen legte Sonnenschimmer ihre Schwingen an und begab sich in einen waghalsigen Sturzflug. Ahren hatte das Gefühl, als würde ihm nicht nur sein Magen, sondern sämtliche seiner Innereien in die Kehle steigen. Selbst Trogadon begann zu fluchen, der trotz des unerwarteten Manövers Culhen unverrückbar festhielt, während Muai sich mit ihren Krallen an eine der leeren Holzbänke klammerte wie ein Kätzchen an sein Lieblingswollknäuel.

Ahren knirschte mit den Zähnen, während ihm der eisige Fahrtwind die Tränen in die Augen trieb. Der magische Umhang des Waldläufers flatterte wie eine Signalfahne hinter ihm im Sturm.

Falks Hände ruhten auf dem Rücken Selsenas, aber Ahren war sich nicht sicher, ob der alte Paladin sie festhielt oder selbst am Titejunanwa Halt suchte. Die beiden Alten schliefen und nur Hakanu, der den stocksteifen Kamaluq an seine Brust presste, jauchzte aus voller Kehle und schien den Spaß seines Lebens zu haben.

»Wahnsinnig«, hörte Ahren die Stimme Falks durch das Chaos keuchen, als der Rukh durch die benommen torkelnden Schwarmkrallen brach. »Wir müssen wahnsinnig sein, einen Durchbruch zu versuchen!«

Jene desorientierten Dunkelwesen, die nicht schnell genug auswichen, zerschellten an der Panzerung des Riesenvogels. Die Luft war plötzlich voller Blut und krächzender Leiber. Es dauerte nur wenige Herzschläge, da hatten sie auch schon die lebende Wand aus Krallen und Schnäbeln durchbrochen.

Mit jedem Herzschlag, den sie der Feste näherkamen, stiegen Ahrens Sorgen weiter und weiter. Schon konnte er umrisshaft die vielen Hoch- und Niederfänge, Sprungschrecken, Finsterbären und Hordenbullen sehen, die sich zwischen den Mauern, auf den Wällen und den Türmen der monströsen Befestigungsanlage tummelten.

War dieser schlagartige Sturzflug wirklich geplant gewesen? Oder war Sonnenschimmer vielleicht unbemerkt von einem Bann getroffen worden und würde nun gemeinsam mit ihren Schutzbefohlenen im Herzen des Feindeslandes zu Boden gehen? Sunju und Schläft-im-Wipfel wirkten allerdings keineswegs panisch und so gab der Waldläufer der Hoffnung nach, dass das Manöver des Rukhs einem undurchsichtigen Plan entsprach, der sich hoffentlich bald von selbst erklären würde.

»Etwas nach links«, schrie Schläft-im-Wipfel, die auf einen Punkt in der Ferne starrte, den Ahren nicht genau zuordnen konnte.

Sonnenschimmer schwenkte in die angegebene Richtung, diesmal sanft genug, dass sich die Vertrautentiere ohne großen Kraftakt auf ihrer Position halten konnten.

»Die Schwarmkrallen«, rief Khara alarmiert. »Sie sammeln sich wieder!«

Ein Schulterblick offenbarte Ahren, dass die geflügelte Gefahr aus Dunkelwesen die Nachwirkungen des Platzregens so weit abgeschüttelt hatte, dass sie sich hinter und über ihnen wieder formierte und sich wie eine lebende Wolke aus ledrigen Schwingen, scharfen Schnäbeln und messerscharfen Krallen auf sie herabzusenken drohte.

»Schneller, meine Schöne!«, rief Sunju, und Sonnenschimmer beschleunigte mit einem rauen Schrei, der laut in Ahrens Ohren widerhallte. Die Flügel des riesenhaften Vogels waren zwei Naturgewalten links und rechts des Holzkarrens, die sich mit atemberaubender Kraft auf und ab bewegten. Die Intensität des Fahrtwindes war beinahe mit jenem während ihres Sturzfluges vergleichbar, und Ahren musste sich wiederholt die tränenden Augen wischen.

»Ich will ja nicht unken«, rief Falk, der besorgt über seine Schulter sah, um die Schwarmkrallen im Blick zu behalten, »doch die Mistviecher holen langsam auf.«

»Sicher ist die Maus, wenn die hungrige Katze den Hund nicht kommen sieht«, rief Schläft-im-Wipfel ihm breit grinsend zu. Dann sah sie in Richtung Sunju. »Noch ein wenig nach links. Dann eine Länge geradeaus.«

Sonnenschimmer schwenkte umgehend ein, um der Richtungsanweisung der Alten Folge zu leisten, und gerade als Ahren sich fragte, wohin genau der Rukh steuerte, sah er sie: Die Burg, die sich hoheitlich im Zentrum dessen erhob, was einmal ein verschlafenes Dörfchen gewesen war, das auf den Namen Tiefstein hörte.

Ahren nahm in Windeseile so viele Details der im Morgenlicht daliegenden Ortschaft und ihrer Festung in sich auf, wie er nur konnte: Vom ursprünglichen Tiefstein war nicht mehr viel übriggeblieben. Der alte Dorfplatz war weitestgehend verschwunden, nur der Baum, der immer die Mitte markiert hatte, breitete seine Blätter in einem Vorhof der hoch aufragenden Burg aus. Die alte Schmiede, bei seinem letzten Besuch bereits mächtig angewachsen, hatte nun beinahe die Größe eines Gutshofs und die Häuser der Altstadt konnten in Höhe und Prunk mit jenen aus Dreiflüsse mithalten.

Sein Blick streifte auch die Außenbereiche der Stadt hinter der neuen Mauer, die von zwergischer Hand errichtet worden war, doch Ahren blieb nicht viel Zeit, seinen Heimatort in Ruhe aus der Luft zu betrachten, denn Schläft-im-Wipfel lachte plötzlich hämisch auf und winkte mit einer abgeknickten Hand gen Schwarmkrallen, deren dunkle Leiber näher und näher rückten. Dann war die Luft plötzlich von einem Summen erfüllt, das Sonnenschimmer taumeln und Ahren schwindeln ließ. Neben ihm keuchte Khara schmerzerfüllt auf und Culhen jaulte kläglich, während Selsena schrill aufwieherte und Muai mit angelegten Ohren fauchte.

»Ist das ein Angriff?«, fragte Ahren stöhnend.

»Ja«, rief Sunju triumphierend. »Aber auf die dort.« Sie deutete just in dem Moment in Richtung der Schwarmkrallen, als das Summen aufhörte und der Schmerz in Ahrens Ohren nachließ.

Die ersten Dunkelwesen durchflogen jenes Stück Himmel, wo das Phänomen aufgetreten war, und stießen umgehend ein lautes Krächzen aus. Ahren blinzelte mehrfach und konnte seinen Augen nicht trauen.

»Was …?«, begann er, als Schwarmkralle um Schwarmkralle in die Tiefe stürzte, dabei trudelnd mit den Flügeln schlagend, so als ob die Luft sie nicht mehr tragen wollte, egal wie sehr sie sich auch anstrengten.

»Ist es nicht schön, Freunde zu haben?«, rief Sunju lachend und deutete mit ihren Zeigefingern nach links und rechts.

Ahren folgte ihren Gesten mit raschem Blick und erkannte im Licht der aufgehenden Sonne jeweils einen Magierdom nördlich und südlich des Rukhs. Sunju hatte mit ihrem Kurs jene unsichtbare Linie durchflogen, die die beiden Gebilde auf direktem Wege miteinander verband.

»Wir nennen diese Zonen Arkanwälle«, sagte Schläft-im-Wipfel erstaunlich geradlinig. »Zwei Geister an zwei Orten, die sich zu einer Mauer des Willens vereinen.«

Ahren seufzte. Schon war es vorbei mit den klaren Aussagen.

»Auf den Linien zwischen zwei Magierdomen können mächtige Zauber gesprochen werden, wenn beide dort wachenden Alten simultan denselben Zauber sprechen und sie ihre Magie miteinander verbinden«, erklärte Sunju. »Sie funktionieren am Boden ebenso wie in der Luft. Der Feind ist nicht der Einzige, der Pläne für einen Hinterhalt schmieden kann.«

»Was für eine Magie war das?«, fragte Hakanu neugierig und nahm Ahren damit die Worte aus dem Mund.

»Ein Zauber, den Quin-Wa kreiert hat«, sagte die bleiche Frau. »Ich habe die Details nicht verstanden, aber er blockiert auf irgendeine Weise die Art, wie Vögel sich orientieren.« Sie tätschelte liebevoll Sonnenschimmers Hals. »Aber mein Rukh ist so groß, dass er dem Zauber widerstehen kann.«

Khara runzelte die Stirn. »Warum haben die Alten nicht gewartet, bis wir den Arkanwall passiert haben? Meine Ohren klingeln noch immer.«

»Magie über solch gewaltige Strecken zu spannen, ist eine schwierige, unpräzise Kunst«, warf Schläft-im-Wipfel ein. »Wie das Werfen eines Kiesels in einen winzigen Teich, der über eine halbe Länge entfernt ist. Machbar, aber man preist sein Glück, wenn man überhaupt Erfolg hat.« Sie sah Khara mürrisch an. »Was du verlangst, Prinzessin, würde bedeuten, man wolle eine bestimmte Stelle im Teich treffen.«

»Ich habe gar nichts verlangt«, protestierte die Schwertmeisterin eingeschüchtert. »Es war nur eine harmlose Frage.«

Schläft-im-Wipfel schnaubte.

»Die Alten sind sehr stolz auf die Arkanwälle«, erklärte Sunju hastig. »Das Verfahren, die Zauber in den Türmen synchron zu wirken, wurde erst vor etwa einem Mond etabliert und hat bereits viele Male dabei geholfen, Bannflüche seitens des Widersachers abzuwehren, die sich sonst in die Truppen des Rings gefressen hätten – einige von ihnen wortwörtlich.«

Der Rukh schrie auf und legte den Kopf schief, damit er Sunju ansehen konnte.

»Und Sonnenschimmer kann mittlerweile nur noch mithilfe der Arkanwälle den Ring kreuzen oder in dessen Nähe fliegen. Ihr habt ja gesehen, was meist passiert, wenn wir uns dem Ring aus der Luft nähern.« Die bleiche Frau schauderte. »Beim ersten Mal, als die Schwarmkrallen sich wie eine große, zupackende schwarze Hand um uns formierten, um uns in Stücke zu reißen, sind wir nur durch Glück und einen halsbrecherischen Tiefflug direkt in den Hof der Burg Hochstein entkommen.« Sie schluckte schwer. »Das nachfolgende Gemetzel zwischen den Verteidigern und krächzenden Dunkelwesen war blutig.«

»Die Tat ist vollbracht, die Freunde sind gerettet«, ließ sich Schläft-im-Wipfel vernehmen und deutete auf die Insassen des Flugkarrens. »Die Zeit der Flucht darf nun der Zeit des Ratschlags weichen.«

»Das heißt wohl, dass es in Hochstein einen Kriegsrat geben wird?«, fragte Falk in Sunjus Richtung, die daraufhin nickte.

»Sind …« Ahren zögerte die schicksalhafte Frage auszusprechen, und riss sich dann zusammen. »Sind die anderen Paladine auch anwesend?«

Sunju wiegte ihren Kopf hin und her. »Ja und nein.«

Ahrens Mund wurde trocken. »Was heißt das?«, fragte er. Vor seinem geistigen Auge sah er Lanlion und Lyssin, wie sie von Dunkelwesen aufgehalten wurden, Bergen und den Ersten, die sich durch eine Armee von Niederfängen kämpfen mussten. Hatte der Widersacher die dreizehn Paladine mit seinen Winkelzügen bereits wieder in alle Winde verstreut?

Sunju deutete seinen Blick wohl richtig, denn sie lächelte ihn beruhigend an. »Alle dreizehn Paladine befinden sich am Ring«, sagte sie. »Aber nur acht von ihnen halten sich in Hochstein auf. Zu viele von uns an einem Fleck zu versammeln, könnte binnen Tagen unschöne Konsequenzen nach sich ziehen.«

Ahren nickte verstehend. Eine zweite Nacht des Blutes wollte keiner von ihnen leichtfertig heraufbeschwören. Aber irgendwann würden sich alle Streiter der Götter versammeln müssen.

Aber wer kann schon sagen, wann?, durchzuckte ihn ein marternder Gedanke. *Nach dem, was wir in Belsarius' Sanktum erfahren haben, könnte der richtige Zeitpunkt, den Widersacher anzugreifen, noch Hunderte Jahre entfernt liegen.* Visionen, wie er Schlacht um Schlacht am Ring durchlebte, während die, die keine Paladine oder Alten waren, vom Kampf oder dem Alter dahingerafft wurden, fluteten seinen Verstand. Der in ihm aufsteigende Horror schnürte ihm die Luft ab.

Immer mit der Ruhe, ertönte da Culhens gelassene Stimme in seinem Kopf wie ein Bergquell, der sämtliche Panik fortspülte. *Uldini und Jelninolan werden bald aufwachen und sich mit Schläft-im-Wipfel und Akkad beraten, der bestimmt schon auf uns wartet. Das sind vier der klügsten Köpfe Joraths, von Quin-Wa ganz zu schweigen. Die werden schon wissen, wann diese Konstellation sich das nächste Mal zeigt. Und wenn Uldini die Sterne am Himmel zwingt, sich neu zu ordnen, damit wir losschlagen können: Er wird einen Weg finden.*

Ahren sah dankbar zu seinem Wolf hinüber, der sich noch immer platt auf den Boden des Flugkarrens drückte. *Danke*, übermittelte der Paladin schlicht.

Sehr gerne, sagte der Wolf würdevoll. *Und im Gegenzug für meine überbordende Weisheit schaffst du mich nach der Landung augenblicklich von Sonnenschimmers Rücken herunter, ja?*

Ahren konnte einfach nicht anders. Obwohl seine Freunde ihn besorgt deswegen anblickten, brach er in schallendes Gelächter aus.

Sonnenschimmer legte sich in eine letzte elegante Kurve über der unter ihnen liegenden Stadt. Tiefsteins äußere Steinmauer glänzte regelrecht im Sonnenlicht, so neu waren die sorgsam behauenen Felsen, mit denen der Ort ein weiteres Mal verstärkt worden war.

»Selbst die Königsinsel kann sich nicht mit solchen Mauern brüsten«, rief Falk anerkennend gegen den pfeifenden Fahrtwind an.

»Zwerge, Menschen und Alte haben hier Gewaltiges erschaffen«, gab ihm Sunju recht und deutete auf das Herzstück der Stadt, das jene Fläche einnahm, wo früher einmal das Zentrum von Ahrens Heimatdorf gewesen war. »Was Tiefstein seit Ausbruch des Krieges widerfahren ist, das durchleben andere Siedlungen in einem Zeitraum von Dutzenden von Wintern.«

»Es ist, als sei das alte Tiefstein tot und begraben«, flüsterte Ahren leise.

Khara drückte zur Antwort stumm seine Hand. Der Waldläufer schob seine Gefühle beiseite und zwang sich zu einer analytischen Betrachtung dessen, was er dort unter sich sah: Eine Burg mit dicken, hohen Mauern, einem gut zu verteidigenden Bergfried und vier hohen Türmen, auf denen je ein Drachenbogen montiert worden war – die Parallelen zum Palast auf der Königsinsel waren unbestreitbar. Dazu kam noch die dicht bebaute Stadt mit ihren eigenen Befestigungsanlagen aus zwei dicken Steinmauern, die wie der Querschnitt eines Baumes das rasante Wachstum der Stadt während der letzten Jahre anzeigten. Dann folgte eine freie Ebene von knapp zwei oder drei Längen bis zum Ring, der auf einem Mauerabschnitt von zehn Längen besonders dicht bemannt zu sein schien.

Ahren sah den durch Brücken gezähmten Ostfluss, hölzerne Plattformen für Bogenschützen außerhalb des eigentlichen Rings, zwei Gräben voller Speere im Hinterland, falls der Ring brechen sollte, die nur über leicht zu entfernende Bretter überquert werden konnten, und je einen Magierdom weit im Norden und Süden, die somit einen Arkanwall bilden konnten, der mitten durch das finstere Tor der Obsidianfeste führen musste, die sich westlich des Rings befand, fast so, als wäre die unheimliche Festung des Dunklen Gottes im Besitz eines freundlichen Nachbarn, der gleich nebenan wohnte und gerne auf direktem Wege auf ein Stück Göttertagspastete vorbeikam.

Schläft-im-Wipfel drehte sich um und fing Ahrens Blick ein. »Ja«, sagte sie. »Der Widersacher hat seinen Blick auf Hochstein gerichtet und auf alle, die darin leben. Beide Seiten wissen, dass hier die Kämpfe beginnen werden.« Sie machte eine Pause, und für einen Herzschlag sah Ahren in den Zügen der Frau etwas, das vollkommen fremd wirkte:

Furcht. »Es stellt sich nur die Frage, wer das erste Blut der letzten Schlacht vergießen wird.«

Dann schlug Sonnenschimmer kräftig mit den Flügeln und sank auf einen breiteren Abschnitt der östlichen Burgmauern hinab, deren tiefe Krallenspuren im Stein davon zeugten, dass er schon öfter dem Rukh als Ruheplatz gedient hatte.

Kaum hatte der gewaltige Vogel aufgesetzt, als Culhen mit einem erleichterten Heulen aus dem Karren sprang, dicht gefolgt von Muai und der ihr Horn aus dem Holz lösenden Selsena, die aufwieherte.

»Sie sagt, dass sie sich nie wieder über einen Stall beschweren wird«, übersetzte Falk, während er schmunzelnd seinen Rücken streckte. Ahren hörte ein deutliches Knirschen aus der Richtung seines ehemaligen Meisters. »Mal sehen, wie lange dieses Versprechen anhält.«

Trogadon lächelte verklärt und verbeugte sich in Richtung Sonnenschimmer. »Vielen Dank für dieses kostbare Geschenk, edler Rukh«, sagte er förmlich. »Du hast diesen bescheidenen Zwerg sehr glücklich gemacht.«

Ein riesiges Vogelauge blickte in seine Richtung und Sonnenschimmer krächzte, was in Ahrens Ohren beinahe wie ein Lachen klang.

»Ich soll dir ausrichten, dass du viele Eigenschaften besitzt«, sagte Sunju grinsend. »Doch Bescheidenheit gehört definitiv nicht dazu.«

Trogadon stemmte die Hände in die Hüften und sah Ahren vorwurfsvoll an. »Was hat dein Wolf ihr über mich erzählt?«

»Halte mich da raus«, stieg Ahren auf das Geplänkel ein, das die Anspannung der Freunde zu zerstreuen begann. »Deinen Ruf ruinierst du dir ganz von allein.«

»So sehr ich den Ritt auch genossen habe«, mischte Khara sich ein und löste ihren Ledergurt, »so sehr freue ich mich auf einen wärmenden Kamin und vielleicht eine heiße Tasse Tee und ein langes Bad.« Sie gähnte. »Und ein weiches Bett wäre auch nicht zu verachten.«

Die Worte der Schwertmeisterin erinnerten Ahren an seine eigene körperliche Verfassung. Also zog er seinen wärmenden Umhang enger um sich, der im stürmischen Fahrtwind schwer zu bändigen gewesen war, und ergab sich der tiefen Erschöpfung, die mehr und mehr von ihm Besitz ergriff.

»Wir könnten wohl alle einen Moment der Ruhe gebrauchen«, sagte er und gähnte ebenfalls. Dann machte er sich los und ging auf unsicheren Beinen in Richtung der einladend gen Boden gerichteten Schwanzfedern Sonnenschimmers. Er sah ernst zu Sunju, Schläft-im-Wipfel und dem Kopf des Rukhs. »Ich möchte mich bei euch dreien noch einmal ausdrücklich bedanken. Ohne euch wäre es ein verdammt langer, kalter Weg nach Hause geworden.«

»Nach Hause?«, fragte Khara leise vom einladend festen Stein der Burgmauer her, die Augenbrauen in die Höhe gezogen.

Ahren stieg zu ihr hinunter und zuckte mit den Achseln. »In Tiefstein bin ich geboren und aufgewachsen, ob ich den Ort nun wiedererkenne oder nicht.« Dann zog er sie lächelnd an sich und genoss den Geruch ihres dunklen Haares, während er sie liebevoll festhielt und ihr zuflüsterte: »Aber ich kann es kaum erwarten, bis wir endlich frei sind, uns unser eigenes Heim zu erschaffen.«

Khara erwiderte sein Lächeln und küsste ihn.

Für diesen Moment war alles gut.

Ein zaghaftes, fast schüchternes Klopfen weckte Ahren. Fahles Licht schien durch die Turmkammer, in der er und Khara in einem breiten, wenn auch schlichten Bett ihrer Erschöpfung nachgegeben hatten. Der Waldläufer konnte nicht sagen, ob es immer noch der Tag ihrer Ankunft war oder die Sonne bereits ein weiteres Mal aufgegangen war.

Es ist Nachmittag, erklang Culhens Antwort schläfrig in Ahrens Kopf.

Der Paladin erkannte durch die Augen des Wolfes, dass sein Freund auf der Burgmauer lag, dicht an Sonnenschimmers Gefieder gekuschelt. Vor ihm lagen Muai und Kamaluq, und Ahren glaubte aus den Augenwinkeln Culhens noch weitere Vertrautentiere zu sehen, die ebenfalls die Nähe des Rukhs gesucht hatten. Der Einfluss Sonnenschimmers auf die Tiere der Paladine schien ebenso ins Unermessliche zu wachsen wie ihre Körpergröße.

Bloß kein Neid, fuhr Culhen bei diesem Gedanken fort. *Wir beraten uns nur bereits den ganzen Tag und sind alle müde.*

Ahren kannte diese inoffiziellen Kriegsräte der Vertrautentiere bereits und wusste, dass er gar nicht erst nachzufragen brauchte, was genau dort besprochen wurde. Ein Teil von ihm vermutete stark, dass es bei diesen Treffen vor allem um Klatsch und Tratsch über die Paladine ging.

»Bist du wach?«, nuschelte Khara neben ihm, die anscheinend einen verbissenen Kampf gegen ihre dicke, arg verdrehte Wolldecke verloren hatte und nun auf groteske Weise aus ihr hervorlugte.

Ahren setzte sich auf. »Weiß ich noch nicht«, antwortete er wahrheitsgemäß. »Ich war nach unserem Ritt auf Sonnenschimmers Rücken so müde, dass ich kaum weiß, wie wir hierhergelangt sind.«

Khara warf ihm einen kecken Blick aus schlaftrunkenen Augen zu. »Mit erstaunlich wenig Pomp.«

Ahren schmunzelte. »Das meinte ich zwar nicht, aber du hast natürlich recht.« Er kniff die Augen zusammen. »Wir hatten einen ortskundigen Nachtsoldaten als Eskorte, richtig?«

»Mhm«, machte Khara. Ihre Augen waren bereits wieder geschlossen. Keine drei Herzschläge später ging ihr Atem ruhig und regelmäßig.

Ahren zupfte mit spitzen Fingern an ihrer Wolldecke, bis das harmlos aussehende Ungetüm seine Liebste weit genug freigab, dass sie in eine bequeme Ruheposition gleiten konnte, dann stand er auf und schnappte sich seine Kleidung. Er würde später wiederkommen, um der schlafenden Khara Gesellschaft zu leisten, aber zuerst würde er Burg Hochstein durchstreifen und vielleicht die umliegende Stadt besuchen. Der Gedanke, dass, womöglich nur durch wenige Mauern getrennt, alte Freunde und Weggefährten auf ihn warteten, ließ ihm keine Ruhe.

Er schlüpfte erst in seine Hose und dann zur Tür hinaus – nur um wie angewurzelt stehen zu bleiben.

Eine Nachtsoldatin stand unmittelbar vor ihm, so dicht, dass sie, wenn sie ein Angreifer gewesen wäre, leichtes Spiel mit ihm gehabt hätte.

Ahren schluckte und war sich unter dem kühlen Blick der Frau plötzlich seiner fehlenden Waffen und Rüstung gewahr. Sie sagte nichts, machte keine Geste, noch rührte sie sich. Doch die Art, wie sie da vor ihm stand, eine Hand auf dem Griff ihrer Klinge, lauernd und angriffsbereit, sprach Bände.

»Ich ... hole meine Ausrüstung«, sagte Ahren und fühlte sich plötzlich wieder wie ein Lehrling, den sein Meister bei einem nachlässig geknüpften Knoten oder einem unsauber verschossenen Pfeil erwischt hatte.

Die Nachtsoldatin rührte sich nicht. Ahren zog sich leise fluchend zurück, rüstete und bewaffnete sich und verließ ein weiteres Mal die Kammer. Die Nachtsoldatin hatte sich in der gesamten Zeit nicht bewegt. Ihre Augen zuckten an Ahrens Gestalt entlang, musterten den Tiefenstahl über seiner Kleidung und in seiner Schwertscheide – dann trat sie mit einer kleinen Verbeugung zur Seite.

Ahren straffte die Schultern und fühlte sich seltsam stolz, so, als hätte er eine schwere Prüfung bestanden. Die Zeit, die er als Meng-Un in den Reihen der Nachtsoldaten verbracht hatte, würde ihn wohl sein gesamtes Leben lang prägen.

»Führe mich zu den anderen Paladinen«, sagte er in befehlsgewohntem Ton, um sich selbst daran zu erinnern, dass er mehr war als ein Diener unter der Fuchtel der Ewigen Kaiserin.

Lautlos schlich die verhüllte Frau den Gang hinunter und Ahren folgte voller Vorfreude auf bekannte Gesichter und freundliche Gespräche.

»Setz dich«, sagte Quin-Wa gereizt und Ahren gehorchte umgehend.

Er hätte sich denken können, dass seine unbekannte Leibwächterin ihn zuerst zu ihrer Herrin bringen würde, die sowohl Alte als auch Paladin war.

Das Zimmer, in dem Quin-Wa ihn empfing, war kaum mehr als eine karge Zelle mit einem schmalen, aus dickem Holz gefertigten Bett, einem ebenso schlichten Tisch mit zwei Schemeln und einem Kamin, in dem gegen die Kälte der Burg gerade mal drei Scheite glommen. Ein an eine Schießscharte erinnerndes Fenster mit eingelassenem Eisengitter ließ den frostigen Wind des Winters herein. Wenn Ahren es nicht besser gewusst hätte, hätte Quin-Wa genauso gut eine Gefangene auf der Burg sein können.

»Es ist schön, dich zu sehen«, fuhr die Ewige Kaiserin fort.

»Dein Tonfall sagt etwas anderes«, versuchte Ahren das unterarmdicke Eis zu brechen, das er zwischen ihnen spürte. »Er vermittelt mir, dass du mich gleich in etwas Schleimiges verwandeln wirst.«

Quin-Wa strich über ihren kugelrunden Bauch. »Die Warterei ist eine Qual«, sagte sie.

Ahren nickte verstehend. Er fragte nicht, ob die Ewige Kaiserin damit das Warten auf die Versammlung aller Paladine, die Geburt oder eine neue Nacht des Blutes meinte. Er verzichtete darauf, sie zu fragen.

Die Antwort wäre ohnehin ein Ja. Stattdessen deutete er zaghaft auf Quin-Was Gestalt.

»Wann soll es so weit sein?«

Die Alte schnaubte unwillig. »Sie ist seit einer Woche überfällig. Anscheinend trage ich eine sehr eigenwillige Erbin unter meinem Herzen.«

Ahren zog eine Augenbraue hinauf. »Sie?«

»Ich bin eine Alte«, sagte Quin-Wa mit einem trockenen Lachen. »Wenn ich nicht einmal das Geschlecht meines eigenen Kindes erahnen könnte, sollte ich dringend den Jadethron an jemand Fähigeren abgeben.«

Ahrens Mundwinkel zuckten. »Du arbeitest daran.«

Jetzt lachte auch Quin-Wa. »Ja, da hast du recht. Vielleicht reden wir über die Frau, die einst den Thron des Ewigen Reiches besteigen wird – wir werden sehen.« Ihr Blick wurde ernst, geradezu gehetzt. »Aber damit sie eine Chance hat, ihr Erbe anzutreten, müssen erst noch ein paar Aufgaben erledigt werden, wenn ich mich nicht irre.«

Ahren mühte sich um eine betonte Gleichmütigkeit, um Quin-Wa Mut zu schenken. »Eigentlich ist es nur eine Aufgabe: IHN, DER ZWINGT, ein für alle Mal vom Antlitz Joraths tilgen.«

Quin-Wa nickte. »Und doch finden sich auf dem Weg zu diesem Ziel noch einige kleine Hindernisse. Zum Beispiel eine Feste, die weite Teile der Grenzlande umfasst und die mit gerüsteten und bewaffneten Nieder- und Hochfängen bemannt ist.«

»Und einer Armee aus Dunkelwesen«, fügte Ahren gelassen hinzu.

»Und dem letzten Kind des Dunklen Gottes«, erinnerte ihn Quin-Wa nickend.

»Und dann noch, das, was uns erwartet, wenn wir dreizehn uns versammeln«, schloss der Waldläufer im Flüsterton.

»Ja.« Das eine Wort der Ewigen Kaiserin war so spröde wie schlecht geschmiedetes Eisen im tiefsten Winter.

Eine Weile schwiegen sie beide. Dann deutete Ahren auf den kargen, winzigen Raum. »Ist diese … Zelle nicht ein wenig zu karg? Gerade in deinem Zustand.«

Quin-Wa schüttelte den Kopf. »Sie ist perfekt. Vor allem wegen meines Zustandes.« Dann machte sie eine einzelne Handbewegung und Ahren kniff stöhnend die Augen zusammen. Im ersten Moment glaubte er, der Raum stünde in Flammen, aber dann erkannte er, dass jeder Fingerbreit des Bodens, der Decke und der Wände mit winzig klein aufgemalten, feurig schimmernden Runen beschrieben war. Quin-Wa machte eine weitere Geste und die Bannzauber verblassten wieder, bis sie erneut unsichtbar waren.

»Meinen Schutz nehme ich gerne selbst in die Hand, trotz all der Vorkehrungen der anderen Alten«, sagte die Ewige Kaiserin mit einem knappen Lächeln, das die Anspannung um ihre Augenwinkel nicht zu verbergen vermochte.

Ahren räusperte sich. »Gibt es einen Grund, warum wir unter vier Augen sprechen? Die vor uns liegenden Hindernisse sollten wir doch besser im Rahmen eines Kriegsrats erörtern, nicht wahr?«

Quin-Wa beugte sich vor. »Was hat euch nach Kelkor verschlagen?«, fragte sie mit zusammengekniffenen Augen. »Was war so verdammt wichtig, dass ihr kurz vor dem Kampf gegen den Widersacher einen Umweg von mehr als zweihundert Längen in Kauf nahmt und der Dunkle Gott euch den stärksten Bannfluch hinterhersandte, den ich seit Jahrhunderten sah?«

Ahren biss sich auf die Unterlippe. »Es wäre besser, wenn Uldini dir alles erklärt …«

»Der schläft«, schnappte Quin-Wa. »Ebenso wie Jelninolan. Und nachdem ich mir ihre Augen angesehen habe, werden die beiden in den nächsten Tagen nicht ohne fremdes Zutun aufwachen. Muai plappert indes schon den ganzen Tag mit Sonnenschimmer. Alles, was sie mir sagen wollte, ist, dass euer kleines Abenteuer sehr, sehr nass war und sie Belsarius am liebsten zerfleischen würde, wenn er denn noch leben würde, was absolut keinen Sinn ergibt.« Sie blickte Ahren tief in die Augen. »Deshalb frage ich jetzt dich.«

Der Paladin seufzte und lehnte sich auf seinem Schemel zur Seite, bis seine gerüstete Schulter an der Steinwand ruhte. »Mach es dir lieber bequem. Diese Geschichte wird weder besonders kurz noch strotzt sie vor guten Nachrichten.

Alles begann mit einem Besuch der Frau in Schwarz …«

»Unglaublich«, keuchte Akkad, dessen Gesicht mehr und mehr an Farbe verloren hatte, je länger Ahren die Ereignisse von ihrer Reise nach Kelkor geschildert hatte. »Was du da sagst … das zerreibt einen

Großteil unserer gängigen Theorien über den Widersacher zu Staub!«

Ahren machte eine hilflose Geste mit den Händen. Die Nacht war mittlerweile hereingebrochen und er hatte seine Geschichte nun zum dritten Mal erzählt. Quin-Wa hatte ihn, kaum dass sie ansatzweise im Bilde war, schnurstracks zu Schläft-im-Wipfel geschleift und die hatte wiederum Akkad hinzugezogen. Jetzt saßen die vier im Ostturm der Burg in einem Raum mit hohen Decken, welcher offensichtlich als Ratskammer hergerichtet worden war und gut und gerne dreißig Personen fassen konnte.

»Also noch mal erzähle ich das alles nicht«, sagte Ahren, den seine Müdigkeit störrisch werden ließ. Er hatte sich eigentlich auf ein Wiedersehen mit alten Freunden gefreut und war unversehens in eine Befragung geschlittert, die stellenweise einem Verhör nahegekommen war. Er deutete auf die große runde Ratstafel, auf deren Oberfläche eine detaillierte Darstellung der Obsidianfeste, des Rings und des näheren Umlands hineingeschnitzt worden war. Tiefstein und seine Burg waren besonders hervorgehoben worden. »Warum trommeln wir nicht alle Entscheidungsträger zusammen und beginnen den Kriegsrat?«

»Weil, mein lieber Ahren«, sagte Akkad müde, »das, was du uns erzählst, bedeuten könnte, dass wir die Schlacht gegen den Widersacher so lange hinauszögern müssen, bis – im wahrsten Sinne des Wortes – die Sterne günstig stehen.«

»Kannst du dir vorstellen, wie die Herrscher der Reiche Joraths auf eine solche Nachricht reagieren würden?«, fragte Quin-Wa. »Viele meiner Mitregenten und auch ich selbst haben alles in die Waagschale geworfen, was unsere Reiche entbehren konnten, seien es Soldaten, Material oder Nahrung. Schon im letzten Herbst lagen zahlreiche fruchtbare Felder brach, und die Vorräte der Ringarmee schwinden langsam, aber stetig.«

Ahren nickte verstehend. »Selbst eine Verzögerung um wenige Jahre könnte die Versorgungslage der Reiche und damit auch den Ring in arge Bedrängnis bringen«, flüsterte er. »Außerdem würde die Moral der Truppen unweigerlich darunter leiden, wenn die dreizehn Paladine plötzlich verkünden würden, dass die Zeit für den letzten Angriff noch lange nicht gekommen ist.«

Akkad ging zu einem der kleinen, mit dickem Butzenglas versehenen Fenster und starrte hinaus in die Schwärze der Nacht, in der hier und da das grüne Glühen der Obsidianfeste zu sehen war, dessen Feuer ein beständiges Mahnmal an die Kriegsvorbereitungen des Feindes waren. »Es gibt Sternenkarten, die ich erstellen kann, aber das ist eine zeitaufwendige Arbeit. Es wäre nicht nur ausgesprochen peinlich, sondern potenziell tödlich, sollte mir bei der Berechnung des Zeitpunkts dieser speziellen Konstellation ein Fehler unterlaufen. Ich habe mich lange gefragt, warum der Widersacher sich hinter Schutzwall um Schutzwall schwarzen Gesteins zurückgezogen hat, anstatt uns mit der gekaperten Magie der Bannsäule empfindlich zu schwächen und bestenfalls aus der Schlinge auszubrechen, die wir um seinen Hals gelegt haben.« Der wohlbeleibte Alte knetete nachdenklich seinen Nacken. »Eingedenk der neuesten Informationen will mir dazu keine Antwort einfallen, die nicht ein ausgesprochen düsteres Licht auf unser aller Zukunft wirft.«

10. Kapitel

Culhens Fell war weich und warm in Ahrens Rücken, ein willkommener Kontrast zum kalten Stein der Burgmauer.

Willst du mir erzählen, was dich umtreibt, oder soll ich in deinen Erinnerungen stöbern?

Die Frage des Wolfes ließ den Paladin zusammenzucken. Er starrte hinauf zum stürmischen Nachthimmel, um nach den Sternen der Konstellation zu sehen, aber große Wolkenfetzen jagten in einem rasenden Tempo hintereinander her, ganz so, als wollten sie fliehen, fort von der Obsidianfeste, so weit der Wind sie trug.

»Die Alten sind – gelinde gesagt – ratlos, wie es nun weitergehen soll«, sagte er laut, um seine umherspringenden Gedanken zu ordnen. Er seufzte. »Bis Akkad den Zeitpunkt der Sternenkonstellation nicht bestimmt hat, sind wir zum Warten verdammt.«

»Das klingt aber spannend.«

Ahrens Kopf ruckte herum. Er erblickte Lyssin, die zusammen mit ihrer Wölfin Yoka auf den Haufen Vertrautentiere zuschritt, in den Ahren sich geflüchtet hatte. Culhen sprang auf, kaum dass er die Eiswölfin erkannt hatte, und ließ Ahren dadurch unsanft zu Boden fallen.

»Autsch«, machte der. »Bin ich froh, dass ich nun deine Prioritäten kenne.«

Culhen beachtete ihn jedoch nicht, sondern sprang leise jaulend um Yoka herum, die still dastand und den Wolf gänzlich ignorierte. Nicht aus Arroganz oder Gefühlskälte heraus, wie Ahren erkannte, sondern weil die Augen der Wölfin gebannt in die des großen Rukhs starrten.

Gib ihr einen Moment, riet der Paladin seinem Tier. *Sie wird gerade zum ersten Mal von Sonnenschimmer willkommen geheißen.*

Culhen erstarrte. *Oh. Natürlich.*

Dann ließ er sich mit heraushängender Zunge neben der Wölfin nieder und sein Geist verschwand aus Ahrens. Offensichtlich begann eine weitere Diskussion aller anwesenden Vertrautentiere.

Lyssin schnippte vor Ahrens Augen. »Ich rede mit dir«, sagte sie stirnrunzelnd. »Warum höre ich Yoka nicht mehr? Sie plappert sonst tagein, tagaus. Es ist kaum zu ertragen.«

Ahrens Grinsen war ebenso spontan wie ehrlich. »In dieser Phase ist sie also bereits? Glaub mir, wenn sie erst ihren Wortschatz vervollständigt hat, wird sie ruhiger werden.«

Lyssin rieb sich die Schläfen und ließ sich neben Ahren nieder. »Werde ich verrückt?«, fragte sie zweifelnd. »Erst wünsche ich mir nichts mehr, als dass Yoka einen Moment lang schweigt, und jetzt vermisse ich sie, weil sie nicht mit mir redet.«

Ahrens Grinsen verzog sich selbstironisch. »Glaub mir, ich verstehe dich vollkommen.«

Die Waldläuferin schnaubte. »Oh«, begann sie mit hoher verstellter Stimme zu sprechen. »Das ist aber ein hübscher Schmetterling, ob der wohl mein Freund sein möchte, wie er wohl heißt und wie er wohl schmeckt, und wo sind seine Eltern und warum können Schmetterlinge überhaupt fliegen und warum werden sie nicht fortgeweht und merkt der Wind, wann er zu stark bläst, und wieso …« Sie brach ab, als Ahrens Lachen so laut wurde, dass er ihre Stimme übertönte.

»Das war beeindruckend«, sagte Ahren und wischte sich eine Träne aus dem Augenwinkel. »Du hast nicht ein einziges Mal Luft geholt.«

Lyssin brummte und deutete auf die still dasitzende Yoka. »Tut sie ja auch nicht.«

»Ich gebe zu, da hast du wohl ein Plappermaul erwischt. Aber es hätte schlimmer kommen können. Fisker ist mit einem neunmalklugen Affen gesegnet. Es ist noch zu dunkel, um ihn zu sehen, aber Cassobo müsste hier oben irgendwo hocken.« Ahren musterte die junge Frau an seiner Seite eingehend. Sie wirkte ebenso unverwüstlich wie in den Eisfeldern, in denen sie aufgewachsen war oder im Eathinian, bevor sie sich für die Reise zum Ring aufgeteilt hatten. »Wie geht es dir?«, fragte er.

Lyssin zuckte mit den Achseln. »Gut.« Dann legte sie den Kopf schief. »Obwohl – ich vermisse das Eis. Und Vater.«

Ahren zog seine Augenbrauen hoch. Die stoische Erziehung Yollocks hatte seine Tochter so unerschütterlich werden lassen, dass er sich beinahe wünschte, alle Paladine wären von dem einsilbigen alten Mann großgezogen worden. Daraufhin zog eine Vision von dreizehn schweig- und duldsamen Paladinen durch seinen Verstand, die alle in den entlegensten Winkeln der Welt ihr eigenes Süppchen kochten und einander ignorierten, und er schüttelte schaudernd den Kopf. »Wie war die Reise mit Lanlion?«

»Nett.«

Ahren seufzte. »Du erinnerst gerade sehr an deinen Vater.«

»Das mag stimmen«, gab Lyssin schmunzelnd zu. »Ich habe festgestellt, dass mich zu viele Worte an zu vielen Tagen hintereinander ermüden. Zum einen ist da natürlich Yokas Geplapper und zum anderen hat Lanlion auch nicht aufgehört zu reden.«

Ahren schenkte der Waldläuferin einen skeptischen Seitenblick. »Das fällt mir schwer zu glauben. Lanlion ist eher der Grüblerische von uns beiden.«

Jetzt war es an Lyssin, ihn kritisch zu beäugen. »Bei allem, was er mir über dich erzählt hat, macht ihr euch diesen Titel gegenseitig streitig.«

»Also …«

»Oder was genau tust du hier draußen, inmitten der Vertrautentiere, anstatt seelenruhig neben deiner Schwertmeisterin zu schlummern?«

Ahren rollte schicksalsergeben mit den Augen. »Du hast mich ertappt.«

»Will ich wissen, worüber du nachdenkst?«

»Kommt darauf an. Willst du diese Nacht noch selig und zufrieden schlafen?«

»Da hätte ich nichts gegen.«

»Dann warte besser bis zum Kriegsrat.«

Die junge Frau nickte. »In Ordnung.«

Ahren wünschte sich in diesem Moment nichts sehnlicher, als mit der genügsamen Waldläuferin tauschen zu können.

Die deutete auf Yoka. »Wie lange bleibt sie jetzt so stumm und reglos?«

»Kommt drauf an. Bei dem Konklave auf der Königsinsel dauerten die Beratungen unter Sonnenschimmers Aufsicht tagelang, nur von Pausen des Fressens und Schlafens unterbrochen.«

Lyssin schnippte mit den Fingern. »Das war, als Falk Onja kennenlernte, richtig? Und ihr mit einem Nekromanten zu tun hattet?«

»Wie ich sehe, hat Lanlion kein Detail unserer Reisen ausgelassen.

Selbst von jenen Abschnitten, bei denen er noch gar nicht dabei gewesen ist. In einem anderen Leben wäre er vielleicht ein unglaublich gewissenhafter Archivar geworden.«

»Sollen wir hineingehen?«, fragte Lyssin. »Lanlion wartet im Speisesaal der Burg und redet gerade mit Fisker und Bergen.«

Ahren hatte sich bereits hochgestemmt, als er innehielt und bedauernd den Kopf schüttelte. »Nicht mehr als vier Paladine in einem Raum, wenn keine Bannkreise erschaffen wurden«, sagte er. »Das hat mir Quin-Wa vorhin eingetrichtert.« Er deutete auf den stummen Schemen neben dem Torbogen, hinter dem eine Treppe in die Tiefen von Hochstein führte. »Die Nachtsoldaten haben strikten Befehl, darauf zu achten, dass nicht zu viele von uns aufeinander hocken.« Dann wanderte sein Blick gen Westen, zur in wenigen Längen Entfernung drohend aufragenden Obsidianfeste. »Wir wollen keine schlafenden Hunde wecken – noch nicht.«

Auf einem der Türme, die das schwarze Osttor der Obsidianfeste flankierten, war eine riesige Gestalt undeutlich zu sehen. Je ein Scheiterhaufen links und rechts des übernatürlich großen Wesens hob dessen Silhouette vom Nachthimmel ab, sodass sie selbst auf diese Entfernung noch als schwarzer Fleck zu sehen war.

Es war Hass, das letzte verbliebene Kind des Widersachers. Laut den Einwohnern Tiefsteins ließ sich der vom Dunklen Gott veränderte Doppler häufig auf den Mauern oder Türmen der Obsidianfeste sehen, manchmal allein, manchmal mit einem gefangenen Soldaten, den er vor den Augen der Krieger umbrachte und in die Tiefe warf – zweifelsohne damit bei den Verteidigern jene Emotion niemals versiegte, die dem Monstrum seinen Namen und ihm gleichzeitig seine Stärke gab.

»Soll ich hierbleiben?«, fragte Lyssin. »Ich verspreche dir auch, angemessen zu grübeln, solange ich bei dir bin.«

Ahren lächelte. Der Humor der Waldläuferin entwickelte sich prächtig außerhalb des Eises. »Geh du nur«, sagte er. »Lerne deine Brüder und Schwestern so gut kennen, wie du nur kannst. Ich bleibe hier und freue mich auf ein morgiges Wiedersehen mit ihnen.«

Die Müdigkeit war wie eine sanfte Geliebte, die ihn endlich zu sich rief, als die Nacht bereits weit fortgeschritten war. Ahren hatte sämtliche Gespräche seit seiner Ankunft in Hochstein wieder und wieder durchgekaut und sich dabei wie ein junger Hund, der seinen eigenen Schwanz jagt, beharrlich im Kreis gedreht. Die stumm dasitzenden und in ihrer eigenen Welt versunkenen Vertrautentiere waren ihm wie ein Sinnbild für die endlosen Diskussionen erschienen, die mit dem Kriegsrat unweigerlich beginnen würden.

Ahren nickte dem Nachtsoldaten zu, als Zeichen, dass er die Burgmauer nun verlassen würde, als er hinter sich einen Luftzug spürte, der durch seinen magischen Umhang drang und ihn frösteln ließ. Der Nachtsoldat sackte, ohne einen Laut zu verursachen, in sich zusammen, gefangen in einem plötzlichen Schlaf, und eine schimmernde Wand aus Schwärze trennte den Dreizehnten von den sich beratenden Vertrautentieren.

»Was passiert hier und …«, fragte sich Ahren, doch in diesem Moment schälte sich die Antwort auf seine Fragen bereits aus dem Mantel der Nacht.

»Ahren«, sagte die Frau in Schwarz. »Du hast überlebt.«

Der Paladin drehte sich langsam um. »Ich würde gerne sagen, dank Euch, aber das wäre zu viel der Höflichkeit. Belsarius' Sanktum war gut gesichert.«

Die Fremde war ein Flecken Dunkelheit auf einer der Zinnen, eine undurchdringliche Silhouette vor dem stürmischen Nachthimmel, dessen Wolkenbewegungen immer drängender wurden.

Die ganze Schöpfung gerät langsam in Aufruhr, schoss es Ahren düster durch den Kopf.

»Ich kann nicht hellsehen, auch wenn ich manchmal den Eindruck vermittle«, beschwichtigte ihn die Frau in Schwarz. »Ich sagte dir, dass ich die Schutzzauber des Alten nicht passieren konnte. Was in dem Sanktum auf euch wartete, kann ich nur erahnen.«

Ahren sah das hungrige Glitzern in den Augen der Frau, als der Mond für einen Moment hinter den Wolkenfetzen hervorbrach und sein mildes Licht durch ihren Schleier schien.

»Habt ihr etwas gefunden?« Die Frage war kaum mehr als ein Spinnweb dahingehauchter Hoffnung und noch etwas anderem: Gier.

Ahren konzentrierte sich darauf, keine Miene zu verziehen. »Ja.«

Die Frau in Schwarz wankte wie ein Schilf im Sturmwind, den Oberkörper mehr und mehr in Ahrens Richtung neigend. »Und?«, wisperte sie.

»Belsarius hat etwas entdeckt.« Ahren zögerte den Moment hinaus, in dem er sich entscheiden musste, ob er der Frau, die immerhin unter der Kontrolle des Widersachers stand, jene Informationen zukommen ließ, die Belsarius so sorgfältig vor dem Zugriff des Feindes verborgen hatte. »Etwas, das Segen und Fluch zugleich ist.« *Es kommt halt darauf an, ob die Konstellation sich erst in ferner Zukunft oder in Kürze wiederholt*, fügte er in Gedanken hinzu.

Die Frau in Schwarz versteifte sich. »Du wirst es mir nicht verraten, oder?«, fragte sie müde.

Ahren hob entschuldigend die Hände. »Sollte ich denn?«

Der Blick der mysteriösen Frau schweifte westwärts zur Festung ihres Meisters. »Vielleicht noch nicht«, gab sie zu. Dann griff sie unter ihre Kleidung und zog etwas hervor. Sie warf den Gegenstand vor Ahrens Füße, und der Waldläufer hätte schwören können, dass das Objekt mit jedem Fingerbreit, den es in seine Richtung flog, stofflicher, greifbarer wurde, während die Frau in Schwarz mehr und mehr zu verblasste.

Ahren bückte sich und erblickte ein verkohltes Stück Holz. Verständnislos sah er zu der Frau auf, aber die war verschwunden.

»Wirf das Holz ins Feuer«, hörte er ihre Stimme im Wind wie das letzte Seufzen eines vergehenden Gespenstes. »Ich werde kommen. Und dann wirst du sämtliche Antworten erhalten, die ich dir noch schuldig bin.«

Ahren schluckte schwer, als er diese letzten Worte hörte. Selbst als er sicher und behaglich in seinem Bett neben der sanft im Schlaf atmenden Khara lag, konnte er nicht sagen, ob die Frau in Schwarz einen Schwur getan oder eine Drohung ausgestoßen hatte.

Die Tür zu Ahrens Kammer flog so schwungvoll auf, dass der Waldläufer aus dem Bett war und seine Windklinge gezogen hatte, bevor er überhaupt richtig wach war.

»Überraschung?«, fragte Likis zögerlich, ein Tablett in den Händen, das mit Brot, Honig und anderen Köstlichkeiten befüllt war. Hinter ihm stand Lina, ein Bündel auf dem Arm, das sie sanft hin und her wiegte. Die Hüterin wirkte im Gegensatz zu Likis eher belustigt als verlegen.

»Ich sagte dir gleich, dass so ein Auftritt eine schlechte Idee ist. Der arme Ahren ist so angespannt wie ein Drachenbogen während einer Belagerung.« Sie lächelte den Paladin an. »Schön, dich wiederzusehen. Auch wenn du irgendwann lernen solltest, dass man bei einem Wiedersehen unter Freunden besser eine Hose tragen sollte.«

Ahren brummte und warf seine Klinge auf das Bett. Erst jetzt bemerkte er, dass Khara nicht mehr darin lag. Er entdeckte die Schwertmeisterin in dem tiefen Schatten einer großen Eichenkommode. Seine Liebste hielt beide Waffen in den Händen und war ähnlich spärlich bekleidet wie er. Offensichtlich waren nicht allein seine Nerven so blank wie Falks Schild während einer Ehrenparade.

»Die gesamte Burg, nein, sogar die komplette Stadt ist durchzogen von magischen und weltlichen Schutzmaßnahmen, aus Angst vor einem Angriff auf die Paladine, Seelenverwandten und deren Kinder, die sich in der Obhut Hochsteins befinden«, sagte er zu Likis. »Glaubst du tatsächlich, ein Überfall am Morgen ist eine nette Geste des Wiedersehens?«

»Diese Burg ist meine Heimat«, verteidigte sich Likis, noch immer mit dem Tablett in der Hand, für das er nach einer Stellfläche Ausschau hielt. »Ich sehe all diese Bannzauber und Wachen gar nicht mehr. Für mich ist Tiefstein der sicherste Ort auf ganz Jorath.« Da erspähte er schließlich Khara, die sie sich hastig in eine Decke hüllte, und wurde ganz rot im Gesicht. »Oh. Äh«, begann er.

Lina schmunzelte. »Was mein ach so kluger Mann sagen möchte, ist, dass es ihm leidtut und wir draußen warten«, sagte sie.

Likis nickte nur, und keine drei Atemzüge später hatten die zwei die Tür der Kammer von außen hinter sich zugezogen.

»Was war das denn für eine Schnapsidee?«, fragte Khara in Ahrens Richtung.

Der zuckte nur mit den Achseln. »Vorfreude vermischt mit guten Absichten und einer gehörigen Portion Übermut?«, fragte er. »So ist Likis eben.« Er legte nachdenklich den Kopf schief. »Das hätte noch viel schlimmer enden können.«

»Was meinst du?«

»Früher haben Likis und ich uns manchmal Streiche gespielt. Stell dir vor, er wäre brüllend aus unserem Schrank gesprungen, um uns zu erschrecken. Wir hätten ihn aus Reflex in feine Streifen geschnitten.«

Die Überraschung war groß, als Ahren und Khara den Speisesaal von Hochstein betraten. Nachdem der Paladin und die Schwertmeisterin sich hergerichtet hatten, waren sie von Lina und Likis zu dem großen Raum geleitet worden. Die hohe Decke und die schmalen, vergitterten Fenster entsprachen ebenso Ahrens Erwartungen wie die lange Tafel und die soliden, aber schlichten Holzbänke. Hochsteins Einrichtung war vollkommen auf Zweckmäßigkeit ausgerichtet und der Speisesaal war da keine Ausnahme. Die Bannkreise an Boden und Decke bildeten hierzu einen beißenden Kontrast, der die Gefahr eines Angriffs verallgegenwärtigte. Dennoch zauberten ihm die vielen vertrauten Gesichter, die Ahren entgegenblickten, sofort ein Grinsen auf seine Züge.

»Fisker, Hakanu, Bergen, Lanlion, Quin-Wa, Falk, Sunju, Lyssin …«, zählte Ahren die Paladine auf, die ihm unter großem Hallo zuwinkten. Er stutzte. »So viele von uns in einem Raum?«

Likis grinste ihn an. »Es wurde beschlossen, den Kriegsrat noch heute einzuberufen. Spätestens dort würdet ihr ohnehin alle aufeinandertreffen und wir würden herausfinden, ob diese Bannkreise ihren Dienst tun«, sagte er und fingerte dann an seiner Amtskette herum. »Ich soll dabei die Herrscher Joraths vertreten, die während des strengen Winters in ihren Reichen nach dem Rechten sehen.«

Ahren blickte sich beinahe feierlich unter seinen Brüdern und Schwestern um. Also war die Zeit des Versteckspielens endgültig vorbei. »Ist Hochstein denn bereit?«, fragte er Likis.

Der nickte feierlich. »Die besten Truppen, die Jorath zu bieten hat, bewachen diese Stadt und ihre Burg. Dazu kommen genug Schutzzauber, um eine Horde von Dunkelwesen innerhalb eines Atemzugs einzuäschern, und die Kampfkraft, die ihr Paladine selbst in die Waagschale werft. Außerdem gibt es da noch die Herzhalle …«

»Herzhalle?«, fragte Khara dazwischen.

Lina nickte. »Ja, in Anlehnung an die ›Halle der Herzen‹. Zwerge haben sie gebaut. Sie legten viel Wert darauf, dass wir uns den Namen einprägen.«

Ahren pfiff anerkennend durch die Zähne. Likis hatte nicht übertrieben. Die Völker Joraths zogen alle Register beim Schutz der Paladine, ihrer Seelenverwandten und deren Nachkommen.

»Stehst du wieder nur da, oder sollen wir etwas essen?«, knurrte

Uldini, als der Erzmagus an dem Waldläufer vorbeischwebte. Die tiefschwarzen Augenringe des Magus legten ein beredtes Zeugnis davon ab, dass selbst der tagelange Tiefschlaf nicht ausreichend gewesen war, um sich zu erholen. Doch der kindlichen Gestalt war, ebenso wenig wie allen anderen Anwesenden, keine weitere Ruhe vergönnt.

»Dann bleibt mehr für mich«, ertönte Trogadons Stimme, der der strauchelnden Jelninolan in den Speisesaal half und sie zur nächstgelegenen Sitzbank führte. Die Elfe sah noch schlechter aus als Uldini, doch als Ahren zum Protest ansetzen wollte, dass Jelninolan sich doch weiter ausruhen sollte, schüttelte Trogadon den Kopf. »Habe ich schon versucht«, formte er leise mit seinen Lippen.

Dann rauschten Akkad und Schläft-im-Wipfel an Ahren vorbei, und umgehend steckten die vier Alten die Köpfe zusammen.

»Wenn wir uns nicht bald setzen, gibt es keinen Platz mehr für uns«, sagte Khara und zupfte dabei an seinem Ärmel. »Komm, sagen wir unseren alten Freunden Hallo.«

Ahren nickte, hin- und hergerissen zwischen all den Sorgen, die jenseits dieser Wände auf ihn lauerten, und dieser herzerwärmenden Wiedersehensfeier, die einen Moment ungetrübten Glücks versprach.

Schließlich gab er sich einen Ruck und warf sich hinein in offene Arme, herzliche Begrüßungen und mehr als einen derben Spaß auf seine Kosten.

Die Sonne schien steil durch die schmalen Fenster und Ahren war regelrecht trunken vor Lachen. Fisker erzählte gerade lebhaft, wie Cassobo sich einmal in den Kopf gesetzt hatte, einer lieblichen Schimpansin den Hof zu machen. Ahren war felsenfest davon überzeugt, dass sein Freund log, dass sich die Balken bogen, aber das tat seiner Stimmung keinen Abbruch.

Mehr und mehr vertraute Gesichter hatten sich im Saal eingefunden und die Aneinanderreihung herzlicher Begrüßungen war für lange Zeit die einzige Beschäftigung der Anwesenden. Yantilla war gemeinsam mit Reichsmarschallin Falagarda erschienen, Kamkanzakur, der Herrscher von Tausend Hallen, hatte sich zu Trogadon gesetzt und umgehend damit begonnen, herzhaft mit dem Schmied zu zechen, und nun betrat eine weitere Gestalt den Raum, die sich stirnrunzelnd umsah, dabei einen charakteristischen Helm unter dem Arm tragend.

»Erster!«, rief Ahren dem uralten Paladin winkend zu und der Veteran setzte sich mit schweren Stiefelschritten in Bewegung.

»Wie kommt es, dass ich euch inmitten einer Krise immer nur beim Essen und nie beim Planen vorfinde?«, grollte der Erste statt einer Begrüßung.

»Auch dir einen guten Tag«, sagte Ahren mit einem entwaffnenden Lächeln. Dann deutete er auf Fisker. »Es war die Idee unseres unsteten Bruders hier, dass wir uns zuerst bei Speis und Trank zusammensetzen und dann den Kriegsrat beginnen. Viele von uns haben sich lange nicht mehr gesehen, und es erschien uns eine gute Idee, dass wir Gelegenheit zum Lachen und Reden bekommen, damit wir im Rat umso fokussierter sind.«

Der Erste starrte erst Ahren, dann Fisker lange an. Der ehemalige Pirat lächelte breit zurück, die Augenlider klimperten in einer Miene übertriebener Unschuld.

»Das war … keine vollkommen dumme Idee«, sagte der Erste schließlich.

»Hört, hört«, rief Bergen von der anderen Seite des Tisches. »Die Welt muss wirklich am Abgrund stehen, wenn der Erste Fisker lobt.«

»Das war kein Lob«, grollte der Veteran brüskiert.

»Doch«, widersprach Bergen trocken. »Für deine Verhältnisse schon.«

Ahren lachte vor sich hin, auch wenn er bei den scherzhaften Worten Bergens hellhörig geworden war. Alle anwesenden Paladine, mit Ausnahme von Lyssin, Hakanu und ihm selbst, feierten ein wenig zu überschwänglich, eine Spur zu verbissen. Ahren musste an jene Adlige auf der Königsinsel oder in Kap Verstaad denken, die mit zu viel Schmuck ihre Unsicherheit zu kaschieren versuchten. Freude und Kameradschaft mochten in diesem Raum gerade ausgelassen miteinander tanzen, aber die Angst hockte mit gezücktem Messer unter dem Tisch, bereit, jederzeit zuzustechen.

Der Erste stand noch eine Weile unschlüssig da, aber als keiner der Anwesenden Anstalten machte, sich zu erheben, setzte sich der Veteran mit einem Seufzen neben Ahren auf die Bank und griff nach einem Stück Brot und einer herzhaft gepökelten Wurst aus Tausend Hallen, deren beißender Geruch Ahren bereits auf einen Schritt Entfernung die Tränen in die Augen trieb.

Schweigend aß der Erste sein ausgewähltes Mahl, während Ahren immer wieder zu ihm hinübersah. Irgendetwas an dem Mann in seiner archaischen Rüstung ließ ihm die Haare im Nacken zu Berge stehen und ein Gefühl der Nervosität erfasste den Waldläufer, sodass er glaubte, er müsse im nächsten Moment aus dem Raum stürmen, die Windklinge in den Händen und den Ruf der Paladine auf den Lippen …

»Du spürst es auch, oder?«, raunte der Erste, nachdem er seine Wurst mit einem Glas verwässertem Wein hinuntergespült hatte. »Den Segen, der an uns zieht.«

Ahren nickte. Das war es also, was sich in ihm regte. Der Göttersegen, der in jedem Paladin ruhte, spürte, dass sich zehn von ihnen in einem Raum befanden, und gebärdete sich in Ahrens Innerem wie eine Flutwelle, die sich endlich gegen den Widersacher erheben wollte. »So … eigensinnig habe ich den Segen noch nie erlebt«, gestand er leise.

Der Erste sah ihm tief in die Augen. »Dann warte darauf, bis die restlichen Paladine bei uns und keine Bannkreise zugegen sind, die den Segen dämpfen.« Er kniff die Lippen zusammen. »Falls uns der Widersacher dazu überhaupt Gelegenheit gibt. Unsere jetzige Zusammenkunft muss bereits wie ein Wirbelsturm in seinen Ohren toben.«

Ahren schwindelte und er atmete tief ein und aus. Plötzlich ging alles so schnell. Eben noch waren die Paladine auf Zehenspitzen umeinander herumgeschlichen und jetzt befand sich eine überwältigende Menge von ihnen in einem Raum.

»Wo sind die restlichen drei?«, fragte er angespannt.

Der Erste deutete mit dem Finger gen Boden. »Aluna ist in der Herzhalle. Auf dem Weg hierher erwischte sie ein Bannfluch, woraufhin es Komplikationen bei ihrer Schwangerschaft gab. Sie benötigt viel Ruhe.« Der Veteran sah zu Schläft-im-Wipfel hinüber. »Unsere in Rätseln sprechende Alte sagt, dass Aluna sich mit der Zeit erholen wird.«

Ahren zuckte zusammen. Zeit war ein sensibles Thema, wie er nun wusste. Möglicherweise hatten sie viel mehr davon, als ihnen lieb sein konnte. »Und Trimm?«

»Hält seine Söldner in Schach.« Der Erste klang widerwillig beeindruckt. »Unser feiger Bruder hat alles rekrutiert, was eine Waffe halten kann und bereit ist, für Gold zu kämpfen. Der Ring ist bald doppelt so dicht bewacht, wie noch vor einem Mond. Zumindest, bis Kap Verstaad die Mittel ausgehen, um die Söldner zu bezahlen.«

Ahren nickte nachdenklich. Trimm hatte also Wort gehalten und war erschienen. Dass er gleichzeitig eine Armee aus Mietlingen mitgebracht hatte, die dem hasenherzigen Paladin den Weg zum Dunklen Gott freischlagen sollten, war dagegen wenig verwunderlich. »Was ist mit dem Vater des Berges?«, erkundigte sich Ahren nach dem letzten Streiter der Götter, dessen momentanen Aufenthalt er nicht kannte.

»Motiviert die Truppen am Ring«, sagte der Erste, ohne einen Unterton der Geringschätzung in seiner Stimme verbergen zu können – oder vielleicht zu wollen? »Wenn er könnte, würde er jeder Seele das Händchen halten, die gerade Dienst an der Front tut.«

Ahren runzelte die Stirn. »Du hättest wohl lieber sein altes blutdürstiges Selbst zurück.«

Der Erste lachte auf. Es war ein bellender, harter Laut. »Natürlich würde ich Darkans Anwesenheit bevorzugen. Die Zeit der milden und gütigen Worte endet bald. Und im Blutvergießen war er einer der Besten.«

»Ich bin froh, nur den Vater des Berges kennengelernt zu haben«, sagte Ahren energisch. Dann legte er dem Ersten eine Hand auf die Schulter. Das Metall der Rüstung des Veteranen fühlte sich kalt und abweisend unter seinen Fingern an. »Pass auf, dass du nicht in alte Muster verfällst«, sagte er leise. »Das Ewige Eis sollte dich gelehrt haben, zu welchem Leid ein fanatischer Blick auf ein eng begrenztes Ziel führen kann.«

Der Erste sah Ahren lange mit durchdringendem Blick an, bevor er antwortete. »Die Götter haben uns sehr unterschiedlich erschaffen«, sagte er schließlich. »Erfülle du deine Rolle, ich werde die meine in Ehren halten – so wie ich es immer tat.« Dann stand er auf und schritt Richtung Tür, wo er innehielt, den lachenden Paladinen einen Schulterblick zuwarf und rief: »Der Kriegsrat beginnt in Kürze. Kommt zum Ende.« Dann marschierte er aus dem Speisesaal, eine Welle der Ernüchterung hinter sich zurücklassend.

»Also den alten Spielverderber werde ich nicht vermissen, wenn wir erst den Widersacher erledigt haben«, sagte Fisker mit erzwungenem Humor in der Stimme.

»Ist euch klar, wie unwirklich diese Worte klingen?«, fragte Bergen in die Runde. »Wenn wir von der Zeit *danach* sprechen?« Schweigen legte sich wie eine nasse Wolldecke über den Raum.

»Also gut«, brummte Falk und erhob sich. »Der Erste hat es mal wieder geschafft. Wer ist noch in der Stimmung für einen Kriegsrat?« Dann stampfte er aus dem Raum, ohne eine Antwort abzuwarten, und nach und nach schlossen sich ihm alle Anwesenden an, bis nur noch Ahren, Hakanu und Khara übrig waren.

»Meister?«, fragte der Lehrling und sah immer wieder gen Ausgang. »Warum gehen wir nicht auch?«

»Sturheit«, gab Ahren unumwunden zu, was Khara ein Kopfschütteln und ein ungläubiges Lachen entlockte. »Ich werde nicht rennen, bloß weil der Erste pfeift.« Er nahm sich ein Stück Brot vom Tisch und kaute unleidig darauf herum. »Die nahende Schlacht bringt offensichtlich das Schlechteste in ihm zum Vorschein. Ich sollte ihn besser daran erinnern, dass er die Paladine nicht länger kommandiert.« Er schluckte das Teigstück hinunter und gleichzeitig den Groll, der in ihm hochkochte. »*Jetzt* können wir aufbrechen«, sagte er bestimmt, und Hakanu seufzte erleichtert auf.

Während der Dreizehnte unter Kharas tadelndem Blick seinem Schützling hinterherging, welcher sich alle Mühe gab, nicht zu enthusiastisch vorneweg zu laufen, dachte Ahren darüber nach, dass die kommende Besprechung möglicherweise eine der letzten sein würde, der er je beiwohnen würde.

Der Krieg näherte sich seinem Ende.

So oder so.

Die Ratskammer summte regelrecht vor Energie, als Ahren den runden Raum im Ostturm der Burg betrat, der bei Tag und voller Besetzung deutlich imposanter und lebendiger wirkte. Die anderen neun Paladine aus dem Speisesaal waren ebenso anwesend wie die vier Alten, Kamkanzakur, Falagarda, Likis, Yantilla, Ahrens restliche Gefährten und ein Haufen Adjutanten, die sich mit gespitzten Federkielen und einem großen Stapel an Pergamenten bereit machten, Depeschen zu verfassen und anderweitige Beschlüsse des Kriegsrats zu verewigen.

»Wenigstens ist kein Barde anwesend, der das hier Gesprochene in ein Heldenlied für die Truppen verwandelt«, murmelte Ahren grimmig.

»Da bist du ja endlich«, murrte der Erste und bedeutete Ahren sich zu setzen. Der wählte den Stuhl direkt gegenüber dem Veteranen, was dieser mit einem Nicken zur Kenntnis nahm.

»Seid ihr schon wieder in einen Kleinkrieg verstrickt?«, fragte Falk leise, der sich mit Khara neben Ahren niederließ.

»Weiß ich noch nicht«, brummte der Dreizehnte. »Aber ich bin bereit, ihn aufzuhalten, bevor er wieder beginnt, ganze Königreiche für seine Zwecke zu opfern.«

»Der Erste steht kurz vor seinem Ziel«, warf Khara ein. »Ein Ziel, auf das er Jahrtausende hingearbeitet hat. Es ist wohl kaum verwunderlich, wenn er da in alte Muster verfällt.«

»Verwunderlich nicht«, sagte Ahren trocken. »Aber bedauerlich und brandgefährlich.«

Mittlerweile hatte jeder Anwesende seinen Platz eingenommen und der Erste deutete auf die schwere doppelflügelige Tür, die daraufhin von den draußen stehenden Wachen – einer Mischung aus Hakanus Fuchsgarde und Nachtsoldaten – mit einem lauten Krachen geschlossen wurde.

Schläft-im-Wipfel beugte sich auf dem Ratstisch vor, legte eine Hand auf das dunkle Holz, und im nächsten Moment glommen Hunderte Runen im gesamten Raum für einen Herzschlag auf und verschwanden dann wieder. »Die Ratskammer ist gesichert«, sagte sie nur und schloss dann die Augen, so als wolle sie im nächsten Moment einschlafen. Offensichtlich würde die Alte mit ihren magischen Kräften über diesen Raum wachen, während die nächsten Schritte beraten wurden.

Quin-Wa erhob sich. »Bevor wir beginnen, möchte ich verkünden, dass ich neben meiner eigenen Stimme auch im Namen meines Gemahls, des Sonnenkaisers, spreche.« Sofort machten sich vier der Adjutanten daran, die Worte der Ewigen Kaiserin auf Pergament zu bannen.

Als Quin-Wa sich setzte, stand umgehend Likis auf. »Und mir wurde die Ehre zuteil, für König Blaugrund, das Grüne Meer und Kap Verstaad die Stimme zu erheben.«

Der Erste nickte in die Runde. »Damit sind die meisten Herrscher Joraths in irgendeiner Form vertreten. Des Weiteren sollte vermerkt werden, dass zehn Streiter der Götter in ihrer Funktion als Generäle der Armee anwesend sind, sowie Reichsmarschallin Falagarda, der zu Beginn des Winters einstimmig die Oberbefehlsgewalt über den Ring übertragen wurde.«

Ahren lächelte der hochgewachsenen Frau anerkennend zu. Die sah prunkvoll in ihrer dunkelblauen Uniform aus, ihre Brust war voller Orden und ihr Blick voller Entschlossenheit, als sie sich erhob.

»Genug der Formalitäten«, sagte sie in die Runde und erntete wohlwollendes Nicken. »Wenn wir siegen, wird es niemanden scheren, wie viele wohlmeinende Titel hier in der Kammer versammelt waren.«

Fisker kicherte lebhaft und auch Ahren biss sich geistesgegenwärtig auf die Unterlippe, um seine eigene Heiterkeit einzudämmen.

»Am besten gebe ich den Anwesenden einen kurzen Überblick bezüglich des Zustands des Rings und seiner Truppen.« Als niemand protestierte, sprach sie weiter, während die anwesenden Adjutanten hölzerne Wimpel mit darauf gemalten Wappen in vorbereitete Löcher rund um die Darstellung des Rings auf dem Ratstisch steckten. Die Frau zählte die Namen Dutzender Einheiten inklusive Mannschaftsstärken auf, ohne ein einziges Mal nachdenken zu müssen, und deutete bei jeder Nennung zielsicher auf eine bestimmte Position am Ring. Ahren war sowohl von Falagardas offensichtlicher Kompetenz als auch von den Massen an Soldaten, die mittlerweile den Ring bewachten, außerordentlich beeindruckt.

Als alle Wimpel platziert waren, sah sich Falagarda selbstbewusst um und begann mit dem eigentlichen Bericht. »Wie hier deutlich zu sehen ist, wird der Ring von einer vielfältigen Mischung aus Truppen sämtlicher alliierter Reiche gehalten. Zwergische Belagerungsmeister zimmern im Schutz des Rings nahe der Tore der Obsidanfeste Katapulte und Rammböcke zusammen, die Reiterei des Grünen Meeres und die gepanzerte Kavallerie der Rittermarschen kontrolliert das Hinterland des Rings und bewacht unsere Nachschublinien. Elfen, Zwerge und Menschen bewachen gemeinsam jeden Fußbreit des Rings, und seit Neuestem finden sich auch einige Riesen unter den Truppen. Ich habe mir erlaubt, sie für besondere Aufgabe abzustellen, da sie Schwierigkeiten haben, sich in die herkömmliche Militärdoktrin einzufügen.«

Bergen hob eine Hand. »Mit anderen Worten: Wir sind so bereit, wie wir es nur sein können?«

Die Reichsmarschallin nickte.

»Genug der guten Nachrichten und des Schulterklopfens«, murrte Uldini. »Wie steht es um die Gegenseite?«

Falagarda gab den Adjutanten einen weiteren Wink und zusätzliche Wimpel wurden im Inneren der Obsidianfeste platziert. Diesmal schwieg die Frau jedoch, bis die letzte Markierung angebracht worden war.

»Bitte werft einen genauen Blick auf den Aufbau der Obsidianfeste, die wir dank Sonnenschimmers Überflüge im Laufe der letzten Monde anfertigen konnten.« Sie deutete auf die Mitte des Kriegstisches und Ahren sah genauer hin, doch die Vielzahl an Türmen, Mauern und Bollwerken, die sich da aus dem Holz erhoben, war für ihn schwer zu überblicken.

»Eine Analyse wäre hilfreich«, sagte Bergen nach einigen Herzschlägen des Schweigens und Falagarda nickte ungerührt, als hätte sie nichts anders erwartet.

»Ich war zunächst auch verwirrt. Beginnen wir daher im Zentrum, oder besser: im Herzen der Feste.« Sie zeigte auf eine Kontur, die wie ein Palast aussah und sich nicht in der Mitte, sondern im östlichen Drittel der Obsidianfeste erhob. »Wie ihr bei genauer Betrachtung erkennen werdet, wird das Herz der Feste von zwanzig Wällen umgeben, die nicht kreisrund, sondern annähernd ellipsenförmig verlaufen. Im Osten haben sie den geringsten Abstand zueinander, im Norden, Süden und Westen variiert dieser nach einem wenig nachvollziehbaren Muster.«

»Warum?«, fragte Hakanu und Ahren nickte zustimmend. »Wer baut eine Feste derart asymmetrisch?«

Der Erste beugte sich vor. »Es ist ein Irrglaube, dass jede Festung vollkommen gleichförmig zu sein hat. Jedes militärische Bauwerk folgt den Gegebenheiten seines Standortes. Eine Bergfeste ist anders konzipiert als eine Talsperre.«

»Aber wir reden hier von einer Ebene«, sagte Khara und zupfte verwirrt an ihrer Kriegernadel, nur um sie anschließend mit einem unwirschen Brummen wieder zu richten. »Warum hat der Widersacher den östlichen Teil der ehemaligen Grenzlande als Standort für seinen … Palast gewählt.«

»Magie«, sagte Akkad schlicht. »Die Obsidianfeste zu erschaffen, war ein gewaltiges Kunststück. Ich denke, er benötigte jene verborgenen Kraftreserven, die dem Land innewohnen, um die Feste zu … verankern, könnte man sagen.«

Ahren biss auf der Innenseite seiner Wange herum. »Also musste er beim Bau der Feste den mystischen Kraftlinien folgen, die nur für magische Sinne sichtbar sind?«

Akkad nickte. »Und er wird jeden Ort der Macht angezapft haben, den er im Gebiet der ehemaligen Grenzlande finden konnte.« Der rundliche Magier deutete auf mehrere Bollwerke im Osten, Süden und Norden. »Daher die Bauten, die ihr hier seht. Sie stehen direkt über jenen Orten konzentrierter Magie.«

»Der Palast auch?«, fragte Fisker neugierig.

Akkad zuckte mit den Achseln »Ich vermute es. Aber der Widersacher schirmt seinen Machtsitz sorgfältig gegen feindliche Magie ab, daher kann ich es nicht mit Sicherheit sagen.«

Der Erste deutete nacheinander auf die Grenzen der Obsidianfeste. »Der Widersacher hat nicht nur die ihm zur Verfügung stehenden magischen Ressourcen, sondern auch militärische Strategien berücksichtigt. Er scheint vorzugsweise einen Angriff aus Richtung der Rittermarschen, des Grünen Meeres, des Wutwaldes, des Ewigen Reiches, den Sonnenebenen zu befürchten.«

»Einfacher ausgedrückt: Er fürchtet sich vor jedem Reich mehr, als vor Hjalgar«, sagte Likis mit einem selbstironischen Grinsen.

Falagarda schüttelte den Kopf. »Im Osten sind die Abstände zwischen den Mauern am geringsten, dafür sind dort die gefährlichsten Dunkelwesen stationiert. Zum Beispiel uralte Blutwölfe, besonders große Finsterbären, Hordenbullen … und nicht zu vergessen *Hass*, das letzte Kind des Dunklen Gottes.« Sie tippte auf die Rillen, die die zwanzig Wälle markierten. »Zusätzlich sind die Mauern im Osten besonders hoch und dick. Der Weg von Tiefstein aus wäre kurz, aber beschwerlich.«

Der Erste hatte die Karte nachdenklich studiert. »Ein Vorstoß aus Nordosten, von Seiten der Rittermarschen wäre wohl die beste Option. Der Weg ins Zentrum der Feste wäre nicht zu lang, aber uns stört kein Fluss direkt hinter dem Ring und wir könnten mehr Truppen in Stellung bringen als hier in Hjalgar.«

Falagarda nickte. »Ich stimme zu. Aber kommen wir vorerst zur Stärke der gegnerischen Truppen. Unseren Schätzungen nach befinden sich über vierzigtausend Niederfänge, eintausend Hochfänge und zehntausend andere Dunkelwesen in der Obsidianfeste. Zuzüglich einer unbekannten Anzahl von Schwarmkrallen, bei der wir jedoch davon ausgehen, dass fünf der gefährlichen Vögel auf einen Fußsoldaten des Widersachers kommen.«

Die Stimmung im Raum verdunkelte sich wie der Himmel während eines heraufziehenden Sommersturms.

»Aber das sind doch gute Nachrichten«, sagte Hakanu verständnislos in die Runde. »Wenn ich richtig aufgepasst habe, dann besitzen wir mehr Truppen als der Feind.«

»Aber nur knapp«, antwortete Falk. »Und du vergisst die Mauern der Feste. Sollten wir diese stürmen müssen, gelingt es uns nur mit einer dreifachen Übermacht im Rücken, sonst sehe ich keine realistische Chance auf einen Erfolg.«

»Zumal du einen Finsterbären wohl kaum mit einem Fußsoldaten aufwiegen kannst«, warf Quin-Wa spröde ein.

»Und die Nieder- und Hochfänge gerüstet und bewaffnet sind«, fügte Trogadon hinzu. »Wenn auch nur mit kruden Machwerken, die kein anständiger Schmied, der etwas auf sich hält, jemals erschaffen würde.«

Sunju stand auf und ging um den Tisch herum, die Augen auf die vielen Wimpel gerichtet. »Die gute Nachricht ist: Wenn der Widersacher durch den Ring brechen will, dann gilt für ihn dasselbe wie für uns: Er hat nicht genug Truppen.«

»Also befinden wir uns weiterhin in einem Patt«, fasste Lanlion die Situation zusammen.

»Wie sieht es an der magischen Front aus?«, fragte der Erste in Richtung Quin-Wa, doch die deutete auf Akkad.

»Ich bin seit ein paar Wochen etwas abgelenkt«, sagte sie und deutete auf ihren Bauch. »Unser Tüftler hat einen besseren Überblick als ich.«

Der beleibte Alte machte eine Handbewegung und ein unregelmäßiges Gitter aus gleißenden Linien verband die eingeschnitzten Symbole der Magierdome miteinander. »Die Arkanwälle helfen dabei, die Flüche aus dem Inneren der Obsidianfeste abzuwehren«, sagte er. »Die Verlustrate unter den Soldaten ist innerhalb des letzten Mondes von hundertfünfzig pro Tag auf unter zehn gesunken.«

Ahren sog scharf die Luft ein. Er hatte davon gehört, wie sehr der Ring unter den Attacken des Widersachers gelitten hatte, aber das Ausmaß an Toten und Verwundeten ließ ihn ungläubig den Kopf schütteln. »So viel sinnloses Sterben«, murmelte er.

Khara nahm seine Hand in die ihre und spendete ihm mit sanftem Druck Trost.

Akkad machte eine weitere Geste, woraufhin einige der Arkanwälle weitestgehend verblassten, während andere stärker hervortraten. »Unsere Erfahrung hat gezeigt, dass einige Alte besser zusammenarbeiten als andere. Dazu kommt noch die jeweilige Befähigung bezüglich der angewandten Zauber und das individuelle Reservoir innerer Kraft. Was ihr hier seht, sind die machtvollsten und effektivsten Arkanwälle.«

Hakanu reckte den Hals und seine Mundwinkel fielen herab. »Das sind ja nur fünf.«

»Dein Lehrling entwickelt sich«, sagte Fisker mit einem Augenzwinkern in Ahrens Richtung. »Er kann jetzt schon zählen.«

»Nur bis zehn«, erwiderte Ahren grinsend. »Und es hat mich den gesamten Winter gekostet, ihm das beizubringen.«

Hakanu verschränkte die Arme vor der Brust. »Wie der Meister, so der Schüler.«

Ahren lachte auf, und für einen Moment versank der Kriegsrat in flüchtiger Heiterkeit, bis der Erste mit einem eisigen Blick für Ruhe sorgte. Ahren fühlte sich plötzlich wieder wie in der Göttertagsschule.

»Können wir diese fünf herausragenden Arkanwälle umpositionieren, indem wir die betreffenden Alten in Magierdome unserer Wahl schicken?«, fragte der Erste Akkad mit scharfer Stimme.

Der Magier nickte. »Das Einstimmen auf den Dom ist allerdings ein langwieriger Prozess und dazu kommt noch die Reisezeit zwischen den Domen. Jede Neuverteilung der Alten reißt für Tage eine klaffende Lücke in unsere Verteidigung, daher habe ich bisher Abstand von der Idee genommen.«

»Können wir den Feind durch gezielte Zauber schwächen?«, fragte Sunju. »Zum Beispiel eine Flammenwand entlang eines Arkanwalls entstehen lassen, der die Dunkelwesen verbrennt?«

Akkad nickte. »Das wäre machbar. Aber bisher hat der Widersacher jegliche Versuche eines magischen Angriffs mittels Bannflüche vereitelt. Außerdem fällt der angreifende Arkanwall so lange für unsere Verteidigung aus.«

»Das heißt, auch auf dieser Ebene stehen sich Ring und Feste annähernd gleichstark gegenüber?«, hakte Khara nach. Akkad zuckte zur Antwort entschuldigend mit den Achseln und schwieg.

»Dieser Krieg könnte also ewig so weitergehen«, brummte Falk in Ahrens Richtung. »Das regt düstere Erinnerungen an die Dunklen Tage in mir.«

Der junge Waldläufer dachte an entvölkerte Dörfer und brachliegende Felder. Jorath blutete nach und nach aus, je länger der Ring derart dicht besetzt werden musste. Die Waagschale neigte sich also mit jedem verstreichenden Tag mehr zu Gunsten des Widersachers.

Der Erste regte sich und deutete auf Uldini und Jelninolan. »Jetzt, wo wir einen Überblick darüber haben, wo wir stehen, müssen wir über eine Information reden, die uns aus den Tiefen der Vergangenheit zugetragen wurde. Der verblichene Belsarius hinterließ eine Botschaft, die Ahren und seine Gefährten auf ihrer Reise nach Tiefstein entdeckten, und von der es heißt, sie sei ausgesprochen bedeutsam.« Die gereizte Stimme des Ersten verriet, dass der Veteran sich die Zähne daran ausgebissen hatte, im Vorfeld zu erfahren, was genau Ahren und die anderen in Kelkor erfahren hatten. Schnell begrub der Waldläufer die Genugtuung, die bei dieser Erkenntnis in ihm heranwuchs. Jetzt war nicht die Zeit für Häme oder kleinlichen Zank.

Uldini schwebte ein klein wenig unsicher aus seinem Sitz hervor und positionierte sich über dem Zentrum der geschnitzten Karte, sodass er wie ein berobter Gott aussah, der über seine miniaturartige Welt wachte.

»Ich wünschte, unsere Nachricht wäre hoffnungsvoller …«, begann er und erzählte in kurzen, knappen Worten, was sie im Sanktum des Belsarius über den Widersacher erfahren hatten.

Ahren konnte sehen, wie mit jeder Silbe, die der Erzmagus sprach, die Farbe mehr und mehr aus den Gesichtern all jener Anwesenden wich, die von Belsarius' Theorie zum ersten Mal hörten.

Als Uldini geendet hatte, konnte Ahren spüren, dass der Kampfeswille, welcher bisher in der Ratskammer geherrscht hatte, vollends von den Neuigkeiten Uldinis verschüttet worden war. Fast flehentlich sah sich Ahren unter seinen Freunden, den anderen Paladinen, Alten und

Würdenträgern um, auf der Suche nach einem Funken Zuversicht – doch er wurde nicht fündig. Stattdessen sah er viele leere Blicke, zweifelsohne die Konsequenzen dessen durchspielend, was sie gerade gehört hatten.

»Wann?«, stellte der Erste schließlich jene eine Frage, die auch Ahren seit dem Verlassen des Sanktums umtrieb. »Wann wird der Zeitpunkt sein, an dem wir laut Belsarius dem Widersacher gegenübertreten sollten?«

Uldini öffnete den Mund und schloss ihn dann wieder. Dann sah er zu Akkad hinüber, der hilflos die Hände ausbreitete.

»Ich arbeite daran. Aber die Berechnungen sind langwierig und ich warte noch auf Nachrichten von einigen Alten in den Magierdomen, die in der Sternenkunde bewanderter sind als ich und ohne die ich mit meiner Arbeit nicht vorankomme«, gestand der älteste der unsterblichen Magier. »Momentan haben wir keine Ahnung, wann der Widersacher verwundbar sein wird.«

Ahren starrte auf seine Hände hinab und schwieg. Dies war die schlimmste Antwort, die Akkad hatte geben können.

Sie befanden sich mitten im Krieg mit einem selbst ernannten Gott. Und doch waren sie gelähmt durch das Fehlen einer winzigen Information, die über Gedeih und Verderb ihres Vorhabens entscheiden könnte.

11. Kapitel

Die Faust des Ersten krachte auf das Holz des Tisches und erzeugte dabei ein deutliches Knirschen.

»Das ist inakzeptabel!«, donnerte er in die Runde. »Wir können uns nicht von einer Theorie lähmen lassen, die nicht bewiesen ist! Wir sind so nahe am Ziel!« Die letzten Worte wurden von einem Stöhnen begleitet, das selbst Steine hätte erweichen können.

»Ich stimme dem Ersten zu«, sagte Falagarda mit ruhiger Stimme. »Die Vorräte in den Lagerhäusern entlang des Rings schwinden. Die Belagerung der Obsidianfeste unnötig in die Länge zu ziehen, aufgrund einer Ahnung, die ein verstorbener Alter vor Jahrhunderten hatte, kostet uns Menschenleben und womöglich den Sieg.«

»Aber können wir es uns leisten, die Warnung zu ignorieren, die Belsarius uns zukommen ließ?«, fragte Jelninolan bedächtig.

»Ich kann und will nicht an einen magischen Moment glauben, der der Schlüssel zu unserem Sieg sein soll«, sagte Bergen frustriert. »Man sollte meinen, dass die Götter uns im Laufe der vielen Jahre seit Bestehen der Paladine einen Fingerzeig geschenkt hätten, wenn wir derart tumb gegen einen Gegner angerannt wären, der nur alle Jubeljahre eine signifikante Schwäche aufweist, durch die er uns dreizehn unterliegen könnte.«

»Die Götter *schlafen*«, sagte Uldini bissig. »Sie haben sich noch nie durch besondere Klarheit ausgezeichnet, was Zeichen oder gar konkrete Hinweise angeht.«

»Belsarius hat sich geirrt«, rief Fisker dazwischen. »Er *muss* sich einfach irren.«

Ahren wusste, was nun kommen würde, war jedoch außerstande, es zu stoppen. Nach und nach verwandelte sich die Ratskammer in einen brodelnden Kessel aus Argumenten und Gegenargumenten, wobei sich schnell zwei Seiten herausbildeten. Die einen, rund um Uldini und Jelninolan, waren davon überzeugt, dass Belsarius mit seiner

Erkenntnis recht haben musste, die anderen, angeführt von den militärisch versierten Geistern Falagarda und dem Ersten, beharrten auf die kalten, harten Fakten der momentanen Situation am Ring.

Die Stimmung wurde im Laufe des Tages immer gereizter und frustrierter, aber Ahren fühlte sich zu müde, um einzugreifen, zumal er hin- und hergerissen war, welcher Seite er sich anschließen sollte. Sein Blick fing den des Ersten ein und für einen kurzen, kostbaren Moment bestand ein echtes Band des Verstehens zwischen ihnen, wie Ahren es nur selten gefühlt hatte.

»Still!«, brüllte der Erste in die Runde und zog damit den Unmut der Anwesenden auf sich.

Ahren nickte ihm dankbar zu und übernahm lückenlos die Rolle des freundlichen Wortführers. »Ich schlage vor, wir beraten morgen weiter«, sagte er in mildem Ton. »Das waren viele Informationen auf einmal. Wenn jeder von uns eine Nacht über die Herausforderungen nachdenkt, die sich vor uns auftun, ergründen wir vielleicht einen Plan, dem alle hier Versammelten zustimmen können. Außerdem geben wir Akkad so weitere Zeit, an seinen Berechnungen zu arbeiten.«

Beipflichtendes Nicken und unwirsches Gemurmel war die Reaktion auf Ahrens Vorschlag, und Khara legte Schläft-im-Wipfel sanft eine Hand auf die Schulter.

»Gib uns frei«, sagte die Schwertmeisterin leise. »Dein Werk ist für heute getan.«

Die Alte öffnete ihre Augen nicht, aber ihre Finger glitten von der Tischplatte, und ein weiteres Mal glommen die Zauberzeichen in der Ratskammer auf. Besorgt wollte Ahren zu Schläft-im-Wipfel hinübergehen, aber da entrang sich bereits der erste Schnarcher ihrer Kehle.

»Lasst sie besser in Ruhe«, sagte Uldini, der selbst ausgezehrt wirkte, mit zittriger Stimme. »Sie wird schon den Weg in ihr Bett finden, sobald sie sich ein wenig ausgeruht hat.«

»Öffnet die Tür!«, rief der Erste in Richtung des Ausgangs, und schon schoben die Wachen die schweren Doppeltüren auf.

Trogadon sprang hastig auf. »Den Göttern sei Dank«, stöhnte er erleichtert und trippelte in den Gang hinaus. »Ich habe viel zu viel getrunken«, hörte Ahren den Zwerg gepresst vor sich hin schimpfen. »Welcher Idiot kam auch auf die Idee, uns den halben Tag ohne Zugang zu einem Abort einzusperren?«

»Wir planen morgen besser die eine oder andere Pause ein«, sagte Falk trocken und erhob sich stöhnend. »Sonst gibt es noch einen unziemlichen Unfall. Und über so etwas sollten weder Barden noch Adjutanten berichten können.«

Unter vereinzeltem Gelächter leerte sich die Ratskammer, bis nur noch Ahren, Khara und Akkad zurückblieben, die den Alten ansahen.

»Fandet ihr unseren Kriegsrat so erfrischend, dass ihr nicht genug davon bekommen könnt?«, fragte der Alte mit einem wissenden Augenzwinkern. »Oder habt ihr etwas auf dem Herzen?«

Ahren seufzte. »Wir brauchen eine gesicherte Grundlage, wenn wir eine Entscheidung darüber treffen wollen, wann und wie wir dem Widersacher an den Kragen gehen.«

Akkad lächelte ihn verstehend an. »Du willst neben dem genauen Zeitpunkt der nächsten Konstellation auch wissen, ob die Theorie von Belsarius Hand und Fuß hat.«

»Allerdings. Glaubst du, du kannst sie genauer überprüfen? Laut Uldini bist du so alt, dass keiner so präzise wie du den Verlauf der Dunklen Tage nachvollziehen kann.«

Der beleibte Alte faltete die Hände über seinem Bauch. »Es ist zwar nicht sehr charmant, darauf hinzuweisen, aber ja, ich habe bereits den einen oder anderen Sommer auf dem Buckel. Genug, dass ich irgendwann aufgehört habe zu zählen.«

Khara sah Akkad mit schiefgelegtem Kopf an. »Und denkst du, dass Belsarius recht hat?«

Der Alte wiegte den Kopf hin und her. »Meine Antwort würde aus dem Herzen stammen, aber was wir brauchen, ist eine Einschätzung, die dem Kopf entspringt.« Er sah Ahren und Khara abwechselnd an, sein Blick hatte etwas merkwürdig Fahriges. »Wisst ihr, wenn man so viele Dinge erlebt hat wie ich, dann verschmelzen die Details lange zurückliegender Ereignisse mit anderen, die nach ähnlichem Muster abliefen. Und was die Geschichtsschreibung der Dunklen Tage angeht, ist diese nicht lückenlos überliefert. Wir wissen nicht mal, wann genau sie begannen. In den kriegerischen Konflikten wurden stets die größten Horte des Wissens zerstört und mit ihnen kostbare Aufzeichnungen …« Die Worte des Alten verloren sich, während Akkad nachdenklich vor sich hinstarrte. Seine Lippen bewegten sich in einem stummen Zwiegespräch mit sich selbst.

»Akkad?«, fragte Ahren beunruhigt.

Doch der Alte schüttelte stumm den Kopf und verließ die Ratskammer, tief in seinen Gedanken verloren.

»Das heißt wohl, dass wir ihn erst wiedersehen, wenn er herausgefunden hat, was ihn gerade beschäftigt«, scherzte Khara.

Ahren sah aus dem Fenster in Richtung der Wolken aus Schwarmkrallen, die im Westen mit ihren Leibern komplizierte Muster in den Himmel zeichneten. »Mindestens so wichtig wie, *wann* wir von ihm Antworten erhalten, ist die Frage, ob sie uns auch *gefallen* werden.«

Khara zog ihn stumm auf die Beine und sie verließen Arm in Arm die nunmehr verlassen daliegende Ratskammer.

Oh, was für ein wunderschöner Tag das war, schwärmte Culhen, während er behaglich in einer Ecke der gemeinsamen Kammer lag. Der Wolf hatte es sich dicht neben dem Kamin bequem gemacht und bildete das übliche Fellknäuel mit der tief und fest schlafenden Muai.

»Schön, dass wenigstens du Freude hattest«, sagte der Waldläufer spröde vom Bett her, in dem er mit seiner Liebsten lag. Sie hatten ihre Vertrautentiere über die Ereignisse des Tages ins Bild gesetzt, und wo die Tigerin sich einfach gähnend eingerollt und Khara offenkundig mit ihren Sorgen allein zurückgelassen hatte, ignorierte Culhen die Worte Ahrens und strapazierte die Nerven des Waldläufers stattdessen mit Anekdoten über Yoka.

… und dann hat sie Cassobo tatsächlich ein aufgeblasenes Möchtegern-Äffchen genannt, fuhr Culhen ungerührt mit seiner Erzählung fort.

Ist etwas Sinnvolles bei euren Beratungen herumgekommen?, fragte Ahren gereizt. *Etwas, das uns vielleicht bei unserer Schlacht gegen den Widersacher helfen wird?*

Wie unhöflich, beschwerte sich der Wolf. *Habe ich* dich *etwa unterbrochen, als du von* deinem *Tag berichtet hast?*

Ahren biss sich auf die Zunge und übermittelte seine Ungeduld ohne Worte über ihre gemeinsame Verbindung.

Der heutige Tag war wichtig, erklärte Culhen würdevoll. *Sonnenschimmer hat Kamaluq – und vor allem* **Yoka** *– den anderen Vertrautentieren vorgestellt und sie haben uns … beschnuppert und wir im Gegenzug sie.*

Und? Ahren war sich seines mangelnden Taktgefühls bewusst, aber es lasteten einfach zu viele ungelöste Fragen auf seinen Schultern, als dass er sich ganz und gar den Berichten über die Rituale der Vertrautentiere hingeben konnte.

Dadurch wurde unsere Bindung untereinander gestärkt. Das ist wichtig, damit Sonnenschimmer während der kommenden Schlacht mit allen Vertrautentieren kommunizieren kann, auch wenn sie längenweit entfernt sind.

»Was?«, fragte Ahren laut und schreckte damit die dösende Khara auf.

Der Wolf schenkte ihm einen selbstzufriedenen Blick aus seinen goldgelben Augen. *Das weißt du nicht?*, fragte er herausfordernd. *Nicht nur Sonnenschimmers Körpergröße wächst beständig weiter. Auch ihre Fähigkeit, mit uns anderen Vertrautentieren zu kommunizieren, nimmt mehr und mehr zu. Ihr Ziel ist es, dafür zu sorgen, dass alle Paladine, die sich innerhalb des Rings aufhalten, über uns Vertrautentiere Informationen austauschen können.*

Heißt das, ich sage dir etwas, du sagst es Sonnenschimmer und sie teilt es dann … sagen wir Hanulf mit?

Ich bin ja so froh, dass ich einen der etwas schlaueren Paladine abbekommen habe.

Ahren schwankte, ob er seinen überheblichen Wolf erwürgen oder küssen sollte. Stattdessen versuchte er sich an einem Test. *Dann sag Hanulf bitte, dass er und der Vater des Berges umgehend nach Hochstein reisen sollen. Und Eken, dass Trimm sich in der Nähe von Tiefstein bereithalten soll, ebenfalls in die Burg zu kommen.*

Ahrens Verbindung zu seinem Freund riss ab, was der Waldläufer als Zeichen dafür deutete, dass Culhen in Kontakt mit Sonnenschimmer trat.

»Sagst du mir, was vor sich geht?«, fragte Khara ungeduldig. »Du weckst mich und siehst aus, als hätte Culhen dir eine Nachricht der Drei zukommen lassen, dass alles wieder gut werden wird.«

Ahren deutete auf seinen Wolf. »Er sagt, Sonnenschimmer sei in der Lage, alle Vertrautentiere zu kontaktieren, die sich am Ring befinden.«

Erledigt, meldete sich Culhen in großspurigem Ton zurück. *Ich soll dir vom Vater des Berges ausrichten, dass er im Laufe des morgigen Tages eintreffen wird, und von Trimm, dass er dir weit voraus ist und bereits in einer gemütlichen Taverne zwanzig Längen östlich von Tiefstein auf den Zeitpunkt wartet, an dem sich die dreizehn vollständig versammeln sollen.*

»Und anscheinend hat Culhen mit seiner Behauptung nicht

übertrieben«, fuhr Ahren mit einem schiefen Lächeln auf den Lippen Khara gegenüber fort. »Ich habe gerade innerhalb weniger Herzschläge Informationen mit dem Vater des Berges und Trimm ausgetauscht.«

Khara klatschte in die Hände. Das erste Mal vor Freude, das zweite Mal energisch und laut, woraufhin Muais Ohren ungnädig zuckten.

»Böse Katze!«, schimpfte die Schwertmeisterin. »Wie kannst du mir eine so wichtige Information vorenthalten?«

Muai warf ihr einen Blick aus einem halb geöffneten Auge zu und drehte sich dann betont langsam auf die andere Seite, um weiterzuschlafen. Kharas Mundwinkel zuckten unfreiwillig.

Ahren sah seine Liebste neugierig an. »Was hat sie zu ihrer Verteidigung gesagt?«

»Dass sie für solch niedere Arbeiten ja Culhen und sein Plappermaul hat.«

Der Wolf funkelte die Tigerin an und rückte einen Fingerbreit von ihr fort. *Pöh*, machte er pikiert.

Ahren atmete tief durch und gönnte sich ein zufriedenes Lächeln. »Wenigstens eine gute Nachricht nach diesem frustrierenden Nachmittag.« Dann sah er erst zu Muai und dann zu Khara hinüber. »Ist alles in Ordnung zwischen euch beiden?«, fragte er leise. »Ich dachte, dass Muai lieber bei dir als bei Quin-Wa schläft, wäre ein Zeichen, dass eure Verbindung zueinander noch enger geworden ist?«

Khara kaute mit einem ungnädigen Ausdruck in den Augen auf der Innenseite ihrer Wange herum. »Schön wäre es«, brummte sie. »Die simple Wahrheit ist jedoch, dass unsere königliche Majestät, Muai die Erste ihres Namens, eifersüchtig auf die Tochter ist, die *Cochan* unter ihrem Herzen trägt. Also bleibt sie lieber bei mir und beglückt mich mit ihrer Schmollerei.«

Die Tigerin grollte einmal leise, und Kharas Gesichtsausdruck nach war der sich daraufhin entspinnende Austausch zwischen Großkatze und Schwertmeisterin alles andere als liebevoll.

Siehst du, wie gut du es mit mir hast?, fragte Culhen großspurig.

Ahren rieb sich mit einer Hand über das Gesicht und beschloss, dass es besser wäre, ein wenig Schlaf zu finden, anstatt sich mit seinem Wolf weitere Wortgefechte zu liefern.

Wer wusste schon, ob ihre Sorgen und Nöte in der kommenden Nacht nicht um ein Vielfaches angewachsen sein würden.

»Aufwachen«, flüsterte Khara ihm leise ins Ohr und gab ihm einen Kuss auf die Wange. »Du willst doch nicht, dass wieder jemand mit Frühstück zu uns hineinplatzt, oder?«

»Genau deswegen habe ich gestern Nacht unsere Tür versperrt«, antworte Ahren stöhnend und verspürte den dringenden Wunsch, die Augen geschlossen zu halten. Das süße Vergessen, das der Schlaf ihm gebracht hatte, war ein nötiges Labsal gewesen, und als die zahlreichen offenen Fragen, die ihn umtrieben, sich wieder in seinem Verstand festsetzten wie kräftezehrende Zecken, gab er sich einen Herzschlag lang der Fantasie hin, einfach nie wieder aufzustehen und durchzuschlafen, bis der Widersacher besiegt worden war.

Du hast deine Herzensdame gehört, junger Mann, sagte Culhen mit einer Mischung aus Belustigung und gespielter Strenge. *Raus aus dem Bett, damit aus dir mal irgendwann etwas Anständiges wird.*

Culhen?

Ja, Ahren?

Ich hasse dich.

Noch hatte der Paladin die Augen nicht geöffnet, aber er hörte das Hecheln des Wolfslachens bis zwischen die Laken, in die er sich eingerollt hatte.

Dann verriet ihm das plötzlich einfallende Licht, dass Khara den Vorhang vor dem schmalen Fenster der Kammer beiseitegezogen hatte, und er schlug widerstrebend die Augen auf.

Culhen und Muai standen bereits an der Tür und warteten wie zwei gewöhnliche Haustiere darauf, hinausgelassen zu werden.

Sonnenschimmer ruft, erklärte Culhen in drängendem Ton. *Und die Tür ist deinetwegen verschlossen.*

Ahren stand auf, drehte den Schlüssel im Schloss und ließ die beiden hinaus. Dabei nickte er der wachehaltenden Nachtsoldatin im Gang freundlich zu und schloss die Tür wieder.

»Unsere zwei felligen Monstren sind eine gute Übung für später«, sagte Khara und sah ihn schelmisch an.

Ahren verstand kein Wort. »Später?«

Khara kam auf ihn zu. »Wenn wir Kinder haben. Die Kleinen werden sicherlich ebenso anstrengend sein wie Culhen und Muai. Zumindest, wenn sie nach dir geraten.«

Ahren zog belustigt die Augenbrauen hoch. »Oder nach dir.«

»Oder nach uns beiden«, ergänzte Khara grinsend.

Plötzlich kam Ahren der Kampf gegen den Widersacher nicht mehr wie die größte Herausforderung vor, der er sich in seinem Leben würde stellen müssen.

»Hmmm«, machte Khara und sah ihn nachdenklich an. »Endlich allein. Und ein bisschen Zeit bis zum Frühstück haben wir auch noch.« Sie kam ihm noch näher.

Er grinste. »Woran denkst du?«

Sie zuckte unschuldig mit den Achseln. »Der Tag wird sorgenvoll genug werden. Da können wir ihn ebenso gut mit ein wenig Freude beginnen.«

Ahren setzte zu einer kecken Erwiderung an, aber da war Khara bereits bei ihm und gab ihm einen langen Kuss, der sämtliche Probleme und Nöte fortspülte.

So ausgelassen und heiter das Frühstück des vorangegangenen Tages auch gewesen war, so nachdenklich und schwermütig saßen die Paladine, Alten, die Herrscher Joraths und Ahrens übrige Gefährten nun beisammen und speisten ohne viele Worte. Allenfalls ein gedämpftes Gemurmel erhob sich hier und da im Raum.

Ahren konnte die Anspannung regelrecht spüren, die sich in jedem der Anwesenden aufbaute. Jene, die bereits am Vortag für ein schnelles Handeln gegenüber dem Widersacher plädiert hatten, warfen beständig kritische Blicke zu denen hinüber, die Bedacht und Vorsicht den Vorzug geben wollten. Ahren hasste es, dass ein Zwist die Einheit des Kriegsrates zu belasten drohte, und reckte immer wieder den Kopf, um zu sehen, ob Akkad durch die Tür des Speisesaals kam, um sie mit neuen Erkenntnissen zu erlösen. Dabei bemerkte er, dass Uldini und Jelninolan deutlich ausgeruhter aussahen, und stutzte ob des Anblicks. Er erhob sich und schlenderte zu ihnen hinüber.

»Auch wenn ich mich darüber freue, euch wieder bei Kräften zu sehen, so frage ich mich doch, wie das möglich ist?«, begrüßte er die beiden Alten.

»Dasselbe habe ich vorhin auch gesagt«, meldete sich Trogadon zu Wort, in dessen Stimme eine leise Missbilligung mitschwang. »Und die Erklärung hat mir nicht besonders behagt.«

Jelninolan strich ihrem Zwerg liebevoll über die Zöpfe seines

Bartes, bevor sie zu Ahren aufsah. Ihre Augen schienen ihm eine Spur zu munter zu sein, um natürliche Freude auszudrücken. »Erinnerst du dich an die belebende Wirkung des Althunol?«, fragte sie.

»Ja«, sagte Ahren zögerlich. »Es hat uns dazu befähigt, unsere Schmerzen und Erschöpfung zu vergessen.«

»Und dennoch waren sie vorhanden«, brummte Trogadon unwillig.

Uldini wischte die Worte des Zwerges mit einer Handbewegung beiseite. »Wir haben eine Mischung von Wassern aus *allen* Teichen der Göttin getrunken. Der Effekt ist um ein Vielfaches wirksamer.«

Ahren zog eine Augenbraue hoch. »Wirklich aus allen Teichen?«

Jelninolan schüttelte den Kopf. »Aus den dreien, die nicht im Eis verborgen liegen«, sagte sie leise. »Mein Volk hat je einen kleinen Vorrat Teichwasser aus dem Wutwald, der Namenlosen Wüste und dem Eathinian in speziellen, durch Zauberweber erschaffenen Behältnissen herschaffen lassen, für den Fall, dass wir das gesegnete Wasser für einen komplexen Zauber benötigen. Ich vermischte heute früh je eine Handvoll davon, in der Hoffnung, dass sich die drei Quellen gegenseitig verstärken und gleichzeitig ihre Schwächen aufheben würden.« Sie lächelte. »Es stellte sich heraus, ich hatte recht.«

»Trotzdem bleiben Nebeneffekte«, gab Uldini unter dem kritischen Blick Trogadons zu. »Ich spüre, dass meine Magie unstet in mir … sprudelt. So, als hätte man ein Gefäß zu schnell mit Wasser befüllt und es nun droht überzuschwappen. Diese Art der Abkürzung sollten wir vorerst nicht wieder nehmen.«

Jelninolan nickte. »Trotzdem hat uns diese Entdeckung Tage oder Wochen des Schlafes erspart. Ein wahrhaft kostbares Geschenk der Göttin.«

Ahren spürte eine schwere Hand auf seiner Schulter und drehte sich um. Der Erste sah ihn erwartungsvoll an.

»Sollen wir beginnen?«

Zur Überraschung des Waldläufers war die Frage keineswegs rhetorisch, sondern durchaus ernst gemeint. Der Erste setzte offenbar darauf, dass er und Ahren während des Kriegsrates an einem Strang zogen, um die Spannungen zu minimieren. Diese Erkenntnis machte Ahren klar, wie ernst der Veteran die Lage einschätzte, und ihm lief ein Schauer über den Rücken. Würde sich der Kriegsrat über eine Vorgehensweise zerstreiten, hätte der Widersacher bereits einen entscheidenden Schlag gegen die Paladine geführt, ohne auch nur einen Bannfluch oder ein einziges Dunkelwesen dafür eingesetzt zu haben.

Wieder stiegen die alten Vorbehalte in Ahren hoch, die ihn schon so lange quälten: Wäre Uldini nicht felsenfest von der Echtheit des Sanktums überzeugt gewesen, Ahren hätte in dessen Entdeckung einen tückischen Winkelzug des Widersachers vermutet.

Unweigerlich dachte er an die Frau in Schwarz, die ihn auf das Versteck des verstorbenen Alten hingewiesen hatte. Und einmal mehr kamen ihm Zweifel an ihren Motiven. Was für eine bessere Falle konnte es geben, als eine unbequeme Wahrheit zur falschen Zeit zu offenbaren und den natürlichen Drang, zu zweifeln, der einem jeden denkenden Wesen innewohnte, sein zerstörerisches Werk tun zu lassen?

Er befingerte nervös das verkohlte Stückchen Holz in seiner Tasche und fragte sich, ob er es vor dem Sturm auf die Obsidianfeste einsetzen sollte oder nicht. Der Erste räusperte sich und riss Ahren aus seinen Grübeleien.

»Bringen wir es hinter uns«, sagte der Waldläufer mit einem gequälten Gesichtsausdruck.

»Ich kann nur noch einmal betonen, dass die logistischen Probleme mit jedem Mond wachsen werden«, sagte Falagarda mit eisiger Stimme in die Runde. »Unsere gesamte Strategie zielte darauf ab, dass der Dreizehnte mit Yollock aus den Eisfeldern zurückkehren würde und die Streiter der Götter einen dichtbestückten Ring aus Soldaten vorfänden, die umgehend in eine Entscheidungsschlacht geführt werden würden.« Sie deutete auf die Tischkarte mit all ihren Wimpeln. »Wenn wir diese Belagerung aufrechterhalten müssen, weil die Sterne ungünstig stehen oder was auch immer Belsarius uns mitteilen wollte, so muss mindestens die Hälfte aller Soldaten auf ihre Felder zurückkehren, um für die andere Hälfte Nahrung anzubauen, oder wir erleben im nächsten Winter die größte Hungersnot, die Jorath je gesehen hat. Die einzigen, die dann noch fette Bäuche haben werden, sind jene Dunkelwesen, die sich an unseren ausgezehrten Leichen laben!«

»Sehr bildhaft«, sagte Uldini trocken. »Vielen Dank dafür.« Er schnippte mit den Fingern und eine kleine schwarze Wolke absoluter Dunkelheit waberte plötzlich genau im Zentrum der Obsidianfeste auf dem Ratstisch. »Ich fasse mich – nochmals – deutlich kürzer als die geschätzte Reichsmarschallin: Wenn wir auf gut Glück ins Feindesland stürmen und feststellen, dass die Macht des Widersachers zu stark ist, erschaffen wir im günstigsten Fall ein neues Zeitalter der Dunklen Tage voller blutiger Versuche, IHN, DER ZWINGT, erneut einzukesseln.«

Ahren war dem Erzmagus dankbar dafür, dass er nicht aussprach, was im ungünstigsten Falle passieren würde: Jorath hätte keine weiteren Jahrhunderte Zeit, um auf einen neuen dreizehnten Paladin zu warten, da der Widersacher zu verhindern wissen würde, ein zweites Mal einer Bannsäule anheimzufallen.

»Wir drehen uns genauso im Kreis wie gestern«, raunte Falk seinem ehemaligen Lehrling mit besorgtem Gesicht zu. »Nur dass der Tonfall deutlich schärfer wird.«

Ahren trommelte unschlüssig mit den Fingern auf dem Tisch herum. Er wusste, dass er selbst Mitschuld an der verfahrenen Situation trug, denn mehr als einmal war er von den Verfechtern beider Standpunkte auffordernd angesehen worden, Partei zu ergreifen. Ob Ahren es wollte oder nicht, sein Wort hatte so viel Gewicht, dass er praktisch im Alleingang entscheiden könnte, ob und wann der Sturm auf die Obsidianfeste begann. Doch damit lastete auch die Verantwortung auf ihm, die richtige Entscheidung zu treffen, und die war für den Paladin noch immer nicht ersichtlich. Selbst unter seinen Freunden fanden sich die verschiedenen Standpunkte wieder – und diese Erkenntnis verschlimmerte Ahrens Dilemma zusätzlich.

Hakanu war – natürlich – für ein sofortiges Handeln, ebenso wie der Erste, Bergen und Falk, die allesamt die Nöte der Armeen besonders gut nachempfinden konnten. Quin-Wa, Jelninolan, Uldini, Lanlion und Fisker hingegen glaubten an Belsarius' Theorie und wollten nicht ohne weitere Informationen handeln. Der Rest seiner Freunde blickte ebenso verloren und unentschlossen drein, wie Ahren sich fühlte.

»Vielleicht sollten wir eine Pause machen …«, begann er zögerlich, als plötzlich die Türen der Ratskammer aufgingen und Akkad schwungvoll hereintrat, die Arme voller dicht beschriebener Pergamente.

»Lass mich ein«, sagte er zu Schläft-im-Wipfel, damit sie die Bannzauber kurzfristig aufhob und er zum Ratstisch gelangen konnte.

Während sich die Doppeltür wieder schloss und Akkad die mitgebrachten Aufzeichnungen an seinem Platz ordnete, besah sich Ahren den opulenten Alten genauer. Seine Robe war zerknittert und die Augen des Mannes lagen so tief in den Höhlen, dass der Waldläufer davon überzeugt war, dass Akkad seit dem gestrigen Tag kein Auge zugetan hatte. Der fiebrige Blick des Mannes kündete jedoch von einem inneren Triumph, auch wenn seine Züge die eines Boten waren, der schlechte Kunde zu überbringen gezwungen war.

»Du warst erfolgreich, oder?«, fragte Ahren in die Stille hinein und Akkad nickte feierlich.

»Lehnt euch zurück und lauscht«, sagte der Alte. »Was ich euch nun zu sagen habe, wird das Wichtigste sein, das ihr je gehört habt«

Trotz seiner pompösen Ankündigung sollte es noch ein Weilchen dauern, bis Akkad schließlich zu sprechen begann. Erst nachdem er seine Pergamente penibel auf dem Tisch ausgebreitet und mehrfach unter leisem Murmeln neu geordnet hatte, richtete er seinen Blick auf die erwartungsvoll dasitzenden Mitglieder des Kriegsrates und räusperte sich.

»Zuerst möchte ich damit beginnen, dass ich nunmehr fest daran glaube, dass Belsarius' Theorie wahr ist und dass die Kraft des Widersachers durch eine bestimmte Sternenkonstellation … beeinflusst wird.«

Ungläubiges Gemurmel und leise Flüche lösten sich aus den Kehlen jener, die ihren Fokus während der Diskussionen auf die logistischen Probleme der Armee gelegt hatten.

»Was bedeutet das genau?«, fragte Falk. »Reden wir hier davon, dass er zu einem bestimmten Zeitpunkt einige Bannflüche nicht mehr sprechen kann oder davon, dass seine Gegenwehr an diesem einen Tag zusammenbricht?«

»Eine gute Frage. Leider kann ich sie nicht ohne Weiteres beantworten«, erwiderte Akkad und deutete auf die Pergamente vor sich. »Mir ist lediglich etwas aufgefallen. Ein … Muster, könnte man sagen. Vielleicht gehen wir den Sachverhalt gemeinsam durch und entscheiden dann, wie wir reagieren.«

»Der schlaue Fuchs«, flüsterte Khara hinter vorgehaltener Hand. »Er führt uns langsam und behutsam zum Ziel seiner Nachforschungen wie eine Horde verschreckter Kälbchen.«

Akkad machte eine Geste mit seiner Hand und über dem Kartentisch leuchtete ein Muster aus Lichtfunken auf, das Ahren umgehend wiedererkannte: vier Sternbilder, die eine harmonische Konstellation bildeten.

»Wir gehen davon aus, dass die Malereien der jungen Völker Joraths den Sternenhimmel beschreiben, der bei der Erschaffung des Hüters zu sehen gewesen sein soll.«

Er deutete auf ein Pergament, auf dem Ahren komplizierte Zahlenreihen und kleingeschriebene Namen neben Anordnungen von Punkten sah. War das eine Aufzählung der vielen Sternbilder Joraths?

»Diese spezielle Konstellation tritt alle …« Wieder glitten die klugen Augen des Mannes über Zahlen und Namen hinweg, und alle Anwesenden, Paladine wie Alte, Menschen, Zwerge und Adjutanten hielten zugleich die Luft an, »… dreizehnhundertsiebenundvierzig Winter auf.«

Falagardas Gesicht war eine Maske der Ablehnung. »Und warum sollten diese Sternbilder den Widersacher in irgendeiner Weise beeinflussen? Und wenn dem so wäre, warum ist das in all der langen Zeit, bevor Belsarius geboren wurde, noch nie jemandem aufgefallen?«

Akkad hob mahnend einen Finger. »Eine Frage nach der anderen«, bat er energisch. »Ich gebe mir alle Mühe, meine Nachforschungen so verständlich wie möglich vorzutragen, und möchte alle Erkenntnisse in der sinnvollsten Reihenfolge vorlegen.«

Ahren hörte ein leises Seufzen rechts von sich und blickte hinüber. Dort saß Trogadon und griff nach einem vollen Weinkrug, mit dem er sich anschließend an seinem Tisch zurücklehnte und gereizt zur Decke starrte. Dem Schmied lagen Taten schon immer deutlich mehr als Worte.

»Also alle dreizehnhundertsiebenundvierzig Sommer«, griff Uldini Belsarius' Berechnung auf. »Was geschieht dann?«

Akkad nickte dem Erzmagus dankbar zu und räusperte sich erneut. »Ich habe mich intensiv mit dem beschäftigt, was Belsarius sagte: dass es eine rechte Zeit für alles gäbe und so weiter. Ich denke, er spielte damit auf jene Phasen von Aktivität und Ruhe an, die sich seit Anbeginn Joraths im Großen wie im Kleinen wiederfinden. Sommer und Winter. Tag und Nacht. Das Wachen und Ruhen aller Lebewesen. Oder gar, wenn man den längsten Zyklus betrachtet, der mir einfallen will: die Erschaffung Joraths und der noch immer anhaltende Schlaf der Götter.«

»Interessant«, sagte Quin-Wa mit neugierig blitzenden Augen. »Wenn deine Theorie stimmt, würden die Götter, wenn sie erwachen, in eine neue Phase der Schöpfung eintreten.«

Der Erste hob gequält die Hand. »Bitte keine ausufernden Diskussionen über das Wesen der DREI oder den Sinn des Lebens«, sagte er bissig. »Wir haben schon genug zu besprechen, ohne vom Kern unseres Anliegens abzuweichen.«

»Nun ja«, sagte Akkad, der Quin-Wa einen entschuldigenden Blick zuwarf. »Auch wenn ich den Gedankengang der Ewigen Kaiserin ausgesprochen anregend finde, gebe ich dem Ersten recht.« Er deutete auf die leuchtenden Punkte über der Karte. »Ich bin also davon ausgegangen, dass auch der Widersacher einem Rhythmus unterliegt, der seine Kräfte beeinflusst, und dass dieser an den Zeitpunkt seiner Erschaffung gebunden sein muss. Die Sterne selbst sind natürlich vollkommen unerheblich für dieses Auf und Ab seiner Macht, sondern machen dieses nur sichtbar. Wie bei einer Art Sonnenuhr, wenn ihr so wollt. Auf dieser Grundlage habe ich begonnen, nach Beweisen für Belsarius' Theorie zu suchen, und glaube, fündig geworden zu sein.«

»In nur einer Nacht?«, fragte Bergen skeptisch.

Akkad nickte. »Stell dir einen Wald vor, in dem du einen bestimmten Baum finden sollst. Eine äußerst zeitraubende Aufgabe – es sei denn, du hast Anhaltspunkte, die dir bei deiner Suche weiterhelfen. Wenn du weißt, dass er am Nordrand steht und es eine Eiche sein soll, zum Beispiel. Mit jedem Hinweis wird deine Suche einfacher.« Er deutete wieder auf die glimmende Sternenkonstellation, die über der Karte schwebte. »Dies hier war ein äußerst konkreter Hinweis. Alles, was ich tun musste, war, den Verlauf der Dunklen Tage, so weit es mein Gedächtnis zuließ, zu rekapitulieren und magische Botschaften an einige der Alten zu versenden, die ebenso der Historie zugetan sind wie ich.«

Jelninolan sog scharf die Luft ein. »Der Widersacher wird diese Fragen gehört haben«, sagte sie besorgt. »Du hast jenes Geheimnis gefährdet, das Belsarius so lange gehütet hat.«

Akkad hob beschwichtigend eine Hand. »Ich war äußerst vorsichtig mit meinen Formulierungen. Ich versichere dir, dass in dieser Hinsicht kein Schaden entstanden ist.«

»Was hat dein kleiner Exkurs in die Geschichte der Dunklen Tage denn nun ergeben?«, fragte Fisker nervös.

Akkad sah sich mit ernstem Gesicht im Raum um und jedem der Anwesenden in die Augen, bevor er weitersprach. »Dass der Widersacher sich seiner Schwäche bewusst ist und alles daran setzt, sie vor uns zu verschleiern.«

»Das erklärst du besser genauer«, sagte der Erste mit vor der Brust verschränkten Armen.

Akkad nickte. »Ich habe versucht, unsere größten Erfolge und schlimmsten Niederlagen im Kampf gegen den Widersacher mit jenen Jahren zu vergleichen, in denen die Konstellation am Himmel zu sehen war.« Er hob eine Hand und zählte an den Fingern ab. »Der Fall Enthulias, ausgelöst durch den Widersacher, der die Reiche durch Ränkespiele von sich ablenkte und sie gegeneinander ausspielte. Der Lange Frieden nach den Schlachten des Nordens, als der Dunkle Gott kaum aufzuspüren war. Dann die Blütezeit der Nekromantie, als wir ständig von den magisch begabten Dienern des Widersachers in Atem gehalten wurden. All diese Phasen der Dunklen Tage fanden kurz vor der Konjunktion der Sternbilder statt.«

Lanlion beugte sich auf seinem Platz vor. »Du meinst, all das waren Stellvertreterkriege und Intrigen, die uns beschäftigen sollten.«

»Und Zeiten wie den Langen Frieden hat es häufiger gegeben«, warf Jelninolan ein.

Akkad nickte. »Nur konnte ich diese außergewöhnlichen Ruhephasen des Krieges zeitlich nicht präzise einordnen. Ich glaube nun, dass die Verwüstungen, die die Aufzeichnungen der Reiche Joraths, während der Dunklen Tage erlitten, kein Zufall waren.«

»Der Widersacher hat also dafür gesorgt, dass die Verschleierung seiner Schwäche möglichst lange anhielt«, sagte Bergen und fluchte derb.

»Das war auch mein Gedanke«, pflichtete Akkad ihm bei. Der Alte kniff die Lippen zusammen und Ahren sah, wie der Gelehrte mit sich rang.

»Du hast noch etwas herausgefunden, oder?«, half der Waldläufer dem opulenten Mann weiter.

»Allerdings. Unsere größten Niederlagen erlitten wir stets in den Jahrhunderten nach dem Erscheinen der Konstellation.« Akkad schluckte. »Der Verrat am verlorenen Volk. Die Verwüstungen in den Sonnenebenen, deren Zerstörungsgewalt bis heute das Landschaftsbild prägt.« Der Alte atmete tief durch. »Und der Tod des Dreizehnten, als wir dachten, wir hätten den Widersacher endlich eingekreist.«

Ahren hielt unwillkürlich den Atem an. Es war so still im Raum, dass er glaubte, kein anderes Mitglied des Rates holte Luft.

»Willst du … willst du sagen, dass der Widersacher uns damals in eine Falle tappen ließ?«, fragte Falk zähneknirschend.

Akkad nickte, seine Züge vor Trauer und Mitleid verzogen. »Allerdings. Zum Zeitpunkt der Nacht des Blutes war die letzte Konjunktion der fraglichen Sternbilder erst wenige Jahrhunderte her und seine Macht noch weit vom nächsten Schwinden entfernt. Wann, wenn nicht dann, sollte er es wagen, den Streitern der Götter Schwäche vorzugaukeln?«

Der Erste hieb seine Faust so gewaltsam auf den Tisch, dass Ahren Holzsplitter davonfliegen sah. »Er hat uns zum Narren gehalten.« Jede Silbe troff vom Versprechen nach Blut und Gewalt.

»Und wäre den Alten nicht die Idee mit der Bannsäule gekommen, hätte er uns in den nachfolgenden Jahren vermutlich vernichtet«, flüsterte Uldini bestürzt. »Wir dachten, wir hätten ihn besiegt, dabei standen wir viel näher am Abgrund als angenommen.«

»Wer sagt, dass wir hier nicht nur von einer Reihe von Zufällen reden?«, fragte Yantilla in die Runde und sah Ahren direkt an. »Nicht, dass wir uns in ein Hirngespinst verrennen.«

Ahren blickte zu Akkad und den älteren unter den Paladinen hinüber. Ihre Mienen sprachen Bände. »Es ist wahr, oder?«

Quin-Wa nickte. »Plötzlich ergibt so vieles Sinn«, sagte sie. »Warum der Widersacher in manchen Schlachten vorneweg schritt und in vielen anderen zögerlich, gar ängstlich darauf bedacht war, dass seine Diener für ihn das Kämpfen übernahmen.«

»Oder warum er einige seiner erfolgreichsten Taktiken nicht beständig wiederholte«, schnarrte Uldini. »Er musste sowohl auf den momentanen Stand seiner Macht achten und sich entsprechend einschränken, durfte aber gleichzeitig seine zeitweise Verwundbarkeit nicht offenbaren.«

Lanlion deutete auf die Miniaturversion der Obsidianfeste. »Darf ich darauf hoffen, dass ich die defensive Taktik des Feindes richtig deute? Befindet er sich gerade in einer Phase der Schwäche?«

Ahrens Kopf ruckte in Richtung Akkad und er flehte den Alten geradezu mit seinem Blick an, er möge zustimmend nicken.

»Prinzipiell ja«, sagte Akkad und Jubel erhob sich im Raum. »ABER«, rief er laut dazwischen, »die Situation ist komplizierter, als ihr glaubt.«

Die Freudenschreie ebbten umgehend ab.

»Heraus damit!«, bellte der Erste ungehalten.

Akkad deutete auf seine Pergamente. »Wie wir bereits wissen, besteht unsere beste Chance, den Widersacher zu bezwingen, darin, kurz bevor oder präzise an dem Zeitpunkt zuzuschlagen, da die Sterne exakt in der fraglichen Konstellation zueinander ausgerichtet stehen. Und was ich nun herausgefunden habe: Ich bin mir sicher, dass dieser Zeitpunkt unmittelbar bevorsteht.«

Ahrens Brust verkrampfte sich. »Und das wäre wann?«, fragte er leise.

Akkad atmete tief aus. »Übermorgen.«

»Aber das ist doch fantastisch!«, brach es jubelnd aus Hakanu hervor, der sich verwirrt umsah, als er feststellte, dass er mit seiner Freude allein blieb. »Oder nicht?«

Falagarda unterbrach ihr leises Fluchen für eine herrische Geste in Richtung Karte. »Siehst du all diese Soldaten? Sie in Aufstellung für einen koordinierten Angriff zu bringen, benötigt allein zwei volle Tage. Von den Belagerungswaffen ganz zu schweigen.«

»Und auch die Arkanwälle werden wir in der kurzen Zeit nicht mehr an unsere Pläne anpassen können«, stöhnte Uldini. »Von langwierigen Ritualen, die uns in der Schlacht helfen könnten, ganz zu schweigen.«

»Und wenn wir uns einfach die zusätzlichen Tage nehmen, die wir brauchen?«, fragte Bergen in die Runde. »Wir reden doch davon, dass der Dunkle Gott einem Kraftzyklus unterliegt, der Jahrhunderte andauert. Also von Ebbe und Flut. Wie wichtig kann da ein einziger Tag nach dem Tiefststand seiner Macht sein?«

Akkad räusperte sich – und Ahren ertappte sich dabei, wie er das Geräusch zu hassen lernte. »Greifen wir dein eben genanntes Bild auf. Stell dir den Zeitpunkt der Konstellation eher wie eine Flut*welle* vor, die aufs Land zurast. In der Zeit, die sie benötigt, um sich aufzubauen, zieht sich das Wasser zurück und der Pegel sinkt.« Er deutete auf die glimmenden Sterne. »Bis zu dem Zeitpunkt, an dem sie sich am Ufer bricht und das gesamte Umland flutet. Das bedeutet, wir müssen den Widersacher besiegen, bevor die Konstellation wieder zerfällt.«

»Willst du damit sagen, wir hätten die letzten Jahre über die besten Chancen auf einen Sieg gehabt und werden sie in den nächsten zwei Tagen verspielt haben?«, fragte Trogadon mürrisch. »Das ist aber verfluchtes Pech.«

»Kein Pech«, sagte Akkad. »Es liegt an Ahren.«

Der ruckte hoch und deutete auf seine eigene Brust. »Wieso ist dieser Schlamassel denn jetzt meine Schuld?«, fragte er verdutzt. Seine Gedanken rasten. Hatte er bei seiner Suche nach den Paladinen irgendetwas falsch gemacht?

Akkad lächelte ihn an. »So war das nicht gemeint. Bei meinen Nachforschungen habe ich mich stets gefragt, warum uns die Götter im Laufe der vielen Jahrhunderte anscheinend keinen Fingerzeig auf den Zeitpunkt gaben, wann dem Widersacher am besten beizukommen war.«

»Sehr guter Einwand«, murmelte Sunju.

»Doch genau das taten sie. Und zwar mindestens dreimal«, fuhr Akkad fort. »Das erste Mal, als sie den Völkern Joraths die Magie schenkten. Das zweite Mal, als sie die ersten Paladine sandten. Und das dritte Mal,«, er deutete auf Ahren, »als sie schließlich den Dreizehnten erschufen. Jeden dieser drei minderen Akte der Schöpfung führten sie wenige Jahrzehnte vor dem Zeitpunkt der Konstellation durch.«

Quin-Wa kniff sich nachdenklich mit den Fingern in den Nasenrücken. »Und du denkst, das taten sie, um die Völker Joraths im richtigen Moment zum Handeln zu zwingen, und so einen Wendepunkt des Krieges zu erreichen?«

Akkad zuckte mit den Achseln. »Der Gedanke wäre zumindest naheliegend.«

»Aber warum all diese komplizierten Umwege?«, fragte Ahren skeptisch. »Warum haben die DREI nie direkt über diesen Aspekt des Krieges zu einem ihrer Diener gesprochen? Allein die Göttin hat mehrfach durch Khara oder Jelninolan zu uns Kontakt aufgenommen.«

»Kannst du deine Träume so genau steuern?«, warf Jelninolan ein. »Falls du dich erinnerst, waren die Aussagen jener Heimsuchungen immer ausgesprochen vage. Vielleicht haben die Götter diesen Weg seit

Anbeginn der Dunklen Tage versucht und sind damit gescheitert, weil wir es nicht zu interpretieren wussten. Also beschlossen sie, Umwälzungen herbeizuführen, die eine Konfrontation mit dem Widersacher zur rechten Zeit wahrscheinlicher machten.«

»Das nenne ich mal, mit Drachenbögen auf Tauben zu schießen«, warf Trogadon ein.

Ahrens Gedanken waren während des Gesprächs an seinem eigenen Platz in diesem unendlich langen Reigen aus Ursache und Wirkung hängen geblieben. »Also habe ich zu lange gebraucht?«, fragte er leise. »Hätte ich alle Paladine nur wenige Monde früher gefunden, dann würde uns der Widersacher bald nicht die geladene Armbrust an den Kopf halten können?«

»Denk nach, Ahren«, sagte Falk sanft. »Wir hatten seit Beginn unserer Reise immer wieder das Gefühl, der Dunkle Gott würde die Konfrontation hinauszögern wollen. Jetzt wissen wir, er hatte neben den Nachwirkungen der Bannsäule und der Furcht vor den Paladinen noch ein weiteres Motiv.«

»Uns lange genug hinzuhalten, bis seine Macht zurückkehrt«, sagte der Erste mit Grabesstimme. »Die Obsidianfeste ist Bollwerk und Falle zugleich. Sie soll uns lange genug von ihm fernhalten, damit die Sternenkonstellation verblassen kann. Wenn wir ihn dann endlich erreichen, ist es zu spät für uns.«

»Aber es hieß doch immer, die dreizehn Paladine könnten den Widersacher vernichten«, sagte Yantilla unwirsch. »Wir haben alle Dreizehn. Ignorieren wir doch diese dummen Sterne einfach.«

»Ihr hört nicht zu«, sagte Quin-Wa eisig. »Es gab viele jahrhundertelang dreizehn Paladine und trotzdem ist es ihnen – uns – nie gelungen, dem Dunklen Gott beizukommen.« Sie deutete auf die flimmernden Lichtpunkte über dem Tisch. »Jetzt wissen wir endlich, warum.«

»Es ist wie in einem Zweikampf zwischen zwei Waffenmeistern«, sagte Khara in die einsetzende Stille hinein. »Beide müssen auf den entscheidenden Moment warten, wenn sie den Sieg davontragen wollen, oder ihre Attacken gehen ins Leere und sie riskieren ihren Untergang durch die Hand des jeweils anderen.«

»Verfluchte Obsidianfeste«, sagte Lanlion. »So gute Dienste uns die Bannsäule bis zum Erscheinen Ahrens auch leistete, nun, wo ihre

Macht in den Händen des Feindes ruht, ist sie vielleicht unser aller Untergang. Der Widersacher hat seine Verteidigung mit Bedacht erbaut. Durchbrechen wir sie nicht rechtzeitig, beginnt er seine Invasion Joraths.«

»Was also sollen wir tun?«, fragte Falagarda mit ratloser Miene. »Angreifen, obwohl die Truppen nicht bereit sind? Das Feindesland ist voller Dunkelwesen, die sich hinter hohen Mauern verschanzt haben. Unsere Armeen würden aufgerieben werden, bevor auch nur die Hälfte der Feste in unserer Hand wäre.«

Abermals verfiel der gesamte Kriegsrat in dumpfes Schweigen. Ahren war versucht, eine Pause vorzuschlagen, aber die kalte, harte Wahrheit lautete, dass ihnen die Zeit davonlief.

Plötzlich regte sich Khara neben ihm. »Wenn wir bei dem Bild zweier Kämpfer bleiben, die sich belauern, dann gibt es etwas, das wir versuchen könnten«, sagte sie grüblerisch. »Etwas, dem kaum ein Gegner widerstehen kann: Wenn sich der Kontrahent, in diesem Fall wir, eine vermeintliche Blöße gibt.«

»Du sprichst von einer Finte«, sagte Fisker. »Wir sollen also den Dunklen Gott austricksen?«

»Unmöglich«, sagte der Erste. »Das wurde schon viele Male versucht und ist immer gescheitert.«

»Aber jetzt kennen wir endlich alle Regeln dieses verworrenen Spieles«, widersprach Fisker. »Und das ist unerlässlich, wenn man erfolgreich schummeln will.«

»Na dann«, sagte Uldini herausfordernd. »Wie lautet dein Plan, mit dem du den Widersacher aufs Kreuz legen willst?«

»Ähm.«

»Ja, das dachte ich mir.«

Schon war Falagarda in ihrem Element und deutete auf Khara und Fisker. »Wenn, und ich sage ausdrücklich, *wenn* wir die wahnwitzige Idee weiterverfolgen, die Festung des Feindes ohne ordentliche Schlachtenaufstellung, ausreichende Belagerungswaffen oder perfekt positionierte Arkanwälle anzugreifen, dann benötigen wir in der Tat eine List von solch grandiosem Ausmaß, dass sämtliche Barden der nächsten zwei Zeitalter sie besingen werden.«

»Nicht zu vergessen, diese List muss innerhalb kürzester Zeit umsetzbar sein«, fügte Falk hinzu.

»Oder wir versuchen einfach unser Glück an einem erstarkten Feind, der in den letzten Jahrtausenden nicht besiegt werden konnte und unzählige Leben in einem nicht enden wollenden Krieg verschlungen hat«, ergänzte Trogadon und nahm noch einen Schluck Wein zu sich.

Wieder senkte sich Schweigen über die große Kammer und ratlose Blicke wurden ausgetauscht. Ab und zu öffnete eines der Ratsmitglieder den Mund und schloss ihn wieder, ohne einen Vorschlag kundzutun.

Schließlich erhob sich Uldini und schwebte über den Tisch, wobei er Akkads Lichtfunken mit einem Handwedeln unter die hohe Decke verbannte. »Fassen wir zusammen, was wir wissen: Der Widersacher wird noch zwei Tage lang verwundbar sein. Er weiß um diese Schwäche und hat sie bisher erfolgreich vor der Welt verborgen.« Er stockte für einen Herzschlag. »Aber weiß er, dass wir sein Geheimnis aufgedeckt haben?«

»Zumindest weiß er, dass wir nach Kelkor gereist sind, da sein Bannfluch uns bis dorthin gefolgt ist«, sagte Jelninolan. »Ich bezweifle, dass er derart erschöpft ist, dass er keinerlei Gedanken mehr fassen kann.«

Uldini nickte mit einem listigen Grinsen. »Aber er kann nicht wissen, dass wir das Sanktum erreicht haben. Schließlich wurden wir bereits kurze Zeit später reichlich lädiert von Sonnenschimmer hergeflogen. Er wird sicher nicht riskieren, mit einer voreiligen Reaktion seinerseits einen massiven Vorteil aufzugeben.«

»Woran denkst du, du alter Ränkeschmied?«, fragte Quin-Wa.

Uldini schwebte im Kreis herum, die Hände hinter seinem Rücken verschränkt und starrte dabei zu den Lichtfunken empor. »Wenn der Widersacher glaubt, dass wir nichtsahnend sind, dann hätten wir einen kostbaren Vorteil ihm gegenüber, mit dem wir arbeiten könnten.«

»Nur leider haben wir keine Ahnung, was der Dunkle Gott weiß und was nicht.«

Ahren konnte aus dem Tonfall des Ersten heraushören, dass der Veteran sich bereits seiner alten Muster bediente: Für ihn war diese Schlacht verloren und er plante bereits, wie die nächste verlaufen könnte.

»Ich sage, wir halten den Widersacher so lange wie möglich am Ring gefangen und lassen ihn dann gezielt an einem Punkt unserer Wahl durchbrechen. Wir bestimmen ein Reich, das wir bereit sind zu opfern, und umzingeln ihn und seine Diener dort, diesmal ohne eine Obsidianfeste, die ihn schützt.«

Ahren starrte den uralten Paladin an. »Das ist nicht dein Ernst«, keuchte er. »Warum nur willst du immer etwas oder jemanden opfern, sobald es schwierig wird?«

»Weil die Welt so funktioniert, Ahren.«

Der dreizehnte Paladin erhob sich und ging zum Feuer im Kamin. »Nicht meine Welt«, sagte er entschlossen und fischte das Stück verkohltes Holz aus seiner Tasche. Dann warf er es in die lodernden Flammen und fragte sich, ob er richtig entschieden hatte.

»Was soll das denn?«, fragte Fisker, der den Hals in Richtung Flammen reckte. Für einige Augenblicke hatten diese einen grünlichen Schimmer angenommen, brannten nun aber wieder so hell wie eh und je.

»Wir wollten Einblick in die Gedanken des Widersachers«, sagte Ahren, ohne sich zu den restlichen Ratsmitgliedern umzusehen. »Ich sorge dafür, dass wir genau dieses Wissen erlangen.«

12. Kapitel

Ahren hatte einige Herzschläge gespannt auf einen Auftritt der Frau in Schwarz gewartet, aber nichts war passiert. Jetzt stand er etwas ratlos am Kamin und sah sich den skeptischen Blicken der Ratsmitglieder gegenüber.

»Was habt Ihr getan, Dreizehnter?«, verlangte Falagarda zu wissen.

»Du weißt aber schon, dass diesem Stück Holz eine seltsame Magie innewohnte, die du mit seiner Verbrennung freigesetzt hast?«, fügte Quin-Wa entrüstet hinzu. »Magie, die du aufgrund ihres schlummernden Zustandes quer durch unsere Bannzauber tragen konntest?«

»Äh.« Ahren war auf diese Offenbarung nicht besonders gut vorbereitet.

»Das Holz kam von *ihr*, oder?«, fragte Uldini seufzend. »Der Frau in Schwarz?«

Lyssin sah sich stutzig um. »Von wem?«

»Sie ist Ahrens unheimliche Beschützerin«, erklärte Lanlion. »Sie kommt und geht, wie es ihr beliebt, ist mit dem Widersacher im Bunde und ihre Hilfe hätte Khara im Grünen Meer fast das Leben gekostet.«

Ahren schüttelte energisch den Kopf. »Wenn du das so erklärst, klingt sie viel durchtriebener, als sie eigentlich ist. In Tausend Hallen hat sie Culhen und mich vor dem sicheren Tod durch den Jäger bewahrt.«

»Und auf der Königsinsel hat sie uns zu Onja geführt«, sagte Falk tonlos. »Ohne sie hätten die Hungerleichen meine Seelenverwandte ihren ruhelosen Reihen hinzugefügt.«

»Habe ich das richtig gehört?«, fragte Falagarda ungläubig. »Diese Unbekannte gehört zum Gefolge des Dunklen Gottes?«

»Es ist komplizierter als das«, kam Khara Ahren zu Hilfe. »Glaube ich zumindest.«

Ahren schüttelte unwirsch den Kopf. »Sie sagte, ich könne sie rufen, indem ich das Stück Holz verbrenne. Sie hat Informationen, die nur ein Diener des Widersachers besitzt. Wenn uns jemand sagen kann, ob ihr Herr Verdacht schöpft, dass wir sein Geheimnis aufgedeckt haben, dann sie.«

»Und seit wann vertrauen wir den Worten des Feindes?«, fragte Falagarda und riss aufgebracht die Arme hoch.

»Von der Frau in Schwarz erfuhr mein Meister überhaupt erst von dem Sanktum«, verteidigte Hakanu den Standpunkt Ahrens. Der legte sich stöhnend eine Hand vor die Augen.

»Das heißt, diese gesamte Theorie des sogenannten Echos von Belsarius wurde nur durch den Fingerzeig einer Dienerin des Widersachers entdeckt?«, fragte Kamkanzakur nach. »Für mich klingt es, als stellt diese Tatsache alles infrage, was hier bisher diskutiert wurde.«

»Ich wittere eine Falle«, knurrte der Erste. »Ihr seid dieser Frau und dem Dunklen Gott auf den Leim gegangen.«

Jelninolan stand auf und stemmte die Hände in die Hüften. »Wäre ein solch ausgeklügelter Hinterhalt nicht viel zu umständlich für den Widersacher? Warum sollte er einer Dienerin gestatten, dem Dreizehnten mehr als einmal das Leben zu retten, anstatt ihn einfach umkommen zu lassen?«

Falagarda schüttelte den Kopf. »Bitte entscheidet Euch: Entweder ist der Widersacher schlau genug, um die gesamten freien Völker und die Paladine an der Nase herumzuführen, indem er sich während der Dunklen Tage hat umzingeln lassen, damit er die Streiter der Götter in einem perfekt geplanten Hinterhalt während der Nacht des Blutes empfindlich schwächen konnte, oder er ist zu solch komplexen Ränken nicht fähig – womit ihr beweist, dass eure vorausgegangene Theorie hinfällig ist.«

»Sie hat recht«, sagte Quin-Wa zerknirscht. »Wenn der Widersacher uns damals wirklich in eine Falle gelockt hat, könnte er es in diesem Moment wieder tun.«

Der Erste ballte seine behandschuhte Faust. »Ich sage, wir setzen diese Frau in Schwarz fest, sobald sie hier auftaucht, und holen die Wahrheit aus ihr heraus – notfalls mit Gewalt.«

Ahren trat einen Schritt vor, die Hände erhoben. »Niemand wird ihr etwas antun«, sagte er entschieden. »Ich rief sie her, und wenn sie kommt, tut sie dies freiwillig. Ob uns nun gefällt, was sie zu sagen hat, oder nicht, ist einerlei. Es steht ihr frei, zu gehen, wann immer sie will.«

Uldini rieb sich mit einer Hand über seinen Schädel, die Augen blitzten wie zwei gefangene Sterne, aber der Erzmagus schwieg.

Schläft-im-Wipfel regte sich in ihrer Trance und die Runen im Ratssaal glommen auf und verschwanden wieder. »Geist und Herz sollten geeint sein, wenn die Schwarze erscheint. Esst, trinkt, lacht, weint und kehrt hierher zurück, sobald ihr euch selbst wiedergefunden habt. Das Schicksal der Welt wird davon abhängen, wie wir entscheiden, wenn am Ende alle Worte gesprochen sind.« Sie deutete auf die Doppeltür des Saales, die krachend aufflog, sehr zum Erstaunen der davor Wache haltenden Nachtsoldaten.

»Ich glaube, wir wurden gerade aus unserem Ratssaal geworfen«, sagte Falk trocken und erhob sich, während Ahren und die anderen Anwesenden noch immer die Alte mit ihrem Hang zu rätselhaften Aussagen anstarrten. »Ich muss ihr insoweit zustimmen, dass eine kurze Pause uns allen guttun wird.«

Ahren erhob sich ebenfalls und schloss sich seinem ehemaligen Meister an. Hinter sich hörte er hastiges Stühlerücken und einige Dutzend Herzschläge später war der Ratssaal geräumt. Nur Schläft-im-Wipfel blieb zurück und ließ die Doppeltür mit einem herrischen Wink ihrer Hand hinter ihnen wieder zufliegen.

»Was hat die alte Krähe nur vor?«, fragte Uldini neugierig und schwebte zurück in Richtung Ratssaal.

Jelninolan packte ihn an seiner Robe und hielt ihn sanft zurück. »Lass sie besser machen«, riet die Elfe ihm. »Schläft-im-Wipfel hat meist gute Gründe und noch bessere Einfälle, wenn sie derart energisch durchgreift.«

Uldini machte zur Erwiderung ein abfälliges Geräusch, das durchaus zu einem Kind seines augenscheinlichen Alters gepasst hätte.

»Wie kultiviert«, sagte Quin-Wa. »Ich statte während dieser erzwungenen Unterbrechung der Herzhalle der Burg einen Besuch ab.« Sie legte eine Hand auf ihren Bauch. »Aluna verdient es, ins Bild gesetzt zu werden.«

»Darf ich mitkommen?«, fragte Khara neugierig. »Ich würde zu gerne die Zukunft der Paladine mit eigenen Augen sehen.«

Bei der Wortwahl seiner Liebsten überlief Ahren ein unguter Schauer. Die Zukunft der Paladine. In den Augen des Waldläufers war die Schwemme an Seelenverwandten und Nachwuchs der Streiter der

Götter nichts als eine Absicherung der Drei, dass der Kampf gegen den Dunklen Gott weitergehen würde, sollten die jetzigen Paladine versagen.

»Ich komme auch mit«, hörte er sich sagen. Es würde ihm guttun, sich daran zu erinnern, wofür er kämpfte. Denn wenn er und seine Brüder und Schwestern Erfolg hatten, dann würde kein Kind Joraths mehr mit der Bürde aufwachsen, den Kampf gegen den Widersacher weiterführen zu müssen.

Quin-Wa nickte. »Der Weg zur Herzhalle führt uns in die Tiefe. Die Zwerge, die sie erbauten, hatten einzig die Sicherheit ihrer Bewohnerinnen im Sinn und da es keinen Berg gibt … Na ja, ihr werdet es ja selbst sehen.«

»Kommst du auch mit?«, fragte Ahren Falk, doch der schüttelte zu Ahrens Überraschung den Kopf.

»Ich habe Onja und unsere Tochter bereits heute Morgen gesehen und da wir uns immer noch nicht auf einen Namen für sie einigen konnten, herrscht eine gewisse Anspannung zwischen uns.«

Bergen lachte und schlug dem alten Paladin auf die Schulter. »Mit anderen Worten: Dieser alte Knurrhahn hier ist zu stolz, den Mädchennamen, der ihm vorschwebt und den er angemessen findet, zugunsten seiner Frau aufzugeben.«

Falk reckte kämpferisch das Kinn vor. »Branhilma ist ein Name mit einer sehr langen Tradition in den Rittermarschen.«

»Ah«, entfuhr es dem Dreizehnten und er verbiss sich ein Grinsen. »Ich verstehe.« Dann machte er sich mit Quin-Wa, Khara und Bergen auf den Weg durch die Burg.

Es ging immer weiter abwärts, bis sie das Grundgeschoss Hochsteins erreicht hatten und auf eine große Tür aus reinem Zwergenstahl zuschritten, die sich ihrerseits mitten in einem von dicken, fensterlosen Mauern umschlossenen, riesigen Raum befand. Fünfzig Zwerge in massiven Rüstungen, mit breiten Schilden und wuchtigen Äxten in den Händen, standen in einem undurchdringlichen Kreis um die Stahltür herum Wache. In den vier Ecken des Raumes sah Ahren kleinere Drachenbögen auf schwenkbaren Stützen, mittels derer die schweren Fernkampfwaffen von den sie umgebenden Vierergruppen aus Zwergen mühelos auf jeden Punkt im Raum ausgerichtet werden konnten.

»Die Kammer der Schilde. Bewacht von Elitekriegern aus Tausend

Hallen«, erklärte Quin-Wa. »Von Kamkanzakur handverlesen und auf den Schutz der Herzhalle eingeschworen.«

»Selbst eine Armee aus Dunkelwesen hätte es schwer, an diesen Wachen vorbeizukommen«, sagte Ahren beeindruckt.

»Genau das ist der Plan«, bemerkte Bergen mit vor Anspannung zusammengekniffenen Augen.

Als Quin-Wa sich dem Abgang näherte, schlugen sich vier der Zwerge scheppernd die Panzerfäustlinge gegen die Brustplatten und ließen die Ewige Kaiserin und ihre Begleiter passieren. Dann sah Ahren, wie Quin-Wa auf zwei unscheinbare Steine auf Hüfthöhe des die Tür umgebenden Gemäuers deutete, welche sich daraufhin einen Fingerbreit eindrückten. Ein schabendes Geräusch ertönte und die grifflose Tür schwang langsam nach außen auf.

»Selbst wenn ein Dunkelwesen durchbrechen würde, müsste es erst diesen Mechanismus finden und seine Funktionsweise ergründen. Währenddessen kann es hoffentlich gestoppt werden«, erklärte Quin-Wa und schritt einen mausoleumsartigen Abgang hinab, der von Sturmlaternen erleuchtet wurde.

Ahren reckte neugierig den Hals und entdeckte am Ende der schmalen Treppe eine weitere schmucklose Tür aus Zwergenstahl. Als er und seine Gefährten dort ankamen, klopfte Quin-Wa in einem komplizierten Rhythmus dagegen.

»Wie lautet die Losung?«, ertönte eine helle Stimme, die Ahren eher einem Menschen denn einem Zwerg zugeordnet hätte.

»Des Herzens Last ist schwer zu tragen.«

Kaum hatte Quin-Wa die Worte ausgesprochen, als kratzend ein schwerer Riegel entfernt wurde und sich die Tür langsam öffnete. Ahren tauschte mit Khara einen erstaunten Blick, als er sah, dass die Flügel der Tür unterarmdick waren. Dahinter lag ein weiterer viereckiger Raum von den gleichen Ausmaßen wie der, den die Zwerge über ihnen bewachten, nur dass in diesem hier Dutzende bekannte Gestalten dem Waldläufer zuwinkten.

»Meine Eiswölfe!«, sagte er mit einem Lächeln auf den Lippen und grüßte die Leibwache mit einer Hand auf seiner Brust, bevor er seinen Blick weiter schweifen ließ. Viele der Männer und Frauen hatte er das letzte Mal gesehen, kurz bevor die Dreizehnte Armada vom Leviathan angegriffen worden war. Es wärmte sein Herz, dass so viele Mitglieder seiner persönlichen Einheit überlebt hatten. Mit einem Stich der Schuld musste er sich eingestehen, dass er Yantilla und ihre Untergebenen seit seiner Ankunft in Hochstein abermals vernachlässigte. »Da ist Hakanu ja ein besserer Kommandant als ich«, murmelte er reumütig.

»Wie war das?«, fragte Bergen neugierig.

Ahren schüttelte hastig den Kopf. »Ach, gar nichts.« Das wissende Grinsen der neben ihm stehenden Khara versuchte er, so gut es ging, zu ignorieren.

Die Eiswölfe bewachten in einem Halbkreis eine weitere Tür am entgegengesetzten Ende des großen Raumes. Doch zwischen den Männern und Frauen mit den charakteristischen Waffenröcken sah Ahren eine Vielzahl an Zauberzeichen auf dem Boden, die in einem kaum wahrnehmbaren Rot pulsierten.

»Dies ist die Kammer der Runen. Tretet nicht auf die Linien«, sagte Quin-Wa. »Die Magie kann Freund und Feind nicht unterscheiden. Die angewandten Bannflüche sind äußerst mächtig und sollten auf keinen Fall unabsichtlich freigesetzt werden.«

»Sind die Sicherheitsvorkehrungen nicht ein wenig übertrieben?«, fragte Khara.

»Wie würdest du diese Frage beantworten, wenn dein Neugeborenes in der Herzkammer läge und ein Angriff des Widersachers bereits deine früheren Kinder ausgelöscht hätte?«, fragte Bergen mit kratziger Stimme.

Khara schwieg betreten.

Ahren schüttelte so viele Hände, wie er konnte, während er, immer wieder zu Boden blickend, um Quin-Was Rat zu befolgen, zwischen seinen Eiswölfen hindurch und über die Zauberzeichen hinwegschritt. Er fragte sich, was Yantilla wohl angetrieben hatte, die Leibwache des Dreizehnten ausgerechnet hier zu postieren, doch dann kam ihm der Gedanke, dass er selbst nicht anders gehandelt hätte. Keinen anderen Soldaten traute er so sehr, diese lebenswichtige Aufgabe auszuführen, wie seinen Eiswölfen. Die hagere Frau kannte ihn mittlerweile offenbar in- und auswendig.

Quin-Wa deutete auf die nächste Tür aus Zwergenstahl. »Wärt ihr so freundlich?«, fragte sie zwei nahestehende Leibwachen, woraufhin die beiden die Doppeltür aufzogen. Dabei glommen Runen auf dem Metall auf, die jedoch nach wenigen Augenblicken wieder verblassten.

»Lass mich raten«, sagte Khara. »Wenn feindliche Hände diesen Stahl berühren, leben sie nicht lange genug, um ihren Fehler zu bereuen?«

»Sie und alle anderen Dunkelwesen im Raum«, ergänzte die Ewige Kaiserin. Wieder ging es eine Treppe hinab, an deren Ende jedoch hinter der bereits geöffneten Tür eine undurchdringliche Schwärze wartete.

»Wieso sind die Laternen hier unten erloschen?«, fragte Ahren, den eine tiefe Unruhe überkam. Seine Hand glitt zu seiner Windklinge.

Bergen legte seine Finger gelassen auf die Schwerthand des Waldläufers. »Die Dunkelheit hat ihren Nutzen in der Kammer der Klingen«, sagte der blonde Paladin. »Ihr werdet schon sehen.« Dann schritt er unbeirrt auf das Ende der Treppe zu und verschwand in den Schatten. Quin-Wa folgte nach, und zögernd setzten sich auch Ahren und Khara in Bewegung.

»Was soll das?«, fragte der Dreizehnte leise, als er durch die absolute Lichtlosigkeit tapste. »Wie soll ich wissen, wohin ich gehen muss?«

»Lass dich führen«, sagte Quin-Wa mit einiger Belustigung in der Stimme, die Ahren unwirsch aufbrummen ließ.

Plötzlich packten ihn Hände von hinten an den Schultern und drehten ihn sanft, aber bestimmt nach links. Er hörte das unverwechselbare Rascheln der Kleidung eines Nachtsoldaten, dann eines weiteren und dann noch einen. Die unbarmherzigen Krieger umkreisten ihn, zupften hier an seiner Kleidung oder stupsten ihn flüchtig in den Rücken, sodass er nach und nach in eine bestimmte Richtung taumelte.

»Nicht wehren«, warnte Bergen. »Der Boden, die Wände und die Decke sind von Metallstacheln und scharfen Klingen übersät, die aus dem Boden ragen und jene verstümmeln, die den Weg durch das Blinde Labyrinth nicht kennen. Die Nachtsoldaten führen uns sicher hindurch.«

Ahren schloss die Augen und lange vergessene Erinnerungen an Lektionen stiegen in ihm auf, die er während seiner eigenen Ausbildung zum Nachtsoldaten durchlebt hatte. Nach und nach, einen vorsichtig tastenden Schritt nach dem anderen, wandelte sich die Dunkelheit von einem Feind zu einem Hindernis, das er mittels seiner verbliebenen Sinne zu überwinden vermochte. Er spürte die Kälte des Metalls links und rechts von sich sowie die Wärme der ihn weiterlotsenden Nachtsoldaten.

Ahren spürte, wie die Nachtsoldaten, die ihn durch das Labyrinth führten, mit jedem Schritt, den er tat, mehr Abstand nahmen, lautlos von seiner Seite wichen, jetzt, da sie bemerkten, dass er wie einer von ihnen durch die Dunkelheit glitt. Das Gefühl stummer Gemeinschaft und die wohlige Ruhe bedingungslosen Dienens beruhigte und verstörte ihn gleichermaßen.

Nach endlosen Windungen und Dutzenden Herzschlägen spürte er, wie vor ihm eine Mauer der Kälte aufragte: Die nächste Tür aus Zwergenstahl.

»Wir sind da«, sagte er und war überrascht von der Kühle in seiner Stimme.

»Eindrucksvoll«, murmelte Quin-Wa.

»Ich würde eher unheimlich dazu sagen«, murrte Bergen.

Ahren spürte, wie Khara ihre Finger mit den seinen verschränkte. Die Haut seiner Liebsten schien in diesem Moment wie Feuer zu glühen.

»Geht es dir gut?«, fragte sie leise.

Ahren räusperte sich. »Ja«, sagte er, froh über die Emotionen, die in seine Stimme zurückgekehrt waren.

»Bitte entschuldige. Ich hätte dich warnen sollen«, ertönte Quin-Was Stimme. »Dieser Raum ist mit einem leichten Nebel aus Traumblatt durchdrungen. Er lässt die Fähigkeiten der anwesenden Nachtsoldaten erblühen.«

»Und zerrt Erinnerungen hervor, von denen ich gedacht hätte, sie losgeworden zu sein«, raunte Ahren schaudernd. »Eine Vorwarnung wäre wahrhaft nett gewesen.«

Anstelle einer Antwort hörte Ahren, wie Quin-Wa mit ihrem Stab in unregelmäßigen Abständen gegen die Tür klopfte. Dreimal lang, einmal kurz.

Es bildete sich ein Lichtspalt unmittelbar vor ihm und er kniff die Augen zusammen, als er auf Bolzenspitzen sah, die aus schweren Armbrüsten hervorragten. Die vier ihm bekannte Zwerginnen senkten ihre Waffen in einer Art kleinen Vorraum.

»Dreizehnter!«, riefen die Gefährtinnen von Taninil durcheinander, und Ahren fühlte sich plötzlich in die Halle der Herzen zurückversetzt, als Khara, Uldini und er in das Heiligtum der Zwerge eingedrungen waren, um die Stimmen aller Zwerginnen Tausend Hallens zu neuem Leben zu erwecken. Die rothaarige Kameradin Taninils war offensichtlich hochschwanger, was sie nicht davon abhielt, mit ihren Freundinnen die letzte Verteidigungslinie der Herzkammer zu stellen.

»Wir müssen dringend aufhören, uns über den Lauf einer gespannten Armbrust zu begegnen«, rief sie lachend.

Ahren deutete schmunzelnd auf den gewölbten Bauch der Frau. »Also habt Ihr den Vater des Berges um Euren Finger gewickelt, so wie Ihr damals erhofft hattet?«

Ihr Grinsen war ihm Antwort genug. Anscheinend hatten die Götter den zwergenhaften Paladin in mehr als einer Hinsicht dem kleinen Volk ähnlicher werden lassen, und nun wurde er Vater eines Kindes des kleinen Volkes.

»Wenn die Damen nichts dagegen haben, werden wir Aluna und den anderen einen kurzen Besuch abstatten«, sagte Quin-Wa freundlich, aber bestimmt.

Hinter ihr wurde die Tür geschlossen, und die vier Zwerginnen machten Ahren und seinen Freunden Platz. Vor ihnen erstreckte sich die große Halle, die wie eine kleinere Nachbildung der bestbehüteten Höhle im riesigen Zwergenreich wirkte, bis hin zu einer abgetrennten Badekammer und einem Balkon in luftiger Höhe, der eine große Fläche mit einem lauschigen Lagerfeuer in dessen Mitte umschloss. Die Luft war angefüllt mit belebenden Gerüchen aus Kräutertöpfen und überall sah Ahren elegante geschnitzte Holzwiegen, breite, komfortable Betten und miteinander redende Frauen, viele schwanger, andere mit dem freudigen, wenn auch müden Glanz junger Mütter in den Augen.

Quin-Wa deutete auf einen kleinen abgetrennten Raum. »Ihr Männer wartet hier«, sagte sie bestimmt. »Wenn meine Leidensgenossinnen schon freiwillig hier unten ausharren, bis der Widersacher getötet wurde, sollen sie wenigstens ungestört reden, baden und schlafen können, ohne vom tumben Paladinvolk gestört zu werden.«

»Du bist auch ein Paladin«, begann Bergen, hob unter Quin-Was eisigem Blick jedoch ergeben die Hände. »Schon gut, schon gut«, gab er nach und zog Ahren mit sich in die kleine Kammer mit den aus dem Stein herausgemeißelten und vor Kissen strotzenden Sitzbänken.

»Die Zwerginnen haben ihre Vorstellungen von einer traditionellen Halle der Herzen offensichtlich miteingebracht«, sagte Ahren schmunzelnd. »Auch wenn ich gerne deren Seelenverwandten und Kinder kennengelernt hätte.«

Bergen schürzte die Lippen. »Die Frauen nehmen zu viel auf sich, als dass ich mich beschweren dürfte«, sagte er. »Solange sie nur in Sicherheit sind, ertrage ich die seltsamen Gesetze dieses Ortes klaglos.«

»Das ist schön zu hören.«

Die fremde Stimme ließ Ahren Richtung Eingang der Wartekammer blicken, wo eine kleine, drahtige Frau mit kantigem Gesicht stand, deren braunen Augen eine Kraft innewohnte, die ihn an eine Offizierin denken ließ, die ihre Untergebenen in die Schlacht führte. In ihrer weißen Toga nach Art der Sonnenebenen passte sie nicht hierher. Die Fremde gehörte Ahrens Empfinden nach in gehärtetes Leder, ein Kettenhemd oder eine Vollrüstung gekleidet.

»Carlai«, sagte Bergen lächelnd, stand auf und nahm die Frau zärtlich in die Arme.

Ahren sah diskret zur Seite, als die beiden eine romantische Begrüßung austauschten. Nach einem Dutzend Herzschlägen räusperte er sich laut, was sowohl Bergen als auch seiner Seelenverwandten ein verlegenes Lachen entlockte.

»Diese Kammer dient vielen wohl mehr als nur der Warterei«, sagte Ahren schelmisch.

»Er ist wirklich so klug, wie du sagst«, erwiderte Carlai.

»Manchmal«, sagte Bergen trocken.

Seine Seelenverwandte musterte den blonden Paladin sorgfältig. »Etwas belastet dich.« Es war eine Feststellung, keine Frage, und irgendwie war Ahren froh, dass nicht nur Khara jene Gabe hatte, alles aus dem Gesicht ihres Liebsten ablesen zu können.

Bergen zog eine gequälte Miene. »Kann ein Paladin nicht einfach nur seine bessere Hälfte sehen wollen …«, begann er, aber da schnippte ihm Carlai bereits gegen sein Ohr. »Aua.«

»Ich wusste schon, wann du lügst, als du nichts weiter als mein Kommandant warst«, rügte sie ihn.

Die Worte der Frau erinnerten Ahren daran, dass sie ein Mitglied der Blauen Kohorte war.

»Also raus mit der Sprache.«

Bergen rieb sich das Ohr. »Wir müssen uns zwischen zwei Wegen entscheiden, die beide riskant sind und ganz Jorath in die Finsternis stürzen könnten. Und der Kriegsrat ist sich uneins. Zudem läuft uns die Zeit davon.«

Carlai sah zu Ahren herüber. »Ist es nicht deine Aufgabe, sie zu einen?«, fragte sie mit Wärme in der Stimme. »Bergen sagt, du könntest sogar einen Bären aus seiner Höhle quatschen.« Sie benutzte dabei den schludrigen Tonfall, den Ahren von Söldnern in allen Reichen Joraths gewohnt war.

Der Waldläufer seufzte, während Bergen ihn mit einem entschuldigenden Achselzucken ansah. »Ich würde den Rat liebend gerne zu einem Beschluss führen, wenn ich nur wüsste, was das Beste ist«, sagte Ahren und seine innere Zerrissenheit ließ ihn mit einer Faust auf die Steinbank schlagen. Der einsetzende Schmerz in seinen Fingern machte ihm klar, was für eine dumme Idee der Hieb gewesen war.

»Oje«, sagte Carlai. »Dabei sagt Bergen, dass du immer weißt, was das Richtige ist.«

»Redet ihr auch mal über irgendetwas anderes als über mich?«, fragte Ahren gereizt.

»Lass deine Laune nicht an ihr aus«, grollte Bergen, plötzlich so finster dreinschauend wie besagter Bär, der wegen Ahren seine Höhle verlassen sollte.

»Wenn ihr keinen Frieden haltet, dann verschwindet von hier.« Die Stimme, die die Warnung ausgestoßen hatte, klang so atemlos und zittrig, dass Ahren sie erst nicht erkannte. Als Quin-Wa und Khara jedoch die bleiche und erschreckend ausgezehrte Aluna in die Kammer führten, sprang er auf, um ihr beim Platz nehmen zu helfen. Die hochschwangere Frau hatte einen derart aufgeblähten Bauch, dass Ahren glaubte, sie müsse gleich platzen.

»Wie … wie geht es dir?«, fragte er besorgt.

»Besser, sobald ich weiß, was da oben im Ratssaal besprochen wird«, schnaufte Aluna. »So viele Jahrhunderte Lebenszeit und jetzt verpasse ich den vielleicht wichtigsten Kriegsrat, weil ich wie ein junges Fohlen in einen Bannfluch gelaufen bin, während ich dank eines charmanten Piraten zwei Leben unter dem Herzen trage.«

»Zwillinge?« Ahren konnte sich ein Lächeln nicht verkneifen, das unter Alunas eisigem Blick jedoch sofort wieder schwand.

»Und beide ringen anscheinend um meinen Göttersegen«, scherzte sie mit fiebrigen Augen. »Zumindest fühlt es sich so an.« Sie krümmte sich für einen Moment und stöhnte auf. »Ich gebe offen zu, ich habe Angst vor der Geburt. Jelninolan sagt, der Bannfluch ist fort, aber trotzdem fühle ich mich, als würden die beiden kleinen Sonnenscheinchen in meinem Inneren alle Kraft aus mir heraussaugen, um ans Licht der Welt zu gelangen.« Sie stöhnte erneut. »Warum waren die DREI mit mir nicht so gnädig wie mit Sunju? Sie wurde bisher von einem Seelenverwandten verschont.«

»Da täuschst du dich«, sagte Quin-Wa amüsiert. »Sonnenschimmer hat Muai erzählt, dass es in Hochstein einen gutaussehenden Falkner gibt, zu dem Sunju regelmäßig hinüberschleicht.«

Aluna schüttelte den Kopf. »Die Arme.« Dann zuckten auch ihre Mundwinkel nach oben.

Khara deutete auf die Ewige Kaiserin und die ehemalige Piratin. »Gehe ich richtig in der Annahme, dass ihr eher dazu tendiert, den Sturm auf die Obsidianfeste zu verschieben?«

Ahrens Kopf ruckte hoch. »Das stimmt«, sagte er müde. »Wir können euch in eurem Zustand wohl kaum gegen den Widersacher antreten lassen.«

Alunas Miene wurde ruhig, geradezu geschäftsmäßig. »Wovon redet ihr da?«

Ahren holte tief Luft und setzte Aluna und Carlai mit knappen Worten ins Bild.

»Schöner Schlamassel«, fasste die Söldnerin zusammen.

»Was denkst du, sollen wir tun?«, fragte Aluna in Richtung des Dreizehnten.

Ahren warf die Arme hoch. »Warum fragt mich das jeder?«

»Weil du normalerweise *immer* eine Meinung hast und diese auch kundtust«, erwiderte Quin-Wa mit hochgezogener Augenbraue.

Ahren brummte. »Diesmal nicht. Ich hoffe …«

Lautstarker Tumult von der Tür der Herzhalle her unterbrach ihn.

»Was ist da los?«, fragte Bergen, dessen Augen groß wurden, während seine Hände nach seiner Waffe griffen.

»Nachricht vom Burgtor«, sagte die rothaarige Zwergin, ihre ungespannte Armbrust gelassen geschultert. »Eine schwarz gekleidete Besucherin hat um Einlass gebeten und möchte zum Dreizehnten gebracht werden.«

Ahrens ganzer Körper kribbelte vor Anspannung. »Ich komme«, sagte er eilig. »Es ist besser, wenn ich sie am Tor begrüße und selbst durch die Burg führe.«

»Wer soll denn diese Besucherin sein?«, fragte Aluna misstrauisch.

»Die Frau in Schwarz«, antwortete Bergen mürrisch.

Der blonden Streiterin der Götter fielen beinahe die Augen aus dem Kopf. »Ist das euer Ernst? Hieß es nicht im letzten Bericht, sie sei ein Hochfang?«

Quin-Wa nickte.

»Sie ist kein *gewöhnlicher* Hochfang«, sagte Ahren energisch.

Die Ewige Kaiserin sah ihn herausfordernd an.

»Jedenfalls hoffe ich das«, fügte er deutlich leiser hinzu.

»Wir beeilen uns besser«, sagte Khara und umarmte Aluna vorsichtig. »Ich gebe Ahren durchaus recht, dass wir vor allen anderen am Burgtor sein sollten. Dem Ersten traue ich zu, dass er die Frau in Schwarz im Alleingang in Eisen legen lässt.«

Ahren zuckte zusammen. Wahrscheinlich würde der halbe Kriegsrat in einem solchen Fall auch noch Beifall klatschen. Es bliebe abzuwarten, wie die Frau in Schwarz auf einen solchen Versuch der Gefangennahme reagieren würde, aber genau genommen wollte Ahren das nicht so genau wissen. Er winkte Carlai und Aluna zu und hastete dann zum Ausgang der Herzhalle.

»Ihr verlasst uns schon wieder?«, fragte die rothaarige Zwergin.

Ahren beließ es bei einem Nicken und zog die schwere Tür weit genug auf, um sich hinausquetschen zu können. Khara, Quin-Wa und Bergen folgten ihm auf dem Fuße. Der Weg zum Burgtor kam dem Waldläufer wie eine kleine Ewigkeit vor, während er erst von den Nachtsoldaten durch die Dunkelheit geführt wurde, dann unter den neugierigen Blicken seiner Eiswölfe zwischen den Zauberzeichen der zweiten Wachkammer herumstakste und schließlich den Ring aus Zwergenkriegern passierte.

»Hoffentlich kommen wir nicht zu spät«, murmelte Khara und sprach ihm damit aus der Seele.

Sie betraten den Bergfried durch eine befestigte Seitentür, und der Waldläufer atmete erleichtert auf, als er sah, dass die schwarz gekleidete Gestalt unbehelligt zwischen zwei Söldnern der Blauen Kohorte stand und offensichtlich wartete.

»Du wirst deine Leute doch nichts Dummes tun lassen?«, fragte Ahren in Richtung Bergen.

Der blonde Paladin schüttelte den Kopf. »Die Blaue Kohorte

unterstützt bei der Verteidigung der Burg, indem sie auf den Mauern und am Eingang Wache hält. Es war also keine Absicht meinerseits, dass sie unsere Besucherin aufgehalten hat, falls du das denkst.«

Ahren war klar, dass Bergen ihm seine Frage nicht wirklich beantwortet hatte, und beschleunigte seinen Schritt. Aus den Augenwinkeln sah er, wie eine weitere Seitentür am Hauptgebäude der Burg aufflog und der Erste mit Falagarda und Yantilla auf das Eingangstor zuhielt.

»Quin-Wa?«, bat Ahren die Ewige Kaiserin mit einem flüchtigen Seitenblick.

»Ich hoffe, du weißt, was du tust«, murmelte sie und trat dem Ersten und den beiden Frauen entgegen, um sie in ein derbes Wortgefecht zu verwickeln, bei dem mehr geflucht wurde als bei einem Zusammenstoß der Ochsenkarren zweier fahrender Händler.

»Lasst sie passieren«, sagte Ahren in dem Moment, in dem er in Hörweite der Torwachen kam.

Die beiden Mitglieder der Blauen Kohorte zögerten einen Moment und sahen hilfesuchend zu Bergen hinüber.

»Ja, verdammt«, knurrte er in ihre Richtung und dann leiser für Ahrens Ohren bestimmt: »Du schuldest mir was.«

Die Frau in Schwarz zögerte einen Herzschlag lang und trat dann unter dem Fallgitter der Burg hindurch. Ahren konnte erkennen, dass die Schatten des Torbogens regelrecht an ihrer Gestalt kleben zu bleiben schienen, ganz so, wie sie es bei Lanlion des Öfteren taten, um ihn vor der prallen Sonne zu schützen. War die Fremde vielleicht eine Blutleere? Er unterdrückte den Gedanken und konzentrierte sich ganz auf das Hier und Jetzt.

»Ihr seid gekommen«, sagte er förmlicher als beabsichtigt.

Sie neigte leicht das Haupt. »Wie versprochen.« Dann deutete sie auf die heftig streitenden Paladine. »Wohin führt meine Reise von hier aus, Dreizehnter? In den Turm oder in den Kerker?«

Bergen kniff die Augen zusammen. »Als ob wir Euch einsperren könnten, wenn Ihr dies nicht wolltet.«

»Oh, aber das könntet ihr«, sagte die mysteriöse Frau, und Ahrens Augen verengten sich kaum merklich. »Ich benötige jedes bisschen meiner Macht, um nicht vom Widersacher gesehen zu werden.« Sie deutete auf Bergens Axt. »Ein Hieb, und meine Existenz wäre beendet.«

Ahren runzelte die Stirn. War das ein Test? Warum provozierte die Frau Bergen geradezu, sie anzugreifen?

»Wenn Ihr auf eine schnelle Erlösung aus seid«, sagte Khara neben ihm, »müssen wir Euch enttäuschen. Zuerst gilt es, Fragen zu beantworten. Danach sehen wir weiter.«

Die Frau in Schwarz neigte ihr Haupt einen Fingerbreit. »Gesprochen wie eine Prinzessin.«

Khara deutete auf den geweiteten Bauch Quin-Was. »Wenn die Götter gnädig sind, bin ich schon bald nicht mehr Cochans Thronfolgerin«, sagte sie.

Ahren beobachtete die Frau in Schwarz genau, als sie zu der hochschwangeren Alten hinübersah. Ihr Zusammenzucken war nicht zu übersehen und er glaubte, Tränen unter dem Schleier ausmachen zu können.

»Wir sollten in die Ratskammer gehen«, sagte die Frau in Schwarz, ihre Stimme kaum mehr als ein Flüstern. »Die vielen Bannzauber, die man selbst bis vor die Burg spüren kann, werden mich verbergen, ohne dass ich mich dafür aufzehren muss.«

Ahren nickte und führte die kleine Gruppe schnurstracks auf den wütenden Ersten, Quin-Wa, Falagarda und Yantilla zu.

»Was hast du vor?«, fragte Khara leise. »Wir können sie auch einfach umgehen.« Sie deutete auf die Seitentür, durch die sie den Burghof betreten hatten.

»Ich schleiche bestimmt nicht wie ein Dieb in der Nacht durch eine Festung, die als Symbol der Einigkeit errichtet wurde«, sagte Ahren energisch. »Mir kam es nur darauf an, dass der Erste nicht eigenmächtig Fakten schafft. Ich stelle mich ihm lieber hier als vor dem versammelten Rat.«

»Teile und herrsche«, murmelte Bergen und nickte Ahren anerkennend zu.

»Du weißt, wie töricht du dich benimmst?«, grollte der Erste in Richtung des Waldläufers, als die beiden Gruppen aufeinandertrafen. »Den Feind in unsere Mitte einzuladen.«

»Heute bin ich nicht euer Feind«, sagte die Frau in Schwarz gelassen. »Es sei denn, ihr zwingt mich dazu.«

Ahren rollte mit den Augen. »Können wir uns darauf einigen, dass vorerst nur geredet wird?«, fragte er.

Die Kommandantin rang sichtlich mit sich, als Ahren sie mit einem strengen Blick dazu aufforderte, sich ihm nicht weiter entgegenzustellen. Es dauerte ein halbes Dutzend Herzschläge, bis sie beiseitetrat und schwach nickte.

Falagarda hingegen wirkte weniger kompromissbereit. »Lasst nicht zu, dass ihre Lügen uns ins Unglück stürzen, Ahren«, redete sie ihm ins Gewissen. »Wir sind noch nicht bereit für einen Angriff.«

»Still«, schnappte der Erste. »Jedes Wort, das diese Frau hört, landet früher oder später im Ohr des Widersachers.«

Zu Ahrens Entsetzen nickte die Frau in Schwarz. »Eine scharfsichtige Annahme.« Sie zog ihre Kleidung enger um sich. »Wenn ich nicht bald in den Schutz von Bannrunen gelange, wird mein Herr schon sehr bald erfahren, was ich sehe und höre.«

Der Erste machte Anstalten, nach der Waffe auf seinem Rücken zu greifen, aber Ahren legte ihm eine Hand auf den Unterarm.

»Wir reden«, sagte der Dreizehnte mit fester Stimme. »Muss ich dich an Vierklaue erinnern? Mit ihm zu reden, anstatt ihn Jahrhunderte lang zu bekämpfen, hätte dir, ihm und vielen Wesen Joraths großen Kummer erspart.«

Ahren hasste es, in der frischen Wunde des Ersten zu bohren, aber seine Worte verfehlten ihr Ziel nicht. Zweifel zeigten sich im Gesicht des Veteranen und er verharrte reglos. Das genügte dem Waldläufer, um seine Gruppe an dem uralten Paladin vorbeizuführen.

Auf halbem Weg zur Ratskammer hastete ihnen Likis atemlos entgegen. Er sah die Frau in Schwarz an, als würde er einem Finsterbären gegenüberstehen.

»Ist sie das?«, fragte er leise.

»Sie ist es«, erwiderte die Fremde amüsiert.

»Sei so gut und trommele den Rat zusammen«, bat Ahren seinen Freund. »Je eher wir die Antworten bekommen, die wir benötigen, umso eher können wir eine Entscheidung treffen, die uns hoffentlich nicht alle ins Verderben stürzt.«

»Wie dramatisch«, sagte die Frau in Schwarz, während Likis, lauthals Anweisungen an die Diener des Schlosses verteilend, hinter der Gruppe zurückblieb.

Ahren warf ihr einen kritischen Seitenblick zu. »Ihr stimmt meiner Einschätzung also nicht zu.«

»Oh doch«, sagte sie. »Ein Fehltritt, und Jorath hat einen neuen Gott – einen einzigen Gott. Und er wird nicht gnädig sein und sich auch nicht schlafen legen. Niemals.«

Ein Schaudern überlief Ahren, als er die Worte der Frau hörte, doch was ihn am meisten beunruhigte, war die Nüchternheit, mit der sie sprach. Fast so, als würde sie nicht erwarten, den Ausgang des Krieges noch zu erleben.

»Sie zeigt Anzeichen von Resignation«, hauchte Khara ihm ins Ohr und bestätigte damit seine Befürchtungen. Sie würden also alles, was die Fremde ihnen sagte, unter dem Aspekt bewerten müssen, dass die Frau in Schwarz ihrem eigenen Leben keine besondere Bedeutung mehr beizumessen schien.

Bevor Ahren weitergrübeln konnte, waren sie am Ratssaal angekommen, dessen Türen weit offen standen. Einzig Schläft-im-Wipfel war im Raum anwesend, und als Ahren an der Spitze der kleinen Gruppe eintrat, deutete sie auf den Kamin des Ratssaals, in dem der Waldläufer vorhin das Stück Holz verbrannt hatte.

»Gleich zu gleich«, sagte die Alte rätselhaft. »Mein Fleiß ist dein Schild und dein Käfig.«

Anscheinend wusste die Frau in Schwarz jedoch, was die Schamanin meinte, und ging zum Kamin hinüber. Umgehend glommen mehrere komplizierte Kreise am Boden und an der Decke auf, die aus Dutzenden Zauberzeichen bestanden und einen Durchmesser von gut drei Schritt aufwiesen.

»Eindrucksvoll«, sagte die Frau in Schwarz. »Sie hat die Magie in dem verbrannten Kohlestück untersucht, um herauszufinden, wie sie meine Kräfte am effektivsten unterdrücken kann.«

»Deine Macht ist wie Wasser, das aus einem vergifteten Brunnen kommt«, sagte Schläft-im-Wipfel scharf. »Ohne sie bist du ein besserer Mensch.«

Die Frau in Schwarz schnaubte nur, regte sich aber nicht.

Ahren setzte sich in die Nähe des neuen Bannkreises, sodass er der Unbekannten beistehen konnte, sollte die Stimmung im Ratssaal kippen. Khara verstand wohl, was er vorhatte, und leistete ihm Gesellschaft.

Nach und nach fanden sich sämtliche Mitglieder der Kriegsversammlung ein, und Ahrens engste Freunde folgten seinem Beispiel und setzten sich in die Nähe der stumm dastehenden Frau in Schwarz. Die Stimmung im Raum füllte sich ebenso schnell mit Misstrauen wie mit Anwesenden. Kaum hatte Likis als Letzter den Raum betreten, als die Türen geschlossen wurden und Schläft-im-Wipfel sich wieder in Trance versetzte, um die große Kammer magisch abzuschirmen. Ahren erhob sich, bevor jemand anderes die Initiative ergreifen konnte.

»Diese Frau hier hat uns aus freien Stücken aufgesucht und sich ebenso freiwillig in einen Ring aus Bannzaubern begeben. Sie ist bereit, auf unsere Fragen zu antworten. Da ich sie absichtlich gerufen habe und ihr mehrfach mein Leben verdanke, erwarte ich ein Mindestmaß an Höflichkeit von den hier Versammelten.«

»Bringen wir es hinter uns«, knurrte der Erste. »Sobald sie ihre ›Wahrheiten‹ ausgespien hat, können wir sie wieder aus dem Ratssaal entfernen lassen.«

Ahren sah den Veteranen streng an. »Hören wir uns bitte erst an, was sie zu sagen hat, bevor wir uns ein Urteil bilden, in Ordnung«, befahl er barsch. Er wollte gerade die erste Frage an die Fremde stellen, als die Türen der Ratskammer erneut aufgingen und Culhen hoheitsvoll hereintrottete.

Ich wurde ausgewählt, um Auge und Ohr für die Vertrautentiere zu sein, sagte der Wolf und schlenderte übertrieben gelassen zu Ahren herüber. Die Stimme des Wolfes klang seltsam hohl. *Da wir alle noch mit Sonnenschimmer verbunden sind, können die anderen ihre Paladine nicht hören.*

Ahren kraulte Culhen unter dem Kinn. Er merkte, wie sehr er seinen Freund vermisst hatte. *Und wie reden wir dann miteinander?*

Indem Sonnenschimmer und ich uns sehr stark konzentrieren. Stell dir vor, du stehst in einem Türrahmen zwischen zwei Räumen. Sonnenschimmer ist die eine Kammer, dein Verstand die andere.

»Camentumar lässt grüßen«, sagte die Frau in Schwarz leise zu dem Wolf. »Er wollte sich nicht den Zwängen einer Stadt, geschweige denn einer Burg, unterwerfen und streift durch das Umland.«

Culhen neigte einmal das Haupt in Richtung der Fremden und setzte sich dann dicht neben Ahren auf den Boden. *Wie ich sehe, hast du schon wieder einen Großteil deiner Verbündeten gegen dich aufgebracht*, sagte der Wolf mit heraushängender Zunge. *Kann man dich denn nicht einen Tag aus den Augen lassen?*

Können wir das bitte lassen?, fragte Ahren gequält. *Diese Situation ist auch ohne deine Kommentare schwer genug zu bewältigen.*

»Warum ist Culhen hier?«, fragte Falk neugierig und erntete dafür bestätigendes Murmeln. »Und wo sind unsere Tiere?«

»Sie halten Rat mit Sonnenschimmer«, erklärte Ahren. »Culhen ist sozusagen ihr Botschafter.« Halb erwartete er, dass diese Ankündigung Proteste auslösen würde, aber die anderen Paladine waren klug genug, sich mit der Situation abzufinden.

Der Erste erhob sich und Ahren fluchte innerlich. Durch Culhens Auftauchen hatte er die Möglichkeit eingebüßt, die Initiative zu ergreifen und den Kriegsrat zu seinen Bedingungen zu eröffnen.

»Da der Dreizehnte diese Dienerin des Widersachers auf eigene Faust herbeigerufen hat, verlange ich eine Abstimmung, ob sie hier sprechen darf oder nicht.«

Die Stimme des Veteranen war gepresst, seine Miene unnachgiebig. Ahren war sich sicher, dass er gerade den Preis dafür zahlte, den uralten Paladin mit seiner Anspielung auf Vierklaue verletzt zu haben.

»Ich stimme dafür, dass sie unsere Fragen beantwortet und uns so viele Informationen wie möglich liefert«, sagte Ahren und hob eine Hand. Schnell folgten seine Gefährten seinem Beispiel, ebenso wie ein überwältigender Teil der Paladine, vom Ersten einmal abgesehen. Kamkanzakur, Falagarda und Yantilla schlossen sich den Gegenstimmen an. Der uralte Paladin scharte somit sämtliche militärischen Entscheidungsträger um sich.

»Da Aluna verhindert ist, soll ich in ihrem Namen sprechen«, sagte Quin-Wa. Sie warf Ahren einen langen, nachdenklichen Blick zu. »Wir unterstützen beide das Ansinnen des Dreizehnten.«

Der Erste machte eine wegwerfende Handbewegung und deutete unwirsch auf die noch immer still dastehende Frau in Schwarz. »Dann sprich.«

»Was wollt ihr wissen?«

Ahren sah zu der Fremden hinüber. »Ihr habt mich auf das Sanktum des Belsarius aufmerksam gemacht«, sagte er. »Hat der Widersacher Kenntnis von Forschungsergebnissen des Alten und seiner Theorie?«

Die Frau in Schwarz zuckte mit den Achseln. »Kann sein. Wie lautet seine Theorie denn?«

»Das ist ein Trick«, begehrte der Erste auf. »Sie will uns bespitzeln!«

Ahren seufzte auf. So kamen sie nicht weiter. Sie brauchten irgendeine Form von Vertrauensbasis. »Beginnen wir lieber damit, dass Ihr uns sagt, wer Ihr seid.«

»Du meinst, *was* sie ist«, warf Falagarda skeptisch ein.

»Ach«, machte die Frau in Schwarz traurig, den Kopf in Richtung Ahren gedreht. Ihrer Stimme wohnte plötzlich eine intensive Vertrautheit inne. »Vielleicht hast du recht. Seit ich mich dem Blick des Widersachers entzogen habe, gibt es für mich ohnehin kein Zurück mehr. Sobald er genug Muße hat, wird er in meinem Verstand lesen können, wo ich heute war und mit wem ich geredet habe. Und wenn sein Verdacht erst einmal geweckt ist, wird er meinen Geist Stück für Stück auseinanderpflücken und all die vielen versteckten Erinnerungen darin finden, wie ich euch allen geholfen habe.«

Der Fatalismus in der Stimme der Frau war derart deutlich, dass Ahren nicht anders konnte, als ihr zu glauben. Kein Wunder, dass die Fremde vollkommen losgelöst von existenziellen Sorgen wirkte. Indem sie Hochstein, und vor allem den Kriegsrat, betreten hatte, schien sie ihr Schicksal selbst besiegelt zu haben.

»Vielleicht nehmt Ihr als Zeichen des Vertrauens einfach den Schleier ab«, sagte Ahren leise zu ihr.

Die Frau in Schwarz kicherte freudlos. »Wenn du weiter nichts verlangst«, sagte sie in einem Tonfall, der nahelegte, dass Ahren ebenso hätte darum bitten können, dass die Fremde den Widersacher mit bloßen Händen niederrang.

Sie drehte sich von ihm und dem versammelten Kriegsrat weg, hin zum knisternden Feuer im nahen Kamin.

»Ich bin kein Hochfang«, sagte sie.

Dann hoben sich ihre Hände derart langsam und zittrig, als wären Mühlsteine an ihren Armen festgebunden worden.

»Und ich bin kein Doppler.«

Fingerbreit um Fingerbreit näherten sich die Finger der Frau in Schwarz dem Stoff vor ihrem Gesicht.

»Ich bin nur eine arme Seele, die in die Ränke des Widersachers geriet …«

Sie griff ruckartig zu, und Ahren hatte beinahe den Eindruck, die Frau würde nicht nur den Schleier, sondern ihr gesamtes Gesicht, ihr vollständiges Selbst, packen.

»… eine Seele, die nirgendwo Unterschlupf fand, außer bei ihrem Peiniger.«

Ein weiterer Ruck, der die Frau in Schwarz zusammenzucken ließ, zerriss den dünnen Stoff, der seit unzähligen Jahren ihre Identität verborgen hatte.

»Ich bin nur ein Mensch, der liebte.«

Kraftlose Finger beförderten den zerrissenen Schleier ins Feuer. Ein kurzes Knistern, ein schwaches Auflodern und nichts war von dem filigranen Schutz übrig, mit dem die Frau in Schwarz sich so lange verhüllt hatte.

Dann drehte sie sich um.

Ahren sah bleiche Haut, tief liegende Augen, eine schmale Nase und dünne, zusammengepresste Lippen. Diese Frau war einmal schön gewesen, schien diesen Umstand jedoch vor Ewigkeiten vergessen zu haben.

»Du!«, grollte Falk.

»Verräterin!«, zischte Sunju.

»Packt sie!«, schrie Fisker.

»Tötet sie!«, befahl der Erste mit Stahl in der Stimme.

Das plötzlich einsetzende Knurren in seinem Rücken warnte Ahren ebenso wie Kharas Warnschrei.

»AHREN!«

Der Dreizehnte wirbelte herum und in einem Reflex, geboren aus höchster Not, zog er seine Windklinge und führte sie gegen Falks gezogenes Schwert, das der an ihm vorbeistürmende Paladin in diesem Moment in einem wilden Schlag auf die Frau niedergehen ließ.

Ein lautes Klirren ertönte und Ahrens Arme schmerzten vom Aufprall der beiden Waffen. Falk hatte den tödlichen Hieb mit all seiner Kraft geführt, keine Spur von Gnade oder gesundem Menschenverstand war in seinen weit aufgerissenen Augen zu sehen. Die Züge seines ehemaligen Mentors erinnerten Ahren an die eines Wutschrats, vollkommen verloren in rasenden Emotionen, die all das auslöschten, was Falks Persönlichkeit eigentlich ausmachte.

»Culhen!«, rief Ahren verzweifelt und riss den Wolf damit aus seiner Schockstarre.

Das Tier sprang auf und rempelte knurrend jene Paladine an, die sich Falk in seiner Raserei anschließen wollten.

Neben Ahren glitten Kharas Waffen aus ihren Scheiden und die Schwertmeisterin begann mittels kreisender Klingen einen defensiven Kokon aus Stahl um sich und die noch immer still dastehende Frau in Schwarz zu bilden.

»*Cochan!*«, rief sie Quin-Wa zu. »*Cochan*, was geht hier vor?«

Die Ewige Kaiserin beteiligte sich zwar nicht am Ansturm der Paladine auf die Fremde, ebenso wenig wie der gelähmt wirkende Lanlion, aber ihre Augen versprühten regelrechte Eiskristalle, während ihr Blick sich unbarmherzig in den der Frau in Schwarz bohrte.

»Ihr habt dort keine gewöhnliche Dienerin des Widersachers vor euch«, sagte sie mit lauter Stimme, die das Gerangel zwischen Culhen, dem Ersten und Bergen übertönte und das Schnaufen Ahrens und Falks durchbrach, die dazu übergegangen waren, den jeweils anderen mit dem eigenen Waffenknauf zurückzudrängen. Selbst Uldini und Jelninolan stritten leise miteinander, die Augen des Alten waren voller Wut, die der Elfe von Trauer erfüllt. Akkad reagierte auf den bittenden Blick Ahrens mit einem langsamen Kopfschütteln, während Kamkanzakur, Falagarda und Yantilla das sich vor ihnen entfaltende Chaos nur perplex anstarrten. Lyssin sowie Hakanu folgten indes verwirrt Ahrens Beispiel und schirmten die Frau in Schwarz mit defensiv geschwungenen Waffen vor den rasenden Paladinen ab.

»Aus dem Weg!«, grollte Falk zornerfüllt. »Du begreifst nicht, wer sie ist.«

»Dann erkläre es mir endlich!« Wut regte sich in Ahren wie ein schlummernder Vulkan, der nach Äonen der Ruhe erneut die Kraft in seinem Inneren spürte.

Falks Augen geisterten zu Ahrens Schutzbefohlener hinüber. »Diese … Frau! Sie ist der Grund für all den Kummer, den wir Paladine seit Jahrhunderten erleiden müssen. Sie ist diejenige, die dem Dreizehnten seinen eigenen Dolch in die Brust stieß.«

Ahren blinzelte Falk für einen Herzschlag lang verständnislos an, dann senkte er seine Waffe.

Der alte Paladin presste mit sich neu aufbauender Rage zwischen seinen Zähnen hervor: »Begreife es endlich. Die Frau in Schwarz – ist Lirana.«

13. Kapitel

Lirana.

Der Name, der vor Jahrhunderten aus dem Wortschatz Joraths gestrichen worden war. Jener Name, der wie kein anderer für Verrat und charakterliche Schwäche stand. Der seitdem nie mehr laut ausgesprochen wurde.

Bis jetzt.

Falk nutzte Ahrens Moment der Reglosigkeit, um ihn beiseitezuschubsen und seine Klinge zu heben. Schnell warf sich der jüngere Waldläufer gegen ihn und beide gingen in einem Gewirr aus Armen und Beinen zu Boden.

»Lass … mich«, grunzte Falk und versuchte sich von seinem ehemaligen Schützling zu lösen.

»Hakanu, Lyssin!«, rief Ahren gepresst. »Helft mir in all diesem Irrsinn.«

Die beiden jungen Paladine, die ebenso wie er frei vom jahrhundertalten Groll der restlichen Streiter der Götter waren, sprangen Culhen bei, ihre vordringenden Brüder und Schwestern aufzuhalten, was zu einem hin- und herwogenden Patt direkt vor den Augen der stoisch abwartenden Frau in Schwarz führte.

Lirana, erinnerte sich Ahren fassungslos. *Bei dieser Frau handelt es sich tatsächlich um die sagenumwobene Lirana.*

Ich habe eine Idee, hörte er Culhen in seinen Gedanken, der mit seiner Schnauze den messerzückenden Fisker umstieß, bevor der blond gelockte Paladin richtig zielen konnte.

Einen Moment später ging ein Ruck durch den rasenden Teil der versammelten Paladine, nur der Erste blieb unverändert und unversöhnlich.

»Selsena …«, stöhnte Falk mit schiefgelegtem Kopf und auch Sunju, Fisker und Bergen murmelten die Namen ihrer Vertrautentiere.

Sonnenschimmer hat ihre Verbindung zu uns abgebrochen, erklärte Culhen selbstzufrieden. *In diesem Moment bekommt ein ganzer Haufen Paladine nach allen Regeln der Kunst den Kopf gewaschen.*

Ahren erhob sich rasch und stellte sich schützend vor Lirana, seine Windklinge ließ er in einer tiefen Abwehrstellung verharren.

»Beende diesen Wahnsinn«, beschwor er den Ersten, der sich noch immer an Culhen vorbeikämpfen wollte.

»Niemals«, spie der uralte Paladin geradezu aus. »Sie ist uns in der Nacht des Blutes entwischt und ward seitdem nie wieder gesehen. Wir alle haben damals geschworen, dass sie für ihre Gräueltat bezahlen muss.«

Ein Schnauben voller Bitterkeit ertönte hinter Ahren. »Als ob ich nicht zehnfach für das bezahlt hätte, was mich der Dunkle Gott tun ließ.«

Der Erste wollte sich erneut an Culhen vorbeischieben, als die Wut in Ahrens Innerem schließlich mit Macht hervorbrach und jegliche Hemmungen beiseitespülte.

»DAS REICHT!«, brüllte er so laut, dass seine eigenen Ohren klingelten und die Wachen die Tür des Ratssaals erschrocken aufstießen.

Ahren deutete mit einem Finger auf die Unglücklichen. »TÜR ZU!«, befahl er mit aller Autorität, die er aufbringen konnte und zwei Herzschläge später waren die Ratsmitglieder wieder unter sich.

»WIR SIND PALADINE«, schrie er zornig. »KEINE MÖRDER!«

Falk trat einen Schritt von seinem ehemaligen Lehrling zurück und steckte seine Waffe fort. »Du hast recht: *Wir* sind keine Mörder. Sie schon.«

»Ah«, sagte die Frau in Schwarz – Lirana. »Dann sind also die Gerüchte gelogen, dass Aluna und Fisker als Piraten viele Jahre lang Blutvergießen über die Klingensee brachten? Oder dass die Blaue Kohorte für Geld in Konflikte eingriff, bei denen auf beiden Seiten Männer und Frauen für die Händel gelangweilter Adliger starben? Oder dass der Vater des Berges früher ein blutdürstiger Wahnsinniger war, vor dem die Verbündeten mehr Angst hatten als vor dem Feind.«

»Das ist alles nicht vergleichbar«, sagte der Erste.

Ahren konnte sehen, wie sich die schwere Klinge des Mannes langsam zu Boden senkte.

»Tot ist tot«, lautete die unbarmherzig vorgetragene Antwort Liranas. »Ich bin sicher, die Hinterbliebenen aller Opfer der ach so strahlenden Paladine sehen dies genauso wie ich.« Sie deutete auf Ahren und den Ersten. »Hjalgar wäre ohne das Eingreifen eines gewissen Grünschnabels nur noch ein Haufen Asche, oder liege ich da falsch?« Ihre Stimme wurde zu einem Flüstern. »Wer weiß, ob ich den Versprechungen damals hätte widerstehen können, wäre nur jemand wie Ahren unter euch gewesen.«

»Das hättest du nicht«, sagte Jelninolan leise. »Nicht wenn das, was uns zugetragen wurde, wirklich passiert ist.«

Lirana lachte auf. Ahren hatte noch nie in seinem Leben einen so verzweifelten Laut gehört.

»Wie wollt ihr wissen, was damals geschehen ist? Ihr wolltet mich doch töten, noch bevor ich auch nur einen sinnvollen Satz herausgebracht habe.«

»Du redetest damals wirr«, sagte Lanlion bedächtig. »Davon, dass du dein Kind retten musstest. Dass der Tod des Dreizehnten die einzige Wahl gewesen sei.«

Ahren bedeutete Culhen, neben ihn zu kommen, und bildete mit ihm, Khara, Hakanu, Lyssin und nun auch Trogadon einen Schutzwall, der die Frau in Schwarz vom Rest der Ratsmitglieder abschirmte. Er drehte sich so, dass er alle Beteiligten sehen konnte und beschloss nicht einzugreifen, solange nur geredet wurde, egal wie hasserfüllt der Ton auf beiden Seiten auch sein mochte. Die Alternative – das Chaos, das vorhin geherrscht hatte – wollte er kein zweites Mal erleben.

»Wisst ihr eigentlich, wie es ist, den Dunklen Gott in seinem Verstand zu haben? Zu spüren, wie er eure Gedanken verdreht, bis sein Flüstern alles ist, was ihr hört und woran ihr glaubt?« Sie schüttelte langsam den Kopf. »Nein, das könnt ihr nicht. Denn *ihr* werdet von euren kostbaren Göttersegen beschützt.«

Ahren hob die Hand. »Ich weiß sehr wohl, wie es ist«, sagte er. »Vor meiner Ernennung hatte der Widersacher eine besondere Verbindung zu mir aufgebaut, als sich mein Göttersegen noch nicht gefestigt hatte.«

Mitgefühl flackerte in den Augen Liranas auf. »Und?«, fragte sie tonlos. »Konntest du ihm immer widerstehen?«

Ahren dachte an sein träumerisches Wandeln über den Quermast der *Königin der Wellen* und den nachfolgenden Sturz in kaltes, gischtendes Wasser. Er schüttelte den Kopf. »Seine Worte, sie ergaben so viel Sinn. Er versprach mir, dass ich ganz Jorath retten könne, dass ein Waffenstillstand zwischen ihm und den Paladinen unzählige Leben verschonen würde …« Er sah Lirana mitleidig an. »Bei dir … war es da genauso?«

Sie nickte, und in diesem kostbaren Moment gab es nur die Frau des verstorbenen Dreizehnten und ihn selbst. »Er sagte, wenn ich … wenn ich zustechen würde … dann könne unser Kind leben. Dass der Segen des toten Dreizehnten übergehen würde auf … auf unseren Valhan.« Sie schluckte, und Ahren konnte sehen, wie sie mit äußerster Selbstbeherrschung ihre Tränen zurückhielt. »Er sagte, er wolle nur Zeit erkaufen. Die Zeit, die ein heranwachsendes Leben bräuchte, um selbst zum Paladin zu werden. Er wolle fliehen, wolle leben.« Ihre Stimme brach schlussendlich doch. »Wolle die Paladine dazu bringen, dem endlosen Krieg Einhalt zu gebieten.«

»Die Täterin erhöht sich zum Opfer«, schnaubte der Erste angewidert. »Und du glaubst ihr.«

Ahren verspürte tiefes Mitgefühl mit der Frau, die in der Nacht des Blutes nicht nur ihren Liebsten und ihr Kind, sondern auch ihr Zuhause, ihre Identität und ihre Menschlichkeit verloren hatte. Er konnte sich nicht einmal vorstellen, wie lange sie gebraucht haben musste, um sich Stück für Stück von einer gebrochenen Dienerin des Widersachers zu jener Frau zusammenzufügen, die er jetzt vor sich sah. Dabei lebte sie im steten Wissen, dass der eigene Name verflucht wurde, und gleichzeitig litt sie unter der Knute des Wesens, das ihr all diese Gräuel angetan hatte.

»Ich verstehe Euch«, sagte er mit fester Stimme und blickte ihr tief in die Augen. »Und ich kann keine Schuld in Eurem Tun erkennen. Der Widersacher allein ist für die Nacht des Blutes verantwortlich. Nicht Ihr.«

Lirana schlug sich eine zitternde Hand vor den Mund und alles Leben schien für einen Moment aus ihr zu weichen, so als hätte Ahrens Richtspruch einen Fluch erlöst, der sie all die Jahre am Leben erhalten hatte. Sie klappte regelrecht in sich zusammen und weinte still, während Ahren sich den zornigen Gesichtern seiner Brüder und Schwestern zuwandte.

»Du hast kein Recht, sie freizusprechen«, sagte Bergen voller Gram und Wut. »Du warst nicht dabei.«

»Aber ich habe damals etwas Ähnliches durchgemacht, wie das, was ihr widerfuhr«, sagte er und reckte sein Kinn. »Und ebenso wie sie versagte ich daran, den Widersacher auszusperren. Bin ich ebenfalls sein Diener? Muss mein Name ebenso getilgt werden wie der Liranas?«

»Du hast keinen Paladin ermordet«, sagte der Erste.

Ahren machte eine herrische Handbewegung. »Aber fast«, zischte er zurück. »Ich habe mich ins Meer gestürzt. Beinahe hätte ich einen Paladin getötet, und zwar den Dreizehnten – mich.«

»Aber all das Leid, das ihre Tat auslöste …«, begann Sunju.

Wieder hob Ahren eine Hand und stoppte die Worte, die er sich ohnehin denken konnte. »Lirana hat eure Kinder nicht ermordet.«

Die Paladine zuckten ob der harten Worte zusammen.

»Ihre Schwäche nahm nur ein einziges Leben, wenn ich den wenigen Details glauben kann, die ihr über jene Nacht erzähltet. Die Häscher und Meuchler des Dunklen Gottes erledigten die blutigen Taten, die Euren Willen brachen.« Er deutete auf die schluchzende Lirana. »Sie nahm Euch nur den Dreizehnten – und damit Eure Gelegenheit zur Rache.«

»Frieden«, sagte Lanlion. »Sie nahm uns auch die Chance auf Frieden. Und auf eine Erfüllung unserer Aufgabe.«

»Das tat sie nicht«, sagte Jelninolan und stellte sich neben Ahren und vor Lirana.

Ahren hätte sie vor Dankbarkeit umarmen können.

»Wenn das, was wir zu wissen glauben, wahr ist, dann war das Scheitern der Paladine eine unverrückbare Gewissheit, eingefädelt vom Dunklen Gott, der uns allen lediglich vorgaukelte, greifbar nah vor unserem ersehnten Ziel zu sein, Jorath dauerhaften Frieden zu bringen.«

Lirana sah verwirrt zu der Elfe auf, ihre Augen nahe dem wahnhaften Glanz eines geistig gebrochenen Menschen. »Wie meinst du das, Jelninolan?«

»Als ob du das nicht wüsstest«, zischte der Erste. »Du hast Ahren doch auf dieses sogenannte Geheimnis aufmerksam gemacht, das seinen Höhepunkt in diesem Schmierentheater findet, das du uns hier vorspielst.«

Die Frau in Schwarz mühte sich langsam auf die Füße und sah den Ersten lange und nachdenklich an. »Ich kenne dieses Geheimnis nicht, von dem du sprichst. Auch wenn ich lange Zeit versucht habe, es aufzudecken, weil mir mein … Herr die Vernichtung dieses Wissens auftrug.«

Ahren horchte auf. Also war die Frau in Schwarz nicht zufällig oder aus eigenem Antrieb über Belsarius' Sanktum gestolpert. Wozu dann ihre Lüge, als sie ihm davon erzählte?

»Ich bin nur ein einfacher Krieger«, sagte Kamkanzakur, »und doch dreht sich mir der Magen bei der Vorstellung um, dass diese Frau den Widersacher als ihren Herrn bezeichnet.« Er deutete auf Lirana. »Aber die DREI sollen mich auf der Stelle zu sich holen, wenn sie nicht gerade die Wahrheit sagt.«

»Ich gebe ihm recht«, sagte Likis. »Bedenkt doch, was wir über die jüngsten Taten der Frau, die ihr als Lirana kanntet, wissen. Sie mag damals den Dreizehnten ermordet haben, aber diesen hier«, er deutete auf Ahren, »hat sie bei mehr als einer Gelegenheit gerettet.«

»Eine gute Tat macht eine böse nicht ungeschehen«, sagte der Erste grimmig.

»Bitte sag so etwas nicht«, warf Fisker ein und wand sich hin und her. »Aluna und ich haben genug auf dem Kerbholz, dass wir an das Prinzip der Wiedergutmachung glauben *müssen*.«

»Das gilt für viele von uns«, sagte Falk leise. »Vielleicht haben wir Lirana damals zu leichtfertig verurteilt. In den letzten Jahrhunderten haben wir alle am eigenen Leib erfahren müssen, zu welch leidbringenden Taten ein Wesen fähig ist, dessen Herz gebrochen und dessen Sicht getrübt wurde.«

Ahren spürte erste Risse im Hass der Paladine und stürzte sich auf diese Veränderung wie ein gewisser hungriger Wolf auf ein Stück Braten. Culhen begann bei dem Gedanken umgehend zu sabbern.

»Erzählt uns von Eurem Leben«, sagte er zu Lirana. »Was passierte mit Euch nach der Nacht des Blutes?« Er wusste, er ging ein hohes Risiko ein, aber wenn die Leidensgeschichte der Frau in Schwarz zu den Paladinen durchdrang, würde dieser Kriegsrat endlich zu seiner Handlungsfähigkeit zurückfinden.

»Ich floh«, sagte die Frau tonlos. »Floh vor meiner Tat, floh vor den Paladinen, die meinen Kopf wollten, floh vor den Bildern in meinem Verstand.« Sie räusperte sich und deutete auf einen Stuhl. Ahren schob ihr das Möbelstück in die Bannkreise, die Lirana noch immer umgaben, und die Frau ließ sich dankbar auf dem gepolsterten Holz nieder. »Was ich in meiner Verzweiflung und meinem Wahn nicht ahnte: Ich rannte nicht nur vor etwas weg, ich rannte auch auf etwas zu.«

»Auf den Widersacher«, sagte Quin-Wa, ohne zu zögern.

Lirana nickte. »Noch bevor der Morgen graute, stand ich ihm gegenüber. Er verhöhnte mich ob meiner Trauer und spottete darüber, wie leicht ich es ihm gemacht hätte, einen der Streiter der Götter zu töten.« Sie ballte ihre Fäuste so stark, dass Ahren Blut aus ihren Handflächen hervortreten sah, als ihre Nägel sich ins helle Fleisch bohrten. »Ich warf mich auf ihn, um ihn zu töten – so groß war mein Schmerz und meine Verzweiflung. Er lachte, hob mich vom Boden, wie ein Mensch eine Blume von der Wiese pflücken würde, und sagte zu mir: ›So wie ich nicht durch deine Hand sterben kann, so sollst du nicht durch eine andere Hand als der meinen den Tod finden können. Dann warf er mich fort wie einen abgebissenen Apfel, in dem ein Wurm zu finden ist.«

»Klingt nach einem Bannfluch«, sagte Uldini, der sich anscheinend weit genug gefangen hatte, um sich sinnvoll einzubringen.

Lirana nickte. »Ich lernte schnell, dass mir weder Hunger noch Durst noch wilde Tiere Leid zufügen konnten. Mein Körper … überdauerte, selbst wenn er noch so geschunden wurde. Die ersten Jahre suchte ich nach einem Ausweg aus meiner Qual. Ob Gift oder ein scharfes Schwert, es gab wenig, das ich nicht ausprobierte.«

»Du hättest zu uns kommen können«, sagte der Erste und hob seine Klinge. »Wir hätten dir schon ausgeholfen. Unser Göttersegen durchtrennt diesen Bannfluch sicherlich.«

Lirana reagierte nicht auf die Provokation. »Das hätte der Widersacher nicht zugelassen. Immer wieder suchte ich ihn innerhalb der Bannsäule auf, reizte ihn, verfluchte ihn, alles in der Hoffnung, dass er seine Macht gegen mich richten würde. Doch stattdessen band er mich mit jedem meiner Besuche stärker an seinen schlafenden Willen.« Sie runzelte die Stirn. »In den ersten Jahren nach seiner Niederlage wirkte sein ruhender Verstand seltsam … zufrieden, trotz seines Gefängnisses. Diese Stimmung änderte sich erst nach und nach, wie bei einem Kettenhund, der nicht gefüttert wird. Im Laufe der Jahrhunderte wuchs seine Rachsucht und Bösartigkeit – sowie seine Furcht vor dem Wiederauftauchen des dreizehnten Paladins.«

Ahren tauschte einen wissenden Blick mit Khara, die kaum merklich nickte. Lirana hatte soeben einen ersten Hinweis gegeben, dass jene Falle des Widersachers wirklich existiert hatte, die schließlich in der Nacht des Blutes und dem Tod des Dreizehnten gipfelte.

»Er begann mir Dienste aufzutragen, und ich begriff schnell, dass ich seinen Wünschen nachkommen musste. Es war, als trüge ich eine unsichtbare Leine um den Hals, die mich ständig von Aufgabe zu Aufgabe zerrte.« Sie knetete ihre Hände. »Ich tat, was er verlangte. Zuerst zögerlich, doch nach und nach mit immer weniger Widerstand.«

Der Erste schnaubte empört, doch sie redete einfach weiter, so als wären ihre Worte eine Lawine, die, einmal in Gang gesetzt, nicht mehr zu stoppen war.

»Ich lernte, dass meine nachgiebige Haltung mir Freiheiten erkaufte, so als würde der Widersacher das Interesse an mir verlieren, je weniger ich mich wehrte. Plötzlich hatte ich Jahre zur Verfügung, in denen er nicht einmal mit seinem Verstand nach mir suchte, und so begann ich, mir ein zweites Leben aufzubauen.« Sie sah Ahren an. »Ein Leben, in dem ich alles daran setzte, Macht zu erlangen.«

Der Waldläufer nickte. »Die Frau in Schwarz ward geboren.«

»Aber wie hast du dir all die Zauberkünste angeeignet, die Ahren dich hat durchführen sehen?«, fragte Uldini verwirrt. »Du besaßt keine magische Begabung, als du in der Nacht des Blutes geflüchtet bist.«

»Zweifelsohne sind ihre Kräfte dunkle Gaben ihres Herrn«, brummte der Erste. Der Verdruss über die Neugier in den Gesichtern der Anwesenden war ihm an der Nasenspitze anzusehen.

Lirana schüttelte den Kopf. »Dunkelwesen rühren mich nicht an und mein Körper altert weder, noch stirbt er. Dies hat mir der Widersacher mit auf den Weg gegeben. In seinen Augen bin ich eine grausame Trophäe und eine nützliche, aber ansonsten gewöhnliche Spionin, die in den Jahren seiner Gefangenschaft in der Bannsäule Auge und Ohr für ihn war. Der Großteil meiner Kräfte … stammt aus anderen, kaum weniger dunklen Quellen.«

»Ach, Lirana«, sagte Jelninolan müde. »Was hast du nur getan?«

Die Frau reckte den Kopf stolz empor. »Was nötig war. Und mir später half, Ahren, Culhen und auch Onja zu retten.«

Falk zuckte bei der Erwähnung seiner Seelenverwandten zusammen. Er konnte Lirana nicht ansehen.

»Geht es bitte etwas genauer?«, schnarrte Uldini. »Wie konntest du machtvoll genug werden, um beispielsweise gegen den Jäger zu bestehen, mit dem du auf der Brücke in Tausend Hallen gerungen hast?«

Lirana zog am Kragen ihrer schwarzen Kleidung und auf der fahlen Haut darunter kamen winzige spinnenartige Narben zum Vorschein, die Ahren umgehend erkannte.

»Blutmagie«, raunte er mit zusammengekniffenen Augen.

Die Frau in Schwarz nickte. »Es gibt Rituale, die aus den Ursprüngen jener Zeit stammen, als die Magie in die Welt hineinsickerte. Krude, brutale Formen der Blutmagie, bei der nur einer von hundert Ausführenden das Ende des Rituals überlebt.«

»Aber Überleben war ja kein Problem für dich«, sagte Lanlion.

Wieder nickte Lirana. »Neunmal vollendete ich einen Blutkreis auf meiner Haut. Neunmal hätte ich sterben müssen, aber tat es nicht. Und jedes Mal blieb eine wenig jener Magie haften, die mich während des primitiven Rituals durchströmte.«

Jelninolan sah elend drein, ihr Blick eine Mischung aus Grauen und Abscheu. »Du bist wie eine wandelnde Wunde im Fleisch der Schöpfung.«

»Ich bin schon Schlimmeres genannt worden.« Ein Achselzucken begleitete die Antwort. »Und ich war ohnehin von dem Moment an verflucht, als der Widersacher seine Klauen in meinen Verstand schlug. Alles, was danach kam, tat ich, um ein Stück meines Lebens zurückzuerobern.« Der Stolz kehrte in ihre Miene zurück. »Und es funktionierte. Ich lernte, winzige Teile meines Verstandes vor meinem Herrn zu verbergen, solange er seine Aufmerksamkeit nicht vollends auf mich richtete. Ich vermied es, ihm aufzufallen, und diente so zuverlässig, dass er in mir keine Gefangene, sondern eine echte Getreue sah: ein Spielzeug, das er zerbrochen und nach eigenem Willen geformt hatte.«

»Was näher an die Wahrheit heranreicht, als du dir selbst eingestehen willst«, sagte Lanlion. »Du tanzt mit der Dunkelheit, um der Nacht zu entkommen.«

Lirana ignorierte den Blutleeren demonstrativ. »Meine Macht wuchs, ebenso wie meine Freiheit. Schließlich spürte der Widersacher das Erscheinen des neuen Dreizehnten, und mein Plan begann sich zu entfalten. Er schickte mich aus, das Sanktum des Belsarius zu vernichten.« Sie sah Ahren entschuldigend an. »Ich tat, was ich konnte, um die Erfüllung meiner Aufgabe hinauszuzögern, und scheiterte am Ende glücklicherweise an den Schutzzaubern des verstorbenen Alten.« Sie räusperte sich. »Also wechselte ich in den letzten Jahren zwischen

Ausflügen, um nach Ahren zu sehen und ihm nach Möglichkeit zu helfen, und um andererseits im Tal des Sanktums auf Befehl meines Herrn plausible Verteidigungsmaßnahmen zu platzieren.«

»Die Wutschrate«, sagte Falk gepresst. »Die waren dein Werk, nicht wahr?«

Lirana nickte. »Unter anderem.«

»Der Felsrutsch?«

»Den ersten, deutlich älteren, hat der Widersacher zu verantworten, aber den neueren habe ich vor Jahren in Gang gesetzt«, gab sie zu. »Es war wirklich herausfordernd, dafür zu sorgen, dass der Zugang zum Sanktum verschont blieb.«

Ahren kniff die Augen zusammen. »Die Wutschrate hätten uns beinahe umgebracht.«

Lirana deutete auf Jelninolan. »Warum wählte ich wohl von Wutwinden besessene Riesen? Ich war mir sicher, dass eine Sturmweberin die Ersten Wesen würde bannen können.«

Der Erste stöhnte. »Sie gibt sogar zu, euch in Gefahr gebracht zu haben«, grollte er laut. »Warum hören wir ihr noch immer zu?«

Die Frau in Schwarz blieb von der Attacke unbeeindruckt. »Der Widersacher liebt große Gesten. Besessene Riesen, einstürzende Berge – diese Art von Dingen erfreuen ihn. Das lenkte ihn ab und verschaffte mir den Raum, den ich brauchte.«

Ahren überlegte, wie viel von all den Dingen, die Lirana als Frau in Schwarz zu ihm gesagt hatte, wohl der Wahrheit entsprach, und welche der Aussagen geschickte Lügen gewesen waren, um ihr gewagtes Doppelspiel geheim zu halten.

Ist das wichtig?, fragte Culhen und sah Ahren von der Seite an. Die gelben Wolfsaugen wirkten äußerst gelassen. *Sie tat, was sie tun musste, um jetzt helfen zu können. Dem klugen Alpha ist egal, warum der Schneesturm ihm Deckung gibt. Er nutzt ihn einfach.*

Wo ist dein Pragmatismus, wenn es um Essen oder Fellpflege geht?

Culhen gähnte herzhaft. *Es gibt für alles Grenzen, Ahren.*

Der Waldläufer sah die schwarz gekleidete Frau erwartungsvoll an, aber sie zuckte hilflos mit den Achseln. »Mehr gibt es nicht zu erzählen. Ich traf meine Wahl und bin nun hier, um ein letztes Mal zu helfen.« Sie drehte ihr Gesicht dem versammelten Kriegsrat zu. »Wenn ihr es zulasst.«

»Dies ist keine leichtfertige Entscheidung«, sagte Kamkanzakur. »Und wenn Belsarius recht hatte, dann fehlt uns die Zeit, um sie sorgfältig zu durchdenken.«

Liranas Blick flackerte bei diesen Worten unstet. Ahren konnte erkennen, dass sie es nicht gewohnt war, im Unklaren gelassen zu werden. Als meisterliche Spionin waren Informationen schließlich ihre Überlebensgrundlage gewesen.

Ebenso wie ihre Fähigkeit zur Täuschung, wisperte ihm ein Teil seines Verstandes zu.

Ahren verschloss sich seinen leisen Zweifeln und wandte sich an Schläft-im-Wipfel. »Wie lange kannst du die Bannzauber um Lirana aufrechterhalten?«

»Mehr Tage als uns übrig bleiben.«

Ahren schauderte bei der Wortwahl der Alten.

»Woran denkst du?«, raunte Khara ihm zu.

»Versprecht Ihr, in diesem Bannkreis zu bleiben, bis wir Euch daraus entlassen?«, fragte er Lirana statt einer Antwort.

»Wenn der Rat es so wünscht«, sagte sie und fügte mit einem gequälten Lächeln hinzu: »Bringt mir aber wenigstens ein Bett und einen Nachttopf her oder am Morgen werdet ihr *hier* keine Versammlung abhalten wollen.«

Trogadon kicherte. »Ich mag sie.«

Jelninolans eisiger Blick in Richtung ihres Zwerges ließ ihn verstummen.

Ahren lächelte seinem Freund zu und richtete sich dann an den Kriegsrat. »Jetzt wäre der Moment, eure Fragen an Lirana zu richten, auch wenn dies bedeutet, dass wir sie in Belsarius' Geheimnis einweihen müssen.«

»Müssen wir das wirklich?«, fragte Akkad. »Ich für meinen Teil habe aus ihrer Geschichte bereits herausgehört, dass der Widersacher ebenfalls glaubt, was Belsarius als Wahrheit ansah.«

Ahren nickte. »Aber weiß er, dass wir es auch wissen?«

»Ich bekomme Kopfschmerzen«, beklagte sich Hakanu. »Wer weiß was und warum?«

»Ich habe bereits Kopfschmerzen«, warf Lyssin ein. »So viele Worte! Mittlerweile vermisse ich die Stille des ewigen Eises.«

Die beiden jungen Paladine grinsten sich an.

»Palnah kann helfen«, sagte da plötzlich Khara in die Stille der Ratskammer hinein. »Ich weiß, dass sie aufgrund ihrer Schwangerschaft bereits auf Hochstein weilt. Ihre Kräfte sollten der wahren Natur Liranas auf den Grund gehen können.«

Die Frau in Schwarz wand sich plötzlich inmitten des Bannkreises, und Ahren hatte beinahe den Eindruck, sie wäre kurz davor zu flüchten. Dann versteifte sie sich und stand still.

»Tut, was ihr tun müsst«, sagte sie kühl.

Der Erste sandte einen Diener aus und kurze Zeit später öffneten sich die Türen der Ratskammer für jene Frau, die so lange ihre eigenen Haare als Schleier zwischen sich und der Welt getragen hatte. Nun wirkten ihre Züge entschlossen und die Hände hatte sie unter ihrem gewölbten Bauch gefaltet, während sie die Ruhe und Würde einer werdenden Mutter ausstrahlte.

Palnah sprach mit niemandem im Raum, sondern sah vom Moment ihres Eintreffens an unverwandt in das Antlitz Liranas. Ihre Schritte waren das einzige Geräusch in der Ratskammer, als die Brajah sich dem Bannkreis näherte und schließlich ihr Gegenüber lange und stumm musterte.

Ahren kam es vor, als würde er Schwestern sehen, die sich nach langer Zeit wiederfanden und doch kein Wort der Begrüßung wechseln wollten. Palnah und Lirana *erkannten* einander, auf eine Art, die Ahrens Horizont überstieg. Die Finger der Frauen berührten sich für einen flüchtigen Augenblick, dann ließen beide ihre Arme wieder sinken.

»Ihr solltet ihr glauben«, sagte die Brajah schließlich.«

Ahren atmete auf. »Also können wir ihr trauen?«

Palnah sah ihn an und schüttelte sanft den Kopf. »Das habe ich nicht gesagt.«

»Na, das ist ja hilfreich«, spottete der Erste.

»Ich erkenne den wahren Kern einer Person«, sagte Palnah streng. »Das macht mich nicht zu einer Hellseherin.« Sie wandte sich an den versammelten Rat. »Diese Frau besteht samt und sonders aus Schmerz und Willenskraft. Beides führte sie her. Aber eines von beiden kann durch euch verblassen. Ihr entscheidet, welche Hälfte von ihr überlebt. Glaubt ihr oder brecht sie mit euren Zweifeln entzwei.« Dann schritt sie aus dem Saal, die Schultern müde herabhängend, ihre Haare verbargen ihren nach vorne geneigten Kopf.

Khara sah sich mit verschränkten Armen und herausfordernd gerecktem Kinn um. »Ihr habt Palnah gehört. Wir müssen Lirana glauben.«

»Das hat sie so nicht gesagt«, knurrte der Erste.

»Das wird mir zu dumm«, sagte Fisker und wandte sich an Lirana. »Weiß der Widersacher, dass es uns gelungen ist herauszubekommen ...«

»Fisker, nein!«, brüllte der Erste.

»... dass seine Macht ungefähr alle dreizehn Jahrhunderte versiegt, um dann mit einem Schlag zurückzukehren?«

Falagarda, Kamkanzakur und Yantilla stöhnten auf, während der Erste Fisker ansah, als wolle er ihn an Ort und Stelle ermorden.

»Was sagst du da?«, flüsterte die schwarz gekleidete Frau. »Seine Macht ... schwindet?«

»Mit jedem Tag ein Stückchen mehr«, sagte Trogadon inbrünstig und zwinkerte Fisker dabei zu. »Du hast so recht – dieses wortgewaltige Versteckspiel dauerte schon viel zu lange.«

»Törichter Zwerg«, schalt ihn Uldini.

Trogadon deutete auf Lirana, deren Lippen sich im Schock bewegten. Ahren konnte regelrecht sehen, wie die in der Kunst des Ränkeschmiedens geübte Frau ihre Schlüsse aus den Ereignissen der letzten Jahrhunderte zog.

»Siehst du sie aus dem Bannkreis springen, um ihren Herrn zu unterrichten?«, fragte der Schmied bissig. »Wir haben diesem geschenkten Gaul wirklich lange genug ins Maul geschaut.«

»Aber ...«, begann Lirana. »Die Nacht des Blutes ... Die Einkesselung des Widersachers ...« Ihre Augen flehten Ahren geradezu an, ihr erlösende Worte zuzuflüstern.

Selten war er einer Aufgabe mit größerer Freude nachgekommen. »Wir glauben, es war eine Falle für die Paladine. Der Dunkle Gott hat ganz Jorath glauben lassen, er stünde mit dem Rücken zur Wand.« Ahren schluckte schwer. »Dann schlug er mit seinem gesammelten Willen zu – und traf mit voller Wucht deinen ungeschützten Geist.«

Wieder sackte Lirana in sich zusammen und diesmal entrang sich ihren Lippen kein leises Weinen, sondern ein Wehklagen, so laut und durchdringend, dass Ahren glaubte, die Steine der Ratskammer selbst müssten sich erweichen. Wie eine Flut der Trauer und des unsagbaren

Verlustes drangen die Laute der klagenden Frau in die Ohren aller Anwesenden, und Ahren spürte, dass ihm selbst vor Mitgefühl Tränen in die Augen traten.

Lirana weinte um ihren Paladin.

Sie weinte um ihr getötetes Kind.

Sie weinte um das Leben, das ihr vom Widersacher auferlegt worden war.

Sie weinte um die Tatsache, dass ihr Schicksal sie unverrückbar in die Dunkelheit geführt hatte.

Ahren musterte die Mienen seiner Freunde, Gefährten und Ratsmitglieder. Nirgends sah er noch Misstrauen in den feuchten Augen, nur pures Mitgefühl und Verständnis für die Klage, die Lirana nach so langer Zeit in die Welt hinausließ. Selbst der Erste drehte langsam den Knauf seines Zweihänders in den Händen und starrte melancholisch ins Feuer. Es war, als würde Lirana stellvertretend für all jene trauern, die in diesem Krieg geliebte Menschen verloren hatte.

So stand der versammelte Kriegsrat Joraths noch lange da, und erst als die Sonne den Horizont zur Nacht küsste, wich das Schluchzen und Weinen Liranas einer ohrenbetäubenden Stille.

Der kühle Winterwind pfiff um Ahrens Ohren und befreite ihn endlich vom beständigen Nachhall der Trauer, deren Zeuge er geworden war.

Die Ratskammer lag verwaist unter ihm, nur die vor Erschöpfung in einem eilig herbeigeschafften Bett schlummernde Lirana und Schläft-im-Wipfel, welche die Bannzauber um die Frau aufrechterhielt, waren dort zurückgeblieben, während die Ratsmitglieder stumm in alle Himmelsrichtungen fortgeströmt waren, um mit ihren Gedanken allein zu sein. Ahren hatte den Weg nach oben gewählt und stand nun auf den Zinnen des Ostturms, eine Hand in Culhens Nacken gelegt, während die andere auf dem kalten Stein der Burg ruhte. Ein Nachtsoldat wachte in den Schatten des Treppenabgangs verborgen und Ahren spürte dessen Blick wie Nadeln in seinem Hinterkopf. Der Dreizehnte sah hinauf zu den Sternen. Vereinzelte Wolkenfetzen schoben sich über den dunklen Himmel und erinnerten ihn an das Bild des nunmehr zerrissenen Schleiers, der so lange so furchtbar viel Leid verborgen hatte.

»Mit dieser Wendung hat wohl niemand in der Burg gerechnet.«

Ahren musste ob der sanften Stimme lächeln. »Hat Khara dich geschickt, um nach mir zu sehen?«

Lanlion trat neben den Waldläufer. Seine bleichen Finger wirkten wie Fremdkörper, als er sie auf den dunklen Stein legte. »Sie ist mit Quin-Wa in die Herzhalle hinabgestiegen. Aluna und die Seelenverwandten haben ein Recht darauf, über alles informiert zu werden, was heute besprochen und offenbart wurde.«

Ahren nickte. »Wie Lirana wohl darüber denkt, dass tief im Boden unter ihr eine neue Generation von Paladinen in Wiegen liegt oder bald das Licht der Welt erblickt, und was sie wohl dabei empfindet?«

»Dies sind für uns alle schwierige Zeiten«, sagte Lanlion und starrte hinaus in die Nacht. »Was für ein wunderschöner Anblick.«

»Für deine Augen vielleicht«, erwiderte Ahren schmunzelnd. »Ich sehe im Dunkeln nicht ein Zehntel so viel wie du.«

Lanlion griff nach Ahrens Gesicht, aber der winkte ab. »Lass nur. Ich brauche diese Art von Sicht gerade nicht. Spare lieber deine Kräfte.« Er zögerte und musterte den Blutleeren einige Herzschläge stumm, während er auf einer Frage herumkaute, die ihn schon lange beschäftigte.

Lanlion entging der nachdenkliche Blick seines Freundes nicht. »Heraus damit, Ahren.« Das Lächeln des bleichen Paladins war trotz seiner langen Fangzähne entwaffnend.

»Was ist dir während deiner … Pilgereise …?« Er machte eine Pause und Lanlion nickte ermutigend. »Was ist dir währenddessen genau widerfahren? Was hat sich in dir verändert?«

Der Blutleere zuckte mit den Achseln. »Das habe ich bereits erzählt: Ich wurde daran erinnert, dass ich mehr bin als ein verfluchtes Wesen.« Er deutete abwärts. »So wie Lirana mehr ist als eine Dienerin des Widersachers. Die Götter schenkten mir die Einsicht, dass mein Zustand nicht mit meinen Taten gleichzusetzen ist.« Seine Hand wanderte zwischen Ahren und ihm hin und her. »Ein Bogenschütze hat die Verantwortung, seine Waffe umsichtig einzusetzen. Bloß weil meine Kräfte exotischer sind, obliege ich doch denselben Maßstäben wie jedes Wesen, das über die Macht verfügt, Leben zu nehmen oder zu beschützen.«

Ahren sah Lanlion lächelnd an. »Das klingt ja beinahe nach innerem Frieden.«

Der Blutleere erwiderte die freundschaftliche Geste. »Wie sagt Falk immer so schön? Es ist ein Anfang.«

Die beiden lachten für einen Moment, und Ahren spürte, wie ein Stück jener Schwermut von ihm abfiel, die er aus dem Ratssaal mit auf die Mauern Hochsteins gebracht hatte.

Ich soll euch ausrichten, dass der Kriegsrat wiederaufgenommen wird, sagte Culhen und schnaubte dann. *Ich weiß wirklich nicht, ob es mir gefällt, dass wir Vertrautentiere auf einmal die Nachrichtenboten spielen dürfen.*

Lanlion seufzte. »Haminul sagt, dass unsere kurze Verschnaufpause in Kürze ein Ende findet. Und er beschwert sich lauthals über seine neuen Pflichten.«

Ahren deutete auf Culhen und verdrehte die Augen.

Das habe ich gesehen, erklärte der Wolf verschnupft.

Gemeinsam stiegen die drei in den Turm hinab und ließen die Kühle der Nacht hinter sich, und Ahren ertappte sich dabei, dass er lieber hinter den Zinnen Wache gehalten hätte, als erneut über ihren Kampf gegen den Widersacher zu beraten.

Das Knistern des Kamins war lange Zeit das vorherrschende Geräusch im Saal, obwohl der Kriegsrat samt Schreiberlingen vollständig anwesend war. Die ruhigen Atemzüge Liranas verrieten, dass die ehemalige Seelenverwandte noch immer in ihrem Schlaf dalag, und keiner schien mit einem Gespräch beginnen zu wollen, um die verweinte Gestalt nicht zu wecken.

Uldini räusperte sich schließlich. »Nachdem wir alle den Worten Palnahs und Liranas sowie den Ausführungen Akkads Gehör geschenkt haben, sollte dieser Kriegsrat nun zu einer Entscheidung gelangen, wie wir mit dem ewigen Kampf gegen den Dunklen Gott fortfahren.«

Das Kratzen der Federkiele, mit denen die Schreiber die Worte des Erzmagus auf Pergament bannten, setzte ein, noch während er sprach.

»Verdammt noch mal, Uldini«, murrte Trogadon ungehalten. »Ich weiß, du möchtest der Nachwelt dein gestelztes Geschwafel präsentieren, aber können wir jetzt bitte wie normale Leute miteinander reden?«

Neuerliches Kratzen. Ahren verbiss sich ein Grinsen und hörte verhaltenes Kichern von Khara, Hakanu und Lyssin.

»Ähm«, sagte der Erzmagus und durchbohrte Trogadon mit seinen Blicken. »Ist sich der Rat denn einig, dass wir Belsarius' Theorie als Wahrheit anerkennen?«

»Uns bleibt wohl keine Wahl.« Kamkanzakurs Stimme rumpelte wie herabfallende Felsbrocken. »Und ebendiese Wahrheit zwingt uns zu einer grundsätzlichen Entscheidung.«

»Führen wir einen geordneten Feldzug gegen den Widersacher und verpassen so den Moment seiner vermeintlichen Schwäche oder stürzen wir uns Hals über Kopf ins Gefecht und hoffen, dass die Paladine irgendwie bis zu ihm vordringen«, brachte Falagarda hervor.

»Eine treffende, wenn auch nicht vollkommen neutrale Zusammenfassung, meine Liebe«, sagte Quin-Wa trocken.

»Wir haben doch bereits erlebt, was passiert, wenn wir den Widersacher nicht zum richtigen Zeitpunkt stellen«, sagte Bergen. »Also haben wir in Wirklichkeit gar keine Wahl.«

»Ich stimme zu.«

Schlagartiges Schweigen setzte ein und Ahren sah den Ersten ob seiner Worte ebenso verdutzt an, wie jede andere Person im Raum.

»Wie war das?«, fragte Ahren skeptisch nach. Waren die Worte des uralten Paladins vielleicht eine rhetorische Falle?

»Ich stimme zu«, wiederholte der Erste gelassen. »Wenn …« Er stockte. »Wenn Lirana und Belsarius recht haben, dann ergeben eine Vielzahl an Schlachten in meinem Leben plötzlich einen Sinn. Ich habe diesen Zyklus, dem der Widersacher unterliegt, nunmehr selbst nachvollziehen können und stimme mit Akkad überein: Siege, die praktisch geschenkt wirkten. Niederlagen, die nicht hätten sein dürfen …« Seine Stimme versagte und er räusperte sich. »Mein Vertrautentier könnte noch leben, hätte ich das Muster früh genug erkannt.«

Sunju legte dem Veteranen eine Hand auf den Unterarm. »Wir alle waren blind. Ganz Jorath war es. Dafür hat der Dunkle Gott gesorgt. Selbst jetzt können wir nicht ausschließen, dass wir in eine geschickt platzierte Doppelfinte des Widersachers tappen.«

»Also greifen wir so schnell wie möglich an?«, fragte Falk.

»Wann genau erscheint diese Konstellation nochmal?«, hakte Fisker nach und wandte sich dabei an Akkad.

»Am Abend des übermorgigen Tages. Sie vollendet sich kurz nach Sonnenuntergang.«

»Also bedeutet das, wir haben lediglich zwei Tage Zeit, den Widersacher zu stellen?«

»Sieht so aus«, sagte Fisker und griff nach einer Weinkaraffe. »Braucht hier noch jemand einen kräftigen Schluck?«

»Übertreibe es nicht«, knurrte Falk. »Auch wenn dein Affe schlauer ist als du, könnten wir deinen Verstand vielleicht gebrauchen.«

Fisker deutete eine Verbeugung an. »Dein Vertrauen in mich ist beinahe so ermutigend wie deine aufbauenden Worte.«

»Still.« Der Erste wurde nicht laut, aber Fiskers Mund schloss sich mit einem hörbaren Klappen. »Wir brauchen einen Plan.«

Trogadon nahm gerade den Krug von Fisker entgegen und schüttete sich seinen Becher randvoll, während er mit der anderen Hand in Richtung Khara deutete. »Was ist mit dem Ansatz, den unsere Prinzessin in den Raum warf: Versuchen wir es mit einer Finte.«

Jelninolan nickte. »Jetzt, da wir glauben zu wissen, dass der Widersacher uns für ahnungslos hält, können wir dies zu unserem Vorteil ausnutzen.«

»Aber wie?«, fragte Sunju.

»Wir müssen ihn dazu bringen, den ersten Schritt zu tun«, sagte Uldini. »Er muss glauben, die beginnende Schlacht wäre seine Idee.«

Falk schüttelte den Kopf. »Warum sollte er sich aus seiner Feste heraustrauen, wenn er doch nur zwei Tage warten muss, um zu voller Stärke zurückzukehren?«

»Wäre ER, DER ZWINGT, ein diszipliniertes oder geduldiges Wesen, er wäre noch immer der Hüter der Schöpfung«, warf Jelninolan ein.

Ahren nickte ihr zu und legte sich dann eine Hand in den Nacken, während er nachdenklich zur Decke der Ratskammer hinauf starrte, wo die Schatten der Nacht mit dem flackernden Licht des Kamins Fangen spielten. »Wir müssen ihn dort packen, wo er am verwundbarsten ist.«

»Bei seiner Kontrollsucht«, sagte der Erste.

Ahren starrte weiterhin nach oben. »Und seiner Angst«, sagte er .

»Und seinem Stolz«, fügte Khara hinzu. »Denkt nur an all die verkrüppelten Arten von Dunkelwesen, wie zum Beispiel die Sichelschrecken. Obwohl der Widersacher bei vielen übertriebene Veränderungen vorgenommen hat, wurden diese nie von ihm korrigiert.«

»Sein Hochmut ist grenzenlos …«, sagte Uldini grüblerisch.

Ahren schloss die Augen und suchte nach Culhens Verstand, der wieder mit dem von Sonnenschimmer verbunden war. *Habt ihr eigene Vorschläge?*, fragte er den Wolf.

Und ob. Überschwänglicher Stolz quoll regelrecht aus den beiden Worten hervor. Culhen sandte ihm das Bild eines dicken Hasen, der über ein offenes Feld hoppelte. Über dem ahnungslosen Tier kreiste ein schwarzgefiederter Habicht. *Ich hoffe, du verstehst, was wir meinen?*

Ahren riss die Augen auf und lächelte. »Unsere Vertrautentiere haben eine hervorragende Idee. Und ich glaube, ich weiß auch schon, wie wir bei deren Umsetzung vorgehen sollten …«

Er begann zu reden und vertraute dabei seinem Instinkt, der ihn schon so oft auf ungewöhnlichen Pfaden ans Ziel geführt hatte. Je mehr er sprach, umso mehr Entsetzen sprach aus den Mienen der Anwesenden. Nur Hakanu strahlte seinen Meister mit jedem Satz ein bisschen breiter an.

Als Ahren seinen Monolog schließlich beendete, war ein einhelliges Stöhnen zu hören, das nur von Hakanus Jubelruf unterbrochen wurde.

Die Nacht war tief und der Mondschein Ahrens einziger Gefährte, als er durch die verlassenen Straßen Tiefsteins strich. Die letzten Worte des Kriegsrats klangen ihm noch immer in den Ohren und mit ihnen der waghalsige Plan, der ersonnen worden war.

Der letzte Plan dieses Krieges. Wenn er denn gelingen sollte.

Ahrens Finger strichen über den Stein jenes Hauses, in dem früher einmal der Bürgermeister der Stadt gelebt hatte. Selbst dieses einst prunkvollste aller Gebäude Tiefsteins war nun nicht mehr als ein schlicht anmutender Kamerad zwischen all den anderen Steinhäusern, die mittlerweile die Altstadt säumten. Es fiel Ahren schwer, überhaupt etwas an diesem Ort wiederzuerkennen, das ihn an seine Zeit als unwissender Junge erinnerte, der nichts weiter wollte, denn als Lehrling bei einem Meister unterzukommen.

Ahren wanderte durch Gassen und über breite Straßen, sein Kopf gefangen zwischen Erinnerungsfetzen der Vergangenheit und der drohenden, ach so nahen Zukunft.

Der morgige Tag würde den Wendepunkt für das Schicksal Joraths markieren. Diese schlichte Wahrheit ließ in schwindeln. Die Suche nach den Paladinen war all die Jahre ein überschaubares Ziel gewesen, aber nun war das Ende der Reise gekommen. Alle Worte waren gesagt, alle Pläne geschmiedet, alle Trümpfe in Stellung gebracht.

Ahrens Füße bewegten sich kein Haarbreit mehr, als er erkannte, wohin ihn sein Unterbewusstsein geführt hatte.

Schlichte Grabsteine, eine gepflegte Rasenfläche … Vieles mochte in Tiefstein verlegt worden sein, aber der alte Friedhof lag immer noch in Sichtweite der mittlerweile deutlich prunkvolleren Kapelle, in der Ahren einst ein ahnungsloser Göttertagsschüler unter dem gütigen Blick des Hüters Jegral gewesen war. Blinzelnd hielt Ahren an, als er ein bestimmtes Grab erreichte. Die Inschrift auf dem grauen Stein konnte er durch seine Tränen nicht lesen, aber das musste er auch nicht.

»Holken …«, flüsterte er und brach dann ab, um den Kloß in seinem Hals herunterzuschlucken. »Holken, wir haben es geschafft. Alle Paladine sind vereint.« Der Hauch eines Flüsterns wäre lauter gewesen als jene Worte, die Ahrens Kehle verließen.

Ahren wischte sich die Tränen aus den Augenwinkeln und sah zum Himmel empor. Die Sterne starrten mit ihrem kalten Licht auf ihn herab, darunter jene, die in naher Zukunft einen tödlichen Reigen tanzen würden, der entweder das Ende des Widersachers oder den Untergang der Schöpfung, wie Ahren sie kannte, markieren würde.

»Wenn du Tiefstein nun sehen könntest«, sprach Ahren weiter zu seinem verblichenen Freund. »Es hat sogar eine Burg. Du wärst so stolz.«

Er schluckte schwer. Seine Fäuste ballten sich so fest, dass es ihn schmerzte.

»Keiner …« Ahrens Stimme wurde lauter. »Keiner, der in diesem Krieg fiel, wird umsonst gestorben sein. Das verspreche ich dir.«

Ahren verharrte noch einen Moment, so als hoffte er, dass sein Freund ihm durch irgendein Zeichen seinen Segen für jene schicksalhaften Tage gab, die vor ihm lagen. Doch alles, was geschah, war, dass sich eine Wolke vor den Mond am Himmel schob und die Gräber ringsum in tiefe Schatten tauchte.

Ahren nickte stumm. Er durfte nicht auf das Licht warten. Es war an ihm und den anderen Paladinen, die Finsternis ein für alle Mal zu vertreiben.

14. Kapitel

Dichter Morgennebel bedeckte die Ebene zwischen Tiefstein und den in der Ferne aufragenden Befestigungsanlagen des Rings wie ein riesiges Leichentuch, so als könne die Natur es nicht abwarten, das Totenfeld für die heutige Schlacht vorzubereiten.

Ahrens Hände ballten sich wieder und wieder zu Fäusten, während er hinter den Zinnen des Westturms gleich einem gefangenen Tier unruhig auf und ab schritt. Sein unsteter Blick wanderte zwischen der Obsidianfeste und dem hügeligen, schneebedeckten Gelände nördlich Tiefsteins hin und her.

Lagen dort nicht früher mal Weizenfelder?, fragte er sich plötzlich. Lange bevor dieser Wahnsinn mit einem unbedarften Grünschnabel, der einen Götterstein berührte, seinen Anfang nahm? So sehr Ahren es auch versuchte, er konnte das Land, das er als konturlose Masse durch den Nebel sah, nicht mit seinen Kindheitserinnerungen in Einklang bringen. Die Stadt Tiefstein hatte alles, was für den kindlichen Ahren damals die gesamte Welt dargestellt hatte, verschlungen und unter seinen Mauern begraben.

Der Fluss der Zeit reißt alles mit sich, sagte Culhen philosophisch, der vollends gerüstet in einer Ecke der befestigten Turmspitze lag und vor Wonne glühte, da Yoka beschlossen hatte, sich an ihn zu kuscheln, um sich zu wärmen. *Eben noch war ich ein hinreißender Welpe, dem man keinen Wunsch abschlagen konnte, und nun bin ich ein stattlicher Alpha, der bald selbst Welpen haben wird.*

Ahren schmunzelte. *Sonnenschimmer kreist jenseits der dichten Wolkendecke über uns. Bist du sicher, dass sie dich nicht belauscht? Und deine tollkühnen Worte an Yoka weiterleitet?*

Culhen winselte verschreckt auf. *Das würde sie nicht tun. Oder?* Das Tier sah auf Yoka hinab, die ihm nur einen sehr langen Seitenblick zuwarf und sich dann dichter an ihn kuschelte. *Puh*, meinte der Wolf. *Noch mal Glück gehabt.*

»Dein Tier hat laut Yoka eine sehr hohe Meinung von sich«, sagte Lyssin leise, als Ahren an ihr vorbeitigerte.

Culhen winselte wieder. *Oh nein! Was für eine tückische Krähe Sonnenschimmer doch ist!*

Ein lauter Vogelschrei ertönte hoch am Himmel, zornig und laut genug, um Ahrens Ohren mühelos zu erreichen. »Du hörst besser auf zu reden«, riet Ahren seinem Wolf eindringlich. »Sonst hast du es dir bis zum Mittag mit jedem einzelnen Vertrautentier verscherzt.«

Als Culhen zur Antwort schwieg, wusste Ahren, dass seine Nachricht den Sturkopf des Wolfes tatsächlich durchdrungen hatte.

»Nicht so bei Yoka«, sagte Lyssin kopfschüttelnd. »Aus irgendeinem Grund findet sie Culhens Prahlerei putzig.«

Wieder ein Winseln, aber keinerlei schlagkräftige Antwort. Ahren glaubte langsam, dass sein Wolf doch noch lernfähig wurde.

Die Waldläuferin, die die Kälte des Winters nicht zu spüren schien, sondern mit offenem Umhang zwischen zwei Zinnen saß, deutete stirnrunzelnd auf Yoka. »Sie hört nicht auf zu brabbeln. Und ständig geht es dabei um irgendeinen Unsinn, der mich zum Lachen bringt.«

Ahren musterte die stoisch erscheinende Streiterin der Götter. »So amüsiert kommst du mir gar nicht vor.«

»Ich lache innerlich.«

»Ach so.« Ahren lehnte sich zwischen den Zinnen vor und starrte erneut in den Nebel. »Wo bleibt er nur?«

»Er sollte im Morgengrauen aufbrechen«, erinnerte Lyssin den nervösen Paladin seelenruhig. »Das bedeutet zwanzig Längen Fußmarsch, mit allen Besonderheiten Eures Plans, auf die er achten soll. Er kann noch gar nicht hier sein.«

»Ich weiß«, knurrte Ahren.

»Ach so«, wiederholte sie seine Antwort.

Der Dreizehnte sah zu Lyssin hinüber, die Lippen zu einem selbstironischen Lächeln verzogen. »Solltest du als Neuzugang unter einer Gruppe von alterslosen Streitern der Götter nicht – ich weiß auch nicht – schüchterner sein?«

»Keine Ahnung«, sagte Lyssin ungerührt. »Vater hat mich nie so erzogen. Wie warst du denn als frischgebackener Paladin?«

Ahren stöhnte bei der Erinnerung. »Bleib, wie du bist«, sagte er nur.

Daraufhin lachte Lyssin – nicht nur innerlich. Sie sah liebevoll zu

Yoka hinüber und kicherte leise. »Warum hört meine Wölfin nicht auf, Unsinn zu plappern?«

Ahren folgte ihrem Blick. »Vertrautentiere spüren instinktiv, was ihre Paladine in Krisensituationen brauchen. Ich sage immer, sie sind der Anker, der uns an Jorath bindet.«

»Hm. Wirkt der Erste deswegen so, als hätte er sein Herz gegen einen Eisklumpen ausgetauscht? Weil sein Vertrautentier schon so lange fort ist?«

Ahren legte nachdenklich den Kopf schief. »Das habe ich mich schon oft gefragt. In bin zu dem Schluss gekommen, dass es vor allem die Bürde ist, als Erster der Paladine erschaffen worden zu sein. Er hat das Zepter seiner monumentalen Aufgabe nie weitergereicht und nun ist es mit ihm … untrennbar verwachsen.«

»Ich glaube, das würde ihn sogar freuen zu hören«, ertönte Kharas Stimme aus dem Inneren des Turms. Keine drei Herzschläge später erschien die Schwertmeisterin in der offen stehenden dicken Eichentür, die den Abstieg in die Burg im Normalfall versperrte. »Ich soll ausrichten, dass alle Paladine in Position sind, auch der Vater des Berges.«

Ahren nickte ihr dankbar zu. »Also warten wir nur noch auf Trimm.«

»Tun wir das nicht immer?«, erwiderte Khara lächelnd.

»Wie geht es Palnah?«, fragte der Dreizehnte. »Nachdem sie gestern ihre Gabe einsetzen musste …«

»Sie ruht wohlbehalten in der Herzhalle«, erriet Khara seine Frage.

Ahren atmete erleichtert aus. Damit waren alle Neugeborenen sowie schwangeren Paladine und Seelenverwandten tief unter der Burg und somit in Sicherheit. Dieser Plan mit all seinen wahnwitzigen Risiken würde schon blutig genug werden, auch ohne dass die verwundbarsten unter ihnen unnötig in Gefahr gerieten.

Khara zog zwei kleine braungelbe Scheiben aus Wachs aus einem Beutelchen an ihrem Gürtel. »Hier«, sagte sie und reichte Ahren und Lyssin je eine. »Akkad sagt, ihr sollt sie euch auf die Rüstung drücken, am besten in Herzhöhe.«

Ahren blickte auf den Gegenstand in seiner Hand hinab und erkannte das Zeichen der DREI, das mit einer dunklen, ihm unbekannten Substanz, darauf gemalt worden war. »Was ist das?«, fragte er.

»Ein Experiment unseres beleibten Alten«, erwiderte Khara. »Alle

Paladine sollen solche Siegel tragen, die, wenn sie richtig funktionieren, den Ruf der Göttersegen zwischen euch dämpfen, damit mehr von euch an einem Ort zusammenkommen können, ohne dass der Widersacher euch aufspüren kann.«

Lyssin starrte auf ihre Scheibe. »Und wenn diese Dinger nicht das tun, was sie tun sollen?«

»Tja, ich weiß nicht«, sagte Khara achselzuckend. »Irgendwas mit einem zweiten Kopf, der euch wächst, oder so.« Sie begann zu grinsen. »Ich habe Akkad nicht so richtig zugehört.«

»Haha«, machte Lyssin und drückte sich das Siegel auf die Brust. »Du kannst gerne meiner scherzenden Wölfin Gesellschaft leisten. Dann könnt ihr euch gegenseitig bei Laune halten.«

Khara lächelte wissend. »Du gewöhnst dich daran.«

Lyssin deutete mit dem Kopf in Richtung Obsidianfeste. »Dann beeile ich mich besser. Wenn ich all die im Kriegsrat gesagten Worte richtig verstanden habe, dann stecken wir bis morgen Abend in Kämpfen fest, wie auch immer sie enden werden.«

Ahren sah die junge Frau lange an. »Dein Vater wäre sehr stolz auf dich.«

Lyssin zuckte wieder mit den Achseln. »Ich weiß.«

Ein aus dem Norden herüberschallender Hornstoß ließ Ahren herumwirbeln und zwischen den Zinnen hindurchspähen. Obwohl nichts zu sehen war, stellten sich ihm die Härchen auf seinen Armen auf. Dies war der erste Teil ihres Plans. Das erste Signal, das das Ende des Zeitalters des Widersachers einläuten sollte.

»Es beginnt«, flüsterte Khara neben ihm. Dann gab sie ihm einen Kuss auf die Wange. »Ich gehe besser in Position. Wünsch mir Glück.« Dann war sie fort und Ahren sah nachdenklich zu dem Abstieg in die Burg hinüber, der gerade seine Liebste verschluckt hatte.

»Wir alle werden Glück brauchen«, murmelte er. Dann riss er sich zusammen und drehte sich zu Lyssin um. »Es tut mir leid, dass du da jetzt durch musst, aber ich brauche jemanden, mit dem ich unsere Strategie ein letztes Mal besprechen kann. Als Erstes warten wir auf Trimm, damit …«

Je länger Ahren redete und die stoische Lyssin ihm geduldig zuhörte, umso besser fühlte er sich. Als er schließlich mit seinem Monolog fertig war, dauerte es nur noch wenige Dutzend Herzschläge, bis ein zweiter

Hornstoß ertönte, keine zwei Längen von Tiefstein entfernt. Ahren atmete tief durch. Alle Figuren waren in Position. Wenn die Paladine diesens erste Spiel gegen den Widersacher gewannen, würden sie am kommenden Tag zumindest den Hauch einer Chance haben.

Der unbarmherzige Nebel blieb über dem Boden kleben, als hätte der Widersacher höchstselbst ihn dort mit üblen Zaubern festgebannt. Zu Ahrens Verdruss konnte er dadurch das im Westen stattfindende Spektakel nicht richtig erkennen.

Tausende Soldaten in unterschiedlichsten Rüstungen und Formationen marschierten vor den Mauern Tiefsteins auf, in ihrer Mitte eine selbst durch den Nebel gut zu identifizierende Gestalt, welche in eine stachelige Tiefenstahlrüstung gehüllt war und in einer von vier kräftigen Pferden gezogenen Kriegskutsche stand.

»Macht Platz«, brüllte Trimm, doch Ahren konnte seine Stimme nur dank Culhens feiner Ohren vernehmen. »Macht Platz für den Granden der Götter und seine Streitmacht.« Dann bewegte sich das Heer aus Söldnern, das der Grande von Kap Verstaad aus dem tiefen Süden der Sonnenebenen mitgebracht hatte, gen Ring. Ahren fluchte leise, da der Nebel die lärmende Armee verschluckte und er sich gänzlich auf die Ohren Culhens verlassen musste.

Eken sagt, bis auf den Nebel verläuft alles nach Plan, beruhigte ihn sein Wolf.

In diesem Moment hätte Ahren Sonnenschimmer aus Dankbarkeit für ihre Gabe der Verständigung am liebsten küssen wollen.

Habe ich erwähnt, dass ich das Pelzknäuel mag? Vielleicht weil er Muai nicht ausstehen kann. Und er hat einen herrlich trockenen Humor, fuhr Culhen frohgemut fort.

Dann regte sich plötzlich Unruhe in ihm.

Uh oh.

Ahrens Herz setzte einen Schlag aus. *Was heißt hier ›Uh oh‹?* Er rang beständig zwischen der Last dessen, was sie hier zu erreichen versuchten, und seinem festen Entschluss, sich nicht von Zweifeln zermürben zu lassen. Ihr Plan durfte nicht an der mangelnden Tatkraft des Dreizehnten scheitern!

Eken will wegen des Nebels improvisieren. Er sagt, er hat eine Idee.

»Bei den Göttern, bitte nicht!«, stöhnte Ahren.

Ihr Plan war so fragil wie die Eisschicht auf einem See am ersten kalten Herbsttag. Es war, als müssten sie den heutigen Tag mit einer auf den Rücken gebundenen Hand kämpfen. Kein Uldini, keine Jelninolan, kein Segensband, kein …

Ahren brach die Liste der Restriktionen ab, die sie sich selbst für ihren Plan auferlegt hatten. Sie waren notwendig, wenn das waghalsig komplexe Mosaik ihrer Taten am kommenden Tag im Tod des Widersachers gipfeln sollte. Dass Trimms fauler Kater, den Ahren kein bisschen einschätzen konnte, bereits auf den ersten Schritten dieses verflucht langen Weges an Improvisation dachte, trieb dem Dreizehnten den Angstschweiß auf die Stirn.

»Richte Eken aus, dass Tausende Leben auf dem Spiel stehen, nein, dass ganz Jorath verloren gehen kann!«

Über Culhens Sinne drang zorniges Stimmengewirr und das Klirren und Knarzen marschierender Soldaten in voller Rüstung an seine Ohren.

»Nutzt den Nebel«, hörte er Trimm in pompösem Ton befehlen. »Der Feind kann uns nicht sehen.«

Ahren leckte nervös seine Lippen. Schon wich der opulente Paladin von dem ab, was er eigentlich hätte rufen sollen.

Das Geräusch Tausender sich bewegender Leiber wurde ebenso deutlich hörbar wie lautes Fluchen und vielstimmige Streitgespräche. Ahren reckte frustriert den Hals, aber außer dem vermaledeiten Nebel sah er nichts.

»Das reicht«, knurrte er. »Culhen, wir reiten da jetzt hin. Wer weiß, welchen Unsinn Trimm sonst noch anstellt.«

»Wir müssen auf unseren Positionen bleiben«, erinnerte ihn Lyssin in aller Ruhe. »Das hast du mir selbst vorhin noch eingeschärft.«

Ahren schluckte eine bissige Antwort hinunter und rührte sich nicht. Er war plötzlich froh, nicht Hakanu bei sich zu haben. Sonst wären die beiden Waldläufer wahrscheinlich bereits mit wehenden Fahnen auf dem Weg zu Trimm und würden alles verderben.

Das chaotische Gerangel, das vom Ring her durch den dichten Nebel und Culhens Ohren an ihn herangetragen wurde, klang mittlerweile wie eine beginnende Massenschlägerei. Es schien, als bekäme Trimm das mit dem Verderben wohl ganz gut ohne Ahren hin.

Langsam mache ich mir auch Sorgen, meldete sich Culhen zu Wort. *Der Nebel könnte unseren Plan zunichtemachen.*

Ahren sah beharrlich auf das wallende Weiß, das sich einfach nicht lichten wollte. Der Morgen war mittlerweile vorangeschritten, und durch die Löcher in der Wolkendecke zeigten sich erste Lichtstrahlen.

»Wenn die Sonne nicht bald ihr Werk tut, muss ich Jelninolan bitten, einzugreifen«, dachte er laut. »Dabei sollte unsere Falle so natürlich wie möglich wirken …«

»Wartet noch«, sagte Lyssin gelassen. »Wenn ich mich mit einem auskenne, so ist es Winterwetter.« Ihre Zähne blitzten in einem flüchtigen Grinsen auf. »Dieser Nebel lichtet sich in Kürze.«

Ahren zögerte noch einen Moment und nickte dann. Lyssins Einschätzung nicht zu vertrauen, wäre ebenso so töricht, wie Sunjus Ratschläge in den Wind zu schlagen, wann immer es um Rukhs ging.

Der Lärm der Soldaten am Ring ebbte ab, doch Ahren wusste, dass der Tumult wirkungslos bleiben würde, solange der Bodennebel anhielt.

Ahren, schau. Die Sonne bricht endlich durch!

Selten hatte der Waldläufer beim Anblick des gelben Runds so gejubelt wie in diesem Moment. Die komplette Ebene westlich von Tiefstein war nun in helles Licht gehüllt und schon lösten sich die ersten Nebelschwaden unter der Kraft der Sonnenstrahlen auf. Entweder hatte sich das Glück von ganz allein gewendet oder eine gewisse Sturmweberin hatte eigenständig entschieden, dass das Wetter einen kleinen Schubs brauchte. Ahren hoffte inständig auf Ersteres, denn der Widersacher würde Jelninolans Magieeinsatz sicherlich spüren, egal wie erschöpft er von dem Bannfluch noch war.

Die Sonne fraß sich durch den Nebel wie Wasser durch einen Salzhaufen. Schon war der Ring deutlich zu erkennen und auf ihm wimmelnde Gestalten, die in heillosem Durcheinander Plätze tauschten. Die Entfernung war zu groß, um Details zu erkennen, aber Ahren wusste, was der Feind aus den Mauern und Türmen der Obsidianfeste heraus sehen würde: Eine durch und durch dilettantisch orchestrierte Wachablösung eines gesamten Abschnitts des Rings, befehligt und überwacht von jenem Paladin, der den Ruf hatte, sowohl unfähig als auch feige zu sein – Trimm, der selbst ernannte Grande der Götter.

Die gestandenen Veteranen des Rings, die von raubeinigen Söldnern von ihren Positionen vertrieben wurden, wehrten sich lautstark und mitunter handgreiflich gegen die wirren und widersprüchlichen

Kommandos des befehlshabenden Paladins. Ahren stellte sich ein selbstzufriedenes Lächeln auf den Zügen des pompös gerüsteten Mannes vor, der sich in seiner Wichtigkeit suhlte und dabei den Ring auf einer Breite von rund zehn Längen in ein heilloses Chaos stürzte.

Ein erfahrener Stratege hätte sich vielleicht gewundert, was Trimm so nahe an der Front verloren hatte und warum er sich nicht dort aufhielt, wo er sich am wohlsten fühlte, nämlich in der hintersten Reihe einer riesigen Armee. Aber diese Falle war nicht für einen kühlen Kopf gedacht, sondern für jemand vollkommen anderen. Für *etwas* anders.

»Komm schon, komm schon«, raunte Ahren. Sein Körper vibrierte vor Anspannung und seine Finger trommelten auf dem Stein der Burgmauer herum. »Schluck endlich den Köder, du Biest.«

Eine Weile passierte aufseiten der Obsidianfeste gar nichts, wenn man von den höhnischen Rufen der Hochfänge und dem animalischen Grunzen der Niederfänge absah. Doch gerade als Ahren die Hoffnung aufgeben wollte, dass das Chaos am Ring seinen Zweck erfüllte, donnerte ein Chor aus Kriegshörnern ihre Herausforderung in den Himmel hinaus.

Die ein Dutzend Schritt hohen Flügel des Osttores der Obsidianfeste wurden gewaltsam von je einem Herdenbullen im Sturmlauf aufgestoßen, sodass der Weg für eine wahre Flut aus Dunkelwesen frei wurde, die aus der Festung hervorbrachen, um auf den geschwächten Abschnitt des Rings zuzustürmen. Mit wachsender Furcht beobachtete Ahren, wie *Hass* in seiner grobschlächtigen, massigen Eisenrüstung die Horde anführte, dunkle Zweihänder in den Fäusten und wie erwartet auf einem wild brüllenden Finsterbären reitend, dessen Panzerung aus den krude zurecht gehämmerten Brustplatten gefallener Soldaten bestand. Die Armee aus rasenden Dunkelwesen hatte die Hälfte der Strecke bis zum Ring bereits überwunden, bevor Ahren sich von seinem Schreck erholt hatte.

»So war das nicht geplant, oder?«, keuchte Lyssin neben ihm auf.

Ahren schüttelte den Kopf und wirbelte Richtung Treppe. »Der Feind sollte zwar herauskommen, aber länger für die Öffnung der Tore benötigen.« Ahren nahm drei Stufen auf einmal, prallte in seiner Hast, den Turm hinabzusteigen, mehrfach gegen die glatten Steinwände, ohne dass er sich davon verlangsamen ließ. Was waren schon ein paar blaue Flecken, wenn das Schicksal des Rings auf dem Spiel stand?

Als er und Lyssin im Hauptgebäude der Burg ankamen, trafen sie bereits auf Falk und den Ersten, die auf dem Nordturm ausgeharrt hatten. Gemeinsam stürmten die vier Paladine auf den Burghof und sahen in der Ferne, wie Fisker, Bergen und Hakanu von der anderen Seite der Burg in Richtung der Stallungen stürmten.

»Ich habe dir gleich gesagt, dass das schiefgehen wird«, grollte der Erste im Lauf.

»*Hass* ist hervorgekommen und die Obsidianfeste steht offen«, sagte Ahren zuversichtlicher, als er sich fühlte, und schwang sich auf Culhens Rücken. »Jetzt müssen wir ihn nur noch besiegen und das Osttor sichern, dann haben wir die rechte Hand des Widersachers abgeschlagen und einen Brückenkopf im Inneren des Feindeslandes erobert.«

»Wenn der Ring dem Ansturm lange genug standhält«, blaffte der Erste zurück.

Die Wachssiegel, die Akkad für die Paladine angefertigt hatte, waren jetzt, da so viele Streiter der Götter zusammengekommen waren, nur noch schmutzige Flecken auf ihren Rüstungen. Ahren verdrängte den Gedanken, dass das verlaufene Wachs ein Symbol für das Auseinanderbrechen ihres Plans darstellte, den sie sich so penibel zurechtgelegt hatten.

Der Waldläufer lehnte sich weit in seinem Sattel vor, damit Culhen die nötige Beweglichkeit für einen Sturmlauf aufbringen konnte, ohne zu sehr zu ermüden.

»Lauf, mein Großer«, flüsterte er dem Wolf zu und das Tier wetzte los.

»Wir sehen dich am Ring«, brüllte Khara ihm noch hinterher, aber bevor Ahren antworten konnte, hatte Culhen ihn bereits durch das Burgtor und in die Straßen Tiefsteins getragen, wo Eiswölfe und gewöhnliche Gardisten gleichermaßen den Weg von der Burg bis zum äußeren Westtor der Stadt von Bürgern freihielten. Aus Fenstern und Gassen tönte Ahren lauter Jubel entgegen, als neue und alte Bewohner seiner Heimatstadt gemeinsam den Sturmritt des Dreizehnten durch die Straßen Tiefsteins feierten.

Sonnenschimmer sagt, die Dunkelwesen haben den Ring erreicht, gab Culhen den Bericht des Rukhs weiter, dessen Silhouette hoch oben am Himmel zu sehen war, von wo aus der große Vogel das Schlachtfeld überblicken konnte. Erste Wolken aus Schwarmkrallen lösten sich bereits von den Zinnen der Obsidianfeste, um Sonnenschimmer zu vertreiben.

»Schneller, Culhen«, feuerte Ahren seinen Wolf an, die aufsteigende Panik mühsam unterdrückend, die mehr und mehr von ihm Besitz ergriff.

Als sie das äußere Stadttor Tiefsteins passierten und die letzten jubelnden Bewohner hinter sich ließen, hatte der Waldläufer freie Sicht auf den Ring. Umgehend glitt er ins Pelneng, um seine Verzweiflung beiseitezuschieben, und glich die aktuelle Lage am riesigen Befestigungswall mit dem ursprünglichen Plan ab, in der Hoffnung, noch letzte Anpassungen vornehmen zu können.

Eigentlich hatten er und die anderen Paladine gehofft, dass sie genug Zeit haben würden, um sich einzeln und im Schutze der Wachssiegel in einem immer enger werdenden Halbkreis an *Hass* heranzuschleichen. Dann wäre die Gefahr gebannt gewesen, dass der Widersacher zu schnell spürte, wie sich die Streiter der Götter um sein verbliebenes Kind sammelten. So hätten sie *Hass* überraschend zu Fall bringen können, bevor er sich wieder hinter die Mauern der Obsidianfeste zurückziehen konnte.

Indes hätte sich das Chaos auf dem Ring in eine wohldurchdachte Verteidigungsformation verwandeln sollen, die die Armee aus Dunkelwesen zurückwarf. Doch weder für das eine noch das andere war genug Zeit geblieben, da niemand mit zwei hervorbrechenden Hordenbullen gerechnet hatte.

Plötzlich war aus der Falle für *Hass* eine überaus realistische Bedrohung für den Ring geworden!

Zumindest wirken all unsere hektischen Bemühungen nun authentisch, dachte Ahren selbstironisch. *Die Paladine schwärmen aus Burg Hochstein aus, um ihren in Bedrängnis geratenen Bruder zu retten, während wir Verluste auf dem Ring erleiden, die so schnell nicht durch Verstärkung ersetzt werden können.*

Einer ist bereits vor Ort, tröstete ihn Culhen. *Der Vater des Berges wird Trimm schon den Rücken freihalten, bis wir da sind.*

Ahrens Blick heftete sich auf den in der Ferne aufragenden Ring, auf dessen Mauern bereits gekämpft wurde. Blutwölfe, Sichelschrecken und Niederfänge wüteten unter den schreienden Männern und Frauen, die verzweifelt versuchten, die Stellung zu halten. Ganze Heerscharen aus Bogenschützen standen hinter dem Ring in Bereitschaft. Sollte der Kommandant des Ringabschnitts keine Hoffnung mehr für das Halten der Mauer sehen, gab es nur eine Lösung: Wolke um Wolke aus Pfeilen würden den Ring leer fegen und alle darauf, ob Freund oder Feind, mit Projektilen spicken. Danach würde Verstärkung auf die Mauer nachrücken, in der Hoffnung, das Bollwerk schneller zu sichern als der Feind. Dies liefe auf ein Glücksspiel hinaus, das Hunderte, nein Tausende Tote zur Folge hätte.

Ein Glücksspiel, das die Paladine zu verantworten hätten.

Culhens Sprint trug Ahren binnen weniger Dutzend Herzschläge bis zu den hintersten Reihen der wartenden Bogenschützen und da der Wolf Ahrens Gedanken kannte, hielt er auf den Kommandanten zu, einen finster dreinblickenden Zwerg aus dem Silbernen Kliff mit einem breiten Helm und noch breiterem Schild, der auf einer der unzähligen Brücken stand, die den glitzernden Fluss überspannten, welcher keine dreihundert Schritt von der Mauer des Rings entfernt vorbeifloss.

»Dreizehnter!«, brüllte der Offizier und schlug zum Gruß eine Hand gegen seine dicke Brustplatte. »Es sieht nicht gut aus. Sobald ich das Signal bekomme, dass die beiden Paladine auf dem Ring in Sicherheit sind, gebe ich den Befehl zum Säubern der Mauer!«

Ahren wollte aus Reflex protestieren, aber ein Blick auf die Wehrgänge vor ihm genügte, um dem Kommandanten recht zu geben. Er sah nur noch wenig aufrechtstehende Verteidiger und eine Übermacht an Dunkelwesen.

Dann stieg roter Rauch von einem der drei kleinen Türme auf, die sich innerhalb des überrannten Ringabschnitts aus dessen Mauer erhoben, und der Zwerg neben Ahren nickte.

»Das ist das Zeichen. Die Paladine sind in Deckung.« Seine Stimme steigerte sich zu einem donnernden Brüllen. »Bogenschützen anlegen! Armbrustschützen bereithalten!« Dann holte er ein Horn hervor, in das er zweimal lang gezogen blies, um sicherzugehen, dass sein Kommando überall auf dem Schlachtfeld erhört wurde. Die ersten Niederfänge sprangen bereits in unbeholfenen Sätzen die Treppen des Rings hinab, ihre blutgierigen Augen auf die dichte Formation der Fernkämpfer gerichtet.

Ahren zögerte nicht, sondern deutete auf die Dunkelwesen. Umgehend wetzte Culhen los, vorbei an langen Reihen diszipliniert wartender Soldaten. »Wo sind die Speerkämpfer, die die Front der Formation sichern sollen?«, knurrte der Waldläufer fluchend vor sich hin.

Schau auf den Wall, sagte Culhen. *Dort wirst du ihre Leichen sehen.*

Ahren begriff. Im Chaos war improvisiert worden. Jeder Nahkämpfer, der den Ring verteidigen konnte, war auf die Mauer gestürmt. Also waren die Fernkämpfer wehrlos, es sei denn, sie zogen sich hinter die eine Länge entfernten Speergräben zurück, wo sie dann aber keinerlei Unterstützung am Ring mehr gewähren könnten. Schon schossen die ersten von ihnen in beginnender Panik mit jenen kostbaren Pfeilen auf die heranstürmenden Dunkelwesen, die für die Säuberung der überrannten Mauer gedacht waren und somit fehlen würden.

»Feuer!«, brüllte der Kommandant in einer Lautstärke, die kein Mensch oder Elf je erreicht hätte, noch bevor Culhen die langen Reihen der Fernkämpfer vollends passiert hatte. Zugleich erscholl ein lang gezogener Hornstoß, der ein pfeifendes Inferno auslöste. Tausende Bogensehnen sangen und ebenso viele Pfeile erhoben sich sirrend in die Luft, um als Woge des Todes über dem Wall niederzugehen.

Gut, dass die alle ihr Handwerk verstehen, sagte Culhen, dessen mulmiges Gefühl bis zu Ahren reichte. *Das waren acht oder neun Pfeile, die da gerade dicht an uns vorbeigezischt sind.*

Ahren antwortete nicht, sondern zog seine Windklinge. Sie hatten die Front der Bogenschützenformation erreicht und das Gleiche galt für die ersten Dunkelwesen. »Wir sind alles, was an Verstärkung da ist«, flüsterte er Culhen ins Ohr. »Halten wir so viele Feinde wie möglich auf, damit die Bogenschützen ihre Arbeit tun können. Und sag Sonnenschimmer, dass wir hier viel größere Verluste erlitten haben, als ursprünglich geplant. Falagarda muss darüber informiert werden, dass sie Verstärkung aus dem Norden und Süden des Rings hierher entsendet.«

Culhen hielt auf die vordersten Dunkelwesen zu, die nur noch wenige Schritt von den Fernkämpfern und dem knurrenden Eiswolf mit seinem waffenschwingenden Reiter entfernt waren.

Unter neuerlichem Kommando flog der nächste Pfeilschwall über Ahrens Kopf hinweg auf die Mauer zu, die sich schneller mit nachrückenden Dunkelwesen füllte, als der dreizehnte Paladin fassen konnte. Dann war die Zeit für Beobachtungen vorbei und er warf sich von Culhens Rücken hinab auf zwei Niederfänge, die gerade auf die zurückzuckenden Bogenschützen in der ersten Reihe einstechen wollten. Mit einem Aufheulen stürzte der Wolf sich auf drei weitere, und ein gnadenloser Nahkampf begann.

Im Fallen stach Ahren einem Niederfang mit grotesk großem Kopf, der von einem klobigen Helm geschützt wurde, in die Brust und landete unsanft auf dem anderen, einem Scheusal mit überlangen Armen, dessen schartige Axt lautstark über Ahrens Schulter kratzte und glücklicherweise keine Öffnung in der Bänderrüstung des Paladins fand. Er ging zusammen mit ihnen zu Boden, wo Ahren die Tatsache ausnutzte, dass er auf dem lebenden Niederfang lag, um seine Klinge aus dem toten Dunkelwesen zu reißen und in derselben Bewegung die Waffe über das Gesicht seines geifernden Kontrahenten zu ziehen, bevor der sich unter Ahren hervorwinden konnte. Danach rollte der Paladin sich zur Seite und stand auf, das Blut der toten Niederfänge aus seinem Gesicht wischend.

Schon kamen die nächsten Angreifer auf ihn zu, während eine dritte Salve Pfeile jegliches Leben von der Mauer fegte, auf der sich mittlerweile die Leichen stapelten, gespickt mit hölzernen Schäften wie groteske Stachelschweine. Der Krieg zeigte am heutigen Morgen bereits sein düsterstes Gesicht.

Ahren rannte drei weiteren Niederfängen entgegen, wobei er sah, dass einer von ihnen, ein dreiarmiges, scheußlich anzusehendes Monstrum mit Augen in den Wangen, je ein Kurzschwert in seinen klauenartigen Händen hielt und ein Niederfang mit überlangen Armen einen drei Schritt langen Spieß führte.

Sie passen ihre Bewaffnung ihren Besonderheiten an!, schoss es ihm durch den Kopf.

Dann befand er sich bereits mitten in einem tödlichen Kampf aus Angriff und Parade, als die drei Niederfänge ihn einzukreisen begannen. Ahren fluchte und brachte sich mit einer tiefen Hechtrolle in Sicherheit, die ihn durch die Beine eines der Wesen führte und während derer er seine Windklinge an dessen rechtem Oberschenkel entlangzog. Federnd kam der Paladin auf die Beine, was man von dem verletzten Niederfang nicht sagen konnte.

Die sind schlau, kommentierte Culhen, der seinerseits blutige Ernte unter den Niederfängen hielt. *Kannst du glauben, dass sie mich mit einem halben Dutzend Sauspießen einkreisen wollten?*

Ahren spürte, dass drei der Spieße abgebrochen im Fleisch des Wolfes steckten. Nur noch der Kampfrausch hielt die Schmerzen fern.

Hier müssen Hochfänge sein, dachte Ahren und nutzte einen freien Moment zwischen zwei Paraden, um sich im Schatten der Mauer umzusehen. Und tatsächlich: Da vorne sah er sie! Vier zischende Gestalten, die den Niederfängen Befehle erteilten.

Er zerschlug den langen Speer des Niederfangs, nachdem der sich bei seinem Angriff zu weit vorgewagt hatte, und unterlief den harmlos zustoßenden Schaft, um seinen Kontrahenten niederzustrecken. Der Lohn waren zwei Kurzschwerter, die auf ihn einstachen und beinahe die Lücken in der Bänderrüstung gefunden hätten, wäre Ahren nicht mittlerweile so erfahren im Kampf, dass er instinktiv seinen Körper drehte, damit die beweglichen Platten ihn optimal schützten.

Leider war er im Umgang mit einem dreiarmigen Gegner wenig bewandert, und so fand dessen letzte Klinge einen Weg tief in seinen linken Oberschenkel. Sein Bein gab nach und er biss die Zähne zusammen, bevor er seinerseits einen Bauchtreffer landete, der das Grinsen aus dem Gesicht des Niederfangs fegte.

Culhen, ich brauche dich hier, sagte Ahren, der, als er sich mit seinem unverletzten Bein und seiner Klinge auf die Füße kämpfte, sechs weitere Niederfänge auf sich zu rennen sah. Die Dunkelwesen hatten ihn erkannt und ließen zugunsten einer größeren Beute die Fernkämpfer links liegen.

Ich brauche hier noch einen Moment, maulte der Wolf, und Ahren sah durch dessen Augen, dass Culhen sich fünf Dunkelwesen erwehrte, unter ihnen ein Hochfang mit einem gedrungenen Kurzbogen, der Pfeile mit Widerhaken an der Spitze verschoss.

Ahren wappnete sich für den Ansturm der sechs Niederfänge, so gut es mit dem schmerzenden Bein eben ging, als er weit hinter sich eine vertraute Stimme hörte.

»Ahren, Culhen!«, röhrte Falk. »Runter!«

Sofort ließ der Waldläufer sich zu Boden fallen. *Spiel gefälligst toter Wolf*, befahl er seinem kampfeslustigen Freund, der sich daraufhin ebenso unzeremoniell wie hurtig auf die Seite fallen ließ.

Au, machte Culhen, als er damit eine der Spießspitzen noch tiefer in sein Fleisch trieb. *Totspielen fällt mir gerade gar nicht mal so schwer.*

Dann ertönte ein lauter Hornstoß.

»Armbrustschützen: Feuer!«, donnerte der Kommandant.

Bolzen zischten über Ahren hinweg, mähten die heranstürmenden Dunkelwesen nieder und schleuderten die in den Schatten lauernden Hochfänge tot gegen den Wall des Rings.

Das war knapp, kommentierte Culhen den freundlichen Beschuss. *Ob es irgendwen stört, wenn ich hier eine Weile liegen bleibe und still vor mich hin blute?*

»Hoch mit euch, ihr Faultiere«, rief Falk, der auf Selsena in Ahrens Blickfeld geritten kam. »Wir haben eine Mauer zu halten.« Dann ritt Paladin um Paladin an Ahren vorbei, und alle steuerten mit dem uralten Schlachtruf der Streiter der Götter auf den Lippen die breiten Treppen an, die auf die Wehrgänge des Rings führten.

»PALADINIM THEOS DURALAS!«

Der Segen in Ahrens Innerem ließ seinen gesamten Körper bis in die Finger- und Zehenspitzen kribbeln. Eine überwältigende Euphorie löschte jegliche Erschöpfung aus und Ahrens Ohren klingelten. Sein Blut rauschte wild durch die Adern, und ehe er sichs versah, stand er auf den Beinen, die Schmerzen seiner Wunde wie weggeblasen, die Windklinge gen Himmel gereckt und den Ruf aus voller Kehle erwidernd. Er lief auf Culhen zu, der sich ebenfalls – wenn auch weniger enthusiastisch – aufgerappelt hatte, und schwang sich auf seinen Rücken, um die Stufen der ausladenden Treppen emporzureiten.

Der Ring bestand an dieser Stelle aus einem fünf Schritt breiten Wehrgang aus Stein, mit hohen Zinnen aufseiten der Obsidianfeste, die bei Beschuss durch Pfeile oder Bolzen wertvolle Deckung gaben. Zu einer anderen Zeit hätte Ahren die Befestigungsanlage sicher mehr zu bewundern gewusst, aber momentan bedeckten Leichen von Freund und Feind jeden Schritt Boden, allesamt übersät mit Pfeilen, und so blieb nur Platz für Entschlossenheit und Mut. Sie mussten diese Mauer halten!

Die Paladine verteilten sich, so gut es eben ging, in dem blutigen Chaos und suchten sich ihren Weg zu einem nahe gelegenen Turm. Zwischen den Zinnen der Wehrmauer hindurch konnte Ahren erkennen, wie sich Dunkelwesen in atemberaubender Anzahl vor dem offen stehenden Tor der Obsidianfeste sammelten. Allem Anschein nach bereiteten sie sich auf einen weiteren Ansturm vor.

»Trimm!«, rief Falk. »Wo bist du?«

»Laut Eken sind er und der Vater des Berges in diesem Turm«, erwiderte Lanlion und deutete auf das Gemäuer. »Zumindest hat Haminul ihn so verstanden. Diese indirekte Kommunikation über Sonnenschimmer ist noch alles andere als perfekt.«

»Du meinst diesen den Turm da?«, fragte Fisker nervös. »Den mit der zerbrochenen Tür?«

Ahren wollte von Culhens Rücken steigen, um den verletzten Wolf die Fortbewegung zwischen den Gefallenen zu erleichtern, aber der Schmerz in seinem verletzten Bein ließ ihn zusammenzucken und innehalten. Die erste Wirkung des Schlachtrufs der Paladine war verblasst.

»Hakanu, kümmere dich um deinen Meister«, sagte Falk mit einem schnellen Seitenblick auf Ahren. »Und verinnerliche dabei, was passiert, wenn man seinen Brüdern und Schwestern auf einem übermütigen Eiswolf davonstürmt.«

Hakanu kam breit grinsend auf Ahren zu mit der Feldflasche in der Hand, die Jelninolan jeden Morgen mit einigen Schlucken Heilwasser füllte, das dank der latenten Magie des Lehrlings frisch gehalten wurde.

»Erst Culhen«, knurrte Ahren und deutete auf die Wunden des Wolfes. »Und wag es ja nicht, Falks kleine Lektion mit deinen eigenen Worten vertiefen zu wollen.«

»Nein, Meister.«

Der junge Krieger wirkte so vergnügt, als würde er zu einem Herbstfest gehen und nicht auf einem Schlachtfeld stehen. Hakanus Unverwüstlichkeit erstaunte Ahren immer wieder. Hier und jetzt war sie ihm jedoch hochwillkommen. Der junge Krieger zog die Speerspitzen aus Culhens Seite und ließ das heilende Wasser behutsam in die Wunden fließen.

»Falk, dein Schild wird gebraucht«, rief der Erste dazwischen. »Sichere zusammen mit Hakanu und seinem Speer den Turm! Wer nichts zu tun hat, wirft die Leichname über die Zinnen. Dunkelwesen auf die eine Seite, unsere toten Verbündeten auf die andere. Wir brauchen hier Platz zum Kämpfen oder wir gesellen uns alsbald zu ihnen.«

Der Lehrling drückte Ahren die Flasche in die Hand und eilte wortlos von dannen. Irgendwann während seines Aufenthaltes auf Hochstein war der Lehrling offensichtlich zum Allgemeingut aller Paladine geworden.

Sie sehen in ihm wohl endlich ein vollwertiges, wenn auch junges Mitglied, warf Culhen ein, dessen Wunden bereits ausheilten. *Dich haben sie auch immer gescheucht, wenn ich mich recht erinnere.*

Ahren sah zu Lyssin hinüber, die suchend zwischen den Leichen umherging und jene Pfeile sicherte, die ein zweites Mal verwendet werden konnten. Ihre ruhige Art erweckte den Eindruck, als wäre sie bereits seit Jahrhunderten Teil der Paladine.

Rauschend flog eine Pfeilsalve über Ahren hinweg und senkte sich jenseits der Mauer in die Massen an Dunkelwesen, die dort hin und her wogten, sich einen Weg über die Leichname ihrer Vorgänger bahnend, und sich bereitmachten, den Ring zu stürmen. Ahren sah Finsterbären unter den Angreifern, dazu Schmerzeber und unzählige gerüstete und bewaffnete Niederfänge, die von Hochfängen zu annähernd militärischen Strukturen organisiert wurden.

»Lyssin!«, rief Ahren und deutete auf die Hochfänge.

Die junge Frau nickte und begann zu schießen, noch während der Paladin sich die letzten Tropfen Heilwasser in die Beinwunde träufelte. »Du hast ganz schön viel für dich verbraucht«, murrte er Culhen zu. »Bei den Göttern, wir haben schon jetzt all unser Heilwasser verbraucht. Und der Kampf hat gerade erst begonnen.«

Das war Hakanu, sagte der Wolf erhaben. *Was kann ich dafür, dass mich der Junge derart liebt, dass er das ganze Heilwasser über mir auskippt?* Dabei tänzelte das Tier vor Yoka herum, damit sie sah, wie viele Speerspitzen Ahrens Lehrling aus dem Wolf herausgezogen hatte.

Lyssin lachte auf, als sie einen weiteren Hochfang traf, der umgehend zu Boden ging. »Yoka lässt Culhen ausrichten, dass sie wesentlich beeindruckter wäre, wenn er nicht so viele Treffer eingesteckt hätte, obwohl er so eine schmucke Panzerung trägt.«

Sofort beendete Ahrens Freund seine Angeberei.

Ahrens Bein heilte langsam, aber stetig, und so nutzte er die Zeit und leistete Lyssin mittels *Fisiniell* dabei Gesellschaft, die Reihen der Hochfänge auszudünnen, um die Niederfänge in ihren üblichen Zustand geistloser Tumbheit zurückzuversetzen.

»Sie sammeln sich für einen neuerlichen Angriff«, rief Khara vom anderen Ende des Mauerabschnitts zu ihm herüber. »Und es sind noch immer zu viele, als dass wir sie alle abwehren könnten.« Sie deutete auf die Reihen der Fernkämpfer hinter dem Wall. »Noch hält sie das

Abwehrfeuer fern, aber ich sehe die Pfeile in den Köchern der Soldaten zur Neige gehen.«

Ahren unterbrach den Beschuss der Hochfänge, um sich ein Bild von der strategischen Lage hinter dem Wall zu machen. Kharas Eindruck trog nicht. Schon jetzt wurden Körbe mit Ersatzpfeilen zwischen den Schützen umhergetragen und der Paladin wusste, dass ein gewissenhaftes Bestücken der Köcher Dutzende Herzschläge benötigen würde. Genug Zeit für die Dunkelwesen, um den Wall erneut zu stürmen und die Paladine in tödliche Nahkämpfe zu verwickeln.

»Wo bleibt die Verstärkung?«, brüllte Bergen in die Runde und Ahren horchte auf.

»Selsena sagt, dass laut Sonnenschimmer Fußsoldaten aus dem Norden und Süden auf den gefährdeten Abschnitt der Mauer zuströmen«, antwortete Falk. »Aber sie haben mehrere Längen Fußmarsch vor sich und müssen die Lücke auf dem Wall von den Rändern her auffüllen, um die einzelnen Mauerabschnitte dauerhaft halten zu können. Leider stehen wir in der Mitte.«

Ahrens Hoffnung auf schnelle Unterstützung zerplatzte wie eine Seifenblase im Wind.

»War ja klar«, murrte Bergen zur Antwort. »Wir müssen natürlich wieder am längsten durchhalten.«

»Lyssin«, rief Ahren. »Wir haben noch gute hundert Herzschläge, bevor wir den Bogen gegen die Klinge tauschen müssen.«

Die Waldläuferin nickte und schoss ihre Pfeile noch schneller ab als zuvor. Hochfang um Hochfang ging in den Massen der Dunkelwesen zu Boden. Ahren stellte mit grimmiger Genugtuung fest, dass die feigen Wesen erfolglos hinter besonders breiten Niederfängen Deckung suchten. Die präzise platzierten Pfeile der Waldläufer fanden ihre Ziele trotzdem.

Ahren?, fragte Culhen.

Ja?

Du summst. Das ist sehr unpassend.

Mit einem Räuspern verstummte der Waldläufer, fing aber aus dem Augenwinkel das belustigte Zwinkern Lyssins ein.

»Vater sagte immer, es ist keine Schande, Freude an seiner Arbeit zu empfinden.«

»Sagt mal, sieht eigentlich einer von euch *Hass*?«, fragte Fisker, der den Hals reckte und auf die nahende Armee aus Dunkelwesen hinabstarrte, die noch immer in einer nicht enden wollenden Masse aus den offenen Toren der Obsidianfeste herausströmten. »Wir sind doch ursprünglich seinetwegen hier.«

»Vielleicht hat er sich wieder in die Obsidianfeste zurückgezogen«, mutmaßte Bergen.

»Ich sehe seinen Finsterbären«, grollte der Erste und deutete auf einen mit Pfeilen gespickten Umriss, der dicht vor dem Wall des Rings reglos dalag. Das Tier war so groß gewesen, dass Ahren sich bildlich vorstellen konnte, wie *Hass* von dessen Rücken bis zu den Zinnen emporgesprungen war …

Ein lauter Schrei ertönte aus dem Turm, in dem Falk mit Hakanu verschwunden war, gefolgt von einem lang gezogenen: »Plaaatz daaa!« Dann traute Ahren seinen Augen nicht, als Trimm plötzlich vom Dach des Turms sprang, um mit ausgebreiteten Armen und Beinen hinter dem Wall zu Boden zu stürzen.

»Trimm!«, rief er entsetzt.

»Dem geht es gut«, sagte der Erste missmutig. »Die zwei Disziplinen, die Trimm wahrhaft meisterlich im Kampf beherrscht, sind das Weglaufen und Fallen. Wahrscheinlich hat er sich ein paar Knochen gebrochen, aber er wird es überstehen.«

Ahren wollte seinen Unglauben zum Ausdruck bringen, als ein dickes Seil über die Brüstung des Turmes geworfen wurde und der Vater des Berges begann, sich hastig daran auf die Mauer herabzulassen. Der untersetzte Paladin blutete aus einer Platzwunde an der Stirn, schien aber sonst unverletzt zu sein.

»Was für ein garstiger Geselle dieser *Hass* doch ist«, brummte er auf dem Weg nach unten. »Oh, und natürlich: Hallo, alle miteinander.«

Dann ertönte ein wütendes Brüllen hinter den Zinnen des Turms und das gekappte Seil fiel gemeinsam mit seinem Besitzer die letzten Schritt auf die Mauer.

»Verdammt«, fluchte der Vater des Berges, während er sich wieder aufrappelte. »Diese Blutwolfleichen hätten meinen Sturz wesentlich komfortabler gebremst, wenn nicht so viele Pfeile in ihnen stecken würden.«

»Du wirst dir noch wünschen, dass zu viele Pfeile dein Problem wären«, sagte der Erste und deutete auf die Bogenschützen in ihrem

Rücken. »Nur noch eine Salve, dann gibt es vorerst keine Hilfe seitens der Fernkämpfer mehr, bis sie ihre Köcher wieder aufgefüllt haben.«

»Den großen Kerl auf dem Turm halten ein paar spitze Stöckchen ohnehin nicht auf«, brummte der zwergenhafte Paladin. »Er hat Trimm und mich den gesamten Turm hinaufgeprügelt, dabei zwanzig Leibwachen in Stücke gerissen und gleichzeitig Falk und einen mir fremden Burschen, der nur Hakanu sein kann, in Schach gehalten.«

Wie zur Antwort tauchte die Gestalt von *Hass* zwischen den Zinnen auf, eine tote Soldatin in den Händen, die er mit einem düsteren Vergnügen in den Augen und unvorstellbarer Kraft genüsslich auseinanderriss. Ein Schaudern ging durch die versammelten Bogenschützen und ein Hagel aus Pfeilen flog in Richtung des letzten Kindes des Widersachers.

»Und das war unsere letzte Deckung«, sagte der Erste trocken. »*Hass* weiß inzwischen genau, wie er unsere Truppen provozieren kann.«

»Dunkelwesen vor uns, *Hass* über uns«, fasste Bergen zusammen. »Ein ganz normaler Tag als Paladin, nicht wahr?«

Falk und Hakanu stolperten aus dem Turm, der Schild des alten Mannes hing an seinen kraftlosen Armen, und Hakanu war unbewaffnet.

»Wo ist dein Speer?«, fragte Ahren seinen Lehrling ungläubig.

Der deutete zur Turmspitze hinauf. »Er steckt in seinem Rücken. Und zwar so tief, dass ich ihn nicht zurückrufen kann.«

»Hast du etwas verloren, kleiner Paladin?«, höhnte *Hass* von der Spitze des Turms hinab mit einer dunklen Stimme, die Ahren Schauder über den Rücken jagte. »Ich dachte schon, dass ich ein Jucken im Kreuz verspüre.« Er griff nach hinten und zog sich die äußerst mickrig anmutende Waffe aus dem rechten Schulterblatt. Dann fiel Hakanus Speer klappernd vor die Füße des frustriert dreinblickenden Lehrlings. »Wenn du noch mal diesen Stahlsplitter nach mir wirfst, spieße ich damit ein paar zappelnde Soldaten auf, bevor ich ihn dir in den Bauch ramme.«

»Ich hasse dieses Ungetüm.«

»Und das ist genau das, was er will und was ihn stark macht«, ermahnte Ahren seinen Schützling. Er erhob seine Stimme in dem lauter werdenden Gebrüll und Waffenrasseln, das von unten zu ihnen auf die Mauer heraufscholl. Es blieben ihnen nur noch wenige Herzschläge vor dem Anbranden der Dunkelwesen. »Wir müssen *Hass* von unseren Soldaten fortlocken. Er nährt sich von ihrem Verlangen nach seinem Tod.«

»Also, ich hätte auch nichts gegen seinen Kopf auf einem Tablett«, sagte Trogadon, der schnaufend die Stufen hinaufkam. »Habe ich was Wichtiges verpasst? Mein Pony war nicht das Schnellste ...«

Dann sprangen die ersten Blutwölfe auf die Mauer und die Zeit für aufmunternde Scherze und todesverachtende Kommentare war vorüber.

Es erschien Ahren wie eine Ewigkeit, die er mit Hauen, Stechen, Ausweichen, Parieren und dem Brüllen von Warnungen beschäftigt war.

Der Wall füllte sich unaufhörlich mit den Leibern verschiedenster Dunkelwesen und das Manövrieren fiel ihm zunehmend schwerer. Derweil brüllte *Hass* seine Befehle über das Schlachtfeld, stets gespickt mit grausamen Drohungen, was er den Verteidigern und ihren Familien anzutun gedachte, und stachelte somit Freund und Feind gleichermaßen auf.

Ahren konnte regelrecht spüren, wie die Macht des Wesens wuchs, und erkannte dessen Taktik nach kürzester Zeit. Die Paladine würden im Verlauf der Kämpfe müde werden und ihre Verletzungen zunehmen, während der verfügbare Platz auf der Mauer mehr und mehr dahinschmolz. *Hass* hingegen mästete sich an der Abneigung, die ihm von Tausenden Soldaten entgegengebracht wurde.

»Warum kämpft er nicht mit?«, fragte Lyssin und hieb dabei mit ihrem Kurzschwert nach dem Kopf einer der wenigen Sprungschrecken, die den Ring stürmten. »Worauf wartet dieses Monstrum bloß?«

»Auf den richtigen Moment«, sagte Ahren grimmig. »Anscheinend hat er seit seinem letzten Zusammentreffen mit uns Paladinen gehörig dazugelernt.« Er achtete darauf, dass die in ihm aufsteigende Angst ob dieser Erkenntnis nicht in seine Stimme floss.

Er besitzt nun die Essenz seiner toten Brüder, die ihn stärkt, erinnerte ihn Culhen. *Das macht ihn klüger und stärker als beim letzten Mal.*

Während Ahren einen Schmerzeber abstach, bevor der über eine Rampe aus toten Dunkelwesen die Mauer stürmen konnte, lächelte er grimmig. *Er besitzt nicht die Macht von* Rachsucht, erwiderte er. Als Vierklaue das Kind des Dunklen Gottes aus seinem Verstand gebrannt hatte, war es restlos vernichtet worden. Zumindest hoffte Ahren das, denn nach dem Tode *Rachsuchts* hatte er keine wabernde Rauchwolke aufsteigen sehen, wie es bei den anderen toten Kindern des Widersachers der Fall gewesen war.

Culhen biss nach einem Niederfang und schleuderte ihn mit einem Kopfrucken über die Mauer. Die Schwerkraft erledigte den Rest. *Hoffen wir, dass du recht hast*, unkte der Wolf. *Ich hätte nichts dagegen einzuwenden, wenn* Hass *nicht die gesamte Kraft aller Kinder in sich vereint hat.*

Ein Blutwolf landete mit einem Hechtsprung knurrend auf dem Wehrgang und prallte dabei gegen den aufheulenden Culhen. Ahren wollte helfen, aber da traf ihn selbst die Wucht einer gewaltigen Pranke im Rücken, die ihn vorwärts schleuderte und kopfüber vom Ring beförderte. Der schneebedeckte Boden kam so rasend schnell näher, dass Ahren kaum Zeit blieb, sich in der Luft so weit umzudrehen, dass er mit den Beinen voraus aufkam. Stechende Schmerzen fuhren ihm durch Ober- und Unterschenkel, obwohl der Waldläufer die Wucht des Sturzes abzumildern versuchte, indem er den überschüssigen Schwung in mehrere brachiale Vorwärtsrollen umwandelte, bei denen seine Rüstung und die Schneedecke die erwarteten Knochenbrüche in Prellungen und Zerrungen verwandelte.

»Aua«, war alles, was der benommene Paladin sagen konnte, als er endlich zum Stillstand kam.

»Guter Sturz«, lobte ihn Trimm keuchend, der aus Mund und Ohren blutend an die Mauer gelehnt dasaß und in seiner stachelübersäten Rüstung aussah wie ein Igel, den eine Fuhrmannskutsche gestreift hatte. »Wenn du dich schneller vorwärtsgeworfen hättest, würden deine Knie jetzt nicht so furchtbar schmerzen.«

»Danke für den Rat«, knurrte Ahren benommen.

Der Nebel in seinem Kopf lichtete sich weit genug, dass er sich um Culhen Sorgen machen konnte. Er glitt in den Kopf seines Freundes, auch um seine eigenen Schmerzen zu vergessen, doch zu seinem Entsetzen sah er nur Schwärze durch die Augen des Tieres.

CULHEN!, brüllte er in dessen Verstand, so laut er konnte.

Oh, du lebst noch, brummte der Wolf zur Begrüßung. *Und ich dachte schon, es würde uns beide zur gleichen Zeit erwischen.*

Ahren spürte den Schmerzen seines Freundes nach, konnte jedoch nichts fühlen. *Wie schlimm ist es? Hast du … kannst du etwa nichts mehr fühlen?*

Der tote Blutwolf drückt mir ganz schön auf die Nase, berichtete Culhen unleidig. *Und der Finsterbär, der dich in einen fliegenden Paladin verwandelt hat, ist natürlich ausgerechnet auf meinem Rücken tot zusammengebrochen. Ich liege hier unter einem Leichenberg und niemand denkt daran, mich zu befreien. Also ja, wenn man mich hier nicht bald herauszerrt, fühle ich bald gar nichts mehr.*

Erleichterung durchflutete Ahren in solchem Maße, dass er die Attitüde seines Wolfes unkommentiert ließ.

Was ist passiert?, fragte er, während er probeweise versuchte aufzustehen – die Bewegung wurde eine überaus wackelige, schmerzhafte und langsame Angelegenheit.

Die anderen Paladine sind passiert, sagte Culhen, noch immer verschnupft über seine missliche Lage. *Lyssin hat dem Blutwolf zwei Pfeile direkt in die Augen geschossen und Hakanus Speer flog wie ein silberner Blitz durch den Kopf des Finsterbären. Der Junge kann mittlerweile richtig gut zielen.*

Ahren schlurfte auf die Treppen zu, während Trimm ihm aufmunternd zulächelte, ohne sich zu rühren. Der dicke Paladin hatte offensichtlich beschlossen, dass seine Zeit der Heldentaten für diesen Tag beendet war. Ahren hätte sich zu gerne neben ihn und den neben dem dicken Paladin schlafenden Eken gelegt. Stattdessen nutzte er die Gelegenheit und mühte sich die Treppe hinauf, um sich ein Bild von der momentanen Lage zu machen.

Die Bogenschützen machten sich für eine weitere Phase des Dauerbeschusses bereit und die ersehnte Verstärkung schloss langsam, aber beharrlich von den Seiten her jene Lücke auf dem Wall, die die Paladine und Ahrens Freunde derzeit im Alleingang hielten. Wie sehr wünschte sich der Dreizehnte, dass Uldini und Jelninolan ihnen beistehen könnten, aber ihre Magie würde zu einem späteren Zeitpunkt gebraucht werden – vorausgesetzt, dass es Ahren und den anderen Streitern der Götter gelang, den ersten Schritt ihres Plans noch irgendwie in die Tat umzusetzen.

Hass kommandierte und spottete noch immer von der Spitze ihres eigenen Turms aus über das Schlachtfeld hinweg. Ahren hatte keine Ahnung, wie sie ihn dort oben in der Deckung der Turmzinnen angreifen sollten. Im Gänsemarsch auf der schmalen Wendeltreppe, während *Hass* sie aus seiner erhöhten Position heraus angreifen konnte, schied jedenfalls aus. Es gab ganze Heldenepen über tapfere Soldaten, die im Alleingang eine Übermacht von Feinden aufgehalten hatten, indem sie ihnen von der Spitze eines Turmes aus die Stirn geboten hatten. Das Kind des Widersachers wäre ihnen dort oben weit überlegen.

Aus dem Augenwinkel sah Ahren, wie der Kommandant ihm zuwinkte. Offensichtlich waren die Bogenschützen feuerbereit.

»Räumt den Wall!«, rief Ahren seinen Freunden zu. »In die Türme! Aber bei den DREIEN, stellt auf keinen Fall *Hass* zum Kampf.«

»Spielverderber«, hörte er Bergen rufen.

»Ihr habt Ahren gehört. Machen wir Platz für die Bogenschützen«, kommandierte der Erste.

»Eure kleinen Paladine wollen nicht kämpfen«, grölte *Hass* belustigt von den Zinnen hinab in Richtung der wartenden Bogenschützen. »Sie verstecken sich hinter Mauern, wie sie es immer tun, damit ihr das Sterben übernehmt. Und das, obwohl ich hier stehe und auf sie warte.«

Er will den Beschuss erneut auf sich lenken, erkannte Ahren. *Und uns zu einer Dummheit verleiten.*

»Niemand steigt diesen Turm hinauf«, brüllte er aus Leibeskräften. »Das gilt auch für dich, Hakanu«, fügte er hinzu, ohne den Kopf in Richtung seines Lehrlings zu drehen.

»Ja, Meister«, erfolgte die zerknirschte Antwort.

Vergesst ihr nicht etwas?, fragte Culhen spitz. *Vielleicht einen riesigen Eiswolf, der noch immer auf den Zinnen begraben liegt?*

Begraben ist genau das richtige Wort, sagte Ahren, während er sich auf die Treppe des Walls zurückzog, da Dunkelwesen um Dunkelwesen den Rückzug der Paladine für die Erstürmung der Mauer nutzten. *Unter den Leichen wirst du vor den Pfeilen sicher sein.* Er hob eine Hand in Richtung Kommandant.

Ahren, wage es nur nicht …

Der Arm des Dreizehnten ruckte herab und ein Hornstoß erklang. Ahren kauerte sich auf der Treppe zusammen, als eine regelrechte Wand aus Armbrustbolzen den Wehrgang leer fegte und gleichzeitig Pfeil um Pfeil der Bogenschützen in hohem Bogen auf die geifernden Massen jenseits des Rings niederging.

Oh nein, oh nein!, machte Culhen. *Ich kann spüren, wie die Bolzen in den Finsterbären einschlagen. Das ist kein schönes Gefühl!*

Ahren betete zu den Göttern, dass keines der Projektile den Wolf durch einen unglücklichen Zufall erreichte. Zum einen, weil er Culhen gesund und munter wiedersehen wollte, zum anderen, weil sein befellter Freund ihm ein solches Missgeschick bis in alle Ewigkeit nachtragen würde.

Weh mir, klagte das Tier indessen, während Bolzen umhersausten und Pfeile den Himmel verdunkelten. *Der treue Gefährte eines Paladins, zurückgelassen als Zielpuppe für eine Horde blinder Fernkämpfer.*

Ahren nutzte den erzwungenen Moment der Ruhe, um ins Pelneng zu gleiten und die Schmerzen des Sturzes auszublenden. Mit gezielten Griffen tastete er auf dem über ihm liegenden Wehrgang nach seiner Windklinge, die er vor seinem Sturz verloren hatte und steckte sie ein. Dann, einer Eingebung seiner geistigen Gelassenheit folgend, zog er *Fisiniell* von seiner Schulter und legte einen Tiefenstahlpfeil auf die Sehne aus gedrilltem Einhornhaar.

Er suchte den Blick des Kommandanten und deutete auf den brüllenden Koloss auf dem Turm, der sich höhnisch auf die Zinnen stellte und die Bogenschützen herausforderte, ihn als Ziel zu wählen. Ein weiterer kurzer Hornstoß und einen gebrüllten Befehl später gingen die Pfeile wie ein zorniger Hornissenschwarm auf den lachenden *Hass* nieder, der seinerseits Schmähungen auf die Soldaten herabregnen ließ. Dabei stand das Kind des Widersachers so frei von jedweder Deckung, um sich absichtlich vom Hagel der wirkungslosen Pfeile treffen zu lassen, dass Ahren ihn von der Treppe des Wehrgangs aus deutlich anvisieren konnte.

Mit einem tiefen Einatmen zog er den Bogen durch. Dann hielt er die Luft an, zielte und schoss. Der Pfeil flog genau dort entlang, wo er sollte, streifte unbemerkt wie der Flügelschlag einer Mücke den Rücken des großen Wesens und verschwand dann außerhalb von Ahrens Blickfeld.

Für einen Moment war der Paladin nicht sicher, ob sein Schuss getroffen hatte, aber da fiel die krude Panzerung, die *Hass* schützte, von dessen massigem Körper, ihre Riemen sauber durchtrennt von Ahrens diskret platziertem Pfeil und ihre Brustplatte derart gebeutelt vom Auftreffen Dutzender Geschosse der regulären Fernkämpfer, dass sie dem massiven Beschuss nicht länger standhielt.

Schnell verstaute der Paladin seinen Bogen wieder und kroch hinter eine Finsterbärleiche in Deckung, um von dem wutschnaubenden Wesen nicht gesehen zu werden. Ahrens spontane List ließ für den stolzen *Hass* hoffentlich nur einen Schluss zu …

»Ihr Maden werdet dafür büßen!«, brüllte er die Bogenschützen außer sich vor Wut an. »Euch zermalme ich auch ohne meine Rüstung!«

Dann nahm er Anlauf und warf sich mit einem lauten Kampfschrei vom Turm hinab, um sich keine drei Herzschläge später aus dem Schnee aufzurappeln und auf die fliehenden Bogenschützen zuzuhalten.

»Wieso lockst du ihn zu mir herunter?«, wimmerte Trimm leise in Ahrens Richtung und zog sich dann stöhnend an der Mauer empor, an der er bisher gelegen hatte. »Ich dachte, wir seien Freunde.«

Ahren hingegen lief bereits die Treppe hinab, *Fisiniell* wieder in seiner Hand. Er schoss *Hass* einen Pfeil in den Rücken und sandte Culhen eine drängende Nachricht: *Sag Sonnenschimmer, dass Hass endlich außerhalb des Rings ist. Alle Paladine sollen in Position gehen.*

Pfeil um Pfeil zog Ahren aus seinem Köcher, um sie im Rücken des Ungetüms mit der metallen glänzenden, schwarzen Haut zu versenken, was das Kind des Dunklen Gottes schließlich dazu brachte, sich zu ihm umzudrehen und von den Bogenschützen abzulassen. Es sprach für den Mut der Männer und Frauen, dass diese sofort wieder damit begannen, auf die Dunkelwesen jenseits des Rings zu feuern, damit die Paladine die Gelegenheit hatten, auf der Mauer auszuschwärmen.

Brave Katze, hörte Ahren Culhens Stimme in seinem Kopf. *Wenigstens Muai denkt daran, mich zu befreien.*

Ahren blieb keine Zeit mehr, sich länger am Ring umzusehen, denn in diesem Moment wurde ihm die ungeteilte Aufmerksamkeit von *Hass* zuteil, und so verstaute er *Fisiniell* neben dem leeren Köcher auf seinem Rücken und zog seine Windklinge, die im Vergleich zu den beiden Zweihändern, die der obsidianfarbene Koloss in je einer Hand führte, wie das Holzspielzeug eines Knaben anmutete, der im Hinterhof der heimischen Stube gemeinsam mit seinen Freunden einen Soldaten mimte. Die wie glühende Kohlen lodernden Augen des Kindes bohrten sich in die des dreizehnten Paladins.

»Diesmal entkommst du mir nicht!«, grollte das Wesen und ging zum Angriff über.

Ahren wusste von ihrem letzten Zusammentreffen, kurz bevor der Widersacher mittels gestohlener Magie die Obsidianfeste erschaffen hatte, dass seine Waffe auf der Haut des Kolosses keinerlei Spuren hinterlassen würde, und so versuchte er erst gar nicht, *Hass* zu nahe zu kommen. Es genügte Ahren vollkommen, wenn er vorerst am Leben blieb, solange er dem rasenden Angreifer allein gegenüberstand.

Also wand und duckte sich, sprang und parierte der Waldläufer, so gut es ihm eben möglich war, damit die beiden Zweihänder mit ihren brutal gezackten Klingen ihn nicht trafen. Damals hatte *Hass* noch mit erbeuteten Zweihändern gekämpft, aber nun führte er Waffen ins Feld, die anscheinend eigens für ihn in den Tiefen der Obsidianfeste geschmiedet und perfekt auf die Armlänge des Wesens abgestimmt worden waren.

Ahrens Atem ging nach kürzester Zeit bereits stoßweise und er spürte, wie das Pelneng Risse bekam, während seine akrobatischen Ausweichbemühungen ihn immer näher an den Rand der Erschöpfung brachten und sein geschundener Körper unter dem Einfluss der Trance bis an die Belastungsgrenze getrieben wurde.

Lange mache ich das nicht mit, dachte Ahren. *Es wird Zeit …*

»Nimm das, du hässlicher Kerl!«, brüllte Trogadon und ein Bolzen zischte an Ahren vorbei, unterarmdick und aus glänzendem Tiefenstahl.

Erleichterung durchströmte ihn, als Trogadons Projektil *Hass* mitten in die Brust traf und er seine Windklinge in Erwartung einer Pause für den Arm zu senken begann – als er Zeuge davon wurde, wie der Bolzen einfach von der Haut des Wesens abprallte und zu Boden fiel.

»Was …?«, war alles, was der dreizehnte Paladin noch sagen konnte, bevor er von einem geradezu nachlässigen Hieb eines der Zweihänder im hohen Bogen durch die Luft geschleudert wurde.

Offensichtlich dienten die Widerhaken an den Klingen des Kindes neben dem Schlagen grausamer Wunden ebenfalls dazu, sich in der Rüstung des Gegners zu verkanten und diesen mithilfe der gewaltigen Körperkraft *Hasses* wegzuschleudern.

Heute klappt aber auch gar nichts, dachte Ahren noch.

Dann fraß er Schnee.

15. Kapitel

Der Aufprall war derart heftig, dass Ahrens gemarterte Muskeln ihn nicht ausgleichen konnten und der Waldläufer über den Boden kullerte wie der Lederball, mit dem Falk ihn damals stets hatte üben lassen, als sie noch Lehrling und Meister im Ostwald gewesen waren.

Seltsam, woran man plötzlich denkt, wenn man nach Strich und Faden verdroschen wird, dachte Ahren benommen.

Bleib bitte klar im Kopf, Ahren, warnte ihn Culhen eindringlich, und die Anwesenheit des Wolfes in seinem Verstand ließ die Sicht des Paladins gerade noch rechtzeitig aufklaren, dass er dem stampfenden Fuß *Hasses* mit einer Drehung zur Seite entkommen konnte.

»PALADINIM THEOS DURALAS!«

Mit dem Ruf der Paladine auf den Lippen warf sich Falk zwischen Ahren und den siegessicher grinsenden Koloss.

»Wenn du ihn willst, musst du erst an mir vorbei.« Der Schild des alten Mannes glänzte in der Sonne, während er ihn schützend über den sich aufrappelnden Ahren hielt.

»Der mickrige Schild eines mickrigen Mannes«, höhnte *Hass* und ließ einen Doppelschlag seiner beiden Waffen auf Falk niedergehen. Der Aufprall von Stahl auf Stahl war ohrenbetäubend und Ahrens ehemaliger Meister knickte unter der Wucht deutlich ein. »Drei Attacken und du bist am Boden«, versprach *Hass* mit einem düsteren Lächeln. »Dann kannst du dabei zusehen, wie ich diesen Kümmerling in handliche Häppchen zerteile.« Dabei deutete er mit einer seiner Klingen auf Ahren.

»So bin ich schon lange nicht mehr genannt worden«, sagte der Waldläufer und bezog neben Falk Stellung. Er musste den Kopf in den Nacken legen, um *Hass* ins Gesicht schauen zu können. »Aber die Wahrheit liegt wohl im Auge des Betrachters.«

Hass lachte und holte mit seinen Waffen aus. Die beiden Paladine sprangen nach links und rechts zur Seite, damit das Wesen seine Aufmerksamkeit aufteilen musste, doch diese Taktik schlug fehl. *Hass* ignorierte Ahren vollständig und hämmerte mit seinen Klingen erneut auf Falks Schild ein. Der alte Mann ging stöhnend in die Knie.

»Zwei«, zählte das Wesen grinsend mit.

Ahren spürte, wie seine Wut in ihm brodelte und sogar das Pelneng durchbrach. Er vergegenwärtigte sich ihren ursprünglichen Plan, um *Hass*' besonderen Kräften beizukommen, und versank tiefer in seine Trance. Vorbei am Pelneng und hinab in die Leere. Sein Kopf wurde klar, alle Emotionen verschwanden im seligen Nichts. Es gab nur ihn und seinen Gegner.

»Falk«, sagte er ruhig. »Denk an deine Rolle in diesem Kampf.«

Falk zog sich einen Schritt von *Hass* zurück und atmete durch. Dann wurde sein Gesicht ausdruckslos, ein Spiegel der glatten Züge, die auch Ahren zeigen musste. »Bereit«, sagte der alte Mann in ruhigem Ton.

Das Kind des Widersachers sah irritiert von einem Paladin zum anderen. »Wo ist euer Hass?«, fragte er lauernd. »Ich kann ihn noch spüren, ganz tief in euren Herzen vergraben.« Er lachte laut. »So könnt ihr mich nicht besiegen.«

»Wir wollen dich nicht besiegen«, sagte Ahren und stach mit seiner Windklinge nach einem der glühenden Augen der Bestie.

Ein Knurren und eine unwirsche Parade war dessen Reaktion.

»Wir wollen dich nur im Zaum halten.«

Hass lachte wieder, und diesmal schlug Falk mit seiner Klinge nach den Augen ihres Gegners. »Ihr könnt mich nicht aufhalten«, sagte *Hass* inbrünstig und ging wieder zum Angriff über. »Ich werde euch hinwegfegen.«

Wie zum Beweis schlug er nach Falk, der schnell seinen Schild hob. Aber diesmal hieb der Koloss nicht direkt auf den alten Mann ein, sondern verkantete die Klingen am Schildrand des Paladins. Mit einem lauten Grunzen hob er Falk mit der Wucht des Doppelschlags von den Füßen und ließ ihn davonfliegen wie ein Blatt im Sturmwind.

»Ist das euer Plan?«, stieß *Hass* hervor. »Soll ich mich über eure Bemühungen zu Tode lachen?«

Khara glitt an Ahrens Seite und füllte die Lücke, die Falks unfreiwilliger Rückzug hinterlassen hatte. »Seine Sprache ist besser geworden.« Die Stimme der Schwertmeisterin klang ruhig und gelassen. Auch sie war fest im Griff der Leere. »Damals grunzte er nur ›töten‹ hier und ›hassen‹ da.« Dann wirbelte Khara aus Ahrens Blickfeld, unterlief den Angriff des tobenden *Hasses* und ließ ihre Klingen beinahe liebkosend über dessen Gesicht tanzen.

Das Kind des Widersachers taumelte von Khara fort, eine Waffe schützend über seine Augen gelegt. Kurz bevor Ahrens Liebste sich vollständig von dem Koloss lösen konnte, trat der heftig zu und erwischte die Schwertmeisterin im Rücken. Ihre weiße Robe flatterte im Wind, bevor sie einige Schritt entfernt aufschlug.

Ahren rang bei dem Anblick darum, in der Leere zu verbleiben. Als Nächstes sprang Culhen vor und schnappte nach dem Kind des Dunklen Gottes, damit dieses sich nicht aus dem Nahkampf mit Ahren lösen konnte. Langsam, aber sicher gingen ihnen die Kämpfer aus, die das Pelneng oder die Leere beherrschten, und sich *Hass* gefahrlos nähern konnten.

»Ihr könnt euren Hass nicht ewig verleugnen«, frohlockte das Kind. »Ich kann spüren, wie er sich gegen die Ketten in eurem Inneren aufbäumt.«

»Diese drei sind nicht allein«, sagte eine weitere Stimme, und erneut musste Ahren die Leere mühsam aufrecht erhalten, da mit Lanlions Auftauchen eine wilde Hoffnung in ihm erblühte. Endlich, nach all den Fehlschlägen bei diesem ersten Schritt im Kampf gegen den Widersacher, waren sie an jenen Punkt gelangt, an dem Ahrens wagemutiger Plan vielleicht doch noch funktionieren könnte.

»Jetzt hast du es auch mit uns zu tun«, fügte der Vater des Berges hinzu und das ungleiche Paar reihte sich in den Kreis derer mit ein, die *Hass* entgegentraten.

»Noch zwei erbärmliche Gestalten mit unterdrückten Emotionen.« *Hass* ahmte ein übertriebenes Gähnen nach. »Wie langweilig. Am besten töte ich einen von euch fünfen gleich hier, dann werden wir ja sehen, wie sehr ihr euren Hass noch unter Kontrolle habt.«

Ahren bedeutete seinen Freunden, das Kind des Widersachers vollends einzukreisen, und hielt einen Moment inne, um sich verstohlen umzusehen. Die restlichen Paladine verteidigten den Ring, die Bogenschützen hatten sich hundert Schritt weit von *Hass* zurückgezogen, und die Verstärkung aus dem Norden und Süden hatte Befehl, sich nicht weiter zu nähern, bis *Hass* bezwungen war.

»Jetzt«, wisperte er seinen Freunden zu und warf sich auf den Hünen.

Seine Windklinge hieb nach dem linken Zweihänder, Falks Breitschwert nach dem rechten. Khara war ein Wirbelwind aus blitzenden Klingen, dicht am Körper des Gegners, und Lanlion glitt indessen hinter den Rücken des Kolosses, der nun an fünf Fronten gleichzeitig kämpfte. So stand der Blutleere da, die Arme weit ausgebreitet, einen Umhang aus Schwärze webend, der sich auf die Schultern des überraschten *Hasses* legte und ihn gen Boden zu drücken schien.

»Du missverstehst meine Natur«, sagte der Vater des Berges traurig, der den Ball aus Tiefenstahl, der in seinen langen Haarzopf eingewoben war, mit beiden Händen umherwirbelte. »Ich hasse *nichts* auf dieser Welt.«

Dann, während Falk, Ahren und Khara *Hass* weit genug ablenkten, dass er die Attacke des Vaters des Berges nicht abblocken oder ihr ausweichen konnte, ließ dieser die stählerne Kugel fliegen und traf *Hass* krachend an der Brust. Das Kind des Dunklen Gottes taumelte zurück, die rot glühenden Augen weit aufgerissen vor Schock, und spuckte einen Schwall Blut aus.

»Aber du stehst einem dauerhaften Frieden Joraths im Weg«, fuhr der Vater des Berges fort und ließ die Kugel erneut fliegen. Als sie die rechte Schulter des Kolosses traf, hörte Ahren ein deutliches Knirschen.

Endlich klappt mal etwas, kommentierte Culhen den erfolgreichen Hieb, während er mit Muai und Kamaluq den anderen Paladinen dabei half, auf der Mauer die Stellung zu halten. *Nach Trogadons gescheitertem Bolzen waren mir echte Zweifel an unserem Plan gekommen.*

Ahren pflichtete ihm stumm bei, ließ dabei jedoch nicht von *Hass* ab, sondern stach wieder und wieder nach den Augen des Wesens oder führte seine Klinge gegen den Zweihänder in dessen linker Hand.

Es gab in diesem Kampf eine einfache Wahrheit, die auch *Hass* langsam zu verstehen begann: Khara, Falk, Ahren und Lanlion waren nur Beiwerk, eine simple Ablenkung, die dem Vater des Berges erlauben sollte, dem Kind des Widersachers ohne einen Funken Groll im Leib entgegenzutreten. Sie vier besaßen die Fähigkeit, ihre dunklen Emotionen beiseitezuschieben, sie zu dämpfen, damit *Hass* sich nicht von ihnen ernähren konnte. Doch der Vater des Berges hatte Hass und

Blutgier vor langer Zeit endgültig entsagt, und so war er wahrscheinlich das einzige Wesen auf Jorath, das den tobenden Hünen aufhalten konnte.

Wieder zischte der Ball aus Tiefenstahl durch die Luft und traf den Bauch des obsidianfarbenen Wesens. Ahren konnte sehen, dass dessen Augen in Richtung Ring glitten.

»Du hast dich in deinem Stolz von deiner Armee entfernt«, sagte Ahren mit der Kälte der Leere in der Stimme.

Wieder traf die Kugel, wieder krümmte sich *Hass* vor Schmerz.

»Und du hast dir nicht ausmalen können, dass jemand existiert, der dir im Kampf gefährlich werden könnte – jemand, der das Feuer seines Hasses vor langer Zeit erlöschen ließ.«

Noch ein Hieb.

Hass versuchte, aus dem Kreis der Kämpfer auszubrechen, aber Lanlions Zaubermantel machte seine Bewegungen schwerfällig, und Ahren, Falk und Khara zielten unablässig mit ihren Attacken auf die Augen des Wesens, die offensichtlich eine Schwachstelle boten.

»Vater wird euch alle zerreißen«, sagte *Hass* voller Bosheit. »Und dann setzt er euch neu zusammen, ganz nach seinem Willen.«

»Also, das ist dir passiert«, sagte der Vater des Berges sanft. »Kein Wunder, dass du die Welt derart verabscheust.« Er ließ seine Kugel ein weiteres Mal wirbeln, und gerade als *Hass* sich aus dem Zaubermantel Lanlions herauswand, traf die Waffe des zwergenhaften Paladins die Schläfe des Hünen.

Hass taumelte und fiel zu Boden.

Ahren und Khara glitten über ihn. Sie sahen einander für den Hauch eines Augenblicks an und hoben ihre Klingen.

»Finde Frieden in der Umarmung der Götter«, sagte der Vater des Berges leise. Dann stießen die Windklingen zu, je in einen feurigen Abgrund lodernder Bosheit hinein, glimmende Augen, die ihnen noch im letzten Moment ihres Daseins den qualvollsten aller Tode versprachen.

Hass schrie ein letztes Mal voller Zorn auf. Dann erhob sich eine flüchtige Rauchwolke.

Das letzte Kind des Widersachers war bezwungen.

»Das ging doch einfacher, als wir dachten«, sagte Trogadon launig, der mit geschulterter Armbrust auf sie zumarschierte. »Die Mauer ist übrigens für den Moment feindfrei«, sagte er wie beiläufig und deutete mit seinem Daumen über die Schulter, wo drei Dutzend Fußsoldaten mit breiten Schilden und langen Speeren begannen, den so hart umkämpften Mauerabschnitt von den vielen Toten zu säubern.

»Also einfach fand ich an dieser Schlacht gar nichts«, sagte Falk, der sich mühsam zu ihnen herüberschleppte und sich dann ächzend auf den Rücken Selsenas zog, die leise wieherte und alle Anwesenden ihre Sorge um den alten Mann spüren ließ.

»Der Beginn unserer List hätte glatter verlaufen können«, räumte Ahren ein. »Aber das Ergebnis zählt.« Er deutete auf den leeren Fleck, wo nur noch zwei grausam gezackte Zweihänder auf dem Boden lagen. »*Hass* ist fort. Für immer.«

»Was uns zum nächsten Punkt unseres Planes führt«, sagte Khara und sah Trogadon an. »Du hast das Pulver dabei?«

Der Zwerg nickte feierlich.

»Dann solltest du es anwenden, bevor die Dunkelwesen erfahren, was mit ihrem Heerführer passiert ist«, sagte Lanlion. Der Blutleere wirkte so weiß wie Kreide. Offensichtlich hatte ihn das Erschaffen des Mantels aus Schwärze ausgelaugt, den er dem Kind des Widersachers während des Kampfes umgelegt hatte.

»Bist du in Ordnung?«, fragte Ahren besorgt. »Brauchst du …?«

»Blut«, sagte Lanlion nüchtern und nickte. Seine Züge blieben gelassen und ruhig. »Die Zeiten, in denen ich über meinen Zustand und meine Bedürfnisse nur flüsternd zu sprechen wagte, sind vorbei.«

»Ich dachte, du brauchst keines mehr«, sagte Trogadon, der währenddessen in seinem Rucksack herumkramte.

»Solange ich nicht zaubern muss, ist es auch nicht notwendig.« Lanlion sah sich suchend um, dann hellte sich seine Miene auf. »Ich bin rechtzeitig zurück.« Er stieg auf den wartenden Haminul und ritt fort.

Ahren folgte dem Blutleeren mit seinem Blick und erkannte eine Gestalt, die im Schatten eines halb fertigen Katapults auf ihn wartete. Der Waldläufer traute seinen Augen kaum. Dort stand Yantilla und nahm Lanlion in die Arme, sobald er von seinem Nachtmahr gestiegen war.

»Wann ist das denn passiert?«, fragte er verwundert.

»Der Krieg wirkt auf manche wie ein Weckruf«, sagte Falk, als er Selsena neben seinen ehemaligen Schüler lenkte. Lanlion und Yantilla versanken indessen in tiefen Schatten, die keineswegs natürlich waren. »Sie erkennen, wie viel Zeit sie vergeuden, indem sie dem Ruf ihrer Herzen nicht folgen.«

»Ist sie seine Seelenverwandte?«, fragte Khara.

Falk schüttelte den Kopf. »Lanlions Segen ist verdreht und verknotet wie eine alte Baumwurzel. Er wird nicht dazu in der Lage sein, ihn weiterzugeben. Die Götter können nichts mehr für unseren Freund tun. Er muss sein Glück allein finden.« Dann zwinkerte er Khara und Ahren zu. »Aber das funktioniert bei euch beiden ja auch gut.«

Amüsiert ihr euch?, fragte Culhen spitz. *Und habt ihr es schön gemütlich beim Plaudern? Vielleicht kann euch der Erste noch einen heißen Tee bringen?*

Ahren konzentrierte sich schuldbewusst auf die Sinne seines Wolfes und drehte sich dabei in Richtung der Mauer des Rings um. Pfeilwolken flogen über die Paladine und Vertrautentiere hinweg und hielten die anrückenden Dunkelwesen zurück. Einige der Paladine halfen den Speerträgern mittlerweile dabei, den Wehrgang von vereinzelten Feinden zu säubern, und Culhen spuckte gerade ein Stück Sichelschrecke aus.

»So, fertig«, brummte Trogadon zufrieden und Ahren sah sich zu dem Zwerg um. Sein Freund stand neben einer kleinen Kohlepfanne, in der er fein säuberlich ein grünliches Pulver verteilt hatte. Der Schmied hielt Feuerstein und Stahl in den Händen und sah Ahren erwartungsvoll an.

Der nickte. »Je schneller Akkad hier ist, umso besser.«

Trogadon schlug einige Funken über der Kohlepfanne und mit einem Zischen loderte das grüne Pulver auf, brannte binnen eines Herzschlags ab und erhob sich als einzelne grüne Wolke in den Himmel. Zufrieden nickend testete der Schmied die Temperatur der Kohlepfanne mit einer flüchtigen Berührung und packte sie wieder in seinen Rucksack. »Das war genau die richtige Menge Signalpulver. Vielleicht wird das Mischen von zwergischen Schmiedematerialien und elfischen Kräutern nach unserem Sieg bei beiden Völkern auf weniger Widerstand stoßen.«

Falk schüttelte den Kopf. »Darauf würde ich nicht wetten.«

»Ich wünschte, wir hätten für den nächsten Schritt unseres Plans mehr als einen Alten zur Verfügung«, sagte Khara und ihre Finger trommelten dabei auf den Griffen ihrer Waffen herum.

»Schläft-im-Wipfel beschützt Lirana mit ihren Bannkreisen, Uldini und Jelninolan bereiten sich auf den morgigen Tag vor, während Quin-Wa die Magierdome koordiniert, in denen die restlichen Alten darauf warten, Bannflüche des Widersachers aufzuhalten«, sagte der Vater des Berges. »Es bleibt uns nur, darauf zu vertrauen, dass Akkad bald aus Tiefstein hier eintrifft.«

»Ich weiß«, erwiderte Khara mit einem gequälten Lächeln. »Aber das ändert nichts daran, dass ich mir mehr magische Unterstützung wünschen würde.«

»Das geht uns allen so«, pflichtete Trogadon ihr bei. »Auch wenn ich gegenüber anderen Zwergen leugnen werde, dies jemals zugegeben zu haben.«

Das nachfolgende Grinsen des Schmieds war derart ansteckend, dass die Gefährten für einige Herzschläge ihre Sorgen fortlachen konnten.

Ahren kraulte Culhen hinter den Ohren, bevor er dem Wolf seinen Helm wieder aufsetzte.

Besser?, fragte er sanft.

Danke, sagte sein Freund aufrichtig. *Ich fange dort immer so schnell an zu schwitzen, wenn ich kämpfe.*

Ahren tätschelte ihm die Flanke. *Ich weiß, mein Großer.*

Die Horden der Dunkelwesen sammelten sich vor der Obsidianfeste zu einem dritten Sturmlauf und so lag ein brüchiger Frieden über dem Schlachtfeld, auf dem sich Schnee und Blut zu einem unappetitlichen Matsch vermengt hatten. Ahren fragte sich, ob die Verstärkung des Rings bei den Paladinen eintreffen würden, bevor diese ein weiteres Mal die Mauer im Alleingang halten mussten.

»Da kommt er«, sagte der Erste. »Endlich.«

Ahren und seine Gefährten drehten sich auf der Mauer erwartungsvoll gen Hochstein. Schnell erblickte der Waldläufer einen einsamen Reiter, dessen Statur unverwechselbar war.

»Dick, aber ohne Stachelpanzer«, sagte Trogadon grinsend. »Das muss Akkad sein.«

»Du weißt schon, dass ich dich hören kann?«, fragte Trimm beleidigt, der auf einem Holzschemel saß, den er schnaufend aus dem nördlichen Turm des Mauerabschnitts herangeschafft hatte. Neben dem wohlbeleibten Paladin saß Eken mit angelegten Ohren, und Ahren hatte den Eindruck, das Tier wäre noch unwilliger vor Ort als sein Streiter der Götter selbst.

»Wenn du nicht anwesend wärst, würde das Frotzeln nur halb so viel Spaß machen«, erwiderte der Zwerg grinsend.

»Still«, schnappte der Erste. »Wir haben nur den einen Versuch und sollten uns vergewissern, dass die Truppen in Stellung sind. Die herben Verluste dieses Morgens sind schon jetzt viel größer, als wir befürchtet hatten.«

»Für *Hass* hatten wir angeblich auch nur diese eine Chance und haben trotzdem drei Anläufe gebraucht«, beschwichtigte der Zwerg. »Ich bin immer noch verschnupft, dass mein Bolzen diesmal wirkungslos blieb.«

»Und wie viel Glück und Zeit sollen wir noch vergeuden?«, herrschte ihn der Erste an und deutete auf die Sonne, die schon hoch am Himmel stand. »Der Weg zum Widersacher ist lang und der morgige Abend nah.«

»Ruhig Blut«, mischte sich Ahren ein. »Unsere Nerven sind angespannt …«

»Und unsere Rippen gebrochen«, schob Trimm ungebeten ein.

Ahren warf seinem beleibten Bruder einen giftigen Blick zu. »Und doch haben wir einen Teilsieg errungen, den uns niemand nehmen kann. Alle Kinder des Dunklen Gottes sind tot.«

»Und mit ihnen die letzten Doppler Joraths«, sagte der Vater des Berges traurig. »Es wäre schön gewesen, wenigstens einige dieser Ersten Wesen zu retten. Nach dem Tod des Widersachers hätten sie sich vielleicht wieder den Göttern zugewandt.«

»Sie trafen vor langer Zeit ihre Wahl«, sagte der Erste unwirsch. »Und jetzt Schluss mit den Sentimentalitäten! Der unerwartet schnelle Angriff der Dunkelwesen hat uns viele Hundert Männer und Frauen gekostet, deren Kampfkraft uns in den kommenden Schlachten bitter fehlen wird.«

Unmut regte sich in Ahren über die Sachlichkeit, mit der der uralte Paladin die verlorenen Leben zum unbequemen Hindernis auf dem Weg des Sieges erklärte, aber sein in der Kriegskunst geschulter Verstand musste dem Veteranen recht geben.

»Falk und Lanlion holen berittene Verstärkung«, sagte er. »Mit den

Kriegern des Reitervolks und den gepanzerten Streitern aus den Rittermarschen sollte unser Vorhaben noch immer gelingen.«

Der Vater des Berges schüttelte den Kopf. »Das wissen wir nicht.« Er deutete auf den langsam größer werdenden Reiter. »Die Krieger bringen uns an den gewünschten Ort, aber allein Akkad kann uns den nächsten Sieg bescheren.«

»Mögen uns die Götter beistehen«, brummte der Erste ungnädig. »Seine Kriegsmagie war schon immer wenig ausgeprägt.«

»Für den Kampf sind ja auch wir zuständig«, wandte Ahren ungeduldig ein. »Ich weiß, dass du und einige der anderen unseren Plan nur widerwillig akzeptiert habt und dass dessen Auftakt alles andere als reibungslos verlief, aber es wäre schön, wenn du nicht den ganzen Tag daran herummäkeln würdest.« Der Waldläufer wusste tief in seinem Inneren, dass die kommende Nacht eine noch größere Herausforderung werden würde, wagte es aber nicht, jetzt auch nur darüber nachzudenken.

»Den Bogenschützen gehen erneut die Pfeile aus«, sagte Khara und deutete auf ein entsprechendes Signal der zwergischen Kommandanten. »Gleich wird es auf dieser Mauer wieder sehr ungemütlich werden.«

Ahren überlegte kurz und blickte auf das Schlachtfeld jenseits der Mauer. Nieder- und Hochfänge tummelten sich außerhalb der Schussdistanz von Lyssins Bogen, während eine Vielzahl unterschiedlicher Dunkelwesen die Ebene zwischen dem Ring und der hohen Mauer der Obsidianfeste durchstreifte und darauf wartete, dass das Sperrfeuer der Verteidiger endete. »Sie sammeln sich zu einem weiteren Sturmlauf. Offensichtlich ist noch keinem der Hochfänge die Idee gekommen, *Hass* könnte gefallen sein.«

»Demut war noch nie die Stärke der Diener des Widersachers«, wandte der Vater des Berges ein.

»Aber ER, DER ZWINGT, muss gespürt haben, wie *Hass* verging«, wandte Khara ein. »Wieso warnt der Widersacher seine Truppen nicht?«

Der Erste runzelte die Stirn. »Der Bannfluch, mit dem er Ahren und die anderen in Kelkor auslöschen wollte, bestand aus gewaltiger, nie da gewesener Magie, die er aus einer Mischung aus purer Notwendigkeit und nagender Existenzangst erschuf, damit wir nicht hinter sein

Geheimnis kommen. Wenn er wirklich dem Tiefpunkt seiner Macht nahe ist, kann es durchaus sein, dass er von dieser Anstrengung noch nicht wieder erwacht ist.«

Ahren sah den Ersten warnend an. Große Teile ihres Plans bauten auf gewisse Reaktionen des Widersachers. Sie alle hatten sich darauf geeinigt, Stillschweigen bezüglich ihrer Hoffnungen und Wünsche für die kommenden Schlachten zu bewahren, für den Fall, dass der Dunkle Gott ihnen Mondpirscher als Späher auf den Hals hetzte oder sie durch vorwitzige Schwarmkrallen bespitzeln ließ.

Der Erste fing Ahrens Blick auf und nickte stumm. Es war besser, das Schicksal nicht mit weiteren Worten herauszufordern.

Wo du gerade über Herausforderungen nachdenkst, mischte Culhen sich ein. *Hast du schon entschieden, wie du ohne die nötigen Fußtruppen vorgehen willst?*

Schnell und klug, war Ahrens Antwort.

Kannst du das etwas genauer ausführen?

Ahren zögerte. *Ich arbeite noch an den Details.*

Das habe ich befürchtet.

»Drückt uns die Daumen«, sagte Khara und deutete mit dem Kinn auf den Aufstieg zum Wehrgang. »Akkad ist eingetroffen.«

Der wohlbeleibte Alte schob sich hastig die Treppe hinauf, was ihm einen wenig würdevollen, watschelnden Gang verlieh. »Ich bin so schnell geritten, wie mein Pferd konnte.«

»Es sollte einen Orden bekommen, das arme Ding.«

»Trogadon«, sagte Ahren bittend.

»Ich bin ja schon ruhig.« Das schelmische Grinsen des Zwerges versprach hingegen nur eine kurze Verschnaufpause von seinen Kommentaren.

»*Hass* ist tot, der Ring wieder unter unserer Kontrolle«, berichtete Bergen und deutete auf die sich sammelnden Massen an Dunkelwesen und die dahinter aufragende Obsidianfeste. »Noch steht das Tor des Feindes offen, aber schon mit dem nächsten Sturmlauf könnte ein Hochfang bemerken, dass ihr Heerführer schon verdächtig lange hinter dem Ring verschwunden ist. Dann wäre unsere Gelegenheit vertan.«

Akkad hatte während der Worte des Paladins eine kleine, milchig wirkende Glasscheibe aus einem Bündel auf seinem Rücken hervorgezogen, die in einen Rahmen aus gehämmertem Eisen eingefasst worden war, um sie besser halten zu können. Der Alte hauchte einige Worte auf die trübe Oberfläche und plötzlich glitzerte sie, als hätte sie im Morgenfrost des klirrenden Wintertages gelegen.

»Wollen wir mal sehen«, sagte er leise und hielt die Scheibe so, dass er durch sie hindurch die Obsidianfeste betrachten konnte.

»Hm«, machte er.

Zehn Atemzüge des Schweigens, während derer ein weiterer Pfeilschauer die Dunkelwesen fernhielt.

»Hm.«

»Rede endlich«, knurrte der Erste.

»Wir haben Glück und Pech zugleich.«

»Das sind bislang die besten Nachrichten am heutigen Tag«, sagte Bergen trocken.

Akkad bedeutete Ahren und den versammelten Gefährten, hinter ihn zu treten, sodass sie allesamt durch die Scheibe blicken konnten. Das milchige Glas verschluckte sämtliche Details, sodass die Obsidianfeste wie ein dunkler Schemen unter einem bewölkten Himmel wirkte. Doch Ahren sah noch etwas anderes durch das verzauberte Objekt. Etwas, auf das sie für den nächsten Schritt ihres Plans angewiesen waren. Ein glitzerndes, goldenes Band zog sich von Nord nach Süd durch das Panorama. Schnurgerade und Dutzende Schritt hoch wirkte das Phänomen wie eine zweite ätherische Mauer aus Licht, die auf ein Tor der Obsidianfeste traf – nur leider nicht aufs Äußerste.

Fisker fluchte und Cassobos Keckern klang auch nicht nach dem Rezitieren elfischer Lyrik. »Der Arkanwall kollidiert mit dem zweiten Tor der Feste.«

Der Erste starrte an dem Glas vorbei und kniff die Augen zusammen. »Das sind mindestens achthundert Schritt mehr Feindesland, die vom offenen Tor bis zum zweiten Wall zu überwinden wären«, sagte der Erste. »Du sagtest, der Arkanwall würde das äußere Tor durchschneiden.«

Akkad schüttelte den Kopf. »Ich habe gestern im Rat klipp und klar gesagt, dass der Arkanwall Verwerfungen unterliegen wird, wenn wir die Alten in ihren Domen bitten, die natürlichen Quellen der Magie anzuzapfen, welche dem Land innewohnen. Aus diesem Grund beschreibt dieser Arkanwall einen leichten Bogen. Und der führt durch das zweite, statt durch das erste Osttor.«

Bergen fluchte nun auch.

»Aber er ist dafür umso stärker«, fügte Akkad beinahe entschuldigend hinzu. »Sonst würde die Magie des Landes den Arkanwall nicht derart krümmen.«

»Stark genug, um sämtliche Dunkelwesen zwischen der ersten und zweiten Mauer der Feste aufzuhalten?«, fragte der Vater des Berges mit echter Neugier in der Stimme. »Denn leider befinden wir uns tief im Feindesland, wenn wir bis zu diesem Arkanwall vorstoßen.«

Akkad sagte nichts, sondern schüttelte zögerlich den Kopf.

Ahren biss sich auf die Lippe, um nicht mitzufluchen. Die beiden Hordenbullen, die zuvor das Tor der Obsidianfeste aufgestoßen hatten und bisher schnaubend außerhalb der Feste gewartet hatten, wurden nun von Hochfängen aus den Reihen der sich sammelnden Dunkelwesen mit lauten Befehlen in Position dirigiert. Ahren erkannte, worauf die gewaltigen Hörner zielten: auf das Ausfalltor im Ring, das sich unmittelbar unter den Paladinen befand. Anscheinend waren die hier versammelten Streiter der Götter, die noch immer allein auf dem Wehrgang standen, ein zu verlockender Köder, um ihn nicht zu schlucken.

»Wir müssen uns entscheiden«, sagte er. »Versuchen wir wie geplant bis zum Arkanwall vorzustoßen, um einen Brückenkopf für unsere Armeen zu schaffen, oder nicht?«

Alle Blicke richteten sich auf den Ersten. »Ist es machbar, diese Position bis morgen früh zu halten?«, fragte Bergen leise.

Keiner der anderen fragte, warum diese Zeitspanne derart wichtig war. Sie alle kannten den Plan und damit die furchterregende Antwort.

»Rein militärisch – nein«, begann der uralte Paladin. »Mithilfe von Magie – vielleicht.«

Akkad steckte seine Glasscheibe fort und deutete auf das Innere der beiden Tore. »Bringt mich dorthin und ich werde euch nach Leibeskräften unterstützen.«

Der Erste sah Ahren tief in die Augen. Die Hordenbullen schnaubten und scharrten bereits mit den Füßen im Schnee.

»Unser Vorhaben könnte ein Sturmlauf ohne Wiederkehr sein«, warnte der Veteran.

Ahren schluckte. Es blieb keine Zeit für eine weitere Diskussion. Er sah Khara aus dem Augenwinkel zustimmend nicken, ihre Miene voller Vertrauen. Der Vater des Berges lächelte ihn an, mit sich und der Welt im Reinen. Dann nickte er ebenfalls. Trogadon, Bergen, Akkad, Fisker … innerhalb weniger Herzschläge sprachen ihm alle ihren stummen Beistand aus. Der Waldläufer sah in Richtung Tiefstein, über die Ebene direkt hinter der Mauer, wo die Verteidiger aufmarschierten. Auch Falk und Lanlion waren bereits am Horizont zu erkennen – und mit ihnen ihre Verbündeten aus den Rittermarschen und dem Grünen Meer. Er gab sich einen Ruck.

Dies wird der Anfang vom Ende. So oder so.

»Wir stürmen.«

»Seid ihr sicher, dass ihr vier das schafft?«, fragte Bergen nun bereits zum dritten Mal.

Ahren warf seinem breitschultrigen Bruder einen langen Blick zu. »Denkst *du* denn, du kannst mit deiner Axt umgehen? Oder möchtest du erst noch ein bisschen üben gehen, bevor die Kämpfe beginnen?«

»Schon gut, schon gut.«

»Das war aber sehr bissig«, flüsterte Khara ihm ins Ohr.

»Ich bin ja auch sehr nervös«, gestand er ebenso leise und richtete seinen Blick wieder gen Obsidianfeste. Lyssin und Trogadon standen rechts von einer Zinne, Hakanu und er links des aufragenden Mauerwerks. Unter ihnen befand sich das östliche Ausfalltor des Rings und vor ihnen begannen die Hordenbullen gerade ihren schwerfällig erscheinenden Sturmlauf, der schnell an Geschwindigkeit zulegen würde.

»Denkt daran«, ertönte die Stimme des Ersten. »Wartet bis zum letzten Moment.«

Ahren unterdrückte ein Schnauben. Als ob er das wichtige Detail, den richtigen Zeitpunkt abzupassen, in dem er schoss, vergessen könnte. »Ich ziele auf links, du auf rechts«, raunte der Waldläufer seinem Lehrling zu.

»Sobald Ihr schießt, fliegt mein Speer, Meister.« Die vibrierende Freude in den Worten Hakanus ließ Ahren aufseufzen. Dessen wagemutiges Feuer brannte noch immer hell. Doch der Dreizehnte ließ seinen Schützling gewähren. Sie würden jedwede Kraft und Inspiration im Kampf gegen den Dunklen Gott brauchen.

Ahren atmete tief durch. Der Beschuss der Bogenschützenregimenter war schon lange verstummt. Es war, als würden beide Seiten des Konflikts auf die zwei riesigen ochsenartigen Wesen warten, die mit gesenktem Kopf auf die dicken und mit eisernen Stützstreben verbarrikadierten Doppeltore zurasen würden.

Ich kann nicht glauben, dass wir das tun, sagte Culhen unruhig.

Eine alte Lektion, die Falk mir einmal beigebracht hat, erwiderte Ahren. *Wenn möglich, lass deinen Gegner deine Arbeit für dich erledigen.*

»Sie greifen auf breiter Front an«, hörte er Bergen rufen, als sich die Hauptmasse der Dunkelwesen mit einem Aufschrei hinter den Hordenbullen in Bewegung setzte. »Wappnet euch.«

Ein gutes Drittel der feindlichen Horde hielt in Erwartung eines Durchbruchs auf das Tor unter Ahrens Füßen zu, der Rest auf die Rampen aus Leichnamen, die ihnen makabrerweise Weg auf die Mauerkrone des Rings versperrten.

Ahren konzentrierte sich ganz auf die mit donnernden Hufen näherkommenden Hordenbullen. Die Ungetüme waren so groß, dass sie beinahe bis an den Wehrgang der Mauerkrone heranreichen würden, wenn sie ihre Köpfe höben. Der Stein zitterte unter Ahrens Füßen, so als würde selbst die Mauer sich vor dem kommenden Aufprall fürchten.

»Noch nicht«, hauchte Ahren, mehr zu sich selbst als zu seinen wartenden Gefährten.

Eine Flut von Niederfängen, Blutwölfen, Finsterbären und Schmerzebern bewegte sich im Kielwasser der beiden Hordenbullen auf direktem Weg in Richtung Tor.

»Noch nicht«, wiederholte Ahren, als Hakanu neben ihm unruhig wurde.

Die malmenden Hufe der Hordenbullen zertrümmerten die ersten Ausläufer des Leichenbergs, der sich durch die Kämpfe vor dem Tor des Rings gebildet hatte.

»Bereitmachen«, sagte er und spannte *Fisiniell* bis zum Anschlag durch. Hakanu holte mit seinem Speer aus. Die ungezügelte Masse der Hordenbullen zermalmte die sterblichen Überreste vor den Toren, ohne dass sie langsamer wurden.

Ihre Hörner waren keine Dutzend Schritt mehr von den schweren Toren des Rings entfernt.

»JETZT!«, brüllte Ahren und ließ seinen Pfeil fliegen. Hakanus Speer zuckte einen halben Herzschlag später hinterher und das laute Knallen der Prallplatte von Trogadons Armbrust drang laut an Ahrens Ohren.

Noch während der Waldläufer nach einem zweiten Pfeil griff, stießen die Hordenbullen mit dem Tor zusammen.

Holz splitterte.

Eisen quietschte und verbog.

Der Wehrgang bebte derart stark, dass Ahren von den Beinen gerissen wurde.

Die Hordenbullen waren durchgebrochen.

Blieb nur die Frage, ob Ahren und die anderen drei Fernkämpfer ihr Handwerk richtig ausgeführt hatten. Auf allen vieren krabbelte der Waldläufer auf die gegenüberliegende Seite des Wehrgangs und hielt das Atmen an, während er sich an der Balustrade auf die Füße zog.

»Hah!«, machte Trogadon, der ähnlich schnell auf den Beinen war. »Sauber getroffen!«

Beide Hordenbullen taumelten tödlich verwundet aus den Trümmern des Tores hervor und konnten sich nur noch wenige Schritt weit schleppen, bevor sie reglos zusammenbrachen. Zwei Pfeile, ein Bolzen und ein Speer hatten sich durch die Augen der Bestien in dessen Köpfe gebohrt und ließen sie nun ihr Leben aushauchen.

Ein dichter Kordon aus Armbrust- und Bogenschützen stand hinter dem durchbrochenen Tor, und Ahren konnte sehen, wie sehr einige der Männer und Frauen auf ihren Positionen schlotterten. Die Soldaten hatten ihre Leben wortwörtlich in die Fähigkeiten der vier Schützen gelegt. Hätte auch nur ein Hordenbulle die Kraft gehabt, seinen Sturmlauf fortzusetzen, wäre ein Massaker unter den Verteidigern die Folge gewesen. Doch die dichte Formation der Fernkämpfer war notwendig, denn nun folgte ein weiterer kritischer Schritt, bei dem wiederum die Paladine den Soldaten vertrauen mussten.

»Bereit machen für den Ansturm!«, schrie Bergen und Ahren wirbelte herum. *Fisiniell* fiel klappernd zu Boden und *Sonne* flog ihm geradezu in seine Hand.

Schon kletterten jene Dunkelwesen auf die Mauer, die sich aus Platzmangel gegen den Weg durch das zerstörte Tor entschieden hatten.

Ein Schmerzeber kämpfte sich gegenüber von Ahrens Position über einen der Leichenberge bis auf den Wehrgang vor und griff den Waldläufer schnaubend an. Noch bevor Ahren reagieren konnte, tänzelte Khara an dem Wesen entlang und blutige Schnitte bildeten sich an dessen Kehle. Bevor es den Paladin erreichen konnte, brach das

Untier zusammen. Ahren wollte sich bedanken, aber da musste er schon vorwärts springen, um einen Niederfang zu durchbohren, der Khara von hinten angreifen wollte.

Trogadon hieb mit seinem Hammer nach einem Finsterbären, der wiederum Ahren ans Leder wollte, und Culhen drängte einen Blutwolf zurück, der sich anschickte, dem Zwerg in den Kopf zu beißen.

So ging das tödliche Drehrad aus Angriff, gegenseitiger Hilfe und Verteidigung die gesamte Breite der Mauer zwischen den beiden Türmen entlang, während Ahren und seine Freunde sich abmühten, der Flut aus Feinden Herr zu werden.

Hinter sich hörte Ahren das Geräusch sich lösender Armbrustbolzen und das vielstimmige Gebrüll getroffener Dunkelwesen. Er gönnte sich ein grimmiges Lächeln. Es hatte begonnen.

Er hieb und stach, wich aus und parierte, so gut es seine jahrelang antrainierten Reflexe gestatteten, und wo er doch versagte, bewahrte ihn seine Rüstung vor größerem Schaden. Nichtsdestotrotz zollte der harte Kampf gegen viele verschiedene Gegner seinen Tribut von ihnen allen, und bald waren die Körper der Verteidiger nicht nur rot vom Blut ihrer Kontrahenten. Ahren wünschte, mehr seiner Brüder und Schwestern wären hier bei ihnen, um von der Macht ihres Göttersegens stärker profitieren zu können.

»Wie lange noch?«, rief Bergen keuchend. »Meine zerschundenen Knochen werden langsam müde und ich weiß nicht, wie lange …«

Lautes Jubeln aus den Reihen der Verteidiger unterbrach den Paladin, und Ahren entledigte sich mit einem raschen Hieb eines Niederfangs, bevor er sich flüchtig umdrehte. Der tödliche Halbkreis aus wartenden Armbrustschützen, unterstützt durch weiteres Bogenschützenfeuer aus den hinteren Reihen, hatte den erhofften Effekt erzielt und den Sturmlauf der Dunkelwesen gebrochen und in sein Gegenteil verkehrt: Hochfänge riefen zum Rückzug und die Diener des Widersachers folgten.

Ahren riss dreimal den Arm nach oben, woraufhin umgehend ein Hornsignal aus drei kurzen Stößen einsetzte. Die Menge der Fernkämpfer teilte sich und machte jener Verstärkung Platz, der sich Falk und Lanlion angeschlossen hatten.

»Wunderschön«, hauchte Bergen neben ihm, und Ahren musste ihm zustimmen.

Reiterkolonnen aus den Rittermarschen und dem Grünen Meer, angeführt von Falk auf Selsena und Lanlion auf Haminul, brandeten im gleißenden, vom Schnee reflektierten Sonnenlicht durch das zerborstene Tor des Rings und glitten wie eine Sense aus Stahl und Hufen durch die fliehenden Dunkelwesen.

Der Mauerabschnitt, den Ahren mit seinen Gefährten verteidigt hatte, lichtete sich, als die Armee aus Dunkelwesen sich in Richtung Obsidianfeste zurückzog – und deren Torflügel sich ganz allmählich zu schließen begannen!

»Los!«, brüllte der Erste und rannte in Richtung Treppe. »Es gilt, einen Fuß in die Feste zu bekommen.«

»Gibt er denn nie Ruhe?«, fragte Fisker, der aus einer üblen Platzwunde am rechten Jochbein blutete.

»Du solltest ihn besser kennen, als so eine Frage zu stellen«, sagte Bergen lachend. »Und ich sage dir, es wird angenehm sein, zur Abwechslung mal selbst anzugreifen.«

»Wir haben auf dieser Mauer Hunderte von Dunkelwesen abgewehrt und stürmen nun unsererseits auf eine Festungsmauer zu«, gab Khara zu bedenken. »Willst du deine Aussage vielleicht korrigieren?«

Bergen rannte mit Ahren und den anderen die Stufen hinab, wo bereits Pferde auf sie warteten. »Aber wir haben ein offenes Tor, durch das wir hineingelangen können«, entgegnete er Khara.

Ahren schwang sich auf Culhens Rücken und ignorierte dabei die Schnitte und Prellungen sowohl an seinem Körper als auch an dem seines Freundes. Er deutete auf die umherliegenden mit Bolzen gespickten Leichen der Dunkelwesen. »Die hier sind ebenfalls der Verlockung einer vermeintlichen Bresche erlegen.«

Bergens Miene verfinsterte sich. »Ihr könnt einem Mann aber auch jeden Spaß im Leben nehmen.« Dann ritt er los, dem Ersten und Fisker nach, die bereits das zerborstene Tor des Rings erreicht hatten.

Die Hordenbullen haben wirklich ganze Arbeit geleistet, sagte Culhen als er an den beiden großen Leichnamen vorbeiwetzte, neben sich Khara und Akkad auf ihren Pferden. *Erst haben sie die toten Dunkelwesen beiseitegeschoben, dann unser verrammeltes Tor aufgebrochen, für dessen Entriegelung wir viel zu lange gebraucht hätten, um zum Gegenangriff überzugehen, und dann haben sie auch noch jenen trügerischen Siegestaumel in den Dunkelwesen ausgelöst, der zu einem desaströsen Sturmangriff geführt hat.*

Ahren kam nicht umhin, ein wenig Stolz zu empfinden. Sie hatten die vermeintliche Stärke des Gegners in eine Schwäche verwandelt.

Als er aus dem Schatten des Rings herausritt und die Obsidianfeste vor ihm aus dem mit Schnee, Blut und Leichen übersäten Schlachtfeld auftauchte, schoss ihm ein Gedanke durch den Kopf, der ihn nicht mehr losließ: Was, wenn der Dunkle Gott bereits wieder bei Kräften war und nun darauf lauerte, dieselbe Taktik bei ihnen anzuwenden?

Das finden wir schon bald heraus, stahl sich Culhens Stimme in seine Gedanken. *Die Obsidianfeste erwartet uns.*

Obwohl Ahren seit ihrer Planung im Kriegsrat bewusst gewesen war, dass ihn ein tödlicher Kampf erwarten würde, sobald er den Schutz des Rings verließ, stellte sich die Wahrheit vollkommen anders dar.

Falks und Lanlions Truppen trieben die fliehenden Dunkelwesen vor sich her oder überrollten sie in einer Welle aus Hufen und Stahl, sofern die Diener des Widersachers ihrem Blutdurst nachgaben und sich törichterweise den Massen an gepanzerten Reitern entgegenstellten.

Selbstverständlich lag nach dem Sturmlauf der Kavallerie auch hier und dort ein lebloser Verbündeter neben seinem toten Pferd im Schnee, meist Opfer von Finsterbären, die ebenfalls den Weg alles Sterblichen gegangen waren, aber es blieb kein einziger lebender Gegner übrig, der sich ihm oder seinen Gefährten in den Weg stellen konnte. Die Reiterei war der Besen und die Dunkelwesen das Laub, das er vor sich herschob.

»Das ist zu einfach«, unkte Fisker mit lauter Stimme, während die dunklen Mauern der Obsidianfeste mit jedem Schritt höher und höher vor ihnen aufragten und das Licht der Sonne regelrecht schluckten.

Ahren verspürte eine widerwillige Ehrfurcht vor dem Bollwerk des Feindes, dessen Erstürmung hier und jetzt seinen Anfang nahm.

»Hat noch jemand, das Gefühl, wir tappen in eine Falle?«, fuhr der blondgelockte Paladin indessen fort.

»Halt die Klappe«, knurrte ihn Bergen an. »Bevor du noch ein Unglück heraufbeschwörst.«

Erste Pfeile, abgeschossen von den hohen Mauern der Obsidianfeste, sausten steil auf sie herab und bohrten sich zischend zwischen ihnen in den Boden.

Culhen strauchelte, als ein Projektil seinen Helm traf, und Ahren zuckte zusammen, als seine rechte Schulter ebenfalls von einem Pfeil erwischt wurde, der mit einem hellen Klang von der Bänderrüstung abprallte.

»Vielen Dank auch«, herrschte Bergen den blond gelockten Paladin an und nahm den Schild von den Satteltaschen des Pferdes, den ein geistesgegenwärtiger Knappe dort platziert hatte. Die anderen Gefährten folgten seinem Beispiel – bis auf Ahren, der ja auf Culhen saß und daher keinen Schild besaß.

Warum immer ich?, beschwerte sich der Wolf und erhöhte das Tempo. Ein Pfeil streifte seine Schwanzspitze, was ihm ein lautes Heulen entlockte.

Was soll Yoka denn sagen?, erinnerte ihn Ahren. *Sie muss hier ohne jeden Schutz entlanghechten.* Einen Herzschlag später bereute er seine Worte, als Culhen abbog, um der Eiswölfin mit seinem Körper so viel Deckung zu geben, wie es ihm im gestreckten Lauf möglich war.

»Wenigstens ist Muai bei Quin-Wa«, rief Khara. »Culhen könnte unmöglich *zwei* ungepanzerte Vertrautentiere schützen.«

Ahren dachte kurz an die Ewige Kaiserin. Auch sie hatte bei den folgenden letzten Schritten des Plans für diesen Tag ihre Rolle zu spielen. Dann durchfuhr ihn ein Ruck und plötzlich fühlte sich sein linker Arm taub an und hing kraftlos an seinem Körper herab.

Was …?, fragte er sich benommen, als neben ihm ein kopfgroßer Felsen mit einem satten Rumsen im Schnee landete. Der Feind bewarf sie von den vor den Paladinen aufragenden Zinnen mit Steinen! Und mindestens einer der Brocken hatte seinen linken Arm gestreift.

»Schneller, schneller, schneller!«, feuerte er Culhen und die anderen überflüssigerweise an.

»Die Reiterei haben sie unbehelligt durchgelassen«, brüllte der Erste über die Schulter. »Sie wollen uns trenn–«

Mit einem ekelerregenden Knirschen traf ein Stein das Pferd des uralten Paladins am Kopf und der Veteran ging zusammen mit dem toten Tier in einem Durcheinander aus Armen, Beinen und Hufen zu Boden.

Culhen!, befahl Ahren geistesgegenwärtig, und der Wolf reagierte binnen eines Herzschlags, biss dem bewusstlosen Ersten in den rechten Unterarm und schleifte ihn mit sich.

Es waren nur wenige Schritt bis zum rettenden Durchgang der Obsidianfeste, der ihnen Schutz vor den tödlichen Geschossen bot, aber auf dem Weg dorthin wurde Culhen mehrfach und der Erste noch ein weiteres Mal getroffen. Endlich tauchten sie in den Schatten des viele Schritt tiefen Gewölbes ein und hielten schwer atmend inne.

Ich muss mich wohl mal wieder bei Trogadon bedanken, sagte der Wolf und leckte sich über seine blutige Vorderpfote. *Die Rüstung, die er mir geschmiedet hat, hat mich auf dem Weg vom Ring bis hierher mindestens dreimal am Leben gehalten.*

Ahren dachte an all die Treffer, der er heute schon hatte einstecken müssen und die dank der Handwerkskunst Trogadons nur blaue Flecken hinterlassen hatten. Wenn dieser Krieg gewonnen war, würde Ahren dafür sorgen, dass ganz Jorath erfuhr, dass sie den Frieden zu einem Großteil den Zwergen zu verdanken hatten.

Der kam, einen großen Schild über sein kleines Pony haltend, endlich unter dem Torbogen an, den Vater des Berges im Schlepptau. Der zwergenhafte Paladin war den Weg zu Fuß gelaufen und hatte seinen Kugelzopf mit einer Hand in schneller Folge über seinem Kopf gedreht, um so sämtliche Geschosse abzuwehren. Das Gesicht des üblicherweise in sich ruhenden Paladins war rot und glänzte vor Schweiß.

»Wir stecken in einer Falle«, sagte Bergen und deutete nach vorne. Hin und wieder ging ein Stein vor dem westlichen Ende des Durchgangs nieder, ein beredtes Zeichen dafür, dass die Niederfänge auf den Mauern nur darauf warteten, dass die Gefährten ihre Nasen aus dem Schutz des dicken, schwarzglänzenden Torbogens hinausstreckten.

Die Reiterei unter Falks und Lanlions Kommando hatte indessen die Oberhand und ihren Schwung verloren. Mit sorgenvollen Blicken auf die Paladine unter dem Torbogen und dem neben ihnen kauernden Akkad kreisten sie auf ihren Pferden auf der Fläche zwischen der ersten und zweiten Mauer der Obsidianfeste und warteten auf ein Zeichen der Paladine, dass der Sturmangriff weiterging. Die versammelten Dunkelwesen, die in diesem Abschnitt der Obsidianfeste lauerten, gewannen dadurch langsam die Kontrolle über die Schlacht und kesselten die Reiterei mehr und mehr ein.

»Wir müssen zu ihnen stoßen«, sagte Fisker und fasste das Offensichtliche zusammen. »Wenn die Reiterei umdrehen müsste, um *uns* zu helfen, würden sie bei Erreichen des Torbogens durch Steinwürfe von oben und nachrückende Dunkelwesen, die sie gegen die Mauer drängen, arg in Bedrängnis geraten.«

»Der Erste rührt sich nicht«, sagte Khara, die den bewusstlosen Mann untersuchte. »Und er hat eine Beule am Schädel, die aussieht, als wüchse ihm ein zweiter Kopf.«

»Das wäre schlecht«, sagte Fisker. »Dann könnte er uns doppelt so laut durch die Gegend scheuchen wie bisher.«

Ahren rieb sich über den Nacken und sah ratlos zu Khara hinüber. Hatten sie ihr Glück überstrapaziert? War jetzt der Punkt gekommen, an dem sie ein Wagnis zu viel eingegangen waren?

»Was auch immer wir tun, wir tun es besser bald«, sagte Hakanu und deutete über seine Schulter. »Die Dunkelwesen, die auf der äußersten Mauer Stellung bezogen hatten, kommen langsam die Sturmtreppen hinab in unsere Richtung.«

Ahren steckte seinen Kopf für einen kurzen Moment aus dem Torbogen und sah, was sein Lehrling meinte. Wie Ameisen, die geduldig einer ihrer Straßen folgten, liefen die Nieder- und Hochfänge schmale, wie von einem nachlässigen Baumeister konstruierte Treppen hinab. Es würde nicht lange dauern, bis sie die Gefährten eingekesselt hätten.

»Akkad *muss* durchbrechen«, sagte Ahren in ernstem Tonfall. »Sobald er den Arkanwall erreicht, kann er auf seine Magie zurückgreifen und wird uns alle retten.« Er sah den Alten durchdringend an. »Das kannst du doch, oder?«

»Ja?« Die einsilbige Antwort des Mannes ließ Ahren einen Schauer über den Rücken laufen.

»Hat noch jemand eine Idee, wie wir unser Ziel erreichen können? Sonst bleibt uns nur der Rückzug.« Die Worte waren wie Asche in Ahrens Mund.

Einige Herzschläge herrschte nachdenkliches Schweigen, bis ein leises Fauchen seine Aufmerksamkeit erregte. Eken funkelte Trimm aus schmalen Augen an, der Schwanz des fetten Katers peitschte hin und her. Der angeschlagene Paladin hatte sich während der Kämpfe beständig am Rand der Schlacht herumgedrückt und sich nur daran beteiligt, wenn sein Leben in Gefahr gewesen war, sodass er keine neueren Verletzungen aufwies.

»Das werde ich sicher nicht tun«, sagte der Grande entschlossen und hob sein Vertrautentier hoch, um ihm streng ins Gesicht zu starren. »Dass ausgerechnet du so etwas vorschlägst.«

Eken fauchte wieder, aber diesmal klang der Laut drängender, mit einer Spur echter Not, die sich Bahn brach.

»Ich weiß, dass wir hier festsitzen.«

»Können wir euch irgendwie helfen?« Bergens Frage troff nur so vor Sarkasmus. »Es ist ja nicht so, als hätten wir keine anderen Sorgen, als euch beim Streiten zuzusehen.«

Eken wand sich aus Trimms Griff, sprang zu Boden und putzte demonstrativ sein Fell dort, wo der Paladin ihn angefasst hatte.

Offensichtlich ging die Diskussion zwischen den beiden weiter, denn Trimm murrte seinem Kater schließlich zu: »Du hast leicht reden. Du bist es ja nicht, der seine Haut riskiert.«

Daraufhin hielt der Kater inne und blickte Trimm unverwandt an, bevor er ein einziges Mal langsam blinzelte.

»Na schön«, gab der opulente Paladin schließlich nach. »Aber fang nicht an zu maunzen, wenn ich deinetwegen getötet werde.« Er wandte sich Ahren und den anderen zu, sein Kehlkopf tanzte unter mehrfachem Schlucken auf und ab.

»Hilft es … hilft es, wenn er meine Rüstung bekommt?«, fragte Trimm kleinlaut.

»Auf jeden Fall«, sagte Bergen umgehend. »Raus aus deiner stacheligen Panzerschale.«

Trimm biss sich auf die Unterlippe. Ahren kannte seinen mutlosen Bruder gut genug, dass er wusste, wie viel Überwindung Trimm dieser heroische Akt kosten musste.

»Du rettest uns vielleicht alle damit«, redete Ahren ihm gut zu. Die umstehenden Gefährten nickten und der Waldläufer wandte sich an Eken. »Wir passen gut auf ihn auf, versprochen«, sagte er dem Kater. »Danke, dass du ihn dazu überredet hast.«

Eken rieb sich einen Herzschlag lang an Ahrens Bein, bis er unter dem kritischen Blick Culhens zu seinem eigenen Paladin hinübersprang.

Trimm schluckte, nickte und griff am Halsansatz in seine mit fingerlangen Stacheln übersäte Rüstung aus Tiefenstahl. Es schien, als würde der dicke Mann an etwas zerren, und einen Augenblick später fiel erst die Brustplatte von Trimm ab und dann alle weiteren Rüstungsteile. Sie offenbarten eine Art Brustharnisch aus Lederplatten, an dem Widerhaken befestigt worden waren.

»Ah, ich verstehe«, sagte Trogadon mit einem Nicken. »Die Platten der Rüstung werden nur auf dem Harnisch eingehängt und verkanten sich aufgrund ihres Gewichtes ineinander.«

»Kleiden wir Akkad lieber schnell ein«, sagte Khara und deutete sowohl auf die näherkommenden Dunkelwesen östlich des Torbogens als auch auf die Reiterei westlich ihres improvisierten Unterschlupfes, die mehr und mehr eingekreist wurde.

Trimm schälte sich aus seiner ledernen Unterkleidung, und Ahren entdeckte dabei, dass sein Bruder zwar nicht dünner, dafür aber um einiges muskulöser geworden war. Trimm bemerkte seinen Blick.

»Es blieb nicht genug Zeit, um abzunehmen, also habe ich versucht, dafür zu sorgen, dass ich meine Körpermasse – und vor allem meine Rüstung – zumindest halbwegs geschmeidig tragen kann.« Dabei half er Akkad beim Anlegen der Rüstung, indem er sie mit geschickten Handgriffen am Körper des Alten vervollständigte.

»Sie sitzt ein wenig eng«, sagte Akkad mit einem gequälten Grinsen. »Ich hätte vielleicht auf mein Frühstück verzichten sollen.«

»Wie lautet der Plan?«, fragte Khara in die Runde.

Ahren deutete auf Culhen. »Er bringt Akkad zu Falk und Lanlion. Dann bricht die Reiterei zum Tor durch und unser gepanzerter Alter hier aktiviert den Arkanwall.« Der Waldläufer verschwieg, was passierte, wenn Akkad die Magie der Magierdome nicht so einsetzen konnte, wie sie alle hofften. Das Ergebnis konnte sich ohnehin jeder denken. »Wir halten so lange die Dunkelwesen hinter uns auf.«

»Schon wieder ein Stellungskampf?«, stöhnte Fisker.

Ahren sah auf seinen schmerzenden linken Arm hinab. Irgendwann seit ihrer Ankunft im Torbogen war das Gefühl in seine Hand zurückgekehrt, aber die Finger wollten nicht aufhören zu zittern.

»Ich weiß, was du meinst«, murmelte er dem ehemaligen Piraten zu. Der Waldläufer spürte, dass er seinem geschundenen Körper nicht mehr viel zumuten konnte.

»Keiner von uns ist in guter Verfassung«, sagte Bergen, der aufgrund einer Verletzung an seinem Knie schief auf den Beinen stand.

»Fertig«, sagte Trimm mit zittriger Stimme. »Akkad ist gerüstet – und ich stehe hier mit lädierten Knochen in meinem Beinkleid, während eine Horde Dunkelwesen auf uns zukommt …« Die Stimme des feisten Paladins verlor sich in einem Wispern des Grauens, und Ahren drückte ihn sanft neben dem bewusstlosen Ersten zu Boden.

»Wir beschützen euch«, sagte er leise zu Trimm.

Der nickte panisch und klammerte sich an den Ersten, als könne der ihm sogar aus dem Schlaf heraus das Leben retten.

»Oha, das ist weniger leicht, als es aussieht«, sagte Akkad, der gerade versuchte, mit Culhens ungewöhnlichem Sattel zurechtzukommen.

Akkad ist wirklich sehr *schwer*, kommentierte der Wolf die Bemühungen des Alten.

»Keine Zeit mehr«, raunte Bergen. »Ich habe Karkas über Sonnenschimmer an Selsena ausrichten lassen, was wir vorhaben, und so mit Falk sprechen können. Er sagt, dass die Reiterei kaum noch Spielraum hat, sich zu bewegen. Wenn sie noch weiter in unsere Richtung gedrängt werden, geraten sie in Reichweite des Steinhagels.«

»Akkad?«, fragte Ahren.

»Ja?«, kam die zögerliche Antwort.

»Halte dich einfach gut fest.«

»Was meinst du …?«

Los, sandte der Waldläufer seinem treuen Wolf zu und der raste davon, als hätte ihm jemand erzählt, dass es an dem glänzend schwarzen Tor der zweiten Festungsmauer gebratene Rinderhälften geben würde. Mindestens ein Dutzend Steine prallten von Akkads und Culhens Rüstungen ab, als der Wolf mit aller Kraft zu Falk und Lanlion aufzuschließen versuchte. Dann drehte Ahren sich um, als er den ersten Blutwolf heranhetzen hörte.

Ahren wollte dem Tier ausweichen, aber da kam dem Untier noch ein Finsterbär zu Hilfe. Trotz all seiner Bemühungen konnte der Dreizehnte nicht verhindern, durch die Körpermasse der beiden Dunkelwesen schlicht und einfach rückwärts gedrängt zu werden.

»Zurückweichen!«, brüllte er. »Oder wir werden überrannt.«

Trimm kam dem Befehl wimmernd nach, den noch immer ohnmächtigen Ersten an einem Arm mit sich schleifend, bis Trogadon für den furchtsamen Paladin übernahm und den Ersten deutlich schneller aus der Gefahrenzone barg.

»Sie treiben uns ins Freie«, rief Bergen, der bereits mit einem Fuß im Licht der Mittagssonne stand. Keine drei Herzschläge später traf ein Stein dicht vor ihm im zertrampelten Schnee auf. Der Paladin fluchte herzhaft.

Ahren versuchte gemeinsam mit seinen Freunden, dem Blutwolf und dem Finsterbären auf dem nunmehr engen Raum, der ihnen blieb, Herr zu werden, aber ihnen gelang das gewünschte Kunststück nicht in der kurzen Zeit, da die Wesen unter den Anweisungen des Hochfangs sie die wenigen Schritte ins Freie drängten.

Donnernd traf ein Stein Ahren dicht unterhalb des Nackens und der Paladin stöhnte auf. »Lauft!«, rief er und folgte taumelnd seinem eigenen Rat. »Zum zweiten Tor!«

Es war ein hoffnungsloses Unterfangen, denn schon kamen ihnen von Westen her Dutzende Dunkelwesen entgegen, aber Ahren wusste schlicht und ergreifend nicht, was er sonst hätte tun sollen.

Die Reiterei rund um Falk und Akkad bewegte sich auf das über achthundert Schritt entfernte Tor zu, wodurch sich der Abstand zwischen Ahrens kleiner Gruppe und den zu Pferd kämpfenden Männern und Frauen mit jedem Herzschlag vergrößerte. Der Waldläufer machte einen Schritt in Richtung der rettenden Reiterei und wollte seine Freunde mit einem aufmunternden Ruf anspornen, als ein brutaler Stoß in den Rücken ihn vorwärtsschleuderte und wild durch den Schnee kugeln ließ. Er hörte Lyssin schreien, den Vater des Berges derbe fluchen, Fisker röcheln und Trogadon wütend brüllen.

Als sich seine Sicht weit genug klärte, dass er wieder etwas sah, erblickte er den Schmerzeber, der ihn offensichtlich gerammt hatte. Das Wesen stürmte erneut mit gesenktem Kopf und scharfen Hauern auf ihn zu, an ein Ausweichen war nicht mehr zu denken. Zu Ahrens Grausen musste er in den wenigen Herzschlägen, die ihm blieben, mit ansehen, wie Khara von einem Blutwolf mit dem Maul gepackt und geschüttelt wurde, zwei Niederfänge nach dem blutenden Fisker stachen und Bergen seine Axt erfolglos aus dem Schädel eines zusammengebrochenen Finsterbären ziehen wollte, während ein Hochfang ihn ansprang.

Aus, dachte Ahren nüchtern. *Aus und vorbei.*

16. Kapitel

Die Augen des Schmerzebers waren eng zusammengekniffen, sein Quieken schrillte dissonant in Ahrens Ohren. Der Waldläufer schaffte es gerade noch, sich innerlich auf den Aufprall der Hauer des Dunkelwesens vorzubereiten, als sein Gegner auch schon über ihm war und den ohnehin bereits in Mitleidenschaft gezogenen Schwertarm des Paladins beiseite stieß, der mit einem trockenen Knacken brach wie ein Grashalm unter einem Pferdehuf.

Culhen rief Ahren etwas zu, aber die Worte des Wolfes wurden von einer Schmerzenswelle fortgespült, als das schweineartige Wesen einen Hieb und dann noch einen Hieb gegen die Brust des Paladins führte und jedes Mal Rippen unter dem gewaltsamen Ansturm brachen.

»Khara …«, wisperte er, als seine schwindende Sicht die Schwertmeisterin erblickte, die von dem geifernden Blutwolf durch die Luft geschleudert wurde, ihre Robe auf der rechten Körperhälfte über und über mit Blut bedeckt.

Der Schmerzeber hielt quiekend auf Ahrens Gesicht zu, dann wurde die Welt des Waldläufers schwarz … und einen verzweifelten Herzschlag später blendend weiß, als ein unerträglich kräftiges Licht ihn umhüllte und herumwarf, wie die Brandung eines stürmischen Meeres, die einen unachtsamen Schwimmer erfasste. Ahren fühlte sich leicht und schwer zugleich, er hatte Schnee im Mund, da er plötzlich auf dem Bauch lag. Sein gebrochener Arm sandte heiße Nadeln der Pein durch Ahrens Verstand und jeder gequälte Atemzug durch die Nase ließ seine gebrochenen Rippen protestieren.

So lag er schnaufend da und realisierte erst viele Herzschläge später, dass in seiner kleinen Welt der Schmerzen eines fehlte: die allgegenwärtigen Geräusche des Kampfes. Er wollte sich erheben oder zumindest seinen Kopf drehen, aber alle Kraft hatte ihn verlassen. Die Fülle an Verletzungen, die er über den Tag erlitten und im Kampfesrausch verdrängt hatte, forderten ihren Tribut und machten ihn zu einem gebrochenen Haufen Fleisch in einer reglosen Rüstung.

Dann war plötzlich Culhens Zunge da, die ihm schlabbernd über das Gesicht fuhr und den Schnee fortleckte. Die Nase des Wolfes stupste und schnüffelte dicht neben seiner und das weiche Fell seines Freundes rieb sich an Ahrens Wange.

Ahren?, fragte Culhen zaghaft, wie aus weiter Ferne.

Ich lebe noch, erwiderte der Waldläufer. *Glaube ich zumindest.*

Dann bist du in bester Gesellschaft, berichtete der Wolf erleichtert. *Der Vater des Berges bindet gerade Kharas blutenden Arm ab, der Erste ist noch immer nicht erwacht und Trimm ist in Ohnmacht gefallen, als ein Niederfang seine Oberschenkel mit einer Keule erwischt hatte.*

Ahren spürte plötzlich einen Schmerz, der nicht seiner war.

Der Rest von uns ist in ähnlich schlechter Verfassung.

Der Waldläufer sammelte seine Kraft und griff mit dem gesunden Arm in Culhens Fell, um sich auf die Knie hochzuziehen. Dabei fiel sein Blick auf das Gesicht des Wolfes und er erschrak. Der Helm seines Freundes war nirgends zu sehen und das linke Auge des Tieres war blutverschmiert und zugeschwollen. Den linken Vorderfuß hatte Culhen in einer Schonhaltung an den Körper gezogen und Blut troff von seiner Schwanzspitze herab.

»Oh, mein Armer«, sagte Ahren voller Mitgefühl leise. »Du siehst aus, wie ich mich fühle.«

Dieses zweifelhafte Kompliment geben ich gerne zurück. Der Wolf stupste ihn vorsichtig mit der Nase an und leckte ihm dann noch mal über das Gesicht, diesmal über einen Schnitt auf Ahrens rechter Wange.

»Sind …«, begann Ahren, musste dann jedoch qualvoll husten. »Sind alle noch am Leben?« Dabei blickte er sich das erste Mal um und kniff die Augen zusammen. Sein Kopf musste mehr abbekommen haben, als er gedacht hatte. Die Welt war in ein gelbliches Weiß getaucht, das an den Umrissen seiner Freunde regelrecht zu kleben schien. Von den Dunkelwesen, die sie vorhin noch angegriffen hatten, fehlte jede Spur.

»Noch«, sagte der Vater des Berges ernst und kam zu ihm herüber. »Der Erste und Khara benötigen magische Hilfe.«

Ahren grunzte schmerzerfüllt, während er sich vollends auf die Füße rappelte und seinem Blick erlaubte, mehr als die unmittelbare Umgebung zu erfassen. Er wusste, er sollte sich Sorgen um Khara und den Ersten machen, aber sein Verstand fühlte sich seltsam taub an, fast so, als hätte ihn die Leere im Griff. Das zweite Tor der Obsidianfeste existierte nicht mehr. Die schweren Flügeltüren lagen in Bruchstücken herum, die den Torbogen flankierenden Türme waren in sich zusammengefallen. Akkad kniete wenige Schritte vor den Trümmern, den Kopf gesenkt, die Hände wie zum Gebet an die DREI aneinandergepresst. Trimms Rüstung lag in Einzelteilen verstreut am Boden, ob absichtlich abgeworfen oder durch die Magie des Alten fortgeschleudert, konnte Ahren nicht sagen. Das gelbliche Licht schien von ihm auszugehen und fiel Dutzende Schritt weit in alle Richtungen. Dort, wo es endete, standen, liefen und schnaubten Dunkelwesen dicht an dicht, einige von ihnen gezeichnet von frischen Kampfesspuren.

»Ist das ein Schutzzauber?«, fragte Ahren verwirrt.

»Ja«, antwortete der Vater des Berges. »Das Licht vertreibt sie. Akkad murmelte etwas davon, dass er mit dem Arkanwall die besonderen Laternen der Wutelfen nachahmen wolle.«

»Dieser Zauber hier ist anders«, sagte Lanlion, dessen bleiche, blutüberströmte Gestalt in der schwarzen Rüstung unheimlich genug aussah, um einer Schauergeschichte entsprungen zu sein, die man sich am Lagerfeuer erzählte. »So nahe am Widersacher würde die Macht der Bannlaternen nicht ausreichen, um uns zu schützen. Und er benutzt auch keine Blutmagie, sondern formt rohe magische Macht.«

Ahren hörte tiefe Missbilligung aus den Worten des Blutleeren. »Ist das schlecht?«, fragte er.

Lanlion hob abwehrend die Hände. »Ich will mich nicht beschweren. Akkad hat uns allen das Leben gerettet. Es ist nur so, dass er mit jedem Herzschlag, den der Zauber anhält, ungeheure Mengen an Magie verbraucht, sowohl seine als auch die der beiden Alten in den Domen des Arkanwalls, und nicht zu vergessen die Magie jener Kraftlinie, auf die der Arkanwall eingestimmt wurde. Es ist, als würde man einen Fluss umleiten, um einen Eimer ohne Boden gefüllt zu halten.«

»Wie lange hält er das durch?«, kam die krächzende Frage Bergens, dessen Hals übel gerötet aussah, als wäre er von kräftigen Händen gewürgt worden.

»Kommt darauf an, wie kraftvoll das Land an dieser Stelle ist«, sagte Lanlion und deutete auf Akkad. »Er könnte uns das sagen, ist aber nicht ansprechbar.«

»Wir müssen unsere Schwerverletzten zurück zum Ring schaffen«, sagte Ahren besorgt, während er unter Schmerzen zu Khara hinüber stolperte. Die Schwertmeisterin war bewusstlos. Unter ihrer rechten Schulter hatte der Vater des Berges mithilfe der goldenen Schärpe der Kriegerin einen Druckverband angelegt, der den übel zugerichteten Arm abband. Unter all dem Blut waren die Finger seiner Liebsten bereits fahlweiß.

»Noch ist Zeit«, sagte der Vater des Berges. »Falk ist mit Selsena und den überlebenden Reitern bereits nach Osten durchgebrochen, um Hilfe zu holen. Er hofft, dass Jelninolan ihnen eine ihrer Flaschen mit Heilwasser für uns mitgeben kann.«

Ahren sah auf Khara hinab und dann zu dem Ersten hinüber, dessen Beule aussah, als versuche ein Wesen von innen den Schädel des Mannes aufzudrücken. Jetzt bereute er, Hakanus kostbares Wasser zu Beginn der Schlacht so leichtfertig verwendet zu haben.

Wir waren verwundet, Ahren, erinnerte ihn Culhen sanft. *Ohne das Heilwasser hättest du im Kampf mit* Hass *keine Chance gehabt und ich wäre auf der Mauer in Stücke gerissen worden.*

Ahren sah sich beunruhigt um. »Wo ist Hakanu?«

Der Vater des Berges deutete auf das zerborstene Tor. »Jugendliche Neugier«, war alles, was er sagte.

Ahren schleppte sich auf Akkad zu, widerstand aber der Versuchung, den Alten anzutippen und womöglich zu stören. Die Lippen des Mannes bewegten sich fortwährend und der Waldläufer vermutete, dass Akkad betete, um die Magie zu kanalisieren.

Also sind wir schon an dem Punkt angelangt, wo nur noch beten hilft, dachte Ahren trocken.

»... und als dein Speer einschlug, dachte ich, mein Herz bleibt stehen«, hörte er die muntere Stimme Lyssins.

»Eine meiner besseren Ideen«, erklangen Hakanus Worte daraufhin. Der Lehrling klang erschöpft, aber zufrieden.

Ahren suchte sich einen Weg durch die Trümmer des Tores, wobei er erkannte, dass das Licht von Akkads Zauber kurz hinter dem zerschmetterten Torbogen endete. Der Alte war wie eine Laterne und nur, was in seinem Schein badete, genoss seinen Schutz.

Ahren fand die jungen Paladine keine zwei Schritt hinter der Spitze der Trümmer vor, beide auf großen schwarzen Brocken sitzend, gerade noch innerhalb der Reichweite des Lichtzaubers. Etwas rechts von ihnen stand Trogadon und hieb mit seinem Hammer direkt am Rand des Zaubers auf jene Dunkelwesen ein, die ihm zu nahe kamen. Auf diese Weise hatte er bereits eine beeindruckende Anzahl an Feinden zu Boden geschickt. Vier Pfeilschäfte ragten aus dem Körper des Kriegers, aber diese schienen ihn nicht davon abzuhalten, seine ungleiche Jagd fortzusetzen.

»Ahren«, sagte er launig, als er den Paladin erblickte. »Komm her und hilf mir, diese Mistviecher von ihrer Existenz zu erlösen, solange sie uns nicht angreifen können. Nach diesem Tag voller Kämpfe ist es sehr entspannend, sich ohne Gefahr revanchieren zu können.«

Ahren deutete auf seinen linken Arm, der wie leblos an ihm herabbaumelte. Das Pochen des Bruchs war aufgrund seiner Erfahrungen mit dieser Art Verletzung wie ein altvertrauter Weggefährte. »Lieber nicht«, sagte er und ließ seinen Blick über die Trümmer der niedergerissenen zweiten Tür schweifen.

In beinahe einer Länge Entfernung befand sich das dritte Tor. Schwarz, hoch und glatt, flankiert von zwei Türmen. Unversehrt.

Auch wenn Ahren wusste, dass noch viele dieser Mauern bis zum Herz der Feste folgen würden, war es ihm doch, als befänden sie sich in einem dieser Albträume, in denen man nicht von der Stelle kam. »Zwei Mauern sind durchbrochen«, murmelte er.

»Achtzehn liegen noch vor uns«, ergänzte Lyssin leise. Ahren sah sie mit einem bestätigenden Nicken an. »Diese Feste kommt mir schier endlos vor«, fuhr die Waldläuferin fort.« Sie deutete in den wolkenverhangenen Himmel. »Sonnenschimmer hat sich wie versprochen die gesamte Zeit über ein Katz-und-Maus Spiel mit den Schwarmkrallen der Feste geliefert, damit sie nicht über uns herfielen. Diese Viecher hassen unseren Rukh aus den Tiefen ihrer finsteren Herzen.«

»Du hättest sehen sollen, wie sie uns bei unserer Ankunft auf Sonnenschimmers Rücken jagten«, sagte Hakanu mit einem gelassenen Grinsen auf den Lippen. »Anscheinend hat der Dunkle Gott ihnen den Impuls eingegeben, Sunju und ihren Riesenvogel auf keinen Fall ungehindert über der Feste kreisen zu lassen.«

Lyssin sagte nichts, sondern legte dem jungen Mann nur eine Hand auf die Schulter und rüttelte sie sanft. Ahren kam es so vor, als würde er zwei Kriegsveteranen dabei zusehen, wie sie die Ruhe eines kurzfristigen Friedens genossen.

Nein, korrigierte er sich dann. *Eher wie Bruder und Schwester, die aufeinander achtgeben.* Der Gedanke ermutigte ihn.

»Was habe ich da eben über deinen Speer gehört?«, fragte Ahren seinen Lehrling.

Der deutete auf die Trümmer ringsum. »Als ich dachte, wir würden hier alle sterben, wurde ich so zornig, dass ich all meine Magie in einen einzigen Wurf steckte und den Speer gegen dieses Tor schleuderte.« Er zuckte hilflos mit den Achseln. »Alles, woran ich denken konnte, war, dass wir zum Arkanwall durchbrechen müssen.«

»Genau in dem Moment gab Akkad seinen Lichtzauber frei«, brummte Trogadon und hieb währenddessen eine Nebelkatze nieder. »Ich bin kein Magier, aber anscheinend gab die Magie Hakanus Wurf einen gewissen … Schubs.«

Der Lehrling deutete auf die Waffe, die neben ihm zwischen zwei Steinen steckte. »Der Schaft ist immer noch heiß. Ich denke nicht, dass ich dieses Kunststück so bald wiederholen sollte.«

Ahren dachte an Khara und die anderen Verletzten. »Wollen wir hoffen, dass der Rest des Tages einfacher verläuft. Das wäre doch mal eine willkommene Abwechslung«, sagte er. Dann deutete er in Richtung Osten. »Ich gehe zurück zu Khara. Und ihr drei solltet vielleicht darüber nachdenken, nicht am Rande des Vulkans zu tanzen, wenn ihr versteht, was ich meine. Erstens wissen wir nicht, ob Akkads Zauber nicht schlagartig schwächer wird, und zweitens sehe ich, wie sich dort hinten Niederfänge mit Bögen und Speeren versammeln.«

Hakanu und Lyssin sahen hinüber zum dritten Tor, vor dem ein halbes Dutzend Hochfänge ihre Truppen mit gebellten Befehlen und Schlägen zu etwas ordneten, das man mit viel gutem Willen als krude Kampfformation bezeichnen konnte. Ahren überlief ein kalter Schauer. Gerüstet, bewaffnet und als Armee würden die Dunkelwesen des Widersachers, einmal von den Fesseln des sie einschließenden Rings befreit, wie eine Plage über Jorath herfallen.

»Gehen wir wieder zu den anderen«, sagte Hakanu indessen und half Lyssin auf die Beine, die sich verspielt den Hosenboden abklopfte, als hätten sie gerade ein Picknick beendet. Dann rumpelte plötzlich ein Trümmerhaufen der zerborstenen Türme dicht neben Ahren, der erschrocken herumwirbelte, woraufhin sein Arm und seine Rippen schmerzhaft protestierten. Erst brach Yokas Kopf, dann ihr restlicher

Körper zwischen den kleineren Steinen hervor und schließlich stand die Eiswölfin neben ihm und schüttelte sich den Staub aus dem Fell.

»Was sollte denn das?«

Ein protestierendes Fiepen ertönte und dann wurde Kamaluq mit einem Lichtblitz sichtbar, keine vier Schritt von der Wölfin entfernt.

»Hör auf zu maulen«, sagte Hakanu lachend. »Sie hat gewonnen und das vollkommen fair.«

Der Fuchs, noch immer beleidigte Laute von sich gebend, verschwand in Richtung Akkad.

»Ich wusste nicht, dass er so ein schlechter Verlierer ist«, sagte Hakanu entschuldigend zu Lyssin, die nur mit den Achseln zuckte.

Ahren sah die beiden jungen Paladine fragend an, bekam seine Antwort aber von Trogadon. »Die Tiere der beiden haben Verstecken gespielt. Yoka hat gewonnen.«

Ahren rieb sich mit den Händen über das Gesicht. »Anscheinend haben heute viele von uns einen Schlag auf den Kopf bekommen.« Dann ging er zurück zu seinen übrigen Freunden, den hoffnungsvollen Blick Richtung Osten gewandt, von wo hoffentlich bald Verstärkung eintreffen würde. Es blieb bei allem Schabernack die bitter zu schluckende Wahrheit, dass entweder bald Hilfe bei ihnen eintraf oder sie alleine versuchen mussten, sich zurück zum Ring durchzuschlagen.

Der Nachmittag war gekommen und plätscherte dahin, ohne dass die ersehnten Truppen erschienen waren. Von Zeit zu Zeit hatte Ahren nach Kharas Gesundheitszustand gesehen, konnte jedoch nichts für seine Liebste tun und war daher vor Erschöpfung in einen Dämmerzustand verfallen.

Nun schreckte er hoch, als er über sich am Himmel das Geräusch riesiger Schwingen vernahm, gefolgt vom Krächzen Hunderter Vögel. Er sah hinauf, und erkannte Sonnenschimmer, die gerade in einen Sturzflug überging, direkt auf den Zauber Akkads zu. Hinter ihr, wie ein lebender schwarzer Blitz, folgten die Schwarmkrallen in kurzem Abstand.

»Weg! Weg!«, brüllte Sunju und wedelte mit einer Hand.

Paladine spritzten auseinander und Ahren warf sich stöhnend über die bewusstlose Khara, als Sonnenschimmer in einem wahren Inferno aus aufgewirbeltem Schnee und riesigen, durch die Luft tanzenden

Federn auf dem Boden aufschlug und dabei schmerzerfüllt aufschrie. Hier und da sickerte Blut aus ihrem Gefieder, beredtes Zeugnis von Dutzenden Schnabel- und Krallenwunden, die das große Tier im Laufe dieses langen Tages davongetragen hatte.

Oh, wie ich diese Vögel hasse, grollte Culhen zähnefletschend, neben ihm die wuterfüllt aufheulende Yoka. Cassobo keckerte wild, Kamaluq fiepte so kämpferisch, wie es dem kleinen Fuchs möglich war, und Haminul wieherte durchdringend. Sonnenschimmer war ihre Königin und sie war verletzt. Die Vertrautentiere schrien nach Rache.

»Gut, dass mein lieber Bär zum Schutz der Seelenverwandten in Hochstein geblieben ist«, sagte der Vater des Berges. »Hanulf ist nicht leicht zu erregen, aber beim Anblick Sonnenschimmers würde er die Dunkelwesen der Obsidianfeste im Alleingang stellen wollen.«

Ahren kniff indessen die Augen zusammen und beobachtete die Schwarmkrallen. Die Vögel flogen zu Hunderten über ihnen und verdunkelten den Himmel, aber auch sie mieden das Licht, das Akkads Zauber ausstrahlte.

»Ich freue mich, dass du gekommen bist«, sagte er zu Sunju, »aber wie es aussieht, steckst du mit Sonnenschimmer ebenfalls hier fest.«

Die bleiche Frau schwang sich vom Rücken des Rukhweibchens und rieb über dessen Schnabel. »Wir haben durch Eken von eurer Notlage erfahren und Trimms fetter Kater kann *sehr* überzeugend sein, wenn er etwas will.« Das Tier kam von seinem ruhenden Paladin hinübergelaufen und strich schnurrend um Sonnenschimmers Krallen.

»Von wem er das wohl hat«, sagte Ahren lächelnd.

Sunju schaute sich unter den Anwesenden um und zog mit besorgtem Gesicht ihre Augenbrauen hoch. »Eken hat zur Abwechselung nicht übertrieben. Ihr seid wirklich übel verdroschen worden.«

»Das wissen wir«, sagte Fisker bissig. »Wir waren dabei, weißt du?«

Sunju deutete zum hölzernen Aufbau auf Sonnenschimmers Rücken. »Am besten ladet ihr die Verletzten hinein und klettert hinterher.«

Die Versuchung war groß, aber Ahren zögerte, Khara umgehend dem Rukh zu überantworten. »Wir würden das Angebot ja gerne annehmen, aber da wir alle mehr oder weniger verletzt sind, müssten wir Akkad allein hier lassen. Und das können wir nicht.«, sagte er.

»Doch, genau das können und müssen wir tun«, widersprach Bergen mit heiserer Stimme. Der blonde Paladin zuckte bei jedem

Schlucken schmerzhaft zusammen und sein Hals war mittlerweile blauschwarz angelaufen. »Dass er hier die Stellung hält und mit seiner Magie eine Aufmarschzone für den morgigen Tag erschafft, war Teil des Plans, falls du dich erinnerst. Und dass wir schnellstmöglich in die Burg zurückkehren, auch.«

Ahren deutete nach Westen auf die lauernden Dunkelwesen, die außerhalb des dritten, noch unversehrten Tores der Obsidianfeste lauerten. Dort, wo der Lichtzauber endete. »Unser Plan sah vor, das erste Tor einzunehmen, dort einen Brückenkopf zu etablieren und diesen mit Soldaten und Ausrüstung zu verstärken. Dann wollten wir die Ringstruktur der Feste auf Schwachstellen untersuchen, um diese bei unserem Angriff im kommenden Morgengrauen auszunutzen.«

»Daran hat sich nichts geändert«, sagte Bergen stur. »Nur, dass wir ein Tor weiter vorgedrungen sind.«

Ahren schüttelte den Kopf. »Und uns die Dunkelwesen vom Nachschub abgeschnitten haben. Wenn wir auf Sonnenschimmer fortfliegen, ist Akkad vollkommen auf sich selbst gestellt. Sollte sein Zauber erlöschen …«

»Wenn dies passiert, könnten ihm auch vierhundert Soldaten nicht helfen«, sagte Lanlion. »Die Dunkelwesen würden sie alle überrennen.«

Ahren fluchte vor sich hin. »Wir hätten nach dem Tod von *Hass* abbrechen sollen. Was habe ich mir nur dabei gedacht, diesen götterverfluchten Plan voranzutreiben, obwohl so viel schiefgegangen ist?«

Sunju legte ihm eine Hand auf die Schulter. »Hab Vertrauen in jene, die zurückblieben«, sagte sie lächelnd. »Sonnenschimmer hat Muai informiert und Quin-Wa arbeitet bereits daran, unseren Plan den neuen Gegebenheiten anzupassen.«

Ahren brummte unwirsch. »Sie ist mächtig, aber vollkommen allein. Es sei denn, sie reißt Uldini und Jelninolan aus ihren Vorkehrungen.«

Ein lautes, vielfach ertönendes Rauschen unterbrach den Waldläufer. Es schien von Osten her zu kommen, hoch aus dem spätnachmittäglichen Himmel.

»Sie ist nicht allein«, beteuerte Sunju, dann erbebte der Boden unter Ahrens Füßen. »Die vereinten Heere Joraths, stehen ihr bei.«

Das Rauschen und die Erschütterungen vergingen und erst als einer der Türme des ersten Obsidiantors zur Hälfte in sich zusammenfiel, erkannte Ahren, was er da vernommen hatte. »Die Katapulte!«

»Menschliche wie zwergische«, bestätige Sunju. »Du hast vergessen, dass eure Anwesenheit hier die Wachen von den Außenmauern der Feste gelockt hat. Also wurde jedes Pferd und jeder Riese eingesetzt, um die Katapulte von ihren sicheren Positionen hinter dem Ring ins Niemandsland zu versetzen. Von dort können die Belagerungswaffen nun endlich in den Kampf eingreifen.«

Mit einem ohrenbetäubend lauten Krachen fiel der zweite Turm der äußeren Mauer vollends in sich zusammen und mit ihm die Reste des ersten Obsidiantors. Niederfänge hetzten die wankenden Mauern entlang, angetrieben von rufenden Hochfängen. Die monströseren unter den Dunkelwesen suchten sich einen Weg durch die Trümmer des Tores gen Osten, um den Belagerungswaffen auf dem Schlachtfeld zwischen Ring und Feste Einhalt zu gebieten, die sich um das Haupttor der Feste herum positioniert hatten.

»Dort draußen stehen hoffentlich Truppen bereit, die die Katapulte schützen«, sagte Fisker kritisch.

»Menschen, Elfen und Zwerge«, sagte Sunju. »Vereint im Willen, diese Feste und ihren Herrn vom Antlitz Joraths zu tilgen.«

»Du klingst wie Uldini, wenn er glaubt, dass Barden zuhören«, frotzelte Trogadon und wuchtete Trimm hoch, um ihn zu Sonnenschimmer zu tragen.

»Oder wie Lanlion an einem launigen Sommertag«, warf Bergen ein.

»Spottet ihr nur«, sagte der Blutleere mit einem dünnen Lächeln, während er nach einem Blick auf die kreisenden Schwarmkrallen die Rüstung an dem bewusstlosen Trimm anbrachte. »Ihr seid nur neidisch, weil euer Wortschatz lediglich aus zwei Dutzend Grunzlauten besteht.«

»Ob ich mich jemals an dieses sinnlose Gebrabbel gewöhnen werde?«, fragte Lyssin, als sie Ahren dabei half, Khara vorsichtig auf den Rücken des Rukhs zu tragen.

»Es ist wie mit Schlachtenlärm«, sagte Ahren und wurde durch eine weitere Salve Katapultsteine unterbrochen, die nach und nach methodisch den äußersten Wall der Obsidianfeste in Schutt und Asche legten. »Irgendwann hörst du die Geräusche nicht mehr.«

Sie sah ihn einen Moment irritiert an und musste dann kichern.

»Siehst du?«, murmelte er ihr sanft zu. »Du hast bereits verstanden.« Die Sonne stand tief über den Mauern der Obsidianfeste, als Ahren und seine Gefährten sich und alle Verletzten sorgfältig in der hölzernen Flugkutsche festgezurrt hatten. Ahren warf noch einen letzten Blick auf den knienden Akkad.

»Wir kommen wieder«, versprach er. »Und bis dahin ist bereits Hilfe bei dir eingetroffen.«

»Warum warten wir nicht einfach, bis das Heer zu uns vorgerückt ist?«, fragte Fisker nervös. »Die Schwarmkrallen über uns wetzen bereits ihre Schnäbel in der Erwartung, dass Sonnenschimmer losfliegt und ihnen ihr Abendessen serviert.«

»Es wird zu lange dauern, bis die Soldaten hier sind«, widersprach Bergen. »Wir haben an diesem Abend noch etwas vor und dafür müssen alle geheilt sein, wenn du dich richtig erinnerst.«

Ahren konnte die Zweifel seines gewitzten Bruders gut nachvollziehen. Ein Ritt auf Sonnenschimmers Rücken durch die Wolke aus blutrünstigen Vögeln würde alles andere als ein Vergnügen werden.

Wo sind die Zeiten hin, als eine einzige Schwarmkralle mein größtes Problem war?, fragte er sich und dachte an die Kletterpartie im Eathinian, als er unwissenderweise die Stimme des Waldes vor einem der fliegenden Dunkelwesen gerettet hatte.

Culhen schnaubte neben ihm. *Und schon damals brauchtest du Hilfe von deinem treuen Wolf.*

Die Stimmung des Tieres war auf einem Tiefpunkt. Nur mit Müh und Not hatte Ahren seinen Freund davon überzeugen können, sein Glück nicht bei einem Sturmlauf durch die feindlichen Reihen zu versuchen, sondern ein weiteres Mal auf Sunjus Rücken zu steigen.

»Festhalten!«, rief Sunju. »Das wird jetzt ungemütlich!«

Ahrens rechte Hand ruhte einen Moment nachdenklich auf dem Griff seiner Waffe. Dann fiel sein Blick auf die Lederriemen, die ihn und seine Freunde in der simplen Kutsche festhielten.

Besser, ich riskiere keinen Fehlhieb, dachte er und beugte sich stattdessen schützend über Kharas schlaffen Körper. Er und seine Freunde würden nur als lebender Schutzschild für die Verletzten taugen können. Selbst Eken schien seinen Paladin vor allem Unheil bewahren zu wollen, denn er hatte sich mit wachsamem Blick dicht neben dem ohnmächtigen Trimm eingerollt. Um ihn herum folgten jene, die noch bei Bewusstsein waren, dem Beispiel Ahrens und zogen die übrigen Verletzten dicht an ihre Körper.

Dann ging ein Ruck durch den riesigen Leib Sonnenschimmers und der gewaltige Vogel stieg mit mächtigen Flügelschlägen und einem herausfordernden Ruf in den Himmel hinauf. Ahren konnte gerade noch vor Entsetzen Luft holen und seinen verletzten Arm mühsam über seine Augen legen, als das schützende Licht Akkads bereits schwand und die Welt um ihn herum plötzlich nur noch aus krächzenden Kehlen, hackenden Schnäbeln und reißenden Krallen bestand. Die ledrigen Schwingen der Schwarmkrallen schlugen gegen seine Rüstung, so dicht an dicht hingen die Dunkelwesen an ihm und suchten sich blutgierig einen Weg in die Ritzen seiner Rüstung. Stechende Schmerzen an Armen, Beinen, dem Bauch und den Rippen setzten ein, als immer mehr der scharfen Schnäbel fündig wurden. Ahren wagte es nicht, den Arm von seinen Augen zu nehmen, oder sie wären im Ansturm der Schwarmkrallen gewiss binnen eines Herzschlags verloren gewesen. Er betete zu den DREIEN, dass er Khara den nötigen Schutz bot, damit sie die unzähligen Attacken der Vögel überstand, und spürte bald die bleierne Müdigkeit und Kälte aufgrund des einsetzenden Blutverlustes.

So viele, stöhnte Culhen, der sich platt auf den Boden presste, Yoka regelrecht unter sich begraben, um sie beide mit seiner Rüstung zu schützen. Ahren spürte, dass die Vorderpfoten seines Freundes übel zugerichtet waren.

Halte durch, sagte Ahren, er wusste schon nicht mehr, zum wievielten Male an diesem nicht enden wollenden Tag. Der Waldläufer glitt mehr und mehr auf eine Dunkelheit zu, die das Ende seiner Schmerzen versprach. *Es … dauert … nicht …*

Ahren?, hörte er Culhen wie aus weiter Ferne. *Ahren!*

Dann spürte er das Hacken der Dunkelwesen nicht mehr.

»Was für ein Blutbad«, hörte Ahren eine tiefe Stimme, als seine Sinne zurückkamen. »Und das meine ich im wortwörtlichen Sinne.«

Der Paladin öffnete die Augen und sah an die Decke einer mit Kerzen ausgeleuchteten Höhle. Wohlriechende Düfte drangen in seine Nase. Er lag im Wasser und seine Rüstung zog ihn hinab, aber irgendwer stützte seinen Rücken, sodass er nicht unterging.

»Khara …«, flüsterte er.

»Die treibt neben dir im Wasser – wenn man diese Brühe denn noch so nennen will«, fuhr Trogadon fort.

Ahrens Kopf drehte sich zur Seite und der Waldläufer erkannte den Zwerg neben sich, bis zur Brust im Wasser stehend und ihn haltend.

Der Paladin runzelte die Stirn. »Ist das … Blut?«, fragte er, als er die dunkle Färbung des Wassers bemerkte.

»Verdammt viel Blut«, pflichtete Trogadon ihm bei. »Unseres, um genau zu sein. Diese Vögel haben uns im wahrsten Sinn des Wortes in der Luft zu zerreißen versucht.«

»Wie …?« Das Sprechen fiel Ahren noch immer schwer.

Der Zwerg zuckte mit den Achseln. »Wie Sunju sagte, war der Weg zu unseren Verbündeten nicht weit. Quin-Wa hat an der Front auf uns gewartet. Sie beschwor eine Sturmbö, die die Schwarmkrallen von Sonnenschimmers Rücken fegte wie der erste Winterwind, der die letzten störrischen Blätter des Herbstes von den Bäumen holt.«

Ahren bewegte seinen Kopf probeweise ein Stückchen weiter nach rechts – und da erblickte er Khara. Ihr Gesicht war bleich, aber nicht fahl. Beruhigt atmete Ahren aus, dann spannte er seine Nackenmuskeln an und sah sich genauer um.

»Die Herzhalle«, sagte er, als Kerzenlicht und Duft und Höhlenwand in seinem Kopf zu einem Ganzen verschmolz.

»Ganz genau«, ertönte die Stimme des Ersten, der am Beckenrand stand. Die Beule des Veteranen war verschwunden und seine archaische Rüstung glänzte makellos. »Ich kann wohl von Glück sagen, dass mich dieser Stein erwischt hat«, sagte er mit einem Lächeln, das auf seinem Gesicht freudlos und schal wirkte.

Ahrens Nackenhaare stellten sich auf. Die Augen des uralten Paladins waren voller Mitgefühl. Irgendetwas stimmte hier nicht.

»Wer …?«, fragte er tonlos, und im selben Moment spürte er, dass er Culhen nicht erreichen konnte.

Alle Kraft verließ seinen Körper und hätte Trogadon ihn nicht noch immer gehalten, er wäre im blutigen Wasser und der Verzweiflung versunken.

»Culhen …«, hauchte er.

»Er ist bei den anderen Vertrautentieren. Sie trauern gemeinsam mit Sonnenschimmer und bleiben unter sich«, sagte der Erste schnell.

»Wer?«, wiederholte Ahren seine Frage, voller Schuldgefühl, dass er Erleichterung darüber empfand, dass es nicht sein geliebter Wolf war, der für immer die Augen geschlossen hatte.

»Es ist Eken«, sagte Trogadon. Sein Blick suchte etwas oder jemanden hinter Ahrens Kopf.

Der Dreizehnte richtete sich im Wasser auf, sein Körper nicht mehr als eine Puppe, deren Fäden sein geschockter Verstand mit wildem Zerren seinem Willen unterwarf. Überall in dem großen Becken der quadratischen Kammer, welche dem Baderaum der echten Höhle der Herzen nachempfunden war, trieben bewusstlose Paladine und Gefährten umher, alle bleich, keiner äußerlich verwundet. Der Anblick des roten Wassers, aus dem nur ihre Gesichter hervorlugten, hatte etwas Furchteinflößendes, Endgültiges an sich.

Im hinteren Ende des Beckens lag Trimm im Wasser. Sein Gesicht war ruhig, seine Augen geschlossen.

»Er … er weiß es noch nicht, oder?« Jedes einzelne Wort zerriss ihm das Herz.

»Nein«, sagte der Erste tonlos. »Noch ist er nicht aufgewacht.«

Ahrens Gedanken rasten. Der Verlust eines Vertrautentieres …

Sein Verstand blockierte. Der Effekt kam ihm beinahe wie jene Eiswand vor, hinter der Vierklaue sein Exil im frostigen Süden verbracht hatte. Die Konsequenzen, die Verlust Ekens für Trimm bedeuten würde, waren zwar verschwommen sichtbar, aber unerreichbar weit fortgesperrt.

»Sollen wir ihn wecken?«, fragte Ahren. Unbewusst wanderte sein Blick zurück zum Ersten. Wenn einer Trimms Gefühle nachempfinden konnte, dann der Mann, der seine Drachin vor Ewigkeiten im Kampf verloren hatte.

»Es wäre gut, wenn du und Trogadon die anderen aus dem Heilwasser und in ihre Zimmer schafft«, sagte der Veteran. »Ich kümmere mich um Trimm.«

Ein tiefes Einvernehmen herrschte zwischen Ahren und dem sonst so gefühlskalten Mann.

Der Waldläufer erhob sich hölzern aus dem Wasser und hob Khara auf seine Arme, deren bleiche Haut unverletzt unter ihrer Robe hervorlugte. Kaum war er dem Wasser entstiegen, als er die Seelenverwandten erblickte, die in respektvollem Abstand im vorderen Teil der Herzhalle standen. Palnahs Blick war wie eine offene Wunde. Ahren schritt mit Khara auf den Armen auf sie zu.

»Ist Trimm schon wach?«, hauchte sie.

»Das würden wir hören«, sagte Ahren mit einem Kloß im Hals.

»Bitte sag einigen der Nachtsoldaten Bescheid. Sie sollen die Schlafenden aus den Becken holen.« Er stockte. »Nur Trimm nicht. Der Erste wird mit ihm reden, sobald er aufwacht.«

Palnah biss sich auf die Lippe. »Sollte ich nicht bei ihm sein?«

Ahren holte tief Luft, um seiner Gefühle Herr zu werden. Eine Träne rann ihm über die Wange. »Besser, du wartest, bis der Erste es ihm erzählt hat. Dein Paladin wird dich danach brauchen.«

Dann ging er an Palnah vorbei und machte sich an den langen Aufstieg aus der Herzhalle zurück an die Oberfläche Joraths. Hinter sich hörte er die in respektvollem Abstand folgenden Nachtsoldaten, die die schlaffen Körper seiner Freunde mit sich trugen. Ihm fröstelte. Ahren konnte das Gefühl nicht abschütteln, einerseits Anführer eines Leichenzuges zu sein, der die Streiter der Götter zu Grabe trug, und andererseits vor einer furchtbaren Pflicht zu fliehen, die der Erste nun allein schultern würde.

Schließlich, als die Kammer der Schilde am Treppenabsatz in Sicht kam, meinte Ahren hinter sich die verzerrten Echos eines qualvollen Schmerzensschreis zu hören, der mit seiner Seelenpein die Obsidianfeste zum Einsturz hätte bringen sollen, wenn die Götter das Wort Gerechtigkeit gekannt hätten.

Doch die DREI schliefen, und welche Gerechtigkeit den Widersacher für seine Taten auch ereilen sollte, es wäre an ihren Streitern, diese zu vollstrecken.

Ahren konnte nicht damit aufhören, seine gepanzerten Hände wieder und wieder auf den Stein der Zinnen des Westturms von Hochstein niedergehen zu lassen.

Klonk. Klonk. Klonk.

Das Geräusch von Stahl auf Stein hatte etwas Beruhigendes. Es verlieh ihm die Illusion, etwas, irgendetwas zu tun, während Trimm jenen Abgrund durchschritt, vor dem sich jeder Paladin in der Tiefe seines Herzens am meisten fürchtete.

»Übst du, um im Morgengrauen die Feste unseres Feindes mit bloßen Händen niederzureißen?«, fragte eine tiefe, ruhige Stimme vom Lichtschein des Turmabgangs her.

»Wenn ich muss«, sagte Ahren, ohne zum Vater des Berges zu sehen.

»Es war ein schlimmer Tag.«

Ahren lachte bitter. »Dem eine schlimme Nacht folgen wird.«

»Einen Schritt nach dem anderen.« Die gedrungene Gestalt trat neben ihn. »Uns wurde heute aufgezeigt, wie zerbrechlich die Pläne der Sterblichen doch sind.«

»Ich bekomme den Eindruck, die Pläne der Götter sind nicht weniger zerbrechlich.«

»Vielleicht.«

Dieses eine Wort riss Ahren aus seiner düsteren Stimmung hervor und ließ ihn den zwergenhaften Paladin erstaunt ansehen.

»Was?«, fragte der mit nur dem Hauch eines müden Lächelns auf den Zügen. »Hast du erwartet, dass ich die DREI mit aller Leidenschaft verteidige? Ich habe Eken nicht gut gekannt, aber trotzdem schwelt in mir eine Wut über seinen Tod, wie ich sie seit Jahrhunderten nicht mehr gespürt habe.«

Ahrens Augenbrauen ruckten besorgt nach oben, doch der Vater des Berges winkte ab.

»Ich werde nicht in meinen alten Blutdurst verfallen«, sagte er. »Aber es wird mir nicht schwerfallen, dem Widersacher morgen meine Tiefenstahlkugel zu schmecken zu geben, so viel kann ich dir sagen.«

Ahren schloss die Augen, so als könne er damit die Welt und ihre Sorgen aussperren. »Ich habe Zweifel«, gestand er.

»Die haben wir alle.«

Der Waldläufer öffnete die Augen und zeigte auf den fernen Lichtschein von Akkads Zauber, der sich aus der Dunkelheit der anbrechenden Nacht abhob. Noch waren die Armeen der freien Völker in kleinere Gefechte mit den außerhalb der dritten Festungsmauer gestrandeten Dunkelwesen verwickelt und daher noch nicht bis zu ihm vorgedrungen, sodass es fast so schien, als hätte ein einsamer Wanderer sich verirrt und sein Lagerfeuer direkt vor dem zweiten zerstörten Tor der Obsidianfeste entzündet.

»Eken ist tot und Trimm am Vorabend der Schlacht ein zerbrochenes Häufchen Elend. Und das alles nur für einige Hundert Schritt an Gelände, die wir gewinnen konnten.«

»Vergiss *Hass* nicht. Ihn haben wir getötet.«

Ahren nickte freudlos. »Es sind trotzdem noch genug Dunkelwesen für alle da«, sagte er bitter.

Der Vater des Berges legte ihm eine Hand auf die Schulter. »Die Zwerge von Tausend Hallen konnten in grauer Vorzeit die Gipfel ihrer Heimat auch nicht an einem Tag erklimmen.« Er deutete mit der anderen Hand auf das Licht Akkads. »Es brauchte Lager, von denen sie am kommenden Tag aus weiterklettern konnten.«

Ahren brummte. »Dieser spezielle Berg muss bis zum nächsten Abendrot erklommen worden sein. Und ich bin mir sicher, der Empfang des Widersachers am Ende unserer Reise wird sich nicht durch hohe Gastfreundschaft auszeichnen.«

»Na siehst du«, sagte der Vater des Berges beifällig. »Da höre ich doch bereits wieder eine Prise Humor heraus. Lass die finsteren Gedanken nicht das begraben, für was wir kämpfen. Eine Waffe, die aus Rachsucht geführt wird, besitzt immer auch eine Schneide, die ins eigene Fleisch sticht.«

Ahren seufzte. »Wie gerne wäre ich jetzt wieder auf der Eiskrone und würde tagelang deinen Weisheiten lauschen.«

»Als ob du je so lange ausgehalten hättest«, schnaubte der zwergenhafte Paladin. Dann drehte er sich um. »Ich höre Schritte. Anscheinend bin ich nicht der Einzige, der nach dir sehen will.« Mit einem milden Lächeln und einem letzten Winken zog sich der Vater des Berges taktvoll an die gegenüberliegende Seite der Turmspitze zurück, kaum dass Hakanu ins Licht der im Wind schaukelnden Sturmlaternen trat.

»Meister?«, fragte er schüchtern, und Ahren machte mit seiner Hand eine einladende Geste.

»Wie geht es dir?«, fragte er seinen Schützling.

»Gut.« Das Wort war schnell gesprochen worden, als wolle Hakanu, dass es seine Lippen verließ, bevor sein Verstand es ihm fortreißen und gegen ein anderes, ehrlicheres ersetzen konnte.

»Ja«, sagte Ahren. »Mir auch.«

Das Schweigen zwischen den beiden Paladinen baute sich auf wie eine erdrückende Mauer.

»Ich vermisse Kamaluq«, gab Hakanu schließlich zu. »Ich weiß, es ist egoistisch, aber ich möchte ihn am liebsten an mich drücken und nie wieder loslassen und dabei leise in sein Fell weinen, bis ich den armen Eken würdig betrauert habe.«

Ahren nickte voller Mitgefühl. »Ich wünschte, ich könnte dir sagen, dass dafür in dieser Nacht noch genug Zeit sein wird, aber …« Er ließ die Worte ungesagt. Ihr Plan war noch nicht vollbracht und machte auch vor der anbrechenden Nacht nicht halt.

Hakanu trat von einem Fuß auf den anderen. Nervosität verdrängte seine Trauer. »Denkt Ihr, der Widersacher …«

»Wir werden sehen«, sagte Ahren. »Wir werden es schon bald sehen.« Dann, um seinen Lehrling auf andere Gedanken zu bringen, fügte er hinzu: »Du hast dich heute sehr gut geschlagen. Ich denke, dass ich dich in die Lange Woche entlassen kann, sobald übermorgen die Sonne aufgegangen ist.«

Hakanu strahlte über das gesamte Gesicht. »Wirklich?«, fragte er, um dann einen Herzschlag später gedämpft fortzufahren: »Aber muss die Lange Woche denn sofort beginnen? Ich würde wirklich gerne erst den Feierlichkeiten beiwohnen, sobald wir den Widersacher vom Antlitz Joraths getilgt haben …«

Was auch immer Hakanu noch hatte sagen wollen, es ging in Ahrens stürmischer Umarmung unter. Er zerzauste seinem Schützling das Haar und zwang sein Herz dazu, dem Optimismus des jungen Kriegers zu folgen. Sie mussten am kommenden Tag einfach siegen, oder Ekens Opfer und das all der anderen Leben, die der Widersacher auf dem Gewissen hatte, wären umsonst gewesen.

»Ahren, komm schnell!«

Likis' Ruf ließ den Waldläufer herumwirbeln, der gerade sein Zimmer hatte betreten wollen, um nach seiner Liebsten zu sehen. Sein Freund aus Kindertagen hatte untertellergroße Augen, in denen die nackte Furcht stand.

»Komm ans Fenster!« Dabei winkte er dem Paladin zu und rannte in einen nahegelegenen Speisesaal.

Ahrens Magen verkrampfte sich, während er Likis hastig folgte. Ein dumpfes Grollen wie von einer fernen Lawine fuhr durch den Stein, und für einen Moment dachte der Paladin, dass die Katapulte den Beschuss der Obsidianfeste wieder aufgenommen hatten. Doch das Vibrieren in seinen Knochen hielt beständig an und Ahren musste an eine Meute Herdenbullen denken, die im Sturmlauf auf Tiefstein zuhielt.

Dann war er neben Likis angekommen und sah aus dem Fenster. Einen Herzschlag später wünschte er sich, es wären wirklich nur Herdenbullen gewesen.

Die Obsidianfeste schien zu schmelzen. Ihre Mauern bröckelten und fielen in sich zusammen, um alsbald in dunkle, ölig schimmernde Schleier aus tiefstem Purpur überzugehen, die einem Mahlstrom gleich über dem Zentrum der Obsidianfeste am Himmel wirbelten.

»Scheint, als wäre der Dunkle Gott wieder erwacht«, flüsterte Likis.

»Und es scheint ihm nicht zu schmecken, was er dabei entdeckt hat«, sagte Ahren mit einer gewissen grimmigen Genugtuung.

»Löst er wirklich seine Festung auf?«, fragte der schmächtige Herrscher Hjalgars.

»Nur den Teil, der bereits gefallen ist«, sagte Ahren und deutete auf das Spektakel hinter den dicken Butzenglasscheiben. »Sieh, die Zerstörung reicht nur bis zum dritten Wall der Feste.« Das Rumpeln wurde leiser, die Vibration in Stein und Knochen erstarb. Nur die wirbelnde Wolke aus dunkelstem Purpur blieb, was beinahe wie leuchtende Dunkelheit anmutete – wenn es denn so etwas gab.

»Was ist das nur für eine Wolke?«, fragte Likis und sprach Ahren damit aus der Seele.

»Finden wir es heraus«, murmelte der Paladin und machte sich auf den Weg in die Ratskammer.

Lirana befand sich immer noch in dem großen Raum, gut verborgen vor den suchenden Augen ihres finsteren Herrn hinter den Linien des Bannkreises. Schläft-im-Wipfel, die zunehmend ausgezehrter aussah, saß mit schweren Augen in ihrem Stuhl am Ratstisch, von dem aus sie ihren Schutzzauber aufrecht erhielt. Quin-Wa, Lanlion, Falk und Fisker saßen ebenfalls an der runden Tafel und schauten aus geröteten Augen ins Leere, die Münder schweigsam zusammengekniffen. Das Feuer im Kamin prasselte laut und die Wärme, die es ausstrahlte, war Ahren höchst willkommen.

»Der Rest schläft noch?«, fragte er statt einer Begrüßung.

»Oder wünscht sich, nicht aufgewacht zu sein«, sagte Quin-Wa düster. »Der arme Trimm.«

»Ich konnte den Moment durch meine Finger sehen«, flüsterte Fisker schaudernd. »Die Schwarmkrallen haben Eken regelrecht von Sonnenschimmers Rücken gepflückt und …«

»Stopp«, sagte Ahren entschieden. »Das Grauen dieser speziellen Erzählung werden wir ein andermal ertragen.« Er deutete aus dem schmalen Fenster. »Jetzt müssen wir uns erst mal über jenes Übel dort unterhalten.«

»Was ihr seht, ist pure Magie«, sagte Quin-Wa. »Ihr erinnert euch sicher daran, wie der Widersacher die Macht der Bannwolke und des Spiegelzaubers kaperte, um damit die Obsidianfeste zu erschaffen.« Ihr Kinn zuckte gen Westen. »Jetzt gibt er Teile dieser Zaubermacht frei, warum weiß ich nicht genau.«

»Um sich damit zu stärken«, sagte Lirana umgehend.

»Wie kommst du darauf?«, fragte Falk, die Augen kritisch zusammengekniffen. Ahren erkannte, dass sein ehemaliger Meister vor Kurzem geweint hatte. Sie alle fühlten mit ihrem gramgebeutelten Bruder.

Lirana drehte ihr Gesicht in Richtung des dicken Fensterglases. »Seht ihr, wie das Innerste der Wolke sich absenkt wie bei einer Windhose? Das ist der Dunkle Gott, der die rohe Macht in sich aufsaugt.«

»So viel zu unserer Hoffnung, er würde sich nicht rechtzeitig erholen, bevor wir den morgigen Angriff beginnen«, sagte Fisker grimmig.

Falk fluchte. »Er opfert jene beiden Wälle der Obsidianfeste, die ihm nichts mehr nützen, und gewinnt dadurch an Macht.«

Ahren sah zu Lirana hinüber. »Kann er das wieder und wieder tun?«

Die schwarz gekleidete Frau nickte. »Jeder Wall, den ihr durchbrecht, wird ihm über kurz oder lang als Stärkung dienen, sobald er keinerlei taktischen Nutzen mehr für ihn hat.«

»Je näher wir ihm kommen, umso mehr Magie wird er zur Verfügung haben«, sagte Quin-Wa. »So als versuche er, seiner Schwäche entgegenzuwirken.«

»Zumindest hockt er noch immer hinter seinen Mauern wie eine fette Spinne in ihrem Netz«, sagte Ahren mit mehr Zuversicht, als er empfand. »Es scheint, als wolle er um jeden Preis den morgigen Tag überstehen, bevor er daran denkt, die Obsidianfeste gänzlich aufzulösen. Er ist also noch immer verletzlich.«

»Vielleicht haben wir ihm genug Angst eingejagt, damit wir um den nächtlichen Teil unseres Plans herumkommen …«, begann Fisker, als Lanlion taumelnd hereinkam.

Blut troff dem Verfluchten aus Nase, Ohren und Augen. Bevor Ahren seinen Freund erreichen konnte, griff der nach einer Stuhllehne, um sich abzustützen, und das Möbelstück fiel gemeinsam mit dem bleichen Paladin krachend zu Boden.

»Ein weiterer Zauber rollt heran«, röchelte er. »Der Widersacher stranguliert die Nacht! Ich kann sie nicht mehr fühlen!«

Ahren bettete den Kopf seines Freundes auf seinen Schoß und sah seine versammelten Freunde ratlos an. Deren Blicke versprachen keine Antworten, doch als der Paladin zu Lirana hinübersah, deutete die Frau in Schwarz auf die Scheiben des Saals.

»Der Himmel«, sagte sie fast schon schicksalsergeben. »Er ist fort.«

Ahren runzelte die Stirn und blickte durch das Fenster in Richtung Obsidianfeste, konnte aber nichts erkennen. Dann traf ihn die Erkenntnis wie ein Blitz: Er konnte *gar nichts* erkennen. Nicht das ferne Licht Akkads. Keine wirbelnde Wolke über der Obsidianfeste. Keine Sterne. Nur eine alles verschlingende Leere, die direkt hinter dem Fensterglas zu beginnen schien, so als wäre ganz Jorath vom Dunklen Gott verschluckt worden.

»Ich muss sofort nach den Wachen sehen«, sagte Likis atemlos und rannte aus dem Raum.

Ein Kratzen setzte ein wie von Tausenden scharfen Krallen, die über den dicken Stein der Burg glitten und nach unverschlossenen Eingängen suchten.

DER TOD WANDELT BEREITS UNTER EUCH, KLEINE PALADINE, ertönte die Stimme des Widersachers. Und ihm gelüstet nach mehr als einem räudigen Kater!

Ahren tauschte einen angespannten Blick mit den anderen Paladinen. Der nächste Schritt ihres Plans war aufgegangen, wenn auch erneut vollkommen anders, als erhofft. Gedemütigt, seines verbliebenen Kindes beraubt und mit dem Feind im Inneren seiner Festung war der Widersacher aufgewacht und hatte auf die Mischung aus verletztem Stolz und Angst so reagiert, wie er es immer getan hatte: mit einem harten, unvermittelten Angriff auf die offen versammelten Paladine.

Um den Dunklen Gott am Vorabend der entscheidenden Schlacht zu schwächen, waren sich die Streiter der Götter im Kriegsrat des Vortages einig geworden, das höchste Risiko einzugehen: Sie hatten IHN, DER ZWINGt, zu einer zweiten Nacht des Blutes herausgefordert.

17. Kapitel

»Alle Soldaten von den Wehrgängen!«, brüllte Ahren den Wachen des Ratssaals zu. Die hasteten davon, als wären ihnen brennende Schmerzeber auf den Fersen, um Ahrens Befehl zu überbringen.

Über so ein paar Schmerzeber würde ich mich im Gegensatz zu diesem gemeinen Zauber regelrecht freuen, meldete sich Culhen in Ahrens Verstand.

Horrorvisionen von seinem Wolf, wie er in der unnatürlichen Dunkelheit mit einer Horde Dunkelwesen kämpfen musste, bohrten sich in Ahrens Bewusstsein. *Wo bist du?*

In Sicherheit, beruhigte ihn sein felliger Freund. *Wir Vertrautentiere haben den Zauber heransausen sehen und sind bis auf Karkas und Sonnenschimmer alle ins Innere geflohen. Keine zwei Herzschläge später hat sich die Wolke über die Burg gesenkt.*

Wolke?

Ein schwebendes Stück Nichts, fügte Culhen zögerlich hinzu. *Zumindest sah es so aus. Es wirkte wie eine Wolke aus massiver Dunkelheit.*

Lanlion schüttelte den Kopf und setzte sich benommen auf. »Dieser Zauber … Er fühlt sich wie die Bannwolke an. Nur unendlich viel dichter.«

Quin-Wa kniff die Augen zusammen und schien etwas Bestimmtem nachzuspüren. »Er hat uns in ein Stück der alten Bannsäule gehüllt – oder zumindest seine verdrehte Version davon.«

»Wie kann das sein?«, fragte Fisker ungläubig.

Die hochschwangere Frau zuckte mit den Achseln. »Die Bannsäule war niemals wirklich fort, wenn du dich recht erinnerst. Der Widersacher hat sie mithilfe von Svens Verrat in die Bannwolke verwandelt und dann mit einem weiteren Raub von Magie in die Obsidianfeste. Jetzt hat er ein Stück des ursprünglichen Zaubers freigegeben, um dieses schwarze Gefängnis um Hochstein herum zu erschaffen.«

Ahren fröstelte vor Furcht. »Kann er uns bis zur nächsten Abenddämmerung hier gefangen halten?«

»Kann er nicht«, sagte Lirana mit derartiger Gewissheit, dass Ahren vor Erleichterung ein Stein vom Herzen fiel. »Ich kann spüren, wie sich die Essenz seines Zaubers mit jedem Herzschlag verflüchtigt. Spätestens die Morgensonne wird die Dunkelheit, die uns umklammert, wegbrennen.«

»Plausibel.« Quin-Wa nickte. »Dieses Stück Bannsäule besitzt keinen Anker, wie wir ihn damals verwendeten. Es kann daher nicht lange Bestand haben.«

»Gut, dass sich die Zauberkundigen einig sind«, sagte Fisker, der besorgt zur Decke und den Wänden starrte. »Bleibt nur noch die Frage, was wir gegen die Dunkelwesen unternehmen, die sich anscheinend einen Weg durch den Stein kratzen.«

»Benutze dein Hirn«, blaffte Quin-Wa ihn an. »Muai sagte mir, dass die Vertrautentiere keinerlei Dunkelwesen sahen, bevor der Zauber auf uns niederging, und ich bezweifle, dass der Widersacher eine Armee inmitten dieser Wolke durch die Luft schweben lassen kann, oder er hätte den Ring mit dieser Taktik schon lange zerschlagen.«

Falk brummte und Ahren sah, wie sich die Schultern des alten Mannes entspannten. »Du glaubst, die Geräusche sind nur Blendwerk«, stellte der alte Paladin fest.

Quin-Wa nickte. »Das Kratzen soll uns mürbemachen.«

Ahren rieb sich über seinen Nacken. »Und wir können durch diesen Trug nicht erkennen, wann die echten Dunkelwesen die Burg erreichen.«

»Cassobo sagt, dass laut der Beobachtungen der über Hochstein kreisenden Sonnenschimmer und Karkas nur die Burg eingehüllt ist. Also müssen die Schergen des Dunklen Gottes erst mal an der Front durchbrechen und Tiefstein überrennen, um zu uns zu gelangen.«

Ahren hörte ein gewaltiges Zittern in Fiskers Stimme, und Falk sah den verunsicherten Paladin verstehend an.

»Damals hatten wir auch geglaubt, wir wären sicher.«

So sehr Ahren es auch versucht hatte, keiner seiner Brüder und Schwestern, die damals die Nacht des Blutes durchlebt hatten, war bereit gewesen, über Details jenes einschneidenden Erlebnisses zu reden. Nicht einmal der Erste hatte dieses Schweigen gebrochen.

»Was kommt als Nächstes?«, fragte er Falk leise.

»Mord und Blut.«

»Falk …«

Der alte Paladin streckte abwehrend die Hand aus. »Hochfänge«, stieß er heiser hervor. »Es werden Hochfänge kommen, wie du sie noch nie gesehen hast.«

Fisker sah zu Falk hinüber, wie um sich sein Einverständnis einzuholen, und wisperte dann: »Sie sehen vollkommen menschlich aus, es sei denn, man blickt unter ihre Kutten …«

»Gut, dass die Burg ohnehin abgeriegelt ist«, sagte Ahren angespannt. »Aber bei den Göttern, diese Information hätte dabei helfen können, uns besser vorzubereiten.«

Falk schüttelte heftig den Kopf. »Es ist ein Segen, dass die Wehrgänge durch den Zauber wie leer gefegt sind. Dann wird der Sonnenaufgang weniger Leichen mit seinen Strahlen erfassen.«

Ahren spürte die düstere Stimmung, die um sich griff. »Also gut, allesamt ins Erdgeschoss. Wir sammeln uns in der Kammer der Schilde, so wie besprochen, und warten dort auf den Angriff.«

»Was ist mit uns?«, fragte Lirana und deutete auf Schläft-im-Wipfel, die wankend in ihrem Stuhl vor sich hindämmerte.

Ahren biss sich unschlüssig auf die Lippen. Der Kriegsrat hatte sich zu Lirana keine weiteren Gedanken gemacht, und der Paladin glaubte nun, dass die Frau absichtlich gewartet hatte, um die Frage ihrer Sicherheit jetzt zu erörtern, da sie Ahren die Entscheidung unter Zeitnot abringen konnte.

»Schließt die Türen«, sagte er schließlich zu Lirana und Schläft-im-Wipfel. »Versiegelt sie mit Zaubern, wenn es sein muss. Keine von euch beiden wird das Ziel der Mörder sein, die uns heimsuchen werden, solange ihr euch ihnen nicht entgegenstellt. Wahrscheinlich werden sie diesen Teil der Burg nicht einmal betreten.«

Lirana ließ sich auf ihr Bett sinken und wirkte seltsam beruhigt. Ahren dachte sich, dass die gepeinigte Frau froh war, darauf verzichten zu dürfen, der Nacht des Blutes ein zweites Mal beiwohnen zu müssen. Zumal sie noch immer in den Diensten des Feindes stand, der ihren Verrat aufdecken würde, sobald sie seine Aufmerksamkeit erregte. Hier hinter den Bannzaubern war sie sicher. Vorerst.

»Lass uns gehen«, sagte Falk mit bebender Stimme. »Ich will bei den anderen sein.«

Ahren nickte der schwarz gekleideten Frau noch einmal zu, drückte sanft die Schulter der im Halbschlaf dasitzenden Schläft-im-Wipfel und eilte dann schnellen Schrittes mit den übrigen Paladinen die Gänge und Treppen Hochsteins entlang. Dabei warf er Lanlion immer wieder besorgte Blicke zu, aber der Blutleere schien sich gefangen zu haben, seit der Zauber des Dunklen Gottes die Burg vollständig eingehüllt hatte.

»Ich bin von der Nacht abgeschnitten«, sagte Lanlion, als Ahren ihm erneut einen Seitenblick zuwarf. »Es ist schwer zu beschreiben, aber ich kann sie durch diese erzwungene Dunkelheit hindurch nicht mehr spüren.« Der bleiche Paladin sah Ahren traurig an. »Ich werde weniger wertvoll in diesem Kampf sein, als ich gehofft hatte.«

Ahren deutete auf seinen Hals. »Brauchst du …?«

Lanlion lachte. »Mehr, als du geben könntest, und viel mehr, als du geben solltest.« Der Blutleere starrte zu Boden. »Ich werde in der Herzhalle Stellung beziehen. Haminul wird unverwandt an eurer Seite stehen. Er besteht darauf und es ist ebenso mein Wunsch.«

Ahren wusste, was sein Freund meinte. Ihr Plan sah vor, dass schwer verletzte oder anderweitig kampfunfähige Paladine in der Herzhalle als letztes Bollwerk dienen würden, sollte es dem Feind gelingen, in den sichersten aller Räume vorzudringen. Zu diesem Zeitpunkt wäre die Schlacht ohnehin verloren.

»Bist du sicher?«, fragte Ahren leise.

Lanlion nickte. »Es ist, als wäre ich taub und blind.« Er schluckte. »Und erschreckend durstig. Eine Verwundung im falschen Moment könnte meine Ketten sprengen, wenn du verstehst.«

Ahren verstand. »Geh«, sagte er nur. »Sei unser letzter Schild gegen den Feind.«

Lanlion schenkte ihm ein aufrichtiges Lächeln und rannte geradezu den Gang hinab, sodass er schnell außer Sicht verschwand.

»Was sollte das denn?«, fragte Falk.

»Lanlion wird in der Herzhalle kämpfen«, sagte Ahren nur. »Der Bannfluch des Widersachers zwingt ihn dazu.«

Falk brummte mürrisch. »Dann sind wir nur noch zehn?«

»Zehn?«, echote Fisker irritiert.

»Denk nach, du Tor«, sagte Quin-Wa gereizt. »Aluna ist zu erschöpft zum Kämpfen und Trimm war schon mit seinem Vertrautentier an der Seite kein Freund von kriegerischen Auseinandersetzungen. Jetzt wo Eken fort ist …«

Schweigen senkte sich über die Gruppe und alles, was sie auf dem Weg zu ihren Freunden noch hörten, war das beständige Kratzen von Krallen auf Stein.

Ahren betete inständig zu den DREIEN, dass die unheilvollen Geräusche noch immer Trugwerk waren.

»Da seid ihr ja«, grollte der Erste, kaum dass Ahren und der Rest der kleinen Gruppe in der Kammer der Schilde erschienen, die den Zugang zur Herzhalle beherbergte.

Sturmlaternen hingen zuhauf an den Wänden und leuchteten jeden Fingerbreit des quadratischen Raumes aus, in dessen Mitte wie ein schlichtes Mausoleum der ummauerte Abstieg wartete. Die stählerne Tür war geschlossen, die Zwergenwache bildete einen Ring aus dicken Schilden davor, und die vier Drachenbögen in den Ecken waren schussbereit.

Bis auf Lanlion und Aluna waren sämtliche Paladine versammelt und Ahren konnte die Macht beinahe schmecken. Hier gab es keine Bannzauber, die den Göttersegen besänftigten, und kein sorgfältig eingehaltener Abstand. Ahren hatte das Gefühl, der Segen in seiner Brust wollte ihm zwischen den Rippen hervorspringen und sich in einem jubilierenden Reigen zu denen seiner Brüder und Schwestern gesellen.

Bevor er zu den anderen Paladinen hinübergehen konnte, zwischen denen sich alle Vertrautentiere, die keine Flügel oder Schuppen hatten, tummelten, wurde er jedoch an der Schulter gepackt und herumgewirbelt. Khara stand mit blitzenden Augen vor ihm und sah alles andere als erfreut aus.

»Die Welt da draußen geht unter und du lässt mich einfach *schlafen*?«

Ahren wusste nicht, was er sagen sollte.

Vielleicht die Wahrheit?, schlug Culhen mit heraushängender Zunge vor. *Dass du die Liebe deines Lebens schlicht und ergreifend vergessen hast?*

Ich habe sie nicht vergessen, sagte Ahren verschnupft. *Es war nur so viel zu bedenken, dass ich … äh …*

»Tut mir leid«, war alles, was er hervorbrachte.

Khara sah ihn kritisch an und nickte dann einmal hölzern. Sie rieb dabei in einer unbewussten Geste über ihren Armreif und Ahren nahm sanft ihre Finger fort von dem zaubermächtigen Gegenstand.

»Es gibt einen Grund, warum wir ihn bisher nicht eingesetzt haben«, erinnerte er sie behutsam.

»Ich weiß«, sagte sie gereizt. »Aber hier unten, so ganz ohne Bannkreise und mit all diesen Paladinen auf einem Fleck ist es, als würden tausend Ameisen in meinem Kopf umherkrabbeln. Der Armreif *will* verwendet werden.«

Ahren nickte verständnisvoll. »Ich unterdrücke bereits seit meinem Eintreffen in diesem Raum den Drang, unseren Schlachtruf in die Welt hinauszubrüllen …« Er unterbrach sich, als sein Blick auf Trimm fiel, der stumm und reglos hinter den übrigen Paladinen stand, den Blick starr auf den einzigen Eingang des Raumes gerichtet. Ahren deutete mit einem Rucken seines Kinns auf den beleibten Paladin und Khara begleitete ihn, als er zu Trimm hinüber ging.

»Hallo, Khara. Hallo, Ahren.«

Die Worte des Mannes klangen dumpf, vollkommen leblos. Ahren unterdrückte ein Schaudern. Rotverweinte Augen sahen durch ihn hindurch. In ihren Tiefen entdeckte der Waldläufer etwas Wahnhaftes, das dort vor sich hin irrlichterte wie der bedrohliche Schatten eines Panzerwals, kurz bevor er mit Macht die Wasseroberfläche durchschlug, um ein wehrloses Fischerboot zu zermalmen.

»Trimm …« Ahrens wohlformulierte Beileidsbekundung blieb ihm im Halse stecken. Er versuchte stattdessen Trimm zu umarmen, scheiterte jedoch an der mit Stacheln übersäten Rüstung des Mannes. Schließlich gab Ahren auf, dem Paladin sein Mitgefühl ausdrücken zu wollen, und in Trimms Blick glomm für einen kurzen Moment Erleichterung auf.

Es gibt eine Zeit für Trauer und eine Zeit für den Kampf. Culhen unterstrich seine Worte mit dem gedanklichen Bild eines Wolfsrudels, das mit einem Dunkelwesen rang. Mehrere der schlanken Körper lagen leblos am Boden, aber die restlichen Tiere kämpften weiter, um den Wolfsbau und die darin befindlichen Welpen zu schützen.

»Du bleibst?«, fragte Ahren und deutete auf Trimms Rüstung und die beiden Dolche, die sein sonst so mutloser Freund in Händen hielt.

Der opulente Paladin stieß ein hilfloses Ächzen aus. »Eine meiner größten Ängste ist bereits wahr geworden. Sie kann mich nicht mehr in ihrem Würgegriff halten.« Trimm blickte gequält zur Decke, Tränen in den Augen. »Macht das Sinn für dich?«

Ahren legte vorsichtig seine Hand auf den kalten Tiefenstahl der Rüstung seines Freundes, vorbei an den fingerlangen, gekrümmten Stacheln, die über Trimms Herz aufragten. »Wir sind bei dir. Und werden es immer sein.«

Trimm nickte, dann wandte er sich ab. Ahren verstand und überließ seinen Bruder dessen unermesslicher Trauer.

Wie gern würde ich ihm über Sonnenschimmer ein paar Worte zukommen lassen, sagte Culhen, dessen Kummer Ahren wie ein ruhig daliegender, tiefer Teich vorkam. *Aber Eken ist nicht da, um meine Botschaft zu übermitteln. Und ihr Menschen sprecht das, was wichtig ist, nie vollkommen aus.*

Die ohnehin vorhandene Unruhe im Raum steigerte sich, als Likis gemeinsam mit Falagarda eintrat.

»Mit Verlaub, Reichsmarschallin, Ihr solltet nicht hier sein«, sagte der Erste streng. »Unser Plan sah vor, dass Ihr die Verteidigung am Ring koordiniert.«

»Der Zauber, der die Burg einhüllt, hat mich ebenso überrascht wie Euch«, sagte die Frau gefasst. »Ich war lediglich in Hochstein, um einige letzte Vorbereitungen für den morgigen Tag in die Wege zu leiten. Bestimmte Befehle, von denen ich nicht wollte, dass sie abgefangen werden.« Sie sah vielsagend in die Runde. »Ich hoffe, alle verstehen, was ich meine.«

»Können wir nicht wenigstens hier offen reden?«, fragte Bergen gereizt.

»Du meinst, wo wir doch gerade so sicher sind?«, fragte Sunju. »Übermittelt Karkas dir etwa kein Bild von Tiefstein, in dessen Mitte ein Gebilde aus purer Schwärze hockt?«

Der blonde Paladin schwieg und nickte mit verkniffener Miene.

»Trotzdem solltet Ihr nicht *hier* sein«, beharrte der Erste. »In dieser Kammer werden wir uns dem erwarteten Ansturm der tückischsten Mörder stellen, die der Widersacher in seiner Rachsucht erdenken konnte.«

Sie wischte den Einwand beiseite. »Ich habe schon früher gegen Dunkelwesen gekämpft.«

»Nicht gegen diese«, sagte Falk mit solcher Gewissheit, dass Zweifel in den Augen der hochgewachsenen Frau aufglommen. »Es gibt einen Grund, warum wir jegliches Gesinde vor Sonnenuntergang aus der Burg fortschaffen ließen und jene besondere Kammer tief unter uns durch Zwergenhand erbaut wurde. Der Feind, der uns heute Nacht heimsucht, wurde nur aus einem Grund erschaffen: um uns und vor allem die, die wir lieben, zu töten.«

»Ich verstehe immer noch nicht, inwieweit sich der Angriff, den wir in dieser Nacht erwarten, von denen unterscheidet, die entlang des Rings geführt wurden«, sagte Falagarda. Ahren hörte eine Prise Sturheit aus den Worten der Frau heraus, die aber vielleicht auch nur ihre Verunsicherung übertünchen sollte.

»Die Wesen, die bald über uns herfallen werden«, begann Quin-Wa stockend. »Der Widersacher kreiert sie in diesem Moment, während wir hier reden. Ihre Körper sind nicht darauf ausgelegt, die Nacht zu überdauern. Sie werden sterben, so oder so. Aber vorher wollen sie das Blut unschuldiger Neugeborener vergießen.«

Ahren schluckte. War der Dunkle Gott in der Lage, seine Hochfänge in derart auf Zerstörung ausgerichtete Zerrbilder natürlichen Lebens zu verwandeln? Körper, die sich selbst binnen einer Nacht vernichteten, in einer Orgie aus Blut und Gewalt? Er kannte die Antwort, als er in die Gesichter der anderen Paladine blickte.

»Geht, Falagarda«, sagte Sunju sanft. »Wir benötigen Euren scharfen Verstand auf dem morgigen Schlachtfeld. Die Nacht des Blutes müssen wir allein durchstehen.«

Likis räusperte sich vernehmlich. »Nicht allein«, sagte er, und Ahren brauste sofort auf.

»Du wirst nicht bleiben!«

Likis hob bedächtig und mit seinem halben Lächeln auf den Lippen die Hände. »Werde ich nicht«, sagte er beschwichtigend. »Ich bin nur gekommen, um Bericht zu erstatten. Die Blaue Kohorte und die Fuchsgarde bewachen sämtliche Eingänge der Burg, wie befohlen.«

»Sagt ihnen, sie sollen sich nicht vereinzeln lassen«, wies ihn Hakanu an, und die Sorge seines Lehrlings um die Männer und Frauen unter seinem Kommando rührte Ahren zutiefst. »Und dass sie …«

»Es sind alles gestandene Veteranen«, unterbrach Ahren seinen Schützling. »Ihre Aufgabe besteht heute Nacht darin, so viele Kräfte des Feindes wie möglich zu binden. Doch wir sind es, die diese Schlacht gewinnen müssen.«

»Ich wünschte, die Blaue Kohorte könnte an meiner Seite kämpfen«, sagte Bergen und sah regelrecht verloren drein.

Der Erste schüttelte energisch den Kopf. »Schau dich um. Wir sind schon jetzt derart zahlreich, dass wir uns gegenseitig beinahe auf den Zehen stehen. Neununddreißig weitere Klingen würden uns mehr behindern als nützen.«

»Morgen wirst du dich freuen, deine Söldnertruppe geschont zu haben«, sagte der Vater des Berges versöhnlich.

»Wenn es denn ein Morgen gibt«, wisperte Trimm leise, und alle Anwesenden verstummten.

»Diese Warterei bringt mich um«, beschwerte sich Trogadon, der als einer der letzten Verteidiger Stellung in der Kammer der Schilde bezogen hatte. »Da hätte ich ebenso gut noch eine ganze Weile bei Jelninolan bleiben können.«

Ahren lockerte seine verkrampften Schultern und steckte seine Windklinge fort. Gerade hatte es den achten falschen Alarm gegeben, nachdem die Kratzgeräusche auf dem Stein der Burg wilder und lauter geworden waren. Der Widersacher spielte mit ihnen und zermürbte so die Paladine und die restlichen Verteidiger gleichermaßen.

»Wie geht es ihr und Uldini?«, fragte er den Zwerg nach der Sturmweberin, um sich abzulenken.

Trogadon nahm den Helm ab und kratzte sich am Kopf. »Das fragst du mich? Die beiden sitzen nur still da und brüten über ihren Zaubergegenständen. *Mirilan* summt regelrecht vor Macht und *Flammenstern* erhellt den gesamten Raum, als hätte Uldini die Sonne selbst vom Himmel geholt und in eine kleine Glaskugel gesperrt.« Er strich sich über die Unterarme. »Ich bekomme schon Gänsehaut, wenn ich nur darüber rede.«

Ahren vermisste die beiden Alten schmerzlich, war sich der Notwendigkeit jedoch bewusst, dass ihr großer Moment bis zur entscheidenden Schlacht warten musste. Wenn ihre Magie beim Sturm auf die Obsidianfeste nicht die gewünschte Wirkung erzielen würde …

Wenn, wenn, wenn, nörgelte Culhen, der gerade Yoka das Fell zwischen den Ohren abschleckte, was Muai neidische Blicke entlockte. *Bleib im Hier und Jetzt. Das ist nämlich furchterregend genug, auch ohne Zweifel an der Zukunft.*

»Kommt es Euch auch so vor, als würden die Paladine sich in zwei Lager spalten, Meister?«, fragte Hakanu, der zusammen mit Lyssin, Khara und Trogadon eine kleine Traube um Ahren herum bildete.

»Jene, die die Nacht des Blutes bereits erlebt haben, und jene, die ihr Grauen noch nicht kennen«, sagte Lyssin an Ahrens statt. Sie gab Hakanu eine verspielte Kopfnuss. »Das ist keine große Offenbarung, du Holzkopf.«

Der junge Krieger zahlte es der Waldläuferin mit gleicher Münze heim. »Aber richtig ist es trotzdem nicht«, sagte Hakanu mit vorgerecktem Kinn. »Wir müssen geeint stehen oder wir fallen allein.«

»Da hat Hakanu recht«, sagte Khara und wandte sich an Ahren. »Die anderen versinken tiefer und tiefer in ihren üblen Erinnerungen. Wir müssen etwas dagegen tun. Selbst die Zwergenwache sieht mittlerweile aus, als warte sie auf ihre eigene Hinrichtung.«

Ahren wusste, dass er gegen diese Missstimmung machtlos war, aber er wusste auch, wo er Hilfe erhalten konnte, um die altgedienten Paladine von den Visionen fortzulocken, die sie im Angesicht der Angst, die Nacht des Blutes könne sich wiederholen, quälten. Er formte die Idee in den Tiefen seines Geistes und übermittelte sie Culhen.

Keine zehn Herzschläge später begann Selsena, eine Woge der Zuversicht und Hoffnung auszusenden, die Ahren ein Lächeln auf die Lippen zauberte und Falk zu seinem Titejunanwa hinübergehen ließ, um es liebevoll an den Nüstern zu streicheln. Cassobo kletterte Fisker auf die Schulter und keckerte ihm liebevoll ins Ohr, während Hanulf seine massige Gestalt am grinsenden Vater des Berges vorbeischob, um den Ersten von hinten in eine sanfte, aber bestimmte Bärenumarmung zu nehmen. Haminul stieß sein kämpferisches Wiehern aus, das aufgrund des Echos im großen Raum in jedes noch so verschlossene Herz gelangte und es dazu brachte, schneller zu schlagen. Culhen und Yoka schmusten miteinander wie verspielte Welpen und selbst Muai ließ sich dazu herab, sich den Helm eines empörten Zwerges zu schnappen und im Liegen damit herumzutollen, als hätte die Großkatze gerade ein überdimensioniertes Wollknäuel ergattert.

Kamaluq hingegen tapste fiepend durch den Raum und sah einfach nur süß aus, wie er sich unbeholfener, als er eigentlich war, Trimm mit großen Augen näherte.

»Ob das so klug ist?«, fragte Ahren, als er sah, wie sich der beleibte Paladin versteifte.

»Ich weiß nicht«, sagte Hakanu. »Laut Kamaluq war es deine Idee, dass die Vertrautentiere sich um die angsterfüllten Paladine kümmern sollen. Mein Fuchs zumindest denkt, dass Trimm ein wenig Liebe verdient hat, egal von welchem Tier.«

Der genannte Paladin drehte sich abrupt von Kamaluq fort, aber der Fuchs sprang einfach durch dessen Beine und sah ihn weiter aus großen Augen an, dabei noch immer herzzerreißend fiepend.

»Lass mich los, du hässlicher Bettvorleger«, rief der Erste, in dessen Stimme Wut und Belustigung ein ungleiches Duell führten. Hanulf brummte und warf den uralten Paladin einfach um. Dann drückte der Bär den Helm des Veteranen mit seiner Nase hoch und schleckte ihm genüsslich über die Stirn. »Ich habe keinen Honig für dich«, sagte der Erste, nun vollends der Heiterkeit verfallen. »Und deine Zunge kitzelt ganz furchtbar.«

Selsena und Haminul wechselten sich noch immer dabei ab, Hoffnung und Mut gleichermaßen unter den Anwesenden zu verteilen, während Muai, Yoka und Culhen weiterhin Blödsinn veranstalteten, um nach und nach auch das letzte verzweifelte Herz zu erhellen.

Nur Trimm blieb stumm und starr stehen, die Augen unverwandt auf den kleinen Kamaluq gerichtet. Ahren wandte sich schon an Hakanu, damit der sein Vertrautentier zurückrief, als sich Kamaluq auf den Rücken warf, die kleinen Beine angewinkelt, und Trimm herzerweichend anfiepste.

Erst fiel einer der Dolche zu Boden, die Trimm noch immer umklammert gehalten hatte, dann der zweite. Ruckartig zog sich der Paladin die Panzerhandschuhe aus und ging so langsam in die Knie, als müsse er sich Schicht um Schicht durch zähflüssigen Schlamm bis zu einem kostbaren Schatz am Grunde eines tiefen Sees vorarbeiten. Ahren hielt den Atem an, als Trimms zitternde Finger das weiche Bauchfell des Fuchses berührten und der Paladin das kleine Tier in einem erstickten Laut an sein Gesicht drückte. Kamaluq schleckte Trimm über die Nase und die Wangen, jene Tränen fortleckend, die den schlimmsten Schmerz aus der Seele des Unglücklichen spülten.

»Ein Anfang«, sagte Ahren bedächtig. »Trimms Trauer wird ewig währen. Aber wenigstens hat Kamaluq dafür gesorgt, dass unser gramgebeugter Freund die Nacht übersteht, ohne sein Leben in einer Mischung aus Wut und Verzweiflung aufs Spiel zu setzen.«

Khara wischte sich über die Augen und sah ihn dann von der Seite an. »Weißt du«, begann sie, »ich denke, ich habe auch eine gute Idee.

Wir werden für ihre Umsetzung jedoch ein wenig Wagemut und ein paar helfende Hände brauchen.«

»Ich brauche keinen Wagemut«, sagte Ahren trocken und deutete auf Hakanu. »Dafür habe ich ja ihn.«

»Sehr witzig, Meister.«

Ahren sah seinen Schützling ungerührt an. »Siehst du mich lachen?«

Khara knuffte ihrem Paladin in die Rippen. »Hör auf damit. Sag mir lieber, ob du helfen willst. Wenn wir handeln wollen, dann schnell, bevor der Feind sich nicht mehr nur mit der Illusion todbringender Krallen abgibt.«

Ahren sah sich im Raum um, in dem nun Echos von gelöstem Lachen und kleineren Plaudereien von den Wänden widerhallten. Die Vertrautentiere wurden von vielen Händen liebkost und selbst die grimmig Wache haltenden Zwerge schienen wieder guter Laune zu sein. Plötzlich kam ihm das Überstehen dieser Nacht viel aussichtsreicher vor.

»Woran denkst du?«, fragte er Khara.

»Komm mit.«

»Gut, dass uns der Erste nicht gesehen hat«, sagte Ahren, als er mit Khara und sechs Freiwilligen aus der Zwergenwache in der nahen Burgküche ankam. »Ich komme mir vor wie ein Göttertagsschüler, der sich vor einer besonders langweiligen Lektion davonschleicht.«

»Es ist ein Wagnis«, gab Khara unumwunden zu und sah sich dabei hastig in dem dunklen Raum um, der nur von ein paar Kerzen erhellt wurde, die bereits zur Hälfte niedergebrannt waren und zweifellos vom Gesinde vor deren Flucht hier zurückgelassen worden waren. Die vielen Töpfe und Pfannen sahen aus wie eine schlafende Armee, die auf ihren nächsten Befehl wartete, um auf dem Schlachtfeld der drei mächtigen Öfen ihren Dienst zu tun.

Ist alles ruhig?, fragte er Culhen, während das allgegenwärtige Kratzen der Krallen auf den Außenwänden der Burg sich in seine Gedanken wühlte gleich einem beharrlichen Maulwurf, der einen schmackhaften Regenwurm gerochen hatte.

Genauso ruhig wie vor zwanzig Herzschlägen, erwiderte Culhen. *Sonnenschimmer und Karkas kreisen über Tiefstein und werden euch informieren, sobald sie Anzeichen eines Angriffs auf Hochstein entdecken.*

Ahren spürte, dass sein Freund Informationen zurückhielt. *Heraus damit, Culhen!*

Es findet gerade ein Sturmangriff durch das dritte Tor der Obsidianfeste statt. Das Ziel der Dunkelwesen sind die Katapulte, welche nun, da der Widersacher die Magie der äußeren Ringe freigesetzt hat, auf völlig offenem Gelände stehen.

Das war zu erwarten, erwiderte Ahren. *Wie schlagen sich unsere Truppen?*

Ganz gut, kam die halbherzige Antwort. *Aber Cassobo glaubt, dass die Attacke nur ein Ablenkungsmanöver ist, damit eine Gruppe von Dunkelwesen heimlich einen Bogen an den Verteidigern der Katapulte vorbei in Richtung Tiefstein schlagen kann.*

Ahren fluchte stumm. *Wie sicher ist sich unser kleiner kluger Affe damit?*

Er sagt, er würde es genauso machen, wenn er an des Widersachers Stelle wäre. Culhen sandte dabei ein Bild von Fiskers kleinem Affen mit, wie er mit schwarzem Fell und einer blutroten pompösen Krone auf dem Kopf auf den Zinnen der Obsidianfeste hockte und Welle um Welle an Dunkelwesen befehligte.

Ahren musste schmunzeln. *Lass das*, wies er seinen Wolf zurecht. *Du sollst den altgedienten Paladinen die Laune heben, nicht mir.*

Wir sind längst darüber hinaus, sagte der Wolf selbstzufrieden. *Mittlerweile schmusen sie mit uns und summen dabei alte Lieder aus vergangenen Zeiten. Ihre Herzen waren an einem dunklen Ort und dürsteten nach einem Licht, das du ihnen geschenkt hast.*

Ahren blinzelte die Feuchtigkeit in seinen Augen fort. *Danke*, sagte er schlicht. *Ich wusste, ich konnte mich auf euch verlassen.*

Ach, Ahren, erwiderte Culhen pompös. *Eins solltest du doch mittlerweile wissen: Wenn du etwas erledigt haben willst, dann frag uns Vertrautentiere.*

Khara riss den Waldläufer mit einem kleinen Schubs gegen die Schulter aus seinem stummen Dialog. »Erst drängelst du, dann stehst du lediglich herum und hilfst nicht.«

Die Schwertmeisterin hatte einen Arm bereits voll mit dicken Würsten, zudem klemmte ein halber Laib Käse unter ihrem Ellenbogen, und noch während sie ihren Liebsten tadelte, griff sie sich mehrere Laibe dunkles Brot und stapelte sie so hoch sie konnte, bevor sie mit ihrem Berg aus Essen gen Kammer der Schilde schwankte.

»Die Zwerge haben einen großen Kessel voll Suppe entdeck, der noch warm ist. Anscheinend waren die Köche dieser Burg schlau genug, an einen Haufen wachende, hungrige Mäuler zu denken.« Sie deutete auf eine kleine Tür. »Dort drinnen sollen Krüge mit stark verwässertem Wein stehen«, instruierte sie Ahren und jene Zwerge, die noch etwas tragen konnten. »Schnappt euch, so viele ihr tragen könnt, und dann zurück zu den anderen. Aber übertreibt es nicht. Wir wollen kein Festmahl kredenzen, das uns satt und träge werden lässt, sondern mit unserem kleinen Nachtmahl nur die Stimmung heben.«

Ahren nickte beflissen, und keine zwanzig Herzschläge später machte er sich in Begleitung der schnaufenden, den großen Suppentopf schleppenden Zwerge auf den Rückweg in Richtung der Kammer der Schilde. Dort erwarteten ihn bereits vergnügte Zwerge und Paladine, die damit begannen, Kharas Beute unter sich aufzuteilen, sowie ein wütend dreinschauender Erster. Als dann noch die Suppe und die Krüge hereingetragen wurden, ertönten die ersten Hochrufe. Ahren schaffte es eben noch, den verwässerten Wein weiterzureichen, bevor der Erste sich vor ihm aufbaute.

»Was bei den DREIEN denkst du dir dabei?«, zischte er leise. Hinter ihm wurden kleine Holzschüsseln ausgeteilt, die behände in den Suppenkessel getaucht und dann weitergereicht wurden. Lachen, Schmatzen und gutmütiges Gemurmel erfüllte den Raum. »Wir stehen kurz davor, mit dem Schlimmsten konfrontiert zu werden, das der Widersacher sich erdenken kann, und du machst daraus ein verdammtes *Herbstfest!*«

Ahren lächelte den Veteranen an und trat dabei ein Schritt von ihm fort. »Erstens war es Kharas Idee, also kannst du dich bei ihr dafür bedanken, was hier geschieht.« Der Blick des Veteranen flackerte unruhig. Die besondere Beziehung zwischen ihm und der Schwertmeisterin ließ einen Teil seiner Empörung verrauchen. »Zweitens möchte ich, dass du dich in aller Ruhe umsiehst. Jetzt herrscht Kameradschaft, Freude und Hoffnung in diesen Mauern.« Wie um Ahrens leise Worte zu unterstreichen, zog Fisker am anderen Ende des großen Raumes eine winzige Holzflöte hervor und spielte eine beschwingte, eingängliche Melodie für die versammelten Verteidiger. »Bevor die Vertrautentiere einschritten, hat jeder hier Anwesende auf einen grauenhaften Tod gewartet, den ihr Veteranen übergroß angekündigt habt. Damit habt ihr dem Widersacher direkt in die Hände gespielt.« Ahren deutete auf die Wand zu seiner Rechten. »Dieses Kratzen war in der ersten Nacht des Blutes nicht zu hören, oder?«

Der Erste schüttelte den Kopf. »Wir waren ahnungslos, bis es zu spät war. Nie hätten wir einen solchen Angriff erwartet. Der Widersacher galt als machtlos und eingekesselt.«

Ahren nickte mit sanfter Miene. »Genau das meine ich. Der Widersacher bedient sich eurer Ängste und Erinnerungen. Er will euch weismachen, dass sich die Nacht des Blutes wiederholen wird. Dabei sind die Umstände diesmal anders.«

Sprich nicht nur zur ihm, riet ihm Culhen in würdevollem Ton. *Sprich zu allen.*

Ahren packte den Ersten an der Schulter und rüttelte sie freundschaftlich. Dann stellte er sich in den Ausgang des Wachraums und drehte sich so, dass er alle Versammelten ansehen konnte. »Ich war in der Nacht des Blutes nicht dabei«, sagte er laut und das Lachen und leise Gerede verstummte. »Ich sah nicht, was einige von euch sehen, erleben und durchleiden mussten.«

Vorsicht, Ahren, du machst die Stimmung kaputt, warnte Culhen, der ihn mit seinen funkelnden Wolfsaugen durchdringend ansah.

Der Waldläufer atmete tief ein. »Aber das muss ich auch nicht«, sagte er mit fester Stimme. »Ich bin in der heutigen Nacht hier bei euch, um zu verhindern, was sich damals nicht verhindern ließ.« Er ballte seine Faust und hielt sie vor sein Herz. »Der Widersacher hat euch damals glauben lassen, er sei schwach, doch *in dieser Nacht* ist er es wirklich.«

Erstes zustimmendes Raunen erhob sich wie ein schlafender Riese, der sich nach Äonen der Ruhe wieder dazu aufraffte, in den Krieg zu ziehen.

»Der Widersacher hat euch im Schlaf überrascht, allein, getrennt von euren Brüdern und Schwestern. Diesmal stehen wir geeint, bewaffnet, bereit.«

Die Zwerge erhoben sich und schlugen mit ihren Waffen gegen die breiten Schilde, mit denen sie im kommenden Kampf die Paladine und die tief im Schutze der Herzhalle verborgenen Seelenverwandten und Neugeborenen schützen würden.

»Der Widersacher glaubt, er könne die Paladine erneut brechen, aber unser Wille ist der Wille der Drei. Sie haben entschieden, dass ER, DER ZWINGT, lange genug seinen Schatten auf Jorath geworfen hat. Der Dunkle Gott glaubt, dass diese Nacht das Ende für uns ist. Dabei wird sein zum Scheitern verurteilter Angriff auf uns und unsere Liebsten das sein, was uns die Kraft geben wird, ihn morgen endgültig in die Knie zu zwingen.«

Jetzt brüllten auch die anderen Paladine nach Leibeskräften.

»Der Widersacher«, begann Ahren, als Culhen hastig auf die Beine sprang und auch die anderen Vertrautentiere höchste Alarmbereitschaft signalisierten.

Die Angreifer sind hier, verkündete der Wolf. *Sie müssen durch einen Zauber in der Lage sein, sich vor Sonnenschimmer zu verbergen. Sie sagt, dass alle Wachen an der Nordmauer tot sind.* Der Wolf war sichtlich schockiert. *Es gab keinen Kampf, nichts als eine flüchtige Dunkelheit, die über die Mauer strich. Laut Sonnenschimmer waren sie alle binnen weniger Herzschläge am Boden.*

Gemurmel setzte unter den Paladinen ein, die dieselbe Botschaft von ihren Vertrautentieren erhielten.

»Es beginnt, nicht wahr?«, fragte Trimm in die Runde.

»Ja«, sagte Ahren und zog seine Windklinge. Er trat zu seinen Brüdern und Schwestern, die gemeinsam mit den Zwergen einen Ring um den Zugang zur Herzhalle bildeten. »Die Falle ist zugeschnappt«, sagte er mit lauter Stimme, die von den Wänden widerhallte und das Kratzen der Krallen übertönte. »Lassen wir den Widersacher wissen, dass die Schlacht dieser Nacht zu unseren Bedingungen geführt wird.«

»Endlich«, flüsterte Khara neben ihm und einen Herzschlag später wallte das Segensband auf, dessen Benutzung in der Nähe des Dunklen Gottes absichtlich so lange wie möglich gemieden worden war.

Ahrens Lächeln wandelte sich zu einer kämpferischen Grimasse, als er körperlich zu spüren begann, dass seine Brüder und Schwestern links und rechts von ihm standen, kampfbereit und mit festem Willen, die Nacht des Blutes in der Vergangenheit zu begraben, wo sie hingehörte. Der Göttersegen brodelte und brandete in seiner Brust.

Sollten ihre Feinde nur kommen.

Erste Schreie hallten durch die Gänge der Burg, sowohl aus menschlichen Kehlen als auch von Wesen, die nur ein vielstimmiges gequältes Kreischen ausstießen, das Ahrens Ohren schmerzen ließ. Es schien dem Paladin, als würden die Besitzer dieser Stimmen jeden einzelnen Herzschlag ihrer eigenen Existenz hassen und als wollten sie in diesem Hass so viele Lebewesen wie möglich mit sich in den nahenden Tod reißen.

»Sie klingen anders. Tierischer«, sagte Falk mit belegter Stimme. »Der Anzahl der Stimmen nach sind es viel mehr als damals.«

»Sehr gut«, antwortete Ahren kämpferisch. »Genau das, was wir wollten.« Er reckte seine Klinge über den Kopf. »Der Widersacher hat sich verausgabt, um uns die Gnade des nächsten Sonnenaufgangs zu verwehren!«, brüllte er, so laut er konnte. »Zeigen wir ihm, welch gewaltigen Fehler er begangen hat.« Er holte tief Luft und über das Segensband spürten seine Brüder und Schwestern, was er beabsichtigte.

Elf Münder öffneten sich.

»PALADINIM THEOS DURALAS!«, schallte es durch den Raum, dass Ahren glaubte, die Steine selbst müssten unter der geeinten Kraft der Paladine bersten.

Das Segensband pulsierte.

Ihr Wille war eins.

Die Paladine standen bereit.

Erste Schatten bewegten sich durch den Gang auf die Kammer zu und hastig abgefeuerte Bolzen flogen ihnen entgegen.

Die Kraft der Paladine wogte zwischen den Streitern der Götter hin und her. Ihre Hoffnung war ungebrochen.

Die Schatten bewegten sich so schnell und ruckartig, dass Ahren seinen Augen nicht traute. Nicht ein Bolzen traf. Die ersten Schatten flossen in den Raum und brachten lebende Dunkelheit mit sich, die sich wie eine schützende unheilbringende Wolke über die Angreifer legte.

Dann vibrierte das Segensband, das sie alle verband, als die in ihm kreisende Macht auf das ungeborene Leben in Quin-Was Leib traf und dieses Leben auf die Kraft des derart verstärkten Göttersegens reagierte. Hinter Ahren ertönte ein leises Plätschern.

»Oh, ihr Götter, nicht jetzt!«, schrie Quin-Wa entsetzt auf. »Mein Kind – es will nicht länger warten!«

18. Kapitel

Jetzt?«, brüllte Bergen fassungslos. »Ausgerechnet jetzt?«

Die Zwerge stürmten todesmutig vorwärts, um den unheimlichen Angreifern die Stirn zu bieten, während die schockstarren Paladine auf Quin-Wa in ihrer Mitte hinuntersahen, die schwer atmend an der Tür zur Herzhalle lehnte, in einer Pfütze ihres eigenen Fruchtwassers.

»Das Segensband verstärkt den Göttersegen …«, schnaufte sie. »Zu viel Macht … Unsere Kinder reagieren darauf! Sie werden davon … geweckt oder … in die Welt gerufen. Das Segensband muss umgehend fort, ich will nicht riskieren, dass es bei der Geburt Probleme verursacht!«

Als Khara auf den Befehl reagierte, verschwand die Präsenz der Paladine umgehend aus Ahrens Verstand, und zu seinem Entsetzen fiel auch der Göttersegen in sich zusammen wie eine Sturmwoge, die am Ufer zerschellte und nun bar jeden Bewegungsmoments nur noch vor sich hinplätscherte.

Die ersten zwergischen Verteidiger taumelten aus der Dunkelheit zurück ins Licht, feine Schnitte und Stiche zierten jene Stellen, die ungepanzert waren.

»Quin-Wa muss durch diese Tür«, brüllte Ahren. »Hakanu, hilf ihr! Der Rest tut, wofür wir uns versammelt haben: Beschützt die Herzhalle!« Dann warf er sich vorwärts, hinein in die wallende Dunkelheit.

Es war, als würde er aus einer behaglichen Hütte in eine kalte Winternacht treten. Leben, Liebe, Wärme, das alles schien zu einer fernen Erinnerung zu verblassen. Er wich den blitzschnellen Hieben bleicher Gestalten aus, die allesamt zerbrochene Schwerter in den Händen hielten und deren Gesichter denen von halb verhungerten Gefangenen glichen, die seit Jahrzehnten das Tageslicht missten.

Davon abgesehen wirkten sie unter ihren schwarzen Kutten so menschlich, wie Falk sie aus seiner Erinnerung an die Nacht des Blutes beschrieben hatte – zumindest bis Ahren einen ersten klaffenden Schnitt bei einem seiner Angreifer anbrachte und den Stoff seiner

Kutte zerteilte. Dutzende Zähne bohrten sich von innen durch den gesamten Oberkörper des Hochfangs und ließen dessen ausgezehrten Körper unaufhörlich bluten!

Ahren zahlte für seinen halben Herzschlag der Überraschung und des Ekels mit einem schmerzhaften Stich, der seinen Weg durch die Ritzen seiner Bänderrüstung oberhalb des rechten Ellenbogens fand. Sofort begann der Paladin, sich schnell und behände durch die Reihen der Feinde zu bewegen, damit die Schwachstellen seiner Rüstung sich ständig und binnen eines Wimpernschlages verschoben. Er hieb nach links und rechts, rammte die furchterregenden Hochfänge mit seinem Körper um und war sich auch für Fußtritte und den einen oder anderen Kopfstoß nicht zu schade. Die Mordwesen waren ungeheuer flink, und Ahren wusste, wenn sie erst die Gelegenheit bekamen, sich im Raum zu verteilen, wären sie noch gefährlicher als jetzt, wo sie sich gegenseitig am Eingang zur Kammer im Weg standen.

»Hakanu«, brüllte er, da er in der Düsternis nicht erahnen konnte, wo genau er und seine Freunde sich innerhalb der Kammer der Schilde befanden. »Ein wenig Licht wäre hilfreich!« Hastig drehte er den Kopf, als ein Hochfang versuchte, ihm seine zerbrochene Waffe ins rechte Auge zu rammen. Die Klinge kratzte mit einem hässlichen Geräusch über den Wangenschutz von Ahrens Helm, nur einen Fingerbreit vom Augenwinkel des Waldläufers entfernt. Ahren durchbohrte den Hochfang mit seiner Waffe und nutzte dessen Körper als Schutzschild, um einige Schritte rückwärts taumeln zu können.

Jede unserer Schwächen wird ohne Rücksicht auf das eigene Leben ausgenutzt, schoss es ihm durch den Kopf. *Sie sind schon so gut wie tot, daher fürchten sie gar nichts.*

Es sind so viele!, ächzte Culhen. *Hat der Widersacher alle Hochfänge verwandelt, die er innerhalb der Mauer seiner Feste finden konnte?* Ahren spürte bereits zwei kleinere Wunden, wo schnelle Stiche ihren Weg zwischen den Platten der Rüstung des Wolfes hindurchgefunden hatten.

Je mehr uns jetzt angreifen, umso weniger von ihnen kommandieren morgen die Niederfänge, gab Ahren zurück und hieb einem der Hochfänge die Faust ins Gesicht, da seine Klinge im Körper eines zweiten feststeckte.

Culhen antwortete mit dem Bild eines Wolfes, der sich ein zu großes Stück Fleisch aus seiner Beute gebissen hatte und nun mit dem Brocken in seiner Kehle rang.

Ahren hätte darauf gerne mit ermutigenden Worten geantwortet, aber er hatte alle Hände voll damit zu tun, sich zu verteidigen. »Hakanu!«, brüllte er heiser vor Anstrengung.

»Augen zu!«, kam die prompte Antwort, und kaum war Ahren dem Befehl gefolgt, als er durch seine geschlossenen Augenlider eine plötzliche Veränderung der ihn umgebenden Helligkeit wahrnahm. Er riss die Augen auf und lächelte grimmig. Kamaluqs Lichtblitz hatte die Dunkelheit der Angreifer zerrissen wie der Sturmwind ein verlassenes Spinnennetz. Überall im Raum hingen zwar noch Fetzen aus sich beständig weiter auflösender Finsternis, aber die vielen Dutzend Hochfänge waren nun deutlich zu erkennen. Die Kämpfe waren für einige kostbare Herzschläge zum Erliegen gekommen, weil alle Anwesenden gleichermaßen mit den Nachwirkungen des Lichtblitzes beschäftigt waren, den der junge Fuchs erschaffen hatte.

»Verdammt«, fluchte Falk keine drei Schritt weiter und blinzelte heftig. »Ich war zu langsam.«

Ein Speer zischte an dem alten Mann vorbei und nagelte gleich drei Hochfänge aneinander fest.

»Gut gemacht, Kamaluq«, jubelte Hakanu überschwänglich und holte mit einer raschen Geste die schlanke Waffe in seine Hand zurück. »Braver Fuchs.«

Kamaluq fiepte stolz und verschwand in Richtung Treppenabgang, der mittlerweile offen stand. Quin-Wa kämpfte sich schnaufend die Stufen hinab, umgeben von vier Zwergen, die sie nach allen Richtungen absicherten.

»Tür zu!«, brüllte der Erste. »Halten wir die Mistkerle so lange auf, bis der Morgen ihnen den Garaus macht!«

Als ob die Worte des Veteranen die Angreifer entfesselt hätten, warfen sie sich in einer Welle aus zerbrochenem Stahl, Krallen, Fängen und weit aufgerissenen Augen auf die Paladine und ihre Verbündeten. Mehr und mehr dieser Wesen quollen in die Kammer der Schilde, und mit ihnen kam die alles verschlingende Dunkelheit zurück.

»Bleibt standhaft!«, brüllte Sunju. »PALADINIM THEOS DURALAS!«

Der Göttersegen regte sich nach dem Ruf erneut in Ahrens Brust und schenkte ihm einen Schwung neuer Energie, belebte seine Arme und Beine, half ihm, weiter Atem zu finden.

Ein Stöhnen ertönte von der Treppe.

»Nicht hilfreich, liebe Schwester«, keuchte Quin-Wa. Dann war der Eingang wieder verschlossen und der Zugang zur Herzhalle für den Moment sicher.

Derweil rangen Ahren und seine Freunde trotz des Göttersegens um ihr Leben. Hochfang auf Hochfang tauchte in der Kammer der Schilde auf, für jedes gefallene Wesen quollen zwei neue durch den Türrahmen. Mehr als zwei Dutzend Zwerge lagen bereits leblos auf dem Boden des großen Raumes, die vier Drachenbögen standen nutzlos und verwaist in den Ecken des ummauerten Schlachtfeldes. Sie waren gegen die blitzschnellen Gegner nutzlos und nicht ein einziges Mal abgefeuert worden.

Schritt um Schritt wurden Ahren und die restlichen Verteidiger zurückgedrängt und je enger sie den Kreis um den Abgang zur Herzhalle zogen, umso leichter fiel es den Hochfängen, sie zu umzingeln.

»Dreizehnter!«, brüllte ein Kommandant mit einer gewaltigen Menge Blut im Bart, von dem Ahren nicht wusste, ob es von den Hochfängen oder dem Offizier stammte. »Diese Halle ist verloren. Zieht euch in die Kammer der Runen zurück!«

»Er hat recht, Ahren«, brüllte der Erste, während er mit seinem Zweihänder Hiebe austeilte, so weit es der Ring der dicht gedrängten Verteidiger noch erlaubte. »Fallen noch mehr Zwerge, kann uns keiner mehr den Rücken decken.«

Ahren orientierte sich inmitten des Getümmels mit einem schnellen Blick nach links und rechts, während er gleichzeitig die Sinne seines Wolfes nutzte.

Khara war ein Wirbelwind aus Klingen, die den Hochfängen durchaus das Wasser reichen konnte. Ihr rechtes Ohr blutete, ansonsten wirkte sie unverletzt.

Neben ihr bildeten Falk und Sunju mithilfe ihrer breiten Schilde ein Bollwerk, hinter dem sich jeder verschanzen konnte, der gerade eine Atempause benötigte.

Auch Fisker und Trimm kämpften nebeneinander, beide unterstützten sich gegenseitig mit ihren flinken Waffen, wann immer der andere in Not war.

Hakanus Miene spiegelte echte Freude am Kampf wider, während er hinter den Zwergen hin und her sprang und mit jedem Wurf seines Speers zwei oder mehr Hochfänge durchbohrte.

Lyssin hingegen bildete zusammen mit dem Vater des Berges einen ruhenden Gegenpol; er mit seiner wirbelnden Stahlkugel, die ihr genug Freiraum verschaffte, damit sie einen Pfeil nach dem anderen abfeuern konnte.

Zwischen all den Paladinen warteten ihre Vertrautentiere auf passende Gelegenheiten, in den Kampf einzugreifen. War es für Culhen, Muai, Hanulf und Yoka ein Leichtes, den Hochfängen mit Attacken zuzusetzen, stellten aussichtsreiche Angriffe auf den Gegner für Selsena und Haminul, aufgrund des mangelnden Platzes, und für die restlichen Tiere, aufgrund ihrer geringen Größe, eine echte Herausforderung dar. Trotzdem war Ahren für jeden ihrer tierischen Mitstreiter dankbar.

»Also gut«, rief Ahren. »Rückzug.«

Sofort löste sich Fisker aus dem Kampf und betätigte den geheimen Mechanismus, indem er nacheinander gegen die entsprechenden Steine drückte, woraufhin sich die Stahltür erneut öffnete.

»Die Vertrautentiere zuerst«, kommandierte Falk. »Fisker soll mit ihnen gehen, damit er die Losung nennen kann.«

Aber …, begann Culhen zu protestieren.

Die Entscheidung ist richtig, fuhr ihm Ahren in Gedanken dazwischen. *So könnt ihr euch unten strategisch sinnvoll postieren und eure Stärken ausspielen, sobald die Hochfänge hier oben durchbrechen und in die Kammer der Runen stürmen.*

Culhen fügte sich stumm, und eines nach dem anderen verschwanden die treuen Tiere so schnell als möglich die Treppe hinab. In der kurzen Zeitspanne verloren drei weitere Zwergenwächter ihr Leben und der Erste erlitt einen Stich in die rechte Hüfte, während sich die Leichen der wie wahnsinnig kämpfenden Hochfänge allmählich stapelten und Dutzende weitere der veränderten Diener des Widersachers in den Raum strömten.

»Es nimmt kein Ende«, stöhnte Ahren, als die Dunkelheit, die dem nachrückenden Feind wie ein schwarzes Leichentuch folgte, den Raum trotz der vielen Laternen an den Wänden fast vollständig verschluckt hatte.

»Augen zu!«, brüllte Hakanu, und Ahren reagierte dieses Mal so präzise, dass er weder geblendet wurde noch nach Kamaluqs Lichtblitz allzu viel Zeit mit Augenblinzeln verlor. Der Fuchs war nach seinem Abschiedsgeschenk als letztes Vertrautentier die Treppe hinuntergelaufen, und Ahren nutzte die Desorientiertheit ihrer Gegner, um den anderen Paladinen mit mehreren weiten, sensenartigen Hieben etwas Raum zum Manövrieren zu verschaffen.

»Trimm, Hakanu, Lyssin, runter mit euch«, brüllte Ahren. Während die beiden jungen Paladine umgehend reagierten, schüttelte Trimm störrisch den Kopf.

»Ich gehe mit Sunju und Bergen als Letztes«, sagte er grimmig. Auf seiner stacheligen Rüstung klebten Fleischfetzen und Blut gleichermaßen und sogar ein toter Hochfang hing aufgespießt am Rücken des Paladins. Offensichtlich hatte er vor, den Tod Ekens unerbittlich zu rächen. Für jedes einzelne Haar seines treuen Katers nahm er das Leben eines Dunkelwesens.

»Aber …«

»Nicht streiten«, brüllte der Erste dazwischen und füllte mit weiten Schwüngen seines Zweihänders die Bresche aus, die ein weiterer toter Zwerg in ihrer Verteidigung hinterlassen hatte. »Ahren, Falk und ich gehen als Nächstes, danach kommt der Rest.«

Ahren wollte der Reihenfolge widersprechen, da sie ihm willkürlich vorkam, aber da starb der nächste Zwerg gurgelnd an der rechten Flanke des Waldläufers und so fügte er sich.

Hastig rannte er durch den Torbogen, der ihn hinab in die Tiefe führen würde, und er war bereits über dessen Schwelle hinweg, als ein Ruck ihn vorwärtstaumeln ließ. Heiseres Kreischen malträtierte sein rechtes Ohr und Ahren roch den fauligen Atem des Hochfangs, der ihn bei seinem Rückzug von hinten angesprungen hatte und mit dem er nun die Stufen der Treppe hinabpurzelte. Scharfe Krallen suchten nach einer Schwachstelle in Ahrens Panzerung und zwei der knöchrigen, spitzen Finger des Hochfangs fanden seine Lippen und stachen hinein. Geistesgegenwärtig öffnete Ahren den Mund, wälzte sich beim Hinabfallen der Treppe über seinen Gegner, und als der Hochfang seine Krallen in den Mund des Paladins rammte, biss der nach Leibeskräften zu. Er schmeckte Blut, als die Krallenspitzen seines Kontrahenten ihn in die Zunge stachen, und biss weiter seine Zähne zusammen, damit die Finger des Wesens nicht tiefer in seine Mundhöhle eindringen konnten.

Wieder und wieder überschlugen sich die beiden, der Hochfang mit seiner freien Hand auf Ahren einschlagend. Der Paladin hingegen konzentrierte sich darauf, bei jedem Überschlag seinen Angreifer mit seinem Körpergewicht und dem Gewicht der Rüstung zu überrollen. Als sie am Fuße der Treppe angekommen waren, empfingen bereits vier gezückte Schwerter den Hochfang und setzten seinem Toben ein Ende. Ahren spuckte die Finger des Wesens aus und rappelte sich auf, um Platz für die nachfolgenden Paladine zu machen.

»Danke«, nuschelte er, den Mund voller Blut in Richtung Yantilla und der versammelten Eiswölfe.

Umgehend war Hakanu bei ihm. »Meister, wo seid Ihr verletzt? Ihr spuckt Unmengen an Blut!« Unter anderen Umständen hätte Ahren die Sorge seines Schützlings ausgesprochen rührend empfunden, aber dafür war keine Zeit.

»Zu'ge«, nuschelte er wenig verständlich und öffnete den Mund.

Hakanu zuckte zurück. Offenkundig waren Ahrens Verletzungen nicht schön anzusehen.

»Hier, Meister«, sagte er und reichte dem Waldläufer seine Lederflasche mit dem Heilwasser.

Ahren wollte verneinen, aber statt Worten kam nur ein frischer Schwall Blut aus seinem Mund. Brummend nahm er einen kleinen Schluck aus der Flasche und spülte damit so lange, bis sein ganzer Mund nach muffigem Leder und Eisen schmeckte. Dann spie er aus und versuchte sich an einem Satz. »Verfluchte Gebrochene«, murrte er.

Das klingt doch schon viel besser, kommentierte Culhen.

»Gebrochene?«, fragte Fisker neugierig.

Ahren zuckte mit den Achseln. »Der Widersacher hat diese armen Seelen an Körper und Geist gebrochen. Selbst ihre Schwerter sind es. Ich finde den Namen ausgesprochen passend.« Er wandte sich an Falk, der mittlerweile die Treppe herabgekommen war. »Nur halte ich sie nicht für meisterhafte Meuchler.«

Die Miene des alten Paladins verfinsterte sich. »Warte, bis ihre Anzahl schrumpft und der Wille des Widersachers jeden einzelnen führt. Dann wirst du schon sehen, was ich meine.«

Der Erste stürmte in den Raum, reduzierte sein Tempo aber umgehend, um mit Bedacht über die erste Linie aus Bannzeichen zu steigen, die sich überall auf dem Boden des quadratischen Raumes befanden und sich wie aufgemalte Grenzlinien zwischen Auf- und Abgang der Kammer entlangzogen.

»Die Zwerge erkaufen uns Zeit«, sagte er mit Grabesstimme. »Sie werden die Tür hinter uns schließen.«

Wie zur Bestätigung hallte es kurze Zeit später metallisch dumpf die Treppe hinab und der Kampfeslärm wurde abrupt leiser.

Ahren schluckte seinen Gram herunter. Dutzende Veteranen aus Tausend Hallen ausgelöscht in weniger als hundert Herzschlägen.

»Waren …« Er rang nach Atem, um seine Stimme weniger erschrocken klingen zu lassen. »Waren es damals auch so viele Angreifer?«

Der Erste schüttelte den Kopf, während Trogadon, dicht gefolgt von Bergen, Sunju und Trimm das Ende der Treppe erreichte. Als Trimm die Tür schloss, herrschte für einen Moment Grabesstille. »Damals waren es vielleicht zwei Handvoll. Aber sie sollten auch nicht mit uns kämpfen, sondern sich in die Kinderzimmer schleichen.«

Ahren nickte. Er hatte sich die Nacht des Blutes immer wie einen Verzweiflungskampf vorgestellt, dabei war es ein gezieltes Attentat auf die Schwächsten im Lebensumfeld der Paladine gewesen. Da sie dem Widersacher in der heutigen Nacht diese Möglichkeit verwehrt hatten, wandte er nun deutlich brachialere Methoden an. Methoden, die die Streiter der Götter mithilfe ihrer Verbündeten hoffentlich abwehren konnten, auch wenn der eine oder andere für seine Hingabe an ein freies Jorath mit dem Leben bezahlte.

Nur noch eine Nacht und einen Tag, schwor sich der Paladin. *Dann endet dieser Wahnsinn ein für alle Mal.*

»Was machst du da?«, blaffte der Erste Trogadon an, der von Laterne zu Laterne huschte, jeweils den Deckel abnahm und etwas in die Flammen warf.

»Nur eine Überraschung für unsere dunkelheitsverliebten Freunde«, sagte der Schmied unschuldig.

»Lass ihn«, sagte Bergen, der mit den Händen auf seinen Knien abstützte, um zu Atem zu kommen. »Jeder Vorteil hilft uns.«

Yantilla beugte sich zu Ahren hinüber. »Wie schlimm ist es dort oben?«, fragte sie leise.

»Schlimmer, als es sich anhört.«

»Oh.«

»Genau.« Ahren sah die Kommandantin seiner Leibwache durchdringend an. »Keine Heldentaten«, ermahnte er sie. »Die Eiswölfe brauchen ihre Anführerin.«

Yantillas Züge verhärteten sich. »Die Eiswölfe folgen nur einer Person, und das seid Ihr. Der Dreizehnte Paladin. Ich bin unwichtig.«

Ahren lieferte sich ein Blickduell mit der ehemaligen Söldnerin. Mal wieder. »Keine. Heldentaten«, wiederholte er entschieden. »Wenn ich gehe, dann geht Ihr mit mir diese Treppe hinunter. Schwört es!«

Die hagere Frau wand sich. Erst als die obere Stahltür der Kammer der Schilde mit einem Krachen aufflog und das Kreischen der Hochfänge die Treppe hinabquoll, nickte sie schließlich. »Ich werde direkt hinter Euch sein. Versprochen.«

Ahren sah die Frau noch einmal lauernd an und nickte dann zufrieden. Er wandte sich in Richtung Khara, die mittlerweile einen kleinen Verband um ihre rechte Ohrspitze trug.

»Das Ohr ist noch dran«, sagte sie zur Begrüßung. »Auch wenn ich mich darauf freue, es später im Heilwasser der Herzhalle waschen zu können.«

Ahren verzog das Gesicht. »Laut Quin-Wa ist es bereits mit viel zu viel Paladinblut verunreinigt, als dass es seine Wirkung noch entfalten kann.«

Khara versuchte sich an einem Lächeln. Es misslang fürchterlich. »Dann gehen uns die Heiler aus«, sagte sie leise. »Akkad sitzt in seinem eigenen Arkanwall-Zauber fest, Uldini und Jelninolan bereiten sich auf morgen vor, Quin-Wa liegt in den Wehen und Schläft-im-Wipfel ist der Ohnmacht nahe, weil sie Lirana vor dem Widersacher abschirmt.«

»Der Feind ist vor der unteren Tür!« Der Ruf Yantillas brachte die geflüsterten Unterhaltungen im Raum zu einem jähen Ende. »Eiswölfe! Bildet einen Halbkreis, drei Mann tief. Der Rest positioniert sich vor der Tür zur Kammer der Klingen. Und achtet beim Kämpfen auf die Zauberzeichen. Lasst den Feind die Magie auslösen!«

Kreischend begannen die Gebrochenen auf die Stahltür einzuhämmern. Die Fäuste der Hochfänge blieben wirkungslos, aber die Dunkelheit, die durch die Ritzen der Tür strömte, schien das harte Material langsam, aber sicher aufzubiegen, als bestünde sie aus der puren Willenskraft des Widersachers.

»Was machen wir Paladine in Eurer Schlachtaufstellung, werte Kommandantin?«, fragte der Erste eine Spur zu höflich, als dass die Worte ernst gemeint sein konnten.

»Hübsch aussehen und die Lücken füllen, sobald die ersten Eiswölfe fallen«, kam Yantillas Antwort so gelassen und nüchtern, dass der Erste blinzelte.

»Eine kaltblütige Antwort«, sagte er. »Wie erfrischend.«

»Ich war mal Söldnerin, schon vergessen?«, fragte die hagere Frau mit einem Lächeln, das so spröde war, dass Ahren glaubte, es müsse zerbrechen und in Scherben zu Boden fallen. »Bevor ich diesen schmucken Wappenrock bekam, war kein Platz für Sentimentalitäten in meinem Leben.«

Ich habe das Gefühl, diese Worte gelten eigentlich dir, kommentierte Culhen die Aussage Yantillas. *Sie nimmt es dir wohl übel, dass du sie zum Rückzug verdonnert hast.*

Damit kann ich leben, sagte Ahren. *Solange sie überlebt.*

Der Geist des Wolfes wurde seltsam trüb, beinahe undurchdringlich. *Du weißt, dass am morgigen Tag viele sterben werden, oder? Vielleicht auch jene, die dir nahestehen.*

Ahren konnte den unausgesprochenen Gedanken geradezu hören: Vielleicht traf es Culhen.

Du …

Weiter kam er nicht. Die Tür, die hinauf in die Kammer der Schilde führte, gab nach und in einem Gewirr aus Klauen und gezackten Klingen fluteten Gebrochene den Raum. Mit ihnen kam die Dunkelheit, welche regelrecht über die erste Reihe der Eiswölfe hinwegschwappte. Die Unglücklichen überlebten keine fünf Herzschläge.

»Bei den Göttern«, keuchte Yantilla und wich mit den verbliebenen Eiswölfen ein paar Schritte zurück.

»Bereit machen!«, brüllte der Erste und stellte sich in den nun deutlich größeren und lichteren Halbkreis aus Verteidigern.

Ahren bezog ebenfalls Stellung, links von sich Khara, auf der anderen Seite Trogadon.

»Alle einen Schritt zurück«, brüllte Yantilla, als die Hochfänge nachsetzten. »Achtet auf die Bannlinien!«

In Formation setzten die Eiswölfe ihren rechten Fuß weit hinter den linken, was etwas staksbeinig wirkte, und zogen sich zurück. Offensichtlich hatte Yantilla dieses Manöver üben lassen. Kaum hatten die Paladine, Trogadon und Khara die Schrittfolge nachgeahmt, wurden alle anwesenden Verteidiger mit einem spektakulären Anblick belohnt. Es war nur ein einziger Gebrochener, der seinen Fuß auf die Zauberzeichen am Boden setzte, aber sofort glomm eine ganze Linie aufgezeichneter Schnörkel auf.

Eine Flammenwand raste in Richtung Tür zur Kammer der Schilde und erfasste sämtliche Dunkelwesen auf seinem Weg. Das Feuer loderte nur einen Wimpernschlag, aber die plötzliche Hitze erinnerte Ahren an den Ausbruch des gewaltigen Vulkans in der Klingensee. Die vom Zauber eingehüllten Dunkelwesen vergingen in einer Wolke aus Asche. Zurück blieben nur verkohlte, glimmende Schwertstummel.

»Das ist nützlich«, sagte Bergen, tastete dann nach einer üblen Schwellung auf seiner Wange, die sich bereits blau färbte, und pustete die umherwirbelnde Asche davon. »Der Mistkerl, der mir das hier verpasste, schwebt gerade mit seinen Freunden davon.«

Ahren zählte die verbleibenden Bannkreise am Boden durch. »Noch vier«, sagte er laut.

»Und sie wollen gut genutzt sein«, fügte Yantilla hinzu. »Die Gebrochenen sollen sich vor den Zeichen regelrecht stapeln, indem wir so viele von ihnen so lange wie möglich hinhalten! Dann erst lassen wir sie die Magie auslösen und ...«, sie deutete auf die langsam zu Boden sinkende Asche.

Ahrens Blick fiel auf die verbrannten Leichen der toten Eiswölfe. »Und es bleibt besser keiner auf der falschen Seite der Zauberzeichen zurück.«

»Wir hätten die Schrittfolge ebenfalls üben sollen«, sagte Trogadon nervös. »Ich widerstehe ja vielerlei Magie, aber diesem speziellen Bannfluch will ich nicht ausgesetzt werden.«

»Die nächsten Gebrochenen kommen die Treppe hinab«, warf Trimm ein. Der Paladin sah noch immer fürchterlich besudelt aus, aber mittlerweile mischte sich Erschöpfung mit dem Groll in seiner Stimme.

»Hat noch jemand den Eindruck, als hätten sich diese Hochfänge gerade eben gesammelt, statt einzeln in den Raum zu stürmen?«, fragte Lyssin in die Runde.

»Falk sagte ja bereits, dass sie gefährlicher werden, je weniger von ihnen durch den Widersacher kontrolliert werden«, erwiderte Ahren grimmig.

»Aufgepasst!«, rief Falk und hob seinen Schild. Da warfen sich auch schon die nächsten Gebrochenen auf die Eiswölfe und Paladine.

Dutzende Herzschläge lang lieferten sich die Verteidiger ein ungleiches Duell mit den geifernden Hochfängen, die ihre Lebensqual beständig hinausschrien. Ahren schwitzte unter der Anspannung, ja keinen falschen Schritt zu tun und aus Versehen die tödlichen Runen zu aktivieren, welche auf dem Boden lauerten und einen schnellen Feuertod versprachen.

Eiswölfe fielen zuhauf und auch von den Gefährten forderten die erbitterten Kämpfe ihren Tribut. Die Gebrochenen setzten bei ihren Angriffen auf schnelle Schnitte und kraftvolle Stiche. Während Letztere selten ihr Ziel bei Ahren und seinen Freunden fanden, taten es die leichten, beinahe verspielt wirkenden Attacken, die manchmal nur einen oberflächlichen Schnitt auf der Haut hinterließen, umso öfter. Ahren war klar, dass wenn nur jeder zehnte Gebrochene eine solch leichte Verletzung bei den Verteidigern hinterließ, sie alle vor dem Ende der Nacht verbluten würden, zumal der vorangegangene Tag bei jedem Einzelnen der Gefährten bereits seinen Blutzoll eingefordert hatte.

»Zurück!«, brüllte Yantilla.

Ahren suchte verzweifelt nach einer Rückzugsmöglichkeit, da ein Hochfang ihm beharrlich zusetzte, während Sonne durch die Attacke eines weiteren Gebrochenen in einer hastigen Parade gebunden war. Eine neue Welle der Dunkelheit umfing die vorstürmenden Angreifer, schwappte über Ahren und seine Freunde hinweg.

Blind und erschöpft versuchte Ahren sich daran zu erinnern, wo genau er gerade gestanden hatte und wie weit die nächste Bannlinie von seinen Füßen entfernt war. Klauen, die über seine Rüstung kratzten, drängten in gewaltsam zurück. Er taumelte, drohte sein Gleichgewicht zu verlieren und in der Dunkelheit auf eine der Runen zu treten, als es plötzlich an den Wänden zischte und die Flammen der Sturmlaternen so hell aufloderten, dass jegliche Finsternis aus dem Raum wich.

Ahren und die restlichen Verteidiger nutzten die unerwartete Chance und wichen unter Rufen der Erleichterung ob des willkommenen Lichts hinter die nächste Bannlinie, bevor die Gebrochenen reagieren konnten. Yantilla stampfte herzhaft auf die Runen am Boden und wieder erhob sich reinigendes Feuer, welches den Bereich bis zur aufwärtsführenden Treppe von Feinden säuberte.

»Die Fackel sollte bereits früher auflodern«, brummte Trogadon mit einem entschuldigenden Achselzucken. »Dieses spezielle Pulver braucht leider sehr lange, bevor es heiß genug wird, um sich zu entzünden.«

»Vorwärts«, sagte Yantilla und engte den Halbkreis aus Schwertern und Schilden vor der gegenüberliegenden Treppe wieder ein. »Weiterhin so wie gehabt«, schärfte sie ihren Männern und Frauen ein. »Lasst sie für jeden Schritt mit Blut bezahlen und lockt sie zur nächsten Bannlinie.«

Wieder legte sich Dunkelheit über den Raum und brachte Gewalt und Tod mit sich. Ahren bemerkte, dass die Augen der Gebrochenen immer weniger tierisch wirkten und ihr Kreischen mitunter von Phasen konzentrierter Stille abgelöst wurde. Ihre Angriffe wurden weniger chaotisch, sondern zielgerichteter. Die Eiswölfe und übrigen Verteidiger mussten viel schneller zurückweichen als bei den vorherigen Angriffswellen, um nicht überrannt zu werden. Keine zehn Herzschläge, nachdem die Gebrochenen erneut angegriffen hatten, fegte die nächste Feuersbrunst durch den Raum und ließ diesmal nicht Dutzende, sondern nur acht Dunkelwesen zu Asche vergehen.

»Die werden richtig unangenehm«, murrte Trogadon und wischte sich mit seinem Bart das Blut aus dem Gesicht. »Und habt ihr gesehen, wie die hintersten sich vor dem Feuerzauber die Treppe hochgeflüchtet haben?«

»Die Gebrochenen wandeln sich von einer wilden Herde zu gezielt eingesetzten Marionetten«, bestätigte Falk. »Je mehr wir töten, umso fester hält der Wille ihres Herrn die Überlebenden in seinem unbarmherzigen Griff. Sie werden noch tückischer werden, glaubt es mir.«

»Durchatmen und neu formieren«, befahl Yantilla laut und die Eiswölfe gingen hinter der nächsten Bannlinie in Stellung.

Mittlerweile standen keine Leibwachen mehr am Abgang zur Kammer der Klingen. Die Verluste unter den Soldaten, die Ahren die Treue geschworen hatten, waren verheerend. Der Waldläufer zwang sich, nicht über die Toten nachzudenken. Dafür stand für die Lebenden zu viel auf dem Spiel. Jedes übrig gebliebene Schild und Schwert wurde in der vordersten Reihe benötigt.

Die verbrannte Asche der Gebrochenen schwebte in der Luft und klebte als dicke Patina auf dem Boden. Ahren konnte den Feind bei jedem seiner Atemzüge regelrecht schmecken. Hätte er nur ausspeien können, es wäre eine Wohltat gewesen, aber sein Mund und seine Kehle waren trocken. Gemeinsam mit seinen Freunden und den Eiswölfen starrte er in die Dunkelheit des gegenüberliegenden Ganges und wartete darauf, dass die Gebrochenen sich erneut zeigen würden.

Ahren packte seine Windklinge fester und spürte, wie seine Finger zitterten. Er und seine Gefährten hatten seit dem Morgengrauen zu oft die Waffen gehoben, als dass die Kämpfe sie nicht erschöpft hätten, und langsam konnte sie auch ihr Göttersegen nicht mehr mit neuer Kraft beleben. Ahren glitt ins Pelneng, um die Auswirkungen seines müden Körpers zu unterdrücken.

»Eine Pause wäre schön«, sagte Khara neben ihm leise. Seine Liebste spürte genau, was in ihm vorging.

»Sie geben keinen Mucks mehr von sich«, sagte Bergen und legte dabei den Kopf schief.

»Die Gebrochenen schleichen sich an«, sagte Khara. »Muai kann sie hören. Macht euch bereit.«

Kaum hatte die Schwertmeisterin zu Ende gesprochen, wallte erneut Dunkelheit in den Raum, begleitet von schweigend dahinhuschenden Schatten, die eine Kampfeslinie bildeten, gerade weit genug in ihrer finsteren Deckung verborgen, dass sie kaum zu sehen waren.

»Das nützt euch auch nichts«, sagte Hakanu und warf seinen Speer in die Wand aus Schwärze. Stumm fiel ein bleicher Körper nach vorne, von der Waffe des Paladins durchbohrt, der sie mit einem zufriedenen Brummen in seine Hand zurückkehren ließ.

Auch Lyssin schoss aufs Geratewohl Pfeile auf die schwer auszumachenden Gebrochenen, doch obwohl sie und Hakanu noch drei Dunkelwesen töteten, rührte sich die Schlachtreihe des Feindes nicht. Stattdessen baute sich die Finsternis über den Gebrochenen auf, bis sie einer undurchdringlichen Flutwelle gleich bis zur Decke reichte.

»Hakanu«, sagte Ahren, dem nichts Gutes schwante. »Wie geht es Kamaluq?«

»Er ist erschöpft«, antwortete der Lehrling. »Gebt ihm einen Moment vor dem nächsten Lichtblitz.«

»Die Zeit haben wir nicht«, ertönte die Stimme des Ersten, dann stürmten die Gebrochenen vorwärts.

Schwärze, Krallen und zerbrochene Klingen suchten gierig nach dem weichen Fleisch Ahrens und der restlichen Verteidiger. Kamaluqs schwaches Fiepen war nicht mehr als ein Keuchen, als der kleine Fuchs seine besondere Gabe einsetzte.

Kaum hatte Ahren die Augen nach dem Lichtblitz wieder geöffnet, als er sah, dass die Gebrochenen mit nicht halb so viel Wildheit zurückschlugen, wie der Waldläufer erwartet hätte. Ihres Schutzes durch die Dunkelheit beraubt, schienen sie auf irgendetwas zu lauern.

Culhen, siehst du etwas?, fragte er beunruhigt, während er versuchte, sowohl die beiden Gebrochenen vor ihm im Zaum zu halten als auch nach dem Treppenschacht zu sehen, in dem sich tiefschwarze Dunkelheit formierte.

Nein, sagte Culhen und biss dabei knurrend nach einem der Hochfänge und beendete dessen Leid.

»Da!«, schrie Fisker plötzlich auf. »Cassobo hat einen der Gebrochenen über uns entdeckt.«

Ahren konnte aus dem Augenwinkel nur einen Schemen sehen, der wie eine Spinne an der Decke entlangkrabbelte und bereits hinter der Linie der Eiswölfe angelangt war. Plötzlich griffen die Gebrochenen wie von Sinnen an, kreischten und krallten und stachen, als wäre der Wahn mit Macht zurück in ihren Verstand gekrochen.

»Die Bannlinie!«, brüllte Sunju. »Er will sie hinter uns auslösen!«

Ahren wirbelte herum, mit einer Hand nach Fisiniell greifend, aber da packten ihn zwei kräftige Krallen am Rücken und zogen ihn in Richtung Feindeslinie. Wild schlug er mit Sonne um sich, um nicht in die Dunkelheit verschleppt zu werden, und konnte daher nur dabei zusehen, wie sich der Gebrochene von der Decke fallenließ und direkt hinter einem der Zauberzeichen landete.

Wir werden alle eingeäschert!, schoss es Ahren durch den Kopf.

Der Gebrochene hob den Fuß.

Keiner der Eiswölfe oder Paladine war nah genug, ihn zu stoppen. Hakanu rief fluchend seinen Speer zurück in seine Hand und Lyssins Hand griff in einen leeren Köcher.

Die List der Gebrochenen war aufgegangen.

Da schrie Haminul plötzlich auf, so schrill und herausfordernd, als wäre er wieder der wilde Nachtmahr des Wutwaldes. Der Ruf des schwarzen Titejunanwas wurde von den Wänden zurückgeworfen und drang wie spitze Dolche in Ahrens Ohren. Mit einem gequälten Stöhnen ging er in die Knie, so wie alle anderen Wesen im Raum, die keine elfischen Streitrösser waren. Der Gebrochene an der Bannlinie krümmte sich für volle drei Herzschläge, bevor er seinen Fuß wieder gen Zauberzeichen ausstreckte.

Dies war mehr als genug Zeit für Selsena, auf den Hochfang zuzustürmen. Mit einem weiteren Wiehern, von dem Ahren glaubte, es müsse seine Trommelfelle reißen lassen, stieß Falks Vertrautentier sein

Horn in den Rücken des Gebrochenen, riss ihn von den Füßen und galoppierte mit ihm über die Bannlinie weg, ohne dass die Hufe die kostbaren Runen berührten.

»Da soll mal einer sagen, dass Pferde in einem geschlossenen Raum nichts zu suchen haben«, ächzte Falk und rappelte sich auf.

»Hoch mit euch«, rief der Erste, der bereits wieder aufrecht dastand und seine Klinge gegen die benommenen Dunkelwesen führte. »Da kommt schon die nächste Angriffswelle.«

»Rückzug!«, brüllte Yantilla.

Ahren zog eine der schwer benommenen Leibwachen auf die Beine und rettete sich zusammen mit seinen Kampfgefährten hinter die Zauberzeichen. Die vorderen Hochfänge wollten zurückweichen, um sich in Sicherheit zu bringen, prallten dabei jedoch gegen die nachströmende Verstärkung.

»Brennt!«, sagte Yantilla genüsslich und stampfte auf eine Rune. Ein Fauchen ging durch den Raum und schon war die Luft erneut heiß und aschedurchzogen.

Der Vater des Berges hustete vernehmlich. »Das Atmen fällt langsam schwer hier drinnen.«

Ahren bewunderte die Ruhe und Milde, die trotz der Umstände im Klang seiner Worte mitschwang. Er selbst konnte seinen Blick nicht von den vielen toten Soldaten nehmen, die allesamt verkohlte Waffenröcke mit seinem Zeichen darauf trugen. Keine zehn Eiswölfe waren mehr übrig, die noch Schwert und Schild halten konnten. Sein Blick traf den Yantillas und sie nickte vielsagend.

»Wir müssen die Kammer der Runen räumen«, sagte Ahren. »Der nächste Angriff wird uns unsere letzte Bannlinie kosten.«

Keiner widersprach und so wurde die Stahltür in ihrem Rücken geöffnet, während die verbliebenen Leibwachen vor Ahren und Yantilla salutierten. »Es ist uns eine Ehre, Euch zu dienen, Dreizehnter«, sagte ein junger Soldat, der kaum älter als Hakanu sein konnte.

»Kommt mit uns«, sagte Ahren beinahe flehend, während die Vertrautentiere sich an den Abstieg machten.

»Irgendwer muss die Tür hinter uns euch schließen und euch Zeit erkaufen.«, sagte Yantilla. »Bitte lasst mich bei ihnen bleiben«, beschwor sie Ahren. »Eine Kommandantin sollte ihrer Einheit bis zum bitteren Ende beistehen.«

Ahren war elend zumute, als er weitersprach. »Nein«, brachte er hervor. »Ich bin nicht bereit, Euch zu verlieren. Solange Ihr lebt, leben die Eiswölfe.«

Die ersten Paladine hasteten die Treppe zur Kammer der Klingen hinab und Dunkelheit quoll von der anderen Seite des Raumes auf die verbliebenen Verteidiger zu.

Yantilla sah ihn traurig an. »Ihr irrt Euch, Dreizehnter. Solange *Ihr* lebt, leben die Eiswölfe.«

Ahren war versucht, der hageren Frau ihren Willen zu lassen, aber da gab ihr eine kräftige Eiswölfin einen Stoß mit ihrem Schild und ließ sie die Treppe hinabstolpern.

»Rettet die Kommandantin«, sagte die Frau und rückte ihren Helm zurecht, bevor sie sich zu den Gebrochenen umdrehte. »Rettet die Eiswölfe.«

Damit war für Ahren alles gesagt. Die fluchende Yantilla vor sich herschiebend stieg er die Treppe hinab. Hinter ihm fiel die Stahltür mit einem endgültig klingenden Donnern zu, was der ehemaligen Söldnerin ein Schluchzen entlockte. Ahren zwang sich zu jedem einzelnen Schritt die Stufen hinab, die laute Stimme in seinem Inneren verdrängend, dass er dort oben neben den Männern und Frauen seiner Leibwache stehen müsste. Die am Ende der Treppe wartende Dunkelheit ließ ihn zusätzlich zögern, bis er sich daran erinnerte, dass jene spezielle Finsternis zu ihrer aller Vorteil gereichen würde. Hier in der letzten Kammer würden die Nachtsoldaten den Gebrochenen gegenübertreten und sie an das Gefühl der Angst erinnern, das ihnen von ihrem Dunklen Herrn ausgetrieben worden war.

Die Tür schloss sich hinter ihnen und bleierne Schwärze war alles, was Ahren erkennen konnte.

»Wir führen euch«, hörte er die Stimme Ro-kanis dicht an seinem Ohr, jener Nachtsoldatin, die schon öfter seine Wege gekreuzt hatte. Mit festem Griff am Oberarm gepackt, wurde Ahren zügigen Schrittes durch das Labyrinth geführt, das tödliche Fallen aller Art für jene bereithielt, die dessen Aufbau nicht fehlerfrei verinnerlicht hatten.

»Sie werden über die Decke und Wände klettern«, raunte Ahren in die Stille hinein.

»Sehr gut«, lautete die beflissene Antwort. »Scharfe Klingen, die aus den Fugen ragen, werden sie erwarten.«

Ein leises Fauchen auflodernder Flammen drang durch die Ritzen der Stahltür hinter ihnen.

»Die letzte Bannlinie«, sagte Yantilla mit gebrochener Stimme.

»Ihr hättet keine besseren Männer und Frauen führen können«, sagte Ahren, doch seine Worte kamen ihm hohl und leer vor.

»Wir sind am Ziel«, sagte Ro-kani. »Eure Freunde sind ebenfalls hier.«

»Ahren?«, fragte Khara leise keine zwei Schritt links von ihm.

»Ich bin da.«

»Gut.«

»Wie genau sollen wir mitkämpfen?«, fragte Bergen unwirsch. »Ich kann *nicht* im Dunkeln sehen und habe wenig Lust, mich in diesem Irrgarten aus Fallen selbst aufzuspießen.«

»Wer will, kann sich in die Herzhalle zurückziehen«, sagte der Erste.

Ahren lauschte, aber hörte keinerlei Bewegung. Dann wurde eine winzige Fackel in seinem Rücken entzündet, deren schwaches Licht ihn blinzeln ließ. Der Flammenschein reichte keine sechs Schritt weit. Hinter den versammelten Paladinen zeichnete sich die Tür zur Herzhalle ab, in der Seelenverwandte und Neugeborene darauf hofften, dass die Paladine den Schrecken der Nacht von ihrer Schwelle fernhielten.

»Die Fackel beleuchtet den Radius, in dem wir uns bewegen können«, sagte der Erste und steckte sie in eine Wandhalterung direkt neben der Tür zur Herzhalle.

»Das ist zu wenig Platz für jeden von uns«, wandte Fisker umgehend ein.

»Wir bilden zwei Wälle«, sagte Sunju. »Kämpfer, die viel Platz brauchen, bleiben hier. Die Vertrautentiere gehen, bis auf Kamaluq, tiefer in die Herzhalle hinein, Fernkämpfer und Schildträger wie ich begeben sich in den Eingangsraum. Deckt euren Rückzug unter einem der Lichtblitze des Fuchses, sollte es so weit kommen.«

»Hat noch wer den Eindruck, wir haben gewagt, gewürfelt und verloren?«, fragte Fisker. Das Zittern in der Stimme des Paladins klang in Ahrens Ohren wie das Läuten einer Alarmglocke. »Wir stehen hier direkt vor der Herzhalle und noch immer setzen uns Gebrochene nach.«

»Lasst euch nicht beirren«, sagte Trimm plötzlich in die Runde. »Furcht sticht tiefer als jede Klinge.«

Einige Herzschläge lang herrschte verdutztes Schweigen.

»Ihr habt euren Bruder gehört«, sagte der Vater des Berges voller

Stolz. »Wenn Trimm seinen Mut in der Dunkelheit finden kann, dann sollten wir es ihm gleichtun.«

Ahren befürchtete, dass etwas Düstereres als Mut den beleibten Paladin antrieb, aber er schwieg. Solange Trimms Beispiel die Streiter der Götter standhaft bleiben ließ, war er dem trauernden Granden dankbar.

Ein weiteres Fauchen, das Geräusch eines Bannzaubers, war zu hören, das lauter klang, als das, was das Ende der Eiswölfe verkündet hatte.

»Die Tür der zweiten Wachkammer ist gefallen«, sagte Khara.

»Hoffentlich hat der Zauber auf den Torflügeln noch ein paar der Mistkerle in Ascheflöckchen verwandelt«, raunte Trogadon.

»Genug geredet«, mahnte Falk. »Jeder auf seinen Posten.«

Ich lasse dich nicht gern allein, sagte Culhen und schleckte Ahren hastig mit seiner Zunge über einen Schnitt in der Wange. Irgendwann im Laufe der Kämpfe hatte der Waldläufer seinen Helm eingebüßt, aber er wusste nicht genau, wo.

Ich bin keine dreißig Schritt entfernt, tröstete Ahren seinen Wolf. *Deine Aufgabe ist es, aufzupassen, dass kein Gebrochener zu den Neugeborenen gelangt, falls wir uns zurückziehen müssen.*

»Culhen«, mahnte der Vater des Berges sanft. »Es wird Zeit.«

Nachdem die Kampfesgruppen sich schließlich aufgeteilt hatten, wartete Ahren zusammen mit Khara, Yantilla, dem Ersten, Trimm, Trogadon und Bergen vor der Doppeltür zur Herzhalle. Gerne hätte der Waldläufer seine verbliebene Leibwächterin in Sicherheit gewusst, aber ihr Blick war ebenso unnachgiebig wie der von Trimm. Beide wollten in dieser Nacht das Blut ihrer Gegner in Strömen fließen sehen.

Hakanu zog die schweren Türflügel der schützenden Kammer mit einem letzten gequälten Blick auf seinen Meister und den neben Ahren wartenden Kamaluq zu, dann war jeder in Position für ihr letztes Gefecht außerhalb der Herzhalle.

»Ich liebe dich.« Die gehauchten Worte Kharas trafen ihn wie ein Pfeil in die Brust. Er wehrte sich gegen den Gedanken, dass sie sich gerade von ihm verabschiedete.

»Ich liebe dich auch«, sagte er und versuchte im Dämmerlicht des Fackelscheins ihren Blick einzufangen, doch da ertönte ein kreischendes Bersten von der gegenüberliegenden Stahltür und dann das Geräusch eines Gebrochenen, der von einer Stahlklinge aufgespießt wurde.

Der Feind war in der Kammer der Klingen angekommen.

Ahrens Herz pochte so wild, dass er fürchtete, es könnte ihm in der Brust zerspringen.

Er und die anderen Gefährten standen mit gezogenen Waffen da, zur absoluten Untätigkeit verdammt, und zwar seit einer gefühlten Ewigkeit. Die Gebrochenen kämpften, mordeten und starben in völliger Dunkelheit. Hier und da konnte Ahren das verräterische Schmatzen zerteilten Fleisches hören, und die Tatsache, dass er nicht sah, was vor sich ging, ließ jene Geräusche noch grauenerregender klingen. Nur dadurch, dass einige Fetzen des Gemetzels hörbar wurden, konnte er erahnen, was er tief in seinem rasenden Herzen bereits wusste: Die Nachtsoldaten schlugen sich wacker – und verloren doch unbarmherzig an Boden. Die grässlichen Laute des blutigen Kampfes kamen näher und näher.

»Vier Schritt noch«, murmelte Trogadon und lockerte seine Schultern. »Fünf, wenn wir Glück haben.«

»Ruhig«, sagte der Erste. »Wir dürfen den Moment nicht verpassen, da sie …«

Für einen winzigen Augenblick sah Ahren, wie zwei bleiche, blutbesudelte Hochfänge ins schwache Licht sprangen, dann umhüllte undurchdringliche Dunkelheit ihre Konturen.

Mit gesplitterten Klingen hieben die Gebrochenen nach Ahren und Khara, doch beide reagierten mit sauberen Paraden, während Trogadon die Hochfänge mit einem weit ausholenden Hieb zurück in die wartende Finsternis beförderte. Die nachfolgenden Laute kündeten von der Effektivität weiterer verborgener Fallen.

»Wenn noch mehr von ihnen zu uns gelangen, brauchen wir mehr Licht«, sagte Bergen. »Ich sehe kaum, was ich zu treffen versuche.«

Ein weiterer Hochfang sprang in den Fackelschein und wurde von der Axt des blonden Paladins begrüßt.

»Sieht so aus, als würdest du zurechtkommen«, entgegnete der Erste trocken.

»Vorsicht!«, rief Khara und parierte eine geworfene Klinge, die auf den Ahrens Kopf zuzischte.

»Jetzt erkenne ich den Kampfstil jener tückischen Mörder wieder, die uns in der Nacht des Blutes überfielen«, sagte Trimm grimmig.

Der Erste brummte leise. »Das ist gut. Das bedeutet, es sind nicht mehr viele übrig. Und doch wird der Wille des Widersachers sie im Kampf gegen uns unerbittlich machen.«

»Ob Quin-Wa die Geburt ihres Kindes hinter sich gebracht hat?«, fragte Ahren in die Runde.

»Wie kommst du jetzt darauf?«, fragte der Erste.

»Weil ich denke, dass es jetzt Zeit für einen Ausruf ist«, raunte Ahren.

»Einen Moment, bitte«, sagte Trogadon und griff in einen Beutel an seinem Gürtel. Eine Handvoll Pulver zwischen den Fingern, hielt er seine Pranke über die winzige Fackel. »Seid ihr bereit?«

»Wartet!« Kharas Armband leuchtete auf und das Segensband erwachte glühend zum Leben. »Lasst mich zuerst lauschen«, mahnte Khara, als Ahren und die anderen Paladine bereits Luft holten.

Ein Zupfen entlang der unsichtbaren Stränge, die alle Paladine vereinten, ließ Ahren die Erschöpfung und Erleichterung von Aluna und Quin-Wa spüren. Ihre Kinder waren geboren. Jetzt galt es, sie in den ersten Augenblicken ihres Daseins vor jenem Grauen zu schützen, das es sich zur Aufgabe gemacht hatte, sie zu meucheln.

Ahrens Entschlossenheit war wie eine zweite Klinge, geführt von seinem Schwur, den Fluch der Nacht des Blutes zu brechen.

Er holte tief Luft.

Die Gebrochenen drangen in einem dichten Halbkreis auf sie ein, die Waffen weit vorgereckt.

»PALADINIM THEOS DURALAS!«

Die Worte dröhnten diesseits und jenseits der Tür zur Herzhalle, die unter der Macht des Rufes vibrierte wie die Glocke eines Hüters, der sein Dorf zum Göttertagsgebet rief. Trogadons Pulver rieselte in die Flamme der Fackel und zischend erwachte das Licht zu blendendem Leben.

Die Zeit schien still zu stehen, als Ahren unter dem Einfluss des zum ersten Mal seit Jahrhunderten wiedervereinten Göttersegens die träge anmutenden Attacken der Gebrochenen unterlief und *Sonne* durch ihre dürren Körper schneiden ließ. Die gesamte Wachkammer zeichnete sich im weißlichen Licht der glosenden Fackel ab und offenbarte ein Schlachtfeld, wie Ahren es noch nie gesehen hatte. Schwarz gekleidete Körper, ob Gebrochene oder Nachtsoldaten, lagen überall umher, und der Blick des Waldläufers floh vor den grausigen Details.

Neben ihm kämpften die anderen Paladine, Khara, Trogadon und Yantilla gegen die Hochfänge. Gut drei Dutzend der bleichen Gestalten belagerten sie und drangen auf sie ein.

Das Licht erlosch – und zugleich die Kraft des Segensbandes. Ahren fühlte sich plötzlich mutterseelenallein in der Dunkelheit der Kammer und fröstelte. Er schlug blind nach einem schnaufenden Gebrochenen und schrie in Richtung Khara: »Was ist passiert?«

Funken stieben auf und dann hatte Trogadon eine Fackel entzündet, die er unzeremoniell auf den Boden warf, eine flackernde Bastion gegen die allumfassende Dunkelheit.

»Aluna …«, sagte Khara nach einigen Augenblicken irritiert. »Sie hat den Segen … aufgesogen?«

»Was soll das heißen?«, schnarrte der Erste, der einen Stich unter seine rechte Schulterplatte hinnehmen musste, als er mit seinem Großschwert zwei Gebrochene gleichzeitig aufspießte.

»Woher soll ich denn das wissen?«, blaffte Khara zurück. »Es ist ja nicht so, als wären wir schon einmal in dieser Situation gewesen, oder?«

»Ich hätte schon gerne das Segensband zurück«, sagte Bergen ächzend. »Diese alten Muskeln könnten nach all den Kämpfen des heutigen Tages wirklich etwas Hilfe gebrauchen.«

Ahren sah, dass der breitschultrige Paladin sich zwischen den Axtschwüngen immer wieder an den Bauch fasste. Ein kleines, aber beständiges Rinnsal aus Blut floss am Körper Bergens hinab.

Die Dunkelheit der Gebrochenen drängte das Licht der Fackel mehr und mehr zurück. Schon kämpften die Gefährten dicht an dicht.

»Rückzug«, keuchte Ahren resigniert.

»Bist du sicher?«, fragte Trogadon. »Es sind keine zwanzig mehr.«

Khara taumelte zurück, eine Beule über dem rechten Auge, die rasch größer wurde. »Aber sie kämpfen wie hundert.«

»Es wiederholt sich«, flüsterte Trimm mit Entsetzen in der Stimme. So tief die Rachsucht auch sein mochte, die er empfand, sie erlosch unter dem Eindruck wiederauflebender Erinnerungen.

Ahren hämmerte mit der gesenkten Faust gegen die Stahltür in seinem Rücken, die Schwerthand wehrte indes einen heimtückischen Stoß auf seinen Unterleib ab.

»Wir brauchen euch!«, rief er über die Schulter, was ihn beinahe seinen Kopf gekostet hätte, wäre Yantilla nicht dazwischen gegangen.

Die zerbrochene Klinge des Hochfangs traf ihre Schulter und drang tief hinein.

»Nein!«, keuchte Ahren und zog an der verletzten Frau, um sie in Sicherheit zu bringen, während hinter ihm die Doppeltür aufschwang.

Die Dunkelheit glitt über Ahren hinweg wie eine hungrige Schwarmkralle, die endlich ihre Beute vor Augen hatte. Gebrochene sprangen, kraxelten, krabbelten über den Boden, die Wände und die Decke an den Paladinen vorbei, die Augen gierig auf die Wiegen im hinteren Teil der Herzhalle gerichtet.

Sechs, sieben, dann acht Hochfänge fielen unter hastig geschwungenen Waffen, aber die tapfer kämpfenden Paladine wurden regelrecht überrannt und ignoriert, als die Dunkelheit und der Willen des Widersachers die Gebrochenen vorwärtspeitschte, um sein düsteres Versprechen an die Streiter der Götter zu erfüllen.

Paladine und Seelenverwandte schrien gleichermaßen vor Qual. Die Neugeborenen weinten hilflos in ihren Krippen, die Körper ihrer Väter, Mütter und der tapferen Zwerginnen als lebende Schutzschilde über die Unschuldigen gebeugt.

Ahren hieb und stach, er wollte tiefer in die Herzhalle gelangen, aber ein Vorankommen war durch das Chaos der vielen Leiber kaum möglich. Hakanu und Lyssin schossen drei weitere Gebrochene von der Decke, aber vier andere waren bereits über ihrer Beute angekommen.

Ein Ruck ging durch Ahrens rechten Arm, mit dem er noch immer die verwundete Yantilla hielt. Er erstarrte, als er sah, dass die hagere Frau von einem gesplitterten Schwert durchbohrt worden war. Das gezackte Ende ragte aus ihrem blutbefleckten Waffenrock mit dem springenden Eiswolf darauf. Die Frau, die so lange seine Leibwächterin gewesen war, wurde ihm aus der Hand und in die Dunkelheit entrissen.

Ahrens Mund formte sich zu einem Schrei der Wut und der Verzweiflung, doch ein anderer sollte ihn ausstoßen.

»YANTILLA!«

Eine bleiche Gestalt erhob sich aus dem Heilbecken, das angefüllt mit dem verzauberten Wasser Jelninolans war – und dem Blut von über einem halben Dutzend Paladine. Lanlions Gesicht war eine Maske unzähliger Schrecken, seine Augen glommen wie ersterbendes Feuer in einer kalten, mondlosen Nacht. Seine Finger glitten über das rote Wasser und sogen in Windeseile das im Becken vorhandene Paladinblut in sich auf. Der Schrei des fahlen Paladins ließ Freund wie Feind taumeln und dann entstieg er dem Becken, eingehüllt in den Mantel eines tiefroten Zaubers, für den es auf ganz Jorath keinen Namen gab.

Vier Hochfänge fielen in diesem Moment neben den Wiegen von der

Decke, ihre Klingen zum Stich auf weiches Fleisch erhoben, als sich ein Brüllen erhob, das die Wände in knirschendes Stöhnen versetzte.

»*IHR ZERBROCHENEN HOCHFÄNGE WOLLT MONSTER DER NACHT SEIN?*« Die Frage des Blutleeren hallte ebenso von den Wänden wie in Ahrens Kopf wider.

»*ICH ZEIGE EUCH EIN WAHRES MONSTER!*«

Ein dunkles Rot verschlang erst Licht, dann Dunkelheit. Ahren hörte vielfaches Reißen, Schmatzen, Gurgeln. Männer, Frauen und Babys schrien vor Angst. Etwas streifte ihn, etwas so Kaltes, dass er glaubte, nie wieder die Wärme des Lebens spüren zu können.

Dann war es vorbei.

Das Licht kehrte zurück wie ein schüchterner Bauernjunge, der sich seiner Pflichten auf dem Hof an einem schönen Sommertag erinnerte. Ruhe kehrte ein, als verweinte Gesichter sich ungläubig umsahen und ihre Tränen zusammen mit ihren Ängsten fortblinzelten.

Die Gebrochenen lagen wie Puppen umher, ihre Gesichter so fahl wie frischer Schnee. Keine einzige ihrer Wunden blutete mehr.

Ahren sah zum Eingang der Herzhalle und erblickte dort den Umriss Lanlions, der einen Körper auf seinen Armen trug – es war Yantilla.

»Hab keine Angst«, flüsterte der bleiche Paladin zärtlich. »Der Tod wird dich nicht bekommen.«

Ahren sah gerade noch, wie der Blutleere seinen Umhang über Yantillas geschundenen Körper legte, dann verschmolz Lanlion mit der Dunkelheit der Kammer der Klingen.

Ahren blieb mit einem Kloß im Hals zurück. Er sah sich blinzelnd um. Alle Gebrochenen waren tot, doch die Kinder der Paladine lebten.

»Es ist vorbei«, flüsterte er fassungslos. »Diese Nacht des Blutes wurde beendet. Und das ironischerweise von einem Paladin, der sich sowohl der Nacht als auch dem Blut verschrieben hat.«

Khara trat zu ihm und legte ihre Arme um seinen Hals.

»Am Ende«, wisperte sie ihm ins Ohr, »ist es stets die Liebe, die uns ungeahnte Kräfte verleiht.«

19. Kapitel

Der Widersacher spürte, wie die letzten Hüllen starben, die seine Dunkelheit mitten in die Reihen seiner Feinde getragen hatte.

Er hatte sowohl in den letzten Wochen als auch in dieser Nacht viel Kraft verbraucht, aber das Ergebnis war die Mühe wert gewesen. Die Paladine waren mit leeren Händen aus Kelkor heimgekehrt, einige ihrer stärksten Mitstreiter waren heute Nacht ausgelöscht worden – und all das Chaos und der Tod durch die Gebrochenen hatte sie jenen wichtigsten Aspekt vergessen lassen, der ihnen den Untergang bescheren würde.

Die Nacht des Blutes war nie nur ein Angriff von außen gewesen – sondern ebenso einer von innen heraus.

***

Khara folgte der Unruhe ihres Herzens und drehte sich auf der Korridorkreuzung ostwärts. Die allumfassende Stille der Burg und die an den Wänden stetig vor sich hin brennenden Fackeln waren noch immer unwirkliche Eindrücke, die mit den Erinnerungen an die Ereignisse der finsternisdurchwirkten Nacht kollidierten, die wild durch den Kopf der Schwertmeisterin schwirrten.

»Wohin gehst du?«

Ahrens Worte waren undeutlich vor Erschöpfung. Er hatte sich auf der Kreuzung bereits Richtung Westen gedreht, wo ihr Zimmer lag. Im Gegensatz zu ihr hatte er sich nicht für eine kurze Weile schlafen legen können, nachdem sie am Vorabend auf Sonnenschimmer nach Hochstein zurückgekehrt waren.

Khara drehte sich zu ihm um und bedeutete ihrem Liebsten, schon einmal ihre Kammer aufzusuchen. »Ich will noch nach Schläft-im-Wipfel und Lirana sehen«, sagte sie.

Verständnis glomm in Ahrens Augen auf und Khara gab ihm dafür einen raschen Kuss. »Wie geht es Quin-Wa?«, fragte er sanft, als sie sich von ihm löste. Die Klinge eines Gebrochenen hatte im Tumult ihr Herz verletzt, eine schwere Wunde, die durch Lanlions Zauber für kostbare Momente unentdeckt geblieben war.

Kharas Sinne flogen zu Muai. Die Tigerin lag vor dem Heilbecken, das nun wieder fast so besudelt aussah, wie zu dem Zeitpunkt, bevor Lanlion das Blut der Paladine in sich aufgesogen hatte. Nur Quin-Wa trieb noch auf dem Wasser, in dem alle Verteidiger der Herzhalle bereits gebadet hatten, ihr Gesicht war bleich, ihre Haare umgaben die schlafenden Züge Cochans wie ein schwarzer Fächer.

Ihre Brust hebt und senkt sich, beantwortete Muai die stumme Frage Kharas. *Quin-Wa ist stark. Sie wird bald aufwachen.*

Khara blinzelte die aufsteigenden Tränen fort. Ihre Emotionen lagen vollkommen frei, das wusste sie. Auch sie benötigte dringend Schlaf.

Ahren drückte sie sanft an sich. »Das Heilbecken war nur wenige Schritt entfernt. Und Muai hat sie rasend schnell hineingezogen, kaum dass wir alle den Schock über Lanlions Eingreifen verwunden hatten.«

Khara genoss das Gefühl seiner Arme, die sie umschlossen und ihr versicherten, dass ihnen nichts Böses widerfahren konnte, solange sie zusammen waren. Sie versank in der Illusion, bis das Gefühl der Unruhe in ihrem Inneren mit Macht zurückkehrte. Sie löste sich von Ahren und wischte die Tränen aus ihren Augenwinkeln.

»Ich gehe zur Ratskammer und komme dann sofort nach«, sagte sie. »Ich *muss* einfach wissen, dass es allen gutgeht, die nicht mit uns gekämpft haben oder wie Likis und Lina in der Herzhalle Schutz fanden, sonst finde ich keinen Schlaf.« Die innere Unruhe, die seit dem Ende der Kämpfe immer stärker wurde, drängte sie vor allem zu Lirana, aber aus irgendeinem ihr unerfindlichen Grund wollte sie Ahren dies nicht sagen.

Ihr Liebster rang sichtlich mit einem weiteren Gähnen. »Der Morgen ist nicht mehr fern und bald rufen die Hörner uns zum Sturm auf die Obsidianfeste«, ermahnte er sie sanft. »Jeder Moment der Ruhe ist kostbar.«

Khara lächelte ihn an. »Ich beeile mich, versprochen.«

Ahren nickte ihr zu und ging in Richtung ihrer beider Kammer. Khara konnte sehen, wie ihr Liebster vor Erschöpfung wankte. Das

Heilwasser hatte zwar an ihnen allen seinen Dienst getan, aber die Auszehrung der Kämpfe konnte es nicht besiegen.

Schnell huschte sie die Korridore entlang und machte sich auf den Weg zum Ratssaal.

***

Der Widersacher konzentrierte sich auf seinen ausgesandten Willen, der als winziger Fetzen aus Dunkelheit in einem abgelegenen Bereich der Burg unter der Decke hing wie eine lauernd dahockende fette, schwarze Spinne, die nach Beute Ausschau hielt.

Die Paladine gingen zu Bett, erschöpft und gleichermaßen selbstzufrieden von ihrem Sieg über seine zerbrochenen Puppen. Der Dunkle Gott lachte hämisch in der allumfassenden Dunkelheit seiner Feste. Als ob er diese Hochfänge brauchen würde, sobald jene Narren erneut mit Katapulten, Feuer und Schwert an seine Tür klopften. Nun war er wach und würde seine Diener höchstselbst befehligen.

Und bis dahin konzentrierte er sich darauf, jene Überraschung zum Leben zu erwecken, die im Inneren Tiefsteins auf ihre Gelegenheit wartete …

***

Khara zog scharf den Atem ein, als sie die toten Wachen vor der Ratskammer erblickte. Ihre Verwundungen ließen auf das Werk von Gebrochenen schließen. Sie zog ihre Waffen und spähte durch die eine Handbreit offen stehende Tür ins Innere des großen Raumes.

Ein Hochfang lag reglos auf dem Boden, sein Hals zu verdreht, als dass das Wesen noch am Leben sein könnte. Schläft-im-Wipfel saß eingesunken auf ihrem Stuhl und schlief ihrem lauten Schnarchen nach tief und fest.

Lirana hingegen sah Khara erwartungsvoll an. Das schwelende Feuer des Kamins hinter der Frau tauchte ihre Züge in eine Mischung aus schwachem Rot und kaum durchdringbaren Schwarz.

»Ist es vorbei?«, fragte die Seelenverwandte des verstorbenen dreizehnten Paladins nervös. »Ich kann spüren, wie die Bannkreise um mich herum schwächer werden. Wenn der Dunkle Gott von meinem

Verrat erfährt, wird er wissen, dass die Wiederholung der Nacht des Blutes eine Falle war …«

Khara hob die Hand. »Die Seelenverwandten und ihre Kinder leben. Die Paladine ebenso.« Khara schluckte, als sie an Cochan dachte. »Auch wenn einige nur um Haaresbreite dem Tod entkommen sind. Alle Gebrochenen sind erschlagen«, sagte sie. »Offensichtlich auch jene, die nicht den Weg zur Herzkammer aufsuchten.«

»Dieser hier muss mich gespürt haben«, wisperte Lirana, deren Augen in stillem Triumph über Kharas Bericht glitzerten. »Er wollte wohl nachsehen, was genau hinter den Türen dieser Kammer verborgen liegt.« Ihr Kinn ruckte in Richtung Schläft-im-Wipfel. »Sie hat ihn besiegt, bevor er einen Schritt weit gekommen war, auch wenn sie danach einschlief. Die Bannkreise, die mich schützen, fordern ihren Tribut von ihr.«

Khara rang mit einem Gähnen. »Ich schicke nach neuen Wachen«, sagte sie schläfrig. Es war, als wäre eine innere Last, ein hypnotischer Drang von ihr abgefallen, nun, da sie vor Lirana stand und ihr in die Augen sah.

»Die Wachen können warten«, sagte die schwarz gekleidete Frau und erhob sich von ihrem Bett. »Komm näher. Es gibt etwas, das du wissen musst.«

Khara gehorchte. Es war, als wäre ein Teil ihres Verstandes bereits eingeschlafen und als leitete Liranas Stimme sie durch einen befremdlichen Traum. »Ich sollte dringend ins Bett«, murmelte sie.

»Oh, und das sollst du auch«, sagte Lirana, deren Züge einen geradezu jubilierenden Ausdruck annahmen. »Geh zu deinem friedlich schlafenden Paladin …«

Was immer die Frau in Schwarz noch sagte, ging in einem Rauschen der Müdigkeit unter, welche Khara erfasste und mit sich trug. Liranas Züge kamen ihr näher und näher, fast als würden sie mit der Schwertmeisterin verschmelzen wollen.

Dann drehte Khara sich um und ging mit den hölzernen Bewegungen einer Schlafwandlerin zurück zu ihrer Kammer, wo Ahren bereits darauf wartete, dass sie sich neben ihn legte.

***

Ein Laut, der willensschwache Geister schon zu Dutzenden in den Wahnsinn getrieben hatte, hallte durch die Obsidianfeste. Das freudlose Kichern des Widersachers rührte von einem sanften Zupfen am Rande seiner Wahrnehmung her, das in der fernen Burg Hochstein seinen Ursprung hatte. Er spürte dem Impuls nach und sein Kichern wurde zu einem triumphierenden Lachen. Er erkannte eine hervorragende Gelegenheit, herbeigeführt von seiner fähigsten Spionin.

Rasch streckte er seine Macht in Richtung seines verlängerten Willens aus und die Dunkelheit kroch unter der Decke eines Korridors entlang, an dessen Ende die Kammer des Dreizehnten Paladins lag.

***

Ahren tauchte nur unbewusst aus den Tiefen seines Erschöpfungsschlafes auf, als er spürte, wie Khara neben ihm ins Bett glitt.

»Sind Lirana und Schläft-im-Wipfel wohlauf?«, murmelte er.

»Ja.«

»Gut«, hauchte Ahren und schlief wieder ein, ohne dass sein Verstand realisierte, dass die Stimme, die er gehört hatte, nicht vollkommen die seiner Liebsten gewesen war.

***

Khara erschien es, als ertrinke sie in den Tiefen ihres eigenen Verstandes. Sie lag eng an Ahren gepresst unter der warmen Decke aus Schafsfell und war weder wach noch schlummerte sie.

Hier, Meister, hörte sie Liranas Stimme in ihrem Kopf. Kälte troff aus jeder Silbe ihrer Worte. *Das Mädchen ist bereits durch einen Bann meinerseits vorbereitet worden. Wenn Ihr Eure Macht sammelt, solltet Ihr sie mühelos brechen können.*

Bei diesen Worten riss Khara ihre Augen auf und sie zuckten panisch in ihren Höhlen hin und her. Zu mehr Kontrolle über ihren eigenen Körper war sie nicht imstande. Sie konnte nur dabei zusehen, wie sich ein Ball aus Finsternis von der Decke auf sie herabließ und in sie einsickerte. Wellen der Kälte spülten durch ihre Muskeln, die nicht länger ihrem Willen gehorchten.

WIE ÜBERAUS PASSEND.

Die Stimme in Kharas Kopf war zu groß für ihren Verstand. Sie spürte, wie sie sich selbst mit jedem Moment der Anwesenheit des Widersachers mehr und mehr verlor.

UND WIEDER WIRD ES DER DREIZEHNTE PALADIN SEIN, DER DURCH DIE HAND JENER STIRBT, DIE ER LIEBT.

Khara kämpfte. Ihr Verstand strampelte im Würgegriff des Dunklen Gottes, unfähig, sich zu befreien.

Voller Grauen spürte sie, wie sie ganz langsam, um Ahren nicht zu wecken, ein Küchenmesser aus ihrem Wams hervorzog. Wann hatte sie dies denn an sich genommen?

ICH WERDE DICH BELOHNEN, LIRANA, schnurrte der Widersacher, der sich an Kharas Hilflosigkeit weidete. NACH DIESER TAT WIRD DEIN LANGER DIENST FÜR MICH BEENDET SEIN.

Khara wehrte sich mit all ihrer Willenskraft, stemmte sich mit all ihrem Sein gegen die Präsenz in ihrem Verstand.

Vergebens.

Sie setzte das Messer mit einer federleichten Berührung auf Ahrens Rücken so, dass es mühelos zwischen den Rippen hindurch in sein Herz gleiten würde.

Danke, Meister, sagte Lirana. *Und nun sammelt Euren Willen. Lasst sie zustoßen und befreit mich von meiner Qual.*

ENDLICH, machte der Widersacher langsam und genüsslich.

Die Verzweiflung trieb Khara schier in den Wahnsinn, als sie spürte, wie der Dunkle Gott den Zwang, der ihren Körper umklammert hielt, noch einmal festigte und sich auf die finstere Tat vorbereitete, die nun unweigerlich folgen würde. Khara fühlte, wie ihre Muskeln sich zu jenem Stoß anspannten, der ihr Glück, ihre Zukunft und das Schicksal Joraths für immer zerschmettern würde.

ALL DIE MÜHEN DER GÖTTER – UMSONST, frohlockte der Widersacher in seinem Moment des Triumphes.

Khara legte ungewollt die zweite Hand auf den Messerknauf. Der Stich würde schnell und tödlich sein. Schon bewegten sich ihre Hände, begleitet von den herabkullernden Tränen der verzweifelten Schwertmeisterin …

Jetzt, Khara!

Die Stimme Liranas war kaum mehr als ein Echo im Verstand der Schwertmeisterin. Für einen Herzschlag war sie wieder auf dem Hügel der fünf Wasser und glitt durch dessen Teich, umringt von zustoßenden Steinmuränen. Doch die Windklingen in ihrer Hand waren aus gleißendem Licht und die schlanken Wesen, die sie angriffen, aus purer Dunkelheit. Instinktiv spürte Khara, dass ihr Willen wieder ihr gehörte, und so schlug sie zu, drehte sich elegant im Wasser, zerteilte hier einen Strang aus böswilliger Versklavung und dort einen Tentakel dunkelster Magie.

VERRAT!, donnerte es in ihrem Schädel.

Die Hand, die das Messer hielt, zitterte zwar, wankte jedoch nicht.

Es ist, wie Ihr sagtet, Meister, erklang Liranas Stimme voller Hass und Rachsucht, aber auch wilder Hoffnung. *Nach dieser letzten Tat wird mein Dienst für euch enden.*

Khara spürte, wie Liranas Wille mit dem ihren verschmolz. Die tiefe Liebe und Trauer der Seelenverwandten um ihren verstorbenen Paladin waren zwei Leuchtfeuer der Kraft in Kharas Innerem und die Magie der Frau in Schwarz war wie ein belebender Sturmwind in ihrem Herzen.

Mühelos durchtrennte Khara mit ihren gleißenden Windklingen aus purer Kraft die unzähligen Bande, die die beiden Frauen an den Willen des Widersachers fesselten. Gemeinsam brachen sie frei, durchstießen die Oberfläche des Teiches und holten tief und voller Euphorie Luft.

Das Messer fiel aus Kharas geöffneten Fingern.

Der Widersacher heulte vor Wut, als sein Wille brach und er aus ihrem Geist fortgetrieben wurde.

Ein Leben für ein Leben, ertönten Liranas Worte in Kharas Gedanken, noch immer nur ein Echo, das nun zu einem schwachen Wispern verklang. *Nach all der langen Zeit habe ich den dreizehnten Paladin endlich retten können …*

Dann war sie fort. Khara war frei.

Hastig nahm sie das Messer und warf es zitternd aus dem gemeinsamen Bett.

Ahren regte sich durch die schnelle Bewegung. »Ich liebe dich«, murmelte er undeutlich.

Khara klammerte sich an ihn, Tränen liefen ihr über die Wangen.

»Ich liebe dich auch«, flüsterte sie ihm zu und glaubte, noch nie in ihrem Leben etwas Schöneres, Wahrhaftigeres gesagt zu haben.

***

Ahren erwachte von den ersten Strahlen der Morgensonne. Blinzelnd und gähnend stand er auf und wankte zum Fenster.

Waren die schweren Holzläden nicht zugezogen gewesen, als er ins Bett getaumelt war? Kalte Luft strömte in den Raum und ihm fröstelte. Die Scharniere der Fensterläden waren lose, so als hätte etwas sie mit großer Kraft aufgestoßen, um aus der Kammer zu fliehen.

Ahren sah sich im Raum um, konnte aber nichts erkennen, was auf einen Eindringling schließen ließ. Sein Blick fiel auf ein kleines, unscheinbares Küchenmesser, das achtlos unter dem Tisch auf dem Boden lag. Hatten sie am vorangegangenen Morgen in Zimmer gefrühstückt?

Sein Kopf fühlte sich an, als wäre er in Wolle gehüllt. Er hatte definitiv zu wenig Schlaf bekommen und bald würde der Krieg ihn wieder zu sich rufen. Also griff er leise brummend nach den Fensterläden, um sie zu schließen und sich noch etwas Ruhe und Wärme zu gönnen – und stutzte mitten in der Bewegung. Blinzelnd starrte er in die aufgehende Sonne.

»Ist Lirana den Bannkreisen entkommen?«, fragte er laut, bevor ihm bewusst wurde, dass er dadurch Khara wecken würde.

»Wieso?«, nuschelte seine Liebste verschlafen.

Ahren schloss die Läden und stieg wieder ins Bett. Das Schafsfell und Kharas Körper strahlten eine wohltuende Wärme aus und das Frösteln in seinem Inneren versiegte. »Ich hätte schwören können, dass ich im Gegenlicht der Morgensonne gesehen habe, wie sie auf Camentumar davonritt. Aber einen Herzschlag später waren sie wie vom Erdboden verschluckt …« Er stockte. »Weinst du etwa?«, fragte er alarmiert. »Was ist denn passiert?«

»Erzähle ich dir später«, sagte Khara lächelnd, ihre Augen voller Liebe. »Und nun schlaf weiter. Wir haben heute noch einen Gott zu besiegen.«

20. Kapitel

Ein langgezogener Hornstoß riss Ahren aus seinem Schlaf. Die Augen verklebt, aber mit bebendem Herzen richtete er sich auf. Sein Kopf fühlte sich zugleich leicht und doch schwer an.

Dies war der Tag.

Der hoffentlich letzte Tag des Krieges gegen den Dunklen Gott.

»Ich hatte gehofft, wir hätten mehr Zeit«, murmelte Khara schlaftrunken, um dann in ein langes herzhaftes Gähnen zu wechseln.

Ahren lächelte. »Ich auch, meine Königin. Hast du genügend Schlaf bekommen?«

Khara sah ihn vorwurfsvoll an, dunkle Ringe zierten ihre Augen. »Du etwa?«

Ahren schüttelte den Kopf. Allein der Gedanke an das Thema hätte ihn beinahe Gähnen lassen. »Wollen wir hoffen, dass wir den Widersacher mit unserem Plan weit genug geschwächt haben, um ihm heute erfolgreich die Stirn bieten zu können.«

Ein geheimnisvolles Lächeln glitt über Kharas Züge. »Ich bin mir sicher, er hat für die vergangene Nacht einen hohen Preis bezahlt.«

»Was verschweigst du mir?« Ahrens Nervosität ob des heutigen Tages wurde von einem vagen Gefühl der Beunruhigung verstärkt, als er seine Liebste musterte.

Khara beugte sich zu ihm herüber und gab ihm einen zärtlichen Kuss. »Was ich zu sagen habe, ist keine Geschichte, die man leichtfertig oder zweimal während eines Morgens erzählt. Lass uns die Ratskammer aufsuchen, dann werde ich alles enthüllen.«

Ahren schenkte der Schwertmeisterin noch einen langen kritischen Blick, dann zuckte er die Achseln. »Als wenn ich einen zusätzlichen Grund gebraucht hätte, mich zu beeilen.«

Trotz seiner Worte ließen er und seine Liebste sich Zeit mit den Vorbereitungen. Jede Falte in der Unterkleidung wurde glatt gezogen, jedes einzelne Rüstungsteil gewissenhaft angelegt und zweimal überprüft. Ihre Waffen waren poliert, die Bündel sorgsam geschnürt und auf das Wichtigste reduziert worden.

Als die beiden aus ihrer Kammer traten, erfolgte bereits der zweite langgezogene Hornstoß.

»Sie fangen an«, sagte Ahren.

»Dann sollten wir uns besser beeilen«, sagte Khara. »Es wäre unhöflich, zum Ende dieses Krieges zu spät zu kommen.«

Gemeinsam liefen sie los, dem Schicksal entgegen, welches die Götter an diesem Tag für sie bereithalten mochten.

»Ich sagte doch, es war eine gute Idee, das zweite Horn ein wenig zu früh erklingen zu lassen«, sagte Bergen grinsend, als Ahren und Khara schnaufend die Ratskammer betraten. »Jetzt können wir wenigstens ohne Verspätung beginnen.«

Die Kammer mit dem runden Tisch war nicht wiederzuerkennen. Liranas Schlafstatt und die Bannzauber, die sie umgeben hatten, waren fort und jeder einzelne Fingerbreit des großen Raums blitzte und blinkte regelrecht vor Sauberkeit. Mit Honig versetzte Kerzen erhellten jene Ecken des Saales, denen die Strahlen der Morgensonne noch fernblieben, und die Darstellung der militärischen Aufstellung aller Truppen des Rings war auf den neuesten Stand gebracht worden.

Ahren genügte ein flüchtiger Blick, um zu erkennen, was er anhand der gelassenen Haltung der Paladine, Alten und Freunde bereits erahnt hatte: Die entscheidenden Truppen standen bereit. Alles, was noch fehlte, waren die Streiter der Götter, um sie zum Sieg zu führen.

»Cochan ist nicht hier«, sagte Khara gepresst, die ihren Blick über die vertrauten Gesichter schweifen ließ, die sich um den Tisch versammelt hatten. »Dafür jedoch Aluna, die mir erstaunlich munter erscheint.«

Die frischgebackene Mutter von Zwillingen plauderte gerade mit dem Ersten und wirkte, als wäre sie ausgeruhter als alle übrigen Paladine zusammengenommen.

»Anscheinend ist ihr unser verschmolzener Göttersegen gut bekommen«, sagte Ahren, der sich noch deutlich an das Gefühl erinnerte, plötzlich ohne die Kraft der Götter in seinem Inneren vor der Herzhalle um sein Leben kämpfen zu müssen. »Ich freue mich, dass sie wohlauf ist.« Er sah sich weiter im Raum um. »Lanlion fehlt ebenfalls.

Aber dafür sehe ich viele andere unserer Freunde«, antwortete Ahren und deutete auf Jelninolan und Uldini, die mit Trogadon, Likis, Falagarda und dem Vater des Berges beisammenstanden.

Der Dreizehnte bemühte sich darum, sich seine eigene Besorgnis über das Fehlen von Lanlion und Quin-Wa nicht anmerken zu lassen. Beim zweiten Hornstoß hatten sich alle Paladine zu versammeln, so war es vorgesehen – doch jetzt fehlten zwei.

»Ihr seht gut aus, bedenkt man die Siege, die ihr seit dem gestrigen Morgen errungen habt«, begrüßte sie Likis mit einem erschöpften Lächeln, als Ahren und Khara zu der kleinen Gruppe traten und herzliche Umarmungen verteilten, die sogar Uldini über sich ergehen ließ.

»Es waren teuer erkaufte Siege«, fügte Ahren hinzu, einen flüchtigen Seitenblick auf Trimm werfend.

Der beleibte Paladin starrte aus dem Fenster, die Hände hinter dem Rücken seiner stachelbewehrten Rüstung fest ineinander verkeilt.

»Mein tief empfundenes Mitgefühl für den Verlust der Eiswölfe«, sagte Falagarda und Ahren zuckte zusammen.

»Danke«, erwiderte er tonlos. »Ich habe noch nicht um sie trauern können.« Er unterdrückte das Schuldgefühl in seinem Inneren, so gut es ihm möglich war. Er musste sich heute ganz auf die Lebenden konzentrieren. Morgen würde er die Toten beweinen – jene, die der Krieg bereits für sich beansprucht hatte und jene, die bis zum Beginn der Nacht noch folgen würden –, sofern es einen Morgen gab.

»Von den Nachtsoldaten haben immerhin zwei überlebt, darunter eine gewisse Ro-kani, die ihr meines Wissens kennt«, sagte Likis. »Eine beachtliche Leistung, wenn man das Massaker bedenkt, das in der Kammer der Klingen wütete.«

»Von Überlebenden unter den ehrenhaften Zwergen in der Kammer der Schilde kann ich euch leider nicht berichten«, fügte der Vater des Berges mit demütiger Stimme hinzu.

»Die restlichen Wachen in Hochstein sind weitestgehend verschont geblieben«, sagte Falagarda. »Nur jene, die vor diesem Raum auf ihren Posten waren, wurden tot aufgefunden. Von Lirana fehlt jede Spur. Wir vermuten, sie wurde vom Feind verschleppt.«

»Oder gerettet«, sagte Uldini schmallippig. Seine Worte klangen heiser, als hätte der Magus eine Woche lang, ohne zu sprechen, und mit zu wenig Wasser auskommen müssen.

Khara schüttelte vehement den Kopf. »Ihr irrt euch, und zwar alle beide. Lirana hat mir – uns – mehr geholfen, als ihr ahnt.«

»Warum erzählst du dem Rat nicht davon?«, fragte Jelninolan, deren Blick eine Spur zu geistesabwesend wirkte, um darüber hinwegtäuschen zu können, dass die Alte mit jenen Zaubern verbunden war, die sie seit geraumer Zeit vorbereitet hatte.

»Sobald alle anwesend sind«, beharrte die Schwertmeisterin geheimnisvoll.

»Ich habe bereits nach Lanlion schicken lassen«, warf Likis ein. »Und Quin-Wa wird gerade zu uns hochgetragen.«

Kharas Gesicht wurde starr vor Anspannung. »Wie geht es ihr? Muai berät sich mit den anderen Vertrautentieren und ist für mich daher unerreichbar.«

Ahren tastete probeweise nach dem Verstand Culhens, prallte aber vor jene unsichtbare Wand, die ihm sagte, dass der Wolf voll und ganz Sonnenschimmer lauschte.

»Sie hat die Nacht gut überstanden«, warf der Vater des Berges ein. »Quin-Wa ist stark – nur nicht so stark, dass ihr Körper eine schwere Geburt *und* ein durchstoßenes Herz so kurz hintereinander verkraften könnte, ohne dass dies folgenlos bliebe.«

Ahrens Unruhe wuchs. »Was bedeutet das für uns?«

Der Vater des Berges zuckte mit den Achseln. »Als ich sie verließ, um zu diesem Kriegsrat zu erscheinen, wirkte sie eher wütend, denn verzweifelt, was ihren Gesundheitszustand anging. Ich bin mir sicher, sie findet einen Weg, um uns in der entscheidenden Schlacht bestmöglich zu unterstützen.«

»Und Lanlion?«, fragte Ahren.

Likis trat unruhig von einem Fuß auf den anderen. »Der kümmert sich um Yantilla. Angeblich kennt er Mittel und Wege, um ihren Blutdurst unter Kontrolle zu halten. Ich gebe freimütig zu: Eine neuerschaffene Blutleere, die in der Kammer der Klingen verweilt, macht mir zu schaffen. Lina und unser Kind suchen bei den Seelenverwandten Schutz, solange die Kämpfe andauern.«

Ahrens Herz wurde schwer, als er an das dunkle Schicksal dachte, das Yantilla erwartete. Lanlion war es gelungen, dem Fluch seines unnatürlichen Daseins entgegenzuwirken, indem er seinen Göttersegen als Faustpfand mit in jene Waagschale warf, die seine geistige Gesundheit darstellte. Yantilla besaß diesen Luxus nicht. Der Waldläufer fürchtete, die Kommandeurin der Eiswölfe könnte für immer fort sein, ersetzt durch ein Wesen, das sich im Wahnsinn einer Blutleeren verlor.

»Vielleicht sollten wir mit Lanlion reden«, sagte Khara. Ihre traurige Miene verriet Ahren, dass sie seine Befürchtungen teilte.

Der Vater des Berges schüttelte sacht den Kopf. »Ich habe es versucht. Doch bevor Lanlion nicht mit eigenen Augen sieht, wie Yantillas Verstand schwindet, wird er keinem Wesen dieser Welt das nötige Gehör schenken. Wenn unser melancholischer Freund einmal liebt, so liebt er innig.«

Ahren hatte sich noch eine Weile unter die anderen Paladine gemischt, um mit Aluna zu sprechen und sich der Gesundheit aller Neugeborenen in der Herzhalle zu vergewissern, als sich schließlich Unruhe vom Eingang der Ratskammer her ausbreitete und Quin-Wa im Raum erschien. Sie wurde von vier Sonnenlegionären in schillernden Spiegelpanzern in einer schlichten Sänfte hereingetragen. Ihr auf dem Fuße folgte ein grimmig aussehender Justinian.

»Was macht der Sonnenkaiser denn hier?«, fragte Uldini erstaunt. Die Gereiztheit, die er beim Anblick des Herrschers empfand, war schwer zu überhören. »Er sollte doch die Truppen am südlichen Abschnitt des Rings befehligen. Hält sich denn niemand an unseren Plan?«

Der Vater des Berges legte dem Erzmagus eine Hand auf die Schulter. »Er traf bei Sonnenaufgang ein. Nachdem er von Quin-Was Verwundung und der Geburt ihres gemeinsamen Kindes gehört hatte, war er nicht aufzuhalten. Laut dem Stallburschen hat er zwischendurch dreimal die Pferde gewechselt, um schnellstmöglich herzukommen.«

Mittlerweile war Quin-Wa bis zu einem der Ratsstühle getragen worden und zog sich nun mit einem hörbaren Ächzen auf den hölzernen Sitz.

»Wir sollten anfangen«, sagte sie statt einer Begrüßung in die Runde. Ihre Stimme klang zittrig und brüchig.

Ahren tauschte einen besorgten Blick mit Khara.

»Lanlion fehlt«, erwiderte der Erste, als alle Anwesenden ihre Position am Tisch einnahmen. Es war kein Schreiber im Raum, daher wirkte die Versammlung an diesem Morgen kleiner, intimer: nur die ewige Familie der Paladine und ihre engsten Verbündeten.

»Ich bin hier«, sagte der Blutleere und trat aus dem tiefen Schatten einer Ecke des Raumes heraus, in der die Kerze erloschen war.

Falk fluchte ungehalten. »Bist du seit Neuestem mit den Gaben einer Nebelkatze gesegnet?«, fragte der alte Mann gereizt.

Lanlion schüttelte gelassen den Kopf. Als er ins Licht trat, erkannt Ahren, dass die Augen des Mannes stark gerötet waren, so als wären zahlreiche Adern darin geplatzt. »Ein kleiner Zauber, nichts weiter«, sagte er. »Ich muss von Zeit zu Zeit ein wenig der Macht verbrauchen, die durch meine Adern strömt, oder sie zerreißt mich von innen.«

»Du meinst damit die Macht unseres Blutes«, stellte der Erste fest.

Lanlion nickte. »Es leistete in der letzten Nacht gute Dienste und wird es in der heutigen Schlacht ebenfalls tun.« Der Blutleere zögerte und setzte sich dann ebenfalls auf seinen Stuhl. »Ich werde versuchen, euer unfreiwilliges Geschenk der Macht vollständig und sinnvoll einzusetzen, noch bevor wir den Widersacher erreichen. Mein Göttersegen sollte möglichst … rein sein, wenn wir ihn stellen.«

»Wenn Lanlion in der Lage ist, mit unserem Blut mächtige Zauber zu wirken, stelle ich gerne mehr davon zur Verfügung.« Trimms Augen wirkten bar jeden Gefühls, während er sprach. Offenkundig hatte der dicke Paladin sein Herz für den Moment gegen die Trauer gepanzert, die es zweifelsohne belagerte. »Besser, Lanlion bekommt es, anstelle der unzähligen Dunkelwesen, die zwischen uns und dem Dunklen Gott stehen.«

Lanlion schüttelte zu Ahrens Überraschung vehement den Kopf. »Wie bei allem im Leben gibt es auch hier ein rechtes Maß.« Er deutete auf seine geröteten Augen. »Und jenes ist für heute ausgeschöpft.«

»Wir verschwenden Zeit«, sagte Bergen. »Die Sonne steigt unaufhörlich am Himmel empor. Wenn sie sich wieder hinter den Horizont senkt und der Widersacher noch lebt, werden es unsere neugeborenen Kinder und ganz Jorath sein, die den Preis für unser Versagen zahlen.«

»Die Spezialtruppen sind noch nicht vollständig in Position«, sagte Falagarda. »Gemäß Plan halten sie sich bis zum dritten Hornstoß zurück.«

Fisker strich sich die blonden Locken aus dem besorgten Gesicht. »Sind wir sicher, dass wir nicht in einen Hinterhalt laufen? Bisher folgte auf jede List von uns eine noch größere des Widersachers, die wir nicht kommen sahen.«

Der Erste schüttelte den Kopf. »Wir haben das letzte Kind des Dunklen Gottes getötet, einen Brückenkopf im Feindesland eingenommen und verteidigt, seine Gebrochenen bis auf den letzten Hochfang ausgelöscht und befinden uns am Morgen jenes Tages, da die Macht des Widersachers am geringsten ist. Welche letzten Ränke er auch schmiedet, wir werden sie heute überwinden müssen.«

Ahren blickte langsam in die Runde. »Der Sturm der Obsidianfeste muss heute erfolgen.«

»Sollten wir nicht lieber erst einmal *darüber* reden?«, fragte Aluna eisig und deutete auf die Stelle, von der sie von Ahren wusste, dass dort am Vortag noch Lirana in ihren Bannkreisen gehockt hatte. Die junge Mutter wirkte elanvoll und kerngesund. Die Geburt ihrer Zwillinge war schwer gewesen, verflucht durch die trotz Heilmagie unbemerkt in ihr schwelenden Reste des tückischen Zaubers, der sie seit Wochen gequält hatte. Laut Aluna hatte der Göttersegen auf ihre Qual und Todesnot reagiert, als die Paladine ihn in und vor der Herzhalle gemeinsam freigesetzt hatten, und sie in dem Moment gestärkt, da sie ihn am meisten gebraucht hatte.

Ahren konnte sich die Qualen seiner Schwester nicht einmal ansatzweise vorstellen, wenn sie alle Kraft der Paladine benötigt hatte, um diesen stummen Kampf mit der schwarzen Magie des Widersachers um das Leben ihrer Kinder zu gewinnen.

»Ist die Spionin des Feindes etwa in dessen dunkle Arme zurückgekehrt?«, fragte Aluna mit ihrer berühmt eisigen Stimme.

Zu Ahrens Überraschung erhob sich da Khara neben ihm und schüttelte energisch den Kopf. »Wir alle sind Lirana zu tiefem Dank verpflichtet.« Sie holte tief Luft. »Lasst mich euch vom letzten Handstreich des Dunklen Gottes erzählen, den eine verzweifelte Seele mit einer von langer Hand geplanten Intrige vereiteln konnte …«

Stille hing über der Ratskammer wie düstere Wolken, die sich nach einem heftigen Unwetter nur zögerlich auflösten.

»Was für ein gerissener und gewissenloser Plan«, sagte Uldini schließlich. »Ist euch eigentlich klar, was Lirana getan hat?«

Ahren schwindelte noch immer von der Vorstellung, wie nahe er dem Tod gewesen war, ohne es geahnt zu haben. Wäre Liranas oder Kharas Wille nicht stark genug gewesen …

»Ich benutze so schnell kein Küchenmesser mehr«, murmelte er leise vor sich hin.

»Sie hat Ahren gerettet und dem Widersacher einen herben Schlag versetzt. Laut Kharas Erzählung hat er sich schwer verausgabt und doch verloren«, sagte Jelninolan irritiert. »Was ist daran auszusetzen?«

Uldini machte eine wegwischende Handbewegung. »Lirana tat mehr als das, und zwar ganz bewusst. Im Grünen Meer half sie Khara, sich gegen die Götter zu behaupten, damit sie an Ahrens Seite blieb, obwohl sie eben *keine* Seelenverwandte war. Und letzte Nacht nutzte Lirana jene ›Lücke‹ in Kharas Sein, um sich selbst darin zu verbergen und dem Widersacher vorzugaukeln, dass Khara eben doch von den Göttern für Ahren auserwählt worden sei. Als der Dunkle Gott dann Kharas Willen vereinnahmte, hatte er es in jenem entscheidenden Augenblick, da Lirana sich offenbarte, mit der unbändigen Zähigkeit einer Schwertmeisterin *und* dem Wissen und der Macht einer Blutmagierin zu tun. Lirana muss sich jahrhundertelang auf diesen einen Augenblick vorbereitet haben.« Uldini schlug mit seiner Handkante auf die Handinnenfläche seiner anderen Hand wie mit einem Beil auf den Richtblock. »Als Khara dann die Stränge durchtrennte, mit denen er seinen Willen in Kharas Geist verankert hatte, zerschnitt sie nicht nur ihre eigenen, sondern auch die Ketten zwischen Lirana und ihrem erzwungenen Herrn. Khara befreite sie beide von seinem Einfluss. Dieser Winkelzug wurde von Lirana sorgsam eingefädelt.«

»Das Ergebnis bleibt gleich«, sagte Lyssin mit einem gleichgültigen Achselzucken. »Der Dreizehnte lebt und die Falle des Widersachers ist gescheitert.«

»Eine Falle, die wir übrigens erneut nicht kommen sahen«, fügte Sunju hinzu. »Wir dachten, diesmal würde die Nacht des Blutes anders verlaufen, jetzt da wir sie provoziert und uns darauf vorbereitet hatten. Und doch hat uns der Dunkle Gott beinahe ein weiteres Mal besiegt, indem er diese zweite Nacht des Blutes mit seiner Attacke auf den schlafenden dreizehnten Paladin identischer machte, als wir uns vorstellen konnten.«

Falks Augen sprühten geradezu vor Wut. »Und wieder wäre der Dreizehnte durch die Hand seiner Liebsten gestorben«, sagte er mit Grabesstimme. »Zweifelt irgendwer hier am Tisch daran, dass uns diese Tat allen den Kampfeswillen geraubt hätte?«

Einhelliges Schweigen war die Antwort. Ahren spürte die Augen aller Anwesenden auf sich ruhen und zuckte innerlich vor jenem Abgrund zurück, in dem die Vorstellung lauerte, durch die Hand Kharas im Schlaf erdolcht worden zu sein …

Ahren räusperte sich vernehmlich. »Wie wahrscheinlich ist es, dass wir noch weitere Überraschungen des Widersachers erwarten dürfen?«

»*Hass* ist vernichtet«, sagte Jelninolan und zählte an den Fingern ihrer Hand die einzelnen Punkte ab. »Die äußeren Wälle der Obsidianfeste sind gefallen, ihre Magie hat der Widersacher für seinen erfolglosen Angriff auf Hochstein verbraucht. Dazu kommt noch die Wunde, die Khara und Lirana seiner Willenskraft hinzufügten. Laut dem, was Khara beschrieben hat, haben die beiden tief in dessen Fähigkeit, andere Wesen zu etwas zu zwingen, hineingeschnitten. Unsere Truppen werden vor seinen Einflüsterungen für eine Weile geschützt sein, selbst wenn sie ihm unmittelbar zu nahe kommen.« Die Elfe sah sich bedeutungsvoll um. »Viel näher können wir einem Sieg nicht mehr kommen, ohne den Dunklen Gott direkt zu stellen.«

»Damit kommen wir zu unserem letzten Problem, bevor wir in die Schlacht ziehen«, sagte der Erste. »Alle dreizehn Paladine müssen unserem ewigen Feind gegenüberstehen.« Er blickte vielsagend zu Quin-Wa hinüber.

Die schnaubte nur. »Ich bin die Ewige Kaiserin«, sagte sie so kühl, wie es ihre zittrige Stimme erlaubte. »Vertraue darauf, dass ich eine Lösung für meine momentane Schwäche ersonnen habe.«

Jelninolan rang nervös mit ihren Händen. »Heilkunst kann dir nicht helfen, Quin-Wa. Was du brauchst, sind zwei, drei Tage Ruh–«

»Ich weiß«, unterbrach die verletzte Frau die Elfe sanft. »Daher werde ich auch nicht mit euch kommen.«

Ahrens Verwirrung spiegelte sich auf den Mienen der anderen Anwesenden wider, gepaart mit einer tiefen Ratlosigkeit und Frustration.

»Bitte weihe uns doch ein, wie du beabsichtigst, weiter vorzugehen«, sagte der Erste.

Ahren stellten sich bei der aufgesetzten Höflichkeit des Veteranen die Nackenhaare auf. Der uralte Paladin wirkte wie ein Vulkan kurz vor dem Ausbruch.

»Vorsicht!«, war alles, was der Sonnenkaiser zu dem Ersten sagte. Dass der Herrscher bisher geschwiegen hatte, verlieh diesem einzelnen bedrohlich leise gesprochenen Wort umso mehr Gewicht. Die Stimmung im Raum kippte zusehends, und Ahren befürchtete, dass ein Streit unvermeidlich wurde.

Quin-Wa hingegen blieb ruhig. »Bitte versammelt euch um mich, Streiter der Götter«, sagte sie geheimnisvoll und rückte ihren Stuhl mithilfe von Justinian weit genug vom Tisch weg, dass sich die Paladine in einem dichten Ring um die sitzende Frau herumstellen konnten. Der Göttersegen in Ahrens Brust begann zu tanzen. So nahe waren die dreizehn Paladine noch nie beisammen gewesen. Ahren spürte, dass sie nur einen Ruf davon entfernt waren, ihre gesamte Macht zu vereinen.

»Ganz schön eng«, witzelte Fisker und durchbrach damit die allgemeine Anspannung. »Will jemand mit mir tauschen? Ich werde gleich von Trimms Igelrüstung aufgespießt.«

»Bitte berührt mich mit euren Fingern«, fuhr Quin-Wa ungerührt fort.

Die Paladine drehten sich so, dass sie je eine Hand auf den dasitzenden Körper der Frau legen konnten.

»Gut«, fuhr die Alte fort. »Und jetzt aktiviert Khara bitte das Segensband.«

Die Schwertmeisterin schloss für einen Moment die Augen, und Ahren spürte die Verbindung zwischen ihm und seinen Brüdern und Schwestern anschwellen wie ein Crescendo, das kurz vor seinem Höhepunkt stand.

»Kein Schlachtruf«, sagte Quin-Wa streng, als Falk mit triumphierendem Gesicht den Mund weit öffnete. »Was ich benötige, ist Kontrolle, kein wildes Chaos.«

Ahren biss sich auf die Zunge, so drängend fühlte er den uralten Ruf der Paladine in sich aufsteigen. Er wusste, die Worte waren nur eine ritualisierte Form, der Macht in seinem Inneren Ausdruck zu verleihen, aber es war, als hätten sie ein Eigenleben und wollten aus ihm hervorbrechen, um endlich frei zu sein …

»Nicht die Hände fortnehmen«, sagte Quin-Wa, und dann plötzlich floss die Macht aus Ahren heraus und ließ ihn leer und taumelnd zurück, während sie in Quin-Wa eindrang und sie ausfüllte.

Über das Segensband spürte Ahren, dass die Ewige Kaiserin jenen Effekt zu erzeugen versuchte, der in der vorangegangenen Nacht

Aluna und das Leben ihrer Zwillinge gerettet hatte, als sie während der Geburt mit den verborgenen Resten des Bannfluchs gerungen hatte.

»Es will nicht gelingen«, stieß Quin-Wa enttäuscht zwischen zusammengebissenen Zähnen hervor. »Ihr könnt mich nicht stärken.«

»Warum nicht?«, fragte Bergen erschöpft. »Was ist anders?«

»Quin-Was Körper ist am Ende seiner natürlichen Grenzen angekommen«, sagte Jelninolan bedauernd von außerhalb des Kreises aus Paladinen. »Nur die Zeit kann ihm seine alte Kraft wiedergeben.«

Ahren spürte, dass Quin-Wa noch immer am geballten Segen der Paladine festhielt, sich daran klammerte wie eine Ertrinkende.

»Dann muss eben ein anderer Plan her«, sagte sie und ließ die Segen frei.

Alle Segen.

Mit Erstaunen spürte Ahren, wie seine Macht in ihn zurückfloss und die der anderen Paladine zu ihren Besitzern heimkehrte. Quin-Was Göttersegen wurde von diesem Strudel der Bewegung mitgetragen, lief das Segensband entlang – und machte an dessen Ursprung Halt.

Khara starrte ungläubig auf das hell leuchtende Armband hinab, das einen reinen, klaren Glanz ausstrahlte, so als sei das Licht des allerersten Morgens der Schöpfung für einige wenige Herzschläge zu neuem Leben erweckt worden.

»Was hast du getan?«, grollte der Erste ungläubig.

Quin-Wa lächelte, obwohl ihre Lippen blau waren und ihre Haut aschfahl aussah. »Ich habe dafür gesorgt, dass mein Segen euch begleiten kann. Khara ist von meinem Blut, wenn auch zu weit entfernt in meiner Ahnenlinie, um ein dauerhafter Paladin werden zu können.« Ihre Augen trafen die der schockiert dreinblickenden Schwertmeisterin. »Doch für die Dauer eines einzigen Tages wird sie mithilfe ihres Armbandes meinen Segen in sich tragen können, ohne dass die Macht sie von innen heraus zerreißt.«

»Den letzten Teil des Satzes hättest du auch weglassen können«, sagte Sunju tadelnd und ließ Quin-Wa los.

Ahren trat schnellen Schrittes aus dem Kreis der Paladine und zu seiner Liebsten hinüber. »Wie fühlst du dich?«, fragte er. Die Besorgnis in seinem Inneren brach sich in seiner Stimme Bahn, bevor er sich beherrschen konnte.

»Gut?«, fragte Khara unsicher. »Nicht unbedingt anders als vorher.

Wenn man mal davon absieht, dass ich die ganze Zeit einen bestimmten Satz auf Elfisch in die Welt hinausschreien möchte.«

»Das lässt du besser sein, bevor wir das Schlachtfeld erreichen«, sagte Falk und legte ihr gütig eine Hand auf die Schulter, »kleine Schwester.«

Khara traten Tränen in die Augen und sie schluckte schwer, als sich alle Streiter der Götter um sie versammelten und sie stumm in ihrem Kreis willkommen hießen.

»Damit ist alles gesagt«, erklang Quin-Was zufriedene Stimme, in der eine große Müdigkeit mitschwang. »Die dreizehn Paladine sind vereint und bereit, gegen den Feind auszureiten. Zieht los und beendet, was schon vor langer Zeit hätte vollbracht werden müssen.«

»Hör auf, mich die ganze Zeit anzustarren«, sagte Khara mit gequältem Gesichtsausdruck, als sie mit einem Pferd am Zügel aus dem Stall kam. Der große Hengst steckte in einer schweren Panzerung aus Tiefenstahl und stampfte voller Tatendrang mit den Hufen.

»Entschuldige«, sagte Ahren grinsend. »Dass du am heutigen Tag eine von uns bist, finde ich … passend.«

Khara brummte unwirsch. »Darauf, dass die Zukunft Joraths jetzt auch auf meinen Schultern lastet, könnte ich gut verzichten.«

Ahren lächelte sie schief an. »Du gewöhnst dich daran – in zwei bis drei Tagen.«

»Haha.«

Ein lautes Klappern ertönte hinter ihnen und Ahren drehte sich neugierig um. Dann pfiff er anerkennend durch seine Zähne. »Ein schicker Pferdekarren, den ihr da habt«, sagte er.

Trimm, der Vater des Berges und Trogadon standen in einem gut vier Schritt langen Streitwagen, der von einem halben Dutzend Pferde gezogen wurde, die ebenso gut gerüstet waren wie jenes, das Khara am Zügel hielt. Das helle Glänzen der dicken Wände des Vehikels verriet, dass es vollständig aus Tiefenstahl gefertigt worden war, inklusive der mit scharfen Sensen an den Speichen versehenen Räder.

»Murgamoloschs Erzlieferungen wurden für diese Schönheit und die Rüstungen der Pferde verwendet«, sagte Trogadon stolz. »Ebenso Teile des Thrumthal'kors, das der Golem damals in Tausend Hallen barg und das Kamkanzakur einschmelzen ließ.«

Ahren dachte an die überdimensionierte, von emsigen Zwergen gezogene Plattform aus Tiefenstahl und daran, welch sinnvolle Verwendung der Herrscher Tausend Hallens dafür gefunden hatte. »Schnelligkeit und Wendigkeit werden heute von größter Bedeutung sein«, sagte der Waldläufer mit einem wohlgefälligen Nicken.

Sollen sie doch auf ihre gerüsteten Klepper angewiesen sein, kommentierte Culhen hochmütig, der neben Ahren trottete und demonstrativ gähnte. *Du jedoch wirst sicher und elegant über das Schlachtfeld gleiten, getragen von deinem treuen Eiswolf.*

Du weißt schon, dass die Sicherheit aller *Paladine gewährleistet sein muss?*, fragte Ahren schmunzelnd. *Das hier ist kein Wettbewerb.*

Alles ist ein Wettbewerb, konterte Culhen gelassen. *Aber keine Sorge – ich gewinne ihn für uns beide. Schließlich bin ich immer für dich da.*

Ahren sah seinem Wolf tief in die gelben Augen. *Was ist los?*, fragte er. *Du benimmst dich eigenartiger als sonst.*

Culhen winselte leise und sah ihn mit gesenktem Kopf von unten her mit großen traurigen Augen an. *Der Widersacher hatte einen Dolch in deinem Rücken platziert und ich war fort! Ich bin das schlechteste Vertrautentier aller Zeiten.*

Ahren nahm seinen Freund in den Arm und drückte sich in das weiße Fell des Wolfes. *Nur Lirana hat die Falle kommen sehen. Und sie hat uns absichtlich hineintappen lassen, um dem Widersacher zu entkommen.*

Culhen hörte ihm nicht richtig zu. Zu tief suhlte er sich in seinem Gefühl der Schuld und Reue. *Es hieß, wir Vertrautentiere sollten in der Herzhalle schlafen, bis wir das Heilbecken aufsuchen konnten, und ich war so müde und Yoka war genauso erschöpft wie wir alle und dann hat sie sich an mich gekuschelt und …*

Culhen! Es ist gut, sagte Ahren bestimmt. *Muai hat auch nichts von dem Anschlag mitbekommen und sie war mit Khara verbunden.*

Der Kopf des Wolfes ruckte hoch. *Das stimmt!*, sagte er erfreut. *Die dumme Katze hat sich ganz auf die verletzte Quin-Wa konzentriert und versagt.*

Das habe ich nicht behauptet, warf Ahren dazwischen, aber Culhen schleckte ihn bereits ab.

Danke, sagte der Wolf erleichtert. *Du bist ein guter Paladin.*

Ahren war sich da gerade nicht so sicher. Und der Blick, dem ihm die Tigerin an Kharas Seite zuwarf, legte nahe, dass Sonnenschimmer ihr Gespräch belauscht und längst weitergegeben hatte.

»Wenn mich der Widersacher nicht umbringt, dann eine gewisse Großkatze«, murmelte er leise.

»Was hast du gesagt?«, fragte Khara neugierig.

»Nicht so wichtig.«

Ein Hornsignal erscholl langgezogen von dem Westturm der Burg aus. In der Ferne antworteten seine Brüder, doch ihre Rufe verloren sich in den Weiten des morgendlichen schneebedeckten Horizonts, der unter der Sonne, die durch die unruhige Wolkendecke brach, in einem blendenden Weiß dalag.

»Der Ring erwacht«, sagte der Vater des Berges und deutete auf die sich formierenden Armeen in der Ferne. »Wir sollten anwesend sein.«

Ahren nickte und schwang sich auf Culhens Rücken. Khara scherte links von ihm ein, der ausladende Streitwagen rechts von ihm. »Warten wir noch auf die anderen?«, fragte er.

»Die sind längst losgeritten«, antwortete Trimm schmunzelnd. »Wir drei sind nur noch hier, weil es eine Ewigkeit dauert, einen Streitwagen vorzubereiten.« Er sah Khara und Ahren herausfordernd an. »Und was ist eure Ausrede?«

Khara schnalzte zur Antwort und ihr Pferd setzte sich in Bewegung, was Culhen dazu veranlasste, sich im Trab eine Kopflänge vor das Reittier zu setzen.

Ahren ließ seinen Blick schweifen, als sie durch das Tor von Hochstein gen Westen ritten. In dicke Winterkleidung oder Fellmäntel gehüllte Bewohner Tiefsteins säumten dicht gedrängt die Wege, doch von Jubelrufen war diesmal nichts zu hören. Stattdessen entdeckte Ahren flehende Mienen und große Augen geprägt von einer Mischung aus Trauer und Hoffnung. Die Menge wusste, dass dieser Tag etwas Besonderes war, und dass die vorangegangene Nacht eine Prüfung für die Paladine dargestellt hatte. Nach und nach sanken Männer, Frauen, ja selbst die Kinder auf ein Knie, eine Hand auf ihr Herz gelegt.

Ahren kämpfte gegen den Kloß in seiner Kehle an, als ihm die Tragweite ihres Rittes bewusst wurde. Die Obsidianfeste würde heute fallen und mit ihr der dunkle Herr, der sie erschaffen hatte. Eine andere Wahrheit ließ Ahren, der die aufsteigenden Tränen wegblinzelte, nicht zu.

Nach und nach kam das äußere Stadttor in Sicht, die Tore weit geöffnet. Wachen standen Spalier, um die ausreitenden Gefährten zu ehren, und als Ahren die Stadtmauer erreichte, schloss aus einer

Nebenstraße Likis zu ihm auf, in einen funkelnden Panzer gehüllt und ein eher zeremoniell aussehendes Kurzschwert am Gürtel. Sein Pferd konnte vor lauter Rüstung kaum laufen. Der Helm saß schief auf dem Kopf seines Freundes, beinahe so, als vermisse Likis die einfache Händlermütze, die er immer so gern getragen hatte.

»Und sehet: Der traurigste Ritter aller Reiche kommt, um uns beizustehen«, sagte Ahren lachend, als er neben seinem Freund anhielt.

»Das ist nicht witzig«, brummte Likis. »Wenn ich nicht den Rest meines Lebens als Likis der Feige bekannt sein will, muss ich mit in die Schlacht reiten, und Lina war eisern, als es darum ging, was ich alles tragen muss, um heil zu ihr zurückzukommen.«

»Lasst mich euch einen guten Rat von einem erfahrenen Feigling geben«, sagte Trimm, auf dessen trübe Miene sich nach und nach ein schwaches Lächeln stahl. »Die Barden bleiben selten länger auf dem Schlachtfeld als bis zum ersten Ansturm. Seid zu Beginn der Kämpfe, wenn die Waffen das erste Mal sprechen, gut sichtbar. Reckt ab und zu Euer Schwert in die Höhe, wenn ein Sieg errungen wird, dann solltet Ihr zur Mittagszeit in einem der vielen Nachschubzelte der Armee verschwinden und man wird trotzdem Euren Namen ob Eurer Tapferkeit in allen Ecken Joraths preisen.«

Likis blinzelte den opulenten Mann an, als hätte der den Verstand verloren. »Meint Ihr das ernst?«

»Todernst«, versicherte der Vater des Berges ihm mit einem gütigen Lächeln. »Keiner ist ein solcher Experte darin, dem Kampf zu entgehen, wie unser beleibter Bruder hier.«

Trimm nickte feierlich und schnippte dann mit den Fingern, dass sein Handschuh nur so schepperte. »Oh, und wenn Ihr doch in Eurem Versteck gefunden werdet, sagt einfach, Ihr hättet einen Spion entdeckt und wäret ihm bis dorthin gefolgt. Dann bittet um Hilfe bei der Suche. Das klappt immer.«

»Nicht immer«, widersprach der Vater des Berges. »Als du damals das dritte Mal ein und dieselbe Ausrede verwendet hast, wussten wir, dass du lügst.«

Trimm zuckte die Achseln und setzte den Streitwagen wieder in Bewegung. »Sollte der werte Reichsverweser heute in vier Schlachten hintereinander geraten, so wird er wohl eine eigene Ausrede erfinden müssen.«

»Ahren«, maulte Trogadon mit übertrieben verzogenem Gesicht. »Hole mich bitte aus diesem Streitwagen voller Narren heraus.«

Der Waldläufer grinste. Er war froh, dass Trimm für einen kostbaren Moment zu seinem alten Selbst zurückgefunden hatte, auch wenn das Lächeln auf dessen Zügen schon wieder verblasst war. »Hat dir Jelninolan vorgeschlagen, bei den beiden mitzufahren?«, fragte er Trogadon.

»Ja, wieso?«

Khara kicherte neben Ahren. »Dann dachte sie, dass du gut zu den beiden passt«, rief sie dem sich entfernenden Schmied hinterher.

Der Vater des Berges und selbst Trimm stießen ein lautes Lachen aus, das wie Musik in Ahrens Ohren klang.

Ahren schüttelte Likis indes die Hand und sie sahen einander fest in die Augen. Für einen zeitlosen Moment waren sie wieder die beiden arglosen Jungen, die in ihrem Baumhaus von einer glorreichen Zukunft als Büttel oder Kaufmann träumten, den Raufbolden des Dorfes Feuerholz stibitzten oder sich auf dem Herbstfest vor den Mädchen zum Narren machten. Ahren genoss diesen Nachhall einfacherer Tage und beschloss, ihn auf ewig in seinem Herzen zu tragen.

Der Augenblick verstrich und zurück blieben ein Paladin und ein Herrscher, die ihr Band der Freundschaft mit einem stummen Nicken ein weiteres Mal fester knüpften. Nun war es an ihnen, dafür Sorge zu tragen, dass die nächste Generation heranwachsender Mädchen und Jungen ihren Träumen nachgehen konnten.

Dann war der Moment des Abschieds gekommen und die Schlacht mit all ihren Schrecken wartete grimmig auf ihre Teilnehmer. Culhen trug ihn geschwind gen Ring und was den Dreizehnten dort erwartete, ließ sein Herz wie eine Kriegstrommel schlagen.

Die Menschen, Elfen und Zwerge sahen aus wie ein Meer kunterbunter metallener Blumen.

Rüstungen und Waffen schimmerten überall, wo Waffenröcke, Federbüsche an stählernen Helmen oder im Wind flatternde Banner sie nicht verdeckten. Sonnenstrahlen tanzten über Reihen um Reihen an erwartungsvoll dastehenden Männern und Frauen, wann immer das Sonnenrund zwischen den dunklen Wolken hervorlugte, die wie in einem fiebrigen Totentanz über den Himmel rasten und winzige pudrige

Schneeflocken auf die Welt niedergehen ließen. Schon waren die ersten Wunden im allgegenwärtigen Weiß geheilt, welche die gestrigen Schlachten auf der schneebedeckten Landschaft hinterlassen hatten, und vereinzelt hörte Ahren die umstehenden Soldaten über den knöcheltiefen Schnee fluchen, der das heutige Marschieren nicht einfacher machen würde.

Ich bin froh über den Schnee, sagte Culhen. *Bald werden die unzähligen Stiefel hier alles in Matsch verwandelt haben.*

Warte, bis erst das Blut dazukommt, unkte Ahren und blickte sich angespannt vom Rücken seines Freunds aus um. Uldini schwebte gerade heran und hielt dicht über dem Streitwagen Trimms an, *Flammenstern* unter einem schwarzen Tuch verborgen. Ahren fragte sich, was der Erzmagus nun wieder ausgeheckt hatte.

Neben Culhen warteten die übrigen Paladine und seine Freunde. Sie alle blickten erwartungsvoll gen Westen, wo sich die Obsidianfeste erhob, bar jenes finsteren Mahlstroms, der in der letzten Nacht als lebende Dunkelheit die Gebrochenen bei ihrem Angriff begleitet hatte. Das vorher so begrenzte Niemandsland zwischen Ring und dem Land des Feindes war nach dem Wegfall der äußeren Mauern nun über eine Länge tief und die Armeen Joraths nutzten diesen zusätzlichen Platz als Aufmarschgebiet.

Dutzende Katapulte standen bereit, alle unter der Aufsicht von erfahrenen Zwergenoffizieren und an diesem schicksalhaften Tag unterstützt von Riesen, die die großen Wurfsteine mit Leichtigkeit in die Belagerungsmaschinen wuchten konnten. Ahren glaubte, bei einem der Katapulte jene Krieger vom Stamm des Blauen Moossteins wiederzuerkennen, die ihnen in Kelkor begegnet waren, und tatsächlich hob eine der fernen Gestalten die Hand und winkte ihm freundlich zu. Er erwiderte den Gruß mit einem Lächeln.

»Wäre ein blauer Himmel für unseren Ansturm denn zu viel verlangt?«, fragte Fisker mit einem Blick nach oben und zog sich die Kapuze seines Wollmantels über den Kopf. »Bei dem Wetter kann man sich schnell den Tod holen.«

»Genug der Schelmerei«, sagte der Erste streng. Dann deutete er zum Himmel. »Sonnenschimmer kann die Deckung der Wolken gut gebrauchen. Die Schwarmkrallen der Feste haben es noch immer auf sie abgesehen.«

»Ich sollte dort oben bei ihr sein«, sagte Sunju sehnsüchtig, die ebenso auf einem gepanzerten Pferd saß wie all jene Paladine, die nicht auf ihren Vertrautentieren reiten konnten. »Sie muss sich jener Übermacht ganz allein stellen.«

Die Augen des Ersten blitzten unter seinem Drachenhelm. »Sonnenschimmers Aufgabe ist wichtig und sie kann sie bewerkstelligen, ohne dich auf ihrem Rücken zu wissen. Alles, was sie tun muss, ist, die Schwarmkrallen abzulenken, damit sie uns in Ruhe lassen.«

»Und dabei nicht in Stücke gerissen zu werden«, murmelte Trimm mit geistesabwesendem Blick.

»Nicht hilfreich«, fuhr Aluna ihn an und zuckte dann zusammen, als sie sich des Schicksals Ekens bewusstwurde. »Entschuldige«, schob sie hinterher.

»Ich bin immer noch der Meinung, ein Graben vom Meer bis hierher hätte viele unserer Probleme gelöst«, sagte Bergen launig. »Fjolmungar hätte zweifellos seinen Spaß mit den Dunkelwesen der Feste gehabt.«

»Sagte ich nicht, dass es genug der Faxen sind?«, fragte der Erste streng.

»Ich schlage dir etwas vor«, brummte Falk dem uralten Paladin mit einem Augenzwinkern in Ahrens Richtung zu. »Du nimmst uns die Todesangst und wir hören auf, sie mit Galgenhumor zu betäuben.«

Der Erste schnaubte nur und schüttelte stumm den Kopf.

Dann ertönte ein Laut, doch diesmal war es kein Horn, sondern ein langgezogener melodischer Ton, der das Herz jubilieren ließ und den Verstand eines jeden Zuhörers in eine messerscharfe Nadel verwandelte.

»Es beginnt«, sagte Trogadon mit glänzenden Augen. »Wir sollten zu Jelninolan und Akkad stoßen.« Dabei deutete er auf die sanft schimmernde Kuppel, die in der Ferne dem Tageslicht Konkurrenz machte und seit dem Vortag von Akkad aufrechterhalten wurde. Sowohl der kniende Alte als auch die aufrechtstehende Elfe, die *Mirilan* in Händen hielt, waren gut zu erkennen.

Die dreizehn Paladine setzten sich in Bewegung, begleitet von ihren treuesten Freunden. Ob auf Wolf, Titejunanwa, gewöhnlichen Pferden oder einem Streitwagen aus Tiefenstahl, die Streiter der Götter waren bereit und zogen in den Kampf – hoffentlich zum letzten Mal.

Die Menge aus Soldaten teilte sich vor dem Tross aus Helden, der sich anschickte, den Dunklen Gott herauszufordern. Aus der Nähe betrachtet konnte Ahren die Angst und Erschöpfung in den Augen der Soldaten sehen. Einen Tag und zwei Nächte waren die meisten von ihnen durchmarschiert, um sich in Position für den entscheidenden Angriff zu bringen, der unbedingt am heutigen Morgen erfolgen musste. Im Norden, Süden und Osten des Rings würden zwar ebenfalls Angriffe durchgeführt werden, aber die waren nur dazu bestimmt, möglichst viele Dunkelwesen zu binden, damit diese nicht nach Westen eilen konnten. Hier, von Tiefstein aus, würde der Hauptangriff ausgeführt werden, und Freund wie Feind war diese Tatsache vom ersten Moment des Eintreffens der Paladine an klar gewesen.

Jeder Schritt, den Culhen auf Jelninolan und Akkad zumachte, wurde von der belebenden Musik der Elfe begleitet, deren Melodie Ahrens Herz durchdrang und seinen Verstand flutete. Um ihn herum richteten sich müde Schultern auf, wurden schmerzende Rücken durchgereckt und fanden keuchende Lungen neuen Atem. Die Magie von Jelninolan Sturmweberin sprach zu den Truppen, linderte ihre Erschöpfung und versprach ihnen den Sieg über das Übel, das Jorath schon länger quälte, als die meisten Reiche dieser Welt existierten.

Schließlich erreichten Ahren und seine Freunde die spielende Elfe, die mit geschlossenen Augen und einer vor Kraft vibrierenden *Mirilan* Zehntausende Soldaten verzauberte und ihren Herzen neue Kraft gab. Akkad kniete neben ihr auf dem Boden, das Gesicht ausgezehrt, die Augen geschlossen. Ahren wünschte, er könnte seinem Freund dieselbe Ruhe gönnen, wie sie Schläft-im-Wipfel gerade genoss, nachdem sie bis zum letzten Moment Lirana beschützt hatte. Aber Akkads Aufgabe würde in Kürze erst richtig beginnen.

»Zeit für ein wenig Krach«, sagte Trogadon grinsend und stieß in das Horn, das er um seinen Hals trug.

Die Erde bebte unter Ahrens Füßen, als sämtliche Katapulte der Ostfront ihre Steine gen Westen über ihre Köpfe hinwegschleuderten – ihr Ziel, die schwarzglänzende Dunkelheit des dritten Rings der Obsidianfeste, dessen Türme und Tor sich in knapp einer Länge Entfernung erhoben.

Donnernd krachte Fels um Fels gegen die Mauer des Feindes und der schwarze Staub, der sich daraufhin erhob, schien Ahren wie das

Haupt einer beschworenen gigantischen Kreatur, die gekommen war, um sie alle zu vernichten.

Akkad murmelte ein paar Worte und der Arkanwall glomm auf seiner gesamten Breite auf wie eine Mauer des Lichts. Der Staub wurde gen Westen geblasen, hinein in die Reihen der auf den Zinnen der Feste ausharrenden Dunkelwesen, und Jubel erhob sich unter den umstehenden Soldaten, als erkennbar wurde, dass die erste Salve der Katapulte das Tor, die beiden es flankierenden Türme und einen Mauerabschnitt von gut und gerne einhundert Schritt in einen Trümmerhaufen verwandelt hatte.

Ahren sah Jelninolan auffordernd an und die nickte verstehend. Plötzlich war *Mirilans* Klang nicht länger allein. Jene Wutelfen, die im Wutwald begonnen hatten, den Lehren der Sturmweberin zu folgen, versammelten sich aus den umliegenden Reihen der Truppen in einer Traube um die Elfe und ihre Stimmen, Herzen und Instrumente erhoben sich, um einen Webteppich aus Musik zu erschaffen, der eine ganze Armee mit neuer Kraft versorgen würde. Jelninolans Wahre Gestalt leuchtete, als wolle die Priesterin der Welt allein mit ihrem Licht versichern, dass der nächste Morgen auf ein besseres Jorath hinablächeln würde.

»Sprich«, sagte sie zu Ahren mit vor Kraft hallender Stimme. »Sprich, und sie werden dich hören.«

Ahren schluckte. Eine letzte Ansprache. Ein letztes Aufbäumen, bevor blutige Gewalt die Herrschaft übernahm.

Ahren ließ Culhen auf ein großes Trümmerstück der Obsidianfeste springen, von wo aus Ahren in die erwartungsvollen Gesichter Tausender Elfen, Zwerge und Menschen blickte. Die Sonne lugte durch ein klaffendes Loch in den Wolken hervor und badete die wartenden Armeen in ihrem goldenen Schein, deren Anblick überwältigend war. Sie hatten Großes vollbracht. Und noch viel Größeres lag vor ihnen.

Jetzt oder nie, forderte Culhen seinen Paladin auf. *Mach ihnen Mut.*

»Freie Völker Joraths«, begann Ahren und es schien ihm, als wäre seine Stimme überall und nirgends. Sie erklang aus den Wolken, sie brach aus dem Boden hervor, sie tanzte auf den Schwingen elfischer Sturmweberei durch die Luft. »Heute ist der Tag, an dem wir Streiter der Götter endlich unser Versprechen erfüllen werden. Doch kein

Paladin kann allein stehen«, fuhr der Dreizehnte fort und ließ sich dabei von der Entschlossenheit in seinem Inneren tragen.

Katapulte schossen unentwegt Steine durch die Luft, um nun bereits im vierten Wall klaffende Löcher in die Verteidigung des Feindes zu reißen, und doch war jedes Wort des Paladins laut und deutlich zu vernehmen. »Vereint müssen wir dem Bösen ins Auge sehen und vereint müssen wir es zu Boden strecken.«

Eine weitere Mauer der Feste brach in sich zusammen und offenbarte den dahinterliegenden Wall aus Schwärze.

»Doch wenn ich vereint sage, dann meine ich nicht nur die dreizehn, die auserkoren sind, dem Widersacher die Stirn zu bieten!«, schrie Ahren voller Inbrunst heraus. »Wir sind nur die Schaumkronen auf dem Wasser, die sich am felsigen Ufer brechen.«

Wieder flogen Steine, wieder barsten Mauern. Die ersten Jubelrufe wurden ringsum laut.

»Doch ihr alle, ihr seid das Meer. Unzählige Tropfen in einem Ozean der Treue, der uns vorwärts trägt und einen Sieg überhaupt erst möglich macht!« Ahren riss seine Windklinge in die Höhe. »Rollt über diese Feste hinweg, spült sie fort vom Antlitz unseres schönen Joraths. Gebt uns die Kraft, die wir benötigen, um mit Macht auf den Widersacher niederzugehen! LASST UNS JORATH FÜR IMMER VON SEINEM DUNKLEN WIRKEN BEFREIEN!«

Mit einem Ruck hoben die anderen Paladine ihre Waffen in den Himmel, die strahlende Khara ein Teil der verschworenen Gemeinschaft.

»PALADINIM THEOS DURALAS!«, riefen sie wie mit einer Stimme und der Himmel selbst schien die Worte als Echo zurück auf das Schlachtfeld zu senden.

Dann wandten sich die Streiter der Götter der Obsidianfeste zu und stürmten gemeinsam vorwärts, eine Woge der Macht, von der Ahren glaubte, sie könnte nichts und niemanden aufhalten.

Ahrens Kopf fühlte sich leicht an und sein Verstand kam ihm vor wie ein gleißender Blitz aus fokussierter Willenskraft. Jeder einzelne Paladin war dank des Segensbandes so deutlich zu spüren, als seine Brüder und Schwestern Erweiterungen seiner selbst. Was einer von ihnen wahrnahm, das spürten sie alle.

Wie im Vorfeld vereinbart, scharten sich während ihres Vorstoßes ihre engsten Verbündeten um sie. Am heutigen Tag waren die Paladine wahrlich nicht allein.

Die Blaue Kohorte schützte sie im Rücken, die Fuchsgarde war ein Kokon aus Stahl um Hakanu herum. Links und rechts der Paladine bildeten in schwarzes Leder gekleidete Wutelfen die Spitze der Armee, ausgestattet mit Blasrohren und kräftigen Kurzbögen, auf gerüsteten Baummardern reitend. Hinter den südlichen Vettern folgten die Tierwisperer der Elfen Eathinians, allen voran jene, die auf gepanzerten Bären und den Wollnashörnern der eisigen Weiten ritten.

Als die Paladine sich auf ihren Reittieren einen Weg durch das Geröll des dritten Walls der Obsidianfeste bahnten, waren die Baummarder längst darüber hinweggesprungen und hasteten über die schmalen Treppen auf die Wehrgänge hinauf, um gemeinsam mit ihren Reitern die Niederfänge anzugreifen, die dort ausharrten.

Die Elfen hingegen mit den größeren Tieren räumten für die nachrückende Armee breite Wege durch die Trümmer frei, während der Rest der Tierwisperer den Streitern der Götter dabei half, sich gegen die Massen an Finsterbären, Blutwölfen, Hordenbullen, Hakenbisons, Sprungschrecken und all der anderen Dunkelwesen zu behaupten, die der Dunkle Gott in den letzten Monden im Inneren seiner Feste hatte versammeln können.

Verstärkt wurde die ungewöhnliche Reiterei von den gepanzerten Rittern aus Senius Blaugrunds Reich, die unter dem Kommando des Königs mit ihren Lanzen in jene Zweikämpfe eingriffen, die elfisches Blut zu fordern drohten.

Es dauerte nicht lange, da strömte in dieses blutige Chaos die Infanterie aus den Sonnenebenen und dem Ewigen Reich hinein, gedeckt von den berittenen Bogenschützen des Grünen Meeres, die mit ihrer Zielgenauigkeit dafür Sorge trugen, dass sich die Fernkämpfer des Feindes nirgends auf dem Schlachtfeld sicher fühlen konnten.

Die verbündeten Riesen hingegen schoben die eigens dafür verstärkten Katapulte der Zwerge hinter der Streitmacht Joraths her. Kaum dass das Tor einer Festungsmauer zerstört worden war und der Armee Einlass gewährte, wurden die Belagerungsmaschinen erneut in Stellung gebracht, um einen Wall der Obsidianfeste nach dem nächsten zu beschießen.

Ahrens Gefühl für Zeit war ebenso vage wie jeder andere Gedanke, der nichts damit zu tun hatte, sich weiter und weiter durch die Reihen der Dunkelwesen vorwärtszugraben, gleich einem Rinnsal heißen Wassers, das sich seinen Weg durch einen Schneewall fraß. Ahren war sich jedoch der Tatsache bewusst, dass – genau wie bei dem warmen Wasser im Schnee – auch das innere Feuer der Paladine irgendwann von der sie umgebenden Kälte gelöscht werden würde, sollten die Streiter der Götter ihre Ausdauer auf dem Weg zum Widersacher überstrapazieren.

Also drängten sie vorwärts, Schritt um Schritt, Hieb um Hieb und Wall um Wall, in der steten Hoffnung, das Zentrum der Obsidianfeste rechtzeitig zu erreichen, bevor ihnen die Kraft oder die Zeit ausging. Ob Sichelschrecke, Blutwolf, Nebelkatze oder Finsterbär, alle Dunkelwesen, die sich ihnen entgegenstellten, kämpften mit jener todesverachtenden Verbissenheit, die darauf schließen ließ, dass der Widersacher seine Diener nur allzu bereitwillig dem Tod überließ, wenn diese die Paladine nur lange genug aufhielten und schwächten. Ahren hielt mit seinem eigenen Willen dagegen, der, geschmiedet in den Jahren seiner Reisen und gefestigt durch das Segensband, weder wankte noch wich, egal wie schwer den Angreifern das Vorankommen auch fiel.

Irgendwann, während all der unzähligen Angriffe, Paraden und Ausweichmanöver, schaute Ahren zum Himmel empor und entdeckte die Sonne, die, auf ihrer gleißenden Bahn dahinschleichend, bereits ihren Zenit verlassen hatte und einen fortgeschrittenen Nachmittag zeigte.

»Schneller!«, brüllte er in die Runde. »Wir müssen schneller vorankommen.«

Der Erste ließ sich weit genug zurückfallen, um Ahren amüsiert anstarren zu können. »Noch schneller? Du klingst bereits wie ich. Dies ist schon jetzt *der* perfekte Sturm auf eine Festung. Wir schaffen in Dutzenden Herzschlägen, wofür gewöhnlich Tage oder gar Wochen benötigt werden.«

»Heute habe ich auch allen Grund, deinen Ansprüchen nachzueifern«, sagte Ahren schlicht und deutete zur Sonne hinauf. »All unsere Vorbereitungen und Verbündeten werden wertlos sein, sobald sich die Sternenkonstellation in dieser Nacht wieder auflöst.«

Die Truppen rund um die Paladine erkannten, dass die Streiter der

Götter ihren Vormarsch stoppten, um ihre strategische Lage einzuschätzen, und bildeten geschwind einen Schutzkordon um die Männer und Frauen.

»Trogadon!«, rief Ahren. »Können die Katapulte rascher bewegt oder ihre Steine in schnellerer Abfolge geworfen werden?«

Der Zwerg schüttelte den Kopf. »Nur dank der Riesen sind wir überhaupt in der Lage, die bisherige Taktik anzuwenden. Wenn das Holz der Belagerungswaffen noch größeren Kräften ausgesetzt wird, laufen wir Gefahr, dass die Katapulte zerbrechen wie morsches Spielzeug in den Händen eines zornigen Kindes.«

Khara nahm ihre Feldflasche vom Gürtel und trank einen Schluck Wasser, bevor sie ihrem Pferd ebenfalls zu trinken gab. »Jelninolans Melodie lässt uns weder Müdigkeit noch Hunger oder Durst fühlen«, sagte sie mahnend. »Und den Tieren geht es ebenso. Wenn wir nicht aufpassen, brechen sie tot unter uns zusammen.«

Umgehend stiegen die Streiter der Götter ab und versorgten sich und ihre Reittiere. Ahren, Falk und Hakanu verteilten schmerzlindernde Kräuter aus ihren Beuteln, trugen blutstillende Salben auf und reichten kraftspendende Blätter, die sich die Gefährten unter die Zunge legen konnten.

»Sunju, Bergen, was sagen euch Sonnenschimmer und Karkas? Wie verläuft die Schlacht hinter uns?«, fragte Falk mit heiserer Stimme. Seine in Blut getränkte Gestalt, gehüllt in Stahl und Leder, reihte sich mühelos in das schlachtengezeichnete Aussehen der übrigen Paladine und ihrer Mitstreiter ein.

Ahren wusste dank des Segensbandes, dass keiner von ihnen ernsthaft verletzt worden war. Ihr vereinter Göttersegen machte sie schneller und stärker und das Segensband warnte sie vor den Myriaden an Gefahren des Schlachtfeldes. Kein Schlag ihrer Waffen traf daneben und keine Lücke in ihrer Verteidigung blieb länger als einen halben Herzschlag bestehen. Ahren verstand nun, warum nur die dreizehn Paladine den Widersacher aufhalten konnten. Es war ihm, als wären er und seine Brüder und Schwestern unbesiegbar, solange sie geeint standen und kämpften.

»Die Verluste der Truppen sind auf beiden Seiten verheerend«, sagte Bergen. »Unsere Flanken sind ungeschützt, da wir uns wie ein Speer in die Obsidianfeste bohren. Dafür sind wir besser bewaffnet und gerüstet als die Niederfänge, und die Magie der Sturmweber wirkt wahre Wunder auf unsere Moral und Kampfkraft.«

»Sonnenschimmer sagt, dass wir ein Drittel der Strecke bis zur Mitte der Feste überwunden haben«, berichtete Sunju. Ihr stummer Blick zur Sonne bestätigte, was Ahren bereits wusste.

»Wir sind zu langsam«, sagte er grimmig. »Wir müssen …«

Ein Rumpeln unterbrach ihn, das von überall um ihn herum zu ertönen schien. Er hatte diesen Laut schon einmal gehört – zu Beginn der Nacht des Blutes.

Uldini, den die Paladine so gut als möglich abgeschirmt hatten und der sich in Krisenmomenten mit raschen Schwebemanövern vor jedweder Gefahr in Sicherheit gebracht hatte, keuchte auf, das schwarze Tuch umklammernd, unter dem der Erzmagus *Flammenstern* seit dem Beginn der Schlacht verborgen hielt. »Das hatte ich befürchtet«, raunte er. »Der Widersacher setzt die Magie der Feste frei.«

Das Rumpeln schien aus allen Richtungen gleichzeitig zu kommen. Ahren sah ringsum pechschwarze Wolken ringförmig gen Himmel steigen, die sich über dem Herz der Feste zu einem wirbelnden Mahlstrom purpurner Finsternis vereinten.

»Diese Zauberei war schon unheimlich, als wir sie aus der Sicherheit der Burg aus betrachten konnten«, sagte Trogadon mulmig. »Direkt über unseren Köpfen und umringt von Dunkelwesen sieht sie noch beunruhigender aus.«

Ein weiteres Rumpeln ertönte, dann löste sich die durchbrochene Mauer direkt hinter den Paladinen binnen weniger Herzschläge in Rauch auf. Plötzlich konnte Ahren von hier aus den längenweit entfernten Ring erahnen. Sie waren so weit gekommen und doch war ihr Weg noch lang. Verteidiger wie Dunkelwesen gleichermaßen starrten zum unnatürlich verdunkelten Himmel empor. Erstere aus Angst, zweitere weil der Wille ihres dunklen Herrn anderweitig gebunden war.

»Habt Vertrauen«, sagte der Vater des Berges aus dem besudelten Streitwagen heraus. »Akkad wird mittlerweile die Koordination der Arkanwälle übernommen haben. Er und die anderen Alten wissen, was zu tun ist.«

»Ich weiß nicht«, sagte Aluna zweifelnd. »Jetzt, wo die Mauern weg sind, gibt es keinerlei Deckung mehr, die wir aufsuchen können. Wenn der Widersacher diese Wolken aus Magie in Bannflüche verwandelt und auf uns niedergehen lässt, sind wir vollkommen ungeschützt.«

Wie zur Bestätigung ihrer Worte lösten sich erste purpurne Blitze aus den wirbelnden Mahlströmen am Himmel und zuckten in die kämpfenden Massen hinab, ungeachtet dessen, ob sie Freund oder Feind trafen. Ahren sah, wie ein aus dem Schlachtgetümmel herausragender Hordenbulle von einer der Entladungen getroffen wurde und auf der Stelle tot umkippte, sein Kopf eine rauchende Ruine verschmorten Fleisches.

Ahren überlegte fieberhaft. »Trogadon, gib ein Signal für eine weitere Katapultsalve. Sie sollen das neunte Tor vor uns anvisieren.«

»Aber die sind noch nicht in Stellung. Sie könnten die vor uns liegende Mauer verfehlen und kostbare Munition und Zeit vergeuden.«

»Tu es bitte«, sagte der Waldläufer drängend, als die Wolken über ihnen begannen, sich in kleinere Wirbel aufzuspalten und über den Himmel zu tanzen, dabei Dutzende Blitze ausspeiend, die Tod und Vernichtung versprachen.

Trogadon stieß umgehend in sein Signalhorn und ein Dutzend Herzschläge später flogen die ersten Steine in Richtung der schwarzen Mauer. Viele flogen darüber hinweg, einige landeten davor und begruben Dunkelwesen unter sich, aber fünf der acht Felsbrocken, die ihr Ziel trafen, krachten gegen das obsidianfarbene Tor und rissen den rechten Flügel aus seiner Verankerung.

Umgehend blies Trogadon, auf Ahrens zufriedenes Nicken hin, das Signal, damit die Katapulte das Feuer einstellten und sich neu formierten.

»Vorwärts!«, schrie Ahren keinen Herzschlag später und deutete mit seiner Klinge auf die entstandene Lücke. »Hinein in die Bresche! Sucht Schutz unter dem Torbogen!«

Die Paladine und ihre Gefährten, nun die Speerspitze der gesamten Armee, kämpften sich erbittert vorwärts, während aus dem Inneren der Feste Dunkelwesen hervorquollen, um den Streitern der Götter den Zugang zur rettenden Deckung zu verwehren. Offensichtlich erkannte der Widersacher die Strategie seiner Erzfeinde und versuchte sie zu vereiteln.

Purpurne Blitze schossen in immer schnellerer Abfolge aus den Wolken herab, tanzten wie leibhaftige Finger des Dunklen Gottes mit verheerender Wirkung durch die Reihen der Kämpfenden und sandten sie zu Dutzenden in die gierig wartende Finsternis des Todes.

»Karkas sagt, die Wolken kommen auf uns zu«, brüllte Bergen, seine Axt nach links und rechts schwingend, um die tobenden Niederfänge in seiner Nähe fernzuhalten. »Er kann sich aufgrund der übernatürlichen Winde, die dort oben herrschen, kaum in der Luft halten.«

»Frag mal Sonnenschimmer, wie es ihr geht«, rief Sunju keuchend, die gerade mit Hakanus Hilfe einen Blutwolf durchbohrte, der den Paladinen den Weg versperren wollte. »Sie hat noch immer mit den Schwarmkrallen zu kämpfen, die ihr regelrecht an den Schwanzfedern kleben.«

Ahren war inmitten der Kämpfe für einen kostbaren Moment von allen Feinden abgeschirmt und nutzte die Gelegenheit für einen Blick in die Wolken, magische wie auch natürliche. Fetzen blauen Himmels rangen mit dunklen Schneewolken und dem widernatürlichen Leuchten entfesselter Magie um die Hoheit des Himmels. Das Schauspiel sah für den Paladin genau so aus, wie er sich den Untergang Joraths immer vorgestellt hatte.

Ein flüchtiger großer Schatten war einen Herzschlag lang zwischen den Wolken zu erkennen, gefolgt von einem riesigen Schwarm kleinerer Umrisse. Sonnenschimmer leistete ihren unsichtbaren Beitrag, und Ahren hoffte, dass das Lied der Sturmweber auch ihr Kraft zu schenken vermochte. Dann schoss Culhen vorwärts, um der in Bedrängnis geratenen Lyssin zu helfen, und der Moment trügerischen Friedens war vorbei.

Die Blitze tasteten sich Herzschlag um Herzschlag näher an die kleine Gruppe aus Paladinen heran und das Tor war noch immer gute hundert Schritt entfernt.

»Wir müssen schneller vorankommen oder der Bannfluch des Widersachers ist gleich über uns«, brüllte Ahren.

Ein Dröhnen ertönte, weit in der Ferne und von allen Seiten heranrollend.

»Welche Hinterlist kommt da auf uns zu?«, schrie Falk, der seine Lanze im dichten Kampfgetümmel gegen Schild und Schwert eingetauscht hatte.

Uldini grinste, noch immer sein schwarzes Tuch mit beiden Händen umklammernd. »Dies ist der Klang heraneilender Hilfe«, sagte er.

»Akkad ist es gelungen, die Magierdome zu einem vereinten Schlag zu koordinieren.«

Das Dröhnen näherte sich ihnen rasend schnell, vom Ring ausgehend walzte es auf den Standort der Paladine zu. Wolken wallten am Himmel, wurden von einer unsichtbaren Macht erfasst und formten sich neu. Die Blitze hörten auf, als die Mahlströme, die sie speisten, zu einem einzigen dichten Wolkenfeld vermengt wurden, das wie ein bleiernes Leichentuch über dem gesamten Land hing.

»Es bilden sich keine Blitze mehr«, sagte Bergen über den Kampfeslärm hinweg. »Aber trotzdem gefällt mir der Himmel kein bisschen.«

»Akkad hat uns Zeit erkauft«, sagte der Erste. »Aber er und die Alten in den Domen haben die Magie des Feindes offensichtlich noch nicht gebrochen.«

»Nutzen wir die Gelegenheit, die sich uns darbietet«, sagte Lanlion. »Erreichen wir den Torbogen, bevor sich der Bannfluch des Widersachers neu formiert.«

Umgeben von getreuen Truppen, die an ihrer Seite kämpften und für sie starben, bewegten sich die Streiter der Götter weiter auf die Bresche zu. Schon kräuselte sich der vormals geglättete Himmel unter dem Willen des Widersachers erneut. Die so entstandenen Sturmwolken waren ein Gemisch aus dunkler Magie und gewöhnlichem Unwetter, das sich über dem gesamten Schlachtfeld bis hin zur Mauer des Rings ausgebreitet hatte. Erste Blitze gingen nieder, mit purpurnen Fäden durchzogene Urgewalten, die einem Sturm glichen, der von dunkler Willenskraft aufgepeitscht wurde.

»Vom Regen in die Traufe«, schrie Falk, als ein Blitz keine zehn Schritt entfernt einschlug.

Ahren spürte selbst durch Jelninolans Zauber hindurch, wie ein unangenehmes Kribbeln seinen gesamten Körper durchfuhr, und Culhen zuckte unter ihm zusammen, als seine Muskeln sich einen Herzschlag lang verkrampften.

Weitere Blitze schlugen dicht neben den Paladinen ein und als das Tor endlich in rettende Nähe gerückt war, schob sich ein gewaltiger Finsterbär hindurch, über und über mit verbeulten Rüstungsplatten gepanzert.

»Das ist eines der Reittiere von *Hass*«, brüllte der Erste.

»Es war ja klar, dass es mehrere von diesen Viechern geben musste, so wie unser blutrünstiger Freund sie verschlissen hat«, bemerkte Fisker. Seine blonden Locken klebten ihm vor lauter Blut im Gesicht und nahmen seinem Scherz die benötigte Leichtigkeit.

»Falk, Ahren, ihr kommt von rechts, Sunju und ich greifen ihn von links an«, kommandierte der Erste. »Vielleicht können wir ihn zurückdrängen.«

Ein Luftzug dicht neben Ahrens Wange ließ ihn zusammenzucken, dann ragte ein Pfeil aus dem Auge des Finsterbären und ein Speer aus dessen Stirn. Das Monstrum fiel röchelnd in sich zusammen und regte sich nicht mehr.

»Erledigt«, sagte Hakanu selbstzufrieden. Er und Lyssin grinsten sich ob ihres Erfolges an.

»Ich bin so stolz auf euch«, fauchte der Erste, offenbar wenig erfreut. »Und wie bekommen wir diesen Leichnam jetzt aus dem Tor? Er blockiert den Platz, den wir so dringend benötigen! Deswegen wollte ich ihn zurückdrängen.«

Hakanus Blick irrlichterte zu Ahren hinüber. »Oh.«

»Egal«, schrie Trogadon. »Besser, wir kuscheln mit dem toten Finsterbären, als noch länger den Blitzen ausgesetzt zu sein!«

Schnell bildeten die Paladine einen Halbkreis unter dem Torbogen, ihre Rücken dicht an den reglosen Koloss gedrückt. Blitze gingen ringsum zu Boden und die Luft summte geradezu unter der Macht der Entladungen. Gleichzeitig gerieten die Armeen der Paladine immer mehr unter Druck, da sie sich der anstürmenden Dunkelwesen erwehren mussten, die von links und rechts auf sie eindrangen, und gleichzeitig schwere Verluste durch die Magie des Widersachers hinnehmen mussten.

Ein Schrei Kharas ließ Ahren herumfahren. Er sah, dass ein Blutwolf aus dem Inneren der Feste auf den Kadaver des gepanzerten Finsterbären gesprungen war und die Schwertmeisterin mit geifernden Fängen attackierte. Kharas Klingen zuckten zwar aufwärts, aber sie hatte nicht den nötigen Platz, um effektiv manövrieren zu können, und konnte das Biest daher nur unbeholfen auf Distanz halten. Der Vater des Berges ließ seine Stahlkugel durch die Luft zischen und einen Herzschlag später war der Wall aus leblosen Körpern um einen Leichnam angewachsen.

»Je länger wir hier warten, umso unpassierbarer wird das Tor werden«, schimpfte Aluna. »Und offensichtlich zwingt der Widersacher seine Diener in einen Blutrausch und lässt sie unsere spitzzulaufende Front von beiden Seiten angreifen, um sie vom Rest der Truppen abzuschneiden. Wenn wir noch lange hier ausharren oder dieser Gewitterzauber nicht gebrochen wird, sitzen wir in der Falle!«

»Und der Rest der Obsidianfeste steht weiterhin unangetastet da«, sagte Bergen mit vor Anstrengung bebender Brust. »Uns läuft die Zeit davon.«

Trogadon hob sein Horn und sah Ahren fragend an. Der schüttelte den Kopf. Es gab einen Trumpf, der ihnen helfen könnte, aber sie würden ihn später noch bitter nötig haben. Der Blick des Dreizehnten wanderte zu Uldini hinüber. Ob er stattdessen den Erzmagus vor der geplanten Zeit um Hilfe bitten sollte?

Ein Blitz schlug im Torbogen über ihnen ein und Steinsplitter rieselten auf die Paladine herab. Dann zuckte noch eine Entladung vom brodelnden Himmel, und dann wieder eine. Erste Brocken lösten sich aus dem Wall und prallten zu Boden. Falk und Sunju rissen ihre Schilde über ihre Köpfe und versammelten jene ohne Helm um sich, damit sie geschützt waren.

»Uldini …«, begann Ahren, als ein neuerliches Dröhnen von den Magierdomen her einsetzte. Diesmal stärker und von einem Vibrieren begleitet, das die Kämpfe zum Erliegen brachte, als Freund und Feind gleichermaßen darum rangen, auf den Beinen zu bleiben. Wieder fegte eine unsichtbare Kraft über den Himmel, aber diesmal wurden die übernatürlichen Gewalten vom Zauber der Alten nicht einfach nur geglättet und beruhigt, sondern die Wolken wurden in- und übereinander geschoben, so als würde eine gigantische Schlinge sich am Himmel zuziehen und den Bannfluch des Dunklen Gottes auf immer geringerem Raum zusammenballen.

»Akkad, du gewieftes Schlitzohr!«, jubelte Uldini und schwebte empor, um über die Kadaver der Dunkelwesen hinweg durch das offene Tor sehen zu können.

»Würde es dir etwas ausmachen, uns zu erklären, was hier vorgeht?«, fragte der Erste. Noch immer wurde das Schlachtfeld von Blitzen heimgesucht, die an Intensität und Anzahl zunahmen, je mehr sich das unnatürliche Gewitter über ihnen verdichtete. Die Verluste unter den Soldaten Joraths und der Dunkelwesen waren infolgedessen verheerend. »Aus meiner Sicht schadet Akkads Hilfeversuch uns mehr, als dass er nützt.«

»Geduld«, sagte Uldini. »Gleich wirst du erkennen, was ich meine.«

»Helft mir mal«, sagte Trogadon und sprang aus dem Streitwagen. »Wo wir gerade nicht von mordlüsternen Dunkelwesen belagert werden, weil die damit beschäftigt sind, vor den Blitzen ihres Herrn auszuweichen, sollten wir diese Leichen aus dem Weg schaffen.« Dann begann er, mit anschwellenden Muskeln gegen die leblosen Körper des Finsterbären und des Blutwolfs zu drücken.

Ahren schwang sich von Culhens Rücken, und schon bald stemmten sich alle Streiter der Götter gemeinsam mit ihren Freunden und Vertrautentieren gegen das Bollwerk aus Fleisch. Während sie den Blutwolf schnell beiseiteschaffen konnten, blieb der Finsterbär beharrlich an Ort und Stelle liegen.

Hakanus Kopf schwoll so rot an, dass Ahren befürchtete, sein Schützling würde sich im Versuch, seinen Fehler wiedergutzumachen, vollends übernehmen.

»Vorsicht«, sagte Ahren. »Jelninolans Zauber lässt uns unsere körperlichen Grenzen vergessen. Niemandem ist geholfen, wenn du dir an einem toten Finsterbären das Kreuz brichst.«

»Da«, rief Trimm triumphierend. »Das Mistvieh hat sich endlich bewegt.«

»Dieser Bär macht uns tot mehr Ärger als lebend«, grollte Bergen.

Hanulf brummte unwillig in Richtung des blonden Paladins.

»*Finster*bär«, korrigierte der Vater des Berges lächelnd. »Hanulf sagt, so viel Zeit muss sein, Bruder.«

»Weniger reden, mehr schieben«, mahnte Sunju. »Die Blitze hinter hören uns auf.«

»Moment«, sagte Ahren stutzig. »Wieso das?«

»Das kannst du ja gerne die Dunkelwesen fragen, die uns angreifen werden, nachdem sie unsere Soldaten überrannt haben«, blaffte der Erste ihn an.

Mit einem Knirschen löste sich eine der Panzerplatten des toten Finsterbären aus einem Trümmerstück des Tores und da rollte das Wesen unter der gemeinsamen Anstrengung der Gefährten auf den Rücken und somit weit genug aus dem Torbogen, dass die Pferde und der Streitwagen durch die Lücke passten.

Ahren taumelte langsam durch den soeben erschaffenen Durchgang und konnte seinen Augen nicht trauen, als er des Anblicks am westlichen Himmel gewahr wurde, an welchem Uldini sich bereits erfreute.

Wie ein Moloch ungezügelter Naturgewalt türmte sich das Unwetter des Widersachers über der vor ihnen liegenden Obsidianfeste auf. Einem schwarzen Berg gleich ragten die Sturmwolken in den blauen Himmel empor und mit jedem Herzschlag fuhren Dutzende von Blitzen zur Erde nieder – allesamt hinein in die hinter und auf den Mauern wartenden Dunkelwesen. Das Schlachtfeld, welches sich vor Ahren und seinen Freunden erstreckte, war übersät mit qualmenden Überresten von vom Blitz erschlagener Dunkelwesen.

»Akkad hat den Zauber des Widersachers gegen ihn gekehrt«, sagte Uldini lachend. »Anstatt ihn zu bannen, hat er ihn über der Obsidianfeste eingeschnürt wie ein Herbstfestgeschenk.«

Jubel brach unter den Gefährten aus, nur Sunju stand still und mit noch bleicherem Gesicht als sonst da und starrte auf das gefesselte Unwetter.

»Was ist los?«, fragte Ahren besorgt.

Sunjus Unterlippe bebte. »Akkad hat bei seiner Tat eines nicht bedacht: Sonnenschimmer – sie wurde vom Zauber des Widersachers ebenfalls erfasst.« Sie hob eine zitternde Hand, den Zeigefinger auf die ungeheure Wolke aus purpurner Dunkelheit gerichtet. »Mein armer Rukh ist dort drinnen gefangen und kämpft um sein Leben.«

Jegliche Freude starb einen plötzlichen Tod auf den Gesichtern des kleinen Trupps.

»Sunju …«, sagte Trimm elend. »Es tut mir so leid.«

»Können wir denn gar nichts tun?«, fragte Khara Uldini, der an seinem schwarzen Tuch herumzupfte.

»Ich würde Sonnenschimmer mehr schaden als nützen.«

»Kann Akkad das Unwetter nicht wieder freigeben?«, fragte Aluna drängend.

»Sieh hin«, forderte Uldini und deutete auf den tobenden Sturm aus Magie, der noch immer seinen gleißenden Tod hinter die Mauern des Feindes sandte. »Jeden Atemzug, den der Zauber in seiner jetzigen Form anhält, vernichtet er Dunkelwesen, die uns später nicht gegenüberstehen werden.«

»Gleichzeitig wächst das Risiko, dass Sonnenschimmer nicht überlebt«, sagte Ahren kopfschüttelnd. »Das können wir nicht zulassen!«

Uldini stöhnte gequält auf. »Versteht doch: Akkad will den Widersacher dazu zwingen, seinen Bannfluch eigenhändig aufzugeben. Auch der Feind kann es sich nicht erlauben, dass noch mehr seiner Truppen vergehen.«

»Wir werden Sonnenschimmer nicht in einem Wettstreit der Willen opfern«, sagte Khara heftig, und bis auf den Ersten stimmten ihr alle Paladine und Trogadon mit heftigem Kopfnicken zu.

Dann schluchzte Sunju auf und Ahren befürchtete das Schlimmste.

»Ist sie …?«

Die bleiche Frau schüttelte den Kopf. »Noch nicht.« Ihre Stimme war kaum mehr als ein Krächzen. »Aber sie sagt, wir sollen nicht nachgeben. Es wäre ihr eine Ehre, so viele Leben mit ihrem eigenen zu retten.«

Die Schultern des Ersten begannen zu beben. »Das sagte *Sie* damals auch. Dies waren exakt ihre Worte.«

Trimm legte dem uralten Paladin stumm eine Hand auf den Rücken. Er, Sunju und der Erste standen in überwältigender Trauer über das Unvermeidliche da.

Sonnenschimmer … Culhens Winseln verwob sich mit Yokas, dem Wiehern der Titejunanwas, dem Brummen Hanulfs, dem Keckern Cassobos und dem traurigen Fiepen Kamaluqs.

»Was ist mit Karkas?«, fragte Ahren im Flüsterton in Bergens Richtung. »Ist er auch dort drinnen gefangen?«

Bergen deutete auf einen einsamen Schatten am blitzblauen Himmel. »Er konnte rechtzeitig an Höhe verlieren. Sonnenschimmer war diejenige, die die Schwarmkrallen in schwindelerregenden Höhen beschäftigt hielt.« Die Worte des blonden Mannes waren kaum mehr als ein entschuldigendes Raunen.

Der Bannzauber wütete weiter. Blitz um Blitz ging auf die Feste nieder. Dunkelwesen starben dutzendweise. Dann versteifte sich Sunju und sog scharf die Luft ein.

»Sie wurde getroffen. Ihr Flügel …« Die Fäuste der Frau ballten sich in stummem Schmerz.

»Der Bannfluch«, sagte Uldini bitter und deutete zu den aufreißenden Wolken empor. »Jetzt erst löst er sich endlich auf.«

»Der Dunkle Gott hat gewartet, bis Sonnenschimmer getroffen wurde, bevor er klein beigab«, sagte Falk und spie aus, als hätten die Worte seinen Mund mit Gift gefüllt.

Die Zerstörung innerhalb der Feste endete und die purpurnen Wolken lösten sich auf, als wären sie nicht mehr als ein Trugbild gewesen. Der blaue Himmel eines späten Winternachmittages erstreckte sich über ihnen und die tief stehende Sonne schien den Paladinen direkt ins Gesicht.

»Da«, sagte Lyssin ohne Freude in der Stimme. »Ich sehe sie.«

Ahren folgte dem ausgestreckten Finger der Waldläuferin und erkannte einen großen Schatten, der verzweifelt mit einem Flügel schlagend in unregelmäßigen Kreisen zu Boden stürzte.

»Sie versucht zu uns zu gelangen«, sagte Sunju schluchzend. »Aber sie wird es nicht schaffen. Sie wird im Feindesland auftreffen.«

Lanlion sprang auf Haminuls Rücken. »Wenn sie nicht zu uns kommt«, rote Finsternis wallte um den Blutleeren auf wie ein zweiter Umhang, »dann eilen wir eben zu ihr.« Und noch bevor einer der anderen Streiter der Götter ein Wort sagen konnte, galoppierte Haminul mit einem triumphierenden Wiehern los. Für einen Moment sah es so aus, als würde Lanlion der gesamten Obsidianfeste im Alleingang den Krieg erklären.

»Ich will verdammt sein, wenn unser bleiches Bürschchen den Ruhm der Bardengesänge für sich allein erntet«, sagte Falk, ein wildes Grinsen auf dem Gesicht. »Trogadon, benutze gefälligst dein Horn. Es liegen noch elf Tore vor uns.«

Hoffnung wogte das Segensband entlang und durchbrach die Schockstarre Sunjus, gab die Frau frei. »Sonnenschimmer!«, schrie Ahrens bleiche Schwester auf. »Halte durch! Wir kommen!«

Und so brandeten die Paladine tiefer in die Obsidianfeste hinein, die Augen auf den zu Boden trudelnden Rukh gerichtet – und ohne es zu bemerken, führten sie einen Sturmlauf an, als die Truppen Joraths jubelnd hinter ihnen herliefen, befreit vom Bannfluch des Widersachers und voll frischen Mutes ob des strahlenden Vorbilds ihrer unerschrockenen Paladine.

21. Kapitel

Der Staub, den die Einschläge der Katapultsteine erzeugt hatten, war noch nicht zu Boden gesunken, als die Gefährten bereits das nächste Tor passierten. Ihr wahnwitziger Ausfall hatte sie weit von den nachfolgenden Truppen abgesetzt, was sie jedoch nicht davon abhielt, sich mit Lanlion an ihrer Spitze in die wartenden Reihen der Dunkelwesen hineinzugraben.

Lanlions Magie war überall, rote Tentakel aus Rauch, die Kehlen streiften, Augen berührten und Lungen füllten. Ahren hätte Grauen über die Magie seines Freundes empfunden, als er sah, wie die Dunkelwesen unter dem Einfluss des Rauches ihren Lebensfunken verloren, aber sein Sehnen galt allein der noch immer zu Boden trudelnden Sonnenschimmer.

»Karkas sagt, sie wird innerhalb dieses Abschnitts der Festung aufschlagen«, rief Bergen und deutete auf eine Stelle, gute dreihundert Schritt nördlich ihrer Position.

»Lanlion!«, rief der Erste und deutete ebenfalls auf besagten Ort.

Der Blutleere nickte und änderte seinen Kurs, die Paladine in seinem tödlichen Schlepptau.

»Euch ist schon klar, dass wir gerade unsere Armee hinter uns lassen?«, fragte Uldini beunruhigt. »Wir stehen gleich bis über den Kopf in geifernden Dunkelwesen.«

»Am besten, du bleibst zurück und wartest bei den Rittern«, sagte Falk. »Wir haben einen Rukh zu retten.«

Der Alte zuckte nicht einmal mit der Augenbraue, sondern schwebte mit den Streitern der Götter unbeirrt auf jenen Punkt zu, den Sonnenschimmer krächzend und heftig flatternd ansteuerte. Ahren konnte sehen, dass der rechte Flügel des Rukhs arg verbrannt aussah und dieser das Gewicht des Wesens nicht mehr recht tragen konnte.

»Sonnenschimmer bringt unerwünschte Gesellschaft mit«, sagte Khara grimmig und deutete auf eine Vielzahl kleiner Schatten am

Horizont, die alle auf den großen Vogel zuhielten. »Anscheinend haben die Schwarmkrallen den Magiesturm größtenteils überstanden.«

Ahren fluchte so herzhaft wie schon lange nicht mehr, während er mit *Sonne* einen Niederfang abwehrte, der in Sunjus Rücken springen wollte. Dank des Segensbandes hatten die Paladine die vollkommen auf Sonnenschimmer fixierte Frau bisher mittels eilig durchgeführter Paraden stets vor den Angriffen der Dunkelwesen beschützen können. Doch Ahren spürte, dass sein Schwertarm kraftloser wurde und sein Atem in heftigen Stößen ging. Jelninolans Sturmweberei mochte ihre Herzen stärken und ihren Mut vervielfachen, aber der Waldläufer wusste, dass es für jede Magie natürliche Grenzen gab – kein Körper konnte sich auf Dauer auf die Kräfte eines Zaubers stützen. Quin-Wa war der beste Beweis dafür.

»Wir brauchen eine Pause«, sagte Ahren in die Runde. »Sobald Sonnenschimmer gerettet ist, müssen wir uns einen Moment ausruhen.«

»Ahren hat recht«, sagte Aluna. »Ich habe bereits die ersten unserer Soldaten zusammenbrechen sehen, weil ihre Herzen der Macht von Jelninolans Drängen nicht mehr standhalten konnten.«

Der Erste schaute sich demonstrativ zwischen den tobenden Dunkelwesen um, die sie umgaben und die versuchten, den Schutz von Lanlions Magie und die an Hellsicht grenzende Sinneswahrnehmung des Segensbandes zu durchbrechen. »Ich glaube nicht, dass dies der richtige Ort ist, um ein Picknick zu veranstalten.«

Uldini wandte sich an Trogadon. »Blase das Signal nach Unterstützung. Der Bannfluch des Widersachers ist gebrochen. Jetzt sind Akkad und die anderen Alten am Zug. Nutzen wir den Umstand, dass wir in Sachen Magie die Oberhand haben.«

Der Zwerg griff nach seinem Horn. »Dreimal kurz, zweimal lang, richtig?«, fragte er inmitten des Schlachtgetümmels.

»Zweimal kurz, dreimal lang«, blaffte der Erste zurück. »Es sei denn, du willst, dass die Truppen ausgerechnet jetzt zum Appell antreten.«

Der Schmied stieß in sein Signalhorn und die Paladine hieben und schlugen sich auf ihren Reittieren weiter in Richtung der abwärtstrudelnden Sonnenschimmer vor. Die versprengten Schwarmkrallen kamen indes ebenfalls aus allen Himmelsrichtungen näher.

»Haltet ihr die Stellung am Boden«, sagte Lanlion mit einer Stimme, in der die Kühle eines tiefen Grabes mitschwang. »Ich kümmere mich um die Dunkelwesen in der Luft.«

Dann schlug Sonnenschimmer mit einem lauten Aufprall inmitten der Dunkelwesen auf.

Sofort begann sie wild mit ihrem Schnabel um sich zu hacken, während sie gleichzeitig ihre großen Klauen als Waffe benutzte.

»Sonnenschimmer!«, rief Sunju panisch und trieb ihr Pferd in einen wahnwitzigen Galopp, um die letzten Dutzend Schritt bis zu Sonnenschimmer durchzubrechen. Dabei hieb sie blitzschnell und wie wild auf die den Rukh belagernden Dunkelwesen ein. »Wir sind bei dir!«

»Hakanu! Lyssin!«, kommandierte Ahren fluchend und die beiden Paladine deckten im Schutz der übrigen Gefährten umgehend die Umgebung des sich aufrappelnden Vertrautentieres mit Pfeilen und geschickten Speerwürfen ein. Ahren selbst zog *Fisiniell* von der Schulter und verschoss fünf kostbare Tiefenstahlpfeile, um drei Finsterbären davon abzuhalten, dem Rukh die Flanke oder die Kehle aufzureißen.

Dann endlich waren die Paladine bei Sonnenschimmer angekommen und verteilten sich in einem weiten Kreis um den Rukh.

»Hakanu, dein Heilwasser!«, rief Sunju, die bereits am verletzten Flügel des großen Wesens stand und die Wunde begutachtete.

Ahrens Lehrling sah zögerlich zu seinem Meister hinüber.

»Tu es«, sagte der Waldläufer. »Stell dir einfach vor, es wäre Kamaluq. Da würdest du auch nicht nachfragen.«

Hakanu warf den Behälter voll des kostbaren Nasses hinüber zur wartenden Sunju und widmete sich dann den angreifenden Dunkelwesen.

»Kommt mir das nur so vor oder sehe ich immer mehr Niederfänge?«, fragte Khara über den Lärm des Kampfes hinweg.

»Die Blitze haben die großen Wesen zuerst erwischt«, erklärte Bergen. »Hier liegen überall verkohlte Finsterbären und Blutwölfe umher. Von den Hordenbullen ganz zu schweigen.«

»Lanlion!«, rief Sunju drängend, die gewissenhaft das Heilwasser auf dem verletzten Flügel Sonnenschimmers verteilte. »Die Schwarmkrallen sind hier!«

Schon kletterte der Blutleere in den hölzernen Karren auf Sonnenschimmers Rücken und sandte seine Magie als tastende Nebeltentakel aus, die diesmal in äußerst langen, dünnen Fäden über dem Rukh umherpeitschten und die Schwarmkrallen bei jeder noch so federleichten Berührung leblos vom Himmel fallen ließen.

»Akkad darf sich gerne beeilen«, sagte Lanlion, der trotz der Dringlichkeit inmitten seines Zaubers vollkommen geistesabwesend klang. »Viel Macht habe ich nicht mehr in mir.«

»Gut«, brummte Bergen. »Der mit Paladinblut gefütterte Lanlion ist mir zu unheimlich.« Dann hieb er seine Axt in einem weiten Bogen durch drei Niederfänge gleichzeitig.

»Aber er ist verdammt nützlich«, sagte Trimm. Die Dolche in seiner Hand waren kaum mehr als verschwommene Schemen, wie sie vor und zurückzuckten und mit jeder Bewegung einen Hochfang zu Boden sandten.

»Achtet auf euren Bewegungsspielraum«, mahnte der Erste. »Weicht keinen Schritt zurück. Wenn die Dunkelwesen uns den Raum zum Manövrieren nehmen, sind wir alle verloren!«

Ahren nahm sich die Warnung zu Herzen und stieß einen Niederfang zurück, der tot von seiner Windklinge glitt. »Nutzt die Leiber als Wall. Baut mit ihnen einen Ring um unsere Stellung.«

»Bin ich froh, wenn die Tage vorbei sind, da Leichenberge von Dunkelwesen unsere Gedanken füllen«, sagte der Vater des Berges und ließ dabei seine Stahlkugel fliegen. »Ich sehne mich so sehr nach Tausend Hallen.«

»Wir kämpfen dafür, dass das Zwergenkönigreich ewig bestehen darf«, rief Hakanu. »Denke daran, wenn deine Gedanken dunkel und trüb werden.«

»Ich wette zehn Goldstücke, dass dieser Ausspruch von Kamaluq stammt«, rief Fisker leichthin, einen Niederfang mit seiner schlanken Waffe aufspießend. »Wer hält dagegen?«

Ahren wollte mit einer eigenen Flachserei antworten, aber da hörte er Lanlion hinter sich keuchen. Er riskierte einen Schulterblick und sah, dass die Magie des Blutleeren schwächer wurde. Schon waren die nebligen Tentakel, die den kreischenden Schwarmkrallen die Stirn boten, dünner und weniger zahlreich als noch vor wenigen Dutzend Herzschlägen. »Wollen wir hoffen, dass Akkad eine weitere gute Idee parat hat. Und dass er sie schnell umsetzen kann.«

Khara deutete mit einer Klinge gen Himmel, bevor sie in einem Wirbelwind aus Hieben den Wall aus Leichen vor sich einen Schritt höher werden ließ. »Wir werden es gleich herausfinden«, sagte sie erleichtert.

Ahren sah einen Ball golden leuchtender Energie, der sich zögerlich suchend in ihre Richtung bewegte, und sein Herz hüpfte vor Freude. Allein der Anblick des Zaubers erfüllte ihn mit Hoffnung, völlig egal, was er bewirken mochte.

»Haltet durch!«, rief er. »Hilfe ist auf dem Weg.«

Das war der Moment, in dem sich die Mauern der Obsidianfeste vor und hinter den Paladinen auflösten und die auf ihnen hockenden Dunkelwesen in die Tiefe stürzten.

Für einen Augenblick wollte Ahren jubeln, da er glaubte, dass der gemächlich herangleitende Ball aus Licht dafür verantwortlich war. Dann jedoch sah der Waldläufer voller Grauen, wie die freigesetzte Magie der Obsidianfeste sich ebenso zu einer Kugel aus Dunkelheit ballte und dem von den Alten gesandten Zauber entgegenraste. Als die zwei Bannflüche zusammenstießen, gab es einen dumpfen Knall, und im nächsten Moment war der Himmel frei von jedweder Magie. Der Widersacher hatte ihre Hoffnung auf Hilfe innerhalb eines Wimpernschlages zunichte gemacht.

Bis jetzt, da sie, abgetrennt von der Armee, nur mehr ein kleiner Trupp in einem tobenden Meer aus Feinden waren, hatten die Wälle der Obsidianfeste für, statt gegen sie gearbeitet, indem sie die Dunkelwesen in den einzelnen Ringen festgesetzt hatten. Aber nun strömten vor allem die monströseren Diener des Widersachers, die die Blitze überlebt hatten, durch die Scharen von Niederfängen hindurch – und direkt auf sie zu.

»Oh, das ist gar nicht gut!«, rief Lyssin.

»Karkas zählt über zwanzig Finsterbären, Dutzende Blutwölfe und zwei Hordenbullen in unserer näheren Umgebung«, sagte Bergen angespannt. »Und es sind noch immer Hunderte Schwarmkrallen über uns.«

»Ideen?«, fragte Falk in die Runde. »Dieser Übermacht halten wir auch mithilfe des Segensbandes nicht lange stand.« Schon wurden die ersten Pferde der Paladine Opfer der reißenden Krallen und Fänge, die die belagerten Gefährten von allen Seiten bedrängten.

»Uldini?«, fragte Ahren den Erzmagus und blickte vielsagend auf dessen schwarzes Tuch. »Vielleicht ist es an der Zeit.«

Die Augen des Alten waren voller Zweifel. »Mein Zauber ist kostbar. Ihn hier zu verschwenden …«

Ahren runzelte die Stirn und wehrte einen weiteren Niederfang ab. Uldini war bei der Planung des Angriffs sehr vage gewesen und hatte nur von einem machtvollen Zauber gesprochen, der den Widersacher überrumpeln würde. Keiner der Anwesenden wusste genau, was der listige Erzmagus vorhatte, nur dass er beschützt werden musste, bis er seinen Plan in die Tat umgesetzt hatte.

»Kannst du uns helfen oder nicht?«, fragte Bergen unwirsch.

Uldini schüttelte den Kopf und drückte das Tuch eng an seine Brust.

»Dann wollen wir hoffen, dass Akkad noch einen Versuch startet«, sagte Trimm grimmig. »Denn unsere Truppen sind zu langsam. Sie werden uns nicht vor den großen Dunkelwesen erreichen.« Er deutete dabei mit dem Kinn gen Osten, wo Ahren die vereinten Armeen Joraths in einer guten halben Länge Entfernung kämpfen sah. Die zwergischen, elfischen und menschlichen Soldaten aus allen Regionen der Welt kamen nur langsam voran und würden definitiv zu spät bei den Paladinen eintreffen, um ihnen beistehen zu können.

»Wir sollten …« Ahren wurde unterbrochen, als eine Schwarmkralle krächzend nach seinem rechten Auge hackte. Culhen besiegelte das Schicksal des Wesens mit einem schnellen Biss, aber schon tauchten weitere der kleinen fliegenden Monstren in Ahrens Angriffsreichweite auf.

»Lanlion?«, hörte er den Ersten rufen. »Die Schwarmkrallen brechen durch!«

»Ich … kann nicht länger … durchhalten«, kam die gequälte Antwort.

»Trogadon, blase erneut ins Horn«, rief Bergen. »Lass die Alten wissen, dass …«

Ein unheilvolles Rumpeln setzte ein, als ein weiterer Wall der Obsidianfeste sich in wirbelnde Magie auflöste. Dann noch einer. Und noch einer.

»Was passiert hier?«, fragte Falk alarmiert.

Ahren sah ungläubig, wie sich der nächste Wall des Feindes auflöste und gen Himmel stieg, sodass nur noch die innersten fünf übrig blieben.

Belagert von Dunkelwesen, umkreist von Schwarmkrallen und abgeschnitten von jeglicher Verstärkung, sah Ahren, wie sich die freigesetzte Magie der Obsidianfeste in purpurnen Strängen über den Himmel zog und sich in schlanke, dunkle Pfeile verwandelte – die in Richtung der Magierdome davonzuckten.

GLAUBT IHR WIRKLICH, EURE FREUNDE KÖNNEN EUCH HELFEN, DORT IN IHREN KÜMMERLICHEN KUPPELN AUS STEIN?

Die Stimme des Widersachers schien vom Himmel selbst auf sie herabzufallen, jede Silbe eine scharfe Waffe, die auf ihre Herzen zielte.

»Nein«, hauchte Uldini.

Zwei Herzschläge später ertönten laute Donnerschläge und ölige Rauchwolken stiegen ringsum in der Ferne gen Himmel. Ahren ahnte, wo die Bannflüche des Widersachers eingeschlagen waren.

»Die Magierdome! Wie konnte er sie so leicht zerstören?« Dabei hieb er unter Schock unermüdlich Schwarmkrallen aus der Luft, während er am Rand seines Bewusstseins registrierte, dass die ersten Blutwölfe ihren Ring aus Leibern gleich erreicht haben würden. Die gewöhnlichen Pferde der Paladine waren mittlerweile alle zerfleischt und der Verteidigungsring, in dem die Gefährten rund um Sonnenschimmer standen, wurde zusehends enger, da sie den tobenden Horden Schritt um Schritt den zuvor eroberten Boden überlassen mussten.

»Die Alten waren ebenso am Ende ihrer Kräfte wie ihr«, antwortete Uldini unter Tränen. »Ich will mir nicht ausmalen, wie viele von ihnen diesen Angriff nicht überlebt haben.«

JETZT BIST DU ALLEIN, KLEINER ULDINI. WAS DENKST DU? WIE LANGE HALTEN DEINE KOSTBAREN PALADINE OHNE UNTERSTÜTZUNG NOCH DURCH?

»Stell dich mir!«, brüllte Uldini in Richtung der in der Ferne aufragenden Obsidianfeste, die mittlerweile auf die Ausmaße eines weitläufigen Bollwerks aus fünf Wällen und einem düsteren Palast in dessen Mitte zusammengeschrumpft war. »Du bist zu feige, mir deinen Zauber entgegenzuschleudern, und du tust gut daran, mich zu fürchten.«

Ahren sah aus den Augenwinkeln, wie Uldinis Hände sich tierischen Klauen gleich um den dunklen Stoff in seinen Armen schlossen.

DIE SONNE VERSINKT UNAUFHÖRLICH UND DIE NACHT BRICHT BALD HEREIN, PALADINE, spottete der Widersacher in einem provokant milden Ton. WÄRE ES NICHT EINFACHER, AUFZUGEBEN? ALL

DIE TOTEN, DIE NOCH AUF EUREM GEWISSEN LASTEN WERDEN – IHR KÖNNTET SIE VERMEIDEN.

»Nicht hinhören«, sagte der Erste. »Es sind nur Lügen, die er zu bieten hat.«

»Mit einem hat er aber recht«, sagte Fisker. »Die Sonne steht schon gefährlich tief und wir stecken hier in einem düsteren Loch fest, das wir uns selbst gegraben haben.«

Hakanu warf mit einem angestrengten Stöhnen seinen Speer, der einen Blutwolf am Kopf traf und zu Boden streckte. »Wir müssen hier weg. Wenn die Finsterbären uns erst erreichen …«

Da brach Lanlion mit einem Seufzen zusammen und die Schwarmkrallen senkten sich wie eine Decke, gewebt aus Krallen und Schnäbeln, auf die Paladine herab.

Ahrens Klinge bewegte sich wie von selbst. In rein instinktiven Manövern wehrte er die von allen Seiten angreifenden Dunkelwesen ab, so gut es eben ging.

Mögen die DREI uns und ganz Jorath beistehen, betete er verzweifelt, denn er wusste nicht mehr, was er sonst noch tun sollte. Sie saßen in der Falle.

Das Geräusch der Schwingen um ihn herum schwoll an. Die Luft war voll von Schwarmkrallen, die krächzten, kratzten, hackten. Schwächen im Segensband wurden zu Dutzenden gesucht und gefunden. Erste Wunden wurden geschlagen, sowohl in die Körper der Streiter der Götter als auch in ihre Zuversicht. Bis hierher waren sie ohne nennenswerte Verletzungen gekommen, aber nun schien das Glück der DREI sie verlassen zu haben.

Ahren suchte den Blick Kharas, konnte seine Liebste zwischen all den Leibern aber nicht entdecken.

»Uldini!«, schrie er. »Tu etwas!«

»Zu spät«, erklang der gequälte Schrei des Erzmagus in dem Chaos. »Ich Narr habe zu lange gewartet.«

Ahren hätte seinen knurrigen Freund am liebsten zur Rede gestellt, aber seine Atemluft war zu kostbar und der Tod zu nah. Immer häufiger fügten die Schwarmkrallen den Paladinen kleinere Verletzungen zu und zermürbten die Gefährten so für den bevorstehenden Angriff der Finsterbären, die mit ihren Krallen den Leichenwall wegschaufelten, in Vorbereitung auf ihren tödlichen Angriff. Das Geräusch der allgegenwärtigen Schwarmkrallenschwingen schwoll unablässig in Ahrens Geist an, wurde lauter und lauter, bis sie wie die Flügel von Ungeheuern aus Albträumen klangen, die gekommen waren, um die Sonne zu verdunkeln und Jorath in ein Zeitalter der Finsternis zu stürzen.

Dann griff Ahren ein Finsterbär an. Seine Pranken fuhren kratzend über die Tiefenstahlrüstung, der stechende Rauch, der von dem Wesen ausging, machte ihm das Atmen schwer. Ahren konnte nicht mehr zurückweichen, Sonnenschimmers Gefieder drückte bereits in seinen Rücken.

Da richtete sich der Finsterbär zu einem letzten Angriff, der Ahren zerschmettern würde, auf die Hinterbeine auf – und wurde plötzlich brüllend und um sich schlagend in den Himmel gerissen!

Der Paladin blinzelte verdutzt und war sich nicht sicher, ob er in seiner Verzweiflung den Verstand verlor, aber da durchbrach ein großer schuppenbedeckter Körper dicht neben ihm den Schleier aus krächzenden Schwarmkrallen und pflückte einen weiteren Finsterbären vom Boden. Ahren sah flüchtig das breit grinsende Gesicht eines tätowierten Zwerges, der in einem Sattel auf dem Rücken eines vorbeifliegenden Drachen festgezurrt saß. Die wild lachende Gestalt trug nichts weiter als einen Lendenschurz und ein Paar fadenscheinige Wollhandschuhe, ihre aufgesprungenen Lippen waren blau vor Kälte. Dann stieg die große Echse mit dem sich wehrenden Dunkelwesen in den Klauen zurück in den blauen Himmel.

Gewaltige Böen unglaublich heißer Luft waberten über die Köpfe der Paladine hinweg und ließen verbrühte Schwarmkrallen zuhauf gen Boden purzeln. Binnen weniger Herzschläge umringten nicht mehr Finsterbären und mörderische Vögel die staunenden Paladine, die allesamt ihre Waffen gesenkt hatten, sondern vierzehn um sich schnappende, Hitzewellen ausspeiende Süddrachen, die vergnügte Zwerge in die Schlacht trugen.

»Sind das … die Wilden Clans?«, fragte der Erste, und selten hatte Ahren den uralten Paladin derart fassungslos erlebt.

Schau nur, das ist Feuerfalke!, jubelte Culhen und winselte erfreut. *Und der Drache, auf dem er reitet, sieht mir wie Xandrolfor aus. Anscheinend ist sein Flügel wieder verheilt.*

Ahren stand mit offenem Mund da, inmitten des Chaos aus toten Dunkelwesen, und beobachtete, wie die Wilden Zwerge methodisch den Himmel und die nähere Umgebung von Dunkelwesen befreiten. Dabei wurden zwei der Drachen von emporspringenden Blutwölfen verletzt. Umgehend lenkten die auf ihnen befindlichen Zwerge die Wesen hinauf in die Lüfte und fort von dem Kampf, denn, wie Ahren wusste, ging ihnen die Gesundheit ihrer Tiere über alles.

Während die übrigen Drachen die Paladine in einer Art Tiefflug umkreisten und vor dem Feind abschirmten, landete ein Zwerg seinen Drachen dicht neben Sonnenschimmer und schwang sich von dessen Rücken.

»Ahren!«, sagte der Fremde lächelnd. »Oder sollte ich besser Dreizehnter sagen? Es ist schön, Euch wiederzusehen.«

Ahren musterte den Zwerg. Er trug eine Glatze, selbst die Augenbrauen waren fortrasiert. Anstelle der Haare zogen sich kunstvolle Tätowierungen über seinen Schädel. Sie zeigten Bilder von einem unglaublich langen Tunnel in Tausend Hallen und von Rittern in dicken Rüstungen, die einen jungen Zwerg mit einer Truhe in den Händen auf einen Stollen zuschickten …

»Corin?«, hauchte Ahren ungläubig.

»Eben der«, lachte der Wilde Zwerg. »Ihr habt mich damals aus Tausend Hallen herausbegleitet, damit ich meine Andramuna wiedersehen konnte.« Er deutete dabei auf eine Zwergin, die verwegen auf einem schlohweißen Drachen ritt, der größer aussah als seine anwesenden Artgenossen. »Was war ich verwundert und gleichzeitig verzaubert, als ich im Drachengrat ankam, wo sie bereits Schneeschwinge gezähmt hatte.«

Ahren konnte nur nicken. Ihm fehlten schlicht und ergreifend die Worte.

»Nicht, dass wir uns nicht über euer Kommen freuen«, sagte Falk und ging dabei schwer atmend in die Hocke, die Arme auf Schwert und Schild gestützt, um sich auszuruhen. »Aber warum seid ihr hier?«

»Ah«, machte Corin und lachte. »Wenn Elfen und Wutelfen in ein und derselben Schlacht kämpfen – und das auch noch auf derselben Seite –, dann sollte es auch Platz für die Wilden Clans neben den Langweilern aus Tausend Hallen und dem Silbernen Kliff geben.«

»Also hätten wir in den letzten Jahren nur zu fragen brauchen und die Wilden Clans wären uns zu Hilfe geeilt?«, fragte Khara ungläubig blinzelnd.

Corin schüttelte verlegen den Kopf. »Dass wir hier sind, verdankt ihr Feuerfalke und Moosrose.« Er legte den Kopf schief. »Und Väterchen Vierklaue, wie wir ihn seit Neuestem nennen. Dass ihr ihn von seinem Kummer befreien konntet, anstatt ihn zu töten, hat die Wilden Clans schwer beeindruckt. Genug, um die besten Drachenreiter zu schicken, um euch Paladinen beizustehen.«

»Corin zu bescheiden«, brüllte der Zwerg, den Ahren in den Eisfeldern kennengelernt hatte, zu ihnen herab. »Corin seit Jahren für Eintritt in Krieg gegen Widersacher gesprochen. Hätte er genannt Namen von Paladine, die ihm halfen, ich Euch hätte in unseren Höhlen behandelt besser, Dreizehnter.«

Ahren winkte dem Zwerg freundlich zu, vollkommen überrumpelt von der Wendung der Ereignisse.

»Ich bin nicht ganz uneigennützig hier«, gestand Corin leise. »Andramuna und ich haben geschworen, unsere alten Namen erst abzulegen, wenn wir jenen Paladinen helfen konnten, die auch uns beistanden.« Er zuckte mit den Achseln. »Wir wollten uns Euren Truppen eigentlich ganz formell anschließen und waren überrascht, Euch bereits mitten in einem sehr überstürzt erscheinenden Angriffskrieg vorzufinden«, sagte Corin.

Der Erste räusperte sich. »Das liegt daran, dass wir den Widersacher bei Einbruch der Nacht stellen müssen.« Er deutete auf die tief stehende, goldgelbe Sonne. »Und die ist nicht mehr fern.«

Corin runzelte die Stirn, »Wozu die Eile?«

»Er wird nach dem Vorüberziehen einer bestimmten Sternenkonstellation für Jahrhunderte an Macht gewinnen«, sagte Fisker mit einem nervösen Seitenblick auf den Horizont. »Auch wenn ich es hasse, dem Ersten recht zu geben: Können wir die Plaudereien und Erklärungen auf ein andermal verschieben? Wamakohane wird sehr böse auf mich sein, wenn ich die Welt, wie wir sie kennen, untergehen lasse.«

Corin bedachte den blonden Paladin mit einem aufrechten, lauten Lachen. »Gerne werden wir euch bis zum Dunklen Gott eskortieren«, sagte der Wilde Zwerg. Er deutete auf Sonnenschimmer. »Ihr fliegt auf ihrem Rücken, wir auf denen unserer Drachen. Kein Schaden wird euch ereilen, solange wir bei euch sind.«

Sunju schüttelte den Kopf. »Der Flügel meines Rukhs ist nur notdürftig verheilt. Können wir nicht bei euch aufsteigen?«

Keine Drachen!, sagte Culhen sofort. *Der Ritt in dem Holzkasten von Sonnenschimmer war schon schlimm genug, aber ich werde mich sicher nicht wie eine fette Kuh in den Klauen eines Drachen über eine Horde von Dunkelwesen tragen lassen!*

»Unsere Drachen dulden nur Zwerge auf ihren Rücken. Der Geruch anderer Völker macht sie … hungrig.«

Die Köpfe aller übrigen Paladine ruckten flehend zu Sunju herum.

»Sonnenschimmer sagt, sie kann uns tragen« seufzte sie ergeben. »Aber nur für kurze Zeit.«

Uldini deutete gen Osten, auf die Reste der einst so weitläufigen Obsidianfeste. »Es sind nur wenige Längen. Aber wenn wir diese auf Rukhschwingen zurücklegen können, wird dem Widersacher sein kaltes Herz vor Angst in der Brust zerspringen.«

»Dann auf«, sagte der Vater des Berges mit einem hoffnungsvollen Lächeln auf den Lippen. »Lasst den letzten Sturm der Paladine solcherart sein, dass die Barden ihn auf ewig besingen werden.«

Ahrens Hände hörten nicht auf zu zittern.

Zum einen war die Winterluft wirklich kalt hier oben, so weit über dem Schlachtfeld. Zum anderen konnte der Paladin das Ausmaß des Todes und der Zerstörung betrachten, das dieser Tag über die Völker Joraths gebracht hatte. Die rauchenden Ruinen der Magierdome bildeten einen düsteren Rahmen um das gigantische Schlachtfeld, welches sich innerhalb des Rings ausbreitete. Wie ein gewaltiger Keil fraßen sich die Truppen Joraths von Osten her in die Massen an Dunkelwesen, und die Anzahl der Leichen, die überall auf dem Schlachtfeld lagen, war höher, als Ahrens Verstand zu erfassen bereit war.

Um sie herum flogen die Drachenreiter der Wilden Zwerge und verbrühten mit dem Atem ihrer Echsen jede Schwarmkralle, die es wagte, sich dem Rukh und den kostbaren Passagieren auf seinem Rücken zu nähern.

Ahren und die anderen atmeten für einen Moment tief durch, ihre Körper hießen die Kampfpause, die der Flug mit sich brachte, sehr willkommen. Muskeln entkrampften sich, Lungen füllten sich ganz ohne Zwang mit Luft.

Weißt du, verglichen mit dem Schlachtfeld ist Sonnenschimmers Rücken gar kein so schlechter Ort, sagte Culhen. Der Wolf presste sich zwar noch immer mit dem Körper auf den Boden, hatte aber den Kopf so weit gehoben, dass ihm der Wind um die Nase wehen konnte, während ihm die schlabberige Zunge aus dem Maul hing.

Der Rukh ging in eine sanfte Kurve. Aufgrund ihres nicht vollständig verheilten Flügels bewegte sich Sonnenschimmer langsam und behäbig, jeden Lufthauch an Aufwind ausnutzend, dessen sie habhaft werden konnte, sodass sie nicht in einer geraden Linie Richtung Obsidianfeste flog, sondern in einem bauchigen Bogen.

Ahren heftete den Blick auf das Ziel ihrer kurzen Reise: den finster aussehenden Palast im Herzen der Feste, der aussah wie ein aus schwarzem Gestein erschaffenes Zerrbild eines Königssitzes. Zacken und dornige Stachel ragten neben schießschartenähnlichen Fenstern hervor, die schlanken Türme endeten in rasiermesserscharfen Spitzen, die massigen Tore bestanden aus tiefschwarzem Stahl. Dies war kein Gebäude, das ein lebendes Wesen sein Heim genannt hätte. Dies war der Machtsitz eines selbst ernannten Gottes, der sich anschickte, ein finsteres Königreich aufzubauen, das die gesamte Schöpfung verschlingen würde. Sollten sie scheitern, blickte er gerade, dessen war er sich ganz sicher, auf das Zentrum der zukünftigen – der einzigen – Hauptstadt Joraths hinab.

Ahren unterdrückte ein Frösteln und wandte sich lieber seinen Freunden zu. Er konnte dank des Segensbands spüren, dass jeder von ihnen gefasst und entschlossen dem letzten Kampf entgegensah, bereit, ihre ewige Aufgabe endlich zu erfüllen.

Bergen streichelte gedankenverloren das zerrupft aussehende Gefieder von Karkas, der Erste säuberte seine gewaltige Klinge mit ritualisiert wirkenden Bewegungen, Lyssin starrte auf den Bogen in ihrer rechten Hand, während die andere wie von selbst die verbliebenen Pfeile in ihrem Köcher zählte.

Hakanu schmuste mit Kamaluq, presste den Fuchs fest an seine Brust. In diesem Moment sah der junge Krieger so unschuldig aus, dass Ahren lächeln musste. Wenn sie diesen Tag siegreich überstanden, würde Hakanu vielleicht jenen kindlichen Teil von sich für immer behalten dürfen.

Falk starrte ins Leere, eine Hand auf Selsenas Mähne, und Lanlion schien gar vor sich hinzudämmern, wie er vollkommen erschöpft und mit bleichem Gesicht im hinteren Teil der Flugkutsche lag. Aluna flüsterte leise mit Fisker und die beiden lachten mehr als einmal über verschwörerisch ausgetauschte Scherze. Das böse Blut, das so lange zwischen ihnen geherrscht hatte, war auf dem Schlachtfeld davongewaschen worden.

Sunju hockte indes zufrieden summend im Nacken Sonnenschimmers. Ihre Freude darüber, dass der Rukh seinem tödlichen Schicksal entronnen war, brannte wie ein Leuchtfeuer innerhalb der pulsierenden Verbindung des Segensbandes.

Ahrens Blick schweifte zu den übrigen Gefährten auf Sonnenschimmers Rücken. Der Vater des Berges redete leise auf Trimm ein, und was auch immer er dem opulenten Paladin sagte, es zügelte das Feuer der Rache, das hell und stark im Blick des trauernden Mannes brannte. Uldini hingegen hockte nur da und rieb beständig über sein Tuch, unter dem er *Flammenstern* verborgen hielt.

Neben Sonnenschimmer ertönte ein Jubelschrei, der Trogadons Kehle entwich. Der Zwerg saß auf einem der Drachen hinter dessen Reiter und schien in diesem Moment trotz der widrigen Umstände mit sich und der Welt im Reinen zu sein.

Schließlich ruhten Ahrens Augen auf Khara, die dicht neben ihm saß und die schnurrende Muai streichelte, so gut es das blutverklebte Fell der Tigerin zuließ.

Die Schwertmeisterin bemerkte seinen Blick und legte den Kopf an seine Schulter. »Es gibt gewiss schönere Tage, um ein Paladin zu sein«, flüsterte sie.

Ahren konnte ein leichtes Lächeln aus den Worten heraushören. Er neigte den Kopf zur Seite, bis er ihren berührte. »Aber keinen wichtigeren.«

»Muai ist ganz bei mir«, sagte Khara leise. »Nicht nur über mein Amulett, sondern direkt in meinem Herz. Ich kann ihr Schnurren hören, als wäre es mein eigenes. Das ist das größte Geschenk von allen.«

Die Tigerin wandte den Kopf und ihre grünen Augen funkelten im goldenen Licht des vergehenden Abends. Dann leckte sie Khara über die Stirn und die Haare, als wolle sie ihren Paladin reinwaschen.

Eine Bewegung entstand in der Formation der sie umgebenden Drachen. Ahren blickte sich um und sah, wie eines der großen Wesen sich löste, zwei Reiter auf seinem Rücken, von dem einer ausgiebig winkte.

»Trogadon ist der wohl erste lebende Zwerg, der sowohl auf einem Rukh als auch auf einem Drachen geritten ist«, sagte Ahren und blickte seinem in der Ferne kleiner werdenden Freund nach.

Khara kicherte. »Und er wird nicht müde werden, uns und ganz Jorath Tag für Tag an diese Tatsache zu erinnern.«

Ahren unterdrückte seine Sorge um den davonfliegenden Zwerg, da er nicht wollte, dass es das Segensband verunreinigte, das gerade in vollkommener Harmonie zwischen den Paladinen schwang. »Ich weiß, er muss für den letzten Akt unseres Schlachtplans bei Jelninolan sein, aber ich gebe zu, sein Hammer wird mir fehlen.«

»Nur der Hammer?«, neckte Khara ihn und riss ihn so vom Rand der Schwermut fort.

Ahren tat, als müsse er nachdenken. »Vielleicht mehr als nur das. Seine Armbrust ist auch nicht zu verachten.«

Die beiden lachten auf, und für einen kostbaren Moment war der kalte, erfrischende Winterwind sowie die Anwesenheit der anderen Paladine alles, was sie brauchten.

Der Augenblick verging, fortgetragen vom gleichgültigen Fluss der Zeit und dem Drängen des nahenden Konflikts. Gleich würden sie die restlichen Mauern der Obsidianfeste überfliegen. Der Kampf mit dem Widersacher war zum Greifen nah.

Ein Rumpeln erscholl von schräg unter ihnen, aber Ahren hatte es mittlerweile oft genug gehört, um es sofort wiederzuerkennen. Magie stieg in den Himmel, als sich nach und nach alle Wälle aus Obsidian auflösten und in purpurne Schwärze verwandelten. Je näher der Rukh der Festung kam, umso mehr ihrer Wälle verschwanden, undienlich geworden durch den Flug der Paladine und daher im selben Augenblick vernichtet und einem neuen Zweck zugeführt.

Es war ein Ausblick auf die Welt, wie ER, DER ZWINGT, sie erschaffen würde.

»Was wirst du tun, alter Feind?«, hörte Ahren Uldini murmeln. Die Augen des Erzmagus waren in fiebriger Erwartung auf die sich um den Obsidianpalast windenden Wolken aus Magie gerichtet. »Wirst du angreifen oder dich verschanzen, in der Hoffnung, dass die Zeit ihr Werk in deinem Namen verrichtet?«

Ahren sah zur langsam untergehenden Sonne hinüber. Keine Handbreit trennte das Rund mehr vom Horizont. Der Waldläufer wusste, worauf er selbst an der Stelle des Dunklen Gottes gesetzt hätte.

Schimmernd legte sich ein Schleier um den Palast, der wie eine purpurn glühende Version der Bannwolke anmutete. Das Leben selbst schien im Inneren der dunklen Magie zu vergehen, so stark war das Gefühl von Tod und Vernichtung, das von den pulsierenden Nebeln ausging. Eine Gestalt, riesig und doch hager, war für einen kurzen Augenblick auf einem der Balkone des Obsidianpalastes zu erkennen.

KOMMT DOCH, KLEINE PALADINE, höhnte der dunkle Gott und trat einen Schritt zurück in den Schatten seiner Festung. KOMMT, WENN IHR EUCH TRAUT.

Ahrens Blick flog hinüber zu Uldini und der nickte mit einem Raubtierlächeln, während er weiter über sein Tuch rieb. »Seine Angst ist größer als sein Zorn«, wisperte der Alte. »Gut. Sehr, sehr gut.«

In der Ferne ertönte ein Hornsignal, dort wo die Truppen Joraths tiefer in das Meer aus Dunkelwesen vordrangen. Jelninolan und Trogadon begannen mit ihrer finalen Aufgabe.

»Sonnenschimmer wird müde«, rief Sunju. »Sie muss landen.«

Uldini nickte und spähte über den Rand des Holzaufbaus. »Mal sehen, wo sich das Land noch an seine alte Form erinnert, bevor Bannwolke und Obsidianfeste es verschandelt haben«, murmelte er. Dann stieß sein Finger herab. »Dort«, rief er laut. »Sie soll auf diesen Fleck zusteuern.«

»Also ich sehe da nur einen dichten Teppich aus Dunkelwesen, die sich darauf freuen, uns in dem Moment zu zerreißen, in dem wir zwischen ihnen den Boden berühren«, sagte Falk.

»Du siehst nicht, was ich sehe«, sagte Uldini. Dann schloss er die Augen und hob ächzend und zitternd eine zur Kralle geformte Hand, so als würde er etwas Schweres greifen und emporstemmen. Ein lautes Bersten und die Schreie von Dunkelwesen ertönten. Im nächsten Augenblick sah Ahren, wie das Land dort, wo Sonnenschimmer landen sollte, auftat und sich ein Felsbrocken schief aus dem Boden schob, auf dessen Spitze der Rukh würde landen können.

»Haltet den Felsen frei von Feinden«, befahl Corin seinen Zwergen und die Drachen scherten aus, um jedes Dunkelwesen zu verbrühen, das es wagte, den frisch geborenen Stein zu betreten.

Sonnenschimmer setzte zur Landung an und nur wenige Herzschläge später berührten ihre Krallen mit einem lauten Kratzen die Oberfläche des rauen Felsens.

Falk rüttelte Lanlion wach, der nur ein benommenes »Ichkannkämpfen« nuschelte und einen Schluck aus seiner kleinen Flasche mit Wasser aus dem Teich der Göttin nahm, welches seinen Blick klarer und seinen dunklen Hunger kleiner werden ließ. Unterdessen machten die übrigen Gefährten sich ebenfalls bereit, den Flugkarren zu verlassen. Ahren sprang von Sonnenschimmers Rücken, kaum dass sie ihre Schwanzfedern senkte, um ihnen den Abstieg zu erleichtern. Er sah zu den wimmelnden, zischenden, brüllenden Heerscharen aus Dunkelwesen hinab, die sich rings um ihren von Drachen bewachten Felsen drängten. Ihre hasserfüllten Augen spiegelten den Willen ihres keine Länge entfernt verharrenden Herrn wider.

»Was nun?«, fragte Ahren in die Runde.

Die übrigen Paladine und Vertrautentiere hatten sich inzwischen auf dem Felsen verteilt.

»Wir warten«, sagte der Erste lakonisch. »So sieht es unser Plan vor.«

»Hat er denn noch Bestand?«, fragte Hakanu. »Ich gestehe, ich habe die Übersicht verloren.«

Khara deutete auf die Drachen, die sie brüllend umkreisten und beschützten. »Wir mussten einige Umwege nehmen, aber jetzt sind wir dort, wo wir sein wollten.«

»Erscheint noch jemandem angesichts des Sonnenstandes eine weitere Verzögerung wie eine dumme Idee?«, fragte Fisker. Das gelbe Rund wurde vollständig vom Obsidianpalast verdeckt, aber sein goldenes Licht, welches es in die Welt hinaussandte, bekam bereits einen rötlichen Unterton. Bald wären die ersten Sterne am Himmel zu sehen und wenn die richtigen von ihnen erst in einem schicksalhaften Muster zueinanderfanden und sich wieder voneinander lösten …

»Die Armeen dieser Welt vertrauen uns«, sagte der Vater des Berges. »Jetzt müssen wir ihnen vertrauen, oder aber unsere Reise endet hier.«

Die Drachen hielten weiter vereinzelte Dunkelwesen fern, aber die Hauptmasse aus grotesken Leibern schien vollends damit zufrieden, die Streiter der Götter auf diesem Felsen einzukesseln.

»Trogadon und Jelninolan konnten bei unseren Planungen nicht abschätzen, ob ihr Vorhaben gelingen würde«, warf Trimm nervös ein. »Was, wenn sie sich geirrt haben?«

Der Erste blickte angestrengt gen Osten. »Die Obsidianfeste ist so gut wie gefallen, wenn auch auf andere Weise, als wir ursprünglich ahnen konnten. Das Ergebnis ist dasselbe: Unsere Truppen haben freien Zugang bis zur Türschwelle des Widersachers. Jetzt müssen sie nur noch zu uns durchstoßen.«

»Nur, dass wir eigentlich bei ihnen sein wollten«, erinnerte ihn Aluna.

»Ein guter Plan besteht zur Hälfte aus Improvisation«, sagte Falk nüchtern und tätschelte dabei Selsenas Flanke. »Ich sage, wir haben uns den Umständen entsprechend gut geschlagen.«

Bergen schnaubte. »Mit einer Horde Flugdrachen als Verbündete schlägt sich *jeder* gut. Und doch sitzen wir jetzt in einem Meer aus Dunkelwesen fest und schauen der Sonne beim Untergehen zu.«

»Horcht«, sagte Khara lächelnd, die dabei auf Muais aufgerichtete Ohren deutete. »Sie kommen.«

Es wurde still auf dem Felsen. Ahren und die restlichen Paladine wagten kaum zu atmen. Zuerst war nur eine leise Melodie zu vernehmen, das Zauberlied, das Jelninolan und ihre Schüler seit dem Morgen um die Herzen der Soldaten woben. Doch dann fügte sich ein anderer Laut ein.

Fordernder, dunkler, rhythmischer.

Das Stampfen von Stiefeln.

Das Schlagen von Äxten auf Schilden.

Das Singen aus Tausenden Zwergenkehlen.

Wie ein Lindwurm aus Stahl bahnten sich die Zwerge Joraths einen Weg durch die Dunkelwesen, Körper und Willen im festen Griff ihres Kampfliedes, das von elfischer Sturmweberei durchdrungen und verstärkt wurde.

Die in weißes Licht gehüllte Jelninolan schwebte musizierend inmitten der Zwergenarmee, umringt von ihren wutelfischen Schülern, beschützt von Hammer, Axt, Schild und Stahl. Ahren sah durch feuchte Augen, wie wuchtige Schläge Niederfänge durch die Luft schleuderten, Finsterbären von breiten Schilden einfach beiseitegeschoben wurden und Blutwölfe, mitten im Ansprung von langen

Lanzen aufgespießt, zu Boden sanken. Fiel ein Zwerg, nahm ein weiterer laut singend dessen Platz ein, während der tote Körper seines Kameraden auf den Händen der nachfolgenden Krieger nach hinten weitergereicht wurde, im Rhythmus des verstärkten Kampfliedes, das den Willen Tausender zu einem einzigen Ziel zusammenschmiedete.

Heerscharen menschlicher Fernkämpfer folgten dem singenden, schier unbezwingbaren Pulk und deckten die angreifenden Dunkelwesen mit Pfeilen und Bolzen ein, wo sie in die Flanke des gigantischen Keils einzudringen drohten, der sich auf Ahren und die restlichen Paladine zubewegte.

Ein Wettlauf begann zwischen der versinkenden Sonne auf der einen Seite und der Heerschar der Völker Joraths auf der anderen. Elf, Zwerg und Mensch kämpften sich gemeinsam durch die Horden an Dunkelwesen, singend, musizierend, sterbend.

Als schließlich das Licht der Sonne nur noch eine schwache Erinnerung am westlichen Horizont war, erreichten die Truppen den Felsen, auf dem die Streiter der Paladine ausharrten, und die Armee begann, ihn großflächig zu sichern. Trogadon, mit seinem schiefsitzenden Helm auf dem Kopf und einer blutenden Gesichtshälfte, die von tödlichen Kämpfen kündete, stampfte schließlich den Felsen empor und grinste Ahren breit an.

»Da bin ich wieder«, sagte er. »Und ein paar Freunde habe ich ebenfalls mitgebracht.«

»Schön, dich zu sehen.« Ahren umarmte den Schmied, der daraufhin zusammenzuckte.

»Nicht so fest«, flüsterte der. »Da ich mit euch reden können wollte, habe ich nicht mitgesungen, um nicht im Rausch des Kampfliedes gefangen zu sein. Daher spüre ich leider jede einzelne meiner lädierten Rippen.« Der Zwerg löste sich von Ahren und drehte sich zu Uldini. »Lange kann Jelninolan diese Intensität ihrer Magie nicht mehr aufrechterhalten und selbst die Herzen dieser Zwergenkrieger kennen Grenzen. Besser, dein Meisterstreich hält, was er verspricht.«

Uldini nickte. »Alle runter von diesem Felsen«, befahl er schneidend. »Jede Kreatur, die große Schwingen besitzt, muss fortfliegen, und zwar jetzt!«

Fisker sah zu den Drachen empor, während die übrigen Paladine bereits Folge leisteten. »Muss das sein? Ich würde gerne sehen, wie sich der Dunkle Gott windet, wenn wir mit einer Armee aus Großechsen über ihn herfallen.«

Ahren winkte unterdessen Corin, Feuerfalke und Andramuna zu, die bereits Befehl gegeben hatte, mit den Drachen abzudrehen. Auch Sonnenschimmer hob ab und wurde sofort von den großen Echsen umringt und eskortiert.

»Wo immer mein Mädchen ist, hat sie einen Hofstaat«, sagte Sunju lächelnd.

Uldini stand mittlerweile allein auf der Spitze des Felsens und starrte mit herausforderndem Blick gen Obsidianpalast.

»WIDERSACHER!«, brüllte er und seine Stimme schallte wie ein Dutzend Signalhörner. »ERBLICKE DIE PALADINE! ERBLICKE DEINEN UNTERGANG!«

»Was soll das?«, zischte Falk. »Hier sind keine Barden, die er beeindrucken kann, und uns läuft die Zeit davon.«

Ahren deutete auf den Erzmagus. »Schau dir die Hände Uldinis und seinen verkrampften Rücken an. Unser Freund hat Angst. Er redet sich Mut zu.«

Ahren tauschte einen besorgten Blick mit Falk aus. Was hatte ihr Freund nur vor?

Eine Bewegung inmitten der purpurnen Schleier unterbrach seine Gedanken. Der Umriss des Dunklen Gottes wurde undeutlich in einem Torbogen sichtbar, hoch oben in der Fassade des Palastes.

ULDINI, höhnte er und ließ den Namen dabei wie ein Schimpfwort klingen. NATÜRLICH BIST DU ANWESEND. KEIN MONUMENTALES VERSAGEN KOMMT OHNE DICH AUS.

»HEUTE WIRD DEINE ZEIT AUF JORATH ENDEN!«, erwiderte der Magus. Seine magisch verstärkte Stimme wurde zu einem Dröhnen, das den Himmel selbst erschütterte.

DAS WERDEN WIR JA SEHEN, grollte der Widersacher und breitete die Arme aus.

Eine Finsternis legte sich über die Sonne und tauchte das Schlachtfeld in eine undurchdringliche Schwärze. Ahren fiel das Atmen schwer und er hörte unzählige Kehlen, die nach Luft rangen, ob nun Freund oder Feind. Der Dunkle Gott würde in seiner Gier nach Kontrolle jedes Lebewesen auf der Welt opfern, um sie zu erobern.

Ich kann nicht atmen, klagte Culhen.

Ahrens Finger suchten zitternd nach dem Fell seines Freundes. Er wollte ihm Mut zusprechen, aber die Dunkelheit lähmte seine Gedanken.

»Endlich greifst du an, alter Feind«, hörte er da Uldinis leise Stimme, die Ahren wie ein Leuchtfeuer inmitten eines Sees aus Tinte erschien. »Und endlich kann ich dich in deinem eigenen Spiel schlagen.«

Ein Glimmen leuchtete plötzlich inmitten der allumfassenden Schwärze auf. Es war Flammenstern, der selbst durch das ihn verhüllende Tuch die Konturen Uldinis deutlich sichtbar machte. Die Finger der kindlichen Gestalt verkrampften sich, als würde Uldini Schmerzen erleiden oder eine innere Mauer durchbrechen müssen, dann fielen seine Arme schließlich schlaff an seinem Körper herab, als wäre jegliches Leben aus ihnen gewichen.

Das Tuch des Magus hob sich gen Himmel, flatterte im Wind davon und offenbarte *Flammenstern*, der, in einem immer helleren inneren Feuer leuchtend, höher und höher stieg, sich in den finsteren Zauber des Widersachers bohrte – und ihn zerriss.

Ein Donnern schallte über das Schlachtfeld und plötzlich war das schwache Licht der untergehenden Sonne wieder da und mit ihr die Fähigkeit, zu atmen. Keuchend und taumelnd taten tausende von Lebewesen Atemzüge voll köstlicher, lebensspendender Luft.

SEHR EINDRUCKSVOLL, höhnte der Dunkle Gott. DEINE GLITZERNDE KRISTALLKUGEL IST FORT, NUR UM EINEN EINZIGEN MEINER ZAUBER ZU BANNEN. WIE WILLST DU MICH NUN AUFHALTEN, WÄHREND ICH ALL DIESE WESEN VERNICHTE, DIE SICH MIR NICHT BEUGEN WOLLEN? Wieder breitete er die Arme aus und die Erde unter Ahrens Füßen begann bedrohlich zu beben.

Uldini schüttelte gelassen den Kopf. Seine gesamte Körperhaltung ließ darauf schließen, dass ein großes Gewicht von seinen Schultern gefallen war. »Namen haben Macht«, erwiderte er friedlich, mit jedem Wort mehr und mehr Zuversicht ausstrahlend. »Wie wir Dinge benennen, hat Einfluss darauf, ob sie je ihr wahres Potenzial entfalten werden.« Er legte den Kopf in den Nacken und starrte lächelnd in den Abendhimmel. Seine Stimme wurde zu einem Rufen. »EINE KRISTALLKUGEL MAG DIR NICHT GEFÄHRLICH WERDEN KÖNNEN …«

Ahren blinzelte, als er einen kleinen leuchtenden Punkt am Firmament erblickte, der größer und größer wurde. »Ist das …«, begann er zu wispern.

»ABER EINEN *FLAMMENSTERN* IGNORIERST DU NICHT!«, schloss Uldini donnernd.

Dann war der Himmel voll gleißendem Licht, als ein feuriger Ball aus ihm herabgeschossen kam, einen Schweif aus funkensprühendem Rauch hinter sich herziehend. Uldini breitete seine Finger aus, und plötzlich erwachte ein Schild aus flimmernder Luft zum Leben, das die Paladine und die vordersten Reihen der Truppen einschloss.

»Alle auf den Boden!«, brüllte Uldini, und als Ahren sich in den aufwirbelnden Staub am Fuße des Felsens warf, krachte Flammenstern bereits durch das schwarzglänzende Dach des drohend aufragenden Obsidianpalastes, zertrümmerte ganze Türme, zerschmetterte einen Großteil des westlichen Flügels.

Doch der Einschlag mutete seltsam dumpf an, geradezu lautlos.

Das Licht des Sternes erlosch.

Ahren hob blinzelnd den Kopf und fragte sich, ob Uldinis Zauber versagt hatte, doch dann barst der Obsidianpalast in einem Mahlstrom aus Licht und Finsternis auseinander.

Widerstreitende Magie breitete sich aus und rang miteinander in einem komplexen Reigen aus Kräften. Der Anblick überstieg Ahrens Verständnis von Magie bei weitem und da fegte auch schon eine Druckwelle über das Land, die noch bis zum Ring reichen würde. Staub erfüllte die Luft, kleinere Brocken aus Gestein prasselten auf Helme und Rüstungen. Dann war es plötzlich still.

Ahren erhob sich benommen, seine Augen blinzelten ungläubig. Der Obsidianpalast war fort. An seiner Stelle klaffte ein gut hundert Schritt durchmessender Krater von vielleicht einem Dutzend Schritt Tiefe. Eine träge Staubwolke verbarg Details, aber Ahren konnte die Gestalt des Widersachers erkennen, die reglos im Zentrum des neu entstandenen Tals lag. Die Dunkelwesen des selbst ernannten Gottes waren von der Druckwelle mitgerissen worden, ein Kreis von gut und gerne zweihundert Schritt um den Krater war frei von Feinden.

»Uldini«, sagte Ahren zögerlich, während die restlichen Paladine und ihre Verbündeten sich aufrappelten. »*Flammenstern* … Deine Magie …«

Der Alte zuckte mit einem gequälten Lächeln mit den Schultern. »… wird wohl nie wieder sein, was sie einmal war.« Er deutete auf den reglosen Widersacher. »Aber bei den Göttern, dieser Anblick war es wert, findet ihr nicht? Ihr habt mich bis hierher gebracht, ohne dass ich euch helfen konnte, habt dem Tod ins Auge geblickt, während ich nur Flammenstern umklammert hielt.« Die Augen des Erzmagus leuchteten in einem inneren Feuer, dem selbst *Flammenstern* nicht hätte gerecht werden können. »Ich habe ihn besiegt«, sagte er stolz und voller Zufriedenheit. »Er hat uns seine Magie entgegengeworfen und ich habe ihn tatsächlich dieses eine Mal im magischen Zweikampf besiegt.«

Khara trat zu ihnen, ihre Hände tasteten reflexhaft an Ahrens Körper entlang, um zu überprüfen, ob er unversehrt war. »Ist der Widersacher tot?«, fragte sie. »Die Dunkelwesen rühren sich nämlich nicht.«

Ahren sah sich überwältigt um, und tatsächlich: So weit das Auge reichte, standen die Diener des Widersachers wie betäubt auf dem Schlachtfeld.

Als hätte der Dunkle Gott die Frage gehört, hob er eine Hand, und sofort kehrte schwaches Leben in seine benommenen Armeen zurück.

»Ein Großteil seiner Magie ist fort«, sagte Uldini in ernstem Ton. »Weggebrannt von einem *Flammenstern.*« Er sah Ahren in die Augen. »Zumindest so lange, bis seine Macht nach dem Vorbeiziehen der Konstellation erneuert wird.«

Ahren nickte und zog seine Windklinge. »Der Moment der Paladine ist gekommen«, sagte er nur.

»Dann geht«, sagte Trogadon, der die benommene Jelninolan stützte, mit belegter Stimme. Die Elfe sah ausgezehrt aus, ihre Finger blutig vom vielen Musizieren. »Ich sorge dafür, dass euch niemand stört.« Dann hob er seine Stimme zu einem Brüllen. »Kompanien! Bezieht Stellung um den Krater. Nichts gelangt hinein, bis die Paladine nicht erledigt haben, wofür die Götter sie auserwählt haben. Erkauft ihnen die Zeit, die sie brauchen! FÜR JORATH!«

»FÜR JORATH!«, brüllten Tausende Kehlen wie aus einem Mund, dann verteilten sich die Truppen entlang der runden Vertiefung, um die langsam wieder zu Sinnen kommenden Diener des Widersachers auf würdige Art und Weise zu empfangen.

»Das ist es also«, sagte Falk, als die Paladine sich am Rand des Kraters sammelten. Der Dunkle Gott war mittlerweile auf den Beinen und starrte stumm zu ihnen empor. »Winkelzug um Winkelzug haben er und wir uns bekämpft, belauert, getäuscht. Und endlich stehen wir hier.«

Ahren schluckte. Das Segensband vibrierte unter der Anspannung sämtlicher Streiter der Götter. »Die Reise war lang«, sagte er und suchte den Blick seines ehemaligen Meisters, dann Kharas und schließlich den von Culhen. »Ein letzter Kampf noch«, sagte er.

Ich bin bereit, verkündete der Wolf.

Ahren schüttelte den Kopf. »Nein«, sagte er entschlossen. »Helft Trogadon und den anderen. Ihr Vetrautentiere habt uns bis hierhin begleitet, uns unterstützt und vor uns selbst bewahrt. Wacht vom Rand aus über uns und helft uns so, diese letzte Aufgabe zu bewältigen.«

Culhen winselte und auch die restlichen Tiere der Paladine bekundeten ihren Protest, aber das zwischen den Streitern der Götter hin und her singende Segensband ließ Ahren und seinen Brüdern und Schwestern keine Wahl, als die simple Wahrheit zu erkennen: Am Ende würden es dreizehn sein, die gegen einen standen. Jedes weitere Leben gegen den Widersacher in die Waagschale zu werfen, bedeutete zusätzlichen Verlust, Tod oder gar das Scheitern ihrer Aufgabe.

Ich warte hier auf euch, sagte Culhen würdevoll und schleckte Ahren ein letztes Mal durchs Gesicht. *Das tun wir alle.*

Ahren nickte und umarmte seinen Freund. Dann drehte er sich um und stieg gemeinsam mit den anderen Paladinen den Abhang des Kraters hinab. Mit jedem Schritt verblassten die Kampfesgeräusche der einander bekriegenden Truppen hinter ihnen, bis sie schließlich ganz im Summen der Erwartung untergingen, mit dem das Segensband Ahren durchflutete.

ICH HABE EUCH ERWARTET, sagte der Widersacher düster, dessen Umrisse sich allmählich deutlicher aus dem allgegenwärtigen Staub schälten, welcher sich hartnäckig am tiefsten Punkt des Kraters hielt. Ein überlanger Arm, der in einer klauenartigen Hand endete, deutete zum dunkler werdenden Himmel empor. DOCH ICH FÜRCHTE, IHR HABT VIEL ZU LANGE GEBRAUCHT.

22. Kapitel

Ahrens Blick geisterte zum Nachthimmel hinauf.

Das Licht der Fackeln, die die Armeen Joraths entzündeten, war diffus und von ihrem Standpunkt im Krater aus nur schwach zu erkennen, so als würde der Staub der vernichteten Obsidianfeste wie ein feiner Schleier Paladine und Widersacher von der Außenwelt abschneiden wollen.

Die Sternenkonstellation prangte nun am Firmament, ein gut sichtbares Zeichen für alle, die das Wissen besaßen, dass der Dunkle Gott kurz davorstand, seine Macht zu erneuern. Der Bogenschütze stand senkrecht über dem Großen Wallach – ganz so, als würde er ihn reiten. Darunter wiederum leuchteten die Sterne der Drei, und Ahren hoffte inständig, dass die Götter in diesem Moment über die Taten ihrer Streiter wachten. Umgeben wurden die drei Sternbilder von den acht leuchtenden Punkten des Mahlstroms, wie ein Kranz, der das seltene Schauspiel einrahmte. Noch waren also alle Sterne an ihrem vorbestimmten Platz, doch sobald einer von ihnen das Sternbild des Mahlstroms wieder verließ …

»Lasst euch nicht von seinen Worten beirren, wie haben noch Zeit, ihn zu besiegen«, sagte der Erste, der nicht einmal mit der Wimper zuckte, geschweige denn die Augen vom Widersacher abwandte. »Wenn er den Mund öffnet, lügt er. Und je länger wir zaudern, umso wahrscheinlicher wird es, dass wir tatsächlich versagen.«

AH, WIE SCHLAU. ABER WOLLT IHR NICHT WISSEN …

Ein vertrauter Luftzug umspielte Ahrens Wange.

Hakanus Speer wirbelte den Staub auf, der den Dunklen Gott umgab, bevor die Waffe mit einem satten Knirschen in die hagere Gestalt eindrang und sie herumschleuderte.

Ahren und die anderen Paladine sahen Hakanu überrascht an.

»Was denn?«, fragte der Lehrling mit großen Augen. »Ich dachte, wir sollen ihm nicht zuhören.«

Der Widersacher stieß einen gellenden Wutschrei aus und drehte sich zu ihnen um. Sein Zorn schien die Luft selbst in Wallung zu versetzen und der Staub um ihm herum schoss in alle Richtungen davon.

Ahren riss schützend eine Hand vor sein Gesicht und als er sie wieder herunternahm, erblickte er zum ersten Mal in aller Deutlichkeit den Widersacher von Angesicht zu Angesicht.

Der Dunkle Gott sah beinahe aus wie damals, als er Ahren während dessen Ernennung heimgesucht hatte, aber diesmal fehlte der Erscheinung das Unstoffliche, Unfertige. Drei Schritt hoch, extrem hager und vollständig in schwarze Stoffbahnen gehüllt, stand der Feind der Paladine vor ihm. Lose Enden flatterten zu Dutzenden um den Gott herum, in einem stummen Wind, den sonst niemand spüren konnte. Wo die Augen des Widersachers hätten sein sollen, sah Ahren nur zwei schwarze Löcher aus undurchdringlicher Finsternis, stechend, durchbohrend, den Geist betäubend. Augen, die den Willen von Normalsterblichen mit einem Blick brachen.

GUTER WURF, sagte der selbst ernannte Gott. LASS MICH DIR DEINE WAFFE WIEDERGEBEN.

Mit einer Bewegung, die Ahrens Augen kaum erfassen konnten, wickelte sich eines der lose flatternden Stoffenden um den Schaft von Hakanus Speer, zog ihn aus dem Körper des Widersachers und schleuderte ihn mit Wucht zurück auf den Lehrling.

»Nein!«, rief Ahren schockiert, aber da erklang bereits das Geräusch von Tiefenstahl auf Tiefenstahl.

Falk hatte geistesgegenwärtig seinen Schild zwischen die Wurfwaffe und Hakanus Gesicht gehalten, und so war außer einer kleinen Beule im Schild kein Schaden entstanden.

»Es greift niemals einer von uns allein an«, knurrte Falk in Richtung des Lehrlings. »Wir müssen seine Aufmerksamkeit aufteilen oder er schlachtet uns nacheinander dahin.«

Der Erste machte einen Schritt auf den Widersacher zu. »Fächert euch auf. Kreist ihn ein. Das hat sich bewährt.«

»Und fühlt das Segensband zwischen euch«, schob Lanlion hinterher. »Erkennt durch seine Schwingungen, was eure Brüder und Schwestern zu tun gedenken.«

Ahren war froh zu sehen, dass der Blutleere gestärkt genug aussah, um seine Waffe ins Feld führen zu können.

Sofort stoben die Paladine auseinander und der Widersacher ließ die sich windenden Enden seiner Stoffbahnen sich zu ihrer gesamten Länge entfalten. Acht lebendig wirkende, schwarze Verlängerungen seines Willens umgaben den Widersacher schließlich und verliehen ihm das Aussehen einer ausgemergelten, aufrecht gehenden Spinne.

DREIZEHN GEGEN EINEN. Die Stimme des Gottes troff vor Spott. WIE FEIGE. ICH DENKE, ICH WERDE MICH DEMENTSPRECHEND BEWAFFNEN. MAL SEHEN, WAS VON MEINER FESTE NOCH ÜBRIG IST.

Während die Paladine den Kreis um ihren Feind schlossen, streckte der seine Hände und seine acht Bahnen aus gewebter Finsternis gen Boden. Staub wirbelte auf und Schwerter, Hämmer und Äxte flogen aus der Erde empor, hefteten sich an die wartenden Bänder und schmiegten sich zwischen zupackende überlange Finger seiner Hände.

SO IST ES BESSER, sagte der Dunkle Gott zufrieden und wirbelte alle zehn Waffen herum. SELBST EIN *FLAMMENSTERN* KANN KEINEN TIEFENSTAHL SCHMELZEN, WIE ES SCHEINT.

»Das sind zurückgelassene Waffen unserer vergangenen Brüder und Schwestern«, sagte der Erste grimmig. »Er sammelt sie seit Jahrhunderten.«

Und es werden stetig mehr, sagte der Widersacher voller falschem Bedauern. ANSCHEINEND WIRD JEDE GENERATION VON PALADINEN MUTLOSER. ICH ERKENNE VIELE ALTBEKANNTE GESICHTER. DER DUNKLE GOTT LEGTE SEINEN KOPF SCHIEF. WAS IST GESCHEHEN? HATTET IHR PROBLEME MIT DEM NACHWUCHS?

Er ködert uns, schoss es Ahren durch den Kopf, aber da hatten die älteren unter den Paladinen schon die Waffen gehoben und drangen auf ihren uralten Feind ein.

Fluchend schloss sich der Waldläufer den Angriffen an, doch eine flink geführte Axt von altertümlicher Machart tanzte vor seinem Gesicht auf und ab, während sie jeden seiner Schläge derart beiläufig parierte, dass selbst Khara neidisch auf des Widersachers Kunstfertigkeit geworden wäre.

Den übrigen Paladinen erging es nicht besser, nur Lyssin schaffte es, einen ihrer Pfeile ins Ziel zu bringen, aber das gewöhnliche Projektil schien die hagere Gestalt zwischen ihnen gar nicht zu bemerken.

»Diese Taktik macht keinen Sinn«, sagte Ahren und sprang rückwärts. Die anderen bildeten dank des Segensbandes noch im selben

Herzschlag einen perfekten Kreis um ihren Feind und starrten schweratmend auf den Dunklen Gott, der unbeirrt seine Waffen kreisen ließ.

SCHON MÜDE?, stichelte dieser. WENN IHR WOLLT, KÖNNEN WIR EBENSO GUT REDEN, STATT ZU KÄMPFEN. Er blickte zu den Sternen empor. ICH HABE DIE GANZE NACHT ZEIT.

Ahren überprüfte ebenfalls den Stand der schicksalhaften Konstellation, und für einen Augenblick überkam ihn Hoffnungslosigkeit. Alle vier Sternbilder standen noch dicht beieinander, doch einige Sterne der Konstellation hatten sich bereits verschoben.

»Die DREI«, sagte er angespannt und deutete auf das sich langsam aus dem Mahlstrom entfernende Sternbild. »Noch sind die Sterne der Drei Teil der Konjunktion. Aber das wird nicht mehr lange so bleiben.«

»Dann auf ein Neues«, sagte der Erste, und wieder griffen die Paladine gemeinsam an.

»Lyssin, Hakanu, in den Nahkampf«, befahl Ahren in der Vorwärtsbewegung. »Wir sind dreizehn, er hat nur zehn Waffen. Zwingen wir ihn dazu, sich zu entscheiden, wessen Angriff er durchlässt.«

EUER NEUER DREIZEHNTER PALADIN KANN JA ZÄHLEN, höhnte der Widersacher überrascht. WAS FÜR EINE VERBESSERUNG GEGENÜBER SEINEM VORGÄNGER.

Ahren knirschte mit den Zähnen und zwang sich, nicht hinzuhören. Er wusste schon lange, dass Worte für den Dunklen Gott Waffen waren, ein tückisches Werkzeug, um seiner Umgebung seinen Willen aufzuzwingen.

Wie besessen griff Ahren das Wesen an. Er nutzte jedes Manöver und jede Finte, die er je gelernt hatte. Vergeblich. Die Stoffbahnen schwangen mit Leichtigkeit in den Weg all seiner Attacken und blockten mit ihren Waffen jeden Hieb und Stich des Paladins ab.

Ahrens Frustration wuchs.

»Er greift nicht an«, grollte Bergen. »Wieso greift er diesmal nicht an?«

»Weil er uns nur hinhalten muss«, rief Sunju, was dem Dunklen Gott ein hämisches Lachen entlockte. »Er muss nur auf die richtige Position der Drei warten.«

EXAKT, MEINE LIEBE. ES SIND NUR NOCH WENIGE FINGERBREIT, DANN VERLASSEN DIE STERNE DER DREI DEN MAHLSTROM

WIEDER. EURE GÖTTER WERDEN WOHL UNGEDULDIG MIT EUCH UND WENDEN SICH AB.

Die Paladine positionierten sich dank des Segensbandes in erneuerter Formation um den Widersacher und rangen nach Luft.

»Das gestaltet sich genauso schwierig, wie ich befürchtet hatte«, sagte Fisker und blies sich die Locken aus der schweißnassen Stirn. »Vielleicht kommen wir einfach in gut dreizehnhundert Jahren wieder …?«

Niemand lachte über den Scherz des Paladins.

Aluna deutete mit ihrem Dreizack auf die behäbig kreisenden Waffen des Widersachers. »Er bewegt all seine Waffen mit geeintem Willen. Wir müssen es ihm gleichtun.«

»Das Segensband«, sagte Khara nickend. Dann glomm ihr Armband noch heller auf als bisher und die Verbindung der Paladine intensivierte sich.

Ahren sah, wie sich der Dunkle Gott versteifte, und holte tief Luft. »PALA–«

Weiter kam er nicht.

Wie aus dem Nichts warf sich der Widersacher auf ihn und drosch mit all seinen Waffen auf den Waldläufer ein.

Ahren rollte sich nach hinten fort, schlug dabei einen zustechenden Speer beiseite und überlebte trotzdem nur, weil Khara und Falk, die neben ihm kämpften, geistesgegenwärtig und dank des intensiv in den Schädeln der Paladine pochenden Segensbandes, ihre Klingen und den Schild in die Bahn der Angriffe lenkten.

»Ha!«, machte der Erste, noch während Ahren mit verzweifelten Paraden um sein Leben rang, und stieß seine Klinge vorwärts, mitten durch den Leib des Widersachers. Der krümmte sich zusammen, seine Waffen zuckten zurück zu ihrem Herrn und umringten ihn in einem Kokon aus Stahl.

»Guter Treffer«, lobte Trimm. In seinen Augen glomm pure Rachsucht.

»Ein Anfang«, sagte der Erste unbeeindruckt und sah auf seine Klinge hinab. Es klebte keinerlei Blut daran.

»Moment mal«, sagte Lyssin irritiert, während Ahren sich aufrappelte und die Paladine sich neu formierten. »Ein Stoß durch den Leib tötet ihn nicht?«

»Er ist ein Gott«, sagte Sunju und testete mit einem Speerstoß die Verteidigung des sich krümmenden Widersachers, doch eines seiner Schwerter wehrte die heranzuckende Spitze mit Leichtigkeit ab. »Jeder Treffer schwächt ihn, aber ihn zu töten …«

»Dafür braucht es alle dreizehn Paladine«, sagte Falk. »Das ist alles, was wir wissen.«

»Also sticht jeder von uns einmal zu?«, fragte Trimm zweifelnd.

Der Erste nickte. »Mein Segen regte sich, als ich ihn traf. Vielleicht muss ihn jeder von uns treffen, damit unsere Segen sich in ihm vereinen und ihn so auslöschen?«

NARREN!, polterte der Widersacher und kam auf die Füße. IHR KÖNNT MICH NICHT TÖTEN.

Nicht, solange er uns nicht angreift, dachte Ahren. Er tauschte einen schnellen Blick mit seinen Brüdern und Schwestern. Sie alle schienen ähnlich zu denken wir er.

»PALADINIM …«, schrie Khara heraus, und sofort reagierte der Widersacher mit einer ungestümen Attacke.

Ahren und Sunju standen seiner Liebsten mit präzisen Paraden bei, während die anderen Paladine auf den Widersacher einstachen.

Ahren wagte es währenddessen, einer Idee nachzugeben: Anstatt ein heransausendes Schwert zu parieren, das nach Khara schlug, hieb er nach der Stoffbahn, die es hielt. *Sonne* glitt mühelos durch das schwarze Gewebe und die Klinge fiel zusammen mit dem abgetrennten Stoffende zu Boden.

Ahrens siegessicheres Lächeln währte nur kurz. Binnen eines Herzschlags hatten sich die zerschnittenen Enden wiedervereint und der Widersacher schwang seine Waffe umher, als wäre nichts geschehen.

»Hab dich«, knurrte indessen Lyssin und stach dem Dunklen Gott ins Bein, gefolgt von Bergen, der einen wuchtigen Treffer im Rücken des Widersachers landete.

Ahren spürte, wie sich das Segensband regte, als die Waffen den ewigen Feind der Paladine trafen. ER, DER ZWINGT, fiel vornüber und bildete wieder einen blitzenden Kokon aus Tiefenstahl um sich.

»Nutzen wir seine Schwäche aus«, drängte Trimm hastig. »Er fürchtet unseren Kampfesruf, also sollten wir ihn gemeinsam anstimmen.«

»Jeder Versuch lockt ihn aus der Defensive«, stimmte ihm Aluna zu. »Das können wir ausnutzen.«

Ahren blickte zum Himmel. Auch ein Stern des Wallachs näherte sich bereits dem Rand des Mahlstroms. Die Unruhe des Waldläufers breitete sich durch das Segensband aus, und es brauchte keinerlei Worte, damit die dreizehn Paladine einen stummen Konsens bildeten. Noch während der Widersacher stöhnend auf die Füße kam, rissen die Streiter der Götter gemeinsam ihre Münder auf.

»PALADINIM THEOS DURALAS!«

Der Schlachtruf dröhnte in dem weitläufigen Trichter, als wäre er im Inneren einer großen Glocke ausgestoßen worden. Das Segensband verdichtete sich so sehr, dass Ahren beinahe die Gedanken seiner Brüder und Schwestern spüren konnte, und als sie den Dunklen Gott dieses Mal angriffen, war es fast, als wären sie ein Wesen, das sich mit dem des gefallenen Hüters der Schöpfung maß.

Die Hiebe des Widersachers gingen ins Leere. Zu gekonnt gaben dank des Segensbandes über ein Dutzend Augenpaare gleichzeitig aufeinander acht, ohne eine Warnung ausrufen zu müssen, um sich gegenseitig vor Unheil zu bewahren. Wo Paraden notwendig waren, wurden sie sparsam ausgeführt und es wurde stets auf die Stoffbahnen gezielt. Selbst der eine Herzschlag zwischen Durchtrennen und Zusammenwachsen wurde genutzt, um eine Klinge an ihr Ziel zu bringen.

Treffer um Treffer hagelten die Angriffe auf den Widersacher nieder, der nach links und rechts taumelte, während er wütende Schreie ausstieß, die ihre Ohren schmerzen ließen.

Schließlich, als nur noch Ahren und Trimm einen Hieb anbringen mussten, um ihre erdachte Theorie zu testen, röhrte der Widersacher besonders laut und stampfte mit einem Fuß auf. Die Erde bebte, ließ die Paladine straucheln, und tückisch heransausende Schwerter, Äxte und Speere zwangen sie in die Defensive.

LÄSTIGE PALADINE!, brüllte der Widersacher. EURE STICHE JUCKEN NICHT EINMAL.

Ahren konnte die Angst ihres Feindes förmlich schmecken und das Segensband vibrierte vor Siegesfreude.

»Nicht übermütig werden«, mahnte der Waldläufer laut und ließ sich in eine Rückwärtsrolle fallen, um außer Reichweite des Widersachers zu gelangen. Im Aufstehen wechselte er geschmeidig seine Waffe, griff sich drei Tiefenstahlpfeile und schoss sie gleichzeitig ab, als der Dunkle Gott ihm den Rücken zuwandte. Ahren suchte den

Blick Trimms, noch während die Pfeile flogen, und dank des Segensbandes verstanden sich die beiden Brüder im selben Herzschlag.

Trimm nickte Ahren zu, ganz ohne Zögern oder Zaudern, und Stolz auf den früher so mutlosen Paladin stieg in Ahren auf. Dann prallte einer der drei verschossenen Pfeile gegen eine herbeizuckende Axt, aber die andere beiden bohrten sich tief in den Körper des Feindes.

Trimm nutzte seine Chance, als ER, DER ZWINGT, vorwärtsgeschleudert wurde und rammte ihm einen seiner Dolche in den Bauch.

Der Dunkle Gott erschauderte und fiel schlaff zu Boden. Die Bänder, die seine Waffen hielten, verloren jeglichen Anschein von Leben, und knirschend landete der Tiefenstahl vergangener Helden im fein gemahlenen Staub des Kraters.

Ahren taumelte vor Überwältigung, als das Segensband unter der geballten Freude der Paladine regelrecht zu glühen begann.

»Ist er tot?«, fragt Trimm mit einem ungläubigen Grinsen. »Habe ich wirklich den Widersacher getötet?«

»Du meinst wohl *wir*«, korrigierte ihn der Vater des Berges schmunzelnd.

»Die dreizehn Paladine vereint«, sagte der Erste glückselig. »Ich kann nicht glauben, dass es so einfach …«

Mit sirrendem Zischen sausten zehn Waffen aus dem Staub aufwärts und trafen die unvorbereiteten Paladine, wo sie gerade standen.

Ahren hob unbeholfen seinen rechten Arm, mit dem er noch immer *Fisiniell* hielt. Die Axt, die auf sein Gesicht gezielt hatte, prallte gegen den Bogen – und zerschnitt mühelos die Sehne aus Einhornhaar.

Ahren keuchte auf, als sein Arm vom wuchtigen Aufprall der Axt taub wurde und *Fisiniell* unbrauchbar seinen schlaffen Fingern entfiel. Dann setzte ein Ziehen in seinem Kopf ein, Zeugnis der Schmerzen der anderen Paladine, die weniger Glück hatten als er.

Trimm taumelte mit zerschnittener Wange rückwärts, Falk bekam in seiner verbeulten Brustplatte kaum noch Luft, und Bergen brach mit einem tiefen Schnitt im rechten Oberschenkel zusammen, woraufhin Lanlion ihn geistesgegenwärtig aus der Gefahrenzone zog.

Die Paladine mühten sich blutend, außer Reichweite der umhersausenden Waffen zu gelangen, während der Widersacher sich dumpf lachend erhob.

SO VIEL MACHT, UND DOCH WISST IHR SIE NICHT EINZUSETZEN. EURE GÖTTER HABEN EUCH BLIND, TAUB UND DUMM IN DIESE WELT ENTSANDT. GEBT MIR EURE SEGEN UND ICH WERDE SIE ZU NUTZEN WISSEN. Der Dunkle Gott umhüllte sich wieder mit seinen kreisenden Waffen und betrachtete den Himmel. GEBT MIR EURE SEGEN, FORDERTE ER ERNEUT. ODER ICH WERDE SIE IN KÜRZE EUREN TOTEN KÖRPERN ENTREIẞEN!

»Vereint … besiegen wir ihn«, keuchte der Erste. Der Veteran hielt sich einen blutenden Schnitt auf Bauchhöhe, aber Ahren konnte durch das Segensband spüren, dass der uralte Paladin kampfbereit war.

»Trimm und Bergen sind außer Gefecht«, sagte Falk mit Verzweiflung in der Stimme. »Vereint werden wir nicht mehr kämpfen können.«

So ist es gut, sagte der Widersacher beinahe schnurrend. GEBT AUF. BEUGT EUCH MEINEM WILLEN.

Khara stolperte zu Ahren hinüber, während Sunju mit ihrem breiten Turmschild Bergen und Trimm schützte. »Ich habe eine Idee«, sagte sie mit glänzenden Augen und hielt ihr Handgelenk in die Höhe, an dem das Armband prangte. »Erinnerst du dich an das, was Aluna nach der Geburt ihrer Zwillinge tat? Oder daran, was Quin-Wa heute Morgen versuchte?«

Ahren nickte fahrig und hieb eine Waffe zur Seite, die der Dunkle Gott beinahe spielerisch in seine Richtung hatte tanzen lassen. Der Waldläufer erkannte, dass ihr Feind versuchte sie zu vereinzeln. Wenn ihm dies gelang, würden bald noch mehr Paladine am Boden liegen.

»Wie kann uns das helfen?«, fragte er drängend.

»Dreizehn Paladine«, sagte Khara beschwörend. »*Vereint.*«

Ahren verstand.

»Tu es!«, raunte er nach einem Blick zum Himmel. Mittlerweile war das Sternbild der DREI dem Rand des Mahlstroms gefährlich nah gekommen. Die Konstellation drohte sich aufzulösen.

»Ich?«

»Du trägst das Armband. Du hast die beste Kontrolle über dessen Magie.«

Khara schluckte. Dann nickte sie.

Ein fragendes Zupfen entstand in der geistigen Verbindung der Paladine. Es war Khara, die versuchte, den Segen der Streiter der Götter zu sammeln, ihn in ihrem Armband zu vereinen, so wie Aluna es in der

Herzhalle getan hatte oder Quin-Wa ihren Segen an Khara verliehen hatte. Widerstand regte sich und Kharas Versuch brach ab.

»Was tust du?«, fragte der Erste, der mühsam Hieb um Hieb des Widersachers abwehrte. »Wir anderen werden schwach und machtlos sein.«

SCHWACH, kostete der Widersacher das Wort des Paladins genüsslich und verstärkte seine Attacken auf jene, die noch auf den Beinen standen. MACHTLOS … JA.

»Vertraut uns«, rief Ahren, während er sich mit *Sonne* mühsam die unablässigen Attacken des Widersachers vom Leib hielt. Sein Atem ging bereits stoßweise und sein rechter Arm war noch immer ohne jedes Gefühl. »Wir haben keine andere Wahl.«

»Die Götter mögen mir verzeihen«, murmelte der Erste und der Widerstand im Segensband schmolz.

Binnen eines Herzschlags griff Khara zu. Diesmal war es kein sanftes Bitten, sondern ein Einatmen aller Macht, die die vereinten Paladine zu bieten hatten. Goldenes Licht umhüllte Khara und durchflutete den Krater, strömte aus jeder Pore der Schwertmeisterin und verwandelte ihre Bewegungen in einen schemenhaften Tanz, der dem menschlichen Auge entfloh. Der Widersacher schrie auf, ein Laut erfüllt von Trotz und Wut. Dann begann ein Schlagabtausch, wie Ahren ihn noch nie gesehen hatte.

Zwei Klingen aus Licht gegen zehn Waffen, geführt von lebendiger Dunkelheit, die miteinander um jenen ersten Treffer rangen, der dieses unwirkliche Duell aufbrechen würde.

Khara verschwand regelrecht unter dem Trommelwirbel aus Hieben und Stichen, aber trotzdem waren ihre beiden Klingen immer an der rechten Stelle. Sie schien unantastbar, schaffte es jedoch nicht, sich dem Widersacher auch nur einen Schritt zu nähern. Ein tödliches Patt war geschaffen, das am Ende dem Dunklen Gott in die Hände spielte.

Ein Blick zum Himmel offenbarte Ahren, dass sich der erste Stern der DREI bereits auf einer Linie mit den untersten Sternen des Mahlstroms befand. Nur ein Fingerbreit trennte den Feind der Schöpfung von seinem Sieg.

»Ahren!«, rief Khara, und der Waldläufer spürte über das Segensband, wie Schmerzen in seiner Liebsten emporstiegen, gleich Wasser in einem Kochtopf, dessen Oberfläche unter der steigenden Hitze unruhig wurde. »Etwas stimmt nicht.«

»Kein Wesen kann die Macht der Paladine für lange Zeit meistern«, rief der Vater des Berges. »Deswegen teilten die Götter sie auf!«

Kharas Blick traf den seinen. Im Bruchteil eines Augenblicks verstand Ahren, was sie zu tun gedachte.

»Nein«, hauchte er, aber da schleuderte Khara die gebündelte Kraft der Paladine über das Segensband in ihn hinein und warf sich schreiend zur Seite. Drei heranzuckende Waffen trafen sie, durchschnitten ihre Robe aus Tiefenstahl und bissen tief ins Fleisch der Schwertmeisterin.

»KHARA!«, brüllte Ahren und warf sich vorwärts, seine Windklinge strahlend wie jene Sonne, deren Namen die Waffe trug. Der Widersacher war in diesem Moment nicht Ahrens Feind, er war nur ein Hindernis, das es auf dem Weg zu seiner Liebsten zu beseitigen galt.

Mit Angriffen, zu schnell, um sie selbst bewusst wahrzunehmen, trieb er den Gott durch den Krater, weg von Khara und dem Blut, das aus ihrem Körper floss. Lanlion war bei ihr, während Ahren und der Widersacher gute dreißig Schritt von den anderen Paladinen miteinander rangen. Der Dreizehnte konnte spüren, dass der Blutfluss Kharas endete, als Lanlion seine Herrschaft über den kostbaren Lebenssaft zur Anwendung brachte.

Angst um das Leben seiner großen Liebe wich eiserner Entschlossenheit. Ahren fokussierte seinen Willen vollkommen auf seine Windklinge und richtete sie auf den Körper des Widersachers aus.

»Paladinim theos duralas«, flüsterte er und griff mittels des Segensbandes nach allem, was seine Brüder und Schwestern neben ihren Göttersegen noch an erlangten Eigenschaften zu bieten hatten:

Willenskraft.

Pflichtgefühl.

Erinnerungen.

Hoffnung.

Ahren war einer und doch war er dreizehn.

Die Waffen des Widersachers glitten an ihm vorbei, schrammten über seine Rüstung oder prallten schmerzhaft, aber harmlos von kunstvoll zurechtgedrehten Panzerplatten ab, während *Sonne* in einem schlichten geraden Stich vorwärts glitt – durch die Brust des Widersachers und an seinem Rücken wieder hinaus.

»Stirb«, sagte Ahren schlicht, und als wäre sein Wort Gesetz, erschauderte ER, DER ZWINGT, und brach in sich zusammen.

Ahren starrte auf das leblose Bündel zu seinen Füßen und atmete aus.

Es war getan.

»Der Wille der DREI ist erfüllt«, sagte Ahren und drehte sich zu seinen Freunden um. »Möge …«

»AHREN!«

Kharas Schrei ließ ihn herumwirbeln, aber es war zu spät. Mit einem Knirschen bohrte sich eine altertümliche Klinge in seine Brust. Staub rieselte aus der Wunde, die Ahren in den Widersacher geschlagen hatte, und die acht Stoffbahnen blieben bar jeden Lebens, aber ER, DER ZWINGT, existierte noch immer!

DU KANNST MICH NICHT TÖTEN, KLEINER PALADIN, sagte der Widersacher und hob seine Klinge mit dem aufgespießten Ahren empor.

Kälte breitete sich in der Brust des Waldläufers aus. Er hörte sein eigenes Blut zu Boden plätschern. *Sonne* fiel ihm aus der kraftlosen Hand.

ICH STEHE AUßERHALB DER SCHÖPFUNG. DER TOD IST MIR FREMD.

Ahrens Sinne begannen zu schwinden. Das entsetzte Stöhnen seiner Brüder und Schwestern drang als schwaches Echo an seine Ohren.

Der Widersacher hob ihn dicht vor sein vermummtes Gesicht und deutete mit seiner freien Hand aufwärts. SIEH HOCH, flüsterte er genüsslich. LASS DAS ZEICHEN MEINER ERSTARKENDEN MACHT DAS LETZTE SEIN, WAS DU JE SEHEN WIRST.

Ahren hustete und spuckte Blut. Sein Blick verschwamm und dann begann sein Leben an ihm vorbeizuziehen, in hellen, blitzartigen Visionen, zu schnell, um sie bewusst zu erfassen.

Ahren wusste, dass er starb.

Da war Tiefstein, das verschlafene Dörfchen mit seinem verrufenen Trunkenbold und dessen schüchternem Sohn.

Falk, wie er mit einem improvisierten Schild auf dem Dorfplatz stand, um einen Lehrling aufzunehmen.

Die Kapelle von Hüter Jegral, die göttertags ein Ort des Lernens gewesen war …

Plötzlich glomm etwas in Ahren auf. Eine Idee, so abwegig, dass sogar er selbst vor ihr zurückschreckte. Wirbelnde Wortfetzen aus den

Tiefen seines Unterbewusstseins, vor langer Zeit im Göttertagsunterricht durch den gütigen Hüter Jegral und von Falk während ihrer Reisen gesprochen, aber von Ahren nie richtig verstanden:

… gemeinsam …

… dreizehn Segen, in ihrer Macht dem des Widersachers gleich …

… das Mittel, um die Harmonie der Schöpfung wiederherzustellen …

Er öffnete die Augen. Es war das Schwerste, was er je hatte tun müssen. »Unsere Segen …«, röchelte er.

Der Dunkle Gott sah ihn an. Ja? Unendlicher Triumph schwang in der Stimme des gefallenen Hüters mit.

Ahren hustete qualvoll. Die taube Kälte war in Armen und Beinen angekommen, er spürte seine Gliedmaßen kaum noch. Mit purer Willenskraft legte der Waldläufer seine bleiche Hand auf die Brust des Dunklen Gottes. »Unsere Segen«, begann er noch einmal. »Ich gebe sie dir – bereitwillig.«

»AHREN!«, schrie Falk.

»Verräter!«, fluchte der Erste.

»Nein«, flehte Khara.

Das Segensband erbebte unter dem Protest der Paladine, aber da griff ER, DER ZWINGT, bereits mit seinem Willen zu und zog die Macht durch Ahren hindurch in sich hinein.

Ahren gab allen Widerstand auf und ließ es geschehen. Der Segen der dreizehn Paladine floss in den Widersacher hinein, jenes Geschenk, das dem gefallenen Hüter so lange verwehrt worden war – und der Dunkle Gott labte sich daran.

Doch Ahren gab dem Wesen, das ihn noch immer mit seinem Schwert durchbohrte, mehr als nur reine Macht. Er schenkte ihm Erinnerungen.

An Liebe.

An Trauer.

An Schmerz.

An Hoffnung.

An das Leben.

Jahrhunderte um Jahrhunderte der Lebenserfahrung aller versammelten Paladine flossen durch Ahren in den Hüter hinein, der unter den Eindrücken taumelte, sich krümmte, sich veränderte.

»Erkenne, was es heißt, zu leben«, sagte Ahren schwach.

Jeder Angriff durch ein Dunkelwesen, jede bezeugte Verfehlung an der Schöpfung, all dies erlebte der Widersacher ebenso, wie die hellen Momente des Glücks, die das Dasein der Sterblichen so kostbar machten. Die Geburt eines Kindes. Die bedingungslose Liebe eines Gegenübers. Die Freude, zu erkennen, dass man nicht allein durch die Welt ziehen musste.

Der Widersacher durchlebte ganze Existenzen binnen weniger Wimpernschläge. Und lernte, was es hieß, ein Teil der Schöpfung zu sein.

»Willkommen«, sagte Ahren, als der Strom an Erinnerungen und Emotionen versiegte und auch die Göttersegen nur noch ein fernes Echo in der Brust eines jeden Paladins waren. »Willst du nun dienen, wie es die Götter wollten?«, hauchte Ahren kraftlos. »Erkennst du nun die Schönheit der Schöpfung, da du jetzt ein Teil von ihr bist?«

Für einen Herzschlag stand der Widersacher einfach nur da, als hätte ihn das Durchlebte in eine Art Starre versetzt. Die Stoffbahnen, in die er gehüllt war, hingen an seiner stoßweise atmenden Brust herab, seine Augen waren nicht länger Löcher voller Schwärze, sondern vollkommen menschlich, wenn man von dem goldenen Glimmen in ihren Tiefen absah. Dem Glimmen der Göttersegen.

»Ob ich wieder dienen will?«, wiederholte der Wächter der Schöpfung Ahrens Frage. »Jetzt, wo ich so viel Macht besitze?«

»Und so viel Wissen um das Leben«, wisperte Ahren, dem allmählich die Sinne schwanden. Ohne den Göttersegen war er durch und durch sterblich. Sein Körper begann zu versagen. »Lass ab von deinem Tun. Befreie dich von deinem Wahn.«

Der Widersacher sah ihn an, und für einen Herzschlag lang dachte Ahren wirklich, er hätte sein Gegenüber erreicht. Doch dann schüttelte das Wesen unendlich langsam den Kopf.

Ahrens Herz setzte einen Schlag aus.

Voller Traurigkeit dachte der Waldläufer an das, was hätte sein können. An die Perfektion des Lebens. An die Harmonie, die hätte erreicht werden können. Dann ballte er seine letzte Lebenskraft zusammen und deutete mit seiner rechten Hand gen Himmel.

Der Widersacher legte den Kopf in den Nacken und lachte. »Stirb, kleiner Paladin«, sagte er und kostete den Anblick der sich auflösenden Konstellation am Firmament aus. »Die Sterne stehen günstig dafür.«

Ahren wollte lächeln, aber sein Mund gehorchte ihm nicht mehr richtig. Also konnte er nichts weiter tun, als zu nuscheln, während er mit seiner linken Hand das unscheinbare Messer zog, das er wie immer auf seinem Brustpanzer festgeschnallt mit sich trug. Jenes Geschenk eines Meisters an seinen hoffnungsvollen Schüler, das Ahren so lange ein treuer Begleiter gewesen war.

Dann stieß er es tief ins Herz des Widersachers.

»Die Sterne können dir nicht mehr helfen«, brachte Ahren hervor. »Du bist nun ein Teil der Schöpfung.«

Der Widersacher ließ sein Schwert und damit Ahren los, taumelte zurück und griff sich an die simple Klinge in seiner Brust. Während der Waldläufer stöhnend zu Boden fiel, sah er, dass der ehemalige Gott die kleine Klinge aus seiner Brust zog und ungläubig auf das Blut starrte, das aus der Wunde hervorschoss.

Er taumelte umher, streckte seine Arme hilfesuchend aus.

Aber er war allein.

Und genauso starb er schließlich auch.

Ahren beobachtete, wie das Leben in den Augen des Widersachers erlosch, das erst vor so kurzem in ihn Einzug gehalten hatte.

Dann verschwamm sein eigener Blick.

Er hörte Culhens Heulen.

Er hörte Khara seinen Namen rufen.

Dann hörte er gar nichts mehr.

***

Der Regen trommelte auf die dunkle Erde, so als bestehe er darauf, dass jedes Lebewesen Joraths davon erfuhr, dass ein Tag der Trauer herrschte.

Falk wollte sich die Tropfen aus dem Bart wischen, aber seine Willenskraft reichte für diese einfache Geste nicht aus, während er auf das Grab hinunterstarrte, das bald mit Erde gefüllt werden würde. Blumen lagen darauf, ob hergeschafft aus Ländern, die der Winter nicht in seinem Griff hielt, oder durch Magie erschaffen, war ihm egal. Sie wirkten fehl am Platz, so lebendig und wunderschön, wie sie das weiße Holz verzierten, in dem einer der Besten lag, der den Titel Paladin jemals hatte tragen dürfen.

Falk war einer der Letzten, die noch nicht vor dem Unwetter in die Burg geflohen waren. Er konnte einfach nicht gehen.

»Sinnlos«, murmelte er vor sich hin.

Die schwarz verschleierte Khara neben ihm brach in Tränen aus. Falk wollte ihr eine Hand reichen, doch wieder zerbrach gute Absicht an mangelnder Willenskraft.

»Er erlebte das Ende«, sagte der Vater des Berges, der die Zeremonie geleitet hatte, hier im Schatten Hochsteins, wo das Grab in einem kleinen Ziergarten angelegt worden war. »Das ist doch ein kleiner Trost, oder?«

Falks Kehle entrang sich ein Schluchzen. Er wandte sich ab und vergrub sein Gesicht im Fell Selsenas, die seine Trauer teilte.

»Sein Tod erscheint mir so ungerecht«, sagte Khara tonlos. »Der Widersacher war fort«, sie rang um Atem, der nicht kommen wollte, und deutete anklagend auf das Grab. »Die Götter hätten sich erbarmen können. Wieso mussten sie ihn zu sich nehmen?«

»Er wusste stets: Auf das Leben folgt der Tod. Diese Wahrheit hat er nie geleugnet«, sagte der Vater des Berges milde. »Und ich denke, er hat sein eigenes Ende in Frieden akzeptiert.«

Ein fernes Rumpeln kündigte an, dass der Winterregen bald in ein Gewitter übergehen würde.

»Wir sollten in die Burg gehen«, schlug Quin-Wa vor, die sich bisher im Hintergrund gehalten hatte. Die Ewige Kaiserin trug ebenfalls schwarz, verbarg ihre Trauer jedoch gut. Falk konnte den Schmerz lediglich in den Untiefen ihrer Augen lauern sehen.

Khara schüttelte störrisch den Kopf. »Noch nicht«, sagte sie. »Ich bin noch nicht bereit, ihn allein zu lassen.«

Falk ahnte, wie sie sich fühlte. Auch er glaubte nicht daran, dass er so bald einen Fuß vor den anderen würde setzen können. Selbst das Stehen kostete zu viel Kraft.

Hinter ihm ertönte das Knirschen von Pfoten auf Kies. Culhen schlich an das Grab heran und winselte herzzerreißend. Bald steigerte sich der Laut zu einem markdurchdringenden Heulen. Falk und Khara begannen erneut zu weinen.

»Keiner von uns würde ohne ihn hier stehen«, sagte eine Stimme in Falks gramgebeugten Rücken. »Die Völker Joraths verdanken ihm alles.«

Falk nickte stumm und spürte eine Hand auf seiner Schulter. »Du kommst spät«, sagte er stockend.

Ein Seufzen erklang. »Jemand musste bei der Trauerzeremonie für all die Gefallenen des Rings anwesend sein. Es schien mir nicht recht, dass kein Paladin zugegen sein würde.«

Falk griff nach der Hand auf seiner Schulter und drückte sie. »Gut, dass du jetzt da bist, Junge.«

Ahren trat neben ihn und lächelte Falk traurig an. »Natürlich. Der Erste verdient, dass wir um ihn trauern. Mit ihm starb eine Ära.«

»Mit ihm und mit dem Widersacher«, sagte der Vater des Berges, während Ahren Khara tröstend in die Arme schloss. »Der Lebenswille des einen erlosch, als der andere endlich besiegt war.«

»Sein Herz war müde«, sagte Ahren leise. »Es schlug schon so lange und all die Jahrhunderte hindurch nur für ein einziges Ziel. Als es schließlich erreicht war …«

Falk sah, wie sein ehemaliger Lehrling mit der Fassung rang.

»Bergen sagte, der Erste lächelte, als er von uns ging. Was kann man am Ende mehr verlangen?«

Es dauerte noch eine Weile, bis sie schließlich Zuflucht in der Burg suchten. Doch als sie es taten, wartete eine behagliche Wärme auf sie, sowie das Gefühl, dass endlich Frieden auf Joraths Antlitz herrschen konnte.

***

Die Nacht war tief, das Feuer des Kamins in der Ratskammer beinahe erloschen und Ahrens Weinkrug leer, als Trogadon ihm über das Paffen seiner Pfeife hinweg ansah, die buschigen Augenbrauen zusammengezogen.

»Woher wusstest du es?«, fragte er leise.

Die gemurmelten Gespräche im Raum verstummten, als all jene Gefährten, die die Kämpfe um die Obsidianfeste überlebt hatten, Ahren erwartungsvoll ansahen.

Der Waldläufer wollte erst müde den Kopf schütteln und eine vage Antwort geben, etwas von purem Glück nuscheln oder die Götter für seine Eingebung verantwortlich machen, aber seine Freunde verdienten mehr. Er drückte sich in das Fell Culhens, an dessen Flanke er dicht vor dem schwelenden Kaminfeuer lehnte und starrte auf die Kohlen.

»Als ich im Sterben lag, da …«, begann er und unterbrach sich, da er die Schluchzer Kharas, Falks und Hakanus taktvoll abwartete und Culhen ihn winselnd abschleckte. Ahrens Gesicht war in den letzten Tagen selten trocken gewesen. »Da wirbelten so viele Bilder meines bisherigen Lebens durch meinen Verstand, dass ich versuchte, mich an irgendetwas festzuhalten, das Sinn ergab. Wieso war der Widersacher nicht zu töten, obwohl die Paladine vereint standen? Den entscheidenden Hinweis gab mir der Widersacher selbst mit auf den Weg: Er war kein Teil der Schöpfung, sondern ihr Wächter. Stets abseitsstehend, so wie es uns damals Hüter Jegral mittels der alten Schriften gelehrt hat …«

Uldini riss mit einem lauten Schnauben die Aufmerksamkeit an sich. »Alte Schriften, dass ich nicht lache. Ich habe in den letzten Tagen Nachforschungen angestellt, wie weit die Verkrüppelung unserer Geschichte durch den Dunklen Gott zurückreicht.« Die Hände des Erzmagus waren in ständiger Bewegung, so als suchten sie die Robe nach einem Gegenstand ab, der fehlte – und der nie wiederkommen würde. »Es gibt allein sechsundzwanzig lokale Varianten zum Entstehungsmythos der Paladine. In einer Version heißt es sogar, die Paladine wurden eigentlich gesandt, um dem Widersacher beizustehen, was im Nachhinein ebenso zutreffend wie doppeldeutig erscheint. Ich würde mich nicht wundern, wenn einige der diffuseren Versionen dieser Schriften von Hochfängen unter das Volk gebracht wurden.«

»Ich und Jelninolan haben dabei geholfen, das Stückwerk der Erzählungen zusammenzusetzen«, sagte Akkad.

Die beiden Alten wirkten ausgemergelt und gealtert. Selbst zahlreiche Versicherungen, dass es ihnen bald wieder gutgehen würde, hatten Ahren nicht beruhigt. Er würde erst wieder tief und fest schlafen können, wenn der Glanz Jelninolans und die Lebensfreude Akkads zurückgekehrt war.

»Es gibt Hinweise darauf, dass ein Hüter zur Zeit der ersten Paladine eine Eingebung der Götter hatte«, fuhr Akkad fort. »Erste Pilger waren bereits auf dem Weg zu seiner Kapelle, als eine Horde Dunkelwesen sie dem Erdboden gleichmachte. Was er auch zu sagen hatte, die Welt hat es nicht erfahren.«

Jelninolan beugte sich langsam vor, schon die leichteste Bewegung schien ihr schwerzufallen. Laut dem, was Ahren erfahren hatte, war nichts weniger als eine Entfesselung notwendig gewesen, um ihn von der Schwelle des Todes zu reißen. Der gesamte Krater und weite Teile dessen, was mal das Grenzland gewesen war, hatte sich mit Eis überzogen, als Jelninolan ihr Zauberwerk verrichtet hatte. Selbst jetzt noch konnte man den weißen Fleck von den Spitzen der Burg aus mit bloßem Auge sehen.

»Ich fand ebenfalls ähnliche, jedoch weit weniger konkrete Hinweise«, berichtete Jelninolan mit matter Stimme. »Die schlafenden Götter haben uns anscheinend wieder und wieder zu kontaktieren versucht. Aber ER, DER ZWINGT, war geschickt genug, jedes Wissen über die exakte Natur seines Wesens zu vernichten, bevor es sich ausbreiten konnte.«

»Wir waren so ahnungslos«, stöhnte Lanlion.

Der Blutleere saß in einer Ecke des Raumes, weit entfernt von den anderen. Sie alle besaßen nur noch ein fahles Echo des Göttersegens und niemand wusste, ob der Wahnsinn aller Blutleeren ihn am Ende doch ereilen würde, da sein Anker an seine Menschlichkeit durch ein fadenscheiniges Seil ersetzt worden war.

»Das ist alles schön und gut«, brummte Trogadon, der einen Schürhaken ins Feuer stieß, um neue Flammen anzufachen, und diesen dann in einen Krug Wein steckte. »Aber meine Frage bleibt unbeantwortet.« Der Zwerg stand auf und ging mit dem nun heißen Wein hinüber zu Jelninolan und schenkte ihr davon ein.

»Danke, mein Herz«, flüsterte sie. »Es wird Tage dauern, bis ich nicht mehr friere.«

»Ich weiß«, brummte er und schlang seine Arme von hinten um die sitzende Elfe. Das Glück im Gesicht der beiden wärmte Ahren mehr, als jeder Wein es gekonnt hätte. »Woher wusstest du, dass eure Segen eigentlich dem Wächter gehörten?«, drängte Trogadon, als der Waldläufer nicht antwortete.

Ahren schüttelte den Kopf. »Wissen ist ein zu starker Ausdruck. Ich hatte eine Ahnung.«

Falk lachte hilflos auf. »Du und deine Ahnungen …«

Der Vater des Berges hob die Hand, um Falks Einlass abzuwürgen. »Lass ihn reden. Oder glaubst du immer noch nicht, dass die Natur des Dreizehnten von den Göttern absichtlich voller Mitgefühl, Intuition und einer gehörigen Prise Wagemut erschaffen wurde?«

Ahren sah den zwergenhaften Paladin blinzelnd an. »Du meinst, mein Hang zu seltsamen Ideen war die Intention der Götter?«

Der Vater des Berges zuckte mit den Achseln. »Sag du es mir. Wenn du versuchst, einer Gruppe von Personen eine Nachricht zu übermitteln, und immer wieder scheiterst, wäre es dann nicht sinnvoll, lieber dafür zu sorgen, dass einer unter ihnen von selbst auf die passenden Antworten stößt?«

Ahren kratzte sich am Kopf. All diese großen Fragen waren zu viel für ihn. Sollten sich die Weisen der nächsten Jahrzehnte um deren Deutung streiten. »Ich wusste, dass unsere Macht der des Widersachers ebenbürtig war«, zählte er daher der Einfachheit nach auf. »Das Echo des Belsarius erzählte in seinem Sanktum von einem Gleichgewicht der Schöpfung. Der Widersacher stand mit all seiner Macht außerhalb, wir mit unserer innerhalb der Schöpfung. Er nutzte seine Kräfte gegen den Willen der Götter, wir den unseren, um ihren Willen auszuführen.« Ahren wand sich, als er um Worte rang, und war dankbar, als Khara seine Hand drückte und ihm so etwas innere Ruhe schenkte. »Es erschien mir in dem Moment einleuchtend, dass unser Segen ihn verändern würde, so wie er uns verändert hat, als wir ihn erhielten. Der Widersacher war ein Krug voller Schwärze. Ich goss Licht hinein und band ihn so an die Schöpfung und deren Regeln.«

»Glaubtest du wirklich, er würde seine Pfade von Zwang und Kontrollsucht verlassen?«, fragte der Vater des Berges.

Ahren nickte traurig. »Ich hoffte es. Von ganzem Herzen. Er erhielt schließlich auch all unsere Erinnerungen und die damit verbundene Erfahrung, was es heißt, am Leben zu sein. Wie reich wäre diese Welt gewesen mit einem Wächter an ihrer Seite, der gütig wäre und um die Kostbarkeit des Lebens wüsste? Ich wollte ihm eine Gelegenheit geben, sich selbst zu retten. Denn tief in meinem Herzen glaube ich, dass es die eigentliche Aufgabe der Paladine war, den Widersacher zu … heilen. Ihn an das zu erinnern, was er eigentlich hätte sein sollen: ein Beschützer des Lebens. Vielleicht hat er uns deswegen so sehr gehasst. Wir taten das, was er vor langer Zeit aufgegeben hatte.«

»Der Widersacher ist tot und meine Liebsten sind in Sicherheit«, sagte Bergen, der sich ächzend erhob. »Das ist alles, was für mich zählt. Und daher werde ich nun zu ihnen gehen.«

Als wäre die Ankündigung des breitschultrigen Paladins ein geheimes Signal gewesen, erhoben sich alle Anwesenden in der Ratskammer und schickten sich an, den Raum zu verlassen, um Ruhe und Frieden in ihren Betten zu finden.

Nur Falk blieb noch einen Moment am Feuer stehen. Ahren bedeutete Khara, einen Moment auf ihn zu warten.

»Was beschäftigt dich?«

Falk lachte, es war ein Laut voller Selbstironie. »Der Widersacher ist tot. Unsere Segen sind fort – oder zumindest beinahe.« Der alte Mann sah ihn mit sinnsuchenden Augen an. »Was bleibt noch zu tun?«

Ahren nahm seinen Mentor in den Arm und drückte ihn fest. »Wir leben einfach vor uns hin und lassen die Welt sich drehen, da sie uns nicht mehr braucht«, sagte er lächelnd. »Reicht das nicht?«

Falks Augen schimmerten, als Ahren ihn freigab. »Und ob«, flüsterte er. »Ich kann es gar nicht erwarten, damit anzufangen.«

Epilog

127 Jahre später

Ahren döste unter dem Schatten des Blätterdaches vor sich hin. Der Fluss vor ihm plätscherte einladend und spielte seine beschwingte Melodie fließenden Wassers so virtuos, dass es dem Waldläufer ein Leichtes war, sich fortzuträumen. Seine Gedanken wanderten schläfrig zum letzten Herbstfest, als Yandra, Darius und Nivia mitsamt ihren Kindern zu Besuch gewesen waren. Er schmunzelte im Halbschlaf. Die Hütte war aus allen Nähten geplatzt.

»Ahren!«

Der Ruf Kharas schallte durch den Wald und lockte ihn aus seinem Dämmerzustand hervor.

»Hier!«, rief er mit von Alter und Schlaf rauer Stimme.

Seine Liebste tauchte zwischen den Bäumen auf, die schwarzgrauen Haare zu einem eleganten Knoten hochgesteckt. Ihre Tiefenstahlrobe und die Waffen in ihrer Schärpe waren so makellos sauber wie eh und je. Instinktiv zupfte Ahren an seiner grünbraunen Tunika herum, an der mindestens ein Dutzend Blätter klebten. Er genoss es, nicht mehr kampfbereit sein zu müssen. Sie genoss es, ihre Bereitschaft nicht mehr in die Tat umsetzen zu müssen.

»Fischst du wieder?«, fragte sie mit blitzenden Augen und deutete auf die Angel, die in den Bach ragte. Die Schnur trieb ohne Köder im Wasser, der Fangeimer war umgeworfen und geplündert worden. »Und wie ich sehe, mit ebenso großem Erfolg wie immer.«

Ahren richtete sich schmatzend am Stamm der Rotbuche auf, die hinter ihm aufragte. »Da waren zwei Fische drin. Aber dann pirschte sich So-ahn heran und ich wollte ihr den Spaß nicht verderben, mich auszurauben. Du weißt, wie sehr sie das liebt.«

Khara schüttelte lachend den Kopf und ließ sich neben ihm nieder. Sie schmiegte sich an seine Brust und er seufzte wohlig.

»Sie sind so süß, wenn sie noch Welpen sind«, sagte er, bereits wieder wegdämmernd.

Kharas Kichern hallte in seinem Inneren wider wie dieses neumodische Glockenspiel, das Akkad vor zwei Jahren auf der Königsinsel präsentiert hatte. Es gab viele Ahs und Ohs, aber Ahren hatte zuerst nicht verstanden, wieso der Alte zwanzig Jahre an einer melodischen Spielerei getüftelt hatte. Erst, als er mit Khara zu ihrem Heim im Eathinian zurückgekehrt war, hatte er die Antwort erraten: Sie alle konnten es sich schlicht und einfach leisten, ihren Träumen nachzugehen.

»Wann sind wir eigentlich zu einer Anlaufstelle für unerzogene Jungtiere geworden?«, fragte Khara voller Wärme in der Stimme.

Ahren lachte brummend. »So vor neunzig Jahren, denke ich? Als unsere Vertrautentiere erkannten, dass die Freuden der Elternschaft sich mit dem dutzendsten Wurf abzunutzen beginnen und sie ab und zu eine Pause brauchen.«

»Die Götter haben wohl nicht an alles gedacht, als sie uns segneten«, sagte sie amüsiert.

Ahren sah sie von der Seite an, aber seine Liebste hatte die Augen geschlossen. »Oder sie wussten genau, was sie taten«, widersprach er nachdenklich. »Die Eiswölfe des Nordens und Weißen Tiger des Sonnenreiches sind legendär und ihre Anzahl wächst, nicht zuletzt dank Muai, Yoka und Culhen. Und vergiss nicht, dass fast alle Paladrim, die den Ruf der Göttin in sich tragen, ihre Vertrautentiere unter den Nachkommen unserer fleißigen pelzigen Eltern finden.«

Khara seufzte. »Ich wünschte, wir hätten mehr Kinder bekommen können. Drei sind für all diese Lebensjahre nicht genug.«

Ahren grinste vor sich hin. »Unsere Schüler haben das Haus doch stets lebhaft gehalten, nachdem Nivia als Letzte in die Welt hinauszog. Und die Götter sind weise. Die Welt kann nicht nur aus Paladrim bestehen. Wir haben drei Kinder und neun Enkel, von denen vier ebenfalls Paladrim sind. Jorath würde sonst in ein paar Jahrhunderten vor langlebigen Menschen überquellen. Und sie alle würden sich irgendwann wegen ihrer unterschiedlichen Gaben untereinander zu streiten beginnen.« Er runzelte die Stirn. »Schon jetzt gibt es Gerüchte, dass einige von ihnen ihr eigenes Süppchen kochen.«

»Du meinst sicher die Pfade«, sagte Khara in nachsichtigem Ton. »Der Pfad des Willens, der Pfad der Klinge und der Pfad des Tieres.«

Ahren schnaubte. »Pompöse Namen, nichts weiter.«

Jeder überlebende Paladin, außer Lanlion, hatte nach dem Krieg die Freuden dreier Nachkommen erfahren. Jeder von ihnen hatte ein anderes Drittel der Gaben erhalten, die einst allen Streitern der Götter zuteilgeworden waren, daher auch ihr Name, Paladrim, was auf Elfisch so viel hieß wie *kleine Paladine.*

Yandra, Ahrens und Kharas Älteste, hatte beispielsweise die Gabe des Hüters erhalten. Ihre Sturheit wurde nur noch von ihren Ambitionen übertroffen, sich am Hofe von König Juskum, Urenkel des damals unter breiter hjalgarischer Zustimmung gekrönten Likis des Ersten, einen Namen zu machen.

Viele Paladrim, die dem Pfad des Willens folgten, fanden sich in einflussreichen Positionen in ganz Jorath wieder, einige gar auf Thronen. Darius, benannt nach Ahrens ehemaligem Meister, hatte den Pfad des Tieres beschritten und nicht nur ein, sondern gleich zwei Vertrautentiere, die seinen Verstand mit ihrem ewigen Zwist auf die Probe stellten.

Nivia schließlich war dem Pfad der Klinge gefolgt und im Sonnenreich, dem Zusammenschluss der Sonnenebenen und des Ewigen Reiches, eine gefeierte und ebenso ausdauernde Schwertmeisterin geworden wie ihre Mutter.

»Willst du gar nicht wissen, warum ich dich gesucht habe?«, fragte Khara neckend.

Ahren brummte wieder. »Ich dachte, dass meine Gesellschaft Grund genug wäre.«

Khara lachte und schlug ihm sanft auf die Brust. »Natürlich. Aber es sind neue Briefe angekommen. Richtig viele sogar.«

Ahren horchte auf. Er liebte es, Neuigkeiten aus allen Ecken Joraths zu erhalten, weshalb ihn seine noch lebenden Freunde stets mit Briefen versorgten, in denen sie alles schilderten, was sich in der Welt so zutrug.

»Wer hat sie überbracht?«

Kharas Grinsen wurde breiter. »Rate mal.«

Ahren rappelte sich fluchend auf, was Khara dazu zwang, es ihm gleichzutun. »Das hättest du wirklich früher sagen können«, murrte er. »Du weißt, wie er wird, wenn er denkt, ich ignoriere ihn.«

Khara lächelte nachsichtig. »Du meinst genauso so knurrig, wie sein Paladin im Alter wird?«

Ahren hakte sich bei seiner Liebsten unter und sie folgten dem plätschernden Bachlauf gen Westen durch das ewig freundliche Licht des Eathinians. Tief zog Ahren die Waldluft ein und erfreute sich an den fernen Lauten der vielen Tiere. Einmal blieb er stehen, als er die Spur eines Blutwolfs sah, aber zuckte dann mit den Achseln. Das Tier hatte das Recht, hier zu sein, so wie jedes andere Lebewesen auch, das ihm und Khara nicht gefährlich wurde. Die Dunkelwesen waren nach dem Tod des Widersachers geflohen und jene, die tierischen Ursprungs waren, hatten Zuflucht in den unbesiedelten Ecken Joraths gesucht, in dichten Wäldern, auf hohen Bergen und in tiefen Höhlen. Sie alle waren nun Teil der Schöpfung und als solches vermehrten und jagten sie, ganz so, wie es andere Raubtiere, die von den DREI erschaffen worden waren, seit Äonen von Wintern taten.

Jorath war in diesen Tagen zwar friedlicher, aber in der tiefsten Wildnis in keinem Fall sicherer als früher, sodass das Waldläufertum stetig wachsendes Ansehen genoss. Am Ende hatte der Dunkle Gott also doch eigenes Leben erschaffen. Er hatte nur erst sterben müssen, um ihm jene Freiheit zu schenken, die es zum Gedeihen brauchte. Kurz überlegte Ahren, ob er einen Abstecher an Falks Grab machen sollte, entschied sich aber dagegen, da er sich an diesem Tag lieber auf das Leben konzentrieren wollte.

Die Götter waren so gnädig gewesen, die Lebenszeiten der Paladine mit denen ihrer Seelengefährten zu verknüpfen. Falk und Bergen waren vor einigen Jahren gestorben, gemeinsam mit den Frauen, die sie liebten. Ahrens Mentor wurde als Erster von seinem Alter eingeholt. Dann war Bergen verstorben, den seine Blaue Kohorte im Laufe der vorherigen Jahrhunderte so viel Lebenskraft gekostet hatte, dass er kurz nach Falk ebenfalls für immer die Augen schloss. Der Rest der Paladine und ihre Seelenverwandten lebten noch. Uldini schätzte, dass die jungen unter ihnen noch ein, zwei gute Jahrhunderte vor sich hatten.

Ahren? Culhens Stimme erklang grummelig im Kopf des Waldläufers. *Da hast du dir aber hübsch Zeit gelassen.*

Der Paladin trat auf den sorgsam gepflegten Kiesweg, der am dunkelroten, mit Zeichen des Sonnenreiches verzierten Zaun, begann. Culhen wartete würdevoll im Eingang des Hauses aus Holz und Reispapier, das laut Khara eine genaue Nachbildung des echten Anwesens auf dem Hügel der fünf Wasser darstellte. Es gab sogar einen Teich der Prüfung, der sich aus dem Wasser des Baches speiste, bevor er unterirdisch Richtung Westküste Joraths floss, die keine drei Steinwürfe von hier in einer geschützten, von dichten Bäumen umsäumten Bucht begann, in der Khara dank des Eathinian zu jeder Jahreszeit schwimmen gehen konnte.

Einige Dutzend Schritte hinter dem Haus der beiden stand eine lang gezogene, rustikale Hütte, in der ihre Schüler lebten, wenn sie nicht mit einer Vielzahl an Lektionen durch den Wald oder über jenen Sandring gescheucht wurden, in dem sie die Handhabung der Windklinge erlernten. Ahren und Khara hatten durchschnittlich sechs wissbegierige Schüler pro Jahr. In einem der letzten Briefe von Uldini hieß es, dass ihr Zuhause der *Hort heimeligen Wissens* genannt wurde. Es gab nach Ahrens Meinung schlechtere Namen.

»Es ist schön, dich zu sehen«, sagte Ahren schlicht, als er vor seinem treuen Wolf stand, der ihn mehrfach im Jahr besuchte. Er drückte das Tier und musterte es dann streng. »Sehe ich da etwa ein graues Haar an deiner Schnauze?«

Culhen revanchierte sich mit seiner schlabberigen Zunge. *Es ist silberfarben*, sagte er schließlich verschnupft. *Und Yoka sagt, es steht mir ausgezeichnet.*

»Wo ist deine bessere Hälfte denn?«, fragte er, während Khara sich an den beiden vorbeischob und die Briefe hervorholte, die, sicher in eine Ledertasche eingeschlagen, vom Eiswolf hierhergetragen worden waren. Vertrautentiere wurden mittlerweile so häufig als verlässliche Boten eingesetzt, dass Tiere mit Briefen am Körper an vielen Orten Joraths besonderen Status und Schutz genossen.

Yoka ist mit den Kleinen vorausgegangen, sagte Culhen. *Ich versprach ihr nachzukommen, nachdem wir uns gesehen haben.*

»Oh«, machte Ahren traurig.

Wieder schnellte Culhens Zunge vor.

Ich komme nächsten Mond wieder, das verspreche ich. Vorfreude regte sich im Verstand des Wolfes. *Dann empfangt ihr ja neue Schüler, die ich beeindrucken kann.*

»Steht etwas Wichtiges darin?«, fragte Ahren und deutete auf die Briefe. Culhen bestand darauf, ihren Inhalt vor seinem Aufbruch auswendig zu lernen, für den Fall, dass sie verloren gingen. Er nahm seine

Pflichten als Bote überraschend ernst.

Nichts, was die Welpen nicht regeln könnten. Dies war der Name der Wölfe für all jene Paladrim und Vertrautentiere, die nach dem Sturm auf die Obsidianfeste geboren worden waren – obwohl einige davon schon mehr als hundert Jahre auf dem Buckel hatten.

»Danke«, sagte Ahren und nahm sich einen der Briefe. Er war in der ordentlichen Handschrift Uldinis verfasst.

Culhen erhob sich unruhig. *Ich sollte mich wirklich auf den Weg machen. Yoka kann sehr unleidig werden, wenn man sie warten lässt.*

Ahren lachte. *Ganz im Gegensatz zu dir.*

Das ist etwas vollkommen anderes, maulte der Wolf. Dann schmiegte er sich noch einmal an seinen Paladin und verschwand im Wald.

Ahren betäubte den Abschiedsschmerz, indem er sich neben Khara an den Teich setzte, der mit weißen Findlingen aus Tausend Hallen eingefasst worden war, und den ersten Brief zu lesen begann. Er war keine drei Zeilen weit gekommen, als er überrascht aufbrummte.

Khara sah ihn mit einer hochgezogenen Augenbraue an. »Raus damit«, sagte sie lächelnd. »Ich weiß, wie sehr du es liebst, wenn wir Neuigkeiten austauschen.« Sie wedelte mit dem Pergament in ihrer Hand. »Cochan hat auch welche.«

Ahren überflog die Zeilen noch einmal, um sicherzugehen, dass er sich nicht getäuscht hatte. »Jelninolan ist schwanger.«

Khara lachte erfreut auf. »Oh, wie schön! Die beiden haben wirklich *alles* versucht, um Eltern zu werden.«

»Anscheinend konnte Uldini ihnen mit einer Mixtur helfen, die er, nach langen Mühen und vielen Fehlschlägen, eigenhändig kreiert hat.«

»Die Maid und ihr Zwerg werden zu einer Familie«, sagte Khara grinsend und spielte damit auf jenes Heldenlied an, das nach dem Sturm auf die Obsidianfeste die Runde gemacht hatte und Jelninolan beschrieb, die leuchtend und schwebend den Armeen jenen Mut gab, um über den Feind herzufallen, sowie ihren treuen Zwerg, der währenddessen jedes Unbill von ihr fernhielt.

Die Zwergenclans und der Eathinian waren schneller eingeknickt als ein Weizenhalm im Sommersturm, als es um die Frage ging, ob die beiden den Bund schließen durften. Jetzt lebten sie auf Murgamolosch und hatten aus der Insel einen Ort der Verständigung und Diplomatie gemacht, wo Zwerge unter Trogadons Herrschaft auf und in dem Berg lebten, Elfen auf den bewachsenen Hängen und in den Wäldern die Sturmweberei von Jelninolan lernten und menschliche Fischerfamilien unter dem Schutz von Alunas unabhängiger Westflotte zur See fuhren. Während der Krisen des letzten Jahrhunderts hatte die Insel stets als neutraler Boden fungiert, auf dem ein gerechter Ratschluss gesucht und häufig auch gefunden wurde.

Khara überflog in ihrer Nachricht ein paar Zeilen. »Es gibt wieder Grenzstreitigkeiten um das Fruchtbare Land. Hjalgar und die Rittermarschen zanken sich um ein kleines Tal. Manchmal wünschte ich mir, Aimenata hätte das Grüne Meer mit ihrer Magie nicht bis in die Grenzlande ausgebreitet.«

»Sie tat es auf den Wunsch der umliegenden Reiche«, sagte Ahren. »Und das Fruchtbare Land wurde gerecht aufgeteilt. Aber die Verlockung, sich die eine oder andere Länge vom Nachbarn zu erschleichen, bleibt wohl ewig bestehen.« Der Paladin dachte ungern an seine ehemalige Seelenverwandte zurück. Dreimal hatte er sich bei ihr dafür zu entschuldigen versucht, dass die Gefährten geglaubt hatten, das Naturell Liranas in ihr wiederzuerkennen. Dreimal hatte sie lachend abgewunken, obwohl Ahrens Gesuch aufrichtig gewesen war. Zum einen, weil die Seelenverwandte des Dreizehnten nie gestorben und Singt-im-Sattel somit eine eigenständige Person gewesen war, zum anderen, weil der Ruf der Frau in Schwarz, wie sie mittlerweile auch vom Volksmund genannt wurde, vollständig wiederhergestellt worden war. Die ehemalige Dienerin des Widersachers wurde immer dann auf einem schwarzen Hanta reitend erblickt, wann immer Menschen ohne Schuld in Not gerieten, und galt allgemeinhin als Schutzgeist der Verzweifelten.

Ahren hatte sie nie wieder gesehen. Die einzigen, die sie noch zu Gesicht bekommen hatten, waren Lanlion und Yantilla gewesen, die in den Hallen der machtlosen Künste jene unterrichteten, denen die Gabe der herkömmlichen Magie verwehrt blieb. Dreimal schon mussten mutige Paladrim intervenieren, um diesen ungewöhnlichen Ort des Wissens gegen abergläubische und argwöhnische Gruppen zu verteidigen, die in den Lehren der beiden Blutleeren eine Gefahr sahen. Die schlafenden Götter schwiegen zu diesem Thema ebenso beharrlich wie zu jedem anderen auch.

Ahren riss sich aus seinen wandernden Gedanken und blickte wieder auf das Pergament hinab. »Der Vater des Berges hat einen würdigen Zwerg gefunden und bildet ihn als seinen Nachfolger aus.« Der Waldläufer schmunzelte. »Er ist sich sicher, in dreihundert Jahren wäre sein Zögling bereit, die Aufgabe zu übernehmen.«

Khara legte den Kopf schief. »Ist dir eigentlich aufgefallen, wie viele von uns mittlerweile unterrichten? Du und ich waren die ersten beiden. Aber da ist Uldini, der den Rat der Alten wieder aufbaut, Jelninolan und Trogadon auf Murgamolosch, Lanlion und Yantilla in der Halle der machtlosen Künste, Quin-Wa, die als Ewige Konsulin bisher jeden Nachfolger des jadefarbenen Sonnenthrons beraten hat, und jetzt auch noch der Vater des Berges.«

Ahren nickte nachdenklich. »Vielleicht wollen wir unbewusst mithelfen, das neue Jorath zu formen, das seit dem Tod des Widersachers entsteht. Diese Welt hätte eigentlich einen Wächter besitzen sollen. Sie war und ist nicht perfekt, da ihr Beschützer fehlt. Und der Schlaf der Götter ist so tief wie nie, sodass sie ihren Priestern auch nicht sagen können oder wollen, wie es mit ihrer Schöpfung weitergehen soll.« Er sah Khara schelmisch an. »Den Mächtigen dieser Welt ist es jedenfalls ganz recht, wenn wir uns ans Lehren halten. Schau dir jene von uns an, die noch nicht genug vom aktiven Weltgeschehen haben.« Er zählte die Paladine an seinen Fingern ab. »Da wäre zum einen Trimm. Er hat Kap Verstaad entgegen Uldinis und Quin-Was Willen unter seiner Herrschaft in die Unabhängigkeit geführt.«

Khara nickte. »Das war doch, nachdem Justinian abgedankt hatte, um seine Tochter, eine Paladrim, auf den Thron zu lassen, oder?«

Ahren musste erst nachdenken, bevor er nickte. Viel war in den letzten Dutzenden von Sommern und Wintern passiert. »Und anschließend hat Trimm sich auch noch mit Fisker und Aluna verbündet, die je eine Flotte von Schiffen befehligen und die Meere gütlich in Ost und West unter sich aufgeteilt haben, um dort die Schiffsrouten zu – sagen wir großzügig – sichern. Gegen eine gehörige Gebühr selbstverständlich.«

Khara lachte. »Dafür gibt es keine Piraten mehr.«

Ahren verzog das Gesicht. »Frag mal jene Händler, die Trimm, Aluna und Fisker mit einem Lächeln im Gesicht zu ihren Geldbeuteln greifen lassen, um für den ›Schutz der Meere‹ zu bezahlen.«

»Du übertreibst.«

»Ein wenig«, gab er unumwunden zu. »Aber wenn du das Chaos

hinzurechnest, das Hakanu und seine sieben Glücksfüchse hinterlassen, wo immer sie Heldentaten wittern, verstehst du doch sicher, was ich meine. Als Lehrer sind wir willkommen, als Akteure im Weltgeschehen Naturgewalten, die es zu beherrschen gilt. Die Welt hat sich gewandelt und kommt gut ohne uns aus.«

Khara kicherte. »Wo bekommt dein Lehrling nur stets diese verwegenen Männer und Frauen her, mit denen er sich umgibt? Egal, wie oft sie aufgerieben werden, er findet im Handumdrehen Nachschub.«

»Dummköpfe sterben nie aus«, brummte Ahren.

»Sei nicht so ein Sauertopf. Denk mal an Sunju, die die Rukhs von Tausend Hallen umhegt und umpflegt. Es gibt mittlerweile wieder so viele von ihnen, dass sie bereits in anderen Gebirgen gesichtet wurden. Oder an Lyssin, die als Sprecherin der Eisfelder die Interessen der dort ansässigen Wilden Zwerge und Vierklaues unterstützt. Deren Namen werden überall hochgeschätzt.«

Ahren wiegte den Kopf hin und her. »Ich denke nur, Jorath hat mehr als genug von uns allen gesehen. Es ist nun an den Paladrim, die Reiche in die richtige Richtung zu führen –« Er stutzte, als er Uldinis Brief weiterlas. »Ein neugieriger Rukhreiter, der von Murgamolosch in Richtung Osten aufbrach, ist sich sicher, jenseits der Hungrigen Wellen Land erblickt zu haben.« Er sah Khara mit hochgezogenen Augenbrauen an. »Die Küstenlinie kam ihm vollkommen unbekannt vor.«

Khara wirkte überraschend glücklich. »Das sind doch gute Nachrichten«, sagte sie. »Mehr Land bedeutet weniger Grenzkonflikte zwischen den Reichen.«

»Und unbekannte Gefahren«, murmelte Ahren.

»Jetzt hör aber auf«, sagte Khara streng. »Erst willst du Jorath den Jungen überlassen, dann machst du dir Sorgen, wenn sich die Schöpfung ohne uns weiterentwickelt. Entscheide dich, was du willst.«

Ahren legte das Pergament aus der Hand und nahm Khara in den Arm. Er schmiegte sich an sie, genoss die Sonne auf dem Gesicht, das Rauschen der Blätter im Wind und das leise Gluckern des Teiches.

»Das Zeitalter der Paladine ist vorüber«, sagte er zufrieden. »Sollen andere Helden dieser neuen Ära ihren Namen verleihen. Wir haben Jorath bereits das kostbarste Geschenk von allen vermacht und das muss reichen.«

»Was genau meinst du?«

Ahrens Verstand raste blitzschnell die lange, beschwerliche Reise entlang, die ihn an diesen Punkt geführt hatte.

»Die Allianz der Völker hält. Die Wunden der Dunklen Tage beginnen endlich zu heilen, und der Blick aller Völker richtet sich gen Zukunft. Es gibt viele Abenteuer, aber wenig Unheil auf Joraths Antlitz zu erleben.«

Er schenkte Khara ein verschmitztes Augenzwinkern, bevor er sie lange und liebevoll ansah.

»Es ist ein Anfang.«

Hier endet die Saga vom Dreizehnten Paladin und seinen Gefährten. Mein Dank gilt all jenen, die mich unterstützt haben und deren Namen ein weiteres Buch füllen würden.

Wenn euch Ahrens epische Reise gefallen hat, so hinterlasst doch bitte eine kurze (spoilerfreie) Bewertung, gerne auch bei »Ahren« selbst.